David Baldacci

Né en 1960, David Baldacci a grandi et fait ses études de droit à Richmond en Virginie. Il commence sa carrière d'avocat à Washington tout en ébauchant des scénarios.
Après le succès phénoménal de son premier roman, *Les pleins pouvoirs*, vendu à trois millions d'exemplaires aux États-Unis et porté à l'écran par Clint Eastwood, il renonce à la pratique du droit pour se consacrer à l'écriture. Il a signé depuis plusieurs titres, dont *Une femme sous contrôle*, son deuxième roman et nouveau best-seller, et *Une triche si parfaite*. Il s'affirme aujourd'hui comme l'un des maîtres du thriller.

LA SIMPLE VÉRITÉ

DU MÊME AUTEUR

CHEZ POCKET

UNE FEMME SOUS CONTRÔLE
UNE TRICHE SI PARFAITE

DAVID BALDACCI

LA SIMPLE VÉRITÉ

BELFOND

Titre original :

THE SIMPLE TRUTH

publié par Warner Books, Inc., New York.

Traduit de l'américain par Francis K

Ce livre est une œuvre de fiction. Les noms, les personnages, les lieux et les événements sont le fruit de l'imagination de l'auteur ou utilisés fictivement. Toute ressemblance avec des personnes réelles, vivantes ou mortes, des événements ou des lieux serait pure coïncidence.

ISBN : 2-266-10187-0

À Michelle :
La simple vérité est que,
sans toi, ma vie est en panne.

Ce livre est aussi affectueusement dédié
à la mémoire de Brenda Gayle Jennings,
une enfant pas comme les autres.

Remerciements

À Jennifer Steinberg, une fois de plus, pour son magnifique travail de recherche.

À Lou Saccoccio, pour ses conseils avisés sur le droit militaire.

À Lee Calligaro, dont les récits relatifs à ses fonctions de procureur pendant la guerre du Vietnam m'ont passionné et qui est également le plus fin connaisseur en droit pénal que j'ai jamais rencontré.

À Steve Jennings, pour ses subtils commentaires éditoriaux.

À la famille Warner Books – Larry, Maureen, Mel, Emi, Tina, Heather, Jackie J. et Jackie M. et tous les membres de ce groupe sympathique et dévoué qui a tellement enrichi ma vie.

À ma mère, pour ses précisions sur la Virginie du Sud-Ouest, région qu'elle connaît remarquablement bien.

À Karen Spiegel, qui a été longtemps à mon côté pendant cette histoire.

À l'attorney Ed Vaughan, qui m'a expliqué certaines particularités des pratiques juridiques en Virginie.

À tous ceux qui m'ont aidé à mieux comprendre cette institution fascinante qu'est la Cour suprême des États-Unis.

À mon ami et agent, Aaron Priest, qui, comme toujours, m'a assisté de ses excellents conseils pendant la rédaction de ce roman.

À Frances Jalet-Miller, dont la patience, les efforts et l'esprit m'ont permis de mettre au jour tout le potentiel de ce travail. Je n'aurais pu le faire sans vous.

Note de l'éditeur français

Le système judiciaire américain étant très différent du nôtre, les fonctions n'ont pas toujours un équivalent en France. Les mots « greffier » et « huissier », par exemple, ne recouvrent pas exactement les mêmes emplois. Le texte est suffisamment explicite pour en éclairer le sens au fil de la lecture. D'autres mots, popularisés par le cinéma et les séries télévisées, comme « attorney », ont été conservés. Exceptionnellement, quelques notes du traducteur en bas de page précisent le sens de certains termes.

La vérité est rarement pure
et n'est jamais simple.

Oscar WILDE

Oscar Wilde

Chapitre 1

Ici, les portes ont plusieurs centimètres d'épaisseur. Elles sont en acier. Leur patine d'usine a fait place à toutes sortes de marques. Sur leurs surfaces grises sont inscrites des empreintes de visages humains, de genoux, de coudes, de dents, des taches de sang. Hiéroglyphes carcéraux. Douleur, peur, mort, tout y est consigné, du moins jusqu'à ce que les plaques de métal soient remplacées. Les portes ont une ouverture carrée à hauteur d'œil. Et, par cette ouverture, les gardiens matent, braquent des faisceaux lumineux sur le bétail humain qu'ils doivent surveiller. Sans avertissement, des matraques s'abattent sur l'acier, claquent comme des coups de feu. Les anciens tiennent bon, baissent les yeux, observent le sol, observent le néant – c'est-à-dire leur vie – dans une vague attitude de défi que personne ne remarque et dont tout le monde se moque. Les nouveaux se raidissent encore en entendant le choc ou en voyant la lumière, certains pissent dans leur froc de coton et regardent les gouttes dégouliner sur leurs chaussures noires réglementaires. Ils s'y font vite, cognent à leur tour contre la foutue porte, ravalent leur bile et leurs larmes de collégiens. S'ils veulent survivre.

La nuit, les cellules sont obscures comme des cavernes. On aperçoit quelques formes ici et là. Cette nuit, un orage tenaille la prison. Chaque fois qu'un éclair descend du ciel, une flaque de lumière éclabousse les taules par les lucarnes de Plexiglas, et le motif en nid-d'abeilles des vitres grillagées se décalque sur le mur opposé.

Au passage de l'éclair, le visage de l'homme émerge des ténèbres, comme un plongeur refaisant soudain surface. Contrairement aux autres taulards, il est seul dans sa cellule, pense seul, ne voit personne. Tous le craignent, même les matons, malgré l'artillerie qu'ils trimballent en permanence, car sa carrure intimide. Quand il passe à côté de ses codétenus, des types pourtant endurcis et violents, des caïds à leur manière, ils détournent les yeux.

Son nom est Rufus Harms et, à la prison militaire de Fort Jackson, il a une réputation de démolisseur. Il écrase quiconque lui cherche des crosses. Ce n'est jamais lui qui commence, mais c'est toujours lui qui achève. Ses vingt-cinq ans d'incarcération ont laissé des traces profondes dans sa chair. Tels les anneaux d'un arbre, les cicatrices de sa peau, les fractures mal réduites de son squelette sont une chronique du temps passé derrière les barreaux. Mais c'est sous la fine enveloppe de sa cervelle que se trouvent les pires lésions, dans les centres mêmes de son humanité : la mémoire, la pensée, l'amour, la haine, la peur, tout se détraque, tout se retourne contre lui. Surtout la mémoire, oppressante tumeur de fer qui appuie sur ses vertèbres cervicales.

Il reste cependant dans sa carcasse massive une force substantielle, qu'on devine à ses longs bras noueux, à ses épaules compactes. Même sa corpulence recèle la menace d'une puissance exceptionnelle. Mais c'est un chêne bancal, à moitié sorti de terre, aux racines arrachées, aux branches mortes ou mourantes, irrécupérable. Un paradoxe vivant : un brave gars, respectueux des autres et fidèle à son Dieu, coulé dans le moule d'un tueur sans pitié. Parce que c'est l'idée qu'ils se font de lui. Et il s'en accommode. Du moins jusqu'à ce jour. Jusqu'à cette chose que son frère lui a apportée. Un paquet d'or, un puits d'espoir. Un ticket de sortie.

Un nouvel éclair montre ses yeux rougis. Injectés de sang ? Non, ce sont des larmes qui luisent sur sa face ombrageuse. Puis la lueur s'estompe et il lisse la feuille de papier, attentif à ne pas faire de bruit pour ne pas inciter les gardiens à venir fouiner. Il y a plusieurs heures déjà qu'on a éteint les lumières et il ne peut rien y faire. C'est comme ça depuis un quart de siècle, ses ténèbres ne se dissipent qu'au lever du jour. De toute façon, il n'a pas vraiment besoin de voir clair. Il a déjà lu la lettre. Mot à mot. Chaque syllabe est gravée en lui comme un poinçon. En haut de la feuille s'étale l'emblème de l'armée des États-Unis. Un symbole qu'il connaît bien. L'armée a été son employeur, son unique maître pendant près de trente ans.

L'administration militaire demandait certains renseignements à Rufus Harms, un troufion vaincu et oublié du Vietnam. Des renseignements détaillés. Des renseignements qu'il était incapable de leur fournir. D'un doigt précis malgré l'obscurité, Harms toucha le passage du texte qui avait partiellement réveillé sa mémoire endormie pendant toutes ces années – des atomes de mémoire qui lui avaient causé d'infinis cauchemars mais dont le noyau lui avait semblé à jamais hors d'atteinte. En lisant la lettre, il avait collé son front sur le papier, comme pour découvrir un sens caché dans ses gribouillis dactylographiés, élucider le plus grand mystère de sa vie mortelle. Or, cette nuit, ces fragments épars s'étaient soudain agglomérés pour former des molécules et faire apparaître la vérité. Enfin.

Avant d'avoir lu la lettre de l'armée, Harms n'avait que deux souvenirs distincts de cette autre nuit, vingt-cinq ans plus tôt : la petite fille et la pluie. Un orage terrible, comme maintenant. La fillette avait les traits délicats ; son nez n'était qu'un bourgeon de cartilage ; son visage n'avait pas encore connu les ravages des ans, des soucis ou du soleil ; ses yeux écarquillés, bleus et innocents, étaient encore habités par la promesse d'une longue vie à venir. Sa peau, blanche comme du sucre, était intacte, à l'exception des marques rouges qui froissaient son cou fragile comme une tige de fleur. Des marques de strangulation, laissées par les mains du soldat Rufus Harms, ces mêmes mains qui à présent serraient la lettre, tandis que ces images redoutables repassaient une fois de plus dans sa mémoire.

Chaque fois qu'il pensait à l'enfant morte, il pleurait. C'était plus fort que lui, il ne pouvait pas s'en empêcher, mais il le faisait en silence, et pour cause : les matons et les taulards étaient des busards, des requins, qui flairaient le sang, repéraient la faiblesse, la faille, à des milliers de kilomètres de distance ; ils déchiffraient le moindre mouvement de vos yeux, le frémissement des pores de votre peau, même l'odeur de votre sueur. Ici, tous les sens étaient exacerbés. Ici, la vie signifiait force, rapidité, dureté et souplesse. Sinon, on crevait.

Il était agenouillé près d'elle quand les MP, les gars de la police militaire, l'avaient trouvé. Sa robe légère était collée à sa carcasse chétive qui s'enfonçait dans la terre imbibée, comme si on l'avait jetée de très haut et que l'impact lui eût creusé une tombe sans profondeur. Harms avait regardé les MP mais, dans son trouble, il n'avait vu que des silhouettes sombres et confuses. Jamais de sa vie il n'avait ressenti pareille fureur. Il avait été pris de nausée, s'était mis à voir double. Tout s'était emballé, son pouls, sa respiration, sa pression sanguine. Il s'était agrippé la tête comme pour empêcher son crâne d'éclater, sa cervelle de gicler à travers son cuir chevelu et d'exploser dans l'air humide.

Quand il avait à nouveau regardé la petite fille morte, puis les deux mains tremblantes qui lui avaient pris la vie, la colère l'avait quitté, comme si quelqu'un avait débranché une prise électrique incrustée en lui. Perdant bizarrement la maîtrise de ses fonctions corporelles, Rufus, trempé et frissonnant, était resté pétrifié, les genoux enfouis dans la boue. Un sorcier noir en treillis vert présidant au sacrifice d'une petite Blanche... C'était en ces termes qu'un témoin hébété décrirait la scène plus tard.

Le lendemain, Rufus apprendrait le nom de la fillette : Ruth Ann Mosley, dix ans, originaire de Columbia, en Caroline du Sud. Elle était venue avec sa famille rendre visite à son frère, qui était en garnison à la base. Cette nuit-là, il n'avait connu Ruth Ann Mosley que sous la forme d'un cadavre, petit, minuscule même à côté de la formidable masse de son mètre quatre-vingt-quinze et de ses cent cinquante kilos. La crosse de fusil qu'un des MP lui balança sur le crâne était la dernière diapositive mentale que Rufus conservait de cette nuit. Le coup l'avait fait tomber à terre, juste à côté d'elle, juste à côté de son visage sans vie tourné vers le ciel, immobile et inondé de gouttelettes de pluie. Rufus Harms s'était affalé dans la boue et n'avait plus rien vu d'autre. Ne se souvenait de rien d'autre.

Jusqu'à ce soir. Il emplit ses poumons d'air moite et regarda par la fenêtre entrouverte. Il était tout à coup cet animal rare : un innocent en prison.

Au fil des ans il s'était convaincu que le mal était chevillé en lui, comme un cancer qui le rongeait de l'intérieur. Il avait même pensé au suicide pour expier sa faute, ce crime atroce : un meurtre, et qui plus est, le meurtre d'un enfant. Mais il était profondément croyant. Ce n'était pas un vulgaire gibier de potence converti à la religion sur le tard. Il savait que c'était un péché de mettre fin à sa propre vie, un péché qu'il ne pouvait commettre. Il savait aussi que le meurtre de la petite fille l'avait condamné à un au-delà de souffrances mille fois plus terribles que celles qu'il endurait aujourd'hui. Il n'avait pas envie de devancer l'appel. Il préférait encore son sort terrestre, cette prison faite par l'homme.

Et il comprenait maintenant qu'il avait eu raison de résister à la tentation de la mort. Dieu savait, Dieu l'avait maintenu en vie pour qu'il connaisse cet instant. Il se souvenait avec une étonnante précision des hommes qui étaient venus vers lui cette nuit-là, au cachot. Leurs visages crispés, les rayures de leurs uniformes – certains étaient ses compagnons d'armes – étaient restés gravés dans son esprit. Il se rappelait comment ils l'avaient encerclé, tels des loups fondant sur une proie, enhardis par leur nombre ; il percevait encore la haine contenue dans leurs paroles. Ce qu'ils avaient fait cette nuit-là avait causé la mort de Ruth Ann Mosley. Et, en un sens, Harms en était mort lui aussi.

Pour ces hommes, Harms était un soldat valide qui ne s'était jamais battu pour son pays. Il n'avait que ce qu'il méritait, ils n'en doutaient pas. À présent, c'était un homme d'âge moyen qui agonisait lentement dans une cage pour payer un crime ancien, sans pouvoir demander justice. Et pourtant, en contemplant les ténèbres familières de sa crypte, Rufus Harms n'avait plus qu'une seule idée en tête, une unique passion : après vingt-cinq ans de martyre, vingt-cinq ans de vie gâchée, de culpabilité et d'incessants tourments, il savait que c'était désormais leur tour de souffrir. Il serra la bible usée que sa mère lui avait donnée et en fit la promesse au Dieu qui avait choisi de ne jamais l'abandonner.

Chapitre 2

L'escalier menant à l'immeuble de la Cour suprême des États-Unis était large et semblait ne jamais finir. Le gravir, c'était presque partir à l'ascension du mont Olympe pour demander audience à Zeus – et, en vérité, il y avait un peu de ça. Sur la façade, au-dessus de la porte principale, on pouvait lire : « La Justice est la même pour tous. » Cette phrase n'était extraite d'aucun document juridique, elle émanait de Cass Gilbert, l'architecte qui avait dessiné et construit le Palais de Justice. Elle avait surtout une motivation esthétique : les mots s'inscrivaient parfaitement dans l'espace prévu par Gilbert pour une citation mémorable.

Le majestueux bâtiment dressait ses quatre étages au-dessus du niveau du sol. Une ironie du sort avait voulu que le Congrès vote les crédits de sa construction en 1929, c'est-à-dire l'année même de la grande crise économique, quand le marché s'était effondré. Près d'un tiers du budget – de neuf millions de dollars au total – avait été consacré à l'achat du marbre. La façade était en pur Vermont, acheminé par une armée de camions ; les quatre salles d'audience étaient revêtues de roche cristalline de Géorgie ; les sols et les murs de la plupart des autres pièces étaient couverts de pierre blanche d'Alabama. Le grand hall était dallé de marbre d'Italie, plus sombre, et de pierre d'Afrique. Les colonnes avaient été taillées dans de grands blocs de marbre venus de Montarrenti, en Italie, et transportés par bateau jusqu'à Knoxville, Tennessee, où des hommes s'étaient échinés pour les transformer en piliers de trente pieds destinés à soutenir un édifice qui, depuis 1935, servait d'adresse professionnelle à neuf hommes – et, depuis 1981, à une femme au moins. Les partisans de cette architecture y voyaient un bel exemple de style corinthien d'inspiration néoclassique. Ses détracteurs estimaient que c'était davantage un palais pour monarques décadents qu'un lieu fait pour rendre la justice sereinement.

Pourtant, depuis l'époque de John Marshall, la Cour avait défendu la lettre et l'esprit de la Constitution. Elle pouvait annuler une loi du Congrès en la déclarant anticonstitutionnelle. Elle pouvait forcer un Président élu à divulguer des enregistrements et des documents qui l'amèneraient finalement à la démission et à la disgrâce. En parallèle avec l'autorité législative du Congrès, et avec le pouvoir exécutif du Président, de par la décision des pères fondateurs de la nation, le pouvoir judiciaire américain, aux mains de la Cour suprême, était l'une des branches maîtresses du gouvernement. Et, de fait, il exerçait réellement des fonctions gouvernementales, en ce sens que la Cour suprême pouvait infléchir et canaliser la volonté du peuple par toutes sortes de décisions portant sur des points significatifs.

L'homme vieillissant qui traversait le grand hall était le dépositaire de cette honorable tradition. Il était grand, ossu et, malgré des décennies passées à lire de petits caractères, sa vue était encore bonne. Ses paisibles yeux bruns n'avaient pas besoin de lunettes. Si les ans lui avaient pris presque tous ses cheveux, avaient voûté ses épaules et l'affligeaient d'une légère claudication, le président de la Cour suprême, Harold Ramsey, possédait une énergie et une intelligence hors pair qui compensaient largement ses défaillances physiques. Même dans sa démarche on sentait une détermination inébranlable.

Il était le plus haut magistrat du pays et il se trouvait ici chez lui. C'était son tribunal, sa maison, que les médias appelaient d'ailleurs la Cour Ramsey, comme ils l'avaient fait avant lui pour le juge Warren et ses autres prédécesseurs. C'était son héritage, ce serait son legs. Ramsey dirigeait son tribunal avec fermeté et droiture. Il avait su constituer autour de lui une majorité durable, qui restait soudée depuis près de dix ans. Il aimait le travail en amont, tout ce qui se passait en coulisse, les tractations d'arrière-salle : un mot, un paragraphe, un petit ajout disposés ici ou là, à charge de revanche. Il patientait jusqu'à ce que se présente l'affaire adéquate, parfois d'une façon insoupçonnée de ses collègues. Recueillir les cinq voix nécessaires pour une majorité était une obsession chez lui.

Il était arrivé à la Cour comme juge assesseur et occupait le fauteuil de président depuis dix ans. Il n'était qu'un « premier parmi ses égaux », en théorie, mais, dans la pratique, il représentait davantage. Il avait un caractère entier, des idées très arrêtées et une philosophie bien à lui ; par chance, on l'avait nommé à ce poste à une époque où les critères de sélection ne relevaient pas d'arguties politiques, comme aujourd'hui. Jadis, on ne vous posait pas de questions embarrassantes sur vos positions quant à l'avortement ou la peine de mort. Aujourd'hui, les chemins qui mènent au poste très influent de juge à la Cour suprême sont semés d'embûches politiques, mais, de son temps, à partir du moment où le Président vous avait nommé, si vous possédiez le pedigree requis et que vous ne traîniez pas de casseroles trop bruyantes, personne ne venait contester votre place.

Le Sénat avait reconduit Ramsey à l'unanimité. Il n'avait pas vraiment le choix. Son bagage universitaire et sa carrière étaient de premier ordre. Bardé de diplômes, tous de l'Ivy League, et toujours major de sa promotion, il avait commencé par enseigner le droit, se distinguant par ses qualités pédagogiques, ses théories relatives au droit et à l'éthique. Ensuite, il avait été nommé à la cour d'appel fédérale, où il était rapidement devenu premier magistrat, avec une majorité solide et efficace : la Cour suprême n'avait jamais cassé un seul de ses arrêts. Avec le temps, il s'était tissé tout un réseau de relations utiles qui lui avaient permis de mener sa barque, au poste qu'il occupait actuellement.

Cette place, il l'avait méritée. On ne lui avait pas fait de cadeaux. C'était encore une de ses convictions. En Amérique, tout le monde pouvait réussir à condition de travailler dur. Il n'y avait pas de passe-droit, ni pour les pauvres, ni pour les riches, ni pour la classe moyenne. Les États-Unis étaient le pays des grandes occasions. Le tout était de savoir les saisir et, pour cela, il fallait y mettre du sien, mouiller sa chemise, faire des sacrifices. Ramsey ne supportait pas les gens qui cherchaient des excuses afin de justifier leurs échecs. Il était né dans une misère noire, d'un père alcoolique, brutal, et d'une mère tellement brimée par son mari qu'elle en avait perdu tout instinct maternel. Or, malgré ce lourd handicap de départ, il avait réussi. Ce qu'il avait fait, les autres pouvaient le faire aussi. Les ratés ne devaient s'en prendre qu'à eux-mêmes, il n'en démordait pas.

Il poussa un soupir de satisfaction. Une nouvelle session venait de commencer et tout se passait pour le mieux. À un détail près. Une chaîne n'a que la solidité de son maillon le plus faible. Et il y avait un maillon faible. Son Waterloo potentiel. Pour l'instant, les choses fonctionnaient bien, mais il fallait tenir cinq ans. Ce genre de problème devait être réglé dès le début si on ne voulait pas qu'il prenne des proportions incontrôlables.

Il savait qu'avec Elizabeth Knight il allait trouver quelqu'un à sa mesure. Elle était aussi maligne que lui, et probablement aussi inflexible. Il s'en était rendu compte dès le premier jour. Une jeune femme dans une cour de vieux hommes... Il ne lui lâchait jamais la bride. Chaque fois qu'il pensait qu'elle était sur la défensive, il la faisait plancher en se disant que la responsabilité de rédiger un avant-projet susceptible d'obtenir une majorité la situerait définitivement dans son camp. Il avait essayé de la placer sous son aile protectrice, de la piloter à travers les méandres de la procédure. Mais elle avait révélé un caractère extrêmement obstiné. Il avait vu d'autres présidents de la Cour suprême se laisser aller à la complaisance et baisser leur garde jusqu'à perdre leur autorité au profit d'intrigants plus diligents. Ramsey était déterminé à ne jamais rejoindre leur cohorte.

— Murphy se fait du mouron pour l'affaire Chance, dit Michael Fiske à Sara Evans.

Ils se tenaient dans le bureau de Sara, au premier étage du Palais. Michael Fiske était un bel homme d'un mètre quatre-vingt-cinq, un ancien athlète encore bien musclé. Généralement, les greffiers ne restaient qu'un an à la Cour suprême, puis ils cherchaient une place plus prestigieuse dans le privé, la fonction publique ou l'université. Michael entamait sa troisième année, ce qui était presque sans précédent, comme premier greffier du juge Thomas Murphy, le légendaire libéral de la Cour.

Michael Fiske était doté d'un cerveau prodigieux, qui fonctionnait comme une trieuse automatique. Véritable ordinateur ambulant, il emmagasinait et classait les données avec une sûreté étonnante. Il était capable de combiner mentalement des dizaines de scénarios complexes pour tester leurs interactions potentielles et prenait plaisir à croiser le fer avec ses semblables sur des affaires d'importance nationale. Il avait découvert que, même dans ce contexte intellectuel aride, il y avait quelque chose à creuser, quelque chose de très profond, caché derrière les mots austères d'un texte de loi. Il n'avait aucune envie de quitter la Cour suprême. Le monde extérieur ne le tentait pas.

Sara avait l'air soucieuse. À la dernière session, Murphy avait demandé que l'affaire Chance donne lieu à un débat oral. La date était fixée et on était en train de boucler le dossier préparatoire. Sara Evans n'avait pas trente ans. Elle devait mesurer un mètre soixante-cinq et, malgré sa minceur, affichait quelques courbes intéressantes. Elle avait un joli visage, de grands yeux bleus, une abondante chevelure châtain clair – qui blondissait en été – et une agréable odeur fraîche. Elle était première greffière du juge Elizabeth Knight.

— Je ne comprends pas. Je croyais qu'il était de notre côté sur ce coup-là. C'est tout à fait dans sa ligne. Un individu sans défense contre une bureaucratie écrasante.

— Il a peur de créer un précédent.

— Même au risque d'une erreur judiciaire ?

— Tu prêches un converti, Sara, mais ne compte pas sur moi. Sans lui, Knight ne pourra jamais réunir cinq voix, tu le sais. Et même avec lui, ça risque d'être serré.

— Bon, qu'est-ce qu'il veut ?

Cela se passait presque toujours comme ça. Le fameux réseau des greffiers. Ils marchandaient, débattaient, se disputaient le bout de gras pour le compte de leurs patrons comme des politiciens éhontés en mal de suffrages. Officiellement, les juges étaient au-dessus de ça, bien sûr – jamais ils ne manigançaient pour faire modifier une phrase dans un avis, infléchir une formulation, ajouter ou supprimer un attendu –, mais ce n'était pas le cas des greffiers. En fait, la plupart d'entre eux en tiraient même une grande fierté. C'était un peu comme une énorme et interminable chronique mondaine avec des intérêts nationaux à la clé – entre les mains de jeunes gens de vingt-cinq ans dont c'était la première expérience professionnelle.

— Il n'est pas fondamentalement opposé à la position de Knight. Mais, si elle veut obtenir cinq voix à la conférence, il faudra que l'avis soit rédigé au petit poil. Il ne va pas lâcher le morceau comme ça. Il était sous les drapeaux pendant la Seconde Guerre mondiale. Pour lui, tout ce qui touche à l'armée est sacré et doit être traité avec un maximum de considération. Tu ferais bien de t'en souvenir quand tu rédigeras le texte préliminaire.

Elle acquiesça. Les gens ne soupçonnent pas l'importance du rôle des greffiers dans les décisions des juges.

— Merci. Mais Knight veut être l'auteur du texte.

— Bien sûr qu'elle le sera. Ramsey n'a pas l'intention de voter le renvoi pour Feres et Stanley, tu le sais très bien. Or Murphy va probablement voter pour Chance à la conférence. Il est le rapporteur, il mettra donc un point d'honneur à faire valoir son point de vue. Si Knight veut ses cinq voix, il faudra qu'elle lui renvoie l'ascenseur. Si elle joue le jeu, nous sommes tous d'accord.

« États-Unis contre Chance » était l'une des principales affaires en souffrance pour cette session. Barbara Chance avait été soldat dans l'armée. Elle avait été malmenée, harcelée et violée à plusieurs reprises par certains de ses supérieurs masculins. Sa plainte avait suivi la voie hiérarchique habituelle : l'un des coupables avait été traduit en cour martiale et incarcéré. Mais Barbara Chance ne s'était pas estimée satisfaite. Après son départ de l'armée, elle avait porté l'affaire devant les tribunaux pour demander réparation des préjudices, expliquant que le pouvoir militaire était responsable du climat malsain qui régnait dans ses rangs et devait répondre des sévices dont elle et d'autres femmes soldats avaient été victimes.

La justice pénale avait traîné la jambe et Chance avait perdu chacun de ses recours. Néanmoins, la procédure était entachée de suffisamment de zones d'ombre pour que l'affaire soit finalement déposée comme un gros poisson mort devant le perron de la Cour suprême.

Le parquet, pour une fois amateur de jeux de mots, avait déclaré que Chance n'avait aucune chance de gagner. La hiérarchie militaire était virtuellement immunisée contre toute poursuite légale émanant d'un de ses membres, quel que fût le type de faute reprochée. Mais les juges pouvaient fort bien modifier cette situation. Knight et Sara Evans étaient bien décidées à changer le cours des choses et, pour ce faire, le soutien de Thomas Murphy était décisif. Même s'il n'était pas favorable à la levée de l'immunité militaire, l'affaire Chance pouvait au moins ouvrir une brèche dans l'invincibilité de l'armée.

Il semblait prématuré de discuter des conclusions d'une affaire avant d'en avoir débattu en séance. Mais, pour la plupart des juges, le débat oral était secondaire. Leur décision était déjà prise à ce moment-là. Cette phase de la procédure n'était souvent pour eux qu'une occasion de pontifier en agitant des hypothèses plus ou moins tirées par les cheveux – une forme de terrorisme intellectuel, du genre : « Mais enfin, mon cher collègue, songez aux conséquences si vous votez dans ce sens ! »

Michael Fiske se leva et regarda Sara. C'était lui qui l'avait persuadée de rempiler pour une nouvelle session à la Cour. Après une enfance dans une petite ferme de Caroline du Nord et des études à Stanford, Sara, comme tous les greffiers d'ici, avait un magnifique avenir professionnel devant elle. Sur un CV, les mots « Cour suprême » étaient un sésame qui ouvrait les portes les plus prestigieuses, ce qui avait pour effet d'enfler les chevilles de certains greffiers dont les états de service réels n'avaient pourtant rien de mirobolant. Sara et Michael, eux, n'avaient jamais eu la grosse tête. C'était l'une des raisons, outre son intelligence, sa beauté, sa fraîcheur et sa personnalité bien équilibrée, qui avaient poussé Michael à poser à Sara une question très importante la semaine précédente. Une question à laquelle il espérait obtenir une réponse bientôt. Peut-être maintenant. Il n'avait jamais été particulièrement patient.

Sara l'interrogea du regard.

— Tu as réfléchi à ma question ? lui demanda-t-il.

Elle savait qu'elle n'y couperait pas. Il y avait assez longtemps qu'elle esquivait.

— Je n'ai fait que ça, répondit-elle.

— On dit que c'est mauvais signe quand ça prend autant de temps.

Il essayait d'adopter un ton badin, mais on sentait bien qu'il se forçait.

— Michael, je t'aime beaucoup.

— Aïe, aïe, aïe, encore un mauvais signe.

Il ne plaisantait plus. Elle hocha la tête.

— Je suis désolée.

— Sûrement pas autant que moi, dit-il en haussant les épaules. C'est la première fois que je demande à quelqu'un de m'épouser.

— Et c'est la première fois qu'on me le demande. Je t'assure que je suis très flattée. Tu as tout ce qu'il faut.

— Sauf l'essentiel. (Il regarda ses mains qui tremblaient légèrement.) Je respecte ta décision. Je ne suis pas de ceux qui pensent que l'amour vient avec le temps. Il est là ou il n'est pas là.

— Tu trouveras une femme, Michael. Et elle aura beaucoup de chance. (Evans se sentait terriblement mal à l'aise.) J'espère que cette histoire ne m'aura pas fait perdre mon meilleur ami de la Cour, dis ?

— Si, sans doute.

Il arrêta ses protestations d'un geste.

— Non, je plaisante, soupira-t-il. Je ne voudrais pas paraître trop imbu de moi-même mais, vois-tu, c'est la première fois que je me fais rembarrer.

— Je t'envie : tu as de la chance, dit-elle en souriant.

— Oh, ne crois pas ça. Au contraire, ça rend les rebuffades plus difficiles à encaisser. (Il se dirigea vers la porte.) Nous sommes toujours amis, Sara. Je ne suis pas idiot au point de me séparer de ta compagnie, je m'ennuierais trop sans toi. Tu trouveras quelqu'un aussi, tu sais, et il aura beaucoup de chance… Tu l'as même peut-être déjà trouvé, au fait ? ajouta-t-il sans la regarder.

Elle rougit imperceptiblement.

— Pourquoi cette question ?

— Appelle ça un sixième sens. L'échec est un peu plus facile à accepter quand on connaît le vainqueur.

— Il n'y a personne d'autre, dit-elle très vite.

Michael ne semblait pas convaincu.

— On en reparlera.

Sara le regarda s'éloigner, très troublée.

— Je me souviens de mes premières années au Palais, dit Ramsey en tournant les yeux vers la fenêtre, un sourire aux lèvres.

Il était assis en face d'Elizabeth Knight, le plus jeune juge de la Cour. Elizabeth Knight, la quarantaine, avait une taille moyenne, un corps svelte et de longs cheveux noirs serrés en un chignon austère qui ne la flattait pas. Son visage était assez dur, un peu anguleux, mais elle n'avait aucune ride, comme si elle n'avait jamais mis le nez dehors de toute sa vie. Elle s'était rapidement taillé une réputation de bourreau de travail et d'orateur acharné dans les débats.

— Je suis sûre que tout est resté gravé dans votre mémoire, répondit-elle en repassant dans son esprit son emploi du temps pour la journée.

— C'était mon initiation, en quelque sorte.

Elle l'observa. Ses longues mains croisées derrière la tête, il la regardait droit dans les yeux, maintenant.

— Il m'a fallu cinq ans pour commencer à comprendre comment ça fonctionnait, continua-t-il.

Knight réprima un sourire.

— Vous êtes trop modeste, Harold. Je suis persuadée que vous aviez déjà tout compris avant de franchir la porte.

— Sérieusement, ça demande du temps. Et je pouvais m'inspirer de modèles intéressants. Felix Abernathy, le vieux Tom Parks. Il n'y a pas de honte à prendre exemple sur les anciens, vous savez. Comme je vous le disais, c'est un peu une initiation. Nous sommes tous là pour apprendre, et je dois reconnaître que vous apprenez vite. Seulement, voyez-vous, la patience est une vertu capitale ici. Il y a trois ans que vous êtes là. Moi, ça fait vingt ans que ce palais est mon second domicile. Vous me comprenez, j'espère ?

— Je comprends surtout une chose, répliqua-t-elle, amusée. ça vous ennuie que j'aie fait inscrire l'affaire Chance au programme de cette session.

Ramsey se redressa.

— Ne croyez pas tout ce qu'on raconte dans les couloirs.

— Au contraire, j'ai trouvé les ragots des greffiers très instructifs.

Il se radossa.

— Hum, soit, j'avoue que ça m'a un peu surpris. Cette affaire ne présente aucun point litigieux nécessitant notre intervention. Dois-je être plus précis ? dit-il en levant les mains.

— À votre avis ?

Une vague rougeur passa sur le front de Ramsey.

— Eh bien, aucun point litigieux au regard des avis de cette cour depuis cinquante ans. Tout ce que je vous demande, c'est d'avoir un peu de considération pour vos prédécesseurs.

— Personne ne tient cette institution en plus haute estime que moi.

— Ravi de l'entendre.

— Et moi, je serai ravie d'entendre vos réflexions après le débat oral sur l'affaire Chance.

Ramsey la regarda d'un œil morne.

— Oh, le débat sera très bref. Il ne faut pas longtemps pour dire oui ou non. Pour parler franchement, à la fin de la journée, j'aurai au moins cinq voix. Pas vous.

— J'ai déjà convaincu trois autres juges de voter pour que l'affaire passe en audience.

Ramsey faillit éclater de rire.

— Vous ne tarderez pas à apprendre qu'il y a une énorme différence entre un vote pour une audience et un vote pour une décision. Croyez-moi, j'aurai la majorité.

Knight sourit.

— Votre confiance fait plaisir à voir. Ça aussi, c'est très instructif.

Ramsey se leva pour partir.

— Encore une leçon, si vous voulez bien : les petites erreurs peuvent mener à de grandes fautes. Nous sommes nommés ici à vie, vous n'avez que votre réputation pour vous. Quand vous l'avez perdue, vous ne la récupérez jamais. (Il alla jusqu'à la porte.) Je vous souhaite une journée productive, Beth, dit-il avant de disparaître.

Chapitre 3

— Rufus ? dit Samuel Rider en appuyant l'écouteur du téléphone contre son oreille. Comment m'avez-vous retrouvé ?

— Y a pas tellement d'avocats dans l'armée, Samuel, répondit Rufus Harms.

— Je ne suis plus dans l'armée.

— Ça paie mieux dans le privé ?

— Parfois, je regrette l'uniforme, dit Rider.

Il mentait. Le service militaire l'avait terrifié. Par chance, quand il avait été appelé sous les drapeaux, il avait un diplôme de droit en poche et avait pu opter pour une planque au bureau du juge avocat général – officier assumant les fonctions de procureur en conseil de guerre –, ce qui lui avait évité de trimballer une mitraillette dans la jungle du Vietnam, où la trouille aurait fait de lui une cible idéale pour l'ennemi.

— Faut que je vous voie. Je peux pas vous expliquer au téléphone.

— Tout va bien à Fort Jackson ? J'ai appris qu'on vous avait transféré.

— Oh ouais, c'est vachement sympa, la prison.

— Ce n'est pas ce que je voulais dire, Rufus. Je me demandais simplement pourquoi vous cherchiez à me joindre après tout ce temps.

— Vous êtes toujours mon avocat, pas vrai ? Eh ben, j'ai justement besoin d'un avocat.

— Mon emploi du temps est assez serré et je n'ai pas l'habitude de me déplacer si loin, répondit Rider.

Sa main se crispa sur le combiné quand il entendit la suite :

— Faut que je vous voie demain, Samuel. Vraiment. Vous me devez bien ça, non ?

— J'ai fait tout ce que j'ai pu pour vous, à l'époque.

— Vous avez accepté leur marché sans broncher.

— C'est faux. J'ai négocié un accord avec l'autorité compétente avant le procès et le conseil de guerre l'a entériné. C'était la meilleure chose à faire.

— Vous avez pas essayé de renverser la vapeur pendant l'audience. La plupart des avocats essaient.

— Qui vous a dit ça ?

— On apprend des trucs en prison.

— Eh bien, on vous a trompé, on ne peut pas se rétracter en cours d'audience. La sentence est entre les mains du jury, vous le savez bien.

— Mais vous avez appelé aucun témoin. Franchement, vous vous êtes pas foulé, hein ?

Rider était maintenant sur la défensive.

— J'ai fait de mon mieux. N'oubliez pas une chose, Rufus, ils auraient pu vous exécuter. Une petite fille blanche et tout et tout. Ils auraient pu vous coller un meurtre au premier degré, avec préméditation, ils me l'ont dit. Au moins, vous avez eu la vie sauve.

— Demain, Samuel. Je vous ai inscrit sur ma liste de visiteurs. Vers 9 heures du mat'. Merci. Merci de tout cœur. Oh, apportez une petite radio.

Avant que Rider ait pu lui demander pourquoi il devait lui fournir cet appareil ou même tout simplement pourquoi sa présence était requise, Harms avait raccroché.

Rider s'étira dans son confortable fauteuil et contempla son spacieux bureau lambrissé. Il exerçait dans une petite commune rurale des environs de Blacksburg, en Virginie. Il avait fait son trou : une jolie maison, une Buick neuve tous les trois ans et deux congés annuels. Il avait tiré un trait sur le passé, notamment sur la plus sale affaire qu'il eut à traiter au cours de sa brève carrière d'avocat militaire – le genre d'affaire qui vous restait sur l'estomac comme du lait tourné, mais contre laquelle le bicarbonate était sans effet.

Rider se passa une main sur le front en repensant au début des années 1970, ces temps de chaos pour l'armée, pour le pays, pour la planète, quand tout le monde accusait tout le monde d'être responsable du dérèglement de l'histoire. Rufus Harms avait paru très aigri au téléphone, mais, merde, il l'avait quand même tuée, cette gosse ! Et sauvagement. Devant sa famille. Il lui avait brisé le cou en quelques secondes, sans que personne puisse intervenir.

Rider avait négocié un arrangement avant le procès, c'était vrai, mais la procédure militaire lui donnait tout à fait le droit de changer son fusil d'épaule pendant l'audience. Les jurés militaires étaient libres de leurs décisions et le juge n'était pas tenu de condamner l'accusé à la peine prévue dans l'arrangement initial. Harms avait raison, on pouvait toujours essayer de « renverser la vapeur ». Seulement voilà, Rider s'était laissé persuader par le procureur de n'appeler aucun témoin de l'extérieur – qui aurait pu attester de la moralité de Harms, par exemple – et de s'en tenir strictement au dossier d'instruction officiel, sans chercher de nouvelles preuves à la décharge de son client.

En ce sens, on pouvait considérer qu'il n'avait pas vraiment joué le jeu, l'accusé ayant toujours le droit de contester l'arrangement. Sans le travail de Rider en coulisse, le procureur aurait requis la peine de mort et, vu le chef d'accusation, il aurait sûrement obtenu gain de cause. En principe, la soudaineté du meurtre empêchait de conclure à la préméditation, mais les esprits les plus logiques pouvaient dérailler devant le petit corps froid d'un enfant.

La vérité vraie était que personne ne se souciait de Rufus Harms. C'était un Noir qui avait passé l'essentiel de sa vie de soldat enfermé dans un cachot. Son crime odieux n'avait rien fait pour rehausser son prestige aux yeux des militaires. Pour beaucoup, un tel homme n'avait pas droit à la justice, sinon une justice expéditive, douloureuse et mortelle. Et peut-être Rider lui-même partageait-il ce sentiment. Il n'avait donc pas remué ciel et terre pour défendre Rufus Harms, mais au moins il avait sauvé sa tête. Pour n'importe quel avocat, c'était le meilleur résultat possible.

Alors pourquoi Rufus voulait-il le voir ?

Chapitre 4

John Fiske se leva du banc des avocats en jetant un regard furtif à son adversaire, Paul Williams. Le jeune assistant attorney du Commonwealth [1] venait d'énoncer avec assurance les attendus de sa motion. Fiske murmura :

— T'es dans les choux, Paulie. Tu t'es planté.

Quand il se tourna vers le juge Walters, Fiske eut du mal à contenir son excitation. Il était large d'épaules, mais légèrement moins grand que son frère cadet. À la différence de Michael, ce n'était pas exactement un bel homme au sens classique. Il avait les joues rondes, le menton un peu en galoche et deux fractures du nez. La première lui venait d'une bagarre au lycée, la seconde était un souvenir de ses années de flic. Ses cheveux bruns mal peignés qui tombaient sur son front lui donnaient un genre plutôt sympathique, voire séduisant pour certaines, et il y avait de la profondeur dans ses yeux noisette.

— Votre Honneur, afin de ne pas gaspiller le temps de la cour, je voudrais faire une offre officielle au bureau de l'attorney du Commonwealth. S'ils acceptent

1. Appellation qui s'applique à tout État des États-Unis, mais plus particulièrement ceux du Sud – ici, la Virginie. *(N.d.T.)*

de retirer leur plainte et de nous verser 1 000 dollars à titre de dédommagement, je renonce à ma réponse, je ne réclame aucune sanction et nous pourrons tous rentrer chez nous.

Paul Williams se leva si vite qu'il en perdit ses lunettes, qui tombèrent sur la table.

— Votre Honneur, c'est injurieux…

Le juge Walters regarda la salle de tribunal bondée, contempla en silence la masse des autres affaires à l'ordre du jour et fit signe aux deux hommes, d'une main lasse.

— Approchez.

— Monsieur le juge, dit Fiske en arrivant à la barre latérale, je veux seulement faire une fleur au Commonwealth.

— Le Commonwealth n'a pas besoin des faveurs de M. Fiske, répliqua Williams avec dépit.

— Allons, Paulie, 1 000 dollars et ça te laisse le temps d'aller boire une bière avant de rentrer expliquer à ton patron comment tu t'es planté. Tiens, je te paie même le coup, si tu veux.

— Vous pouvez attendre dix mille ans, vous n'aurez pas un centime de nous, répondit Williams avec condescendance.

— Voyons, monsieur Williams, cette motion est un peu inhabituelle, reprit le juge Walters.

Dans les tribunaux de Richmond, les motions étaient entendues avant ou pendant le procès. Et elles ne s'accompagnaient pas d'un mémorandum interminable. Dans la plupart des cas, les questions de procédure pénale étaient d'ores et déjà résolues. Il arrivait que le juge demande la rédaction d'un mémorandum après avoir entendu les plaidoiries, mais seulement dans certains cas exceptionnels, lorsqu'il estimait qu'il lui manquait des éléments pour rendre son verdict. C'est pourquoi le juge Walters avait été un peu déconcerté par ce laïus non sollicité et plutôt longuet rédigé par le Commonwealth.

— Je sais, Votre Honneur, dit Williams, mais, au risque de me répéter, c'est la situation qui est inhabituelle.

— Inhabituelle ? dit Fiske. Des clous, Paulie.

Le juge Walters s'impatienta.

— Monsieur Fiske, je vous ai déjà mis en garde contre votre conduite non orthodoxe dans mon tribunal et je n'hésiterai pas à vous inculper d'outrage à magistrat si vous ne vous ressaisissez pas. Écoutons ce que vous avez à répondre.

Williams regagna son siège et Fiske s'installa à la barre.

— Votre Honneur, en dépit du fait que la motion « urgente » du Commonwealth a été faxée à mon bureau au milieu de la nuit et que je n'ai donc pas eu le temps de préparer une réponse dûment argumentée, je crois que, si vous vous référez aux seconds paragraphes des pages 4, 6 et 9 du mémorandum du Commonwealth, vous constaterez que les faits consignés dans ledit document, particulièrement en ce qui concerne le casier judiciaire de l'accusé, les déclarations des officiers de police ayant procédé à l'arrestation et les deux témoignages oculaires sur les lieux du crime prétendument commis par mon client, ne sont pas conformes au dossier d'instruction. En outre, le principal précédent cité par le Commonwealth à la page 10 a été récemment invalidé par une décision de la Cour suprême de Virginie. J'ai joint à mon texte toutes les références utiles et souligné les incohérences de manière à faciliter votre lecture.

Pendant que le juge examinait le document, Fiske se pencha vers Williams :

— Tu vois où ça mène de bâcler une bafouille au milieu de la nuit ? Tiens, ajouta-t-il en déposant un double de son texte devant le jeune attorney, puisque tu ne m'as laissé que cinq minutes pour lire ton poème, je te rends la politesse. Tu pourras en prendre connaissance en même temps que le juge.

Walters acheva sa lecture et posa sur Williams un regard à glacer le plus impassible des spectateurs.

— J'espère que le Commonwealth a une réponse appropriée, monsieur Williams, bien que je ne voie pas ce que ça pourrait être.

Williams jaillit de son siège. Quand il essaya de parler, il s'aperçut que sa voix l'avait quitté, avec sa superbe.

— Eh bien ? s'impatienta le juge Walters. Dites quelque chose, ou je pourrais donner suite à la requête de sanctions de M. Fiske avant même de l'avoir entendue.

Quand Fiske lorgna vers Williams, il vit que l'expression de son visage s'était sensiblement adoucie. On ne sait jamais quand on peut avoir besoin d'une faveur.

— Votre Honneur, je suis convaincu que les erreurs contenues dans la motion du Commonwealth sont imputables au surmenage des avocats et n'ont rien d'intentionnel. Je suis même prêt à rabaisser mon offre à 500 dollars, mais je souhaite des excuses écrites du Commonwealth. Vous comprenez, j'aurais bien aimé dormir la nuit dernière.

Quelques rires s'élevèrent dans l'assistance et, tout à coup, une voix fusa du fond de la salle.

— Juge Walters, si je peux intervenir, le Commonwealth accepte l'offre.

Tous les yeux se tournèrent vers l'orateur impromptu, un petit homme chauve et corpulent engoncé dans un costume en seersucker, avec un cou poilu serré dans un col amidonné.

— Nous acceptons l'offre, répéta l'homme d'une voix rocailleuse, infléchie par l'accent virginien et par un grasseyement de vieux fumeur. Et nous présentons nos excuses à la cour pour avoir abusé de son précieux temps.

— Vous m'en voyez ravi, monsieur Graham, vous tombez à point nommé, répondit le juge Walters.

Bobby Graham, attorney du Commonwealth pour la ville de Richmond, inclina la tête et disparut derrière la double porte vitrée. Il n'avait présenté aucune excuse à Fiske, mais l'avocat de la défense n'insista pas. Dans un tribunal, on obtenait rarement tout ce qu'on demandait.

— La motion du Commonwealth est rejetée, dit le juge. Monsieur Williams, je crois que vous auriez intérêt à aller boire cette bière avec M. Fiske. Et il me semble que c'est à vous de payer la tournée, mon petit.

La séance était levée. On appelait les plaignants suivants. Fiske referma son porte-documents d'un coup sec et sortit de la salle, Williams sur ses talons.

— Tu aurais dû accepter ma première offre, Paulie.

— Je n'oublierai pas ça, Fiske, rétorqua Williams avec colère.

— J'espère bien.

— Nous aurons la peau de Jerome Hicks, ne t'imagine surtout pas que nous allons baisser les bras.

Paulie Williams, comme la plupart des assistants attorneys auxquels Fiske avait eu affaire, considérait ses clients comme des ennemis personnels, qui ne méritaient que la corde pour les pendre. Dans certains cas, ces jeunes magistrats n'avaient pas tort. Mais pas toujours.

— Tu sais ce que je pense ? demanda Fiske. Je pense que dix mille ans passent très vite, parfois.

En quittant la salle d'audience du troisième étage, il croisa des policiers avec qui il avait travaillé quand il était flic à Richmond. L'un d'entre eux sourit, le salua de la tête, mais les autres refusèrent de le regarder. Il était le traître qui avait troqué son arme et sa plaque contre un attaché-case et un costume. Le porte-voix du camp adverse. Va rôtir en enfer, frère Fiske.

Fiske remarqua un groupe de jeunes Noirs débraillés, les cheveux coupés très ras. Leurs frocs baissés en dessous de la ceinture laissaient voir leurs caleçons sous leurs blousons de durs à cuire et tombaient en accordéon sur des tennis sans lacets. C'était pour eux une manière de défier l'autorité judiciaire. Il y avait quelque chose de pathétique dans leur manque d'originalité.

Ces jeunes gens étaient attroupés autour de leur avocat, un Blanc bedonnant, en nage, qui sentait le renfermé dans son costard de luxe à fines rayures, taché sur le bout des manches, et ses mocassins de chevreau. Ses lunettes à monture d'écaille tressautaient chaque fois qu'il élevait la voix en tapant du poing dans sa paume charnue. Les Noirs, les abdominaux contractés sous leurs chemises de dealers en soie, écoutaient attentivement, pour une fois – la seule fois que cet homme revêtait quelque importance à leurs yeux, la seule fois qu'ils daignaient le regarder autrement qu'avec mépris ou derrière le viseur d'un fusil. Jusqu'à la prochaine. Car il y aurait une prochaine fois. Dans ce palais, c'était un sorcier. Ici, même Michael Jordan n'aurait pu toucher cet homme blanc.

Fiske savait ce qu'il leur disait, aussi sûrement que s'il avait lu sur ses lèvres. L'homme s'était spécialisé dans la défense des petites frappes, tous crimes confondus. La meilleure stratégie : le silence de pierre. T'as rien vu, t'as rien entendu, tu te souviens de rien. Des coups de feu ? J'ai cru que c'était une voiture qui pétaradait. Mettez-vous bien ça dans la tête, les gars : « Tu ne tueras point, mais si tu le fais quand même, tu ne débineras point tes copains. » Il donna une grande claque sur son porte-documents pour enfoncer le clou. Le jeu pouvait commencer.

Un peu plus loin dans le couloir, trois tapineuses étaient assises sur un banc couvert de moquette grise encastré dans le mur. Un échantillon coloré de main-d'œuvre pour illustrer le travail nocturne des mineures : une Noire, une Asiatique, une Blanche. Elles attendaient leur tour de passer en jugement. L'Asiatique semblait nerveuse, probablement en manque de joint ou de seringue. Les autres étaient de vraies pros, ça se voyait au premier coup d'œil. Elles se levaient, marchaient, se rasseyaient, montraient un bout de cuisse par-ci, faisaient ballotter un sein par-là, à tout hasard, pour le cas où passerait un micheton. Pourquoi rater une affaire pour une petite audience ? On était en Amérique, après tout.

Fiske descendit par l'ascenseur. Au moment où il franchissait le détecteur de métaux et le faisceau de rayons X, équipement standard dans presque tous les tribunaux, de nos jours, Bobby Graham s'approcha de lui, une cigarette non allumée à la main. Fiske ne l'aimait pas, ni sur le plan personnel, ni sur le plan professionnel. Graham choisissait ses affaires exclusivement en fonction de la publicité qu'elles lui vaudraient dans les journaux, et encore, à condition qu'elles soient pratiquement gagnées d'avance. Le public n'aime pas les procureurs qui perdent.

— Ça rimait à quoi, cette motion, franchement ? Un type important comme vous a mieux à faire que de s'occuper de broutilles, non, Bobby ? dit Fiske.

— Je me doutais que vous alliez manger tout cru mon bébé juriste. Vous n'auriez pas emporté le morceau si facilement contre un vrai attorney.

— Qui ? Vous, par exemple ?

Avec un mauvais sourire, Graham planta sa cigarette dans sa bouche.

— On vit dans la capitale mondiale du tabac, la plus grosse manufacture de cigarettes de la planète n'est qu'à un jet de salive d'ici et on ne peut même pas fumer dans les couloirs des tribunaux !

Il mâchonna le bout de sa Pall Mall sans filtre, en suçant bruyamment la nicotine. En réalité, à Richmond, Virginie, il y avait encore quelques zones « fumeurs » au palais de justice, mais non pas à l'endroit où se trouvait Graham.

Le procureur laissa échapper un sourire triomphant.

— Ah, au fait, Jerome Hicks s'est fait coffrer pour meurtre ce matin. Il aurait tué un type dans les quartiers sud. Un Black comme lui. Une histoire de drogue. Apparemment, il voulait augmenter son stock de coke sans passer par les canaux d'acquisition normaux. Manque de pot, votre gars ne savait pas que sa victime était sous surveillance.

Fiske s'adossa contre le mur avec lassitude. Les procès gagnés étaient souvent des coups d'épée dans l'eau, particulièrement quand votre client était incapable de refréner ses pulsions criminelles.

— Ah bon ? Première nouvelle.

— Je passais au palais pour une audience préliminaire et j'ai pensé que vous aimeriez être au courant. Solidarité professionnelle.

— Bien sûr, répliqua sèchement Fiske. Si c'est le cas, pourquoi avez-vous laissé la motion de Paulie suivre son cours ? (Comme Graham ne réagissait pas, Fiske hasarda une réponse à sa propre question.) Pour le plaisir de le voir s'emmêler les pinceaux ?

— Faut savoir rigoler dans le boulot, de temps en temps.

Fiske serra le poing et se ravisa aussitôt. Graham n'en valait pas la peine.

— Dites-moi, par solidarité professionnelle, y avait-il des témoins oculaires ?

— Oh, une bonne demi-douzaine. On a retrouvé l'arme du crime dans la voiture de Jerome. À côté de

Jerome. Il a failli écraser deux policiers en essayant de fuir. Empreintes, sang, drogue, tout le toutim. Ce gars-là n'aurait jamais dû être libéré sous caution. Quoi qu'il en soit, j'ai l'intention de laisser tomber cette inculpation de trafic à la petite semaine pour laquelle vous le défendez et de me concentrer uniquement sur cette nouvelle affaire. Il faut que j'optimise mon maigre potentiel. Hicks est un sale type, John, je crois que je vais requérir la peine capitale sur ce coup-là.

— La peine capitale ? Allons, Bobby !

— Homicide volontaire, délibéré et prémédité dans le cadre d'un vol à main armée, c'est la peine de mort, John. En tout cas, c'est ce que dit mon Code pénal de Virginie.

— Je me fous des textes, il n'a que dix-huit ans.

Graham se rembrunit.

— Un avocat qui se fout des textes ! Un représentant de la justice !

— La loi est une passoire dans laquelle j'égoutte mes arguments. Et mes arguments restent toujours dedans.

— À peine sortis du ventre de leur mère, ils n'ont qu'une idée en tête : faire le mal. On devrait les coller en taule à la naissance, ces salopards, avant qu'ils aient le temps de nuire.

— La vie entière de Jerome Hicks peut se résumer à…

— C'est ça, c'est ça. C'est la faute à son enfance malheureuse. Toujours la même histoire.

— En effet, c'est toujours la même histoire.

Graham hocha la tête en souriant.

— Écoutez, je ne suis pas né avec une cuiller d'argent dans la bouche, moi non plus. Vous voulez connaître mon secret ? Je me suis crevé au boulot. Si j'ai pu le faire, ils peuvent le faire aussi. Point, à la ligne.

Fiske fit quelques pas puis se retourna.

— Laissez-moi jeter un œil au rapport de police et je vous rappellerai.

— Il n'y a rien à négocier.

— Tuer ce gosse ne fera pas de vous un attorney général, Bobby, vous le savez. Visez plus haut.

Fiske passa son chemin. Graham roula sa cigarette entre ses doigts.

— Essayez de vous trouver un vrai métier, Fiske.

Une demi-heure plus tard, John Fiske rendait visite à l'un de ses clients dans une prison de banlieue. Ses affaires l'entraînaient souvent à l'extérieur de Richmond, dans les comtés de Henrico, Chesterfield, Hanover et même Goochland. L'extension de son rayon d'activité ne l'enchantait pas vraiment, mais il n'y pouvait rien. Une fois que le soleil s'était levé, il ne se couchait plus avant la fin de la journée, quoi qu'il arrive.

— Il y a du nouveau dans ton affaire, Derek.

Derek Brown, ou DB1, comme on l'appelait dans la rue, était un Noir à la peau claire, aux bras tatoués de slogans haineux, d'obscénités et de poésie. Ses nombreuses incarcérations l'avaient buriné. Des veines noueuses sillonnaient ses biceps. Un jour, Fiske l'avait vu jouer au basket dans la cour de la prison, torse nu, musculeux, le dos et les épaules zébrés de tatouages comme ses bras. De loin, on aurait dit un ballet de comédie musicale. Il s'élevait dans les airs comme un avion au décollage, planait comme s'il avait été soutenu par des fils invisibles, sous les yeux admiratifs des gardiens et des autres taulards. Chaque fois qu'il marquait un panier, on l'acclamait. Il n'avait jamais été assez bon, toutefois, pour jouer dans une équipe universitaire, encore moins en NBA.

Ils étaient face à face dans le parloir.

— L'attorney propose « coups et blessures avec intention de nuire », un crime de classe trois.

— Pourquoi pas classe six ?

Fiske était épaté. Ces gars passaient tellement de temps dans les prétoires qu'ils connaissaient le Code pénal mieux que la plupart des avocats.

— La classe six s'applique aux actions commises sous l'impulsion du moment. Ton impulsion s'est produite le lendemain.

— Il avait un flingue. J'allais quand même pas buter Pack quand il avait son feu et pas moi. Faut être sérieux.

Fiske avait envie de tendre la main pour effacer la haine de son visage.

— Désolé, l'attorney ne marche pas pour la classe trois.

— Combien ? demanda Derek avec froideur.

Il avait les oreilles percées, au moins douze fois à vue de nez.

— Cinq ans, en tenant compte de la détention préventive.

— Il déconne. Cinq ans pour avoir tailladé un mec avec un petit canif de poche ?

— Un couteau à cran d'arrêt, avec une lame de douze centimètres. Et tu l'as frappé dix fois. Devant témoins.

— Merde, il pelotait ma meuf. C'est pas de la légitime défense, ça ?

— Tu as de la chance de ne pas tomber pour meurtre, Derek. D'après les toubibs, c'est un miracle que le type ne se soit pas vidé de son sang dans la rue. Et si Pack n'était pas un dangereux criminel, tu ne serais pas simplement inculpé de coups et blessures. Tu aurais risqué entre vingt ans et la perpétuité. Tu le sais très bien.

— Peloter ma meuf, répéta Derek en se penchant en avant, la main levée, les doigts écartés, convaincu du caractère irréfutable de ses arguments juridiques et moraux.

Fiske savait que Derek avait un job en or, à ceci près qu'il était illégal. Il était premier lieutenant d'un des deux principaux réseaux de distribution de drogue de Richmond, d'où son surnom de DB1. Le boss était un certain Turbo, vingt-quatre ans. Son empire était bien organisé. La discipline régnait. Il avait même une façade légale avec une entreprise de nettoyage à sec, un café, une boutique de prêt sur gages et toute une écurie de comptables et d'avocats pour ventiler les bénéfices après blanchiment. Turbo était un jeune homme futé, doué pour les chiffres, qui avait le sens des affaires. Fiske avait été plusieurs fois tenté de lui demander pourquoi il n'essayait pas de diriger une entreprise cotée en Bourse. La paie était presque aussi bonne et le taux de mortalité nettement plus bas.

En temps normal, Turbo aurait confié la défense de Derek à l'un de ses avocats de Main Street ou Franklin Street, des ténors du barreau à 300 dollars de l'heure. Mais le crime de Derek n'était pas lié aux affaires de Turbo, et par conséquent l'accord ne tenait pas. Refiler son cas à quelqu'un comme Fiske était une manière de punir Derek pour la stupidité de son acte. Perdre la tête pour une poule, c'était impardonnable. Turbo n'avait aucune raison de craindre une dénonciation quelconque de la part de son lieutenant. Le procureur n'avait même pas fait allusion à cette éventualité, sachant que c'était inutile. Si tu parles, tu meurs. En prison ou pas, ça ne faisait aucune différence.

Derek avait grandi dans un gentil quartier petit-bourgeois, avec de gentils parents petits-bourgeois, avant de décider de lâcher l'école pour se lancer dans le trafic de drogue plutôt que de gagner sa vie en travaillant. Il avait toutes les cartes en main, il aurait pu faire ce qu'il voulait de sa vie. Il y avait assez de Derek Brown dans le pays pour rendre le monde indifférent aux conditions de vie abominables des gamins qui succombaient au genre d'élixir fourni par des types comme Turbo. C'est l'une des raisons pour lesquelles Fiske aurait bien aimé entraîner Derek au fond d'une ruelle, tard dans la nuit, avec une batte de base-ball à la main, pour lui enseigner quelques bonnes vieilles valeurs de papa.

— L'attorney se fout pas mal de ce que le mec faisait à ta copine, ce soir-là.

— Vous me prenez pour un bleu ? J'ai un pote qui a séché un mec, l'an dernier, et il en a pris pour deux piges, avec un an de remise de peine. Avec son temps de préventive, il était dehors trois mois plus tard. Et vous voulez que je me tape cinq ans de dur ? Putain, mais vous êtes un avocat de merde.

— Ton pote avait un casier judiciaire ?

Jouait-il les premiers rôles dans l'une des pires calamités de Richmond, lui aussi ? voulut ajouter Fiske, et il l'aurait fait s'il n'avait craint de gaspiller sa salive.

— Je vais te dire, reprit-il. Je vais t'obtenir trois ans, moins la préventive.

Derek parut intéressé.

— Vous croyez que vous pouvez ?

Fiske se leva.

— J'sais pas. J'suis qu'un avocat de merde.

En sortant, Fiske se retourna pour contempler l'extérieur, par la fenêtre à barreaux. Un nouveau chargement de pensionnaires venait d'arriver. Il les regarda descendre du fourgon, en groupe serré, pieds et poings liés. Le ferraillement des chaînes sur l'asphalte sonnait comme une incantation. C'étaient surtout des Noirs ou des Latinos. Ils se jaugeaient déjà du regard. Maître ou esclave ? Qui frapperait le premier ? Les quelques Blancs semblaient sur le point de s'évanouir de panique avant même d'avoir atteint leur cellule. Parmi eux, il y avait probablement les fils de certains types que l'officier de police John Fiske avait arrêtés dix ans plus tôt. Ils n'étaient que des mômes, à l'époque, et avaient sûrement d'autres rêves que les indemnités de chômage. Un père toujours absent, une mère qui s'échinait dans la misère, sans espoir de répit. Mais peut-être se trompait-il. La réalité avait sa façon bien à elle de punir le subconscient. Les rêves n'avaient rien d'un sursis, ils ne faisaient que perpétuer le cauchemar de la vie quotidienne.

Quand il était flic, ses dialogues avec les délinquants avaient tendance à se répéter.

— Je te tuerai, mec. Je tuerai toute ta famille ! lui criaient certains, la face rongée par la drogue, quand il leur mettait les menottes.

— C'est ça. T'as le droit de garder le silence. Profites-en.

— Allez, mec, c'est pas ma faute. C'est mon pote qui a tout fait. C'est un coup monté.

— Et où il est, ce pote ? Et le sang sur tes mains ? Le flingue dans ton froc ? La coke dans tes narines ? C'est lui, tout ça ? Drôle de pote.

Alors, parfois, ils regardaient le cadavre et craquaient.

— Oh, merde ! Seigneur Jésus ! Ma mère, où est ma mère ? Appelle-la. Fais ça pour moi, tu veux ? Maman ! Oh, merde.

— Tu as le droit d'avoir un avocat, indiquait-il d'une voix calme.

Et maintenant, cet avocat était lui-même.

Après deux autres audiences en ville, Fiske quitta le bâtiment en brique et verre du palais de justice John Marshall, ainsi nommé en l'honneur du troisième président de la Cour suprême des États-Unis, dont la maison natale se trouvait juste à côté. C'était maintenant un musée consacré à la mémoire du grand homme de Virginie et d'Amérique – lequel se serait retourné dans sa tombe s'il avait su quels crimes atroces on plaidait dorénavant dans l'immeuble qui portait son nom.

Fiske prit la 9e Rue en direction de la rivière James. La chaleur étouffante de ces derniers jours avait fait place à une fraîcheur annonciatrice de pluie et il s'emmitoufla dans son imperméable. Quand l'averse commença, il se mit à courir sur le trottoir en pataugeant dans les flaques d'eau sale qui s'accumulaient au creux des irrégularités de l'asphalte et du ciment.

Il arriva trempé à son cabinet, dans Shockoe Slip. La pluie dégoulinait en rigoles minuscules dans son dos. Il monta les marches deux à deux et entra. Ses bureaux se trouvaient dans un immeuble caverneux, un ancien entrepôt de tabac reconverti en complexe de bureaux. L'odeur des feuilles de tabac imprégnait encore les murs. Et ce n'était pas une exception dans la région. L'automobiliste qui longeait la manufacture Philip Morris, à laquelle Bobby Graham avait fait allusion, sur la nationale 95, avalait plus de nicotine que s'il avait fumé une cigarette. Fiske avait souvent été tenté de jeter une allumette par la fenêtre de sa voiture, en passant devant, juste pour voir si le feu prendrait.

Son cabinet ne comportait qu'une pièce, avec une salle de bains adjacente, ce qui lui était fort utile car il dormait là plus souvent que dans son appartement. Il suspendit son imper à un cintre, s'essuya la figure et les cheveux avec une serviette de bain, brancha la cafetière électrique et regarda le café infuser en songeant à Jerome Hicks.

En se débrouillant bien, mais vraiment très bien, Fiske pouvait obtenir que Jerome Hicks passe le reste de sa vie derrière les barreaux au lieu de recevoir une injection mortelle à la maison des exécutions de Virginie. La mise à mort d'un jeune Black de dix-huit printemps ne rapporterait pas à Graham la place d'attorney général qu'il convoitait. Le meurtre d'un Noir par un Noir, d'un raté par un raté, ne valait même pas un entrefilet en dernière page dans le journal local.

Pendant ses années de flic, à Richmond, Fiske avait survécu tant bien que mal à la violence du combat. Car cela envahissait la ville, se développait comme un anévrisme, de la taille d'un comté, laissant derrière lui des ghettos en lambeaux, les tours-pompes-à-fric du quartier des affaires, et débordait les barricades mal construites de la banlieue. Et ça ne se limitait pas au Commonwealth. Des glaciers de criminalité affluaient de tous les États. Que ferons-nous le jour où ils se rencontreront ? se demandait-il.

Il s'assit brusquement. La brûlure était encore sourde ; ça commençait toujours de cette manière. Mais cela montait vite en puissance. Il sentit la douleur escalader son ventre jusqu'à sa poitrine, puis se répandre. Bientôt, ce fut une coulée de lave qui incendia ses bras, ses doigts. Il se leva en titubant, ferma la porte à clé, retira sa cravate et sa chemise. Il portait un T-shirt en dessous, il avait toujours un T-shirt. Il palpa sa cicatrice sous le coton. Après toutes ces années, elle était encore rugueuse et dentelée. Elle partait de sous son nombril et suivait le chemin sinueux de la scie du chirurgien jusqu'à la base de son cou.

Il se jeta à terre et fit cinquante pompes sans s'arrêter. À chaque poussée, sa poitrine et ses extrémités s'embrasaient, puis la chaleur s'estompait. Une goutte de sueur tomba de son front sur le parquet. Il crut pouvoir y distinguer son reflet. Au moins ce n'était pas du sang. Il enchaîna par des exercices d'abdominaux. Cinquante également. À chaque ramener de jambes, la cicatrice se tordait et gondolait comme un serpent rétif collé sur son torse. Il fixa une barre télescopique dans l'encadrement de la porte de la salle de bains et exécuta une douzaine de tractions. Naguère, il en faisait deux fois plus, mais sa force l'abandonnait avec l'âge. La chose tapie sous sa peau suturée finirait par avoir raison de lui, par le tuer ; mais, pour l'instant, le feu diminuait. L'exercice physique semblait l'avoir effrayée. Elle avait fui. C'était sa manière à lui de faire comprendre à l'intrus qu'il y avait encore quelqu'un à la maison.

Il nettoya la salle de bains et remit sa chemise, puis but son caoua à petites gorgées en regardant par la fenêtre. De l'endroit où il se trouvait, il discernait à peine la James. Avec cette pluie, les eaux allaient bientôt enfler. Il était souvent allé faire de la barque sur la rivière avec son frère, quand il était môme. Parfois, par les chaudes journées d'été, ils aimaient se laisser dériver au gré du courant dans des chambres à air de camion. Mais c'était bien vieux, tout ça. Aujourd'hui, il se contentait de regarder l'eau de loin. Finis, les loisirs, finie, la rigolade. Son espérance de vie raccourcissait, il n'avait plus de temps pour ça. Il ne se plaignait pas, cependant. Il aimait son boulot. Oh, bien sûr, comparé au job huppé de son frangin, superjuriste à la Cour suprême, ça n'avait rien de prestigieux, mais il en retirait une certaine fierté, trouvait qu'il faisait bien ce qu'il avait à faire. À sa mort, il ne serait ni riche ni célèbre, néanmoins il pensait qu'il mourrait raisonnablement satisfait. Il se mit au travail.

Chapitre 5

Tel un faucon ombrageux, Fort Jackson était perché sur les reliefs arides de la Virginie du Sud-Ouest, à mi-chemin entre le Tennessee, le Kentucky et la Virginie-Occidentale, dans un bassin houiller à l'écart du monde. C'était rare qu'une prison militaire soit ainsi isolée. Elles étaient généralement rattachées à une base, à la fois par tradition et dans un souci d'économie. Fort Jackson était aussi un fort de garnison, mais sa spécificité principale était et demeurerait à jamais sa prison, où les plus dangereux contrevenants aux règles de l'armée des États-Unis comptaient en silence les jours qu'il leur restait à vivre.

Personne ne s'évadait de Fort Jackson. Si, par extraordinaire, un détenu parvenait à s'octroyer une relaxe anticipée sans passer par les voies juridiques, sa liberté était toujours de courte durée. Les environs de la prison étaient en eux-mêmes une prison : des montagnes inhospitalières et grevées de puits de mine, des routes traîtresses jalonnées de précipices, une forêt dense peuplée de vipères et de crotales, des cours d'eau pollués où croupissaient des serpents d'eau, plus imprévisibles encore que leurs cousins à sonnettes et sans pitié pour les pieds qui dérapaient de la rive. Quant aux habitants autarciques de ce « trou du cul de la

Virginie », c'étaient de vrais rasoirs humains, habiles à manier le couteau, fins tireurs et sans états d'âme. Et cependant ce paysage hostile recelait une grande beauté, dans ses coteaux et ses vallées aux senteurs forestières et florales, dans les bruissements tranquilles de la sauvagine et le silence de ses espaces impénétrables.

Maître Samuel Rider franchit le portail principal du fort et se fit remettre un badge de visiteur qui lui permit de garer sa voiture dans le parking réservé. Il se dirigea avec une certaine appréhension vers l'entrée aux murs de pierre. Son attaché-case ballottait légèrement contre son pantalon bleu. Il lui fallut vingt minutes pour satisfaire aux exigences de la sécurité : on lui demanda ses papiers d'identité, on vérifia qu'il était bien sur la liste des visiteurs, il fut soumis à une fouille corporelle, dut passer sous un détecteur de métaux et, pour finir, fut prié de déballer le contenu de sa mallette. Les gardiens sourcillèrent devant son petit transistor mais le lui laissèrent après s'être assurés qu'il ne contenait aucune marchandise interdite. On lui lut le règlement intérieur de la prison sur le droit de visite et il acquiesça à chaque clause. Rider savait que, si d'aventure il lui prenait la lubie de contrevenir à une seule d'entre elles, le masque poli des gardiens disparaîtrait aussitôt.

Il regarda autour de lui avec nervosité. Il y avait entre ces murs quelque chose d'oppressant, de terrifiant, qui semblait émaner des plans mêmes de l'architecte. Son estomac se noua, ses paumes étaient moites, comme s'il s'était préparé à affronter un ouragan aux commandes d'un petit avion à hélice. Il avait passé tout son service militaire, durant la guerre du Vietnam, à l'intérieur des frontières, il n'était jamais monté au feu, n'avait jamais été en danger de mort. Ce serait le comble s'il devait mourir maintenant d'une crise cardiaque, dans une prison militaire, sur le sol américain ! Il inspira profondément pour tenter d'apaiser ses palpitations et se demanda une fois de plus pourquoi il était venu. Rufus Harms n'avait aucun moyen d'obtenir qu'il fasse quelque chose. Mais il était venu. Il inspira à nouveau, agrafa son badge, saisit la poignée de son attaché-case comme une amulette et se fit conduire au parloir.

Laissé à lui-même un instant, il contempla les murs d'un brun terne. La couleur avait-elle été choisie exprès pour déprimer encore davantage les pensionnaires, qui devaient déjà être au bord du suicide ? Combien d'hommes étaient internés ici, emmurés vivants par leurs congénères ? Il y avait sans doute toutes sortes de bonnes raisons pour les enfermer, mais le pire d'entre eux avait aussi une mère. Certains devaient même avoir un vrai père, qui était plus pour eux qu'un simple géniteur, et cela ne les avait pas empêchés de finir ici. Étaient-ils nés mauvais ? Va savoir ! Peut-être, songea-t-il, dans un avenir plus ou moins lointain, disposera-t-on d'un test génétique pour avertir les parents que leur rejeton est la réincarnation de Ted Bundy. Mais que ferez-vous le jour où on vous annoncera la mauvaise nouvelle ?

Les méditations de Rider furent interrompues par l'arrivée de Rufus Harms entre deux gardiens. À les voir, on eût dit que c'était lui le seigneur et eux les serfs. Harms était l'homme le plus imposant que Rider eût jamais vu, un géant investi d'une force hors norme. Il semblait emplir toute la pièce à lui seul. Ses pectoraux étaient deux plaques de béton armé, ses bras gros comme des cuisses d'haltérophile. Il portait des chaînes aux mains et aux pieds, qui le forçaient à traîner la jambe. C'était la démarche classique du forçat, et il y était tellement accoutumé que ses pas avaient presque de l'élégance.

Il devait avoir près de cinquante ans mais en paraissait bien dix de plus, calcula Rider en observant ses balafres ainsi qu'un curieux renfoncement sous son œil droit. Le jeune homme que Rider avait défendu avait les traits fins et plutôt gracieux. Combien de fois Rufus s'était-il fait tabasser ici, combien d'autres traces de coups dissimulait-il sous ses vêtements ?

Harms s'assit en face de Rider, devant une table de bois rayée d'innombrables griffures de désespoir. Il ne regarda pas tout de suite l'avocat. Il continuait à lorgner le gardien qui restait en faction dans la pièce.

Rider comprit son message tacite et dit au maton :

— Soldat, je suis son avocat, vous allez devoir nous laisser un peu de champ.

La réponse fut automatique :

— C'est un quartier de haute sécurité. Ici, tous les détenus sont classés dangereux et violents. C'est pour votre protection.

Les hommes étaient effectivement dangereux, ici, les gardiens autant que les prisonniers. Rider connaissait la musique.

— Je sais bien, dit-il. Je ne vous demande pas de m'abandonner, mais je vous saurais gré de bien vouloir vous éloigner un peu. C'est une conversation entre avocat et client, vous comprenez, n'est-ce pas ?

Le type se retira au fond de la pièce sans desserrer les lèvres, ostensiblement dans un coin où il ne pouvait plus les entendre. Alors, enfin, Rufus Harms regarda Rider.

— Vous avez apporté la radio ?

— La demande m'a surpris, mais je l'ai honorée.

— Sortez-la et allumez-la, vous voulez ?

Rider s'exécuta. Une rengaine de musique country s'éleva dans le parloir. Face à l'authentique détresse qu'on percevait dans ce lieu, les paroles désespérées de la chanson paraissaient fades, sonnaient faux.

— Les murs ont des oreilles, ici, expliqua Rufus en épiant les alentours. On se méfie jamais assez, vous me suivez ?

— Écouter les conversations d'un avocat avec son client est une infraction à la loi.

Harms leva légèrement les mains, dans un ferraillement de chaînes.

— Y a des tas de trucs interdits par la loi, mais les gens les font quand même. Aussi bien dehors qu'ici, pas vrai ?

Rider acquiesça. Harms n'était plus un jeune gars paniqué. C'était un homme. Et un homme maître de lui, même s'il ne pouvait maîtriser aucun des éléments de son existence. Rider remarqua que les moindres gestes de Harms étaient mesurés et calculés, comme ceux d'un joueur d'échecs déplaçant ses pièces avec lenteur et froide précision. Ici, les mouvements vifs pouvaient être mortels.

Le taulard se pencha en avant et se mit à parler d'une voix si basse que Rider dut faire un effort pour capter ses paroles par-dessus la musique.

— Je vous remercie d'être venu. Ça m'étonne, je dois dire.

— Je crois que, de nous deux, c'est encore moi le plus étonné. La curiosité, sans doute.

— Vous avez l'air en forme. Les années ne vous ont pas abîmé.

Rider ne put s'empêcher de rire.

— J'ai perdu tous mes cheveux et pris vingt-cinq kilos, mais merci quand même.

— J'vais pas vous faire perdre votre temps. J'ai du nouveau, je veux que vous me rédigiez un appel pour la Cour.

Rider tomba des nues.

— Quelle cour ?

Harms baissa encore la voix, malgré la musique.

— La plus grande de toutes. La Cour suprême.

— Vous vous foutez de moi ? dit Rider, bouche bée. (Mais le regard de Harms invalidait cette hypothèse.) Bon, d'accord, pour quel motif exactement ?

D'un geste sûr, malgré la contrainte de ses fers, Harms tira une enveloppe de sa chemise et la lui tendit. Le gardien rappliqua aussi sec pour la lui arracher de la main.

Rider protesta immédiatement.

— Soldat, ceci est une conversation confidentielle.

— Laissez-le lire, Samuel, j'ai rien à cacher, dit Harms sans s'énerver.

Le gardien ouvrit l'enveloppe et parcourut la lettre. Satisfait, il la rendit à Harms et regagna sa place dans le coin.

Harms passa la lettre à Rider, qui en prit connaissance. Quand il releva les yeux, Harms se pencha encore plus près de lui et lui parla pendant au moins dix minutes. Rider sentit plusieurs fois ses yeux s'écarquiller pendant le récit du prisonnier. Quand il eut fini, Harms se rassit normalement et le regarda en face.

— Vous allez m'aider, hein ?

Sur le moment, Rider ne sut que répondre. Il lui fallait le temps d'assimiler ce qu'il venait d'entendre. S'il avait eu les mains libres, Harms l'aurait saisi par les épaules, non pour le menacer mais pour le supplier de lui accorder la sollicitude qu'on lui refusait depuis près de trente ans.

— Hein, Samuel ?

Rider acquiesça enfin.

— Je vous aiderai, Rufus.

Harms se leva et se dirigea vers la porte.

Rider remit la lettre dans l'enveloppe et la rangea, avec la radio, dans sa mallette. Il ne pouvait pas savoir que, de l'autre côté du grand miroir sans tain qui ornait le parloir, quelqu'un avait observé leur entretien. Et ce quelqu'un se frottait maintenant le menton, perdu dans ses pensées, perplexe et contrarié.

Chapitre 6

À 10 heures du matin, l'huissier de la Cour suprême, Richard Perkins, vêtu d'un frac anthracite, qui était aussi la tenue d'apparat des magistrats du bureau du haut officier de justice fédérale, debout à une extrémité du banc massif derrière lequel étaient alignés neuf sièges de cuir à haut dossier de différents styles et tailles, fit résonner son maillet. Silence dans la salle bondée.

— Les honorables membres du tribunal, le président et les juges assesseurs des États-Unis !

Le long rideau cramoisi derrière le banc s'ouvrit en neuf endroits différents sur neuf juges, un peu guindés dans leurs robes noires et qui semblaient mal réveillés comme s'ils avaient été surpris au lit par une foule de badauds. Pendant qu'ils s'installaient, Perkins continua :

— Oyez ! Oyez ! Oyez ! Toute personne ayant affaire à valoir devant l'honorable Cour suprême des États-Unis est priée de s'avancer et de prêter attention, car la Cour est ci-devant en séance. Dieu sauve les États-Unis et cette honorable cour.

Perkins s'assit et regarda dans la salle, qui était à elle seule aussi grande qu'un manoir avec cour et dépendances. Ses plafonds hauts de douze mètres incitaient l'œil à y chercher des cumulo-nimbus. Après quelques préliminaires d'usage et les prestations de serment des nouveaux membres du barreau de la Cour suprême, la première des deux affaires de la matinée passerait en audience. Le mercredi, on n'entendait que deux affaires en matinée, les audiences d'après-midi étant réservées aux lundi et mardi. Il n'y avait jamais de débat oral les jeudi et vendredi. La session durait jusqu'à la fin d'avril, à raison de trois jours toutes les deux semaines, pour un total de cent cinquante audiences environ. C'était à ce rythme que les juges suprêmes remplissaient leur rôle de Salomon des temps modernes pour le peuple américain.

On apercevait d'impressionnantes frises de chaque côté de la salle. À droite, elles représentaient des législateurs de l'Antiquité ; à gauche, leurs homologues de l'ère chrétienne. Deux armées prêtes à s'affronter. Peut-être pour décider laquelle des deux avait le bon droit pour elle. Moïse contre Napoléon. Hammourabi contre Mahomet. La loi et son application pouvaient être douloureuses, voire sanglantes. Juste au-dessus du banc se dressaient deux bas-reliefs sculptés dans le marbre : *La Majesté de la loi* et *Le Pouvoir du gouvernement*. Entre les deux, un tableau illustrait les Dix Commandements, et toute une série de bas-reliefs allégoriques décorait l'immense salle comme des vols de colombes : *La Sauvegarde des droits du peuple, Le Génie de la sagesse et de la politique*, *La Défense des droits de l'homme*. Aucune scène de théâtre n'aurait pu mieux symboliser la souveraineté des juges, mais la topographie était parfois trompeuse.

Ramsey siégeait au centre, Elizabeth Knight à son extrême droite. Un puissant haut-parleur pendait du plafond. Les papas et les mamans de l'assistance se raidirent. Même leurs gosses accablés d'ennui se redressèrent. Il était inutile de connaître le protocole pour comprendre que l'instant était solennel, que ces gens représentaient l'autorité dans ce qu'elle a de plus implacable et que des résolutions fondamentales allaient être prises.

Ces neuf juges en robe noire avaient le pouvoir de fixer les limites légales d'un avortement, d'envoyer les écoliers dans tel ou tel établissement, de décider si tel propos était obscène ou non, de rappeler à la police qu'elle n'avait pas le droit de perquisitionner ou d'arrêter indûment, ni d'extorquer des aveux par la force. Leurs fonctions n'étaient pas électives, ils étaient nommés à vie et pratiquement immunisés contre toute poursuite. Ces hauts magistrats entouraient leurs travaux d'une telle atmosphère de secret, s'enfermaient dans une tour d'ivoire si imprenable que les autres vénérables institutions fédérales semblaient dérisoires en comparaison. Les grandes questions étaient leur pain quotidien. Ils avaient à juger des groupes activistes qui posent des bombes dans les cliniques pratiquant l'avortement, ou manifestent devant les prisons pendant l'exécution d'un condamné à mort. Les problèmes les plus épineux et les plus déterminants pour l'avenir de la civilisation dépendaient de leur sentence. Et ils avaient l'air si calmes…

On appela la première affaire. Elle traitait de l'*affirmative action* [1] dans les universités publiques – ou du moins ce qui restait de ces théories. Frank Campbell, l'avocat qui défendait l'*affirmative action*, n'avait même pas fini sa première phrase que déjà Ramsey l'interrompait.

Le président lui fit remarquer que le Quatorzième Amendement stipulait formellement que toute forme de

---

1. Mouvement préconisant un système d'éducation prioritaire pour les minorités (et les femmes) afin de favoriser leur insertion sociale. *(N.d.T.)*

discrimination était interdite. Cela ne signifiait-il pas clairement que l'*affirmative action* était contraire à la Constitution ?

— Mais il s'agit en l'occurrence de réparer de criantes injustices qui…

— Pourquoi l'égalité devrait-elle être synonyme de pluralité ? coupa Ramsey.

— Nous devons permettre à une population estudiantine plus vaste et plus diversifiée d'exprimer des idées différentes, de représenter des cultures différentes qui, à leur tour, aideront à briser le cycle de l'ignorance.

— En somme, vous fondez tout votre argument sur l'idée que les Blancs et les Noirs penseraient différemment. Qu'un Noir élevé par des parents professeurs de faculté, dans un environnement familial très bourgeois, disons à San Francisco, par exemple, apportera à l'université un système de valeurs différent de celui d'un Blanc élevé dans le même milieu privilégié de San Francisco ?

Ramsey était plus que sceptique.

— Je pense que chacun est différent, répondit Campbell.

— Au lieu de vous fonder sur la couleur de la peau, ne croyez-vous pas que ce sont les plus pauvres d'entre nous qui ont le plus besoin d'une main secourable ? demanda le juge Knight.

Ramsey la regarda bizarrement.

— Et pourtant, poursuivit-elle, votre raisonnement n'établit aucune distinction entre les riches et les pauvres.

— Non, reconnut Campbell.

Michael Fiske et Sara Evans étaient assis dans une section spéciale perpendiculaire au banc. Fiske épia Sara du coin de l'œil en entendant la question. Elle ne le regarda pas.

Ramsey reprit le flambeau :

— Vous ne pouvez pas contourner la lettre de la loi. Vous nous forceriez à nous démarquer de la Constitution.

— Il y a la lettre et il y a l'esprit, répliqua Campbell.

— Oh, vous savez, les esprits sont des êtres tellement impalpables ! Je préfère m'en tenir au concret.

La repartie de Ramsey fit naître quelques rires dans l'assistance. Le président renouvela son attaque et louvoya avec une précision diabolique dans les méandres de la jurisprudence invoquée par Campbell, pour réfuter son raisonnement. Knight ne dit plus rien. Les yeux fixés dans le vide, elle avait visiblement la tête ailleurs. Quand s'alluma la lumière rouge indiquant que son temps de parole était écoulé, Campbell regagna son siège presque en courant. L'avocat de la partie adverse vint le remplacer à la barre. Il entreprit d'exposer ses arguments, mais on eut la nette impression que les juges ne l'écoutaient même pas.

— Rien à dire, Ramsey connaît son affaire, commenta Sara.

Elle se trouvait à la cafétéria du Palais avec Michael Fiske. Les juges s'étaient retirés dans leur salle à manger particulière pour leur traditionnel déjeuner d'après-audience.

— Il a laminé l'avocat de l'université en cinq secondes, dit-elle.

Michael avala une bouchée de sandwich.

— Ça fait trois ans qu'il cherchait une occasion de régler leur compte aux tenants de l'*affirmative action*. Il la tient enfin. À partir du moment où l'affaire est arrivée chez nous, ils n'avaient plus aucune chance.

— Tu crois vraiment qu'il est comme ça ?

— Cette bonne blague ! Attends d'avoir vu l'arrêt. Il va probablement le rédiger lui-même, rien que pour s'en gargariser. Ce sera un enterrement de première classe.

— Remarque, je comprends en partie sa logique.

— Ben voyons. C'est cousu de fil blanc. Un groupuscule de droite lui apporte l'affaire sur un plateau, avec une plaignante aux petits oignons : une ouvrière blanche, intelligente, qui travaille dur et n'a jamais eu de piston. Une femme, par-dessus le marché !

— La Constitution exclut toute forme de discrimination.

— Allons, Sara, tu sais très bien que le Quatorzième Amendement a été voté après la guerre de Sécession pour protéger les Noirs contre la discrimination raciale. Et regarde ce qu'ils en ont fait ! Un rouleau compresseur pour écraser ceux-là mêmes que la loi était censée aider. Mais, tu verras, les écraseurs se préparent leur propre apocalypse.

— Qu'est-ce que tu veux dire ?

— Un pauvre qui a de l'espoir commence à sortir du trou. Un pauvre sans espoir commence à sortir ses griffes. Et ça peut faire très mal.

— Oh.

Elle l'observa. Il était soudain grave et péremptoire. Terriblement sérieux pour son âge, jusqu'à en devenir parfois embarrassant. C'était un des aspects de son caractère qu'elle admirait et craignait à la fois.

— Mon frère pourrait te raconter des histoires édifiantes à ce sujet.

— Je n'en doute pas. J'aimerais beaucoup faire sa connaissance.

Il détourna les yeux.

— Ramsey se fait une fausse idée du monde. Il s'est débrouillé tout seul dans la vie et il estime que tout le monde peut en faire autant. En un sens, je lui tire mon chapeau. Il met tout le monde sur un pied d'égalité, les riches et les pauvres, l'État et l'individu. Il ne favorise personne. Je lui accorde ça.

— Tu ne t'es pas mal débrouillé non plus.

— Ouais. Je ne veux pas me pousser du col, mais j'ai un QI supérieur à 160. Tout le monde ne peut pas en dire autant.

— Hélas, répliqua Sara avec un regret dans la voix. Mon cerveau juridique me dit que ce qui s'est passé aujourd'hui était légal. Mon cœur me dit que c'est une tragédie.

— Eh, que veux-tu ? C'est la Cour suprême. Les choses ne sont jamais faciles ici. À propos, qu'est-ce que Knight essayait de faire ?

Michael était perpétuellement sur la brèche, il voulait tout connaître, les petits secrets, les ragots, les stratégies des juges et de leurs greffiers pour faire triompher leurs philosophies et leurs points de vue. Or la tactique de Knight lui échappait, ce qui le contrariait.

— Michael, elle n'a prononcé que deux phrases.

— Peut-être, mais deux phrases lourdes de sous-entendus. Tu as vu le regard que Ramsey lui a lancé ? Elle a une idée derrière la tête ? Elle essaie d'assurer ses arrières pour une affaire à venir ?

— Tu t'imagines que je vais te répondre ? C'est confidentiel.

— Nous formons une équipe, Sara.

— Depuis quand ? Je n'ai pas souvent vu Murphy voter comme Knight. Cette cour comporte neuf compartiments très cloisonnés, je ne t'apprends rien.

— Exact. Neuf petits royaumes. Mais, si Knight cache quelque chose dans sa manche, j'aimerais être prévenu.

— Pourquoi devrais-tu être au courant de tout ce qui se passe ici ? Bon sang, tu en sais déjà plus que tous les greffiers et la plupart des juges réunis. Je ne connais pas beaucoup d'autres greffiers qui viennent éplucher le courrier au petit matin pour avoir la primeur des informations sur les dossiers à venir.

— Je n'aime pas faire les choses à moitié.

Elle le regarda, faillit répliquer, puis se ravisa. Pourquoi compliquer les choses ? Elle lui avait déjà répondu. En vérité, bien qu'elle fût elle-même assez impliquée, elle ne pouvait s'imaginer avec un mari aussi idéaliste que Michael Fiske. Elle ne serait jamais à la hauteur de ses aspirations. Il l'épuiserait.

— Je n'ai pas l'intention de trahir un secret. Tu sais aussi bien que moi que nous sommes pratiquement en campagne militaire, ici. Si les langues se délient, le navire coule. Il faut se méfier de tout le monde.

— Je suis d'accord avec toi sur le principe, mais je suis partie prenante dans cette affaire. Tu connais Murphy, il est vieux jeu, merveilleusement vieux jeu, mais c'est un pur libéral. Toujours prêt à défendre la veuve et l'orphelin. Knight et lui seront du même côté, cette fois-ci, c'est certain. Il ferait n'importe quoi pour enrayer la machine de Ramsey. Tom Murphy avait la haute main sur cette cour avant que Ramsey prenne les commandes. Ce n'est pas marrant d'être mis sur la touche à quelques années de la retraite.

Sara secoua la tête.

— Navrée, je ne marche pas.

Il soupira et picora dans son assiette.

— Décidément, on dirait que nous ne sommes pas faits pour nous entendre !

— C'est faux. C'est ce que tu veux faire croire, mais c'est faux. Je sais que je t'ai blessé en te disant non, et ça me désole.

Il eut un petit sourire.

— C'est peut-être mieux comme ça. Nous sommes trop têtus, tous les deux, on aurait fini par s'étriper.

— Un brave gars de Virginie et une petite délurée de Caroline, dit-elle avec un accent traînant. Tu as sûrement raison.

Il agita son verre et l'observa du coin de l'œil.

— Si tu me trouves obstiné, qu'est-ce que tu dirais de mon frère !

Elle évita de croiser son regard.

— Une forte tête, j'en suis sûre. Il était génial pendant ce procès qu'on a suivi ensemble.

— Je suis très fier de lui.

Cette fois, elle le regarda.

— Alors pourquoi m'as-tu forcée à entrer en catimini dans la salle d'audience pour qu'il ne remarque pas notre présence ?

— C'est à lui qu'il faut poser la question.

— Mais c'est à toi que je la pose.

Il haussa les épaules.

— Il a un problème avec moi. Il m'a banni de sa vie.

— Pourquoi ?

— Je ne sais pas exactement. Lui non plus, peut-être. En tout cas, ça ne l'a pas rendu plus heureux.

— Pour le peu que j'ai vu de lui, il ne m'a pas fait l'effet d'être comme ça. Le genre déprimé, je veux dire.

— Ah bon ? Et quel effet il t'a fait ?

— Un type drôle, intelligent, qui sait être en phase avec les autres.

— Apparemment, il était en phase avec toi.

— Il ne savait même pas que j'étais là.

— Mais tu aurais bien voulu, pas vrai ?

— Qu'est-ce que tu sous-entends ?

— Je ne suis pas aveugle. Il m'a fait de l'ombre toute ma vie.

— Tu es un petit génie avec un avenir illimité.

— Et lui, un ex-flic héroïque qui défend aujourd'hui ceux qu'il arrêtait autrefois. Il a aussi un côté martyr que je n'ai jamais réussi à comprendre. C'est un type bien, qui ne se laisse jamais abattre.

Michael hocha la tête. Tout ce temps que son frère avait passé à l'hôpital, entre la vie et la mort… Une angoisse de tous les jours, de tous les instants. Jamais il n'avait eu aussi peur, l'idée de perdre son frère le terrifiait. Et pourtant il l'avait perdu, d'une certaine manière, mais pas à cause de ses blessures. Pas à cause de ces balles.

— Il pense peut-être que c'est toi qui lui fais de l'ombre.

— Ça m'étonnerait.

— Tu le lui as demandé ?

— Je te l'ai dit, nous ne nous parlons plus.

Il s'interrompit puis reprit calmement :

— C'est à cause de lui que tu n'as pas voulu de moi ?

Il l'avait observée pendant le procès, alors qu'elle avait les yeux fixés sur son frère. Dès qu'elle avait aperçu John Fiske, elle avait été sous le charme. Il ne savait pas pourquoi il l'avait emmenée voir son frère. C'était une drôle d'idée. Aujourd'hui, il le regrettait amèrement.

Elle rougit.

— Je ne le connais même pas. Comment pourrais-je avoir des sentiments pour lui ?

— C'est à moi que tu poses la question, ou à toi-même ?

— Je ne répondrai pas, dit-elle d'une voix tremblante. Et toi, est-ce que tu l'aimes ?

Il se redressa et la regarda dans les yeux.

— J'aimerai toujours mon frère, Sara. Toujours.

Chapitre 7

Rider passa devant sa secrétaire sans un mot, fonça dans son bureau, ouvrit sa mallette et sortit l'enveloppe. Il retira la lettre, la regarda un court instant et la jeta à la corbeille. Elle contenait les dernières volontés et le testament de Rufus, mais c'était bidon, ce n'était qu'un leurre destiné à tromper le gardien. Rider observa l'enveloppe et appuya sur le bouton de son interphone.

— Sheila, pouvez-vous m'apporter le réchaud électrique et la bouilloire, s'il vous plaît ? Remplissez-la d'eau.

— Oh, je peux même vous faire le thé, monsieur Rider.

— Je ne veux pas de thé, Sheila, apportez-moi seulement cette bouilloire et le réchaud.

Sheila trouva la chose singulière mais n'insista pas. Son patron semblait s'être levé du pied gauche. Elle lui apporta donc la bouilloire, avec le réchaud, et se retira en silence.

Rider brancha la plaque chauffante. La bouilloire commença à fumer au bout de quelques minutes. Il présenta l'enveloppe à la vapeur en la tenant délicatement par les côtés et attendit qu'elle se sépare en deux, comme le lui avait dit Rufus Harms. Le phénomène ne tarda pas à se produire. Au lieu d'une enveloppe, Rider avait maintenant dans les mains deux feuilles de papier : l'une était écrite par Harms, l'autre était une copie de la lettre qu'il avait reçue de l'armée.

Il éteignit le réchaud en s'émerveillant de l'ingéniosité de Rufus. L'enveloppe était en fait une lettre, dans laquelle il avait caché celle de l'armée. Alors il se rappela que le père de Harms avait travaillé dans une imprimerie. Rufus aurait été mieux inspiré de reprendre le métier de son père plutôt que de s'engager dans la carrière militaire, médita Rider.

Il laissa les papiers sécher puis s'installa derrière son bureau pour lire la prose de Rufus. Cela ne lui prit pas longtemps. Le texte était assez bref, quoique parfois difficile à déchiffrer, et truffé de fautes d'orthographe. Ce que Rider ignorait, c'était que Rufus avait dû le rédiger pratiquement dans l'obscurité, en s'interrompant chaque fois qu'il entendait les pas des gardiens. Quand l'avocat eut achevé sa lecture, il avait la gorge sèche. Il passa ensuite à la note officielle de l'administration militaire. Un autre coup au cœur.

— Nom de Dieu !

Il s'affaissa sur sa chaise, frotta sa calvitie, puis se leva d'un bond et courut fermer sa porte à clé. La peur le gagnait comme un virus. Il pouvait à peine respirer. Il revint en chancelant à son bureau et appuya à nouveau sur le bouton de l'interphone.

— Sheila, un verre d'eau et de l'aspirine, s'il vous plaît.

Une minute plus tard, Sheila frappait à la porte.

— Monsieur Rider ! dit-elle. C'est… c'est fermé à clé.

Il lui ouvrit rapidement, prit le verre, l'aspirine et allait refermer sans dire un mot, quand elle lui demanda :

— Vous vous sentez bien ?

— Très bien, très bien, répondit-il en la poussant dehors.

Il examina le papier que Rufus voulait lui faire envoyer à la Cour suprême pour étayer son recours. Rider était membre du très solennel barreau de la Cour suprême, mais uniquement grâce au piston d'un ancien collègue de l'armée qui travaillait au ministère de la Justice. S'il faisait exactement ce que Rufus lui demandait, il se retrouverait avocat rapporteur dans l'appel de Rufus. Une situation qui ne pouvait lui valoir que des emmerdements. Mais il avait donné sa parole.

Il s'allongea sur son divan de cuir, dans un coin du bureau, ferma les yeux et réfléchit en silence. Il s'était passé tant de choses contradictoires, la nuit où Ruth Ann Mosley avait été assassinée... Rufus n'avait pas le profil d'un assassin, il n'avait jamais été inculpé de violences, seulement de refus d'obéissance, attitude qui avait exaspéré nombre de ses supérieurs – et beaucoup intrigué Rider au début. Rufus semblait incapable d'exécuter les ordres, même les plus simples, et on en avait compris la raison au cours du procès. Mais cela n'expliquait pas son évasion du cachot. Voyant qu'il n'avait aucun argument de défense, Rider avait laissé entendre qu'il plaiderait l'aliénation mentale, ce qui lui avait permis de sauver la tête de son client. Et l'affaire en était restée là. Justice avait été rendue. Du moins pour autant que la justice existait en ce monde.

Il parcourut à nouveau la note de l'armée. Le grossier mensonge du passé était enfin révélé. Cette information aurait dû figurer dans le livret militaire de Harms à l'époque du meurtre, mais elle n'y était pas. Elle aurait constitué une défense tout à fait plausible. Le livret de Harms avait été trafiqué, et Rider comprenait maintenant pourquoi.

Harms voulait la liberté, voulait sa réhabilitation et voulait que cela vienne de la plus haute instance judiciaire du pays. Il refusait de se satisfaire des promesses de libération émanant de l'administration militaire. C'était ce qu'il lui avait dit au parloir, pendant que la musique country couvrait sa voix. Et Rider pouvait-il l'en blâmer ?

Tous les arguments étaient de son côté. Rufus méritait d'être entendu et relaxé. Pourtant, Rider restait circonspect, immobile sur son divan au cuir élimé et aux clous ternis. Cela n'avait rien de mystérieux : c'était la peur, le plus fort des sentiments humains. Il prévoyait de prendre sa retraite d'ici à quelques années dans la résidence qu'il avait déjà choisie avec sa femme, au bord du golfe du Mexique. Leurs enfants étaient grands et Rider en avait marre des hivers froids qui sévissaient dans les basses terres, marre d'être toujours en quête de nouvelles affaires à plaider, marre d'organiser son emploi du temps au quart d'heure près. Mais ces rêves de retraite ne l'empêcheraient pas de venir en aide à son vieux client. Il fallait parfois savoir écouter la voix du devoir.

Il se leva et s'assit à son bureau. D'abord, il avait pensé que le meilleur moyen d'agir était d'envoyer directement aux journaux les documents qu'il avait en sa possession et de laisser agir la presse. Mais, tels qu'il connaissait les journalistes, ils étaient capables soit de le prendre pour un fou et de déchirer la lettre, soit de faire un tel tapage que Rufus risquait d'être en danger. Ce qui l'avait vraiment décidé était simple : Rufus était son client et, en tant que tel, lui avait demandé d'interjeter appel auprès de la Cour suprême des États-Unis. Et c'était ce que Rider allait faire. Il avait manqué à son devoir envers Rufus la première fois, il ne recommencerait pas. Cet homme avait droit à un peu de justice, et où obtenir la justice sinon dans la plus haute cour du pays ? Si le droit ne venait pas de là, alors vers qui se tourner, bon Dieu ?

Quand il prit une feuille de papier dans son tiroir, le soleil se refléta sur ses boutons de manchette carrés, en or, projetant des points lumineux dans le capharnaüm de la pièce. Il tira à lui son antique machine à écrire, qu'il ne conservait que par nostalgie. Rider n'était pas très au fait de la procédure de la Cour suprême, et il était sûr de se planter sur de nombreux points techniques. Mais cela ne l'arrêtait pas. Il voulait seulement que cette histoire soit révélée, ne souhaitait plus en être l'unique dépositaire.

Quand il eut fini de taper, il rangea sa lettre, avec celles de Harms et de l'armée, dans une enveloppe postale. Puis il hésita. Ses trente années de pratique l'avaient rendu parano. Il fonça dans le petit cabinet adjacent et photocopia le tout. La même paranoïa l'incita à conserver l'original de la lettre de l'armée. Quand l'affaire éclaterait, il pourrait toujours la faire paraître, anonymement. Il cacha les photocopies dans un tiroir, qu'il verrouilla, remit les originaux dans l'enveloppe, chercha l'adresse de la Cour suprême dans son annuaire professionnel et la dactylographia sur une étiquette. Il n'inscrivit pas d'adresse d'expéditeur sur le paquet. Cela fait, il mit son chapeau, son pardessus et se rendit à pied à la poste du coin.

Sans se laisser le temps de changer d'avis, il remplit le formulaire de recommandation avec accusé de réception, le donna au guichetier, paya les frais et retourna dans son bureau. Alors seulement, il prit conscience de son étourderie. L'accusé de réception fournirait à la Cour un moyen d'identifier l'expéditeur. Il soupira. Rufus avait attendu toute sa vie. Et, en un sens, Rider l'avait déjà trahi une fois.

Il passa le reste de la journée sur le divan de son bureau, dans le noir, à peser le pour et le contre. Avait-il agi comme il fallait ? Au fond de lui-même, il savait que oui.

Chapitre 8

— J'ai les greffiers de Ramsey sur le dos depuis votre commentaire de l'autre jour, juge Knight, quand vous avez dit que les pauvres devaient être prioritaires dans certains cas.

Mme le juge Knight était tranquillement assise à son bureau, en face de Sara Evans. Elle feuilletait des documents.

— Ça ne m'étonne pas, répondit-elle avec un sourire.

Elles savaient toutes deux que les greffiers de Ramsey formaient un commando bien entraîné. Ils avaient des antennes partout, se sentaient concernés par tout ce qui pouvait intéresser le président. Rien, ou presque, ne leur échappait. Le moindre mot, la moindre exclamation, réunion ou conversation de couloir étaient consignés dans leurs carnets, analysés et classés.

— Dois-je comprendre que vous avez dit ça exprès pour les faire réagir ?

— Sara, même si cela ne me fait pas plaisir, il faut savoir qu'il y a ici certains procédés qu'on est bien obligé de respecter. D'aucuns appellent cela un jeu, pas moi. Mais je ne peux ignorer la réalité. Ce n'est pas Ramsey qui me préoccupe. Il n'approuvera jamais les positions que je prends sur certains sujets. Je le sais et il le sait.

— Donc vous avez envoyé un ballon-sonde vers les autres juges.

— En partie, oui. Un débat oral est aussi un forum public.

— Vers le public, alors. Et aussi les médias peut-être ?

Knight abandonna ses documents et croisa les mains :

— Cette cour dépend beaucoup plus de l'opinion publique qu'on ne veut bien l'avouer. Certains souhaiteraient le maintien éternel du *statu quo*, mais la Cour doit évoluer.

— C'est en rapport avec la jurisprudence que vous m'avez demandé d'étudier sur l'égalité du droit à l'éducation pour les pauvres ?

— C'est un sujet qui me tient particulièrement à cœur.

Elizabeth Knight avait grandi à l'est du Texas, dans un trou perdu mais dans une famille riche. Elle avait donc bénéficié de la meilleure éducation et s'était souvent demandé ce qu'aurait été sa vie si son père avait été pauvre, comme la plupart des gens qu'elle côtoyait à l'époque. Tous les juges suprêmes arrivaient à la Cour avec leurs déterminations psychologiques et Elizabeth Knight ne faisait pas exception.

— Mais je n'en dirai pas plus pour le moment.

— Et Blankley ? demanda Sara, se référant à l'affaire sur l'*affirmative action* que Ramsey avait balayée d'un revers de main.

— Nous n'avons pas encore voté, Sara. Je ne peux donc pas dire ce qui en sortira.

Les votes se déroulaient dans le plus parfait secret. Il n'y avait même pas de sténographe dans la salle des délibérations. Toutefois, pour ceux qui suivaient d'un peu près les travaux de la Cour, notamment les greffiers qui y passaient leurs journées, il n'était pas trop difficile de prédire l'orientation des suffrages, même si les juges avaient parfois créé la surprise dans le passé. L'expression désabusée du juge Knight ne laissait guère de doutes sur le résultat des délibérations dans l'affaire Blankley.

Sara savait lire dans le marc de café aussi bien que n'importe qui. Michael Fiske avait raison. Le seul suspense concernait le style des attendus.

— Dommage que je ne puisse pas être là pour voir mes recherches porter leurs fruits.

— On ne sait jamais. Vous avez signé pour une seconde session. Michael Fiske a signé avec Tommy pour une troisième. Je serais ravie de vous retrouver là l'an prochain.

— C'est drôle que vous me parliez de lui. Michael m'a questionnée sur votre remarque à l'audience. Il pensait que Murphy verrait d'un bon œil vos allusions aux priorités pour les pauvres.

Knight sourit.

— Michael doit le savoir. Tommy et lui sont aussi proches que peuvent l'être un juge et un greffier.

— Michael en sait plus que n'importe qui sur ce qui se passe à la Cour. Parfois, il me fait peur.

Knight lui lança un coup d'œil aigu.

— Je croyais que vous étiez intimes.

— Nous le sommes. C'est-à-dire… Nous sommes bons amis, répondit Sara en rougissant.

— Vous n'allez pas nous annoncer une grande nouvelle, tous les deux, si ? questionna le juge avec un chaleureux sourire.

— Quoi ? Oh, non, non. Nous sommes seulement amis.

— Je vois. Excusez-moi, Sara, tout cela ne me regarde pas.

— Il n'y a pas de mal. Nous passons effectivement beaucoup de temps ensemble. Je suis sûre que beaucoup de gens pensent qu'il y a plus que de l'amitié entre nous. Je veux dire… Michael est un homme très séduisant, très intelligent… Avec un grand avenir.

— Sara, ne le prenez pas en mauvaise part mais, à vous entendre, on dirait que vous essayez de vous convaincre vous-même de quelque chose.

La jeune femme baissa les yeux.

— Vous devez avoir raison.

— Un conseil d'une femme qui a deux filles adultes : ne vous précipitez pas. Laissez les choses se faire. Vous avez tout votre temps. Fin de la morale maternelle.

Sara se dérida.

— Merci.

— Maintenant, où en est le mémo sur l'affaire Chance contre États-Unis ?

— Je sais que Steven a planché dessus jour et nuit.

— Steven Wright n'est pas à la hauteur de ses responsabilités ici.

— Je vous assure qu'il travaille d'arrache-pied.

— Il faut l'aider, Sara. Vous êtes la greffière principale. Je devrais avoir ce mémo depuis deux semaines. Ramsey a déjà fait le plein de munitions et tous les précédents sont de son côté. Il faut que je sois au moins à égalité avec lui si je veux avoir une chance de tirer une cartouche.

— J'en fais ma priorité absolue.

— Bien.

Sara se leva pour partir.

— Je suis sûre que vous enroulerez le président autour de votre petit doigt.

Les deux femmes échangèrent un sourire. Elizabeth Knight était devenue comme une seconde mère pour Sara Evans, qui avait perdu la sienne lorsqu'elle était enfant.

Quand la jeune femme eut pris congé, Knight se cala contre le dossier de sa chaise. La situation qu'elle occupait actuellement était l'aboutissement de toute une vie de travail et de sacrifice, de chance et d'habileté. Elle était mariée à un respectable sénateur, un homme qu'elle aimait et qui l'aimait. Elle était l'une des trois seules femmes qui aient jamais endossé la robe de la Cour suprême. Elle se sentait à la fois humble et puissante. Le Président des États-Unis qui l'avait nommée était toujours aux affaires. Il avait vu en elle une juriste fiable et dénuée de tout fanatisme. Comme elle n'avait jamais été une militante politique, il ne s'attendait pas qu'elle joue les godillots de son parti. Au contraire, il espérait sans doute qu'elle resterait neutre et laisserait les grandes questions aux élus du peuple.

Elle n'avait pas d'idées très tranchées, comme Ramsey ou Murphy, qui prenaient leurs décisions non en fonction des faits, mais en fonction de leur idéologie. Murphy ne voterait jamais pour un arrêt de la Cour favorable à la peine de mort. Ramsey ne soutiendrait jamais une demande de révision au nom du droit des criminels. Knight, elle, ne se déterminait pas de cette manière. Elle prenait chaque affaire comme elle venait. Seuls les faits lui importaient. Et, consciente de l'impact que les décisions de la Cour avaient sur la vie de la nation, elle tenait toujours à évaluer la loyauté des parties en présence. Il en résultait qu'elle avait souvent un rôle pivot dans les votes, mais cela ne lui faisait pas peur. Elle n'était pas là pour faire tapisserie, elle était venue pour faire entendre sa voix.

Aujourd'hui seulement elle commençait à se rendre compte de l'énorme influence qu'elle pouvait avoir. Et la responsabilité qui accompagnait ce pouvoir la rendait humble. La terrifiait aussi. Souvent, la nuit, dans son lit, elle contemplait le plafond pendant que son mari ronflait à côté d'elle. Et cependant, songea-t-elle avec un sourire, elle n'aurait pas renoncé à ses fonctions pour tout l'or du monde, elle n'aurait pu imaginer meilleure façon d'employer sa vie.

Chapitre 9

John Fiske entra dans un immeuble du West End de Richmond. Officiellement, c'était une maison de repos. En réalité, pour dire les choses crûment, c'était un mouroir pour les vieux. En suivant le couloir, Fiske s'efforça de ne pas prêter attention aux gémissements et aux cris. Il voyait des corps avachis dodeliner de la tête, les jambes et les bras ballants, enchâssés dans des fauteuils roulants alignés comme des chariots de supermarché. Ils semblaient attendre des partenaires de danse qui ne viendraient jamais.

Lui et son père s'étaient finalement résignés, la mort dans l'âme, à caser sa mère dans cet endroit. Michael Fiske n'avait jamais voulu regarder la réalité en face, à savoir que leur mère avait définitivement perdu l'esprit, emporté par la maladie d'Alzheimer. Il était facile d'aimer quelqu'un quand tout allait bien. C'était dans les moments difficiles qu'on mesurait le véritable amour. Et, aux yeux de John Fiske, son frère Mike avait lamentablement raté cet examen-là.

Il se présenta à la réception.

— Comment va-t-elle aujourd'hui ? demanda-t-il à l'employée de l'administration.

Vu la fréquence de ses visites, il connaissait tous les membres du personnel.

— Elle a eu de meilleures périodes, John, mais votre venue va la requinquer.

Sa mère l'attendait, en robe de chambre et en pantoufles, comme toujours. Ses yeux erraient sans se fixer, ses lèvres remuaient sans prononcer un mot. Mais un sourire se dessina sur son visage quand il apparut sur le seuil. Il vint s'asseoir en face d'elle.

— Comment va mon Mikey ? dit Gladys Fiske en lui caressant tendrement la joue. Comment va mon bébé ?

Fiske inspira profondément. Depuis deux ans, c'était chaque fois la même chose. Elle le prenait pour Mike. Pour elle, il serait toujours son frère, jusqu'à la fin de sa vie. John Fiske avait été complètement effacé de sa mémoire, comme s'il n'avait jamais existé.

Il lui prit doucement les mains, en faisant taire sa tristesse.

— Je vais bien. Très bien. Papa aussi, dit-il avant d'ajouter : Et aussi Johnny, il a demandé de tes nouvelles. Il le fait toujours.

— Johnny ? dit-elle, le regard vide.

Fiske tentait le coup chaque fois, et chaque fois il obtenait la même réaction. Pourquoi l'avait-elle oublié, lui, et non son frère ? Il devait y avoir en elle, depuis toujours, une sorte de refoulement profond qui avait permis à la maladie de gommer l'identité de son fils aîné. N'avait-il donc jamais compté à ses yeux ? C'était pourtant lui, le fils attentionné qui avait toujours veillé sur ses parents. Il avait toujours été là pour eux quand il était enfant, et ne les avait jamais quittés depuis qu'il avait l'âge d'homme. Il leur consacrait l'essentiel de ses revenus et n'hésitait pas à grimper sur le toit en plein cagnard, au mois d'août, pour remplacer les tuiles de la maison de son père, qui n'avait pas les moyens de payer un couvreur. Et pourtant c'était Mike qui restait le chouchou, Mike qui ne s'occupait que de lui-même, ne levait jamais le petit doigt pour eux. Mike avait toujours été considéré comme la fierté de la famille. En réalité, ses parents n'avaient jamais eu une attitude aussi extrême. Mais, dans sa colère, il déformait la vérité, ne retenait que le pire en oubliant le meilleur.

— Mikey ? demanda-t-elle avec anxiété. Comment vont les enfants ?

— Ils sont en pleine forme, ils poussent comme du chiendent. Ils te ressemblent.

À force de faire semblant d'être Mike et d'avoir des enfants, John devait se retenir pour ne pas hurler.

Elle sourit et lui toucha les cheveux.

— Tu as bonne mine, reprit-il. Papa dit que tu n'as jamais été aussi jolie.

Gladys Fiske avait toujours été une femme très séduisante, qui attachait beaucoup d'importance à son physique. Hélas, la maladie d'Alzheimer avait accéléré le vieillissement. La femme de naguère aurait été catastrophée de découvrir ce qu'elle était devenue. Fiske espérait qu'elle se voyait toujours telle qu'elle était à vingt ans, et plus belle que jamais.

Il lui tendit le paquet qu'il avait apporté. Elle s'en saisit avec l'enthousiasme d'une enfant et déchira l'emballage. Elle prit la brosse délicatement et la passa dans ses cheveux avec beaucoup d'application.

— C'est la plus belle chose que j'aie jamais vue !

Elle disait toujours ça. Quoi qu'il apportât, des mouchoirs, du rouge à lèvres, un livre d'images. C'était toujours la plus belle chose qu'elle eût jamais vue. Mike ! Chaque fois qu'il venait, son frère marquait des points contre lui. John Fiske chassa ces pensées de son esprit et réussit à passer une heure agréable avec sa mère. Il l'aimait tant ! Il aurait fait n'importe quoi pour éradiquer le mal qui lui rongeait le cerveau. Mais il n'y avait rien à faire. Alors, à défaut, il s'arrangeait pour venir lui tenir compagnie. Même sous le nom d'un autre.

John Fiske quitta la maison de repos et se rendit chez son père. En arrivant dans la rue familière, il regarda alentour le périmètre dévasté des dix-huit premières années de sa vie : des maisons délabrées dont la peinture s'écaillait, des terrasses branlantes, des clôtures au grillage distendu, des jardins minables, une chaussée fissurée, d'antiques Ford et Chevrolet défoncées le long des trottoirs. Cinquante ans plus tôt, le quartier, tout neuf, symbolisait l'optimisme typique de l'après-guerre, quand on croyait dur comme fer que la vie ne pourrait aller qu'en s'améliorant. Pour ceux qui n'avaient pas réussi à prendre en marche le train de la prospérité, le seul confort que leur avait apporté le progrès était une rampe de bois pour fauteuil roulant sur le côté du perron. En regardant l'une de ces rampes, John se dit qu'il aurait cent fois préféré une vieille maman paralytique à une mère décervelée.

Il entra dans l'allée du jardin bien entretenu. Plus le quartier dépérissait, plus le vieux Fiske refusait de se laisser abattre. Peut-être pour maintenir le passé en vie un peu plus longtemps, dans l'espoir inavoué de voir revenir sa femme avec la fraîcheur de ses vingt ans et un esprit sain. La Buick stationnée dans l'allée commençait à rouiller mais, sous le capot, le moteur tournait encore comme une horloge grâce aux soins experts de son propriétaire, un mécano de première. John aperçut son père dans le garage, en T-shirt blanc et pantalon bleu de chauffe comme d'habitude, penché sur une pièce mécanique. Depuis qu'il avait pris sa retraite, Ed Fiske ne trouvait son bonheur qu'en farfouillant dans les entrailles de quelque machine compliquée, étalée en pièces détachées devant lui, les doigts pleins de cambouis.

— Y a de la bière fraîche au frigo, dit-il sans lever les yeux.

John ouvrit le réfrigérateur vétuste que son père avait installé dans le garage et sortit une Miller. Il s'assit sur une chaise de cuisine bancale pour regarder son vieux travailler, comme quand il était enfant. Il avait toujours été fasciné par son habileté et la sûreté de ses gestes.

— J'ai vu m'man, aujourd'hui.

D'un adroit roulement de langue, Ed Fiske fit passer la cigarette qu'il fumait vers le côté droit de sa bouche. Il était occupé à visser un boulon récalcitrant et l'on voyait ses muscles se contracter sur ses avant-bras noueux.

— J'y vais demain. Je mettrai mon costume du dimanche, je lui apporterai des fleurs et un bon petit repas qu'Ida est en train de préparer pour elle. Un déjeuner en amoureux. Rien qu'elle et moi.

Ida German était la voisine. C'était la plus ancienne habitante du quartier et une bonne compagnie pour lui depuis le départ de sa femme.

— Elle sera ravie.

John Fiske avala une gorgée de bière et ne put s'empêcher de sourire en les imaginant tous les deux.

Ed Fiske termina son travail, se débarbouilla et se nettoya les mains avec un chiffon imbibé d'essence. Puis il s'arma d'une canette et s'assit sur une vieille caisse à outils, en face de son fils.

— J'ai parlé à Mike, hier, annonça-t-il.

— Ah bon ? dit John avec indifférence.

— Il se débrouille bien à la Cour. Tu sais qu'ils lui ont demandé de rester un an de plus ? Il doit être bon.

— Je suis sûr qu'ils n'en ont jamais eu de meilleur.

John se leva et alla se planter sur le pas de la porte. Il huma longuement l'odeur de l'herbe coupée, l'odeur des samedis de jadis, quand il tondait la pelouse avec son frangin avant de s'entasser avec toute la maisonnée dans la grosse camionnette familiale pour la visite hebdomadaire au supermarché A&P. Lorsqu'ils avaient été sages, qu'ils s'étaient bien acquittés de leurs tâches, n'avaient pas tondu le gazon trop ras, ils avaient le droit d'acheter un soda au distributeur automatique à côté du kiosque à journaux, chez A&P. Pour eux, c'était de l'or liquide. Ils l'attendaient toute la semaine, ce soda glacé. Ils étaient si proches, en ce temps-là ! Ils distribuaient le *Times Dispatch* du matin ensemble, faisaient du sport ensemble, malgré leurs trois ans de différence. Mike était si doué qu'il avait joué dans l'équipe universitaire dès sa première année de fac. Les frères Fiske. Tout le monde les connaissait, les respectait. C'était le bon temps. Un temps révolu. Il se retourna vers son père.

Ed secoua la tête.

— Tu sais que Mike a refusé une place de prof dans une grande école de droit, Harvard ou j'sais pas quoi, pour rester à la Cour ? Y a des cabinets juridiques qui lui ont fait des offres incroyables. Il me les a montrées. Bon Dieu ! C'est dingue, le fric qu'ils lui proposaient.

Sa fierté était évidente.

— Grand bien lui fasse, répliqua John d'un ton sec.

Ed Fiske se tapa sur la cuisse.

— Qu'est-ce qui tourne pas rond chez toi, Johnny ? Qu'est-ce que t'as contre ton frère, à la fin ?

— Je n'ai rien contre lui.

— Alors pourquoi vous êtes plus copains comme avant ? J'en ai touché un mot à Mike. Il y est pour rien.

— Écoute, papa, il a sa vie et j'ai la mienne. Si je me souviens bien, tu n'étais pas au mieux avec oncle Ben.

— Mon frère était un feignant et un poivrot. Ton frère n'est ni l'un ni l'autre.

— La boisson et la fainéantise ne sont pas les seuls vices au monde.

— Nom d'un chien, je te comprends pas, fils.

— Tu n'es pas le seul.

Ed Fiske écrasa sa cigarette sur le sol de ciment et s'appuya contre une poutrelle.

— C'est pas bien d'être jaloux entre frères. Tu devrais être content de sa réussite.

— Ah, parce que tu crois que je suis jaloux ?

— C'est pas vrai ?

John Fiske but une autre gorgée de bière et regarda la clôture grillagée, à hauteur de nombril, qui entourait le petit jardin de son père. Actuellement, elle était vert foncé, mais elle avait connu de nombreuses couleurs différentes au fil des ans. John et Mike la repeignaient chaque été, autrefois, et la couleur dépendait des pots de peinture qui restaient de la réfection annuelle de l'entreprise de transport où travaillait Ed. John avisa le pommier qui étirait ses branchages dans un coin éloigné et le désigna avec sa canette.

— T'as des chenilles. Passe-moi un chalumeau.

— Laisse. Je m'en occuperai.

— Papa, tu as le vertige rien qu'en montant sur une chaise.

John retira sa veste, alla chercher une échelle dans le garage et prit le chalumeau que son père lui tendait. Il l'alluma, cala l'échelle sous le nid et grimpa. En quelques minutes, le nid se désintégra sous l'effet de la chaleur. Fiske redescendit et éteignit le chalumeau pendant que son père ratissait les restes du nid.

— Voilà ce que j'ai contre Mike.

— Hein ? fit Ed Fiske sans comprendre.

— Depuis quand n'est-il pas venu t'aider ? Ou simplement te voir, toi ou maman ?

Ed se gratta le menton et chercha une autre cigarette dans les poches de son pantalon.

— Il est occupé. Il vient chaque fois qu'il peut.

— Tu parles.

— Il fait un travail important pour le gouvernement. Avec tous ces juges, là-bas. Bon sang, c'est quand même la plus haute cour du pays, tu le sais !

— Je vais te dire, p'pa, moi aussi je suis très occupé.

— Bien sûr, fiston, mais…

— Mais c'est pas pareil, je sais.

John jeta sa veste par-dessus son épaule et essuya la sueur devant ses yeux. Les moustiques n'allaient pas tarder à sortir. Ça lui donna envie de tremper les pieds dans l'eau. Son père avait une roulotte dans un camping au bord de la rivière Mattaponi.

— Tu es allé à la roulotte dernièrement ?

Ed secoua la tête, content qu'ils aient changé de sujet.

— Non, je pense y aller un de ces jours. Histoire de sortir le bateau avant qu'il fasse trop froid.

John s'épongea le front.

— Préviens-moi, je pourrai peut-être t'accompagner.

Ed examina son fils aîné d'un œil critique.

— Dis-moi, tout se passe bien pour toi, au moins ?

— Professionnellement ? J'ai perdu deux affaires, j'en ai gagné deux cette semaine. Par les temps qui courent, c'est une bonne moyenne.

— Fais gaffe, fils. Je sais que ton boulot te tient à cœur et tout, mais c'est des sacrés lascars que tu défends. Y en a, dans le lot, qui pourraient bien se souvenir de tes années de flic. Des fois, ça me réveille la nuit quand j'y pense.

John sourit. Il aimait son père autant que sa mère, et peut-être même un peu plus. Entre hommes, on se comprend toujours un peu mieux. L'idée que son père s'inquiétait pour lui au point de ne pas dormir le rassurait. Il lui donna une tape dans le dos.

— T'en fais pas, va, je ne baisse pas la garde.

— Et ta blessure ?

John porta la main à sa poitrine, machinalement.

— Oh, ça va. Je finirai centenaire, tu verras.

— Je te le souhaite, petit, dit son père avec conviction, en le regardant s'éloigner.

Ed hocha la tête en songeant à son impuissance devant la brouille incompréhensible qui opposait ses deux garçons. « Crénom » fut tout ce qu'il trouva à dire en se rasseyant sur la caisse à outils pour finir sa bière.

Chapitre 10

De bon matin, Michael Fiske fredonnait en suivant le vaste couloir, haut de plafond, pour se rendre à la salle de courrier du greffe.

— Tu as bien choisi ton moment, dit un greffier en le voyant entrer, on vient juste de recevoir une livraison.

— Des lettres de taulards ? demanda Michael.

Il faisait allusion à la masse toujours croissante de réclamations de prisonniers qui affluait à la Cour. La plupart étaient rédigées *in forma pauperis*, ce qui signifie « dans la forme du pauvre ». On avait prévu un classeur à part pour ces documents, si nombreux qu'on avait dû affecter un greffier à leur tri. Le classeur IFP, comme on l'appelait dans le jargon du greffe, contenait surtout des assertions ridicules et sans fondement, mais on y trouvait parfois des affaires dignes de l'attention de la Cour. Michael n'ignorait pas que certaines des décisions les plus importantes de celle-ci avaient été motivées par des IFP et la lecture de ces lettres était son rituel du matin.

— Si j'en juge par les écritures de cochon que j'essaie de déchiffrer depuis mon arrivée, il doit y en avoir pas mal dans le tas, répondit le préposé.

Michael piocha dans l'une des boîtes. C'étaient les plaintes habituelles, des demandes de réhabilitation, des dénonciations d'injustice de toute nature et de tous les styles. Mais aucune ne devait être prise à la légère. Elles émanaient souvent de condamnés à mort pour qui la Cour suprême était le dernier recours avant l'exécution.

Michael décortiqua le paquet pendant deux heures. Il était passé maître dans l'exercice. De même qu'un éplucheur de maïs acquiert un tour de main avec l'habitude, de même il avait acquis un tour d'esprit qui lui permettait de sonder les documents d'un seul coup d'œil et de repérer immédiatement les points litigieux, qu'il comparait mentalement à la jurisprudence des cinquante années précédentes, emmagasinée dans sa mémoire encyclopédique. Toutefois, ses deux heures de pêche méticuleuse ne lui rapportèrent que du menu fretin.

Il pensait retourner bredouille à son bureau quand l'enveloppe bulle lui tomba sous la main. L'adresse était dactylographiée sur une étiquette. Pas de nom d'expéditeur. Bizarre. En principe, les gens qui déposaient un recours voulaient que les juges sachent où les trouver dans le cas – exceptionnel – où l'on donnerait suite à leur demande. Il aperçut cependant un formulaire d'accusé de réception fixé à l'enveloppe. Il l'ouvrit et en tira deux feuilles de papier. L'une des tâches des greffiers consistait à vérifier que les recours étaient rédigés conformément aux exigences procédurières de la Cour. Pour les indigents, si leur pétition était acceptée, la Cour passait outre aux manquements et désignait un avocat conseil. Elle assumait les frais administratifs, mais l'avocat n'était pas payé. On considérait apparemment que l'honneur de plaider devant la Cour était en soi une rétribution suffisante. Pour être reconnu indigent, il fallait remplir deux formulaires : une demande, d'abord, et une déclaration sur l'honneur, signée par le prisonnier, attestant sa situation financière. Michael remarqua tout de suite que l'enveloppe ne contenait aucun de ces deux documents. Sans doute une affaire à évacuer promptement.

Lorsqu'il commença à étudier le contenu de l'enveloppe, il cessa de s'interroger sur l'orthodoxie du style juridique. Quand il eut terminé sa lecture, il avait les mains moites ; sa transpiration avait laissé une discrète auréole sur le papier. Dans un premier temps, Michael voulut remettre les feuillets dans l'enveloppe, et oublier qu'il les avait vus. Puis, comme s'il eût été le témoin d'un crime, il résolut d'agir.

— Oh, Michael, le cabinet de Murphy vient de t'appeler, dit l'autre greffier. (Michael ne répondit pas.) Michael ! Le juge Murphy te demande !

Michael acquiesça distraitement, obnubilé par les papiers qu'il avait sous les yeux. Quand son collègue retourna à son travail, il les replaça dans l'enveloppe. Il hésita un instant. Toute sa carrière juridique, toute sa vie allaient se décider dans les secondes qui suivraient. Alors, comme si ses mains agissaient indépendamment de son cerveau, il glissa l'enveloppe dans sa serviette. En détournant un document avant qu'on l'ait enregistré auprès de la Cour, il venait de dérober une pièce qui appartenait à l'État. En d'autres termes, il commettait un délit extrêmement grave.

Il sortit en toute hâte et faillit percuter de plein fouet Sara Evans.

Elle sourit, puis se rembrunit en remarquant son expression.

— Un problème, Michael ?

— Hein ? Non. Tout va très bien.

Elle lui saisit le bras.

— Tu mens. Tu es tremblant et pâle comme un linge.

— Je crois que je couve quelque chose.

— Alors tu devrais rentrer chez toi.

— Je vais aller chercher de l'aspirine à l'infirmerie. Ça ira.

— Tu es sûr ?

— Sara, excuse-moi, il faut que je me sauve.

Il s'écarta brusquement et la laissa en plan, intriguée, soucieuse.

Le reste de la journée s'écoula avec une lenteur insupportable pour Michael. Il ne cessait de jeter des regards vers sa serviette en songeant à ce qu'elle contenait. Tard dans la soirée, son travail terminé, il fonça sur sa bicyclette vers son appartement de Capitol Hill. Il s'enferma à clé, sortit l'enveloppe et un bloc-notes jaune, puis déposa le tout sur sa petite table à dîner.

Une heure plus tard, il releva la tête et contempla les innombrables notes qu'il avait prises. Il ouvrit son ordinateur portable et les recopia sur son disque dur en les corrigeant et en les reformulant, comme il le faisait toujours. Il avait décidé d'attaquer ce problème comme tous les autres, c'est-à-dire en commençant par vérifier avec soin les informations contenues dans la réclamation. Le plus important, ici, était de s'assurer que les noms cités correspondaient bien aux personnes auxquelles il pensait. Si tout cadrait, il restituerait le document au greffe. Si ce n'étaient que les affabulations d'un esprit dérangé ou d'un prisonnier prêt à tous les mensonges pour s'en sortir, il le détruirait.

Il regarda dans la rue : c'était un quartier d'anciens ateliers et officines convertis en appartements, comme le sien, habité par toute une meute de jeunes loups des ministères. La moitié travaillaient encore à cette heure tardive, les autres dormaient en cauchemardant sur leurs dossiers en retard jusqu'à la sonnerie du réveil, à 5 heures du matin. Il faisait noir. La seule lumière venait d'un réverbère isolé. Le vent se levait et la température avait chuté. Il y avait de l'orage dans l'air. On n'avait pas encore allumé le chauffage dans le vieil immeuble et Michael eut un frisson. Il prit un pull dans son placard, l'enfila et revint observer la rue.

Il n'avait jamais entendu parler de Rufus Harms. D'après les dates relevées dans la lettre, l'homme avait dû être incarcéré quand Michael avait à peine cinq ans. L'orthographe était terrifiante et l'écriture maladroite, comme celle d'un enfant s'essayant à sa première rédaction. La lettre dactylographiée situait l'affaire dans son contexte et avait visiblement été composée par une personne beaucoup plus instruite. Un avocat, peut-être. On reconnaissait le style juridique, même si l'auteur cherchait visiblement à dissimuler son identité professionnelle et personnelle. La note de l'armée, d'après la lettre dactylographiée, demandait certains renseignements à Rufus Harms. Mais Rufus Harms niait formellement avoir fait partie du programme cité dans les annales de l'administration militaire. C'était un maquillage, affirmait Rufus Harms, pour couvrir un crime qui s'était traduit par une terrible erreur judiciaire ; une embrouille juridique qui lui avait volé vingt-cinq années de sa vie.

Michael avait trop chaud, tout à coup. Il appuya sa tête contre la fraîcheur de la vitre et soupira. De la buée se forma sur le verre. Ce qu'il venait de faire était grave : c'était une entrave au droit de tout citoyen, riche ou pauvre, d'être entendu par la Cour – et donc une atteinte à ses propres convictions. Ce n'était pas un brouillon bâclé qu'on pouvait révoquer, invalider ou traiter par-dessus la jambe. Il essaya de se rassurer en se disant que, de toute façon, l'appel aurait été renvoyé pour vice de forme.

Mais cette affaire était d'un autre ordre. Même fausse, elle pouvait causer du tort à la réputation de quelques personnalités de premier plan. Et si tout cela était vrai ? Il ferma les yeux. *S'il vous plaît, mon Dieu, faites qu'il n'en soit rien.*

Il tourna la tête vers son téléphone. Devait-il demander conseil à son frère ? John était plus calé que lui dans ce genre de cas. Il saurait peut-être mieux gérer la situation. Michael n'arrivait pas à se décider, rechignait à admettre qu'il avait besoin d'aide, surtout de la part de quelqu'un avec qui il était en froid. D'un autre côté, ce serait pour lui une manière de se rapprocher de son frère. Les torts n'étaient pas tous du même côté. Michael Fiske avait assez mûri pour savoir que les hommes n'étaient jamais tout blancs ou tout noirs.

Il décrocha le téléphone et composa le numéro. Il tomba sur le répondeur. En un sens, cela le soulagea. Il laissa un message indiquant qu'il avait besoin d'aide, sans autre précision. Il raccrocha et alla se poster à nouveau devant la fenêtre. Au fond, il valait mieux que John n'ait pas été là pour répondre : il avait tendance à avoir une vision manichéenne des choses, en ignorant tout compromis, dans ses opinions comme dans son existence.

Aux petites heures du matin, Michael était suffisamment apaisé pour s'endormir. Il avait confiance. Ce cauchemar potentiel lui faisait déjà moins peur, quelle qu'en soit l'issue.

Chapitre 11

Trois jours après que Michael Fiske eut dérobé le document au greffe, Rufus Harms appela une nouvelle fois le cabinet de Sam Rider. On lui répondit que l'avocat était en rendez-vous extérieur. Comme on le reconduisait à sa cellule, il croisa un homme dans le couloir.

— T'es toujours pendu au téléphone, ces temps-ci, Harms. Tu diriges une affaire de vente par correspondance, ou quoi ?

La plaisanterie arracha de gros rires aux surveillants. Vic Tremaine avait les traits burinés et des cheveux filasse coupés en brosse. Il mesurait un peu moins d'un mètre quatre-vingts, mais était taillé comme une tourelle de char d'assaut. C'était le commandant en second de Fort Jackson et il s'était assigné comme mission personnelle de brimer Harms autant que possible. Le prisonnier s'arrêta patiemment, sans rien dire.

— Qu'est-ce qu'il veut, ton baveux ? Il a trouvé une nouvelle astuce pour te défendre, c'est ça ? (Tremaine s'approcha de lui.) Quel effet ça fait d'avoir massacré une petite fille ? T'y penses encore la nuit, dis ? J'espère que oui. Je t'entends chialer dans ta cellule, tu sais.

Tremaine le provoquait. Ses muscles se contractaient à chaque mot qu'il prononçait, comme s'il souhaitait une réaction de Harms : réaction fatale pour le prisonnier, qui signerait son arrêt de mort.

— Tu chiales comme un bébé ! Ils ont dû chialer aussi, le père et la mère de la petite, pour sûr. Je parie qu'ils rêvent de te serrer le gosier, comme t'as fait à leur gamine. T'y penses, des fois, hein, t'y penses ?

Harms ne céda pas à la provocation, ne desserra pas les lèvres, ne bougea pas un cil. Il avait tout enduré, le cachot, l'isolement, les mauvais traitements physiques et psychiques, tout ce que la cruauté, la peur, la haine peuvent dicter à un homme. Les paroles fielleuses de Tremaine ne pouvaient percer la muraille derrière laquelle il s'était enfermé et qui le maintenait en vie.

Tremaine le sentit et recula d'un pas.

— Ôtez-le de ma vue, dit-il. (Les gardes l'éloignèrent.) Va lire ta bible, Harms ! cria-t-il. C'est tout ce que tu verras du paradis.

John Fiske courut derrière la femme qui s'en allait d'un pas alerte dans le couloir du tribunal.

— Janet, vous avez une minute ?

Janet Ryan était un procureur aguerri, qui s'employait à envoyer pour longtemps sous les verrous l'un des clients de Fiske. C'était aussi une fort jolie divorcée. Elle se retourna en souriant.

— Pour vous, même deux minutes.

— Au sujet de Rodney…

— Attendez, rafraîchissez-moi la mémoire. J'ai des tas de Rodney.

— Effraction. Un magasin d'électronique dans les quartiers nord, précisa-t-il.

— Vol à main armée, délit de fuite, casier judiciaire chargé, maintenant je me souviens.

— C'est bien lui. Ni vous ni moi n'avons envie de faire passer ce gogo en audience.

— Traduction : votre affaire est mal engagée et la mienne est resplendissante.

Fiske secoua la tête.

— Vous pourriez avoir des problèmes en ce qui concerne les preuves.

— Je pourrais. J'adore les verbes au conditionnel.

— Et il y a des trous dans ses aveux.

— Il y en a toujours. Mais le fait est que votre type est un criminel de carrière. Le jury va le mettre à l'ombre pour un bon bout de temps.

— Alors pourquoi gaspiller l'argent des contribuables ?

— Qu'est-ce que vous me proposez ?

— Tenez-vous-en à l'effraction et au recel de marchandises volées. Laissez tomber le port d'arme. Il en prend pour cinq ans, moins le temps de préventive.

— Rendez-vous à l'audience, dit Janet en passant son chemin.

— D'accord, d'accord, huit ans, mais il faut que je parle à mon client.

Elle se retourna et se mit à énumérer ses exigences en comptant sur ses doigts.

— Il plaide coupable sur tout, y compris le port d'arme, il en prend pour dix ans, moins le temps de préventive, et vous ajoutez cinq ans de mise sous contrôle judiciaire. S'il fait le mariole, il replonge pour dix ans de plus, sans discussion. Si on va au procès, c'est vingt ans garantis. Je veux une réponse tout de suite.

— Janet, vous n'éprouvez jamais la moindre compassion ?

— Je la garde pour ceux qui la méritent. D'ailleurs, je trouve que je vous fais déjà une fleur. C'est oui ou c'est non ?

John Fiske tapota son porte-documents.

— Je compte jusqu'à trois, dit Janet Ryan.

— C'est bon, c'est bon, marché conclu.

— J'aime bien faire affaire avec vous, John. À propos, passez-moi donc un coup de fil un de ces jours. En dehors des heures de bureau.

— Vous ne craignez pas qu'on risque de s'exposer à un conflit d'intérêts ?

— Pas du tout. Je suis toujours plus dure avec mes amis.

John s'appuya contre le mur et, en la regardant s'en aller en chantonnant, hocha la tête.

Une heure plus tard, de retour dans son bureau, il posa son porte-documents, décrocha le téléphone et écouta les messages enregistrés sur son répondeur tout en griffonnant quelques notes pour une audience à venir. Il ne leva même pas son stylo en reconnaissant la voix de son frère. Il effaça directement le message. Mike lui téléphonait rarement, mais ça arrivait. John ne rappelait jamais. Sans doute son frère ne le contactait-il que pour le provoquer. Du moins était-ce ce qu'il voulait croire. En réalité, il savait que ce n'était pas vrai. Il se leva. Dans une bibliothèque bourrée de recueils de jurisprudence et de manuels de droit, il prit une photographie encadrée. Une vieille photo. Il était en uniforme de policier, à côté de Mike. Un brave petit frère entrant à peine dans l'âge adulte et un grand frère au visage grave, qui en avait déjà vu des vertes et des pas mûres et s'attendait à en voir de plus vertes encore. Il avait pu observer de près tout ce que l'humanité avait de moche, et ça continuait – à ceci près qu'il ne portait plus l'uniforme. Juste un attaché-case, un costume bon marché et une langue agile. Des mots en guise de munitions. Jusqu'à la fin de ses jours. Il reposa la photo et alla se rasseoir, mais sans pouvoir détacher ses yeux du portrait, soudain incapable de se concentrer.

Quelques jours plus tard, Sara Evans frappa et ouvrit la porte du bureau de Michael Fiske. La pièce était vide. Il lui avait emprunté un livre dont elle avait besoin. Elle regarda alentour. Pas de livre en vue. Apercevant l'attaché-case de Michael sous son bureau, elle le ramassa. D'après son poids, il contenait quelque chose. La mallette était fermée, mais Fiske la lui avait déjà prêtée une ou deux fois et elle connaissait la combinaison du cadenas. Elle l'ouvrit et, ne voyant que deux livres et des papiers, voulut la refermer aussitôt. Aucun des deux ouvrages n'était celui qu'elle cherchait. Or quelque chose l'arrêta. Une enveloppe bulle adressée au greffe… Une lettre manuscrite, une autre dactylographiée… Entendant un bruit de pas, elle rangea les documents, boucla la mallette et la glissa sous le bureau où elle l'avait trouvée. Michael entra l'instant d'après.

— Sara, qu'est-ce que tu fais ici ?

— Oh, je venais chercher le livre que je t'ai passé la semaine dernière, répondit-elle, l'air de rien.

— Il est chez moi.

— Bon, eh bien, je pourrais en profiter pour faire un saut chez toi à l'heure du dîner.

— Je suis assez occupé.

— Nous sommes tous occupés, Michael. Mais je te trouve très cachottier depuis quelque temps. Tu es sûr que tu vas bien ? Pas de surmenage ? dit-elle d'un ton blagueur.

Mais Michael ne semblait pas surmené.

— Je vais très bien. Je t'apporterai ton livre demain.

— Ce n'est pas une question de vie ou de mort.

— Je te l'apporterai demain, je te dis, insista-t-il, un peu énervé, en s'échauffant. (Il se calma vite.) J'ai vraiment beaucoup de travail.

Il regarda la porte.

Sara comprit, se retira, mais s'arrêta sur le seuil, la main sur la poignée.

— Michael, si tu as besoin de parler à quelqu'un, je suis là, tu sais.

— Je sais, merci.

Il la mit proprement dehors, s'enferma à clé et alla inspecter sa mallette. Il jeta un œil sur les papiers, puis vers la porte.

Plus tard dans la soirée, Sara engagea sa voiture dans l'allée de gravier et s'arrêta devant son pavillon de George Washington Parkway, une artère élégante. C'était la première fois de sa vie qu'elle était propriétaire et elle avait donné beaucoup d'elle-même pour aménager la maison. Un escalier descendait vers le Potomac, où mouillait son petit voilier. Michael et elle avaient consacré leurs rares loisirs à naviguer sur le fleuve entre le Maryland, le Memorial Bridge et Georgetown. C'était un havre de paix pour eux, dans le monde en crise qui les entourait. Michael avait refusé de l'accompagner la dernière fois qu'elle lui avait proposé une balade sur l'eau. En fait, il refusait tout ce qu'elle lui proposait depuis une semaine. Au début, elle avait pensé qu'il lui en voulait d'avoir rejeté sa demande en mariage mais, depuis leur brève entrevue dans son bureau, elle savait qu'il y avait autre chose. Elle essaya de se rappeler avec plus de précision ce qu'elle avait entrevu dans son attaché-case. C'était un recours en appel, elle en était sûre. Et elle avait lu un nom sur la lettre dactylographiée. Harms. Elle avait oublié le prénom. D'après les quelques mots qu'elle avait eu le temps de déchiffrer, le dénommé Harms réclamait l'intervention de la Cour. Elle ne savait pas à quel sujet. La lettre dactylographiée n'était pas signée.

Elle s'était rendue immédiatement au greffe pour vérifier si une demande de recours avait été enregistrée au nom de Harms. Rien. Était-il possible que Michael eût subtilisé une réclamation avant son enregistrement ? Elle n'arrivait pas à le croire. Si oui, c'était très grave. Il pouvait être exclu de la Cour, voire envoyé en prison.

Elle entra, se changea, enfila un jean, un T-shirt, et ressortit. Il faisait déjà nuit. Les greffiers de la Cour suprême rentraient rarement chez eux à la lumière du jour, sinon à l'aube pour venir faire un brin de toilette avant de reprendre le collier. Elle descendit à l'embarcadère et s'installa dans son bateau. Si seulement Michael acceptait de se confier à elle, elle pourrait l'aider. Malgré ses dénégations, il lui battait froid. Il avait mal supporté sa rebuffade. Qui l'aurait supportée, d'ailleurs ? se dit-elle.

La jeune femme se leva brusquement, courut chez elle, décrocha le téléphone et composa son numéro, puis se ravisa. Michael Fiske était têtu. Si elle lui parlait de ce qu'elle avait vu, cela risquait d'envenimer les choses. Elle raccrocha. Il faudrait qu'elle fasse en sorte qu'il lui parle de lui-même. Elle retourna au-dehors pour contempler les flots. Un avion passa dans le ciel. Elle lui adressa un signe, rituellement. Les avions volaient si bas à cet endroit que, s'il avait fait encore jour, l'un des passagers aurait fort bien pu l'apercevoir. Ensuite, elle laissa retomber sa main. Elle ne s'était jamais sentie aussi déprimée depuis la mort de son père, quand elle s'était retrouvée seule.

Après ce deuil, Sara avait commencé une nouvelle vie. Elle était allée étudier le droit sur la côte ouest, avait brillamment réussi ses examens et travaillé comme greffière à la cour d'appel de la neuvième circonscription judiciaire avant d'obtenir son poste à la Cour suprême. C'était à cette époque qu'elle avait vendu la ferme de Caroline du Nord pour s'acheter cette maison. Elle ne fuyait pas son passé, ne fuyait pas son chagrin – bien qu'elle regrettât amèrement que ses parents ne soient plus là pour voir sa réussite ou simplement lui parler, la tenir dans leurs bras. Du moins le croyait-elle. Pour le moment, elle n'avait aucune idée de ce qu'elle ferait quand le jour viendrait pour elle de quitter la Cour. Elle pouvait aller n'importe où dans l'arène juridique. Le problème était qu'elle ne savait même pas si elle avait envie de faire carrière dans ce domaine. Trois ans de fac de droit, un an de cour d'appel, bientôt deux ans ici… elle commençait à friser l'overdose.

Elle songea à son père. Il était fermier, mais aussi juge de paix de la ville. Il ne siégeait pas dans un tribunal mirifique. Bien souvent, il rendait la justice dans les champs, perché sur son tracteur, ou en se lavant les mains avant le souper. Et toujours avec honnêteté et bon sens. Pour Sara, c'était ça, la justice, une justice faite pour le peuple et par le peuple. La recherche de la vérité, puis une sentence équitable. Pas de tractations secrètes, pas de joutes verbales, simplement le sens commun appliqué aux faits. Elle soupira. Ce n'était jamais aussi simple. Elle était bien placée pour le savoir.

La jeune femme rentra, monta sur une chaise pour attraper un paquet de cigarettes sur le buffet de la cuisine et alla s'asseoir sur la terrasse, face au cours d'eau. Levant les yeux vers le ciel, elle repéra la Grande Ourse. Son père était un astronome amateur et passionné qui lui avait appris les constellations. Sara se servait souvent des étoiles pour naviguer, une technique d'orientation qu'elle avait acquise à Stanford. Par une nuit claire, les étoiles étaient des points de repère infaillibles. C'était réconfortant. En fumant sa cigarette, elle espéra que Michael savait ce qu'il faisait.

Ses pensées se tournèrent ensuite vers un autre Fiske : John. L'intuition de Michael était fondée quoi qu'elle ait prétendu. À l'instant où elle avait vu John Fiske, un déclic s'était produit dans son cœur, son cerveau, son âme, un sentiment inexplicable. Elle n'avait jamais voulu croire au coup de foudre. Pour elle, ces choses-là n'existaient pas – d'où son trouble, car c'était exactement ce qui venait de lui arriver. Chaque geste de John, chacune de ses paroles, chacun de ses regards, de ses rires, de ses sourires, même ses froncements de sourcils l'avaient fascinée comme un spectacle dont on ne se lasse jamais. Elle avait essayé de prendre cela avec humour. C'était trop absurde. Mais comment pouvait-on trouver dérisoire un sentiment qu'on éprouvait réellement ?

Et ce n'était pas la seule fois qu'elle l'avait vu. À l'insu de Michael, Sara avait consulté le planning du tribunal de Richmond avec une amie et noté les audiences de Fiske pour les deux semaines suivantes. Elle avait été surprise par la fréquence de ses plaidoiries. Elle y était retournée pendant l'été, période creuse pour la Cour suprême. Par prudence, elle avait mis un foulard et des lunettes, pour le cas où elle lui serait présentée plus tard, ou en supposant qu'il l'eût remarquée, la fois précédente, lorsqu'elle était venue avec Michael.

Elle l'avait écouté argumenter avec ferveur pour son client. Mais, aussitôt après sa plaidoirie, le juge condamna l'homme à la perpétuité. Tandis qu'on emmenait le prisonnier, John Fiske boucla son porte-documents et alla réconforter la famille sur le parvis. Sara l'avait suivi. L'épouse était malingre et maladive. Elle avait le visage couvert d'ecchymoses.

Fiske lui dit quelques mots, la prit dans ses bras, puis se tourna vers le fils aîné, un jeune garçon de quatorze ans qui roulait déjà des mécaniques comme un caïd de la rue.

— Tu es l'homme de la maison maintenant, Lucas. Tu dois t'occuper de ta famille, dit Fiske.

Sara observa l'adolescent. La haine se lisait sur sa figure. Comment un garçon si jeune pouvait-il avoir autant d'agressivité en lui ?

— Bof, dit Lucas en regardant ailleurs.

Il était habillé en chef de bande, avec un bandana sur la tête. Il portait des vêtements qu'on ne peut pas s'offrir en retournant des hamburgers chez McDonald's.

Fiske s'agenouilla devant l'autre fils. Enis avait six ans, il était mignon comme un cœur et assez dissipé.

— Et toi, Enis, comment ça va ? demanda l'avocat en lui tendant la main.

Enis serra la main de Fiske avec méfiance.

— Où est mon papa ?

— Il a dû s'absenter pour quelque temps.

— Pourquoi ?

— Parce qu'il a tué…, commença Lucas.

Fiske l'arrêta d'un regard mauvais. Lucas marmonna quelque chose, lâcha la main tremblante de sa mère et mit les voiles.

— Ton papa a fait quelque chose dont il n'est pas fier, reprit Fiske. Maintenant, il doit se racheter.

— En prison ? demanda Enis.

Fiske acquiesça.

En suivant cet échange, Sara s'était dit que, comme tout adulte en général, Fiske devait se sentir mal à l'aise, comme un personnage de sitcom des années 1950 aux prises avec un enfant du deuxième millénaire. Même à six ans, Enis devait déjà en connaître un rayon sur le système judiciaire. En fait, ce bout de chou savait probablement mieux que bien des adultes ce que le mal voulait dire.

— Il sort quand ? demanda Enis.

John Fiske considéra alternativement la mère et l'enfant.

— Pas avant longtemps, Enis. Mais ta mère sera là.

— Bon, OK, fit Enis sans trop s'émouvoir, avant de s'en aller en tenant la main de sa mère.

Fiske les regarda s'éloigner. Sara crut deviner ce qu'il pensait. Un fils peut-être perdu à jamais, l'autre qui laissait son père derrière lui comme un chien errant dans la rue.

Enfin, Fiske desserra sa cravate et partit.

Sans vraiment savoir pourquoi, Sara avait décidé de le suivre. Fiske marchait d'un pas régulier et elle put facilement le garder en point de mire. Le bar où il entra avait une porte étroite et des fenêtres sombres. Elle hésita puis entra à son tour.

John Fiske se tenait devant le zinc. Il avait déjà passé sa commande, car le barman faisait glisser vers lui un bock de bière sur le comptoir. Elle alla s'asseoir à une table dans un coin. Malgré son aspect miteux, le bar était plein, alors qu'il était à peine 17 heures : une clientèle composite d'ouvriers et de ronds-de-cuir. Fiske était entre deux ouvriers du bâtiment, qui avaient posé leurs casques jaunes devant eux sur le comptoir. Il retira sa veste et s'assit dessus. Il avait les épaules aussi larges que les deux costauds à ses côtés. Sa chemise, mal enfoncée dans la ceinture, débordait sur l'arrière de son pantalon. Sara était fascinée par les poils noirs de sa nuque, qui frôlaient le col blanc.

Il était en conversation avec les deux ouvriers. Apparemment, il venait de raconter une blague, car ils riaient de bon cœur. Sara ne put s'empêcher de sourire elle-même, bien qu'elle n'eût rien entendu. Une serveuse s'approcha enfin d'elle pour prendre sa commande. Un soda. Fiske, qu'elle épiait toujours, se taisait. Il scrutait le mur, en face de lui, avec une telle intensité qu'elle se surprit à l'imiter. Elle n'entrevoyait que des bouteilles, disposées avec soin, mais il paraissait observer plus que cela. Il avait déjà commandé une autre bière, qu'il avala d'un trait, buvant à la bouteille. Sara remarqua qu'il avait les mains grandes et les doigts forts. Ce n'étaient pas les mains d'un homme ayant passé sa vie devant un bloc-notes ou un écran d'ordinateur.

Il jeta quelques pièces sur le comptoir, attrapa sa veste et se retourna. L'espace d'un instant, elle crut sentir son regard peser sur elle. Il hésita un moment, puis se rhabilla. Comme elle était assise dans un coin sombre, elle ne pensait pas qu'il l'ait vue, mais alors pourquoi avait-il hésité ? Un peu nerveuse maintenant, elle attendit une minute avant de partir, en laissant deux dollars sur sa table.

Elle ne le vit pas en sortant. Il s'était volatilisé, comme dans un rêve. Sans réfléchir, elle regagna le bar pour demander au barman s'il connaissait John. L'homme secoua la tête. Elle eut envie de lui poser d'autres questions, mais il n'était visiblement pas communicatif.

Les deux ouvriers, en revanche, reluquèrent la jeune femme avec beaucoup d'intérêt. Elle préféra partir avant que la situation ne devienne gênante. Elle sauta dans sa voiture. Une partie d'elle-même aurait voulu aborder Fiske, l'autre était contente qu'elle ne l'ait pas fait. Qu'aurait-elle pu lui dire, de toute façon ? Salut, je suis une collègue de votre frère et je vous ai pris en filature ?

De retour en Virginie septentrionale, le soir même, elle avait bu deux bières, elle aussi, et s'était endormie dans la chaise longue sur sa terrasse. Celle-là même où elle était assise en ce moment, à fumer une cigarette en contemplant les étoiles. C'était la dernière fois qu'elle avait vu John Fiske. Cela ferait bientôt quatre mois.

Elle ne pouvait pas être amoureuse de lui, elle ne le connaissait même pas. C'était un béguin passager, tout au plus. Peut-être, s'il venait à lui être présenté réellement un jour, sa première impression changerait-elle du tout au tout.

Sara ne croyait pas au destin. S'il devait y avoir quelque chose entre eux, ce serait parce qu'elle aurait fait le premier pas. Mais comment s'y prendre ? La question lui paraissait insoluble.

La jeune femme écrasa sa cigarette et regarda le ciel. Elle aurait voulu faire du bateau, sentir le vent dans ses cheveux, les embruns sur sa peau, le frottement de l'écoute dans sa main. Mais elle n'avait plus le cœur à naviguer seule, ces temps-ci. Elle voulait partager ces émotions avec quelqu'un. Et pas n'importe qui, quelqu'un en particulier. Malheureusement, d'après le peu que Michael lui avait dit de son frère, et d'après ce qu'elle avait vu de lui, elle doutait que cela se produise un jour.

À cent cinquante kilomètres au sud, John Fiske regardait le ciel, lui aussi, brièvement, en sortant de la voiture. La Buick n'était pas dans l'allée, mais Fiske n'était pas venu pour voir son père. Le quartier était tranquille. Dans un jardin voisin, deux adolescents bricolaient une Chevrolet dont le moteur était si gros qu'il avait fallu découper le capot pour le caser.

Fiske venait de passer toute sa journée à l'audience. Il avait défendu son client bec et ongles. L'assistant attorney en avait fait autant pour le Commonwealth. L'affrontement avait duré huit heures. Le temps pour Fiske d'aller aux toilettes, et à son retour le jury rendait un verdict de culpabilité. C'était la deuxième récidive de son client. Ce coup-ci, son compte était bon. Or, par une ironie du sort, Fiske croyait pour une fois à l'innocence de son client. Mais, vu ce que ce type avait sur la conscience, c'était une manière de remettre les pendules à l'heure – et c'était peut-être ce qu'avaient pensé les membres du jury, plus ou moins consciemment. Pour couronner le tout, Fiske aurait le temps de mourir de vieillesse avant que cet individu lui verse ses honoraires. Les condamnés à perpétuité se soucient rarement de payer leurs dettes, surtout aux avocats qui ont perdu la partie.

Fiske contourna la maison, ouvrit la porte du garage et prit une bière dans le frigo. L'humidité saturait l'atmosphère. Il plaqua la canette encore couverte de buée contre sa tempe pour se rafraîchir. Au fond du jardin, il y avait quelques ormes tordus et une vieille vigne, morte depuis longtemps, enroulée autour de fils de fer rouillés. Il alla s'appuyer contre l'un des arbres et regarda, un peu plus loin, le petit carré d'herbe sous lequel était enterré Bo, le berger malinois des frères Fiske, le chien de leur enfance. Quand leur père l'avait amené à la maison, il n'était pas plus gros que le poing. En un an, il était devenu un bel et robuste animal de trente kilos, que les deux garçons adoraient, surtout Mike. Bo les suivait quand ils allaient vendre leurs journaux, en faisant la fête à l'un et à l'autre tour à tour. Ils l'avaient gardé neuf ans, jusqu'au jour où le chien avait succombé à une crise cardiaque en jouant avec Mike. Fiske n'avait jamais vu personne pleurer si amèrement de toute sa vie. Ni sa mère ni son père n'avaient pu consoler Mike. Ils l'avaient trouvé assis dans le jardin, agrippé à la fourrure du chien qu'il essayait de remettre sur ses pattes pour jouer encore avec lui au soleil. John avait pris son petit frère dans ses bras, ce jour-là, avait pleuré avec lui en caressant la tête immobile de leur brave berger.

John et son père avaient attendu que Mike soit à l'école pour enterrer le chien. Quand Mike était rentré, ils avaient tous participé à une cérémonie funéraire dans le jardin. Mike avait lu la Bible avec beaucoup de recueillement et les deux frères avaient déposé une petite stèle sur la tombe, en réalité un parpaing avec le nom de Bo griffonné au stylo. Le parpaing était toujours là, mais l'encre s'était effacée depuis longtemps.

John Fiske s'agenouilla et passa une main sur l'herbe qui, en cet endroit abrité du soleil, était particulièrement tendre et fine. Bon sang, ce qu'ils avaient pu l'aimer, ce chien ! Pourquoi le passé s'en allait-il si vite ? Pourquoi les périodes de bonheur semblaient-elles toujours si courtes ? Il secoua la tête. Une voix le fit sursauter.

— Je me souviens de ce vieux chien comme si c'était hier.

Il leva les yeux. C'était Ida German qui le regardait, debout de l'autre côté de la clôture. Il se redressa, un peu gêné.

— Ça remonte à bien longtemps, madame German.

La vieille femme sentait perpétuellement le ragoût aux oignons, comme l'intérieur de sa maison. Veuve depuis près de trente ans, elle se déplaçait lentement, le corps voûté et épaissi. Sa longue robe de chambre couvrait des jambes variqueuses et des chevilles boursouflées. Mais, pour la nonagénaire qu'elle était presque, elle avait encore l'esprit clair et l'élocution facile.

— Tout remonte à bien longtemps pour moi. Pas pour toi. Pas encore. Comment va ta mère ?

— Pas de changement.

— J'avais l'intention d'aller la voir un de ces jours, mais ma vieille carcasse ne veut plus se remuer.

— Je suis sûr que ça lui ferait plaisir.

— Ton père est sorti tantôt. L'American Legion ou les Anciens Combattants, je crois.

— Tant mieux, je suis content qu'il sorte un peu. Et je vous remercie de lui tenir compagnie.

— C'est pas drôle d'être seul. J'ai survécu à trois de mes propres enfants. C'est ce qu'il y a de plus dur au monde, pour une mère, d'enterrer ses enfants. C'est contre nature. Et Mike, qu'est-ce qu'il devient ? On le voit pas beaucoup.

— Il est très occupé.

— Qui aurait pu croire que ce petit garnement joufflu arriverait où il est ? C'est un cerveau, pour sûr.

— Il l'a mérité.

Fiske se surprit lui-même. Ça lui avait échappé. Et pourtant, c'était vrai : son frère l'avait mérité.

— Vous avez du mérite tous les deux.

— Mike a quand même réussi un peu mieux que moi.

— Ne crois pas ça, va. Si tu entendais ton père ! Il n'en a que pour toi. Je ne dis pas qu'il ne parle pas de Mike aussi, mais, pour lui, tu es le roi des rois.

— Maman et lui nous ont donné une bonne éducation. Ils ont tout sacrifié pour nous. Ça ne s'oublie pas.

Mike avait peut-être oublié, mais pas lui. Jamais.

— Eh, Mike avait trois beaux exemples à suivre, reprit-elle.

Fiske la regarda sans comprendre.

— Il vénérait le sol que tu foulais.

— Les gens changent.

— Tu crois ça ?

Quelques gouttes de pluie commencèrent à tomber.

— Vous devriez rentrer, madame German, c'est une belle averse qui se prépare.

— Tu peux m'appeler Ida si tu veux, tu sais.

John Fiske sourit.

— Certaines choses ne changent pas, madame German.

Il la suivit des yeux jusqu'à ce qu'elle soit rentrée. Le quartier n'était plus aussi sûr qu'autrefois. Son père et lui avaient installé des barres de sécurité sur les portes et les fenêtres d'Ida German, et un judas à sa porte d'entrée. Les vieux étaient des cibles faciles pour les criminels.

Fiske regarda une fois de plus la tombe de Bo. La vision de son frère pleurant toutes les larmes de son corps était cimentée dans sa mémoire.

Chapitre 12

— Comment tu vas, maman ? demanda Mike Fiske en touchant le visage de sa mère.

L'heure était matinale et Gladys Fiske n'était pas de bonne humeur. Elle eut un mouvement de recul. Son visage s'assombrit. Mike la regarda avec une profonde tristesse, affligé de voir cette hostilité dans ses yeux.

— Je t'ai apporté quelque chose.

Il ouvrit son sac et en sortit un paquet-cadeau. Comme elle n'avait pas l'air de vouloir le déballer, il le fit pour elle et lui montra le chemisier. Sa couleur préférée. Bleu lavande. Il le lui tendit. Elle ne voulut pas le prendre. Comme d'habitude. Quand il lui rendait visite, elle boudait, lui adressait à peine la parole et refusait systématiquement ses cadeaux. Il faisait de son mieux pour engager la conversation, mais elle se braquait.

Il s'assit en soupirant. Il en avait parlé à son père, il lui avait dit que sa mère se détournait de lui, mais le vieil homme n'y pouvait rien. Personne n'y pouvait rien. Gladys était absolument hermétique à toute influence. Alors les visites de Michael s'étaient espacées. Il avait essayé de s'en ouvrir à son frère, mais John n'avait rien voulu entendre. Michael était sûr qu'elle n'aurait jamais traité son aîné de la sorte. Michael venait toujours en second aux yeux de sa mère, il aurait pu être élu Président des États-Unis ou recevoir le prix Nobel, rien n'y aurait fait. Il laissa le chemisier sur la table, fit une bise à sa mère et partit.

Dehors, la pluie avait commencé. Il releva le col de son imper et monta dans sa voiture. Il avait une longue route devant lui. La visite à sa mère n'était pas la seule raison de sa venue dans la région. Il se dirigeait maintenant vers le sud-ouest de la Virginie. Vers Fort Jackson. Pour voir Rufus Harms. Il hésita un instant : profiterait-il de son passage pour faire un saut chez son frère ? John n'avait pas répondu à son message, ce qui n'était pas une surprise. Mais le voyage qu'il entreprenait comportait certains risques et il aurait bien aimé bénéficier du conseil, sinon de la présence de son frère. Non, il ne fallait pas y compter. John Fiske était un avocat très demandé, qui n'avait pas de temps à perdre avec les théories de son jeune frère. Il devrait se débrouiller tout seul.

Comme souvent, Elizabeth Knight se leva de bonne heure, fit quelques exercices d'étirement au sol, puis alla courir sur le tapis roulant que son mari, le sénateur Jordan Knight, avait installé dans la chambre d'amis de leur appartement du Watergate. Elle se doucha, s'habilla, prépara du café et des toasts, et parcourut quelques mémos relatifs au débat oral de la semaine suivante. Comme on était vendredi, les juges consacreraient une partie de la journée aux délibérations sur les affaires déjà entendues. Ramsey était très strict sur l'ordre du jour de ces réunions. Il n'aimait pas faire traîner les choses, ce qui, au grand regret d'Elizabeth Knight, leur laissait peu de temps pour la controverse. Ramsey récapitulait les traits dominants de chaque affaire, annonçait immédiatement la couleur en révélant son vote oralement et attendait que tous les juges en fassent autant. Si Ramsey avait la majorité, ce qui était généralement le cas, il rédigeait lui-même l'arrêt. S'il était en minorité, il demandait au plus ancien assesseur du camp adverse, le plus souvent Murphy – qui votait rarement dans le même sens que Ramsey –, de s'en charger.

En finissant son café, Knight repensait à ses trois premières années à la Cour. Un vrai tourbillon. À cause de son sexe, on l'avait considérée d'emblée comme une championne du féminisme et de toutes les causes habituellement soutenues par les femmes : idée préconçue qu'elle trouvait grotesque. Elle était juge, pas politicienne. Elle voulait appréhender chaque cas séparément, comme quand elle était juge de grande instance. Mais elle-même avait fini par reconnaître que les choses étaient différentes à la Cour suprême. La portée de leurs décisions était telle que les juges y regardaient toujours à deux fois avant de se prononcer. C'était un peu une lutte d'influences et elle avait eu quelque mal à s'adapter, de ce point de vue.

Elle regarda le luxueux appartement autour d'elle. Son mari et elle menaient une existence enviable. On disait souvent d'eux qu'ils étaient le couple le plus puissant de la capitale. Et ce n'était pas faux. Elle acceptait volontiers de porter cette casquette, même si cela se traduisait par un isolement qu'elle trouvait parfois pesant. C'était le lot de tous les juges suprêmes. Quand vous siégiez à la Cour, vos amis cessaient de vous appeler, surveillaient leurs paroles quand ils étaient près de vous. Knight avait toujours aimé la vie en société. Désormais, elle devait rester beaucoup plus sur la réserve. Heureusement, son mari avait de nombreuses obligations mondaines. Cela lui permettait de mieux supporter le changement car, quelquefois, elle avait l'impression d'être une bonne sœur avec huit moines pour seuls compagnons.

Comme un contrepoint à sa rêverie, Jordan Knight, encore en pyjama, apparut derrière elle et lui prit les épaules.

— Tu sais que la loi ne t'oblige pas à te lever à l'aube. La grasse matinée est bonne pour l'esprit, dit-il.

Elle lui embrassa la main et se retourna pour se blottir contre lui.

— Je ne t'ai pas souvent vu te lever tard, sénateur.

— On devrait faire un effort, tous les deux. Qui sait où ça peut nous mener ? J'ai entendu dire que les rapports sexuels préservaient du vieillissement.

Jordan Knight était grand, solidement bâti, le cheveu rare et grisonnant, le visage sillonné de rides. Selon les critères peu équitables que le monde appliquait aux physiques comparés des hommes et des femmes, il passait encore pour un être séduisant, malgré ses rides et ses kilos superflus. Il avait fière allure dans les pages intérieures du *Post*, des magazines locaux et dans les émissions télévisées, où même les commentateurs les plus blasés se laissaient impressionner par sa verve, son expérience et son intelligence.

— Ah, tu commences à m'intéresser, dit-elle.

Il se versa une tasse de café pendant qu'elle consultait ses papiers.

— Ramsey te fait toujours les yeux doux pour t'embringuer dans son camp ?

— Oh, il connaît son affaire, il sait toucher la corde sensible. Mais je crois que mes dernières prises de position l'ont un peu refroidi.

— Je te reconnais bien là. Tu ne t'es jamais laissé marcher sur les pieds. Tu es bien plus maligne qu'eux. Tu devrais être présidente, tiens.

Elle passa un bras autour de ses larges épaules.

— Et tu devrais être Président des États-Unis, c'est ça ?

— Le Sénat suffit amplement à ma peine. Tu sais, c'est peut-être le dernier baroud d'honneur de ton serviteur.

Elle retira son bras.

— Nous n'en avons encore jamais vraiment parlé.

— C'est vrai. Nous sommes trop occupés, tous les deux. Les journées sont trop courtes. Quand les choses se calmeront, on en parlera. Je crois qu'il est temps.

— Tu as l'air bien sérieux, tout à coup.

— On ne peut pas rester éternellement sur la brèche, Beth.

Elle eut un petit rire embarrassé.

— J'ai signé pour un poste à vie.

— Ce qu'il y a de bien en politique, c'est qu'on peut toujours refuser un nouveau mandat. Ou perdre son siège.

— Je croyais qu'il y avait encore des tas de choses que tu voulais accomplir.

— Je ne suis plus motivé. Trop de bâtons dans les roues. Trop de basse cuisine. Pour ne rien te cacher, je commence à être fatigué de tout ça.

Beth Knight voulut répondre quelque chose mais se ravisa. Elle avait sauté à pieds joints dans la « cuisine » de la Cour suprême.

Jordan Knight vida sa tasse et embrassa sa femme.

— Tu les auras, madame le juge.

Comme le sénateur s'en allait, elle toucha sa joue à l'endroit du baiser. Elle essaya de se concentrer sur ses papiers, mais le cœur n'y était plus. Elle rêvassa, laissant ses pensées errer dans toutes les directions.

John Fiske tenait à la main la photo de lui et de Mike. Il était assis depuis vingt minutes, sans même la regarder. Finalement, il la reposa sur l'étagère, puis décrocha le téléphone et appela son frère. Pas de réponse. Il ne laissa pas de message. Il appela la Cour suprême. On lui dit que Michael Fiske était absent. Il rappela trente minutes plus tard. Une autre personne lui répondit que Mike ne rentrerait pas de la journée. C'est drôle, pensa-t-il. Pour une fois qu'il avait le cran d'appeler son frère, il n'arrivait pas à le joindre. Le cran ? Était-ce le mot juste ? Il s'assit à son bureau et essaya de travailler, mais ses yeux dérivaient constamment vers la photo.

Au bout d'un certain temps, il boucla sa mallette, ravi d'avoir affaire au tribunal : une occasion d'oublier ses remords.

John Fiske avait deux audiences consécutives, ce matin. Il sortit victorieux de la première. La seconde fut une débâcle. Le juge le mit en pièces, ridiculisa ses arguments sous les yeux de l'assistant attorney, qui resta de marbre, en réprimant un sourire. Il fallait toujours garder une façade professionnelle, au tribunal, sans quoi on ne vous ratait pas au tournant. Tout le monde comprenait ça ici. Du moins ceux qui voulaient faire carrière.

Il alla ensuite s'entretenir avec des clients, dans les prisons de Richmond et de Henrico. À Richmond, le détenu lui proposa de mentir à la barre. Pas question, répondit Fiske. Un autre lui parla de tactique. On peut pas négocier ? Qu'est-ce que je risque ? Un mois, un an, dix ans ? Combien ? Je peux espérer une libération conditionnelle ? Un sursis ? Faut m'aider, merde. J'ai une femme et des gosses. J'ai une boutique à faire tourner. C'est plus important qu'un petit meurtre et quelques coups et blessures, non ?

Avec son dernier client, les choses prirent une tournure différente.

— Ça me paraît mal engagé, Leon, dit Fiske. Je crois qu'on devrait plaider coupable.

— Non.

— Il y a deux témoins oculaires.

— Sans blague ?

Leon était accusé d'avoir tué un enfant, une petite fille qui avait récolté une balle perdue au cours d'un règlement de comptes entre deux bandes rivales. Un drame assez courant.

— S'ils viennent pas témoigner, ils peuvent pas me faire de mal, exact ?

— Pourquoi ne viendraient-ils pas témoigner ?

John Fiske faisait l'innocent, mais il connaissait la chanson. Combien de fois, du temps où il était flic, n'avait-il pas vu des affaires se transformer en non-lieux parce que les témoins avaient subitement oublié ce qu'ils avaient vu !

Leon haussa les épaules.

— C'est des choses qui arrivent, vous savez. Les gens sont pas toujours à l'heure aux rendez-vous.

— La police a enregistré leurs dépositions.

— D'accord, mais y a obligatoirement une confrontation pendant le procès. Je dois voir ceux qui m'accusent, et on peut toujours les faire revenir sur leurs déclarations quand ils sont à la barre des témoins, pas vrai ?

— Vrai. Vous connaissez la Constitution, rétorqua sèchement Fiske. (Il inspira profondément. Il en avait plus qu'assez de ces histoires d'intimidation de témoins.) Allez, dites-moi tout, Leon, je suis votre avocat, ça restera entre nous. Pourquoi ne témoigneront-ils pas contre vous ?

Leon se fendit d'un sourire en coin.

— Z'avez pas besoin de le savoir.

— Si. Je ne veux pas de surprises. On ne sait jamais ce que va tenter le procureur. Croyez-moi, ça s'est déjà produit. Si le procureur me prend en traître et si je n'ai pas prévu de contre-attaque, vous êtes foutu.

Leon sourcilla. Ça l'ennuyait. Il n'avait pas pensé à ça. Il frotta la croix gammée tatouée sur son avant-bras.

— Ça restera entre nous, vous dites ? C'est sûr ?

— Sûr, affirma John Fiske en se penchant vers lui. Entre vous, moi et Dieu.

— Elle est bonne, celle-là, ricana Leon. (Il se pencha lui aussi et baissa la voix.) J'ai deux potes dehors. Ils vont aller rendre une petite visite à ces témoins. Pour s'assurer qu'ils oublieront le chemin du tribunal. C'est déjà réglé.

Fiske recula.

— Et voilà, vous vous êtes foutu dedans.

— Hein ? De quoi ?

— Vous venez de me dire la seule chose que je sois obligé de répéter au juge.

— Qu'est-ce que vous racontez ?

— Juridiquement et déontologiquement, je ne peux divulguer aucune information confiée par un client…

— Eh ben, où est le problème ? Je suis votre client et je viens de vous confier une information.

— Oui, seulement, il y a une exception importante à cette règle. Vous venez de me parler d'un crime en préparation. C'est la seule chose que je doive révéler à la Cour. Je suis censé vous conseiller de ne pas le faire. Et vous devez vous considérer comme averti. Si vous aviez déjà fait le coup, ce ne serait pas pareil, ça resterait confidentiel. Aïe, aïe, aïe, qu'est-ce qui vous a pris de me raconter ça ? Ah non, c'est trop con, lança l'avocat d'un air dégoûté.

— Je pouvais pas savoir, merde. J'suis pas avocat.

— Eh, oh, Leon, à d'autres. Vous connaissez la loi mieux que la plupart des avocats. Maintenant, vous venez de tout foutre en l'air. Maintenant on est forcés de plaider coupable.

— Qu'est-ce que vous débloquez ? Je pige pas.

— Si on va au procès et que les témoins ne se présentent pas, je dois répéter au juge ce que vous m'avez dit. Et si les témoins se présentent, vous êtes bon comme la romaine.

— Eh ben, vous avez qu'à la boucler.

— Impossible, Leon. Si je garde le silence et que ça s'apprend, je perds ma licence. Je vous aime bien, Leon, mais aucun client ne vaut un tel risque. Sans ma licence, je ne peux plus gagner ma croûte. Et c'est vous qui avez tout saboté, mon gars, pas moi.

— Putain, j'le crois pas. Je pensais qu'on pouvait tout dire à son avocat.

— Je vais voir ce que je peux négocier. Vous ferez un peu de taule, Leon, pas moyen d'y échapper. (John Fiske se leva et lui donna une tape sur le dos.) Ne vous inquiétez pas, je vais vous obtenir un bon arrangement.

En quittant le parloir, John Fiske sourit pour la première fois de la journée.

Chapitre 13

Nerveux, Michael Fiske gardait les yeux rivés devant lui en conduisant. Ses essuie-glaces n'étaient guère efficaces contre les trombes d'eau que déversait le ciel. En allant vers l'ouest, il avait traversé des lieux-dits du nom de Pulaski, Bland, et même longé un endroit appelé Parc régional des Mères affamées, ce qui avait fait naître en lui des visions de femmes et d'enfants mendiant du pain sur le bord des pistes. Des bourrasques soufflant des Appalaches fouettaient la voiture. Bien qu'il fût né et eût grandi en Virginie, Michael Fiske ne s'était jamais aventuré à l'ouest de Roanoke, et encore n'y était-il allé que pour passer l'examen du barreau. À sa sortie de l'Interstate 81, en se dirigeant vers le nord-ouest, il avait trouvé des routes mal entretenues, étroites, en lacet.

Il jeta un œil sur l'attaché-case à côté de lui, avec un long soupir. Il avait appris beaucoup de choses depuis qu'il avait lu la demande de recours de Harms.

Harms avait tué une petite fille, venue en visite au camp militaire où il était basé à la fin de la guerre du Vietnam. Il était aux arrêts à l'époque mais avait réussi à s'échapper du cachot. Il n'avait pas de mobile. C'était l'acte d'un déséquilibré. Personne n'avait contesté les faits. En tant que greffier à la Cour suprême, Michael bénéficiait de nombreuses sources d'information, et il s'en était abondamment servi pour collationner les données. Or l'administration militaire refusait de reconnaître que le programme décrit par Harms dans sa lettre eût jamais existé. Michael Fiske tapa sur le volant. Si seulement Harms ou son avocat avaient joint la lettre de l'armée au dossier !

Michael en avait finalement conclu que la meilleure chose à faire était de remonter à l'origine de l'information : Rufus Harms lui-même. Au début, il n'avait pas envisagé une confrontation directe. Il avait commencé par rechercher Samuel Rider, ce qui n'était pas très difficile vu les traces postales qu'il avait laissées. Mais ses coups de fil étaient restés sans réponse. Était-ce lui, l'auteur de la lettre dactylographiée ? C'était fort probable. Michael avait appelé la prison en sollicitant un entretien téléphonique avec Harms. Sa demande avait été rejetée, ce qui n'avait fait que confirmer ses soupçons. Si un innocent était en prison, le travail de Michael, son devoir étaient de le faire libérer.

Il y avait une autre raison à ce voyage. Certains noms cités dans la lettre, des noms de personnes prétendument impliquées dans la mort de la petite fille, étaient bien connus de lui. Si jamais Rufus Harms disait vrai… Michael eut un frisson. C'était un scénario de cauchemar.

Sur le siège passager s'étendaient une carte de la région et des indications routières qu'il avait établies lui-même. Durant plus d'une heure, en longeant les Appalaches, il parcourut des kilomètres et des kilomètres sur des routes de campagne cahoteuses, jalonnées de vieilles caravanes abandonnées dans des crevasses, franchit des ponts de bois branlants noircis par la vase et la suie, et traversa des patelins qu'on ne pouvait même pas appeler des communes. Il avait croisé des pick-up boueux avec des drapeaux sudistes accrochés aux antennes radio et des fusils de chasse dans les râteliers arrière. Plus il approchait de la prison, plus les visages des rares personnes qu'il croisait étaient taciturnes et méfiants.

Au détour d'un virage, il vit Fort Jackson se dresser devant lui. Une vraie forteresse du Moyen Âge, avec ses murs épais et ses tours, transplantée dans une contrée aride. Il se demanda si les pierres avaient été acheminées par les prisonniers eux-mêmes, forçats édifiant leur propre tombeau.

Il reçut un badge, franchit le portail d'entrée et fut dirigé vers le parking des visiteurs. Il exposa le motif de sa venue au planton de service.

— Vous n'êtes pas sur la liste des visiteurs, objecta le jeune gardien.

Il lorgna avec mépris le costume bleu foncé et le visage intelligent de Michael. *Un peigne-cul friqué de la grande ville*, semblaient dire ses yeux.

— J'ai appelé plusieurs fois, mais personne n'a su m'expliquer la procédure pour me faire inscrire.

— Ça dépend du prisonnier. En gros, s'il veut vous voir, vous le voyez. S'il veut pas, vous le voyez pas. Ils sont libres de choisir… C'est leur seule liberté, ajouta-t-il avec un ricanement.

— Si vous lui dites qu'un avocat est ici pour le voir, je suis certain qu'il me fera inscrire sur sa liste.

— Vous êtes son avocat ?

— Je m'occupe d'un recours en appel, répondit Michael, évasif.

Le gardien consulta son registre.

— Rufus Harms, dit-il, perplexe. Il était déjà ici quand j'étais pas encore né. Quel genre d'appel peut espérer un type comme lui après toutes ces années ?

— Je ne suis pas autorisé à vous répondre. Mon travail est couvert par le secret professionnel. C'est absolument confidentiel.

— Je sais. Vous me prenez pour un imbécile ou quoi ?

— Pas du tout, protesta Michael.

— Seulement, si je vous laisse entrer et que j'aie tort, ça va chauffer pour mon matricule.

— Eh bien, je vous suggère d'en référer à votre supérieur, comme ça vous n'aurez pas d'ennuis.

Le gardien décrocha son téléphone.

— C'est bien que je comptais faire, dit-il d'un ton très inamical.

Il raccrocha après quelques minutes de conversation.

— Quelqu'un va venir, reprit-il. (Michael approuva de la tête.) D'où vous venez ?

— Washington.

— Combien ça gagne, un homme comme vous, là-bas ?

Il était clair que, quelle que soit la somme que l'avocat lui annoncerait, ce serait trop. Il poussa un soupir de soulagement en voyant approcher un officier en uniforme.

— Pas assez, répondit-il.

Le jeune gardien se mit au garde-à-vous et salua l'officier, lequel se tourna vers Michael :

— Veuillez me suivre, maître Fiske.

L'homme avait la cinquantaine. Le militaire de carrière typique : mince, calme, sérieux, les cheveux gris coupés court.

Michael l'accompagna jusqu'à un petit bureau et, cinq minutes durant, lui expliqua patiemment ce qu'il venait faire, sans lui révéler d'informations substantielles. Il était expert en langue de bois.

— Si vous dites à M. Harms que je suis ici, il acceptera de me voir.

L'homme manipulait un stylo du bout des doigts, sans quitter des yeux le jeune greffier.

— Je suis un peu intrigué, je dois l'avouer. Rufus Harms a reçu la visite de son avocat il y a quelques jours à peine. Et ce n'était pas vous.

— Vraiment ? Vous voulez parler de Samuel Rider, peut-être ?

L'homme ne répondit pas, mais sa surprise vite contenue fit sourire Michael intérieurement. Sa supposition était exacte. C'était l'ancien avocat militaire de Harms qui avait rédigé la lettre dactylographiée.

— On peut avoir plusieurs avocats, monsieur.

— Pas quelqu'un comme Rufus Harms. Il n'en a pas eu un seul depuis vingt-cinq ans. Oh, il reçoit assez régulièrement la visite de son frère, mais cet intérêt subit pour sa personne nous étonne beaucoup. Je suis sûr que vous comprenez.

Michael sourit poliment, mais sa réponse fut assez sèche :

— Et je suis sûr que vous comprenez qu'un prisonnier a le droit de parler à un avocat.

L'officier le regarda longuement, puis s'empara de son téléphone. Il dit quelques mots, raccrocha et regarda de nouveau Michael sans lui parler. Cinq minutes s'écoulèrent. Le téléphone sonna. Quand l'homme reposa le combiné, il annonça simplement :

— Il va vous voir.

Chapitre 14

Quand Rufus Harms apparut sur le seuil, la vue de ce jeune homme l'intrigua. Il avança en traînant le pas et Michael se leva pour le saluer.

— Asseyez-vous ! aboya aussitôt le garde qui escortait le prisonnier.

Michael obtempéra.

Le garde accompagna Harms jusqu'à son siège, en face du visiteur.

— Vous avez été informé des règles de conduite à observer pendant les visites, lui dit-il. Au cas où vous les auriez oubliées, elles sont placardées juste là, ajouta-t-il en désignant un panneau sur le mur. Les contacts physiques sont interdits et vous devez rester assis tout le temps. Compris ?

— Oui. Êtes-vous obligé de rester dans la pièce ? Les entretiens entre un avocat et son client sont confidentiels. Et faut-il nécessairement qu'il soit enchaîné comme ça ?

— Vous ne demanderiez pas ça si vous aviez vu ce qu'il a fait à quelques gars d'ici. Même ligoté des pieds à la tête, il peut vous casser le cou en deux secondes. (Le gardien s'approcha de Michael.) Peut-être que, dans les autres prisons, vous avez droit à la confidentialité, mais c'est pas une prison ordinaire ici. Tous les détenus sont dangereux et on a notre propre règlement intérieur. Votre visite n'était pas programmée. Vous avez vingt minutes, pas plus, avant que ce grand méchant loup soit emmené en corvée de chiottes. Et on a des chiottes particulièrement sales aujourd'hui.

— Alors je vous saurais gré de nous laisser commencer, répliqua Michael.

Le gardien alla se mettre en faction contre la porte sans mot dire. Rufus Harms regardait son visiteur dans le blanc des yeux.

— Bonjour, monsieur Harms. Je m'appelle Michael Fiske.

— Ce nom me dit rien.

— Je sais, mais je suis là pour vous poser quelques questions.

— Ils ont dit que vous êtes mon avocat. Vous êtes pas mon avocat.

— Je n'ai pas dit que je l'étais. Ils l'ont supposé. Je ne suis pas associé avec M. Rider.

Rufus plissa les yeux.

— Comment vous connaissez Samuel ?

— Peu importe. Je suis ici pour vous poser des questions, parce que vous avez interjeté.

— J'ai quoi ?

— Vous avez fait appel. (Michael baissa la voix.) Je travaille à la Cour suprême des États-Unis.

Rufus tomba des nues.

— Alors qu'est-ce que vous foutez ici ?

Michael s'éclaircit la gorge, mal à l'aise.

— Je sais que ce n'est pas… absolument orthodoxe. Mais j'ai lu votre demande de recours et je voulais vous demander quelques précisions. Elle contient des allégations très compromettantes contre certaines personnes haut placées. (En voyant les yeux écarquillés de son interlocuteur, il regretta soudain d'être venu.) J'ai vérifié certains points en amont de votre affaire et il y a deux ou trois choses que je saisis mal. Je voulais vous interroger à ce sujet, et si les faits concordent votre appel pourra aboutir.

— Pourquoi il a pas déjà abouti ? Il est arrivé à la Cour, pas vrai ?

— Oui, mais il comporte plusieurs vices de forme qui auraient pu causer son renvoi. Je peux vous aider sur ce point. Mais je veux éviter un scandale. Vous devez comprendre, monsieur Harms, que la Cour reçoit chaque année des tonnes de réclamations de prisonniers qui ne reposent sur rien.

— Vous me traitez de menteur ? s'écria Rufus en le foudroyant du regard. C'est ça ? Venez donc passer vingt-cinq ans de votre vie ici pour un crime que vous avez pas commis et on verra si vous osez me répéter ça.

— Je ne dis pas que vous mentez. Je prends votre histoire au sérieux, sinon je n'aurais pas fait le voyage, croyez-moi.

Michael jeta un coup d'œil sur la pièce sinistre. Il n'avait jamais vu un endroit pareil, n'avait jamais parlé à un homme comme Rufus. Il avait l'impression d'être un enfant de l'école primaire qui s'aperçoit tout à coup, en descendant du bus scolaire, qu'il se trouve dans la cour des grands.

— Croyez-moi, répéta-t-il. J'ai seulement besoin de vous parler.

— Vous avez des papiers d'identité pour prouver qui vous êtes ? Je suis du genre méfiant depuis ces trente dernières années.

Les greffiers de la Cour suprême ne possédaient pas de carte distinctive. Le personnel de sécurité du Palais devait apprendre à les reconnaître de vue. Toutefois, la Cour publiait chaque année un répertoire officiel, une sorte de trombinoscope, avec les noms et les photos des greffiers, ce qui permettait notamment aux gardiens de connaître leurs visages. Michael sortit le répertoire de sa poche et le montra à Harms qui, après l'avoir examiné avec attention, guetta le maton du coin de l'œil et se pencha vers son vis-à-vis.

— Vous avez une radio dans votre serviette ?

— Une radio ? Non.

Rufus baissa encore la voix.

— Alors chantonnez.

— Quoi ? s'étonna Michael. Non, désolé, impossible, vraiment, je chante faux.

Rufus s'impatienta.

— Vous avez un stylo ?

Michael acquiesça.

— Alors prenez-le et commencez à taper sur la table avec. Ils ont probablement déjà entendu ce qu'ils ont besoin d'entendre, mais on peut toujours leur réserver quelques surprises.

Quand Michael voulut répondre, Rufus l'interrompit.

— Dites rien. Tapez. Et écoutez.

Le jeune juriste se mit à tapoter sur la table. Le garde sourcilla, mais sans s'interposer.

— Vous auriez pas dû venir ici, reprit Rufus d'une voix presque inaudible. Vous savez pas les risques que j'ai pris pour faire sortir ce papier de cette taule. Si vous l'avez lu, vous comprenez pourquoi. C'est facile de liquider un prisonnier, un vieux Noir qu'a étranglé une petite Blanche, tout le monde s'en fout. Pas de doute là-dessus.

Michael cessa de taper.

— C'est de l'histoire ancienne. Les choses ont changé.

— Sans blague ? grogna Rufus. Allez donc frapper sur la tombe de Medgar Evers ou de Martin Luther King pour leur dire ça. Les choses ont changé, ouais bien sûr, tout le monde est gentil maintenant. Loué soit le Seigneur.

— Ce n'est pas ce que je voulais dire.

— Si les gens dont je parle dans cette lettre étaient noirs et si j'étais blanc, et si j'étais pas au fond de ce trou, vous seriez venu jusqu'ici pour « vérifier » mon histoire ?

Michael baissa les yeux.

— Peut-être pas, reconnut-il à regret.

— Sûr que non ! Tapez sur la table et ne vous arrêtez pas.

— Croyez-le ou non, reprit Michael en tapant comme Harms le lui demandait, je veux vous aider. Si les choses se sont vraiment passées comme vous l'affirmez dans votre lettre, je veux que justice soit rendue.

— Pourquoi vous vous intéressez à un type comme moi ?

— Parce que la vérité m'intéresse. Si vous dites la vérité, alors je vous jure que je ferai tout ce qui est en mon pouvoir pour vous sortir d'ici.

— Facile à dire.

— Monsieur Harms, j'aime mettre mes capacités, mes talents, au service des gens moins fortunés que moi. J'estime que c'est mon devoir.

— Oh, c'est très gentil, ça, mon vieux. Mais évitez de me caresser comme un toutou. Je mords. Je pourrais vous arracher la main.

Michael haussa un sourcil, un peu décontenancé. Il se rattrapa comme il put :

— Excusez-moi, je ne voulais pas être blessant. Écoutez, si vous avez été injustement emprisonné, je veux vous aider à recouvrer votre liberté. C'est tout.

Rufus garda le silence un instant, comme pour jauger la sincérité du jeune homme. L'expression de son visage se radoucit, mais il restait sur ses gardes.

— C'est pas prudent de parler de ça ici.

— Où pouvons-nous en parler ?

— Nulle part. Y a pas de permis de sortie pour les mecs comme moi. Mais tout ce que je vous ai dit est vrai.

— Vous avez fait référence à une let…

— La ferme ! (Rufus jeta un regard vers le grand miroir.) Elle était pas dans le courrier ?

— Non.

— Bon. Vous connaissez mon avocat. Vous avez dit son nom tout à l'heure.

— En effet. Samuel Rider. J'ai essayé de le joindre, il ne m'a pas rappelé.

— Tapez plus fort.

Michael relança la cadence. Rufus promena ses yeux à droite et à gauche, puis reprit :

— Je vais lui dire de vous parler. Il vous expliquera tout ce que vous avez besoin de savoir.

— Monsieur Harms, pourquoi avez-vous adressé votre demande de recours directement à la Cour suprême ?

— C'est pas la plus haute du pays ?

— Si.

— C'est bien ce que je pensais. On reçoit des journaux ici. On a la télé, la radio. J'ai regardé les infos, toutes ces années. Ici, on s'intéresse beaucoup à ce qui se passe dans les tribunaux. Les têtes changent, mais ces juges-là, ils peuvent faire ce qu'ils veulent. N'importe quoi. Je les ai vus. Tout le pays les a vus.

— Certes, mais il y a une procédure, il y a des étapes avant d'accéder à la Cour suprême. Normalement, on passe d'abord par une cour d'appel régionale. Bref, votre requête est entachée de nombreux manquements…

Rufus secoua la tête avec lassitude.

— Oh, arrêtez avec vos grands mots. J'ai passé la moitié de mon existence dans cette taule, il me reste pas beaucoup à vivre. J'ai jamais été marié, j'aurai jamais de gosses. J'ai pas de temps à perdre avec des embrouilles, des avocats, des tribunaux de province et tous vos machins. Je veux sortir d'ici. Et vite. Je veux être libre. Ces grands juges, ils peuvent me faire sortir. Ils peuvent tout faire. Allez leur dire ça. Ils sont là pour rendre la justice, qu'ils disent, eh ben, c'est ce que je veux. La justice.

Michael l'interrogea du regard.

— Vous êtes sûr qu'il n'y a pas une autre raison ? Vous n'aviez pas une arrière-pensée en vous adressant à la Cour ?

Rufus ne comprenait pas.

— Comment ça ?

Michael réfléchit. Il était très possible que Rufus Harms ignorât les situations actuelles de certains des personnages mentionnés dans son appel.

— Laissez tomber, dit-il.

Le prisonnier se détendit et le fixa des yeux.

— Bon, alors, qu'est-ce qu'ils pensent de tout ça, ces grands juges ? C'est eux qui vous ont envoyé, hein ?

Michael lâcha son stylo.

— C'est-à-dire que..., répondit-il, gêné, en vérité, ils ne savent pas que je suis ici.

— Quoi ?

— Je ne leur ai pas encore montré votre demande, monsieur Rufus. Je... je voulais m'assurer que tout était digne de foi.

— Vous êtes le seul à l'avoir vue ?

— Pour l'instant, oui, mais, comme je vous l'ai dit...

Rufus observa l'attaché-case.

— Vous avez quand même pas apporté la lettre avec vous, dites ?

— Eh bien, mais... si. Je voulais vous poser certaines questions à son sujet et je...

— Dieu du ciel ! s'exclama Rufus. (Le gardien se raidit, sur le qui-vive.) Est-ce qu'ils vous ont pris votre serviette quand vous êtes entré ? Parce que deux des hommes que j'accuse sont dans cette prison. Un des deux est même le commandant de ce putain de fort.

— Ils sont ici ?

Michael blêmit. Ses recherches lui avaient confirmé que les hommes cités dans la lettre étaient effectivement dans l'armée au moment des faits, dans les années 1970. Il connaissait la situation actuelle de deux d'entre eux, mais n'avait pas cherché à remonter la piste des autres. Son sang se glaça. Il prenait tout à coup la mesure de l'erreur monumentale, et peut-être fatale, qu'il avait commise.

— Alors, est-ce qu'ils ont pris votre serviette ?

— Une ou deux minutes, sans plus, bredouilla Michael. Mais j'avais mis les documents dans une enveloppe cachetée et elle est toujours cachetée.

— Vous nous avez tués, tous les deux ! cria Rufus.

Il bondit en l'air tel un geyser, renversant la lourde table comme un vulgaire bout de balsa. Michael sauta en arrière et dérapa sur le sol. Le garde souffla dans son sifflet et fondit sur Rufus, qu'il immobilisa par une clé de bras. Malgré ses entraves, le prisonnier, avec sa force herculéenne, repoussa les cent kilos du gardien comme un moustique importun. Une demi-douzaine d'autres matons affluèrent dans la pièce. Ce fut une avalanche de matraques. Rufus se débattait comme un renne assailli par une meute de loups. Il résista cinq bonnes minutes avant de s'affaler. Ils le traînèrent, hurlant, hors de la pièce et le firent taire d'un méchant coup de matraque en travers de la gorge. Juste avant de disparaître, Rufus eut le temps de lancer à Michael un regard horrifié qui voulait dire : « Tu m'as trahi ».

Après un tabassage en règle, qui se poursuivit tout au long du couloir, les gardiens parvinrent à ligoter Rufus sur un brancard.

— Emmenez-le à l'infirmerie ! cria quelqu'un. Je crois qu'il fait des convulsions.

Malgré ses fers et les lanières de cuir, Rufus continuait à se débattre comme un fou. Le brancard brinqueballait en tous sens. Il hurla jusqu'à ce qu'on lui enfonce un chiffon dans la bouche.

— Grouillez-vous, merde, insista l'homme.

Le groupe franchit la double porte en rafale et fonça à l'infirmerie.

— Nom de Dieu ! dit le médecin de service en les voyant arriver. Mettez-le par là.

Ils poussèrent le chariot vers l'endroit indiqué. En approchant, le toubib faillit recevoir une ruade de Rufus dans le bas-ventre.

— Ôtez-lui ça de la bouche, ordonna-t-il en désignant le chiffon qui étouffait le prisonnier, dont la face virait au violet.

Le gardien n'avait pas l'air rassuré.

— Faites gaffe, doc, il est devenu fou. S'il vous touche, vous risquez de déguster. Il a déjà rétamé trois de mes hommes. C'est un enfoiré, dit-il en lorgnant Rufus Harms d'un œil mauvais.

Dès qu'on retira le bâillon qui lui obturait le gosier, Rufus se remit à hurler.

— Posez-lui un moniteur, dit le médecin à l'une des infirmières.

Quand elles eurent réussi à fixer les capteurs sur le forcené, le médecin examina soigneusement les tressautements irréguliers de ses battements et de sa pression sanguine.

— Perfusion. Et une ampoule de Lidocaïne, vite, avant qu'il nous fasse un arrêt cardiaque.

Un attroupement s'était formé autour du chariot, surveillants et personnel médical mêlés.

— Vous ne pouvez pas demander à vos hommes de déblayer le chemin ? cria le toubib.

— Non, répondit le chef. Il est assez balèze pour arracher ses liens et, si on n'est pas là, il est capable de tuer tout le monde dans cette pièce en une minute. Je n'exagère pas.

Le matériel de perfusion arriva. La seringue de Lidocaïne était prête. Le médecin fit signe aux gardes :

— On va avoir besoin de votre aide pour le tenir. Il nous faut une bonne veine et, vu comment ça se présente, on a intérêt à la trouver du premier coup.

Les hommes se groupèrent autour de Rufus pour l'immobiliser. Malgré leur nombre, la tâche n'était pas de tout repos.

Rufus, ravagé de haine et de terreur, était au bord du délire. Comme la nuit où Ruth Ann Mosley était morte. Ils retroussèrent une manche de sa chemise, exposant un avant-bras noueux, aux veines protubérantes. Il ferma les yeux. Quand il les rouvrit, il vit l'aiguille luisante descendre sur lui. Il les referma, les rouvrit encore. Il n'était plus à l'infirmerie de Fort Jackson. Il était au mitard, en Caroline du Sud, un quart de siècle plus tôt… La porte s'ouvre brusquement. Un groupe d'hommes entre. Ils marchent en seigneurs, comme s'il était à eux. Il les connaît tous de vue, sauf un. Il s'attend à voir jaillir les matraques, à sentir la morsure des coups sur ses côtes, ses fesses, ses membres. C'est devenu un rituel. Matin et soir. Il encaisse toujours en silence, en récitant mentalement une prière. C'est sa manière à lui de surmonter la torture.

Mais il n'y a pas de matraques, cette fois. On plaque un revolver contre sa tempe. On lui dit de s'agenouiller et de fermer les yeux. Oui, c'est comme ça que ça s'est passé. Les types n'avaient pas prévu sa réaction. Il s'est redressé comme un ressort. Il les a pris par surprise. Ils ne rigolaient plus, les mecs. Il les a balancés au tapis comme des chiffes molles et s'est barré fissa. Il a renversé le planton de service, à la porte du mitard, et salut la compagnie ! Il a couru, couru…

Rufus battit des paupières. Il était de retour dans l'infirmerie. Il regardait les visages penchés sur lui. L'aiguille se rapprochait de son bras. La tête renversée, il était le seul à distinguer ce qui se passait derrière. Il aperçut la seconde seringue qui perçait le sac à perfusion et déversait un autre liquide dans la solution de Lidocaïne.

Vic Tremaine s'était acquitté de sa besogne avec calme et efficacité, sans plus d'émotion que s'il avait arrosé une plante verte. Il n'avait même pas un regard pour sa victime. Rufus releva la tête. Il vit la seringue dans la main du médecin. Elle allait entrer dans sa veine et décharger dans son corps le poison de Tremaine. Ils lui avaient déjà pris la moitié de sa vie. Il ne leur abandonnerait pas le reste. Pas encore. Il fallait réagir vite.

— Merde ! pesta le médecin au moment où Rufus extirpa sa main de la lanière pour lui arracher la seringue.

La perfusion tomba sur le sol. Le sac explosa. Furieux, Tremaine profita de la confusion pour filer à l'anglaise. La poitrine de Rufus se contracta soudain. Il n'arrivait plus à respirer. Quand le toubib parvint à se relever, il le trouva si tranquille qu'il le crut mort. Le moniteur attesta qu'il était encore en vie, mais les signes étaient alarmants.

— Il va nous claquer entre les pattes, dit-il. (Il se tourna vers une infirmière.) Faites venir un hélicoptère Medivac. On n'est pas équipés pour ce genre de situation, expliqua-t-il au gardien-chef. On va le mettre sous sédatif et l'expédier à l'hôpital de Roanoke. Mais il n'y a pas une minute à perdre. Je suppose que vous enverrez un gars pour l'escorter ?

Le garde frotta sa mâchoire contusionnée et jeta un coup d'œil au prisonnier inanimé.

— J'enverrais tout un bataillon s'il y avait de la place dans l'hélico.

Chapitre 15

Michael Fiske fut reconduit par un garde en armes. Il n'en menait pas large. L'officier en uniforme qui l'avait interrogé à son arrivée l'attendait au bout du couloir. Michael s'aperçut qu'il tenait deux feuilles de papier.

— Maître Fiske, je ne me suis pas présenté tout à l'heure. Je suis le colonel Frank Rayfield, commandant du fort.

Michael s'humecta les lèvres. Frank Rayfield était l'un des hommes incriminés dans la lettre de Rufus. Quand il l'avait lue, ce nom ne lui disait rien ; maintenant cela prenait tout son sens et signifiait qu'il allait mourir. Comment aurait-il pu imaginer que deux de ces hommes se trouvaient justement ici ? Mais, à la réflexion, tout se tenait : c'était l'endroit idéal pour maintenir Rufus Harms sous étroite surveillance.

En regardant Rayfield, il se demanda comment ils allaient se débarrasser de son corps. Tout à coup, il se revit enfant, quand il espérait que son grand frère accourrait à son secours. Rayfield lui tendit les papiers et fit signe au gardien de se retirer. Comme Michael serrait les documents d'un air penaud, Rayfield feignit de se confondre en excuses :

— J'ai peur que mes hommes n'aient fait un peu trop de zèle. En principe, nous ne photocopions pas les documents sous enveloppe.

En fait, Rayfied les avait décachetés lui-même. Personne d'autre ne les avait vus.

— Je ne comprends pas, dit Michael. L'enveloppe était encore cachetée quand vous m'avez rendu ma serviette.

— C'est un modèle très courant. Ils les ont simplement remis dans une enveloppe identique.

Michael se maudit intérieurement de n'avoir pas pensé à un détail aussi élémentaire.

Rayfield émit un semblant de rire.

— Qu'est-ce qu'il y a de si drôle ? demanda Michael.

— C'est la cinquième fois que Rufus Harms cite mon nom dans ses plaintes fantaisistes, maître Fiske. Je suis bien obligé d'en rire.

— Pardon ?

— Il n'avait encore jamais visé aussi haut, cela dit. Vous appartenez bien à la Cour suprême des États-Unis, n'est-ce pas ?

— Je n'ai pas à répondre à ça.

— D'accord. Mais, à supposer que ce soit le cas, votre présence ici est un peu insolite.

— C'est mon affaire.

— Et mon affaire est d'appliquer la discipline militaire dans cette prison, rétorqua Rayfield d'un ton plus vif. Je ne vous reproche rien, remarquez, reprit-il en se radoucissant. Harms est un rusé. On dirait qu'il a réussi à persuader son vieil avocat militaire d'entrer dans son jeu. Sam Rider aurait dû avoir plus de discernement.

— Vous voulez dire que Rufus Harms est un farceur qui a l'habitude d'engager des poursuites sans fondement ?

— C'est fréquent, parmi les prisonniers. Ils ont trop de temps à eux, ils cogitent. L'an dernier, il a accusé le Président des États-Unis, le ministre de la Défense et votre serviteur de fomenter un complot pour lui imputer un crime qu'il a pourtant commis devant une bonne demi-douzaine de témoins.

— Vraiment ? dit Michael, sceptique.

— Affirmatif. Il a finalement été débouté, mais la plaisanterie a quand même coûté quelques milliers de dollars à l'administration. Je sais que les tribunaux sont ouverts à tout le monde, maître Fiske, mais une procédure abusive reste une procédure abusive et, pour parler franchement, je commence à en avoir soupé.

— Il dit dans sa réclamation que…

— Oui, oui, je l'ai lue. Il y a deux ans, il a prétendu que c'étaient les vapeurs de napalm inhalées au combat qui lui avaient fait perdre la tête. Et vous savez quoi ? Rufus Harms n'a jamais été exposé aux vapeurs de napalm, parce qu'il n'est jamais allé au combat. Il a passé le plus clair de ses deux ans de service aux arrêts pour insubordination, entre autres choses. Ce n'est pas un secret, vous pouvez vérifier, si vous ne l'avez déjà fait. (Michael baissa les yeux.) Maintenant, reprenez vos petits papiers, rentrez à Washington et laissez sa demande suivre son cours. Elle sera rejetée comme les autres. Quelques innocents seront éclaboussés au passage, mais que voulez-vous ? C'est l'Amérique. Et je crois même que c'est pour ça que je me bats : pour défendre les libertés de chacun. Même de ceux qui en abusent.

— Vous allez me laisser repartir, alors ?

— Vous n'êtes pas un prisonnier, ici. J'ai assez d'autres détenus à surveiller, y compris celui qui vient de dérouiller trois de mes hommes. Vous allez devoir répondre à quelques questions qu'un de mes subordonnés va vous poser dans un instant. Au sujet de ce qui s'est passé au parloir. Nous en avons besoin pour notre rapport.

— Autrement dit, ce sera consigné dans le registre officiel ? Ma présence sur les lieux et le reste ?

— Affirmatif. C'est vous qui avez choisi de venir, pas moi. À vous d'en assumer les conséquences.

— Je sais. Mais je n'avais pas prévu tout ceci.

— La vie réserve parfois des surprises.

— Écoutez, vous êtes vraiment obligé de faire un rapport ?

— Même s'il ne s'était rien passé, maître Fiske, votre nom devrait figurer dans le registre. Vous êtes inscrit sur la feuille de visite, de toute façon, avec un numéro de badge.

— Je m'aperçois que je n'avais pas pensé à tout.

— On dirait. Vous ne semblez pas très au fait des choses militaires, je me trompe ? (Il a l'air fin, dans ses petits souliers, pensa Rayfield.) Vous savez, le rapport est obligatoire, c'est vrai, mais on peut toujours omettre certains détails. À l'extrême limite, on peut même oublier que vous êtes venu…

Michael poussa un soupir de soulagement.

— Vous pourriez faire ça ?

— Faut voir. Vous êtes juriste. Que diriez-vous d'un prêté pour un rendu ?

— Quel genre ?

— Je déchire le rapport et vous déchirez cette lettre. (Il marqua une pause.) Ça épargnerait des honoraires au gouvernement. Grâce à Dieu, tout le monde a le droit d'en appeler à la Cour, ça ne se discute pas, mais cette histoire commence vraiment à faire long feu, vous ne trouvez pas ?

Michael évita son regard.

— Je… je vais y réfléchir. Il y a des vices de forme, de toute manière. Vous avez peut-être raison.

— J'ai raison. Je ne cherche pas à briser votre carrière. Faisons simplement une croix sur ce qui s'est passé. Et j'espère que je ne verrai pas cette affaire sortir dans les journaux. Dans le cas contraire, la mémoire pourrait me revenir et votre nom sortirait aussi. Maintenant, si vous voulez bien m'excuser…

Rayfield tourna les talons et s'en alla, laissant Michael Fiske en plein marasme.

Rayfield passa directement dans son bureau. Les soupçons de Rufus étaient fondés : il y avait effectivement un micro astucieusement dissimulé sous la table du parloir. Rayfield réécouta la conversation enregistrée entre Michael Fiske et le prisonnier. Le tapotement du stylo gênait un peu l'audition mais, alors que la radio avait complètement brouillé l'entretien avec Rider (Rufus Harms n'était pas un imbécile), en tendant l'oreille Rayfield parvenait à en saisir suffisamment pour deviner qu'il avait un sérieux problème en perspective. Et son dialogue avec Michael Fiske était loin d'avoir réglé la question. Il composa un numéro de téléphone et, en quelques phrases concises, relata les événements à son interlocuteur.

— Nom de Dieu, je n'arrive pas à le croire !

— C'est pourtant vrai.

— Et tout ça s'est passé aujourd'hui ?

— Je vous avais déjà parlé de la venue de Rider mais, pour le reste, oui, ça vient de se produire.

— Mais pourquoi l'avoir laissé voir Harms ?

— Vous ne croyez pas que ça l'aurait rendu encore plus soupçonneux si je l'en avais empêché ? Quand j'ai lu ce que Harms avait écrit dans la lettre, je n'ai plus eu le choix.

— Vous auriez dû liquider ce connard depuis longtemps. Vous avez eu vingt-cinq ans pour le faire, Frank.

— Je vous rappelle que c'était le plan initial. Il y a vingt-cinq ans. Le tuer. Et, au lieu de ça, Tremaine et moi, on a passé la moitié de notre vie à le surveiller.

— Vous ne l'avez pas fait gratis. Il se monte à combien, votre petit bas de laine ? Un million de dollars ? La retraite va être sympa… sauf si cette affaire voit le jour.

— J'ai essayé de l'éliminer. Merde, Tremaine a encore essayé, pas plus tard qu'aujourd'hui, à l'infirmerie, mais ce type a un sixième sens. Rufus Harms est aussi dangereux qu'un serpent quand il a le dos au mur. Je ne peux pas demander aux gardiens d'aller plus loin. Nous sommes surveillés, il y a des inspections surprises et leur putain d'ACLU [1]. Ce salopard ne veut pas mourir. Venez donc essayer vous-même.

— D'accord, d'accord, on ne va pas s'engueuler là-dessus. Vous êtes sûr que nous sommes tous nommément cités dans la lettre ? Comment est-ce possible ? Il ne savait même pas qui j'étais.

Rayfield n'hésita pas. Le nom de son interlocuteur n'apparaissait pas dans la lettre, mais il n'avait pas l'intention de le lui avouer. Tout le monde était dans le même bain.

— Est-ce que je sais ? Il a eu vingt-cinq ans pour y réfléchir.

— Bon, mais comment s'y est-il pris pour faire sortir cette lettre ?

— Je ne pige pas. Le maton l'a vue. C'étaient ses dernières volontés, son testament, point final.

— Mais il a réussi quand même.

— Sam Rider est dans le coup. C'est certain. Il avait apporté un transistor pour brouiller l'écoute, je n'ai pas

1. Association pour la défense des libertés du citoyen, une sorte de ligue américaine des droits de l'homme. *(N.d.T.)*

pu entendre ce qu'ils disaient. J'aurais dû me douter qu'il magouillait quelque chose.

— Je me suis toujours méfié de ce type. S'il n'avait pas plaidé la folie passagère, Harms serait mort depuis longtemps.

— La deuxième lettre qu'on a trouvée dans la serviette de Fiske était tapée à la machine. Elle n'était pas paraphée, c'est donc sûrement Rider lui-même qui l'a tapée. Les deux documents étaient des originaux, au fait.

— Merde, pourquoi maintenant ? Après tout ce temps ?

— Harms a reçu un courrier de l'armée, expliqua Rayfield. Il y fait allusion dans son texte. Ça lui a peut-être rafraîchi la mémoire. Parce que, jusqu'ici, il avait l'air d'avoir complètement oublié ce qui s'était passé. Ou alors il avait décidé de le garder pour lui.

— Pourquoi aurait-il fait ça ? Et, bon Dieu, pourquoi l'armée a-t-elle éprouvé le besoin de le contacter après toutes ces années ?

— Aucune idée, dit Rayfield, de plus en plus embarrassé.

Il mentait. C'était expliqué dans la lettre de Harms. Mais il voulait conserver un atout dans sa manche.

— Et, bien sûr, vous n'avez pas cette mystérieuse missive de l'armée, n'est-ce pas ?

— Non. C'est-à-dire pas encore.

— Elle doit se trouver dans sa cellule, bien que je n'arrive pas à imaginer comment il a fait son compte.

— Des fois, j'ai l'impression que ce type est un magicien, admit Rayfield.

— Il a eu d'autres visiteurs ?

— Seulement son frère, Josh Harms. Il vient le voir une fois par mois.

— Et Rufus, comment il se porte ?

— Subclaquant. Crise cardiaque. Même s'il s'en tire, il ne sera plus le même.

— Où est-il ?

— En route pour l'hôpital de Roanoke.

— Vous l'avez laissé sortir ? Je rêve !

— Ordre du toubib. Il est responsable de la vie de ses patients, prisonniers ou non. Si j'avais opposé un veto, ça aurait éveillé les soupçons.

— Eh bien, priez pour que son cœur lâche. Sinon, achevez-le.

— Calmez-vous. Qui va croire un mec comme Rufus ?

— Oh, vous pourriez être surpris. Ce Michael Fiske, c'est la seule personne au parfum, à part Rider ?

— Affirmatif. Enfin, je présume. Il est venu ici pour vérifier l'histoire de Harms. Il lui a dit qu'il n'en avait parlé à personne. Ça nous laisse une marge de sécurité. Je l'ai baladé en lui racontant que Harms était un maniaque des poursuites judiciaires et il a eu l'air de marcher. On le tient parce que sa présence ici peut lui attirer de gros ennuis. Je ne crois pas qu'il laissera l'appel aller à son terme.

— Vous êtes idiot ou quoi ? dit la voix en montant de quelques décibels. Fiske n'a pas le choix, enfin !

— C'est un greffier de la Cour surprême, merde ! s'exclama Rayfield. Je l'ai entendu le dire à Harms.

— Ça, je sais. Je ne le sais que trop. Alors, je vais vous expliquer la suite des opérations. Vous allez faire en sorte qu'il se taise. Lui et Rider. Et sans traîner.

Rayfield pâlit.

— Hein ? Vous voulez que je tue un greffier de la Cour suprême et un avocat ? Allons, ils n'ont aucune preuve. Ils ne peuvent pas nous nuire.

— Vous n'en savez rien. Vous ne savez pas ce qu'il y avait dans la lettre de l'armée. Vous ne savez pas ce que Fiske ou Rider ont pu découvrir entre-temps. Et

Rider n'est pas un nouveau venu, il a trente ans d'expérience. Il n'aurait pas rédigé un appel fantaisiste auprès de la Cour suprême. En outre, au cas où vous ne le sauriez pas, les greffiers de la Cour suprême ne sont pas des rigolos. Fiske ne se serait pas tapé tout ce trajet s'il avait pris Harms pour un doux dingue. D'après ce que vous m'avez dit, la lettre est très explicite sur ce qui s'est passé dans ce mitard.

— En effet.

— Alors, pas besoin de vous faire un dessin. D'autant plus qu'il y a un os : Harms n'est pas un maniaque des poursuites judiciaires. Il n'avait jamais fait appel avant ça. Si Fiske vérifie votre histoire, il saura que vous avez menti. Et quand il l'aura fait – parce que je suis sûr qu'il le fera –, tout ceci va rapidement tourner à l'aigre.

— Je n'avais pas vraiment le temps de mettre au point une tactique, protesta Rayfield.

— Je ne dis pas le contraire. Mais, en lui racontant des bobards, vous avez rendu Harms crédible. Et il y a un autre problème.

— Lequel ?

— Tout ce que dit Harms dans sa lettre est vrai. Vous aviez oublié ? La vérité est parfois marrante. On commence par gratter ici et là, et tout d'un coup, hop, c'est tout un mur de mensonges qui s'écroule. Et vous savez jusqu'où il peut retomber ? Vous voulez vraiment courir ce risque ? Parce que, quand ce mur sera abattu, c'est à Fort Jackson que vous prendrez finalement votre retraite. Mais de l'autre côté des barreaux, cette fois. Vous me suivez, Frank ?

Rayfield poussa un pesant soupir et consulta sa montre.

— Merde, je préférerais encore le Vietnam.

— Je crois qu'on avait tous tendance à se laisser un peu aller. Eh bien, le moment est venu de mériter votre salaire, Frank. Exécution. Tremaine et vous. Et si vous craignez de manquer de motivations, rappelez-vous ceci : nous survivrons tous ensemble, ou nous plongerons tous ensemble. Au choix.

Trente minutes plus tard, après son interrogatoire avec l'assistant de Rayfield, Michael Fiske quitta la prison et monta dans sa voiture. Quel idiot il faisait ! Un vrai gogo. Il fut tenté de déchirer les documents sur-le-champ, mais sans s'y résigner. Il pourrait toujours les remettre au greffe, ni vu ni connu. Il avait pitié de Rufus Harms. Toutes ces années de prison l'avaient salement amoché. En sortant du parking, il ne pouvait pas se douter que le liquide de refroidissement de son radiateur avait été partiellement vidé dans un seau et déversé dans les bois environnants.

Au bout de cinq minutes, son moteur commença à fumer dangereusement. Il s'arrêta, souleva le capot et fut assailli par un nuage de vapeur. En jurant comme un charretier, il regarda autour de lui. Personne. Pas âme qui vive. Il réfléchit. Que faire ? Regagner la prison à pied pour téléphoner à un dépanneur ? Il pleuvait des cordes.

Soudain, son moral remonta. Il venait d'apercevoir une camionnette au loin, qui arrivait dans sa direction. Il lui adressa de grands gestes. Son moteur fumait toujours. Bizarre, songea-t-il, il avait pourtant fait réviser sa voiture avant de partir. La camionnette approchait. Il la guetta avec espoir… et déchanta bientôt. Un fourgon de la prison. Son cœur s'accéléra. Il s'agissait de déguerpir, et vite. Il piqua un sprint. La camionnette le rattrapa rapidement et lui barra le chemin. Les bois ! Courir vers les bois ! Trop tard. La vitre venait de se baisser, et un revolver était pointé sur lui.

— Montez, dit Victor Tremaine.

Chapitre 16

On était samedi après-midi quand Sara Evans se rendit à l'appartement de Michael Fiske. Plusieurs voitures étaient stationnées dans la rue, mais pas la Honda de Michael. Il avait appelé le vendredi pour dire qu'il était souffrant, ce qu'il n'avait encore jamais fait auparavant. Elle avait téléphoné chez lui. Pas de réponse. Elle se gara, monta à l'appartement et frappa à la porte. Là encore, pas de réponse. Et elle ne possédait pas la clé. Elle redescendit et grimpa par l'escalier de secours. Elle regarda par la fenêtre de la petite cuisine. Rien. Elle essaya la porte. Fermée. En retournant au Palais, elle était de plus en plus inquiète. Michael n'était pas malade, c'était une certitude. Tout cela était en rapport avec les papiers qu'elle avait aperçus dans son attaché-case, elle en était convaincue. Pourvu qu'il n'ait pas perdu la tête, se dit-elle, qu'il ne se soit pas fourré dans un mauvais pas, et qu'il réapparaisse lundi, sain et sauf.

La jeune femme reprit son travail et dîna, assez tard, en compagnie d'autres greffiers dans un restaurant d'Union Station. Ils voulaient tous parler boutique, sauf Sara. D'habitude, elle adorait ce rituel mais, ce soir, les conversations lui passaient au-dessus de la tête. À un moment, elle eut envie de sortir de la salle en hurlant, exaspérée par ces tactiques à n'en plus finir, ces recherches de petites bêtes, ces coupages de cheveux en quatre.

Tard dans la soirée, elle flâna sur la terrasse de sa maison. Puis elle se décida à sortir son bateau pour une promenade nocturne sur le fleuve. Elle compta les étoiles, s'amusa à voir des formes curieuses dans leurs constellations. Elle pensa à la demande en mariage de Michael Fiske et aux raisons de son refus – qui aurait étonné ses collègues s'ils l'avaient su. Michael était unanimement considéré comme un beau parti, ils auraient eu une vie magnifique ensemble, avec des enfants très doués, intelligents, ambitieux et athlétiques. Sara avait joué au hockey sur gazon à l'université et Michael avait une réputation de champion.

Elle se demanda quel genre de femme il épouserait finalement. S'il se mariait. En l'éconduisant, elle avait peut-être fait de lui un célibataire endurci. Elle sourit à cette idée. Elle se donnait trop d'importance. D'ici à un an, Michael aurait mille autres sujets d'intérêt. Elle aurait de la chance s'il se souvenait encore d'elle dans cinq ans.

Après avoir accosté et cargué les voiles, elle lambina un moment sur l'embarcadère pour se laisser caresser par la brise avant de rentrer. La plus puissante ville du monde n'était qu'à vingt minutes de route, une ville où elle avait sa place parmi les plus formidables juristes de son temps. Pourtant, dans l'immédiat, elle n'avait qu'un désir : se blottir sous les couvertures, éteindre les lumières et oublier le lendemain. Alors qu'elle avait toujours été assez ambitieuse, elle perdait soudain toute motivation professionnelle, comme si elle avait déjà consacré toute son énergie disponible à arriver où elle était. Se marier ? Devenir mère ? Étaient-ce là ses vraies aspirations ? N'ayant ni frère ni sœur, elle avait été une enfant gâtée. Elle n'avait jamais été entourée de gosses, et pourtant quelque chose en elle la tirait dans cette direction. Fortement. Mais en était-elle sûre ?

Elle rentra, se déshabilla et se glissa sous les plumes. Pour fonder une famille, il fallait commencer par trouver un mari. Et elle venait juste de repousser l'occasion en or que lui offrait un garçon exceptionnel. Aurait-elle une autre chance ? Voulait-elle un homme dans sa vie maintenant ? Souvent la chance ne se présentait qu'une fois, il fallait la saisir au bon moment. Ce fut sa dernière pensée avant de s'endormir.

Chapitre 17

Lundi. Assis à son bureau, John Fiske épluchait un nouveau rapport sur l'arrestation d'un de ses clients. Il commençait à en avoir l'habitude. Il n'en avait pas lu la moitié que déjà il imaginait les grandes lignes de sa défense. C'était agréable d'être compétent.

On frappa à sa porte. Il tressaillit. Sa main droite ouvrit le tiroir supérieur de son bureau. À l'intérieur, il avait dissimulé un 9 mm, souvenir de ses années de flic. Ses clients n'étaient pas exactement des enfants de chœur. Il les défendait avec beaucoup de conscience professionnelle mais n'était pas assez naïf pour leur tourner le dos. Certains étaient déjà venus le trouver, ivres ou drogués, avec des intentions assez peu pacifiques, au nom de quelque grief plus ou moins imaginaire. La sensation de l'acier froid sous sa paume était rassurante.

— Entrez, c'est ouvert.

Le policier en uniforme qui franchit la porte fit naître un sourire sur ses lèvres. Il referma le tiroir.

— Oh, Billy, comment tu vas ?

— J'ai déjà été mieux, John, répondit Billy Hawkins.

En voyant l'officier de police s'asseoir devant lui, John Fiske repéra les bleus qui marbraient son visage.

— Qu'est-ce qui t'est arrivé, vieux ?

Hawkins palpa ses contusions.

— Un enragé, dans un bar, hier soir. Ma gueule lui revenait pas, il l'a un peu arrangée. Mais ce n'est pas pour ça que je suis ici, John.

Fiske savait que Hawkins était une bonne nature, un brave type qui ne se laissait pas démonter par les aléas du métier. Il était aussi fiable et intraitable au boulot que sympathique dans la vie. Mais, là, il semblait en avoir gros sur le cœur.

— C'est Bonnie ou les gosses qui te tracassent ? demanda John.

— S'agit pas de *ma* famille, John.

— Oh ?

L'estomac de John se serra.

— Bon sang, John, tu te rappelles comme on détestait aller trouver « le plus proche parent » ? Et on le connaissait même pas.

Fiske se leva lentement, la bouche sèche.

— Le plus proche parent ? Mon Dieu, pas ma mère ? Mon père ?

— Non, John, pas eux.

— Alors, accouche, merde, Billy.

Hawkins se mouilla les lèvres et parla vite.

— On a reçu un appel de la police de Washington.

John ne saisit pas tout de suite.

— Washington ? (À peine eut-il prononcé le mot que tout son corps se figea.) Mike ?

Hawkins acquiesça.

— Un accident de voiture ?

— Pas un accident. (Hawkins s'éclaircit la gorge.) Un homicide, John. Une tentative de vol qui a mal tourné, apparemment. Ils l'ont retrouvé dans sa voiture, au fond d'une ruelle. Un quartier mal famé.

John se laissa aller le temps d'assimiler la nouvelle. En tant que policier, devenu avocat, il connaissait les conséquences d'un meurtre sur l'entourage, la famille. Mais là, il plongeait dans l'inconnu.

— Tu ne l'as pas encore dit à mon père ?

Hawkins secoua la tête.

— J'ai pensé que tu préférerais le faire toi-même. Et dans l'état où est ta mère…

— Je m'en occupe.

— L'inspecteur chargé de l'enquête veut que le plus proche parent identifie le corps, John…

Combien de fois John, du temps où il était officier de police, n'avait-il pas demandé la même chose à un père ou à un frère en larmes ?

— J'irai.

— Je suis navré, John.

— Je sais, Billy, je sais.

Après le départ de Hawkins, John Fiske alla regarder la photo de son frère et de lui. Il la prit d'une main tremblante. Ce n'était pas possible. Pas possible… Il avait survécu à deux blessures par balles, passé des semaines à l'hôpital avec sa mère et son petit frère à ses côtés, et c'était finalement ce petit frère qui était mort ? Il reposa la photo. Il essaya d'aller décrocher son pardessus, mais ses jambes refusèrent d'avancer. Il resta planté là.

Chapitre 18

Rufus Harms ouvrit lentement les yeux. La pièce baignait dans la pénombre. Mais, avec les années, il était devenu pratiquement nyctalope et n'avait pas besoin de lumière pour voir. La prison avait aussi dopé ses facultés auditives. Il entendait presque les pensées des gens. Parce que ça va de pair, en prison, on ne fait que ça : écouter et penser.

Il bougea dans son lit, avec précaution. Un lit d'hôpital. Il avait encore les bras et les jambes attachés. Il savait qu'un garde restait en faction de l'autre côté de la porte. Il l'avait aperçu plusieurs fois déjà, au gré des allées et venues dans sa chambre. Le garde n'était pas un flic. Il était en treillis, et armé. Soldat de métier ou appelé ? Impossible à dire. Rufus Harms respirait faiblement. Il avait écouté les conversations des médecins, ces deux derniers jours. Il n'avait pas fait de crise cardiaque, semblait-il, mais c'était limite. Il ne savait plus comment les toubibs avaient appelé ça. Il y avait du chambard dans son « myocarde » ou quelque chose de ce genre, qui avait nécessité son admission en unité de soins intensifs.

Rufus repensa à cette dernière heure à la prison. Il se demanda si Michael Fiske avait eu le temps de sortir du fort avant de se faire tuer. Quant à lui, paradoxalement, c'était sa défaillance cardiaque qui lui avait sauvé la vie : au moins était-il loin de Fort Jackson. Pour l'instant. Mais, quand son état s'améliorerait, ils le renverraient au trou. À moins qu'ils ne le liquident ici.

Il avait bien observé ses médecins et ses infirmières. Quiconque lui administrait un médicament était soumis à son inspection. Il était assez confiant : en cas de danger, il pourrait se libérer de ses attaches. Le lit n'était pas très solide. En attendant, il devait récupérer ses forces, prendre son mal en patience, guetter, espérer. S'il ne pouvait pas recouvrer sa liberté par les voies légales, il l'obtiendrait d'une autre façon. Il ne retournerait pas à Fort Jackson. Pas tant qu'il aurait un souffle de vie.

Pendant les deux heures qui suivirent, il regarda les gens entrer et sortir. Chaque fois que la porte s'entrebâillait, il épiait le planton. Un jeune blanc-bec qui avait l'air très content de lui avec son fusil et son uniforme. Ce n'était pas l'un des deux soldats qui l'avaient accompagné dans l'hélico. Il y avait peut-être des relèves. Quand la porte s'ouvrait, le garde inclinait la tête et souriait à la personne qui entrait, surtout si la personne en question était une jeune femme. De temps en temps, il jetait un œil dans la chambre. Rufus avait lu deux choses dans son regard : la haine et la peur. Excellent. Ça lui laissait une chance. Ces deux choses-là pouvaient le pousser à commettre ce que Rufus appelait de ses vœux : une erreur.

Pour ne laisser qu'un seul homme en faction, ils devaient le croire très affaibli. Ils se gouraient. Les appareils autour de lui, avec leurs écrans, leurs chiffres, leurs oscillations, ne signifiaient rien pour Rufus. C'étaient des vautours aux aguets, mais dans des cages métalliques. Et il sentait revenir ses forces. Il serra et desserra ses mains. Bientôt il pourrait déployer complètement ses bras.

Deux heures plus tard, il entendit la porte. De la lumière. L'infirmière arrivait avec un bloc-notes à pince. Elle lui sourit en vérifiant le moniteur. Elle devait avoir la quarantaine. Mignonne. De bonnes joues. À voir ses hanches larges, il supposa qu'elle avait eu plusieurs maternités.

— Vous allez mieux aujourd'hui, dit-elle en s'apercevant qu'il l'observait.

— Dommage.

Elle le fixa, bouche bée.

— Il y a beaucoup de gens ici qui aimeraient s'entendre dire ça, vous savez.

— Où je suis exactement ?

— Roanoke, Virginie.

— Je suis jamais allé à Roanoke.

— C'est une jolie ville.

— Pas aussi jolie que vous, dit-il avec un sourire gêné.

Les mots lui avaient échappé. Il y avait presque trois décennies qu'il n'avait été aussi près d'une femme. La dernière qu'il avait vue était sa mère, éplorée, quand ils l'avaient traîné en prison. Elle était morte dans la semaine. Commotion cérébrale, lui avait dit son frère. Tu parles. Il savait bien, lui, qu'elle était morte de chagrin.

Ses narines palpitèrent. Cette odeur… Ça ne sentait pas l'hôpital. Sur le moment, il n'avait pas compris que c'était tout simplement l'odeur de l'infirmière, un mélange de parfum léger, de lotion hydratante et de femme. Mince ! Il avait oublié tant de choses de la vie réelle… Une larme perla au coin de son œil droit.

Elle le regarda en haussant les sourcils, une main sur la hanche.

— Ils m'ont dit d'être sur mes gardes avec vous.

— Je vous ferai jamais de mal, m'dame, affirma-t-il, solennel et sincère.

Elle aperçut la larme accrochée au bord de son œil. Elle ne savait que répondre.

— Vous pourriez pas noter sur votre feuille que je suis mourant ?

— Vous êtes fou ? Je ne peux pas faire ça. Vous ne voulez pas vous rétablir ?

— Quand je serai rétabli, je retournerai direct à Fort Jackson.

— Et ce n'est pas un endroit très agréable, je suppose.

— Je suis dans la même cellule depuis plus de vingt ans. Ça fait du bien de voir une nouvelle tête, ça change. Là-bas, on fait que regarder le béton en comptant les battements de son cœur.

Elle parut surprise.

— Vingt ans ? Quel âge avez-vous ?

Il réfléchit.

— J'sais pas au juste, pour tout vous dire. Pas plus de cinquante.

— Allons, vous ne connaissez pas votre âge ?

Il la regarda fixement.

— Les seuls taulards qui tiennent un calendrier, c'est ceux qui vont sortir un jour. Moi, j'en ai pris pour perpète, m'dame. J'sortirai jamais. À quoi ça me servirait de savoir mon âge ?

Il s'était exprimée d'un ton neutre, uni, et elle rougit.

— Oh, fit-elle d'une voix cassée. Je crois que je comprends.

Il se souleva légèrement. Les chaînes ferraillèrent contre les montants du lit. Elle recula.

— Vous pouvez passer un coup de fil pour moi, m'dame ?

— À qui ? Votre femme ?

— J'ai pas de femme. Mon frangin. Il sait pas où je suis. Je veux qu'il sache.

— Je dois d'abord en aviser le garde.

— Ce petit mec, là ? fit-il avec un coup d'œil vers la porte. Qu'est-ce qu'il a à voir avec mon frangin ? Je suis sûr qu'il sait même pas pisser tout seul.

Elle rit.

— Et c'est lui qu'ils ont envoyé pour surveiller un grand gaillard comme vous !

— Son nom, à mon frère, c'est Joshua. Joshua Harms. On l'appelle Josh. Je peux vous donner son numéro de téléphone si vous avez un crayon. Dites-lui seulement où je suis. On se sent seul ici. Il habite pas si loin. Qui sait ? Il viendra peut-être me voir.

— C'est vrai qu'on se sent seul ici, dit-elle tristement.

Elle observa son grand corps puissant, criblé de tubes, couvert de sparadrap. Et enchaîné. C'était surtout cela qu'elle voyait : les chaînes.

Rufus le perçut. Il avait remarqué que la vue d'un homme enchaîné faisait toujours un drôle d'effet aux gens.

— Qu'est-ce que vous avez fait pour être en prison ?

— C'est quoi, votre nom ?

— Pourquoi ?

— Je voudrais savoir. Moi, c'est Rufus. Rufus Harms.

— Je le savais. C'est sur votre feuille.

— Ouais, ben, vous, vous avez pas de feuille avec votre nom.

Elle hésita un instant, regarda vers la porte.

— Je m'appelle Cassandra, dit-elle enfin.

— Ça, c'est vraiment un beau nom. (Il lorgna son visage.) Il vous va bien.

— Merci. Donc vous ne voulez pas me dire ce que vous avez fait ?

— Pourquoi vous voulez le savoir ?

— Simple curiosité.

— J'ai tué quelqu'un. Y a longtemps.

— Pourquoi ? Vous étiez menacé ?

— Non. M'a pas touché.

— Alors pourquoi ?

— J'savais plus c'que j'faisais. J'avais perdu la boule.

— Vraiment ? (Elle recula d'un pas.) N'est-ce pas ce qu'ils disent tous ?

— Possible, mais c'est la vérité. Vous allez appeler mon frangin ?

— Je ne sais pas. Peut-être.

— Je vais vous dire quoi. Je vous file son numéro. Si vous l'appelez pas, tant pis. Si oui, alors merci beaucoup.

Elle le considéra avec perplexité.

— Vous ne vous conduisez pas comme un assassin.

— Oh, méfiez-vous. C'est les beaux parleurs les plus dangereux. Je m'y connais.

— Alors je ne devrais pas vous faire confiance ?

Il croisa son regard.

— À vous de vous faire une idée.

Elle resta pensive une minute.

— Bon, je vous écoute. Le téléphone de votre frère…

Elle nota le numéro, le rangea dans sa poche et s'en alla.

— Hé, m'dame Cassandra ! (Elle se retourna.) Vous avez raison. J'suis pas un tueur. Vous reviendrez me parler, dites ? Enfin, si vous voulez. (Il esquissa un demi-sourire en agitant ses chaînes.) Je bougerai pas d'ici.

De loin, il crut déceler une furtive expression de tendresse dans ses yeux. Elle franchit la porte. Rufus se dévissa le cou pour voir si elle adressait la parole au garde, mais elle passa sans rien dire. Il contempla le plafond et inspira profondément pour capter quelques effluves d'elle. Peu à peu, un sourire apparut sur son visage. Et des larmes aussi.

Chapitre 19

Une assemblée peu commune réunissait l'ensemble des greffiers et des juges. L'huissier de la Cour, Richard Perkins, et le chef de la police de la Cour suprême, Leo Dellasandro, étaient là aussi, immobiles comme des statues de pierre autour de la table de la grande salle. Elizabeth Knight ne cessait de tamponner ses yeux humides avec un mouchoir.

Le regard de Sara Evans parcourut les mines austères des juges et s'arrêta sur Thomas Murphy, un homme de petite taille, un peu affaissé, aux cheveux blancs, aux sourcils broussailleux et aux pommettes en amande. Il portait toujours des costumes trois-pièces et des manchettes à l'ancienne, assez voyantes. Pourtant, ce n'était pas sa tenue vestimentaire qui retenait l'attention de Sara, mais l'expression attristée de son visage. Elle fit rapidement le tour des occupants de la pièce. Michael Fiske n'était pas du nombre. Son sang se figea. Quand Harold Ramsey prit la parole, sa voix grave était tellement voilée qu'elle eut quelque mal à l'entendre, mais elle entendit tout, comme si elle avait lu sur ses lèvres.

— J'ai une terrible, terrible nouvelle à vous annoncer. L'une des tâches les plus pénibles de ma carrière, dit-il, tremblant, les poings serrés, en considérant l'assistance. (Il inspira profondément.) Michael Fiske est mort.

Si les juges étaient visiblement déjà au courant, la surprise était totale pour les greffiers.

Ramsey voulut ajouter quelque chose, mais les mots lui manquèrent. Il fit signe à Leo Dellasandro, qui inclina la tête et s'avança, tandis que le président s'effondrait dans son fauteuil.

Dellasandro mesurait environ un mètre soixante-quinze. Il avait le visage large, les joues plates, le nez épaté, un physique assez costaud quoiqu'un peu enrobé ; le teint mat, des cheveux drus, poivre et sel. Il sentait perpétuellement le cigare. Il portait l'uniforme avec fierté, ses doigts boudinés glissés sous la ceinture du revolver. L'autre personnage en uniforme, debout derrière lui, était Ron Klaus, son second. Klaus était un type énergique, très professionnel. Ses yeux bleus constamment en mouvement annonçaient un esprit agile. Dellasandro et lui étaient les chiens de garde du Palais. Ils formaient un tandem très soudé. Personne, ici, ne pouvait les imaginer l'un sans l'autre.

— Nous n'avons pas encore tous les éléments en main mais, apparemment, Michael a été victime d'un rôdeur. On l'a retrouvé dans sa voiture, dans un quartier du sud, près des quais de l'Anacostia. Sa famille a été prévenue, un proche va venir identifier le corps. Mais nous sommes d'ores et déjà certains qu'il s'agit bien de Michael… Un photographe de la police a fait quelques clichés.

Un greffier, plus méfiant que les autres, leva la main.

— On est sûr que c'était un rôdeur ? Ce n'est pas en rapport avec son travail ?

Sara le fusilla du regard. Ce n'était pas une question à poser cinq secondes à peine après avoir appris la mort d'un collègue qu'on aimait. Mais l'annonce d'une mort violente provoquait souvent ce genre de réaction : on craignait instinctivement pour sa propre vie.

Dellasandro leva ses grosses mains.

— Nous n'avons aucune information permettant de penser que sa mort est liée en aucune manière avec la Cour. Néanmoins, à titre préventif, nous avons décidé de renforcer la sécurité aux abords du Palais. Il va sans dire que, si l'un de vous remarque quoi que ce soit d'anormal, il est prié de nous en faire part, à moi-même ou à M. Klaus. Nous vous tiendrons au courant de l'évolution de l'enquête en temps utile.

Il se tourna vers Ramsey, qui restait sans réaction, la tête enfouie dans les mains. Ce fut Elizabeth Knight qui se leva pour relayer le chef de la police.

— C'est un choc terrible pour nous tous. Michael était l'une des personnes les plus appréciées de cette cour. Sa mort nous touche tous, et plus particulièrement ceux qui le connaissaient de près. (Elle jeta un regard à Sara.) Si l'un de vous désire en parler, n'hésitez pas à vous adresser à votre juge. Ou à moi-même. Ma porte vous est ouverte. Je ne sais pas trop comment nous allons fonctionner dorénavant, mais les travaux de la Cour doivent se poursuivre, malgré cette horrible… horrible…

Elle s'interrompit, en s'agrippant à la table pour ne pas s'effondrer. Dellasandro lui prit le bras, mais elle l'écarta.

Elle eut la force de se ressaisir pour donner congé à l'assemblée, et la salle se vida rapidement. Seule resta Sara Evans, hébétée, les yeux fixés sur le fauteuil qu'avait occupé Knight. Les larmes ruisselaient sur ses joues. Michael était mort. Il avait détourné une lettre de réclamation, il avait eu une conduite étrange pendant une semaine et, maintenant, il était mort. Assassiné. Un rôdeur, disaient-ils. La solution ne lui semblait pas aussi simple. Mais, dans l'immédiat, ce n'était pas cela qui la tourmentait. Elle venait de perdre un être très cher. Quelqu'un avec qui, en d'autres circonstances, elle aurait aimé partager sa vie. Elle s'affala sur la table et éclata en sanglots.

Sur le seuil, Elizabeth Knight l'observait.

Chapitre 20

Quelque trois heures après que Billy Hawkins lui eut annoncé la mort de son frère, John Fiske arpentait les couloirs de la morgue de Washington, sur les talons d'un préposé en blouse blanche. Fiske devait procéder à l'identification et prouver qu'il était bien le frère du défunt. Il avait donc apporté la photo où on les voyait ensemble. Il avait essayé de contacter son père avant de partir, mais sans obtenir de réponse. Il avait fait un saut jusqu'à la maison. Ne trouvant personne, il avait laissé un vague message, sous la porte, sans précisions. Il voulait d'abord être certain que le cadavre était bien celui de son frère, d'où sa venue en ces lieux.

John Fiske fut dirigé vers un bureau, ce qui le surprit. Et il fut encore plus surpris de voir le préposé lui montrer un Polaroïd, qu'il prit dans un dossier.

— Je ne suis pas venu pour identifier une photo. Je veux voir le corps.

— Ce n'est pas la procédure, monsieur. Nous sommes en train d'installer un système vidéo qui nous permettra d'effectuer les identifications au moyen d'un circuit intérieur de télévision, mais il n'est pas encore opérationnel. En attendant, nous nous servons de photos Polaroïd.

— Pas cette fois-ci.

L'homme tapota le cliché contre sa paume, comme pour attiser la curiosité de John.

— La plupart des gens préfèrent se prononcer sur une photo. C'est très inhabituel.

— Je ne suis pas la plupart des gens et c'est très inhabituel d'avoir un frère assassiné. Du moins pour moi.

Le préposé décrocha le téléphone et donna quelques instructions afin qu'on prépare le corps. Puis il ouvrit la porte et fit signe à John de le suivre. Après une courte déambulation, ils entrèrent dans une petite pièce qui empestait toutes sortes de produits médicinaux, bien plus prenants que dans un hôpital. Au centre, une civière. Sous le drap blanc, on devinait les formes d'un corps : tête, nez, épaules, genoux, pieds. En approchant de la civière, John, comme quiconque dans sa situation, entretenait l'espoir fou que le corps étendu devant lui n'était pas celui de son frère, que sa famille restait toujours entière.

Le préposé souleva le linceul. John serra son poing autour du montant métallique de la civière. Il ferma les yeux, renversa la tête en arrière et fit une prière en silence. Il retint sa respiration et regarda. Sans même observer vraiment la tête et le torse dévoilés, il acquiesça.

Il voulut détourner les yeux. Impossible. La ressemblance entre les deux frères était frappante. Même un étranger eût perçu immédiatement un air de famille dans l'inclinaison du front, le dessin des yeux et de la bouche, le galbe du menton.

— C'est mon frère.

Le préposé replaça le drap et donna à John Fiske une feuille à signer.

— On vous remettra ses objets personnels, à l'exception de ceux que la police souhaite garder pour analyse. Nous avons eu une semaine chargée, mais nous devrions disposer bientôt des résultats de l'autopsie. Dans son cas, ça ne semble pas très compliqué.

John n'apprécia guère la remarque, mais il se maîtrisa. Le type n'était pas payé pour avoir du tact.

— On a retrouvé la balle qui l'a tué ?

— Seule l'autopsie déterminera la cause de la mort.

— Pas de salades avec moi. J'ai vu le trou par où elle est ressortie, sur le côté gauche de sa tête. Ils l'ont trouvée ?

— Non. Enfin, pas encore.

— On a évoqué le meurtre d'un rôdeur, je crois. (L'homme acquiesça.) Il a été découvert dans sa voiture ?

— Exact. Sans portefeuille. On l'a identifié à sa plaque d'immatriculation.

— Pourquoi le voleur n'a-t-il pas pris sa voiture ? Ça se passe comme ça, d'habitude. Ils tabassent la victime pour lui faire cracher le code de sa carte bancaire, la tuent, piquent la bagnole, font le plein de fric dans les distributeurs et balancent la voiture dans un fossé. Pourquoi pas cette fois ?

— Je n'ai pas d'informations à ce sujet.

— Qui s'occupe de l'affaire ?

— Probablement la brigade criminelle de Washington, puisque le meurtre a été commis en ville.

— Mon frère était un fonctionnaire fédéral. Cour suprême des États-Unis. Le FBI va peut-être s'en mêler.

— Je vous répète que je n'ai pas d'informations.

— J'aimerais avoir le nom de l'inspecteur de la criminelle.

Le type ne répondit pas. Il se contenta de remplir quelques cases de son formulaire, espérant sans doute que, devant son mutisme, le fâcheux se lasserait et finirait par s'en aller.

— S'il vous plaît, j'aimerais vraiment avoir ce nom, insista John en avançant d'un pas.

Le préposé soupira, sortit une carte professionnelle du dossier et la lui tendit :

— Buford Chandler. Il désirera sans doute vous parler, de toute façon. C'est un bon. Il coincera sûrement le mec qui a fait le coup.

John parcourut rapidement la carte avant de la ranger dans son pardessus. Puis il regarda le type bien en face.

— Oh que oui, on le coincera. Quelle que soit son identité, dit-il d'une voix contenue. Maintenant, si ça ne vous dérange pas, j'aimerais rester seul un instant avec mon frère.

— Bien sûr… Je suis dehors. Prévenez-moi quand vous aurez fini.

Dès que l'homme eut déguerpi, Fiske tira une chaise près de la civière et s'assit. Il n'avait pas versé une larme depuis qu'il avait appris la nouvelle. Il s'était d'abord dit que c'était parce que l'identification n'était pas encore définitive. Maintenant, elle l'était, et il ne pleurait toujours pas. Sur la route, il s'était surpris à compter les voitures immatriculées dans un autre État, jeu auquel les deux frères s'amusaient autrefois. C'était généralement Mike qui gagnait.

Il souleva le bord du drap et saisit la main de son frère. Elle était froide, mais les doigts étaient encore souples. Il les serra tendrement. Puis il regarda le sol et ferma les yeux. Quand il les ouvrit, deux larmes brillaient sur le ciment. Il regarda en l'air. C'étaient des larmes forcées. Il poussa un souffle. Il se sentait indigne d'être ici.

Du temps où il était flic, il avait souvent été amené à consoler des parents d'enfants qui avaient trop bu et s'étaient écrasés contre un arbre ou un pylône. Il s'était montré compatissant, les avait même parfois pris dans ses bras. Il avait cru comprendre leur chagrin, mais en se demandant toujours comment il réagirait, lui, le jour où ça lui arriverait, sachant déjà confusément que ça ne ressemblerait à rien de ce qu'il imaginait.

Il essaya de penser à ses parents. Comment annoncerait-il à son père que son enfant chéri était mort ? Et à sa mère ? Au moins la réponse à cette question-là était-elle claire : il ne lui dirait rien.

John Fiske avait été élevé dans la foi catholique, mais ne pratiquait pas. Il baissa la tête et appuya la main du mort contre sa poitrine. Il dit à son frère qu'il l'aimait, qu'il regrettait beaucoup de choses, qu'il n'avait jamais souhaité sa mort. Il dit tout cela en s'adressant à l'esprit qui planait peut-être encore sur le cadavre et attendait une demande de pardon. Puis il se tut, les yeux clos. Il pouvait entendre chaque battement de son cœur, dans le terrible silence de la pièce.

Le préposé passa la tête dans l'embrasure de la porte.

— Monsieur Fiske, nous allons devoir emporter votre frère. Ça fait une demi-heure.

John se leva et passa devant lui sans un mot. Le corps de son frère était en partance pour un endroit effrayant, où des inconnus allaient fourrager dans ses entrailles, en quête d'indices. Tandis qu'on roulait la civière dans le couloir, il regagna la lumière du jour, laissant son petit frère derrière lui.

Chapitre 21

— Vous êtes sûr d'avoir effacé toutes les traces ?

— Toutes, confirma Rayfield au téléphone. Toutes les traces de sa présence ici. Et tous les membres du personnel qui l'ont vu ont été affectés dans d'autres établissements. Même si, par extraordinaire, ils devinaient qu'il est venu ici, ils ne trouveraient plus personne pour leur répondre.

— Et le corps, qu'est-ce que vous en avez fait ?

— Vic a ramené sa voiture. Je l'ai suivi. On a choisi un endroit idéal. La police croira à une agression qui a mal tourné. Personne ne nous a vus. Et même si c'était le cas, ce n'est pas un quartier où les gens aiment beaucoup coopérer avec les flics.

— Il ne restait rien dans la voiture ?

— On a pris son portefeuille pour conforter la thèse du vol. Son attaché-case aussi. Une carte routière et des notes pour l'itinéraire. Il n'y avait rien d'autre. Évidemment, on a remis le liquide du radiateur à niveau.

— Et Harms ?

— Toujours à l'hôpital. On dirait qu'il va s'en tirer.

— Merde. Manquait plus que ça.

— Pas de panique. On s'occupera de lui à son retour. Il a le palpitant en délicatesse, un accident cardiaque est vite arrivé.

— Ne traînez pas. Vous ne pouvez pas l'achever à l'hôpital ?

— Trop dangereux. Trop de monde.

— Il est sous bonne garde ?

— Enchaîné au lit, avec un planton devant sa porte vingt-quatre heures sur vingt-quatre. Il sera relâché demain matin. Demain soir, il est mort. Vic est déjà en train de régler les préparatifs.

— Et il n'y a personne susceptible de l'aider à l'extérieur ? Vous en êtes bien sûr ?

Rayfield se mit à rire.

— Enfin quoi, personne ne sait qu'il est là. Personne.

— Pas de blague, Frank.

— Je vous appellerai pour vous annoncer sa mort.

John Fiske restait assis dans sa voiture. Il brancha la climatisation, ce qui, dans sa Ford âgée de quatorze ans, eut pour seul effet de faire passer l'air chaud de gauche à droite. La sueur dégoulinait dans le col de sa chemise. Il baissa sa vitre et regarda l'immeuble. Vu de l'extérieur, c'était un bâtiment ordinaire. À l'intérieur, c'était différent. Ses occupants passaient la totalité de leur temps à essayer de découvrir qui avait tué qui. Et il se demandait s'il devait les aider dans leurs recherches ou rentrer chez lui. Il avait identifié la dépouille de son frère, sa besogne de proche parent était accomplie. Il pouvait rentrer, tout raconter à son père, s'occuper des obsèques, régler les problèmes administratifs, enterrer Mike et reprendre sa vie de tous les jours. C'était ce que n'importe qui aurait fait.

Mais John Fiske n'était pas n'importe qui. Il sortit dans la touffeur de la rue et entra dans l'immeuble du 300, Indiana Avenue, siège de la brigade criminelle de Washington, section des homicides. Après avoir satisfait aux exigences de la sécurité, il fut aiguillé vers un bureau par un agent en uniforme. Il avait essayé de rappeler son père depuis la morgue. Toujours pas de réponse. Il commençait à craindre que le vieil homme n'ait appris la nouvelle et ne soit en route pour la capitale.

— L'inspecteur Buford Chandler, s'il vous plaît, demanda-t-il à la jeune femme derrière le bureau.

— Vous êtes… ?

Sa voix prétentieuse et ses airs supérieurs incitaient Fiske à lui enfoncer la tête dans l'un de ses tiroirs.

— John Fiske. L'inspecteur Chandler enquête sur la m… sur le meurtre de mon frère. Son nom est Michael Fiske. (Elle le toisa d'un œil morne.) Il était greffier à la Cour suprême, ajouta-t-il.

Elle consulta rapidement quelques papiers.

— Et quelqu'un l'a tué, vous dites ?

— On est à la section des homicides, non ? (La pimbêche le considéra avec une lassitude hautaine.) Oui, quelqu'un l'a tué… mademoiselle Baxter, reprit-il en lisant le panonceau à son nom sur son pupitre.

— Que puis-je pour vous au juste ?

— Je voudrais voir l'inspecteur Chandler.

— Il vous attend ?

Fiske se pencha et baissa la voix.

— Pas exactement, mais…

— En ce cas, je crains qu'il ne soit pas là.

— Je crois que, si vous appel… (Elle se détourna de lui et se mit à taper sur le clavier de son ordinateur.) Écoutez, il faut vraiment que je voie l'inspecteur Chandler.

— Laissez-moi vous informer sur la situation, dit-elle sans cesser de tapoter. Nous avons énormément d'affaires à traiter et un nombre réduit d'inspecteurs. Nous n'avons pas le temps de nous occuper de la première personne qui sonne à la porte. Je suis sûre que vous pouvez comprendre ça, acheva-t-elle, les yeux rivés sur son écran.

John se pencha encore plus près. À quelques centimètres de la jeune femme. Quand elle se retourna, ils étaient nez à nez.

— Laissez-moi vous informer sur ma situation. Je suis venu de Richmond pour identifier la dépouille de mon frère, à la demande de l'inspecteur Chandler. Mon frère est mort et, en ce moment même, le médecin légiste est en train de pratiquer une incision en Y sur sa poitrine afin de pouvoir vider ses viscères, organe par organe. Ensuite, il va prendre une scie et lui faire une incision intermastoïdienne, comme pour découper une tranche de tarte dans son crâne. Juste là, précisa-t-il en désignant un point précis sur la tête de Mlle Baxter. (Il résista difficilement à l'envie d'empoigner une grosse mèche de ses cheveux décolorés et permanentés.) Comme ça, il pourra dépiauter son cerveau pour retracer le parcours de la balle qui l'a tué et peut-être retrouver quelques fragments de métal. Alors, l'idée m'a pris de venir tailler une bavette avec l'inspecteur Chandler, histoire de voir si on pouvait découvrir une piste ensemble, en tchatchant gentiment.

Elle resta de glace.

— Chacun son métier, dit-elle. Nous avons assez de problèmes comme ça, sans perdre notre temps avec les membres de la famille qui veulent jouer au détective. Je suis certaine que l'inspecteur Chandler vous contactera s'il a besoin de vous.

Elle lui tourna le dos à nouveau.

John s'accrocha au bureau et fit de son mieux pour ne pas perdre son sang-froid.

— Écoutez, mademoiselle, je me doute que vous avez de nombreuses enquêtes sur les bras, et le fait que vous ne me connaissiez pas…

— Vous ne voyez pas que je suis occupée ? Si vous avez un problème, je vous conseille de nous adresser un courrier.

— Tout ce que je veux, c'est lui parler !

— Vous voulez que j'appelle un garde ou quoi ?

Fiske tapa du poing sur la table.

— Mon frère est mort ! Et j'apprécierais beaucoup que vous descendiez de vos grands chevaux pour montrer un tant soit peu de compassion. Si c'est trop vous demander, jeune dame, essayez au moins de faire semblant.

— Je suis Buford Chandler.

John Fiske et Mlle Baxter tournèrent la tête. Chandler était noir, la cinquantaine, les cheveux frisés et blancs comme sa moustache, une carrure d'ancien athlète un peu empâtée avec l'âge. Il portait un étui de revolver vide. La crosse de son arme avait laissé une marque grisâtre sur sa chemise. Il examina Fiske de haut en bas, derrière ses lunettes à triple foyer.

— Je suis John Fiske.

— J'ai entendu. J'étais juste à côté. J'ai écouté.

— Alors, vous savez comment il m'a traitée, inspecteur Chandler ? dit Mlle Baxter.

— Oui, oui.

— Et vous ne dites rien ?

— Si.

— Eh bien ? fit la donzelle d'un air satisfait.

— Je pense que ce jeune homme vous a fait quelques excellentes remarques. (Il fit signe à John.) Parlons un peu.

Les deux hommes louvoyèrent dans les couloirs animés jusqu'à un cabinet surchargé.

— Asseyez-vous.

Chandler lui indiqua l'une des deux chaises, l'autre étant celle de son bureau. Elle était encombrée de paperasses.

— Posez ça par terre. Mais ne laissez pas traîner vos doigts sur les pochettes. En ce moment, si j'ai le malheur de roter en regardant des prélèvements, les avocats en profitent pour faire libérer leurs clients.

Fiske retira soigneusement les dossiers et prit place.

— Inutile de me présenter des excuses pour ce que vous avez dit à Judy Baxter.

— Je n'en avais pas l'intention.

Chandler réprima un sourire.

— Bon, commençons par le commencement. Sincères condoléances.

— Merci.

— Ça doit être la première fois qu'on vous le dit depuis votre arrivée, pas vrai ?

— En effet.

— Alors, comme ça, vous étiez dans la police ?

L'étonnement de Fiske amusa Chandler.

— Le citoyen lambda n'est généralement pas au courant des incisions en Y et des intermastoïdiennes. Vu votre comportement avec Mlle Baxter, votre façon de vous tenir et votre constitution, je dirais que vous étiez officier de ronde.

— Au passé ?

— Si vous étiez encore de la maison, les gars de Richmond m'auraient mis au parfum quand on les a contactés. Par ailleurs, je ne connais pas beaucoup de flics qui se promènent en complet veston en dehors des heures de service.

— Gagné. Je suis content que vous soyez chargé de cette affaire, inspecteur.

— De celle-là et de quarante-deux autres. Restrictions budgétaires. Je n'ai même plus d'équipier.

— En d'autres termes, je ne dois pas m'attendre à un miracle, c'est ça ?

— Je ferai de mon mieux pour serrer l'assassin de votre frère, mais je ne vous garantis rien.

— Alors que diriez-vous d'une aide officieuse ?

— Comment ça ?

— J'ai travaillé sur pas mal d'homicides avec les collègues de Richmond. J'ai appris des trucs et il m'en reste encore quelques notions. Je pourrais éventuellement être votre nouvel équipier.

— Officiellement, c'est absolument impossible.

— Officiellement, je comprends absolument.

— Vous êtes dans quelle partie, en ce moment ?

— Avocat pénaliste. (Chandler sursauta.) Et j'en suis fier, inspecteur.

Chandler jeta un œil vers la porte.

— Vous voulez bien fermer ? (John alla fermer.) Bon, laissez-moi juste le temps de la réflexion, pour votre offre.

— Non. Je suis là, allons-y tout de suite. Sachant que le taux de réussite est proche de zéro dans les enquêtes criminelles qui dépassent quarante-huit heures, ma collaboration ne risque pas de faire tomber les statistiques.

Fiske craignit d'avoir vexé Chandler, mais celui-ci ne sourcilla même pas.

— Vous avez une carte professionnelle, pour vous joindre ?

John lui tendit sa carte, en inscrivant son numéro personnel au verso.

En échange, le policier lui passa la sienne, avec toute une série de numéros.

— Bureau, domicile, bip, fax et portable, quand je pense à le prendre, ce qui n'arrive jamais.

Chandler ouvrit un dossier et le parcourut. John déchiffra, à l'envers, le nom de Michael Fiske sur l'étiquette.

— On m'a dit qu'il s'était fait braquer.

— C'est ce qu'indique le rapport préliminaire, en tout cas.

John remarqua un certain scepticisme dans le ton de l'inspecteur.

— Cette opinion a été révisée ?

— Ce n'est qu'un rapport préliminaire. (Il referma le dossier.) À première vue, les faits sont extrêmement simples. Votre frère a été trouvé sur le siège avant de son véhicule, dans une ruelle près de l'Anacostia, avec un impact d'entrée de balle sur la droite de sa tête et un impact de sortie sur la gauche. Un assez gros calibre, apparemment. Nous n'avons pas retrouvé la balle, mais les recherches continuent. Le tueur a pu la ramasser pour empêcher l'expertise balistique, au cas où on mettrait la main sur le pistolet correspondant.

— Faut avoir un sacré sang-froid pour lambiner dans une ruelle à la recherche d'une balle à deux pas du cadavre.

— Je suis d'accord. Mais, encore une fois, on peut toujours la retrouver.

— Son portefeuille avait disparu, je crois ?

— Disons plus précisément qu'on n'a pas retrouvé de portefeuille sur lui. Il en avait un ?

John détourna les yeux.

— On ne se voyait plus beaucoup depuis quelques années, mais j'ai toutes les raisons de supposer qu'il en avait un. Donc, vous n'en avez pas retrouvé non plus dans son appartement ?

— Minute, John, laissez-moi le temps de respirer. Le corps de votre frère n'a été découvert qu'hier. (Chandler sortit un calepin et un stylo.) La ruelle est située dans un secteur très fréquenté par les dealers, entre autres malfrats. À votre connaissance, votre frère se droguait-il ? Occasionnellement ou régulièrement ?

— Non. Il ne se droguait pas.

— Mais vous n'en êtes pas sûr, n'est-ce pas ? Vous venez de dire que vous ne vous voyiez plus. Exact ?

— Mon frère a toujours eu des idéaux très élevés, qu'il finissait généralement par atteindre. La drogue ne cadre pas dans ce tableau.

— Vous avez une idée de ce qu'il pouvait fabriquer dans ce quartier ?

— Non. Il a pu être tué ailleurs et déposé là ensuite.

— Quelqu'un avait-il une raison de vouloir sa mort ?

— Je ne vois personne.

— Pas d'ennemis ? Des rivaux ? Des problèmes d'argent ?

— Non. Mais je ne suis probablement pas le mieux placé pour vous répondre. On connaît l'heure de la mort ?

— C'est encore vague. J'attends le rapport d'autopsie. Pourquoi ?

— Je reviens de la morgue. J'ai tâté sa main. Souple. Plus de rigidité cadavérique. Comment était le corps quand on l'a trouvé ?

— Disons qu'il était là depuis un moment.

— Bizarre. D'après ce que vous m'avez dit, c'est un endroit assez passant.

— Oui, mais pas des passants très curieux. Et un cadavre dans une ruelle n'a rien de vraiment rare, par là-bas. Sauf peut-être le cadavre d'un Blanc, remarquez. Quatre-vingt-dix pour cent des victimes d'homicide dans ce secteur sont noires, tout simplement parce que les Blancs n'y mettent pas les pieds.

— D'où l'étrangeté de la présence de mon frère... Des retraits dans des distributeurs de billets ? Des achats avec sa carte de crédit ?

— Nous vérifions tout ça. Quand lui avez-vous parlé pour la dernière fois ?

— Il m'a appelé, il y a une semaine.

— Qu'est-ce qu'il a dit ?

— Je n'étais pas là. Il a laissé un message. Il voulait me demander un conseil.

— Vous l'avez rappelé ?

— Pas tout de suite.

— Pourquoi avoir attendu ?

— J'avais d'autres priorités.

— Vraiment ? (Chandler fit rouler son stylo entre ses doigts.) Dites-moi, vous aimiez votre frère ?

John Fiske le regarda droit dans les yeux.

— Quelqu'un l'a tué. Je veux agrafer l'assassin. Pour le reste, c'est mes oignons.

Chandler n'insista pas.

— Il voulait peut-être vous parler d'un problème lié à son travail ? Ce qui corse un peu l'affaire, ici, voyez-vous, c'est le métier de votre frère.

— Vous voulez dire que le meurtre pourrait être en rapport avec la Cour suprême ?

— C'est aller un peu vite en besogne, peut-être, mais ce que vous venez de me dire au sujet de ce message téléphonique rend l'hypothèse beaucoup moins farfelue.

— On peut penser en effet qu'il ne voulait pas me demander mon avis sur la dernière affaire d'avortement.

— Sur quoi, alors ? Un conseil pour draguer les filles ?

— Vous n'avez pas dû voir sa photo. Il n'a jamais eu besoin d'aide dans ce domaine.

— J'ai vu son portrait, mais les morts ne sont pas très photogéniques. En tout cas, il voulait un conseil. Peut-être un conseil juridique.

— Eh bien, vous pouvez toujours faire un tour à la Cour, histoire de voir qui complote contre qui.

— Nous devrons marcher sur des œufs, vous savez.

— Nous ?

— Je suis sûr que votre frère a des effets personnels là-bas. Quoi de plus normal pour un membre de la famille que d'aller voir son lieu de travail ? Je suppose que vous y êtes déjà allé ?

— Une seule fois. Pour sa prise de fonctions. Avec mon père.

— Et votre mère ?

— Alzheimer.

— Aïe.

— Et maintenant ? La suite des opérations ?

En guise de réponse, Chandler se leva, décrocha sa veste d'un cintre derrière la porte et l'enfila.

— J'aimerais vous emmener inspecter la voiture de votre frère.

— Et après ?

Le policier consulta sa montre et sourit.

— Après, cher maître, on aura juste le temps d'aller à la Cour.

Chapitre 22

Rufus regarda la porte s'ouvrir lentement. Il se raidit, prêt à voir débarquer un commando en tenue de combat, mais il oublia sa peur en reconnaissant la personne qui entrait.

— Déjà l'heure de s'occuper de moi ?

Cassandra s'approcha du lit.

— N'est-ce pas là le triste sort de toute femme dans la vie ? Toujours s'occuper des hommes ?

Le propos était blagueur, le ton ne l'était pas. Elle consulta les écrans et nota quelques indications sur la feuille de maladie en jetant de petits regards en coin à Rufus.

— C'est pas désagréable. Je suis pas habitué, dit-il en se redressant avec précaution pour ne pas faire de bruit avec ses chaînes.

— J'ai appelé votre frère.

Rufus devint sérieux.

— Vrai ? Qu'est-ce qu'il a dit ?

— Qu'il viendrait vous voir.

— Quand ?

— Tôt ou tard. Aujourd'hui.

— Qu'est-ce que vous lui avez raconté ?

— Que vous étiez malade, mais en voie de guérison.

— Et qu'est-ce qu'il a répondu ?

— Il ne m'a pas donné l'impression d'être un monsieur très bavard.

— C'est bien Josh.

— Il est aussi costaud que vous ?

— Nan. C'est un petit mec. Un mètre quatre-vingt-dix, même pas. Il a à peine dépassé le quintal. (Cassandra hocha la tête et fit volte-face pour partir.) Vous pouvez pas rester un peu pour causer ?

— Je termine mon service. Je suis juste venue en passant. Il faut que je me sauve, dit-elle sans aménité.

— Vous allez bien ?

— Même si j'allais mal, vous n'y pourriez rien, rétorqua-t-elle avec une certaine brusquerie.

— Il y a une bible par là ?

Elle se retourna, surprise.

— Pourquoi ?

— Je lis la Bible tous les jours. Depuis toujours.

Elle revint vers la table de chevet et en sortit une bible de Gidéon.

— Je ne peux pas vous la donner. Je n'ai pas le droit de m'approcher trop près de vous. Les gens de la prison ont été formels sur ce point.

— Pas besoin de me la donner. Je vous serais très reconnaissant si vous vouliez bien lire un passage pour moi.

— Lire pour vous ?

— Oh, vous êtes pas obligée, pour sûr. Peut-être que l'Église et tout ça, c'est pas votre genre.

Elle se campa devant lui, une main sur la hanche, l'autre serrée sur la reliure verte de la bible.

— Je chante à la chorale. Mon mari, Dieu ait son âme, était diacre.

— Ça, c'est bien, Cassandra. Et vos gosses ?

— Comment savez-vous que j'ai des gosses ? Parce que je suis un peu enrobée ?

— Ouais.

— Et alors ?

— Vous avez une tête à aimer les câlineries.

Elle sursauta. Un léger sourire illumina brièvement sa mine ombrageuse.

— Je crois que je devrais vraiment me méfier de vous.

Il guignait la bible comme un assoiffé un verre d'eau fraîche.

— Que voulez-vous que je lise ?

— Le psaume 103.

Cassandra hésita un instant, puis prit une chaise.

Il se renversa sur ses oreillers.

— Merci, Cassandra.

Elle lut en le surveillant à la dérobée. Il fermait les yeux et remuait les lèvres. Elle s'arrêta. Ses lèvres ne bougèrent plus. Elle recommença. Ses lèvres se remirent à bouger. Elle répéta le même manège une ou deux fois, puis se tut. Il rouvrit les yeux.

— Vous connaissez ce psaume par cœur ? dit-elle.

— Je connais presque toute la Bible par cœur. Tous les Psaumes et les Proverbes.

— Vous m'impressionnez.

— J'ai eu tout le temps pour réviser.

— Pourquoi vouliez-vous que je vous le lise, alors, si vous le connaissiez déjà ?

— Parce que vous aviez l'air d'être embêtée par quelque chose. J'ai pensé que ça vous aiderait de lire les Écritures.

— M'aiderait ?

L'infirmière considéra la page et lut en silence : « Lui qui pardonne toutes tes offenses, qui te guérit de toute maladie ; qui rachète à la fosse ta vie, qui te couronne d'amour et de tendresse. » Son travail était déprimant. Ses trois enfants, en pleine crise d'adolescence, étaient intenables, elle allait sur ses cinquante ans, pesait vingt-cinq kilos de trop et ne voyait aucun homme à épouser dans son entourage. Devant la bonté, la sollicitude spontanée de ce détenu qui allait mourir en prison, elle faillit fondre en larmes.

Le psaume 103 avait une signification particulière pour Rufus, notamment dans un passage que le prisonnier récita à mi-voix : « Il fait œuvre de justice et fait droit à tous les opprimés. »

— Vous la reconnaissez ? demanda Chandler en approchant de la Honda 1987 gris métallisé, stationnée dans le parking de la brigade.

John Fiske acquiesça.

— On la lui a offerte quand il a eu son diplôme. On s'est tous cotisés, mes parents et moi.

— Mazette. J'ai cinq frangins. Ils n'ont jamais fait ça pour moi.

L'inspecteur déverrouilla la portière conducteur et s'écarta pour laisser monter Fiske.

— Où avez-vous trouvé la clé ?

— Sur le siège avant.

— D'autres objets personnels ?

Chandler secoua la tête. Fiske examina le siège, le tableau de bord, le pare-brise, les vitres.

— Vous l'avez nettoyée ? questionna-t-il, intrigué.

— Non. Elle est telle qu'on l'a trouvée, moins le conducteur.

John Fiske se redressa.

— Si vous pointez un gros calibre sur la tempe de quelqu'un dans un espace confiné comme celui-ci et que vous appuyez sur la détente, le sang éclabousse le siège, le volant, le pare-brise… Vous retrouvez des éclats d'os, des projections de chair… Tout ce que je vois ici, c'est quelques petites taches, probablement à l'endroit où reposait sa tête.

Chandler parut amusé.

— Vous m'en direz tant !

— Je ne vous apprends rien, d'accord, j'ai compris. Vous avez voulu me tester, c'est ça ?

— Possible. Il peut y avoir une autre raison, aussi. Je vous ai dit que j'avais cinq frères, vous vous rappelez ?

— Ouais.

— Eh bien, au début, j'en avais six. L'un d'eux s'est fait descendre il y a trente-cinq ans. Il bossait dans une station-service et un minable l'a refroidi pour les douze dollars qui restaient dans la caisse. J'avais seize berges à l'époque, mais je m'en souviens comme si ça s'était passé il y a cinq minutes. En principe, les gens qui viennent identifier un cadavre ne foncent pas dans mon bureau pour me proposer leurs services. Ils pleurent et ils se consolent entre eux, ce qui est parfaitement normal. Oh, sur le moment, ils jurent leurs grands dieux qu'ils vont personnellement régler son compte au salopard qui a fait le coup, mais ça ne va jamais plus loin. C'est une sale besogne. Sans compter qu'ils ont rarement un passé de flic. Bref, quand je vous ai vu, je me suis dit que, pour une fois, j'étais peut-être tombé sur un type qui pouvait m'être réellement utile. Vous venez de le prouver. Je comprends votre colère, John, que vous aimiez ou non votre frère. Quelqu'un vous l'a arraché et ça ne se pardonne pas. Trente-cinq ans après, j'ai toujours la haine.

John regarda les autres voitures. Il supposa que chacun de ces tas de ferraille attendait d'être ausculté pour révéler les secrets d'un autre drame. Il se retourna vers Chandler.

— La colère est un motif suffisant… Pour l'instant. (Il baissa les yeux.) En attendant mieux.

— Je m'en contenterai. Bon, pour en revenir à nos moutons, l'absence de traces physiques que vous signalez m'a fait gamberger, moi aussi.

— On dirait qu'il n'a pas été tué dans la voiture.

— Tout juste, approuva Chandler. Il semble avoir été tué ailleurs et déposé ensuite sur le siège. Une petite déduction qui nous ouvre tout un éventail de possibilités.

— Il ne serait plus question d'une agression au hasard, mais d'un acte prémédité.

— Possible. Encore que… il peut très bien avoir été enlevé par des loubards. Les mecs le sortent de sa voiture pour le traîner jusqu'à un distributeur de billets. Il refuse de donner son code. Ils le travaillent au corps pour le faire avouer, il meurt, ils paniquent et le collent sur le siège.

— Alors, commenta John, on devrait retrouver la trace d'un retrait en liquide dans un distributeur. Vous avez quelque chose ?

— Non. Mais il y a des tas de distributeurs.

— Et des tas de gens qui s'en servent. Normalement, au bout d'une journée, ça devrait se remarquer.

— Ça devrait. On ne peut pas en être sûr. On essaie de retracer les allées et venues de votre frère quarante-huit heures avant sa mort. Il a été vu pour la dernière fois dans son immeuble, jeudi soir. Après ça, nada.

— Si quelqu'un l'a braqué, il doit y avoir des empreintes. Les loubards qui font dans la carte de crédit portent rarement des gants.

— On en recherche, répondit Chandler.

— Je peux vous faire une autre observation ?

— Allez-y.

Fiske ouvrit la portière et désigna le montant intérieur, invisible quand elle était fermée. L'inspecteur chaussa ses lunettes et vit ce qu'il lui montrait. Il prit une paire de gants en latex dans sa poche, les secoua, les enfila et détacha une petite étiquette autocollante, qu'il observa soigneusement.

— Votre frère a fait réviser sa voiture chez Wal-Mart.

— L'autocollant recommande de faire la prochaine vidange dans trois mois ou cinq mille kilomètres. Ils inscrivent dessus la date d'échéance et le kilométrage correspondant. D'après la date mentionnée ici, si on retranche trois mois, mon frère a fait faire sa révision trois jours avant qu'on découvre son corps. Maintenant, regardez le kilométrage recommandé et soustrayez cinq mille kilomètres. Ça vous donnera à peu près ce que devrait indiquer le compteur.

Chandler calcula mentalement.

— Cent vingt-six mille kilomètres cinq cents.

— Maintenant regardez le compteur de la Honda.

Chandler se pencha, fit un autre calcul et se tourna vers John avec des yeux ronds :

— Quelqu'un a fait mille deux cents bornes dans cette voiture en trois jours.

— Exact.

— Où est-il allé ?

— L'étiquette ne dit pas dans quel garage Wal-Mart mon frère a fait réviser sa Honda, mais c'était probablement près de son domicile. Essayez de savoir, ils pourraient peut-être nous apprendre quelque chose d'utile.

— Bien vu. Je ne pige pas comment on a pu rater ça, dit Chandler.

Il inséra l'autocollant dans un sachet transparent à glissière, sur lequel il nota quelques indications.

— Euh, John ?

— Ouais ?

Il souleva le sachet fermé.

— On arrête les tests, OK ?

Chapitre 23

Une demi-heure plus tard, Chandler et Fiske franchissaient la porte d'entrée de la Cour suprême des États-Unis.

L'intérieur du bâtiment intimidait par ses dimensions. Mais ce qui frappa surtout l'attention de Fiske fut le calme des lieux. Un silence presque inquiétant. On en oubliait que le monde s'agitait de l'autre côté des murs. Un silence… de morgue, songea-t-il.

— Qui sommes-nous censés voir ? demanda-t-il.

— Eux, répondit Chandler en montrant un groupe qui arrivait dans leur direction.

Le couloir formait une caisse de résonance où les pas retentissaient comme un grondement. Ils étaient trois. L'un portait un costume, les deux autres un uniforme et une arme au côté.

— Inspecteur Chandler ? dit l'homme en costume, la main tendue. Je suis Richard Perkins, huissier de la Cour suprême.

Perkins était un homme sec. Petit gabarit, environ un mètre soixante-dix, les oreilles décollées, une frange de cheveux blancs comme une cascade gelée sur le front. Il présenta ses compagnons :

— Le chef de la police, Leo Dellasandro. Son officier en second, Ron Klaus.

— Ravi de vous connaître, répondit Chandler.

Devant le regard interrogateur de Richard Perkins, il ajouta :

— John Fiske. Le frère de Michael.

Tous y allèrent aussitôt de leurs condoléances.

— Une tragédie, une tragédie inouïe, dit Perkins. Michael était très estimé. Il nous manquera douloureusement.

John afficha une physionomie de circonstance.

— Vous avez verrouillé le bureau de Michael Fiske, comme je vous l'ai demandé ? s'enquit Chandler.

Dellasandro acquiesça.

— Oui, bien que ça nous ait posé un problème. Il le partageait avec un autre greffier. Deux par bureau, c'est la norme.

— Espérons que nous pourrons le rouvrir sans tarder.

— Ne perdons pas de temps, alors, dit Perkins. Nous serons plus à l'aise pour discuter de tout ça dans mon bureau, voulez-vous, inspecteur Chandler ? C'est juste au bout du couloir.

— Allons-y.

Comme John Fiske leur emboîtait le pas, Perkins s'arrêta et dit à Chandler :

— Excusez-moi. Je ne pense pas que l'enquête concerne M. Fiske.

— Il m'aide à éclaircir certains points de la vie de son frère, expliqua l'inspecteur.

Perkins jaugea John Fiske d'un œil peu avenant.

— Je ne savais même pas que Michael avait un frère. Il ne m'a jamais parlé de vous.

— Ne vous en faites pas, il ne m'a jamais parlé de vous non plus.

Le bureau de Perkins était le dernier avant la salle d'audience. Le mobilier de style colonial, la décoration et la finition dataient d'un temps où le gouvernement avait quelques milliards de dollars de dettes en moins et ne lésinait pas sur la main-d'œuvre.

Un homme blond, d'une bonne quarantaine d'années, les cheveux ras, le visage allongé, était assis derrière une table à l'écart. On le devinait investi d'une certaine autorité et fort imbu de ses prérogatives. Il se leva. Un mètre quatre-vingt-dix à vue de nez. Le genre de type qui devait passer pas mal de temps en salle de gym.

— Inspecteur Chandler ? dit-il en agitant une carte d'identité professionnelle. Agent spécial Warren McKenna. FBI.

— Je ne savais pas que le FBI était sur l'affaire, observa Chandler.

Perkins voulut s'expliquer mais McKenna l'interrompit.

— Comme vous ne l'ignorez pas, j'en suis sûr, l'attorney général et le FBI ont un droit d'ingérence dans toute enquête concernant le meurtre d'un employé du gouvernement des États-Unis. Mais, rassurez-vous, le FBI n'a pas l'intention de vous marcher sur les pieds.

— Ça tombe bien, j'ai les orteils sensibles, répliqua Chandler en souriant.

— Je tâcherai de m'en souvenir, dit McKenna sans se dérider.

John lui tendit la main.

— John Fiske. Michael était mon frère.

— Je compatis, monsieur Fiske. Je me doute que ça doit être très dur pour vous.

L'agent spécial lui serra la main et se tourna de nouveau vers Chandler.

— Si les circonstances obligent le FBI à intervenir plus activement, nous comptons sur une entière collaboration de votre part. N'oubliez pas que la victime était un fonctionnaire fédéral. (Il regarda autour de lui.) En service dans l'une des plus vénérables institutions du monde. Et sans doute l'une des plus redoutées.

— Redoutée par ignorance, corrigea Perkins.

— Mais redoutée néanmoins, insista McKenna. Depuis Waco, le World Trade Center et Oklahoma City, nous avons appris à redoubler de prudence.

— Dommage que vous n'ayez pas appris plus vite, remarqua sèchement Chandler. Mais nous n'allons pas jouer au plus fin, vous et moi. Je suis partisan de la collaboration. Étant bien entendu que ça marche dans les deux sens, OK ?

— Bien sûr.

Chandler posa une série de questions pendant une petite demi-heure, afin d'essayer d'établir si le meurtre pouvait être en rapport avec une affaire sur laquelle travaillait Michael. Le commentaire était toujours le même, et unanime :

— Impossible.

McKenna intervint très peu, mais écouta attentivement les réponses. Perkins affirma :

— Le déroulement des instructions diligentées par la Cour est tellement confidentiel qu'aucune personne de l'extérieur, je dis bien aucune, ne peut savoir quel dossier est confié à quel greffier.

Il fit claquer sa main sur la table, pour souligner ses propres paroles.

— Sauf si ce greffier le répète à quelqu'un, objecta Chandler.

Perkins rejeta l'hypothèse :

— Je me charge personnellement de leur faire comprendre que la confidentialité et la sécurité sont des exigences fondamentales dans leur travail. Les règles déontologiques sont extrêmement strictes. On leur remet même un manuel sur le sujet. Aucune fuite n'est autorisée.

Chandler ne semblait pas convaincu :

— Quel est l'âge moyen des greffiers d'ici ? Vingt-cinq ans ? Vingt-six ?

— Quelque chose comme ça.

— Des gamins, qui travaillent pour la plus haute cour du pays, et, à vous entendre, il serait impossible qu'ils soient tentés de bavarder ? Même pour épater une copine ?

— « Impossible » est peut-être un mot excessif. J'ai assez roulé ma bosse pour savoir qu'il vaut mieux éviter de l'employer.

— En tant qu'inspecteur de la criminelle, monsieur Perkins, je peux vous dire que j'en suis arrivé à la même conclusion.

— Si on essayait déjà de s'en tenir aux faits ? intervint Dellasandro. D'après ce que je sais de l'affaire, il semble que le mobile soit le vol. Alors, qu'est-ce que la Cour a à voir là-dedans ? Avez-vous fouillé son appartement ? demanda-t-il à Chandler.

— Pas encore. J'envoie une équipe demain.

— Qu'est-ce qui nous dit que ça ne concerne pas sa vie privée ? reprit Dellasandro.

Les regards convergèrent sur Chandler, qui parcourut ses notes d'un œil distrait.

— J'essaie de ne rien négliger. La visite du lieu de travail d'une victime d'homicide, avec les questions que ça suppose, n'a rien d'extraordinaire, messieurs.

— Certes, approuva Perkins. Vous pouvez compter sur notre coopération.

— Alors, si nous allions jeter un œil dans le bureau de M. Fiske ? suggéra Chandler.

Chapitre 24

L'homme avançait à pas de loup dans le couloir. Un mètre quatre-vingt-dix. Mince mais solide et large d'épaules. Un cou de taureau. La cinquantaine. Le visage émacié. La peau café-au-lait et lisse, à part quelques rides en pattes-d'oie au coin des yeux. Une vieille casquette de base-ball Virginia Tech sur la tête. Une barbe courte et grisonnante. Il portait un jean usé et une chemise en denim, délavée, tachée de sueur, aux manches retroussées sur des avant-bras musculeux. Un paquet de Pall Mall dépassait de sa poche de poitrine. Au bout du couloir, il tourna. Dès qu'il l'aperçut, le soldat en faction devant la porte de la dernière chambre s'interposa, la main levée.

— Désolé, monsieur, ce secteur est interdit à toute personne étrangère au service.

— Mon frère est là, dit Joshua Harms. Et je viens le voir.

— J'ai peur que ce soit impossible.

Harms avisa le badge du troufion.

— J'ai peur que ce soit très possible, soldat Brown. Je lui rends visite tout le temps, à la prison. Donc, vous allez me laisser entrer, vu ?

— Je ne crois pas.

— Oh, alors je vais aller trouver le patron de cet hôpital, la police et le commandant de Fort Jackson pour leur dire que vous empêchez un membre de la famille de rendre visite à un parent mourant… Et ils vont te botter le cul à tour de rôle, mon petit gars. J'ai oublié de te dire que j'avais fait trois ans de Vietnam et que j'ai assez de médailles pour te recouvrir tout entier. Alors, tu vas me laisser entrer, ou l'un de nous deux le regrettera. Je veux une réponse et je la veux maintenant.

Le soldat Brown perdit pied.

— Faut que j'en réfère à quelqu'un.

— Non. Tu peux me fouiller, si tu veux. J'entre. Ce sera pas long. Mais ce sera tout de suite.

— Votre nom ?

— Josh Harms. (Il sortit son portefeuille.) Voilà mon permis de conduire. Y a longtemps que je viens à la prison, depuis toutes ces années et je me rappelle pas t'avoir vu.

— Je ne travaille pas à la prison. C'est une affectation temporaire. Je suis un appelé.

— Un appelé ? Pour garder un prisonnier ?

— Le surveillant de la pénitentiaire qui escortait votre frère a dû repartir ce matin. Ils envoient des remplaçants demain pour me relever.

— Dieu soit loué. Bon, alors, on en finit ?

Le soldat Brown l'observa quelques instants.

— Tournez-vous.

Josh s'exécuta et Brown entreprit de le fouiller. Juste avant que le troufion n'en arrive à la poche du pantalon, le visiteur lui dit :

— Te frappe pas, mon gars, j'ai un canif là-dedans. Sors-le et garde-le. Mais conserve-le soigneusement, fiston, j'y tiens, à ce couteau.

Le soldat Brown acheva la fouille et se redressa.

— Vous avez dix minutes, pas plus. Et j'entre avec vous.

— Si tu entres avec moi, tu désertes ton poste. Et si tu désertes ton poste, tu finiras à la même place que mon frangin. (Il considéra la figure poupine. Un guerrier du dimanche. Avant de se déguiser en combattant, il devait brasser des paperasses, en rêvant d'aventures.) Et laisse-moi te dire un truc, la prison est pas un endroit pour un mec comme toi.

Le soldat Brown avala sa salive.

— Dix minutes.

Les deux hommes se toisèrent.

— Je vous remercie infiniment, soldat, dit Josh Harms sans en penser un mot.

Il entra dans la chambre et referma la porte derrière lui.

— Rufus, dit-il.

— Je croyais pas que tu rappliquerais si vite, frangin.

Josh s'approcha du lit et le regarda.

— Qu'est-ce qui t'est arrivé ?

— T'es sûr que tu veux le savoir ?

— C'est à cause de cette putain de lettre, c'est ça ?

Il tira une chaise près du lit.

— Le garde t'a donné combien de temps ? questionna le prisonnier.

— Dix minutes, mais il est pas dangereux.

— Dix minutes, c'est pas long pour ce que j'ai à te dire. Alors écoute. Si je refous les pieds à Fort Jackson, ils auront ma peau.

— Qui ?

— Si je te le dis, ils te buteront aussi.

— Je suis ici, non ? Le petit soldat est con, mais pas à ce point-là. Il va inscrire mon nom sur le registre des visiteurs. Tu le sais.

Rufus déglutit avec difficulté.

— Ouais, je sais. J'aurais jamais dû te demander de venir.

— Je suis là maintenant. Raconte.

Rufus réfléchit une minute.

— Tu vois, Josh, cette lettre de l'armée, quand je l'ai reçue, je me suis souvenu de tout ce qui s'est passé cette nuit-là. De tout. Comme si quelqu'un venait de me le rentrer dans la tête.

— Tu parles de la gamine ?

— Tout, je te dis. Je sais pourquoi j'ai fait ça. Et, tu vois, c'était pas ma faute.

Son frère paraissait sceptique.

— Arrête, Rufus, tu l'as tuée, cette gosse. Y a pas à revenir là-dessus.

— Tuer et faire exprès de tuer, c'est pas pareil. N'importe, j'ai rappelé mon avocat…

— Tu veux dire ton gugusse qui se prend pour un avocat.

— T'as lu la lettre ?

— Sûr. Elle est arrivée chez moi. Je suppose que c'était la dernière adresse civile que l'armée avait sur la fiche. Quelle bande d'enfoirés, quand même ! Ils savaient même pas qu'ils t'avaient collé dans une de leurs propres prisons.

— Donc, j'ai demandé à Rider d'envoyer un truc pour moi. À la Cour.

— Quel truc ?

— Une lettre que j'ai écrite.

— Une lettre ? Comment tu l'as fait sortir ?

— Pareil que toi pour faire entrer la lettre de l'armée.

Les deux hommes sourirent. Rufus continua :

— Ils ont une petite imprimerie à la prison. Comme il fait chaud et que c'est sale, les matons te serrent pas de trop près. J'ai pu faire ma petite cuisine.

— Et tu t'imagines que la Cour va s'occuper de ton affaire ? Je parierais pas gros là-dessus, frérot.

— Elle va rien faire, je crois bien.

— C'te bonne blague ! Tu m'étonnes.

Rufus lorgna vers la porte.

— Quand est-ce que les gardes arrivent de la prison ?

— Le môme a dit demain matin.

— Alors, il faut que je me tire d'ici ce soir.

— La femme qui m'a téléphoné m'a dit que t'avais fait un genre de crise cardiaque. Regarde-toi. Ficelé comme t'es, jusqu'où tu crois que tu vas courir ?

— Et mort, jusqu'où je vais courir ?

— T'es vraiment sûr qu'ils vont essayer de te tuer ?

— Ils veulent pas que ça se sache. T'as dit que t'avais lu la lettre de l'armée.

— Ouaip.

— Eh ben, j'ai jamais été dans le programme qu'ils disent.

— Qu'est-ce que tu racontes ?

— Comme je te le dis. Ils ont mis mon nom dans les archives. Pour faire croire que j'en étais et couvrir ce qu'ils m'ont fait. Pourquoi j'ai tué cette gosse. Au cas où quelqu'un irait renifler dedans, pour eux ça réglait tout, je suppose. Ils pensaient que j'allais mourir.

Josh cogita. Il commençait à comprendre.

— Nom de Dieu de nom de Dieu ! Pourquoi ils t'auraient fait une crasse pareille ?

— Tu le demandes ? Ils pouvaient pas m'encadrer. Ils me traitaient comme une merde. Ils voulaient que je crève.

— Putain, si tu me l'avais dit, j'aurais radiné vite fait avec ma boîte à baffes.

— T'avais déjà assez d'emmerdes comme ça avec les Viets. Mais, je te dis, si je retourne au trou maintenant, ils vont pas me rater.

Josh regarda alternativement la porte et les chaînes de son frère.

— J'ai besoin d'un coup de main, Josh.

— Un peu que t'en as besoin, Rufus.

— T'es pas obligé de m'aider. Tu peux repartir comme t'es venu, je t'en voudrai pas, je t'aimerai toujours. Tu m'as pas lâché pendant toutes ces années. Je devrais pas te demander ça, je sais. T'as une vie à toi, t'as bossé dur pour en arriver là. Je comprendrais.

— Alors tu connais pas ton frère.

Rufus leva lentement le bras. Ils se serrèrent la main. Tope là. Longuement. Avec ferveur. Comme pour se donner des forces mutuellement. Et du courage.

— Quelqu'un t'a vu entrer ?

— Seulement le garde. Je suis pas passé par la grande porte.

— Alors je peux faire semblant de t'assommer et me tirer en douce, suggéra Rufus. Ils savent que je suis un énervé. Capable de descendre froidement mon propre frère.

— Arrête tes conneries, ça marchera pas, Rufus. Tu saurais même pas où aller. Ils te choperaient en dix minutes. Je suis resté presque deux ans sur un chantier dans cet hôpital, je le connais comme ma poche. Normalement, la porte par où je suis entré est bouclée, mais les infirmières passent par là pour aller fumer leurs clopes. Elles ont retiré le verrou.

— Alors, c'est quoi, ton plan ?

— On ressort par où je suis entré, expliqua Josh. C'est juste au fond du couloir à gauche. On passe pas devant le bureau des infirmières. J'ai mon camion devant la porte. Et je connais un mec qui crèche à trente minutes d'ici. Il me doit un service. Je laisserai le camion dans une de ses remises et j'emprunterai le sien. Il posera pas de questions et il répondra pas à celles des flics. On prend la route et on fonce sans se retourner.

— T'es sûr que tu veux le faire ? Et tes mômes ?

— Ils sont tous partis. Je les vois plus beaucoup.

— Et Louise ?

Josh baissa les yeux.

— Louise s'est barrée il y a cinq ans. Je l'ai jamais revue.

— Tu me l'avais pas dit !

— Qu'est-ce que ça aurait changé ?

— Ça me fait de la peine.

— Moi aussi, y a des tas de choses qui me font de la peine. Que je regrette. Je suis pas toujours un cadeau, tu sais. Je peux pas leur en vouloir. (Josh haussa les épaules.) Comme ça, on fait équipe encore une fois, toi et moi. C'est m'man qui serait contente, si elle vivait encore.

— T'es sûr que tu veux ?

— Ne me pose plus cette question, frérot.

Rufus leva ses mains menottées.

— Et ça ?

Son frère extirpait déjà quelque chose de sa botte. Quand il se redressa, il tenait une tige métallique terminée par un petit crochet.

— Ne me dis pas que le môme t'a pas fouillé !

— Tu parles, il m'a fait rigoler. Une fois qu'il a eu mis la main sur mon couteau, il s'est imaginé qu'il m'avait confisqué tous mes objets dangereux. Il a même pas vérifié mes bottes, le petit chéri.

Josh inséra la tige dans le cadenas et commença à crocheter.

— Tu vas pouvoir le faire sauter ?

Josh dévisagea son frère avec mépris.

— Si j'ai pu m'évader de chez les Viets, crois-moi que je vais pas me laisser emmerder par une paire de bracelets de l'armée.

Dehors dans le couloir, le soldat Brown consulta sa montre. Le temps était écoulé. Il entrouvrit la porte.

— Ça y est, Harms, ça fait dix minutes !

Il poussa le battant un peu plus.

— Monsieur Harms ? Vous m'entendez ? C'est terminé.

Brown perçut un gémissement. Il dégaina son revolver et ouvrit grand la porte.

— Qu'est-ce qui se passe ici ?

Le gémissement s'amplifia. Brown chercha l'interrupteur. Ce fut alors qu'il trébucha sur quelque chose. Il s'agenouilla. Ses prunelles s'habituaient à la pénombre. Il toucha le visage de l'homme.

— Monsieur Harms ? Monsieur Harms, vous allez bien ?

Josh ouvrit les yeux.

— Pas mal, et toi ?

Une grosse pogne attrapa l'arme de Brown et la jeta au loin. Une autre main se plaqua sur sa bouche, et le pauvre troufion fut soulevé de terre. Un poing formidable percuta sa mâchoire et il sombra dans l'inconscience.

Rufus mit le jeunot au lit, en le couvrant du drap. Josh lui ligota les bras et les jambes, puis le bâillonna avec de l'ouate et du sparadrap trouvés dans une armoire à pharmacie. Enfin, il le fouilla pour récupérer son couteau.

Rufus prit son frère dans ses bras et le serra contre lui. C'était la première fois depuis vingt-cinq ans que les deux hommes s'enlaçaient. Rufus en tremblait, les yeux mouillés.

— Bon, assez pleurniché, dit Josh en se dégageant, on n'a pas le temps.

— Ça fait quand même du bien !

Josh posa une main sur l'épaule de son frère.

— J'aurais jamais cru pouvoir encore t'embrasser de ton vivant. Jamais.

— Bon, et maintenant ? questionna Rufus.

— On peut pas voir la chaise du môme depuis le hall. Mais ils font des rondes. (Josh regarda sa montre.) Quand je bossais ici, ils tournaient toutes les heures. Il est le quart maintenant. Les mecs font les quatre six et ils se foutent pas mal des plantons devant les piaules, mais ils vont bien finir par remarquer qu'il est plus là. T'es prêt ?

Rufus avait déjà enfilé son pantalon et ses chaussures de prisonnier. Il laissa la chemise, se contentant d'un T-shirt. Il tenait quelque chose à la main : la bible de Gidéon. Il ne se sentait pas encore libre, mais ce n'était plus qu'une affaire de secondes.

— Y a vingt-cinq ans que je suis prêt.

Chapitre 25

Chandler inspecta le bureau de Michael Fiske. Il se situait au premier étage, haut de plafond, orné de moulures. Deux énormes tables de bois, chacune avec une console d'ordinateur, des rayonnages bourrés de livres de droit et d'annales, une petite bibliothèque sur roulettes, divers casiers et des piles de dossiers entassés. Un peu bordélique, tout ça, se dit-il.

Perkins s'adressa à Chandler :

— Un représentant de la Cour doit être présent pendant votre perquisition. Il y a de nombreux documents confidentiels, ici. Des brouillons d'arrêts ou des comptes rendus préliminaires relatifs à des affaires en cours.

— D'accord. Nous n'emporterons aucun document relatif à une affaire en cours.

— Comment le saurez-vous ?

— Je vous le demanderai.

— À moi ? Mais je ne suis pas juriste.

— Eh bien, rétorqua le policier, allez en chercher un, parce que la perquisition commence.

— Aujourd'hui, ça va être dur. Ça ne peut pas attendre demain ? Je crois que tous les greffiers sont repartis. Le président Ramsey n'a pas voulu les retenir trop tard, compte tenu des événements.

— Quelques juges sont encore ici, Richard, observa Klaus.

Perkins toisa Klaus, qui se tourna vers Dellasandro.

— C'est-à-dire que… ça m'ennuie un peu d'importuner un juge pour ça, expliqua Perkins. Enfin, bon, si c'est absolument nécessaire, je vais voir ce que je peux faire. Mais je vais devoir verrouiller cette porte jusqu'à mon retour.

Chandler se campa devant Perkins.

— Écoutez, Richard, je représente la police. Alors, arrêtez-moi si je me trompe, mais je crois que vous regrettez déjà cette remarque stupide.

Le rouge monta au front de Perkins, mais il s'inclina, laissa la porte ouverte et s'éclipsa en faisant signe à Klaus de l'accompagner. Dellasandro resta en retrait avec McKenna.

Chandler se rapprocha de John Fiske :

— J'ai comme l'impression que tout ceci a été répété avant notre arrivée.

— McKenna connaissait votre nom avant qu'on vous présente.

— Visiblement, ils avaient déjà pris leurs renseignements.

— Ma foi, on peut les comprendre.

— Je vais aller dire un mot à McKenna. Il faut toujours être en bons termes avec les fédés.

John s'adossa contre le mur et regarda sa montre. Il n'avait toujours pas joint son père.

La porte d'un bureau voisin s'entrebâilla. Un jeune homme parut. John le salua de la tête.

— On vous empêche de travailler ? dit-il.

— Vous êtes de la police ?

— Non, juste un observateur, répondit-il en tendant la main. Je suis John Fiske. Mike était mon frère.

Le jeune homme pâlit.

— Oh. C'est affreux. Affreux. Une catastrophe. (Il lui serra la main.) Je suis Steven Wright.

— Vous connaissiez bien Mike ?

— Pas vraiment. C'est ma première session ici. Je travaille pour le juge Knight. Je sais que tout le monde pensait le plus grand bien de lui.

John Fiske désigna la pièce d'où Wright était venu.

— C'est votre bureau ? (Le jeune homme acquiesça.) Je suppose qu'il y a eu pas mal d'effervescence dans celui de mon frère.

— Et comment ! Ils n'ont pas arrêté d'entrer et de sortir de toute la journée.

— M. Perkins ? M. Dellasandro ?

— Et ce monsieur-là.

John suivit la direction de son doigt.

— Lui ? C'est l'agent McKenna, du FBI.

Wright hocha tristement la tête.

— Je n'avais encore jamais connu personne qui se soit fait assass…

Il s'interrompit, gêné. John le rassura :

— Il n'y a pas de mal, je comprends ce que vous voulez dire.

Tout à coup, l'attention de Fiske fut attirée ailleurs. Deux personnes arrivaient vers lui. Il remarqua surtout la femme qui accompagnait Richard Perkins. Malgré toute sa féminité, elle ressemblait assez au petit gars de la porte à côté. Le genre de personne avec qui vous pouviez jouer à n'importe quoi, au ping-pong ou aux échecs, et qui finissait toujours par vous battre.

Sara Evans scruta John Fiske. Elle l'avait vu entrer au Palais, et avait deviné la raison de sa présence. Elle était restée pour le cas où ils auraient besoin de parler à quelqu'un du greffe. C'était pourquoi Perkins l'avait « trouvée » si vite. Elle s'arrêta devant John.

— Ah, euh… John Fiske, dit Perkins. Voici Sara Evans.

— Vous êtes le frère de Michael ?

— Laissez-moi deviner : il ne vous a jamais parlé de moi ? dit John.

— Eh bien si, justement.

Ils échangèrent une franche poignée de main. Elle avait les yeux rougis, de même que le bout de son nez. Elle paraissait épuisée. Fiske remarqua qu'elle serrait un mouchoir. Il l'avait l'impression de l'avoir déjà rencontrée.

— La mort de Michael m'a profondément touchée, dit-elle.

— Oui, ça nous a fait un choc à tous, répondit-il.

John tiqua. Rêvait-il ou avait-il réellement décelé une expression bizarre dans son visage ? Comme si, pour elle, la nouvelle n'avait pas été si surprenante…

Perkins se tourna vers Steven Wright.

— Je ne savais pas que vous étiez dans votre bureau.

— Vous auriez pu essayer de frapper à la porte, suggéra John.

Perkins lui jeta un coup d'œil peu amène et alla rejoindre Chandler et McKenna.

— Salut, Sara, dit Wright avec un sourire.

À la façon dont il la contemplait, il était clair qu'il avait des vues sur elle.

— Salut, Steven. Tu t'en sors, dans tes dossiers ?

— Oh, tu sais, personne n'a beaucoup travaillé aujourd'hui. Je crois que je ne vais pas tarder à rentrer.

Sara revint à John.

— Tout le monde appréciait votre frère. Nous avons tous été bouleversés, même le président. Mais je sais que ce n'est rien à côté de ce que vous devez ressentir.

Son ton était si étrange que Fiske crut y deviner un sous-entendu. Avant qu'il ait pu réagir, Perkins les rejoignit.

— Bien. L'inspecteur Chandler, de la brigade criminelle, vous attend avec un monsieur du FBI, dit-il à Sara.

— Pourquoi veulent-ils fouiller le bureau de Michael ?

— Cela ne nous regarde pas, répondit Perkins, qui n'était pas d'humeur à faire des politesses.

— Ça fait partie de l'enquête, mademoiselle Evans, expliqua John. Une recherche d'indices.

— Ici ? Je croyais que c'était un vol ?

— C'était un vol, trancha Perkins, exaspéré. Encore faut-il en convaincre l'inspecteur Chandler. Et le plus tôt sera le mieux.

— À condition que le fait soit établi, commenta Fiske.

— Bien sûr, bien sûr, grommela Perkins. Mais c'est d'ores et déjà établi. Bon, mademoiselle Evans, comme je vous l'ai expliqué en venant, votre tâche consiste à vous assurer qu'aucun document confidentiel ne sortira d'ici.

— Qu'entendez-vous exactement par confidentiel ? demanda-t-elle.

— Eh bien, mais… vous savez bien, enfin, tout ce qui pourrait concerner une instruction en cours, brouillon, mémo, etc.

— Ne devrais-je pas avoir mon mot à dire dans cette décision, Richard ? déclara une voix nouvelle. Ou est-ce en dehors de ma juridiction ?

John Fiske reconnut facilement l'homme qui marchait vers eux à grands pas. Harold Ramsey avançait comme un vieux paquebot rentrant majestueusement au port.

— Je ne vous avais pas vu, monsieur le président, bredouilla Perkins.

— Je m'en aperçois. (Ramsey se tourna vers Fiske.) Je ne crois pas que nous nous connaissions.

Sara fit les présentations.

— John Fiske. Le frère de Michael.

Ramsey tendit une main et enroula ses longues phalanges osseuses autour de celles de Fiske :

— Croyez que je suis absolument navré, monsieur. Michael était un jeune homme de grand mérite. Je suis sûr que c'est une terrible perte pour vous et toute votre famille. Si nous pouvons faire quoi que ce soit, n'hésitez pas à nous contacter.

John remercia comme un intrus égaré dans un cortège funèbre et recevant des condoléances pour un défunt dont il ignore le nom.

— Je n'y manquerai pas, dit-il avec gravité.

Ramsey désigna Chandler et McKenna d'un signe de tête.

— Qui sont ces messieurs et que veulent-ils, Richard ?

Perkins expliqua la situation en quelques mots succincts, mais Ramsey avait déjà assimilé le problème avant la fin de sa phrase.

— Voudriez-vous leur demander d'approcher, s'il vous plaît, Richard ?

Après les présentations d'usage, Ramsey s'adressa directement à Chandler :

— Je pense que le mieux serait que vous preniez langue avec le juge Murphy et ses greffiers pour procéder à un inventaire des affaires dont s'occupait Michael. Votre légitime droit d'enquête ne doit pas contrarier le légitime droit de la Cour à tenir ses décisions secrètes en attendant leur révélation publique.

— Très bien, répondit Chandler.

« Et je ne veux pas qu'on vienne chercher la petite bête en cas de fuite », acheva-t-il mentalement.

— Vous avez toute liberté d'examiner les effets personnels de Michael, s'il en conservait ici, poursuivit Ramsey. Je vous demanderai simplement de laisser de côté tout dossier juridique avant votre entretien avec le juge Murphy. Alors, au cas où une corrélation apparaîtrait entre la mort de Michael et son travail, des dispositions seraient prises pour vous permettre d'approfondir vos recherches.

— Entendu, monsieur le président, dit Chandler. En fait, j'ai déjà échangé quelques mots avec le juge Murphy.

McKenna donna également son accord. Ramsey s'adressa à Perkins :

— Richard, vous avertirez le juge Murphy et ses greffiers que l'inspecteur Chandler désire les rencontrer au plus tôt. Je suppose que demain fera l'affaire, après le débat oral ?

— Ce sera parfait, approuva Chandler.

— Les conseillers juridiques de la Cour seront là pour vous assister en cas de litige. Sara, vous serez disponible demain, n'est-ce pas ? Vous étiez proche de Michael.

John la fixa. *Proche à quel point ?*

Ramsey tendit de nouveau la main à John.

— Tenez-moi au courant des dispositions concernant son enterrement. Richard, reprit-il à l'attention de Perkins, venez me trouver dès que vous aurez parlé au juge Murphy.

Après le départ de Ramsey et de Perkins, Chandler vit McKenna fureter dans le bureau de Michael.

— Dellasandro, dit-il, je veux que cette porte reste fermée jusqu'à mon retour. Personne ne doit entrer, que ce soit vous, M. Perkins ou... (il désigna l'agent McKenna) n'importe qui.

McKenna apprécia modérément l'allusion. Dellasandro promit.

John, qui promenait ses yeux alentour, aperçut Steven Wright, bouche bée devant Chandler. Wright referma brusquement sa porte. On entendit la clé tourner dans la serrure.

Comme Fiske et Chandler s'en allaient, une voix les arrêta.

— Ça vous ennuie si je vous raccompagne ?

C'était Sara Evans.

— Pas du tout, dit Chandler. John ?

John acquiesça, impassible.

Ils s'éloignèrent ensemble, tous les trois.

— Pourquoi ai-je le sentiment d'avoir été en présence du Tout-Puissant ? plaisanta Chandler.

— Le président fait souvent cet effet-là, répondit Sara avec un sourire.

— Ainsi, vous travaillez pour le juge Knight ? demanda John.

— Je commence ma seconde année.

Au détour d'un couloir, ils faillirent percuter Elizabeth et Jordan Knight.

— Oh, juge Knight, nous parlions justement de vous, dit Sara.

Elle fit les présentations.

— Monsieur le sénateur, déclara Chandler, nous apprécions ce que vous faites pour la ville. Sans les crédits que vous avez fait voter pour la police, je mènerais mes enquêtes criminelles à bicyclette.

— Il y a encore beaucoup à faire, vous savez. Les problèmes couvent depuis longtemps et il faudra longtemps encore pour les régler, répondit Jordan Knight, sentencieux, sur un ton de discours électoral. (Il eut plus de simplicité pour s'adresser à Fiske.) Je suis navré pour votre frère, John. Je ne le connaissais pas personnellement, je viens rarement à la Cour. Si je déjeune trop souvent avec ma femme, les journalistes pensent que j'essaie d'influencer ses décisions. Ils oublient que nous partageons le même domicile et le même lit. Mais je vous prie de croire à la sincérité de mes condoléances.

John le remercia et ajouta :

— Si ma voix vaut quelque chose, sachez que j'ai voté pour vous.

— Chaque voix compte. (Il sourit tendrement à sa femme.) Tout comme ici, n'est-ce pas, madame le juge ? On ne peut rien faire si on n'a pas ses cinq voix. Mon Dieu, si je n'avais à me soucier que de cinq électeurs, je ferais quinze kilos de moins et j'aurais encore des cheveux noirs.

Elizabeth Knight n'était pas d'humeur badine. Elle avait les yeux rouges comme Sara et le teint blême.

— Sara, dit-elle, il faudra que nous ayons un entretien après la séance de demain. (Elle s'éclaircit la gorge.) Et vous seriez gentille de secouer un peu Steven Wright au sujet du mémo sur l'affaire Chance. Il me le faut pour demain au plus tard. Même s'il doit travailler toute la nuit.

La jeune femme comprit qu'elle ne riait pas.

— Je vais le lui dire tout de suite, madame.

Knight lui prit la main.

— Merci. Et n'oubliez pas le dîner pour le juge Wilkinson. Demain soir, 19 heures, chez moi.

— C'est sur mon agenda, répondit Sara sans enthousiasme.

Elizabeth Knight s'intéressa enfin à Fiske.

— Votre frère était un brillant juriste, monsieur. Je vous parais peut-être mesquine d'aborder ces problèmes maintenant, mais les travaux de la Cour ne s'arrêtent pour personne, c'est une leçon que j'ai apprise il y a longtemps. Soyez cependant assuré que je compatis à votre douleur. (Elle jeta un œil sur sa montre.) Jordan, tu vas être en retard au Sénat. Et j'ai du travail à finir. Si vous voulez bien m'excuser, monsieur Fiske...

— Vous l'avez dit, la machine ne s'arrête pour personne, remarqua John, fataliste.

Après le départ des Knight, Sara commenta :

— Elle est sévère, mais juste. Je suis certaine qu'elle ne voulait pas être aussi cassante.

— Bien sûr que si, dit John.

Chandler s'en mêla :

— Elle a probablement dû travailler trois fois plus qu'un homme pour en arriver où elle est. Ça ne s'oublie pas.

— Je ne vous aurais pas cru si féministe, nota Sara.

— Si vous connaissiez ma femme, vous ne seriez pas étonnée.

— Ramsey et Knight viennent de milieux différents, reprit-elle, bien qu'il leur arrive souvent de voter dans le même sens. Il est presque trop accommodant avec elle. Peut-être craint-il la confrontation avec les femmes. Il est d'une autre génération.

— Je ne vois pas ce que le sexe vient faire là-dedans, remarqua John.

— C'est une juriste exceptionnelle, ajouta Sara, sur la défensive.

Ils entendirent tous le bip. Chandler décrocha le récepteur de sa ceinture et lut le numéro sur l'écran.

— Je peux téléphoner ? demanda-t-il à Sara.

Elle lui indiqua un poste.

En les rejoignant une minute plus tard, Chandler semblait accablé.

— De nouveaux clients à interroger. Une fusillade. Quelle veine !

— Vous pouvez me déposer au commissariat ? demanda John. Ma voiture est là-bas.

— L'ennui, c'est que je vais dans la direction opposée.

— Je peux vous y conduire, proposa Sara. J'ai fini ma journée. Même si je n'ai pas fait grand-chose. (Elle baissa les yeux, avec un sourire triste.) Michael n'aurait pas approuvé. Je n'ai jamais vu quelqu'un d'aussi sérieux dans son travail.

Elle lança à John un regard appuyé.

— Profitez-en pour manger un morceau ensemble, hasarda Chandler. Vous trouverez sûrement des tas de choses à vous dire.

Fiske n'eut pas l'air emballé par cette suggestion, mais il acquiesça.

— Vous êtes prête ?

— Accordez-moi une minute. Je dois aller prévenir Steven que sa nuit risque d'être studieuse.

Et elle disparut.

— John, fit Chandler, essayez d'en apprendre le plus possible. Elle était proche de votre frère. Pas comme vous, ajouta-t-il.

— Je ne suis pas doué pour l'espionnage.

L'idée de comploter dans le dos de cette femme ne lui plaisait pas beaucoup. Mais on ne savait jamais. Il ne la connaissait pas, après tout.

Comme s'il avait lu dans ses pensées, l'inspecteur lança :

— Mon petit John, je sais qu'elle est jeune et jolie, qu'elle est intelligente, qu'elle travaillait avec votre frère et qu'elle a été ébranlée par sa mort. Mais n'oubliez pas une chose.

— Laquelle ?

— Il n'y a aucune raison de lui faire confiance.

Sur cette dernière remarque, Chandler s'éclipsa.

Chapitre 26

Jordan Knight observait sa femme. Il se tenait sur le pas de la porte et elle restait assise à son bureau, la tête penchée. Plusieurs livres étaient ouverts devant elle, mais elle n'en lisait aucun.

— Pourquoi faire des heures supplémentaires, chérie ?

Elle sursauta.

— Jordan ! Je croyais que tu étais parti pour ton rendez-vous.

Il vint près d'elle et lui caressa la nuque.

— Je l'ai annulé. Il est temps de rentrer chez nous.

— Mais j'ai du travail en retard. Nous sommes tous en retard. C'est si difficile…

Il la prit par le bras et l'aida à se lever.

— Beth, même si c'est important, je suis sûr que ça peut attendre. Allez hop ! On rentre.

Quelques minutes plus tard, le chauffeur les reconduisait chez eux dans leur voiture de fonction. Après une bonne douche, une collation et un verre de vin, Elizabeth Knight commença à se sentir presque dans son état normal. Elle s'allongea sur son lit. Son mari vint s'asseoir à côté d'elle et se mit à lui masser les pieds, sur ses genoux.

— Parfois, dit-elle, je me demande si nous ne sommes pas trop exigeants avec nos greffiers. On les fait trop travailler. On compte trop sur eux.

— Vraiment ? (Jordan Knight lui saisit le menton.) Tu ne serais pas en train de te reprocher la mort de Michael Fiske ? Ce soir-là, il n'a pas dû travailler très tard. Tu m'as dit qu'il avait téléphoné pour annoncer qu'il était malade. Sa présence dans un quartier mal famé n'a rien à voir avec la Cour ou avec toi. Il a été tué par un loubard minable. C'était peut-être un vol ou peut-être simplement la faute à pas de chance, mais tu n'y es pour rien.

— La police pense que c'était un vol.

— L'enquête n'en est qu'à son début, mais elle sera menée tambour battant.

— Un des greffiers, aujourd'hui, a demandé si sa mort était liée à la Cour.

Jordan Knight médita un instant.

— Ce n'est pas impossible, mais je ne vois pas bien comment. (Il devint soucieux, tout à coup.) Si c'est le cas, je vais donner des instructions pour ta protection. Dès demain, je passe un coup de fil et tu auras ton propre garde du corps ou un agent du FBI vingt-quatre heures sur vingt-quatre.

— Jordan, ce n'est pas nécessaire.

— Comment ça ? Ce n'est pas nécessaire de m'assurer qu'un dingue ne viendra pas me prendre la femme que j'aime ? J'y pense souvent, Beth. Certaines décisions de la Cour sont très impopulaires. Vous recevez tous des menaces de mort de temps en temps. Tu ne peux pas les ignorer.

— Je ne les ignore pas, j'essaie juste de ne pas y penser.

— D'accord, mais permets-moi d'y penser pour toi.

Elle sourit et lui toucha le visage.

— Tu t'occupes trop de moi, tu sais ?

— Quand on possède un trésor, il faut s'en occuper.

Ils s'embrassèrent tendrement. Jordan la borda dans son lit, éteignit la lumière et se retira pour travailler dans son bureau. Elizabeth Knight ne s'endormit pas tout de suite. Elle garda les yeux ouverts dans le noir, habitée par toutes sortes d'émotions. Submergée de soucis, elle finit par sombrer dans le sommeil.

— Ce doit être terrible pour vous, John. C'est déjà terrible pour moi, et je ne connaissais Michael que depuis assez peu de temps, au fond.

Ils roulaient dans la voiture de Sara. Ils venaient de franchir le pont du Potomac et entraient dans l'État de Virginie. Essayait-elle de lui faire comprendre qu'elle avait peu de renseignements à lui fournir ?

— Depuis quand étiez-vous collègues ?

— Un an. C'est Michael qui m'a persuadée de signer encore pour un an.

— Ramsey a dit que vous étiez proches. Jusqu'à quel point ?

— Où voulez-vous en venir ? demanda-t-elle un peu sèchement.

— Je veux juste me rendre compte. Savoir quelles étaient les fréquentations de mon frère. S'il y avait quelqu'un dans sa vie…, dit-il, guettant sa réaction.

Elle n'en eut aucune, en apparence du moins.

— Vous n'étiez qu'à deux heures de route, et vous ne savez rien de sa vie ? s'étonna-t-elle.

— La remarque vient de vous ou est-ce quelqu'un qui vous l'a soufflée ?

— Je suis assez grande pour choisir mes remarques moi-même.

— Eh bien, ce n'est pas une route à sens unique.

— Quoi donc ? Mes remarques ou les deux heures de route ?

— Les deux.

Quelques minutes plus tard, ils se garaient sur le parking d'un restaurant du nord de la Virginie. Ils entrèrent, trouvèrent une table libre et passèrent leur commande. John prit une Corona comme apéritif, Sara un margarita. Il but une gorgée, s'essuya la bouche et dit :

— Vous venez d'une famille d'avocats ? C'est souvent héréditaire.

— J'ai grandi dans une ferme de Caroline du Nord. Dans un bourg avec un seul feu rouge. Mais mon père était un peu de la profession.

John manifesta un intérêt poli.

— Un peu ?

— Il était le juge de paix du canton. Officiellement, son tribunal siégeait dans une petite pièce à l'arrière de la prison. Mais, le plus souvent, il entendait les plaignants sur son tracteur, en plein champ.

— C'est ça qui vous a incitée à faire du droit ?

— Oui. Mon père ressemblait plus à un juge dans ses bottes crottées que bien des magistrats dans leurs cours d'apparat.

— Y compris celle où vous êtes en ce moment ?

Elle tiqua et détourna les yeux. John regretta sa question.

— Je suis sûr que votre père était un excellent juge. Plein de bon sens, équitable dans ses décisions. Un homme du terroir.

Elle lui lança un coup d'œil inquisiteur pour voir s'il se moquait d'elle, mais, apparemment, ce n'était pas le cas.

— Il était effectivement tout cela. Il avait surtout à juger des bagarres d'ivrognes et des infractions au code de la route, mais personne n'est jamais reparti avec un sentiment d'injustice.

— Vous le voyez souvent ?

— Il est mort il y a six ans.

— Désolé. Et votre mère ?

— Morte avant papa. La vie rurale est parfois dure.

— Des frères et sœurs ?

Elle fit non de la tête et sembla soulagée de voir arriver le plateau.

— Ça me rappelle que je n'ai pas mangé de la journée, dit John en engloutissant une grosse bouchée de tortilla.

— Ça m'arrive souvent. Je n'ai mangé qu'une pomme ce matin.

— Pas bien, ça. Vous n'avez pas besoin de faire un régime, pourtant.

Elle l'observa. Malgré ses larges épaules et ses joues pleines, il était presque maigre. Son col de chemise bâillait.

— Vous non plus, dit-elle.

Vingt minutes plus tard, John repoussa son assiette vide.

— Je sais que vous êtes très occupée, je ne vous ferai donc pas perdre votre temps. Je ne voyais plus beaucoup mon frère et j'ai besoin de combler quelques lacunes si je veux découvrir son assassin.

— Je croyais que c'était le travail de l'inspecteur Chandler.

— Officieusement, c'est le mien aussi.

— Votre passé de flic ? (Fiske haussa les sourcils.) Michael m'a beaucoup parlé de vous, expliqua-t-elle.

— Ah bon ?

— Oui. Il était très fier de vous. De la police à la défense des criminels. J'ai eu quelques conversations intéressantes avec lui à ce sujet.

— Ça m'ennuie un peu que quelqu'un que je ne connais pas ait des conversations sur moi.

— Oh, nous ne parlions pas de votre vie privée. Nous trouvions simplement que c'était une belle évolution de carrière.

— Quand j'étais flic, je passais mon temps à mettre des criminels en prison. Maintenant, je gagne ma vie en les défendant. Pour tout vous dire, je commençais à avoir pitié d'eux.

— C'est la première fois que j'entends un flic avouer ça.

— Vraiment ? Vous avez souvent eu affaire à des flics ?

— J'ai le pied lourd sur l'accélérateur. J'ai des tas de PV, répondit-elle en souriant. Sérieusement, comment avez-vous sauté le pas ?

Il joua distraitement avec son couteau.

— J'ai alpagué un gars qui transportait un paquet de coke. Il servait de mulet pour des dealers. C'était un simple porteur, qui acheminait la marchandise du point A au point B, c'est tout. Je ne sais plus pourquoi je l'avais arrêté, je devais avoir une autre raison. Bref, je lui montre le paquet et le type me répond, avec un vocabulaire de cours préparatoire, qu'il pensait que c'était un morceau de gruyère. Vous imaginez ? Il s'en serait mieux sorti en prétendant qu'il ne savait pas comment le truc s'était retrouvé en sa possession. Ça aurait pu au moins donner un début d'argument à son avocat. Mais essayez un peu de vendre cette salade à un jury. Un type avec une dégaine de loubard qui confond dix mille dollars de dope avec un bout de fromage. Il va directement au trou. Seulement voilà, vous en mettez dix comme lui en taule et il y en a déjà cent qui attendent de prendre leurs places. Ils n'ont pas le choix. Sinon, ils ne le feraient pas. Quand les gens n'ont pas d'espoir, ils n'ont pas non plus de scrupules et passent à l'attaque. (Sara sourit.) Qu'est-ce qu'il y a de si drôle ?

— Vous parlez comme votre frère.

John essuya une tache d'eau laissée par un verre sur la table.

— Vous passiez beaucoup de temps avec mon frère ?

— Oh oui, beaucoup.

— En dehors du boulot aussi ?

— On buvait des pots, on allait au restaurant, on sortait. (Elle but une gorgée de son verre et sourit de nouveau.) C'est la première fois que je subis un interrogatoire.

— Les interrogatoires peuvent être très pénibles, parfois.

— Ah ?

— Tenez, cette question par exemple : quelque chose me dit que la mort de Mike n'a pas vraiment été un choc pour vous.

Elle se raidit.

— Oh, c'est faux ! J'étais horrifiée.

— Je veux dire « choc » au sens de « surprise ».

La serveuse les interrompit. Désiraient-ils un dessert ? un café ? John Fiske demanda l'addition.

Peu après, ils se dirigeaient vers la capitale. Une légère pluie commençait à tomber. Octobre était un mois imprévisible dans la région. Tantôt chaud, tantôt froid, tantôt tempéré. Cette fois, il faisait chaud et humide. Sara avait mis la climatisation dans sa voiture.

John l'interrogea du regard. Elle comprit qu'il attendait toujours sa réponse, respira un grand coup et commença d'une voix hésitante.

— Ces derniers temps, Michael semblait préoccupé… distrait.

— Ce n'était pas dans son caractère ?

— Depuis six semaines, on travaillait tous comme des fous. C'est normal de craquer dans ces conditions, pas pour Michael, pourtant.

— Vous pensez que son changement d'attitude avait quelque chose à voir avec la Cour ?

— Michael ne voyait pratiquement personne en dehors de la Cour.

— À part vous ?

Elle ne répondit pas.

— Y avait-il une grosse affaire litigieuse en préparation ?

— Toutes nos affaires sont importantes et litigieuses.

— Je veux dire : il n'a fait aucune allusion devant vous ?

Elle fixa la route devant elle, sans répondre.

— Tout ce que vous pourrez me dire m'aidera, Sara.

Elle ralentit un peu.

— Votre frère était bizarre. Saviez-vous qu'il allait éplucher le courrier du greffe à l'aube pour être le premier informé des cas intéressants ?

— Ça ne m'étonne pas. Il ne faisait jamais les choses à moitié. Comment ça se passe, techniquement ?

— Les réclamations sont dépouillées et classées dans une salle à part. Chaque dossier passe entre les mains d'un analyste, qui doit vérifier si la procédure est respectée, etc. Si c'est un texte manuscrit, comme la plupart des lettres *in forma pauperis*, il faut même s'assurer que l'écriture est lisible. Ensuite, les demandes de recours sont enregistrées et rangées par ordre alphabétique, au nom du plaignant. En dernière phase, elles sont photocopiées et ventilées vers les différentes chambres des juges.

— Mike m'a dit un jour combien de demandes recevait la Cour. Les juges ne peuvent pas les lire toutes.

— Non. Les réclamations sont réparties entre les chambres, et les greffiers respectifs sont chargés d'en faire un résumé et une présentation. Par exemple, nous pouvons en recevoir une centaine en une semaine. Il y a neuf juges, donc chaque chambre en reçoit environ une douzaine. Sur la douzaine envoyée à la chambre du juge Knight, j'en traite trois. Mon mémo circule dans toutes les chambres, où les greffiers des autres juges l'étudient et décident ou non de l'avaliser par une recommandation.

— Vous avez beaucoup de pouvoir.

— Dans certains secteurs, mais pas dans la décision finale. Le greffier rédige le brouillon, si vous voulez, mais, en gros, ce n'est qu'une récapitulation des faits, pas une opinion sur le fond. Nous ne sommes là que pour élaguer le travail, la paperasserie. Si nous détenons un pouvoir, c'est uniquement sur la sélection des affaires.

John restait songeur.

— En somme, un juge ne voit pas les documents avant de décider si une affaire passera ou non en audience. Il se fonde seulement sur le mémo et la recommandation du greffier.

— Quelquefois même pas le mémo, juste la recommandation. Les juges se réunissent en conférence deux fois par semaine. C'est à ce moment-là qu'ils discutent des demandes sélectionnées par les greffiers. Et ils votent. Le minimum requis pour qu'une affaire soit entendue est de quatre voix.

— Donc, la première personne qui voit une demande envoyée à la Cour est celle qui se trouve au bon moment dans la salle du courrier ?

— Normalement, oui.

— Que voulez-vous dire par « normalement » ?

— Les choses ne se font pas nécessairement toujours selon les règles.

John Fiske réfléchit un moment.

— Insinuez-vous que mon frère aurait pu prendre une réclamation dans la salle du courrier avant son enregistrement au greffe ?

Sara étouffa un petit gémissement, puis se ressaisit.

— Il faut que vous promettiez de garder le secret, John.

— Je ne peux pas faire une promesse que je ne suis pas sûr de tenir.

Elle soupira et se résigna à lui parler, en quelques phrases concises, des papiers qu'elle avait aperçus dans l'attaché-case de son frère.

— Je ne voulais pas fouiner. Mais il était tellement bizarre que je m'inquiétais pour lui. Un matin, il a failli me renverser en sortant du greffe. Il avait l'air complètement déboussolé. Je pense qu'il venait juste de voler la lettre que j'ai trouvée dans sa serviette.

— Ce que vous avez vu était un original ou une copie ?

— Un original. L'une des feuilles était écrite à la main, l'autre à la machine.

— D'habitude, ce sont les originaux qui circulent ?

— Non, jamais. Toujours des copies. Et évidemment pas dans les enveloppes des originaux.

— Il me semble avoir entendu Mike me dire que parfois les greffiers emportaient des dossiers chez eux. Même des originaux.

— C'est vrai.

— Eh bien alors ? C'est peut-être tout simplement ça.

— Non, ça ne se présentait pas comme un dossier normal. Il n'y avait pas d'adresse d'expéditeur sur l'enveloppe et la page dactylographiée n'était pas signée. La lettre écrite à la main m'a fait penser à une réclamation *in forma pauperis*, mais il n'y avait aucune déclaration sur l'honneur attestant l'indigence du plaignant.

— Vous avez vu un nom, un élément d'identification quelconque ?

— Oui. C'est pourquoi j'ai su que Mike avait détourné une réclamation.

— Comment ça ?

— J'ai pu lire la première phrase de la page dactylographiée. Elle comportait le nom du plaignant. Dès que j'ai eu quitté Michael, je suis allée consulter le registre du greffe. Il n'y avait rien à ce nom.

— Quel nom ?

— Harms.

— Prénom ?

— Je ne l'ai pas vu.

— Vous vous rappelez autre chose ?

— Non.

John s'appuya contre le dossier de son siège.

— Laissez-moi réfléchir. Si Mike a détourné cette demande, il devait s'assurer que personne ne viendrait poser de questions sur la disparition de ce document. L'avocat qui l'avait rédigé, par exemple, si c'est bien un avocat.

— Il y avait une étiquette d'accusé de réception sur l'enveloppe. L'expéditeur a dû être averti que le courrier était bien arrivé à la Cour.

— D'accord. Mais pourquoi un texte manuscrit et un autre tapé à la machine ?

— Deux personnes différentes. Peut-être la seconde voulait-elle aider Harms sans être reconnue.

— Parmi toutes les réclamations que reçoit la Cour, c'est celle-là que prend Mike. Pourquoi ?

Elle le dévisagea avec anxiété.

— Mon Dieu, s'il s'avère que la mort de Michael a un rapport avec cette histoire, je… Je n'aurais jamais pensé que…

Elle semblait sur le point d'éclater en sanglots.

— Je ne vais en parler à personne, assura-t-il. Pour l'instant. Vous avez pris un risque pour Mike. Je vous en remercie.

Il y eut un silence assez pesant.

— Il se fait tard, reprit John. Nous avons pu établir que Mike avait parcouru environ mille deux cents kilomètres dans les deux ou trois jours qui ont précédé sa mort. Vous savez où il aurait pu aller ?

— Aucune idée. Je crois qu'il n'aimait pas beaucoup conduire. Il venait au travail à vélo.

— Comment était-il perçu par les autres greffiers ?

— Très respecté. Il était incroyablement motivé. Tous les greffiers de la Cour suprême le sont, je pense, mais Mike se consacrait tout entier à son travail. Je me considère personnellement comme une bûcheuse mais, de temps en temps, j'aime bien me changer les idées.

— Mike a toujours été comme ça. C'était un perfectionniste.

— Ce doit être de famille. Michael m'a dit que, quand vous étiez adolescent, vous aviez deux ou trois jobs en même temps.

— J'aime avoir de l'argent de poche.

L'argent n'était pas resté longtemps dans la poche de Fiske. Il avait filé dans celle de son père, qui n'avait jamais gagné plus de quinze mille dollars par an en plus de quarante années de dur labeur. Maintenant cet argent servait à payer les énormes dépenses de santé de sa mère.

— Et vous alliez à la fac tout en travaillant comme flic.

John tapota nerveusement sa vitre.

— Cette bonne vieille Virginia Commonwealth University, la Stanford du prochain siècle.

— Et vous étiez clerc chez un avocat. (Fiske s'impatientait.) Je vous en prie, John, ne vous énervez pas. Je suis juste curieuse.

Il soupira.

— J'étais simplement stagiaire chez un pénaliste de Richmond. J'y ai beaucoup appris. J'ai eu mon certificat et j'ai réussi l'examen du barreau. C'est le seul moyen de devenir avocat quand on est trop nul pour être reçu à l'École de droit.

— Vous n'êtes pas nul.

— Merci, mais qu'en savez-vous ?

— Je vous ai vu plaider au tribunal.

Il se tourna vers elle.

— Pardon ?

— Cet été, Michael m'a emmenée à Richmond pour assister à une audience.

Elle ne tenait pas à lui parler de son second voyage.

— Pourquoi ne pas m'avoir averti de votre présence ?

— Michael pensait que ça vous agacerait.

— En quoi la visite de mon frère aurait-elle pu m'agacer ? protesta-t-il.

— Ce n'est pas à moi qu'il faut le demander.

Comme il ne disait rien, Sara continua :

— Vous m'avez beaucoup impressionnée. Je crois même que vous m'avez donné envie de devenir pénaliste. Au moins quelque temps à l'essai, pour voir comment c'est.

— Vous pensez que ça vous plairait ?

— Pourquoi pas ? Le droit peut aussi être une noble vocation. La défense d'autrui. Des pauvres. J'aimerais que que vous me parliez de certains de vos procès.

— Sans blague ?

— Absolument, dit-elle, enthousiaste.

Il fit mine de réfléchir.

— Attendez… Ah ! L'affaire Ronald James. C'était son vrai nom, mais il préférait se faire appeler Papa Levrette, par référence à sa position préférée avec les six femmes qu'il avait violées sauvagement. J'ai obtenu un arrangement, alors que ces six femmes l'avaient formellement reconnu lors de l'identification au commissariat. J'avais une bonne marge de manœuvre, remarquez. Les quatre premières ont été incapables de le regarder en face au procès. La terreur est très utile, parfois. La cinquième avait quelques bricoles dans son casier judiciaire qui entachaient sa crédibilité. La dernière, elle, voulait carrément le faire crucifier. Mais un seul témoignage valable, ce n'est pas la même chose qu'une demi-douzaine. Résultat des courses : le procureur a flanché et Papa Levrette s'en est tiré avec vingt ans.

« Une autre ? Ah, tenez, Jenny. Une brave gosse, qui a fendu le crâne de sa grand-mère d'un coup de hache parce que, comme elle me l'a expliqué en pleurant, cette vieille salope ne voulait pas la laisser sortir avec ses copains. La mère de Jenny, la fille de la vieille femme charcutée, me paie mes honoraires par mensualités de deux dollars.

— Ça va, j'ai pigé, dit Sara.

— Oh, mais tout n'est pas si noir, attendez. Le braqueur que j'ai fait libérer dernièrement m'a payé cash, sans doute avec l'argent de la banque qu'il avait braquée. Je peux régler mon loyer et il y a longtemps que je n'ai pas pointé un revolver sur un client. Et puis, demain est un autre jour. Tentez votre chance, mademoiselle Evans.

— Vous aimez choquer les gens, n'est-ce pas ?

— Vous l'avez cherché.

— Alors pourquoi faites-vous ce métier ?

— Il faut bien que quelqu'un le fasse.

— Ce n'est pas exactement la réponse que j'attendais, mais passons. Merci d'avoir dissipé mes illusions, je vous en suis très reconnaissante.

— Si je les ai vraiment dissipées, vous pouvez me remercier, en effet, dit-il. Sara, je ne suis pas le chevalier sans peur et sans reproche. La plupart de mes clients sont coupables. Je le sais, ils le savent, tout le monde le sait. Si je négocie la sentence neuf fois sur dix, c'est bien pour cette raison. Si quelqu'un venait me voir en se proclamant innocent, je crois que je ferais une crise cardiaque. Je ne suis pas un défenseur, je fais du marchandage. Mon boulot est de m'assurer que la durée de réclusion est équitable par rapport à d'autres crimes ou délits semblables. Quand, exceptionnellement, je plaide non coupable, toute l'astuce consiste à dresser un écran de fumée assez épais pour que le jury s'embrouille, en tablant sur le fait que ça les ennuie profondément de discuter du sort d'un type qu'ils ne connaissent pas et dont ils n'ont strictement rien à foutre.

— Eh bien, mes aïeux ! Et la recherche de la vérité ?

— La vérité est souvent le pire ennemi des avocats. On la contourne, on la modèle. Dans quatre-vingt-dix pour cent des cas, la vérité me fait perdre. Or je ne suis pas payé pour perdre, mais pour arrondir les angles. Chacun sa corvée. Comme tout le monde, je fais mon petit tour de marionnette le jour ; la nuit, on lance les filets pour ramasser du poisson frais, et le matin, ça recommence.

— C'est votre conception de la vie ?

— Rassurez-vous, cette vie-là, vous ne la verrez jamais. Vous serez prof à Harvard ou juriste dans un cabinet doré de New York. Si jamais je vais là-bas, je vous ferai signe du fond de ma poubelle.

— Arrêtez, je vous en prie !

Ils roulèrent en silence, jusqu'à ce qu'une idée traverse l'esprit de John.

— Dites-moi, si vous m'avez aperçu au tribunal, pourquoi avoir fait semblant de ne pas savoir qui j'étais quand Perkins nous a présentés ?

— Je ne sais pas. À cause de Perkins, je suppose. Je ne savais pas comment vous faire comprendre discrètement que je vous avais déjà vu.

— Pourquoi discrètement ?

— Vous savez ce qu'on dit sur les premières impressions.

Elle se mordit la lèvre. *Idiote !*

John revint à des sentiments plus aimables. Ce qui lui restait d'animosité retomba :

— Je ne voudrais pas que mon cynisme tempère votre enthousiasme. Je n'en ai pas le droit. Je suis désolé.

— Je pense que vous êtes bien moins cynique que vous ne voulez le faire croire.

Il ne réagit pas. Elle hésita. Lui avouerait-elle ou non ?

— Vous connaissez un petit garçon nommé Enis ? (Fiske la scruta sans comprendre.) Je vous ai vu lui parler.

Tout à coup, la mémoire lui revint.

— Le bar ! Je savais que je vous avais déjà vue. Qu'est-ce que vous faisiez ? Vous me suiviez ?

— Oui.

Sa franchise le stupéfia.

— Pourquoi ? demanda-t-il, pris de court.

— C'est un peu difficile à expliquer. Je ne crois pas en être capable maintenant. Je ne vous espionnais pas. J'imagine combien ça a dû être pénible pour vous de parler à Enis et à sa famille.

— C'était ce qui pouvait leur arriver de mieux. La fois suivante, le vieux aurait pu les tuer.

— Pourtant… perdre son père comme ça.

— Ce n'était pas le père d'Enis.

— Ah, pardon, je croyais.

— Oh, Enis est son fils. Mais ça ne fait pas de lui un père. Les pères ne font pas ce que ce type a fait à sa famille.

— Qu'est-ce qu'ils vont devenir ?

Il haussa les épaules.

— Je donne encore deux ans à Lucas avant qu'on le retrouve dans une ruelle avec douze balles dans le corps. Et, malheureusement, il sait ce qui l'attend.

— Il vous surprendra peut-être ?

— Ouais. Peut-être.

— Et Enis ?

— Je n'en sais rien. Et je ne veux plus parler de ça.

Ils gardèrent le silence jusqu'à ce qu'ils arrivent devant les locaux de la police.

— Je suis garé juste en face.

Sara s'étonna :

— Vous avez eu une sacrée chance ! Depuis deux ans que j'habite cette ville, je n'ai jamais trouvé une place libre dans la rue.

John contemplait la bordure du trottoir.

— Ça alors… J'aurais juré que je m'étais garé là.

— Là ? Vous voulez dire juste en dessous du panneau « Attention fourrière » ?

John sauta hors de la voiture juste au moment où la pluie recommençait. Il considéra le panneau, puis l'emplacement où sa voiture aurait dû se trouver. Il regagna son siège et ferma les yeux. Des gouttelettes s'accrochaient à son visage et à ses cheveux.

— Bon sang, quelle journée !

— Il y a un numéro que vous pouvez appeler pour récupérer votre voiture.

Sara s'empara de son téléphone portable et tapa les chiffres inscrits sur le panneau. Elle laissa sonner dix fois. Pas de réponse. Elle renonça.

— J'ai l'impression que vous ne reverrez pas votre voiture ce soir.

— Je ne pourrai pas dormir sans avoir prévenu mon père.

— Bon, eh bien, je vous y conduis.

La pluie redoublait.

— Vous êtes sérieuse ?

La jeune femme enclencha une vitesse.

— Allons chez votre père.

— On peut faire juste un arrêt avant ?

— Accordé. Dites-moi où.

— L'appartement de mon frère.

— John, je ne suis pas sûre que ce soit une bonne idée.

— Je crois que c'est une excellente idée.

— On ne pourra pas entrer.

— J'ai une clé, précisa-t-il. (Elle parut intriguée.) Je l'ai aidé à emménager quand il a été nommé à la Cour.

— La police aura sans doute posé des scellés.

— Chandler a dit qu'il s'en occuperait demain. Vous resterez dans la voiture. S'il arrive quelque chose, mettez les voiles.

— Et si l'assassin de Michael s'y trouve ? objecta Sara.

— Vous avez un cric sous le capot ?

— Oui.

— Alors c'est mon jour de chance.

Elle soupira.

— J'espère que vous savez ce que vous faites.

« Moi aussi », songea John Fiske.

Chapitre 27

Sara fit un créneau au coin de la rue où habitait Michael.

— Ouvrez le capot, dit John Fiske avant de sortir.

Elle actionna la manette et l'entendit fourrager dans le compartiment de la roue de secours. Il referma, alla fouiller dans le coffre et réapparut à sa portière. Elle baissa la vitre.

— Verrouillez les portières, laissez tourner le moteur et ouvrez l'œil, d'accord ? dit-il.

Elle acquiesça. Il avait le cric dans une main et une lampe torche dans l'autre.

— Si vous avez peur, filez. Je suis un grand garçon. Je me débrouillerai pour rentrer à Richmond.

La jeune femme secoua la tête avec obstination.

— Je ne bouge pas d'ici.

En le regardant disparaître à l'angle de la rue, elle décida d'attendre une ou deux minutes, pour lui laisser le temps d'entrer dans l'immeuble. Ensuite, elle alla se garer devant chez Michael, juste en face de la porte. Elle brancha son téléphone cellulaire et se tint prête. Au moindre mouvement suspect, elle appellerait l'appartement pour avertir John. Un bon plan d'urgence, qu'elle espérait ne pas avoir à appliquer.

John Fiske referma le battant derrière lui, alluma la lampe torche et jeta un coup d'œil alentour. À première vue, il n'y avait aucune trace d'effraction.

Il entra dans la petite cuisine, séparée du living-room par un bar à mi-hauteur d'homme. Il trouva deux sachets en plastique dans un tiroir et les enfila comme des gants pour ne pas laisser d'empreintes. Il rencontra un cagibi, qu'il n'examina même pas : son frère n'était pas du genre à collectionner les boîtes de petits pois ou de corned-beef. C'était vide, sans doute.

John traversa le living, inspecta la penderie, fouilla les manteaux et les vestons. Rien dans les poches. La chambre, maintenant. Le vieux parquet craquait sous ses pieds. Le lit était défait, quelques vêtements traînaient. Rien dans les poches, là non plus. Dans un coin, un petit bureau. Rien. Il avisa un cordon d'alimentation branché dans une prise du mur, mais qui n'était relié à aucun appareil. Pas d'erreur, il manquait quelque chose sur le bureau. L'ordinateur. Et l'attaché-case de Mike. John le connaissait bien, c'était lui qui l'avait offert à son frère, pour fêter son diplôme de droit. Il prit note mentalement : ordinateur, attaché-case. Il faudrait qu'il en parle à Sara.

Après la chambre, il revint dans la cuisine. Il s'arrêta, tendant l'oreille. Il serra le cric dans son poing et ouvrit la porte du cagibi d'un coup sec, en braquant sa torche dans le réduit.

L'homme jaillit. John reçut son épaule en plein dans l'estomac. Il lâcha la torche et se plia en deux, gémissant, mais sans perdre l'équilibre. Il réussit à attraper le type par le cou, avec le pied du cric. Il entendit un cri de douleur. Mais l'homme se retourna et balança John pardessus le bar. L'atterrissage fut pénible. John avait l'épaule en compote. Il se redressa tant bien que mal et réussit à faire un croche-pied au fuyard, qui fonçait vers la porte. Il frappa avec le cric mais, dans l'obscurité, manqua sa cible. Un poing percuta sa mâchoire. Il rendit le coup. Touché.

Peine perdue. Le type décampa. Il franchissait déjà la porte. John bondit sur ses talons en se tenant l'épaule. Il entendit des pas précipités dans l'escalier et descendit quatre à quatre. Claquement de la porte d'entrée. Dix secondes plus tard, John était dans la rue. Dix secondes trop tard. Il regarda à droite et à gauche. Un klaxon retentit.

Sara baissa sa vitre et pointa le doigt à droite. John piqua un sprint sous la pluie et disparut à l'angle de la rue. Sara enclencha une vitesse, mais dut laisser passer deux voitures avant de démarrer sur les chapeaux de roue. Elle contourna le coin, fonça jusqu'au pâté de maisons suivant. Personne. Elle fit marche arrière, bifurqua dans une artère secondaire, puis une autre. L'angoisse montait. Enfin, elle poussa un cri de soulagement en apercevant John au milieu de la chaussée. Essoufflé, il cherchait de l'air.

Elle sauta de sa voiture et courut vers lui.

— John, Dieu soit loué, vous n'avez rien !

Il enrageait d'avoir laissé le type s'échapper. Il tournait en rond, furibond.

— Merde, merde et merde !

— Qu'est-ce qui s'est passé ?

Il se calma.

— Les méchants : un. Les bons : zéro.

Sara passa un bras autour de sa taille et le ramena vers la voiture. Elle l'aida à monter, puis reprit le volant et ils partirent.

— Je vous conduis chez un médecin.

— Pas question. Ce n'est qu'une égratignure. Vous avez vu le type ?

La jeune femme secoua la tête.

— Pas vraiment. Il est sorti si vite ! Je croyais que c'était vous.

— Ma taille, alors ? Vêtements distinctifs ? Noir, blanc ?

— C'est flou. Son âge, je ne peux pas dire. La taille, à peu près comme vous. Il avait des vêtements sombres, et une cagoule, je crois. Ça s'est passé si vite. Où était-il ?

— Dans le cagibi. Je n'avais pas fait attention d'abord. C'est en ressortant que j'ai entendu le plancher craquer. (Il se frotta l'épaule.) Mais le plus dur reste à venir, ajouta-t-il avant de prendre le téléphone de Sara et d'extraire une carte de son portefeuille. Annoncer la bonne nouvelle à Chandler.

John envoya un message au bip de Chandler. L'inspecteur rappela quelques minutes plus tard. Quand Fiske lui raconta ce qui s'était passé, il dut éloigner l'appareil de son oreille.

— Légèrement contrarié ? chuchota Sara.

— Ouais, comme le Vésuve *légèrement* en éruption. (Fiske reprit l'écoute.) Buford…

— Qu'est-ce que vous aviez dans le crâne pour faire une connerie pareille ? aboya Chandler. Vous avez été flic, pourtant !

— Justement. Je me prenais encore pour un flic.

— Eh bien, oubliez ça, c'est du passé.

— Bon, vous voulez le signalement du mec, oui ou non ?

— J'en ai pas encore fini avec vous, Fiske !

— Je sais, mais vous aurez tout le temps de me remonter les bretelles plus tard.

— Donnez-moi ce signalement.

John lui répéta les indications de Sara.

— J'envoie immédiatement une voiture quadriller le secteur, répondit aussitôt l'inspecteur. Et je vais demander une équipe technique d'urgence pour inspecter l'appart'.

— L'attaché-case de mon frère ne se trouvait pas chez lui. Il était dans sa voiture ?

— Non, je vous ai dit qu'on n'avait pas découvert d'objets personnels.

John s'adressa à Sara :

— Dans son bureau ? Je ne l'ai pas vu. Et son ordinateur ?

— Non, dit-elle. Je n'ai pas vu l'attaché-case. Et, en principe, il ne venait pas au bureau avec son portable, puisqu'on a chacun une console.

— Apparemment, l'attaché-case a disparu, expliqua-t-il à Chandler. Son ordinateur aussi. J'ai retrouvé le cordon.

— Vous n'avez pas vu si le mec les a emportés en se barrant ?

— Il avait les mains vides. J'en suis sûr. Je les ai prises dans la gueule.

— Résumé de la situation : je me retrouve avec un attaché-case manquant, un ordinateur portable manquant et un ex-officier de police con comme la lune que j'ai bien envie d'envoyer au bloc illico.

— Allons, vos copains ont déjà mis ma bagnole en fourrière.

— Passez-moi Mlle Evans.

— Pourquoi ?

— Parce que.

Il tendit le téléphone à Sara.

— Oui, inspecteur ? dit-elle, intriguée, jouant nerveusement avec une mèche de cheveux.

— Mademoiselle Evans, commença-t-il poliment, je croyais que vous deviez simplement reconduire M. Fiske à sa voiture et éventuellement dîner avec lui. Vous n'étiez pas partie pour tourner un film de James Bond.

— C'est que… sa voiture est à la fourrière et…

Chandler changea de ton :

— Je n'apprécie pas trop que vous me compliquiez le travail. Où êtes-vous ?

— À un kilomètre de l'appartement de Michael.

— Et vous allez où ?

— À Richmond. Annoncer la mort de Michael à son père.

— Bien. Conduisez-le à Richmond, mademoiselle Evans. Et ne le perdez pas de vue. S'il recommence à se prendre pour Sherlock Holmes, appelez-moi et je viendrai personnellement lui trouer la peau. Suis-je assez clair ?

— Très clair, inspecteur.

— Et je compte vous voir tous les deux à Washington, demain, sans faute. Est-ce que c'est clair aussi ?

— Oui, oui, nous y serons.

— Bon, repassez-moi le cow-boy solitaire.

John reprit la communication.

— Écoutez, dit-il, je sais que j'ai pas été futé, mais j'essayais seulement de vous aider.

— Faites-moi une fleur, n'essayez plus de m'aider quand je ne suis pas là, OK ?

— OK.

— John, ça aurait pu très mal tourner, ce soir. Pas seulement pour vous, mais pour Mlle Evans.

John se frotta l'épaule en regardant Sara.

— Je sais, répondit-il.

— Transmettez mes condoléances à votre père.

John éteignit le téléphone.

— On peut aller à Richmond, maintenant ? demanda Sara.

— Oui, on peut aller à Richmond maintenant.

Chapitre 28

Josh Harms suivait la route de campagne déserte au volant du camion-benne de son ami. La forêt était dense de part et d'autre. Ça le rassurait. S'isoler, ériger un butoir entre lui et les emmerdeurs, telle était sa préoccupation constante dans la vie. Il était charpentier et connaissait assez son boulot pour être son propre patron. Quand il ne travaillait pas, il chassait ou pêchait, mais toujours seul. Il ne recherchait pas la compagnie des autres et leur proposait rarement la sienne. Tout cela venait de changer. Il ne mesurait pas encore pleinement la portée de sa responsabilité, mais il se doutait qu'elle était grande – et qu'il avait pris la bonne décision.

Le camion comportait une cabine à l'arrière. Son frère s'y reposait. Dormait-il ? Probablement pas. La cabine contenait un mois de vivres, de l'eau en bouteille, deux fusils de chasse et un pistolet semi-automatique, venant compléter celui qu'il avait déjà dans sa ceinture. C'était un arsenal insignifiant, comparé à la grosse artillerie qu'on allait lancer à leurs trousses, mais il avait survécu à pire et ça ne lui faisait pas peur.

Il alluma une cigarette et souffla la fumée par la vitre ouverte. Ils se trouvaient déjà à trois cents kilomètres de Roanoke. Il fallait creuser l'écart au maximum, ce n'était pas le moment de mollir. L'évasion avait dû être découverte, à l'heure qu'il était. On allait installer des barrages sur les routes, mais peut-être pas aussi loin. Cela dit, leur avance pouvait fondre vite : les gars en kaki avaient une énorme supériorité logistique. Ils étaient bien mieux motorisés. Seulement, Josh avait un petit avantage. Il sillonnait la contrée depuis vingt ans pour la chasse et la pêche, il connaissait toutes les cabanes abandonnées, toutes les vallées cachées, toutes les clairières. Ses capacités de survie, il les avait acquises autant en Amérique, à trimer pour vivre, qu'à l'autre bout du monde, au Vietnam, à trimer pour ne pas mourir.

Malgré sa haine viscérale de l'autorité, il n'enfreignait pas la loi à la légère. Il n'avait jamais considéré son petit frère comme un tueur fou. Rufus n'aurait jamais dû s'enrôler dans l'armée, il n'était pas taillé pour ça. Paradoxalement, c'était lui, Josh, un appelé, qui s'était couvert d'honneur et de médailles, alors que son frère, un engagé, avait passé sa carrière aux arrêts. Josh n'avait pas pris les armes de gaieté de cœur pour défendre un pays qui l'avait piétiné, lui et tous ceux de sa race. Mais, une fois sous les drapeaux, il s'était battu comme un brave, pour sauver sa peau et celle des copains. C'était sa seule motivation, il n'avait aucune autre raison d'aller tuer des hommes qui ne lui avaient rien fait.

Josh ralentit et prit une petite route poussiéreuse qui s'enfonçait dans la forêt. Rufus l'avait un peu rencardé sur ce qui s'était passé vingt-cinq ans plus tôt, sur les trucs vicelards de ces sales types. Ça lui avait rappelé une autre saloperie, qu'il essayait de refouler mais qui lui avait mis la haine au ventre : ce qu'on avait fait à la famille Harms, dans leur petite ville de l'Alabama, en apprenant le crime de Rufus. Il avait tout tenté pour protéger sa mère, à l'époque. En vain. « Vivement que je mette la main sur les mecs qui ont enfoncé mon frangin. On va rigoler. Tu m'entends, Dieu ? Tu m'écoutes, là-haut ? »

Son plan était de se cacher quelque temps et de reprendre la route une fois la pression retombée. Essayer de rallier le Mexique, peut-être, et disparaître. Josh ne laissait pas tellement de choses derrière lui. Une famille désunie, une entreprise de charpente qui battait de l'aile malgré ses talents d'artisan. Au fond, Rufus était désormais sa seule famille. Et réciproquement. Ils avaient été séparés pendant un quart de siècle. Désormais, dans la force de l'âge, ils allaient rattraper le temps perdu, être plus proches que jamais. S'ils survivaient. Il jeta sa cigarette.

À l'arrière de la cabine, Rufus ne dormait pas. Il était couché sur le dos, à demi couvert par une bâche noire : une idée de Josh, parce que le revêtement de la couchette était de couleur sombre. Pour la même raison, il était entouré de boîtes de conserve fixées par des câbles, de manière à dresser un mur contre les regards indiscrets. Toujours une idée de Josh. Il essaya de s'étirer, de se détendre. Les oscillations du camion le gênaient. Rufus n'était pas monté dans un véhicule civil depuis l'élection de Richard Nixon. Était-ce possible ? Combien y avait-il eu de Présidents depuis ? L'armée l'avait toujours transbahuté d'une prison à l'autre en hélicoptère, par peur d'une évasion, sans doute. Un type qui s'échappe d'un hélico ne peut fuir que dans un seul sens : de haut en bas.

Rufus essaya de regarder entre les cartons, pour voir à quoi ressemblait la liberté. Elle était noire. La nuit tombait. Il s'était souvent demandé quel effet ça lui ferait d'être libre. Il ne le savait pas encore. Il avait trop peur. Trop de gens le cherchaient. Qui voulaient le tuer. Lui, et maintenant son frère. Il referma la main sur la bible de l'hôpital. La reliure ne lui était pas familière. La sienne, celle que sa mère lui avait donnée, était restée dans sa cellule. Il l'avait toujours conservée près de lui. Les Écritures étaient son seul rempart. Sans sa bible, il se sentait vidé. Tant pis, c'était trop tard. Son cœur s'accéléra. Mauvais signe. Trop de stress, probablement. Il récita de mémoire quelques passages. Combien de fois, dans la nuit de sa prison, n'avait-il pas murmuré les Proverbes, leurs trente et un chapitres et les cent cinquante Psaumes qui, tous, avaient pour lui une signification particulière et profonde ?

Quand il eut fini sa récitation, il se souleva à demi et ouvrit la vitre de communication. De l'endroit où il était, il pouvait voir son frère dans le rétroviseur.

— Je croyais que tu pionçais, dit Josh.

— J'arrive pas.

— Comment va ton cœur ?

— Oh, t'inquiète pas pour ça. Si je crève, ce sera pas à cause de mon cœur.

— Sauf s'il ramasse une bastos.

— Où on va ?

— Un petit coin au milieu de nulle part. Je me suis dit qu'on pourrait se planquer là un moment, en attendant que les choses se tassent, et repartir de nuit. Ils doivent penser qu'on va vers le sud, vers la frontière du Mexique, alors j'ai mis le cap au nord. La Pennsylvanie. Du moins pour l'instant.

— Bien vu.

— Eh, tu m'as bien dit que Rayfield et l'autre crevure…

— Tremaine. Vic.

— Ouais, tu m'as bien dit qu'ils t'avaient surveillé pendant tout ce temps ? Après toutes ces années ? Ça me scie les pattes. Qu'est-ce qu'ils avaient encore à glander dans ce trou ? Ils devaient bien se douter que, si tu t'étais rappelé quelque chose, tu l'aurais déjà dit. Au procès, par exemple.

— J'y ai réfléchi. Ils devaient se dire que j'avais perdu la mémoire, mais qu'elle me reviendrait peut-être un jour. Je pouvais rien prouver, c'est sûr, mais, si je l'ouvrais, ils avaient quand même du mouron à se faire. Ça pouvait intéresser du monde. Le plus simple, c'était de me buter. Et ils ont essayé, tu peux me croire. Ils pensaient sans doute que c'était du toc, que je faisais le crétin pour les endormir et cracher le morceau à la première occase. Ils me lâchaient jamais la grappe. Ils lisaient mon courrier, se rencardaient sur les gens qui venaient me voir. Dès qu'il y avait du louche, ils me collaient au cachot. Ça devait les rassurer. Et puis, à la longue, ils ont dû se fatiguer. Et ils ont laissé entrer Samuel et le jeunot de la Cour.

— Je m'en doutais. C'est pour ça que je t'ai passé la lettre de l'armée en douce. Je savais pas que c'était à ce point, mais je voulais quand même pas qu'ils la lisent.

Ils restèrent muets un long moment. Josh était réservé de nature et Rufus avait perdu l'habitude de parler. Le silence était à la fois libérateur et oppressant pour lui. Il avait beaucoup de choses à dire. Durant les trente minutes de visite mensuelles de Josh, c'était surtout Rufus qui parlait. L'autre se taisait, laissait son frère évacuer le trop-plein.

— Je t'ai jamais demandé : t'es retourné à la maison ?

Josh bougea sur son siège.

— À la maison ? Quelle maison ?

— Ben… notre maison. Où on est nés, Josh !

— Qu'est-ce que je serais allé y foutre ?

— Y a la tombe de m'man, non ?

Josh ne répondit pas tout de suite.

— Ouais… ouais, bien sûr. Elle possédait la concession, elle avait une assurance décès. Ils ont bien essayé de la caser ailleurs, ces pourris, mais ils pouvaient pas refuser de l'enterrer là. Ils étaient obligés.

— C'est une belle tombe ? Qui l'entretient ?

— Écoute, Rufus, maman est morte, OK ? Depuis longtemps. Elle se fout pas mal de savoir si sa tombe est fleurie. Et je vais pas me taper la route jusqu'en Alabama pour balayer trois feuilles dans le cimetière, après ce qui s'est passé là-bas. Après ce que la ville a fait à la famille Harms. J'espère qu'ils vont tous brûler en enfer, jusqu'au dernier. S'il y a un Dieu, et on me fera pas avaler ça si facilement, eh ben qu'il les fasse griller, le Barbu. Mais, si tu veux te faire de la bile pour les morts, ça te regarde. Moi, je varie pas du but : nous garder en vie, toi et moi.

Rufus observait son frère. Il avait envie de lui dire qu'il y avait un Dieu, un Dieu qui lui avait permis de tenir pendant toutes ces années quand il avait envie de se laisser sombrer. Et qu'il fallait respecter les morts et leur dernier séjour. S'il survivait, Rufus irait voir la tombe de sa mère. Parce qu'ils finiraient par être tous réunis à nouveau. Pour l'éternité.

— Je parle à Dieu tous les jours.

— Très bien. Je suis content qu'Il serve à quelque chose.

Silence.

— Au fait, comment il s'appelait, le mec qui est venu te voir ? reprit Josh

— Samuel Rider ?

— Non, le jeune.

Harms réfléchit.

— Michael quelque chose.

— De la Cour suprême, tu dis ? (Rufus acquiesça.) Eh ben, ils l'ont eu, Michael Fiske. Enfin, il me semble bien qu'ils l'ont refroidi. Je l'ai vu à la télé avant de venir à l'hosto.

Rufus baissa les yeux.

— Saleté. J'en étais sûr.

— Il a été un peu con, faut dire, de se pointer à la prison comme ça.

— Il essayait juste de m'aider. Saleté, répéta Rufus.

Puis on n'entendit plus que le ronronnement du camion.

Chapitre 29

Suivant les indications de Fiske, Sara traversa les faubourgs de Richmond jusqu'au quartier de son père et s'engagea dans l'allée de gravier. La chaleur avait desséché la pelouse par endroits mais, devant la maison, les parterres de fleurs avaient été régulièrement arrosés.

— Vous avez grandi dans cette maison ?

— Mes parents n'en ont jamais eu d'autre. (Il regarda de tous les côtés.) Je n'aperçois pas sa voiture.

— Peut-être dans le garage ?

— Il n'y a pas la place. Il a travaillé comme mécano pendant quarante ans et c'est là qu'il range sa ferraille. Il se gare dans l'allée. Où il est, bon Dieu ? dit-il en jetant un œil à sa montre.

Ils descendirent ensemble de voiture. John scruta Sara par-dessus le toit.

— Vous pouvez rester ici, si vous voulez.

— Je vous suis.

Il ouvrit la porte. Ils entrèrent. Il alluma la lumière, ils traversèrent la salle de séjour, puis la salle à manger, où Sara remarqua une série de photos sur la table. Il y en avait une de John Fiske en tenue de football américain : une trace de sang sur la figure, des taches d'herbe sur les genoux, de la sueur. Très sexy. Elle se ressaisit et détourna les yeux, un peu honteuse.

Elle en examina quelques autres.

— Vous étiez très sportifs, tous les deux.

— Mike était l'athlète de la famille. Chaque fois que j'établissais un record, il le battait. Facilement.

— Une famille de champions.

— Il était aussi premier de sa classe, toujours plus de 16 de moyenne, tous ses examens avec mention, diplôme de droit avec félicitations du jury…

— Vous avez l'air très fier de lui.

— Beaucoup de gens étaient fiers de lui.

— Et vous ?

Il la fixa des yeux.

— J'étais fier pour certaines choses, pas pour d'autres. D'accord ?

Elle saisit une photo.

— Vos parents ?

Il s'approcha.

— Leurs trente ans de mariage. Avant la maladie de maman.

— Ils ont l'air heureux.

— Ils l'étaient. (Cela l'ennuyait de la voir fureter dans ces souvenirs de son passé.) Attendez-moi ici.

Il passa dans la pièce du fond, un petit bureau qui avait été jadis la chambre commune des deux frères. Il vérifia le répondeur. Son père n'avait pas écouté ses messages. Au moment de repartir, il aperçut le gant de base-ball sur l'étagère. Il s'en empara. C'était celui de son frère. Un peu abîmé, mais bien entretenu – par son père, visiblement. Mike était gaucher, mais la famille n'était pas assez riche pour lui offrir un gant spécial. Alors, Mike s'était entraîné à le retirer avant de lancer la balle. Il avait si bien assimilé le truc qu'il était aussi rapide que les droitiers. Aucun obstacle ne l'arrêtait. Fiske reposa le gant et rejoignit Sara.

— Il n'a pas écouté mes messages.

— Vous savez où il peut être ?

John se creusa les méninges, puis claqua des doigts.

— Mme German ! Il lui dit toujours où il va.

Il s'éclipsa, laissant Sara errer dans la pièce. Elle vit une petite lettre encadrée sur un présentoir de bois. Une médaille y était attachée. C'était une médaille du Mérite, décernée à l'officier de police John Fiske. La lettre décrivait la cérémonie. Elle regarda la date et calcula que la décoration avait dû lui être remise peu avant qu'il ne quitte la police. Elle ne savait toujours pas pourquoi il avait démissionné, et Michael ne le lui dirait jamais. En entendant la porte, elle reposa vite la lettre et la médaille.

John entra.

— Il est à la roulotte.

— Quelle roulotte ?

— Au bord de la rivière. Il va pêcher là-bas. Faire du bateau.

— Vous pouvez l'appeler ?

Il secoua la tête.

— Pas de téléphone.

— Bon, on y va. Où est-ce ?

— Vous en avez assez fait pour aujourd'hui

— Ça m'est égal, John.

— C'est à une heure et demie d'ici.

— La nuit est fichue, de toute façon.

— Ça vous embête si je conduis ? C'est un coin perdu.

Elle lui lança la clé.

— Je commençais à croire que vous ne me le proposeriez jamais.

Chapitre 30

— Eh bien, je vous félicite. Comme si ça ne suffisait pas, vous l'avez laissé s'échapper.

— Minute, je ne l'ai pas laissé s'échapper, rétorqua Rayfield au téléphone. Il avait le cœur qui lâchait, paraît-il. Il était enchaîné à son lit, merde ! Il y avait un garde armé devant sa porte et personne n'était censé savoir qu'il était là. Je ne pige pas comment son frère l'a découvert.

— Et son frère est un héros de la guerre, à ce qu'on m'a dit. Parfaitement entraîné pour se planquer. Bravo ! Super !

— Ça sert nos objectifs.

— Alors là, il faut que vous m'expliquiez ça, Frank.

— J'ai ordonné à mes hommes de tirer à vue. Pour tuer. Ils les descendront tous les deux à la première occasion.

— Et s'il parle à quelqu'un avant ?

— Pour dire quoi ? Qu'il a reçu une lettre de l'armée qu'il ne peut pas réfuter ? Il n'a aucune preuve. Maintenant, on a le cadavre d'un greffier de la Cour suprême sur les bras. Et ça nous complique sérieusement les choses.

— Je croyais qu'on devait avoir aussi le cadavre d'un avocat de province, mais, c'est curieux, je n'ai trouvé nulle part son avis mortuaire.

— Rider n'est plus en ville.

— Oh, bien. Nous allons gentiment attendre qu'il rentre de vacances en croisant les doigts pour qu'il ne soit pas en train de bavarder au FBI.

— Je ne sais pas où il est, admit Rayfield en s'énervant.

— L'armée possède un service de renseignements, il me semble. Vous avez peur de les fatiguer, Frank ? Occupez-vous de Rider, puis retrouvez-moi Harms et son frère. Et enterrez-les sans fleurs ni couronnes. J'espère m'être bien fait comprendre.

Fin de la communication.

Rayfield raccrocha rageusement et regarda Vic Tremaine.

— Ça sent le roussi.

Tremaine haussa les épaules.

— On dégomme Rider et les deux négros, et tout baigne dans l'huile, dit-il d'une voix rocailleuse, faite pour envoyer des hommes au combat.

— J'aime pas ça. On n'est pas en guerre.

— Si, Frank, on est en guerre.

— Tuer, ça ne t'a jamais gêné, hein, Vic ?

— Tout ce qui compte pour moi, c'est de réussir ma mission.

— Tu veux dire que tu n'as pas eu le moindre état d'âme quand tu l'as descendu ?

— Mission accomplie.

Tremaine plaqua ses mains sur le bureau de Rayfield et reprit en se penchant vers lui :

— Frank, on en a pas mal bavé ensemble, toi et moi. Au combat et ailleurs. Mais laisse-moi te dire un truc. Je me suis fadé trente piges dans l'armée, dont vingt-cinq dans des prisons militaires comme celle-ci, alors que j'aurais pu trouver un boulot peinard dans le civil qui payait mieux. On a tous conclu un pacte pour couvrir une connerie du passé. J'ai fait ma part, j'ai fait le baby-sitter pour Rufus Harms pendant que les autres se gobergeaient.

« Maintenant, en plus de ma pension militaire, j'ai un pacson d'un million de dollars qui m'attend sur un compte numéroté à l'étranger. Au cas où tu l'aurais oublié, tu as une jolie tirelire aussi. C'est notre compensation pour toutes ces années de merde. Assez galéré maintenant, j'ai bien l'intention de profiter de ce fric et personne ne m'en empêchera. Rufus Harms n'aurait pas pu me faire un plus beau cadeau qu'en s'évadant. Parce que, du coup, j'ai un prétexte en béton pour lui trouer le cul. Personne ne viendra poser de questions. Et, dès que cet enfant de salaud aura avalé sa chique, l'uniforme que je porte ira dans la naphtaline. Pour de bon.

Tremaine se redressa.

— Et, Frank, je buterai le premier type qui essaiera de me foutre des bâtons dans les pattes. (Ses yeux devinrent deux points noirs.) Le premier type.

Chapitre 31

En chemin, John stoppa à une station-service ouverte la nuit. Sara attendit dans la voiture. Une enseigne Esso rouillée battit dans le sillage d'un poids lourd qui passa en trombe. Quand John revint, elle arrondit les yeux en voyant ses deux packs de Budweiser.

— Vous avez l'intention de noyer votre chagrin dans la bière ?

Il ignora sa question.

— Une fois que nous serons là-bas, vous n'aurez aucun moyen de repartir toute seule. C'est vraiment un trou perdu. Moi-même, il m'arrive de m'y perdre

— Je suis prête à dormir dans la voiture.

Une trentaine de minutes plus tard, Fiske ralentit pour emprunter une étroite allée de gravier et passa sans s'arrêter devant un obscur pavillon.

— C'est un péage, expliqua-t-il. Normalement, il faut un ticket pour entrer dans le camping, mais là, il est trop tard. Je paierai demain matin, en repartant.

Ils continuèrent, au milieu d'un alignement de caravanes illuminées de guirlandes de Noël. Certaines avaient des drapeaux fixés aux montants des auvents ou sur des hampes scellées dans le ciment. Toutes ces lumières, jointes au clair de lune, baignaient l'endroit d'une clarté étonnante. C'était très fleuri. Des impatiens, des chrysanthèmes rouges et roses, des plantes grimpantes, des clématites. Partout où Sara posait les yeux, elle voyait des sculptures de métal, de marbre ou de résine, des barbecues de parpaings surmontés de cheminées. Des odeurs mêlées de grillades et de charbon de bois imprégnaient l'air tiède et humide.

— On se croirait dans un village en pain d'épice construit par des lutins, dit-elle. Des lutins patriotes, ajouta-t-elle en regardant les drapeaux.

— Il y a beaucoup d'anciens combattants et de membres de l'American Legion. Mon père a planté l'un des plus hauts drapeaux. Il était dans la marine pendant la dernière guerre. Les guirlandes de Noël sont une sorte de tradition ici. Elles restent toute l'année.

— Vous veniez souvent ici avec Michael ?

— Mon père n'avait qu'une semaine de congé, mais il nous laissait là une quinzaine de jours avec maman pendant l'été. Les vieux nous apprenaient à faire du bateau, à nager, à pêcher. Papa, lui, n'avait jamais le temps. C'est différent depuis qu'il est à la retraite.

Il freina devant une roulotte peinte en bleu et décorée d'ampoules. La Buick de son père, avec un autocollant « SOUTENEZ VOTRE POLICE MUNICIPALE », était garée à côté, près d'un massif de rhododendrons et d'une voiturette de golf. La hampe du drapeau mesurait bien dix mètres.

— Au moins, il est là, dit Fiske en repérant la Buick et en pensant : « Ça y est, John, c'est le moment, tu ne peux plus te défiler. »

— Il y a un terrain de golf à proximité ? demanda Sara.

— Non, pourquoi ?

— À cause de cette petite voiture.

— Oh, les propriétaires du camping les rachètent d'occasion. Les chemins sont étroits et les trajets en voiture ne sont autorisés que jusqu'à la roulotte. Et, comme la plupart des pensionnaires sont trop vieux pour les longues marches à pied, ils se promènent en voiture de golf.

John sortit de la voiture avec les deux packs de bière. Comme Sara ne bougeait pas, il l'interrogea des yeux.

— Je pense que vous préférerez être seul pour parler à votre père.

— Après tout ce que vous avez enduré cette nuit, il me semble que vous avez le droit d'être présente. Mais, évidemment, si vous n'en avez pas envie, je comprendrai. (Il contempla la roulotte, saisi de trac, et se retourna vers Sara.) J'aimerais autant avoir quelqu'un à mon côté.

Elle accepta.

— D'accord, donnez-moi une minute.

Elle abaissa le pare-soleil pour se regarder dans le petit miroir, fit la grimace et prit un bâton de rouge et une brosse dans son sac pour se refaire une beauté. Peine perdue. Elle était en sueur, se sentait poisseuse, sa robe était mouillée et la pluie avait fait des ravages dans sa coiffure. Ce n'était pas le moment de jouer les coquettes, mais elle cherchait à se composer une contenance.

Elle soupira, releva le pare-soleil et sortit. En suivant John vers le portillon de bois, elle lissa sa robe et arrangea une dernière fois ses cheveux.

— Il ne fera pas attention à votre mise en plis, dit-il. Pas après ce que je vais lui annoncer.

— Je sais, j'essaie seulement d'être présentable.

John retint sa respiration et frappa à la porte. Il attendit et frappa encore.

— Papa !

Il recommença, plus fort cette fois.

— Papa ! appela-t-il en tambourinant.

Ils entendirent enfin du bruit dans la roulotte. Une lumière s'alluma, la porte s'ouvrit et Ed Fiske montra la tête. Sara le détailla. Il était aussi grand que son fils et très maigre, bien que, sous son débardeur, sa musculature eût encore de beaux restes, avec des avant-bras énormes, comme deux rondins brunis au soleil. Son visage hâlé était ridé et un peu affaissé, mais on devinait qu'il avait été bel homme. Ses cheveux gris, clairsemés et frisés, avaient encore quelques reflets noirs sur les tempes et les pattes, qu'il portait longues, à l'ancienne mode. Un souvenir des années 1970, se dit Sara. Sa braguette mal fermée et son pantalon déboutonné laissaient voir son caleçon rayé. Il était pieds nus.

— Johnny ? Qu'est-ce que tu fais ici ?

Un large sourire fendit son visage. En apercevant Sara, il parut gêné et se retourna rapidement pour rajuster son pantalon.

— Papa, il faut que je te parle.

Ed Fiske considéra Sara.

— Euh… excuse-moi, reprit John. Sara Evans, Ed Fiske.

— Bonsoir, monsieur Fiske, dit-elle, essayant d'être à la fois aimable et neutre.

Elle lui tendit la main. Il la serra.

— Appelez-moi Ed, Sara. Ravi de vous connaître. (Il lança à son fils un regard oblique.) Alors, qu'est-ce qui se passe ? Vous allez vous marier, tous les deux ?

John jeta un œil vers Sara.

— Non ! Elle travaillait avec Mike à la Cour suprême.

— Oh, bon, bon, très bien. Je manque à tous mes devoirs. Entrez, entrez donc. J'ai mis la clim'. Il fait trop lourd, dehors.

Ils entrèrent. Ed leur indiqua un vieux canapé râpé et s'assit en face d'eux, sur une chaise métallique qu'il prit dans la kitchenette.

— Désolé d'avoir été si long. Je m'étais endormi.

Sara regarda autour d'elle. Un revêtement en contreplaqué sale. Des poissons empaillés. Un fusil dans un râtelier. Dans un coin, un étui à canne à pêche et une épuisette. Sur une petite table, un journal plié. Au fond, un évier et un frigo. À côté, une vieille chaise longue et un poste de télé. Il y avait une seule fenêtre. Un climatiseur fixé au plafond rafraîchissait délicieusement la pièce. Elle eut même un petit frisson. Le plancher était en linoléum, avec une carpette au milieu.

Elle renifla et toussa. On voyait encore des volutes de fumée de cigarette zigzaguer dans l'air. Comme pour répondre à ses pensées, Ed prit un paquet de Marlboro sur un guéridon, ficha une bout filtre entre ses lèvres, l'alluma longuement et souffla la fumée vers le plafond culotté par la nicotine. Puis il tapota sa cigarette au-dessus d'un cendrier plein, qu'il tenait entre ses jambes. Les mains sur les genoux, il se pencha en avant. Elle remarqua qu'il avait de très gros doigts. Ses ongles craquelés et noircis par le cambouis lui rappelèrent que c'était un ancien mécano.

— Alors, qu'est-ce qui vous amène à c't' heure ?

Fiske lui tendit un pack de bière.

— Une mauvaise nouvelle, dit-il.

Le vieux se rembrunit et les lorgna à travers la fumée.

— C'est pas ta mère, je viens de la voir, elle va bien.

À peine eut-il prononcé ces mots qu'il considéra Sara. Qu'avait dit John ? Elle « travaillait » avec Mike. Au passé ?

— Si tu me disais franchement ce que tu as à me dire, fils ?

— Mike est mort, papa.

En s'entendant, John eut l'impression d'apprendre la nouvelle, lui aussi. Il sentit ses joues s'embraser comme s'il avait été assis à côté d'un feu. Peut-être avait-il attendu d'être auprès de son père pour mesurer vraiment son chagrin, comme s'il lui avait fallu le partager pour le ressentir vraiment.

Il savait que Sara avait les yeux rivés sur lui, mais il gardait les siens fixés sur son père. Le vieil homme était anéanti. John Fiske en perdit la respiration.

Ed laissa tomber sa cigarette et lâcha le cendrier.

— Comment c'est arrivé ?

— Une agression. On pense à un vol… Une balle dans la tête.

Ed déchira le pack de Budweiser et décapsula une canette. Il la vida presque d'un trait.

Puis il l'écrasa sur sa cuisse et la balança contre le mur. Il ramassa sa cigarette, se leva et alla regarder par la fenêtre, la clope au bec, fermant et ouvrant ses poings, dilatant et contractant les veines de ses avant-bras.

— Tu l'as vu ? demanda-t-il sans se retourner.

— Je suis allé identifier le corps cet après-midi.

Son père fit volte-face, furieux.

— Cet après-midi ? Pourquoi t'as attendu tout ce temps pour me le dire, fils ?

John se leva.

— Je t'ai cherché toute la journée. J'ai laissé des messages sur ton répondeur. Je n'ai su où te trouver qu'en le demandant à Mme German.

— Mais, bon Dieu, il fallait commencer par là ! Je préviens toujours Ida. Tu le savais, quand même !

Il avança vers son fils, le poing serré.

Sara, qui s'était levée en même temps que John, recula. Elle regarda le fusil en se demandant s'il était chargé.

John s'approcha de son père.

— Papa, dès que j'ai appris la nouvelle, je t'ai appelé. Ensuite, je suis passé chez toi. Et puis j'ai dû aller à la morgue. C'était pas marrant d'identifier le corps de Mike, mais je l'ai fait. Et c'était pas la porte à côté. (Il déglutit, découvrant avec honte que la réaction de son père lui faisait plus de mal que la mort de son frère.) On va pas s'engueuler pour ça, d'accord ? Ça ne fera pas revenir Mike.

La colère du vieil homme retomba. Non que ces paroles raisonnables eussent calmé sa douleur – oh non, il n'était pas encore né, celui qui trouverait les mots capables de ce prodige –, mais il se rassit, vaincu, en hochant la tête. Quand il leva les yeux, des larmes coulaient sur ses joues.

— T'as raison, va, ça sert à rien de se précipiter sur les mauvaises nouvelles. Elles te tombent dessus bien assez tôt. Beaucoup trop tôt.

Il avait un voile dans la gorge. Il écrasa sa cigarette sur le tapis, l'air absent.

— Je sais, papa. Je sais.

— Ils ont attrapé celui qui a fait ça ?

— Pas encore. Ils enquêtent. L'inspecteur est de première bourre. J'essaie de lui donner un coup de main comme je peux.

— Washington ?

— Oui.

— J'ai jamais été rassuré de savoir Mike là-bas. (Il pointa un doigt accusateur sur Sara, qui se figea.) Les gens se font tuer pour un rien, dans votre ville de tarés.

— Papa, il y a des tueurs partout, de nos jours.

Sara retrouva sa voix :

— J'aimais et je respectais profondément votre fils. Tout le monde l'appréciait à la Cour. Je suis bouleversée.

— C'était quelqu'un, dit Ed. Oh, bon Dieu, oui ! Je me suis toujours demandé comment on avait pu engendrer un gars comme Mike.

Il regarda par terre, avec une expression d'accablement. Il promena ensuite ses yeux autour de lui. Il y avait tant de souvenirs dans cette roulotte, tant de témoignages d'une vie de famille révolue…

— Il avait le cerveau de sa mère, reprit-il. (Sa lèvre trembla.) Enfin… son cerveau d'autrefois.

Un sanglot rauque s'échappa de sa bouche et il s'effondra sur le sol. John s'agenouilla à côté de lui pour le prendre dans ses bras.

Sara observa la scène avec gêne. Elle ne savait pas comment se comporter. L'instant était si intime ! Devait-elle s'éclipser discrètement et attendre dans sa voiture ? Finalement, elle baissa simplement la tête, ferma les yeux et versa quelques larmes en silence sur le tapis élimé.

Une demi-heure plus tard, assise devant la porte elle buvait une bière tiède, pieds nus, ses chaussures posées près d'elle. Elle se massait distraitement les orteils en contemplant les ténèbres où, par intermittence, brillait un ver luisant. Elle chassa un moustique et essuya une goutte de transpiration qui ruisselait sur sa jambe. Tenant la canette contre son front, elle envisagea d'aller s'enfermer dans sa voiture, avec la climatisation, et de dormir.

La porte s'ouvrit. John apparut. Il s'était changé. Il avait mis un jean délavé et une chemise à manches courtes. Il était pieds nus lui aussi. Il tenait un sac plastique, d'où dépassaient deux bières. Il s'assit à côté d'elle.

— Comment va-t-il ?

Il haussa les épaules.

— Il dort, ou du moins il essaie.

— Il veut rentrer avec nous ?

John secoua la tête.

— Il viendra chez moi demain soir… Je veux dire, ce soir, rectifia-t-il en consultant sa montre. Il faut que je passe par mon appartement sur le chemin du retour pour prendre des vêtements propres.

— J'ai hâte d'en faire autant, dit-elle en examinant sa robe. Où avez-vous trouvé ce jean et cette chemise ?

— Je les avais laissés ici la dernière fois que je suis venu pêcher.

Elle s'essuya le front.

— Qu'est-ce qu'il fait lourd !

John désigna les bois.

— Il y a toujours une brise fraîche au bord de l'eau.

Il l'installa dans la voiture de golf et la conduisit par les chemins tranquilles.

— Tenez, dit-il en lui tendant une canette. Celle-ci est fraîche.

Elle l'ouvrit. Ça faisait du bien. La bière lui remonta un peu le moral. Elle plaqua la canette contre sa joue.

Le sentier serpentait à travers des pins, des chênes et des bouleaux dont l'écorce se craquelait comme des copeaux de crayon taillé. Puis la végétation s'éclaircit. Sara distingua un ponton en bois auquel étaient amarrées plusieurs embarcations. La structure montait et descendait au gré des flots.

— C'est un ponton flottant, expliqua John. Il repose sur des tonneaux.

— Je vois. Et là, c'est une rampe de mise à l'eau ? demanda-t-elle en indiquant un plan incliné qui descendait dans la rivière.

— Oui, les gens tractent leurs bateaux jusqu'ici par une autre route. Papa a un petit canot à moteur. Celui que vous apercevez là, blanc avec des bandes rouges. En principe, on les remise pour la nuit. Il a dû oublier. Il l'a eu pour une bouchée de pain. On a passé un an à le retaper. Ce n'est qu'un rafiot, mais il tient le coup.

— Comment s'appelle cette rivière ?

— En venant, vous avez dû voir des panneaux pour la Matta, le Po et la Ni sur la 95.

— Oui.

— Eh bien, les trois cours d'eau convergent à la hauteur de Fort A.P. Hill, au sud-est de Fredericksburg, pour former la Mattaponi. Au lieu de la regarder depuis la rive, si on allait faire un tour ? C'est la pleine lune, le canot a des lanternes et une balise, je connais par cœur cette partie de la rivière et il fait bien plus frais sur l'eau.

Sara n'hésita pas.

— Ça marche.

Il l'aida à grimper dans le canot.

— Vous savez larguer les amarres ?

— J'ai fait des régates à Stanford.

Il la regarda dénouer adroitement les cordages.

— Alors, cette vieille Mattaponi doit vous sembler bien terne.

— Tout dépend de celui avec qui on navigue, dit-elle en s'asseyant près de lui.

Il fourragea dans un coffre à côté du siège du pilote et en sortit un trousseau de clés. Il mit le contact, s'éloigna lentement de l'appontement et augmenta les gaz quand le canot arriva au milieu de la rivière. Il faisait bien cinq ou six degrés de moins sur l'eau. Sara replia ses jambes sous elle et se redressa pour exposer son torse au vent. Elle écarta les bras et se laissa fouetter par l'air frais.

— Comme c'est bon !

— Mike et moi, on faisait des courses de natation, ici, d'une rive à l'autre. Il y a quelques tourbillons assez dangereux et on a failli se noyer une ou deux fois. Mais il y avait un truc qui nous empêchait de renoncer.

— Qu'est-ce que c'était ?

— On ne supportait pas de voir l'autre gagner.

Sara se radossa et déplaça son siège de manière à lui faire face. Elle remit de l'ordre dans ses cheveux.

— Ça vous ennuie si je vous pose une question indiscrète ?

— Probablement.

— Vous ne le prendrez pas mal ?

— Maintenant, si.
— Pourquoi vous êtes-vous éloigné de Michael ?
— Aucune loi n'oblige les frères à rester proches.
— Mais vous sembliez avoir tant de choses en commun ! Il vous mettait sur un piédestal et, visiblement, vous étiez fier de lui. Bien sûr, vous deviez avoir quelques différences, mais je n'arrive pas à comprendre ce qui vous a séparés.

John coupa le moteur et laissa le bateau dériver. Quand il éteignit aussi la balise, ils ne furent plus éclairés que par la lune. La rivière était très calme, bien qu'ils fussent dans une zone habituelle de tourbillons. John retroussa son pantalon, s'assit sur le plat-bord du bateau et trempa ses pieds dans l'eau.

La jeune femme le rejoignit, releva légèrement sa jupe et trempa ses pieds.

Il regarda la rivière en buvant sa bière à petites gorgées.

— John, je ne veux pas m'immiscer dans vos histoires personnelles…
— Écoutez, Sara, je n'ai pas envie de parler de ça, d'accord ?
— Mais…
— Il n'y a pas de mais. J'ai passé l'âge d'aller à confesse, et ce n'est ni l'endroit ni le moment, compris ?
— Compris. Je regrette. C'était par amitié. Pour vous tous.

Ils continuèrent à dériver en silence. On entendait à peine les grillons au loin.

— C'est beau, la Virginie, reprit-il enfin. Il y a tout. L'eau, la montagne, la forêt, des plages, un passé, de la culture, de la technologie et d'anciens champs de bataille. Les gens sont plus lents, ici, ils profitent davantage de la vie. Je crois que je ne pourrais pas vivre ailleurs. Je ne suis même jamais allé ailleurs.
— Et il y a de beaux terrains de camping.

Il sourit.

— Ça aussi.

— On dirait que vous récitez un prospectus. Cela signifie-t-il que le sujet sur vos relations avec votre frère est officiellement clos ?

Sara se mordit la lèvre. Elle s'en voulait. Imbécile, se dit-elle.

— Je crois que oui, répondit-il.

John se leva brusquement. Le bateau tangua et Sara faillit tomber à l'eau. Il la retint par le bras. Leurs regards se croisèrent. Sara écarquillait les yeux. Elle avait légèrement glissé dans l'eau et s'agrippait au bord. Le bas de sa robe flottait à la surface.

— Si on se baignait ? dit-elle. Pour se rafraîchir.

— Il n'y a pas de maillots de bain dans le canot.

— Mes habits sont déjà mouillés.

Il lui saisit le bras et ralluma le moteur.

— D'accord, dit-il.

— Pourquoi ne pas se baigner ici ?

— Il y a trop de courant.

Il fit demi-tour et mit le cap sur le ponton. Aux trois quarts de la distance, il braqua et coupa vers la rive. Sara aperçut des tonneaux qui flottaient à cinq ou six mètres d'intervalle. En approchant, elle vit qu'ils étaient reliés par un maillage de cordes et formaient un grand bassin rectangulaire.

John arrêta le moteur et se laissa propulser par l'élan jusqu'à l'un des tonneaux, muni d'un anneau, auquel il amarra le canot. Pour plus de sécurité, il jeta aussi une petite ancre – en réalité un pot de peinture rempli de ciment.

— Il y a environ deux mètres cinquante de profondeur au milieu. Le filet de clôture va jusqu'au fond, c'est une protection contre le courant. Ça vous évitera de finir dans l'Atlantique.

Quand Sara retira sa robe, John se détourna.

Elle sourit.

— Ne soyez pas pudibond, John. Mon bikini en laisse voir bien plus.

En petite culotte et soutien-gorge, elle plongea par-dessus le maillage de cordes et émergea au centre de l'eau.

— N'ayez pas peur, je ne regarderai pas, si vous êtes gêné, dit-elle.

— Je crois que je vais me contenter d'être spectateur.

— Oh, allez, je ne mords pas.

— Je suis un peu vieux pour les bains de minuit, Sara.

— L'eau est délicieuse.

— C'est tentant, admit-il.

Pourtant, il resta où il était. Déçue, elle s'éloigna en fendant les flots d'un crawl puissant.

John toucha sa blessure du bout du doigt. Les cicatrices avaient laissé deux bosses de chair brûlée à l'endroit où les balles étaient entrées. Il se rassit.

Le nom de « Harms » lui trottait dans la tête. Une réclamation *in forma pauperis* émanait probablement d'un prisonnier. Il bougea sur son siège et regarda dans la direction de Sara. Il la discernait à peine dans le clair de lune et n'aurait su dire si elle l'observait ou non.

Il regarda plus loin. Les souvenirs lui revenaient en foule. Deux jeunes hommes nageant à perdre haleine, chacun menant tour à tour. Tantôt c'était Mike qui gagnait, tantôt John. Puis ils refaisaient la course en sens inverse. Jour après jour, ils devenaient plus forts, plus affûtés, plus bronzés. La belle vie. Pas de vrais soucis, pas de peines de cœur. Nager, explorer les bois, dévorer des sandwiches au pastrami à midi, le soir embrocher des hot-dogs sur des cintres en fil de fer et les faire griller à même la braise jusqu'à ce que craque la peau des saucisses. Oh, oui, la belle vie.

Il essaya de se concentrer.

Si Harms était un prisonnier, ce ne serait pas difficile de le retrouver. En tant qu'ancien officier de police, John savait qu'aucune catégorie humaine n'était mieux répertoriée que la population carcérale américaine. Le pays avait peut-être perdu de vue ses SDF, mais il gardait religieusement la trace de ses deux millions de taulards. Et presque toutes les données étaient informatisées, maintenant.

Sara nageait vers lui. Il la suivit des yeux, mais ne remarqua pas le point rouge qui luisait un peu en arrière sur la berge, le bout incandescent d'une cigarette entre les doigts d'un observateur caché dans l'ombre.

Quelques instants plus tard, John aidait Sara à remonter à bord. Elle était hors d'haleine.

— Il y a longtemps que je n'avais pas autant nagé.

John lui passa une serviette, qu'il trouva dans le petit rouf, et détourna les yeux. Elle s'essuya rapidement, puis enfila sa robe. Quand elle lui rendit la serviette, leurs bras se frôlèrent. Il la regarda en face. Elle était encore essoufflée, et le battement de ses paupières avait quelque chose d'hypnotique.

Il la contempla en silence un instant, puis dirigea son regard vers l'horizon. Elle tourna la tête dans la même direction. Des vapeurs rosées teintaient la lisière du ciel : l'aube se levait. Partout alentour, des lueurs pastel commençaient à apparaître. Les arbres, les feuillages scintillaient, des reflets s'allumaient sur les flots qui berçaient le bateau.

— C'est magnifique, murmura-t-elle.

— Oui, magnifique.

La jeune femme le regarda et leva la main vers lui, vers son visage, lentement, en guettant sa réaction. Elle lui toucha le menton et lui caressa la joue, rendue rugueuse par la barbe de la nuit. Elle laissa errer ses doigts jusqu'à ses yeux, puis à ses cheveux, s'y attarda un peu, puis lui prit la nuque et l'attira vers elle. Il se raidit. Ses lèvres tremblèrent quand il vit ses yeux humides…

Elle retira sa main et se redressa.

Il considéra les eaux, comme s'il y voyait encore deux jeunes nageurs vigoureux.

— Mon frère est mort, Sara, dit-il simplement, d'une voix légèrement voilée. J'ai un peu l'esprit ailleurs, en ce moment.

Il essaya d'ajouter quelque chose, mais les mots ne vinrent pas.

Sara alla s'asseoir sur l'un des sièges. Elle se frotta les yeux, rabattit sa robe sur ses genoux et la lissa pour chasser un peu l'humidité. La brise s'était levée et le canot tanguait.

— J'aimais sincèrement votre frère, dit-elle. Il me manque terriblement. (Elle baissa les yeux.) Et je regrette ce que je viens de faire.

— J'aurais pu vous arrêter plus tôt… Je me demande pourquoi je ne l'ai pas fait.

Elle se leva et croisa les bras en se frictionnant.

— Je commence à avoir froid. On rentre ?

John remonta l'ancre, lança le moteur, et ils repartirent vers le ponton, incapables de se regarder, par peur de ce qui pouvait se passer, peur de la réaction de leurs corps malgré ce qu'ils venaient de se dire.

Sur la rive, l'observateur à la cigarette s'en était allé juste au moment où Sara s'était approchée de John.

Chapitre 32

John et Sara amarrèrent le bateau et regagnèrent sans un mot la voiturette de golf.

Quelque part, un bruit. Des pas. Fiske regarda autour de lui.

— Papa ? Qu'est-ce que tu fais là ?

Son père ne répondit pas. Il arrivait sur eux d'un pas déterminé. John se porta à sa rencontre, les bras tendus.

— Papa, tu vas bien ?

Sara, intriguée, observait la scène depuis la petite voiture.

Les deux hommes n'étaient plus qu'à un mètre l'un de l'autre. Le père se jeta sur le fils. Il le frappa à la mâchoire en criant :

— Salaud !

John tomba à la renverse. Le vieux s'acharna sur lui à coups de poing.

John parvint à se dégager et recula, le nez et la bouche en sang.

— Qu'est-ce qui te prend, nom de Dieu ?

Sara descendit du véhicule, puis s'arrêta net en voyant Ed la montrer du doigt.

— Emmène cette traînée et foutez le camp tous les deux ! Foutez le camp, tu m'entends ?

— Papa, qu'est-ce que tu racontes ?

Ed, furieux, se jeta à nouveau sur son fils. Cette fois, John esquiva l'assaut. Il saisit à bras-le-corps son père, qui se débattait en ruant comme un beau diable.

— Je vous ai aperçus, tous les deux, à moitié à poil, en train de vous bécoter pendant que ton frère est couché dans un tiroir de la morgue. Ton frère !

Il s'époumonait, la voix éraillée. John blêmit en songeant à ce que son père avait vu – ou cru voir.

— Papa, il ne s'est rien passé.

— Je t'en foutrai, va ! gronda Ed en essayant de lui tirer les cheveux, les habits. Petit saligaud !

Le vieil homme était rouge brique, sa respiration sifflait, ses gestes étaient de plus en plus désordonnés.

— Arrête, papa, arrête ! Tu vas avoir un coup de sang.

Ils dérapèrent, mordirent la poussière ensemble.

— Mon propre fils ! hurlait Ed en luttant bec et ongles. J'ai plus de fils. Mes deux fils sont morts. Mes deux fils sont morts !

John relâcha son père. Le vieux roula sur le côté, épuisé, à bout de forces, essaya de se relever, retomba sur les fesses. Son T-shirt était poissé de sueur, il empestait l'alcool et le tabac. John se campa devant lui, haletant, mouillé de sang et de larmes.

Sara accourut, horrifiée. Elle s'agenouilla à côté du vieil homme et lui toucha tendrement l'épaule. Elle ne savait que dire.

Ed frappa à l'aveuglette et heurta violemment la cuisse de la jeune femme.

Elle étouffa un cri de douleur.

— Foutez le camp. Tous les deux. Maintenant !

John prit Sara par le bras et l'aida à se relever.

— Partons, Sara... Papa, n'oublie pas de rentrer la voiture de golf.

En traversant la forêt, John et Sara entendaient encore les cris du vieil homme.

— Oh, John, tout est ma faute, dit-elle, aveuglée par les larmes, en massant sa cuisse endolorie.

John ne répondit pas. Ses entrailles étaient en feu. Sa blessure ne lui avait jamais fait si mal. Il eut peur en se rappelant les mises en garde des médecins. Il allongea le pas. Bientôt, Sara dut trottiner pour rester à sa hauteur.

— John, John, je vous en prie, dites quelque chose.

Elle tendit la main pour essuyer une trace de sang sur son menton. Il la repoussa. Puis, sans avertissement, il se mit à courir.

— John ! (Elle accéléra à son tour, mais il la distança rapidement.) John ! Revenez, je vous en prie. Attendez ! Je vous en prie !

Il disparut derrière les arbres, à la faveur d'un tournant du sentier.

Elle ralentit. Sa poitrine brûlait. Elle trébucha sur une motte de terre, tomba lourdement sur un tapis d'aiguilles de pin et fondit en sanglots. Un bleu se formait déjà sur sa cuisse.

Une minute plus tard, une main solide se referma sur son épaule. Elle sursauta, certaine que c'était Ed Fiske qui venait lui flanquer une raclée pour avoir sali la mémoire de son fils.

C'était John, à bout de souffle, en nage. Le sang avait durci sur sa figure.

— Ça va aller ? dit-il.

La jeune femme acquiesça et se leva en serrant les dents. Si le coup aveugle d'Ed la faisait autant souffrir, elle imaginait aisément ce que devait ressentir John après son direct à la mâchoire. Elle prit appui sur lui et releva sa jupe pour examiner sa cuisse.

John hocha la tête.

— Jolie ecchymose. Il ne savait pas ce qu'il faisait. Je suis désolé.

— Je l'ai mérité.

Avec l'aide de John, elle pouvait marcher presque normalement.

— Je ne sais plus où me mettre, John. C'est… c'est un cauchemar.

En approchant de la roulotte, Sara l'entendit marmonner quelque chose. Elle se retourna, pensant qu'il lui parlait.

— Je regrette, disait-il en regardant derrière lui.

Elle comprit qu'il ne s'adressait pas à elle. Peut-être au vieillard éploré sur le ponton. Peut-être à son frère mort…

Sara s'assit sur le marchepied de la roulotte, laissant John entrer seul. Il ressortit au bout d'un instant, avec de la glace et un rouleau de papier toilette. Elle appuya la glace sur sa cuisse et essuya le visage de John. Elle nettoya la blessure de sa lèvre. Quand elle eut fini, il franchit le portillon et s'en alla sur le chemin de terre.

— Où allez-vous ? demanda-t-elle.

— Chercher mon père, répondit-il sans se retourner.

Et il disparut dans les bois. La jeune femme monta dans la roulotte pour se débarbouiller. Apercevant les vêtements et les chaussures de John, elle les emporta dans la voiture. Au passage, elle caressa le métal froid de la hampe du drapeau en se demandant si Ed aurait la force de hisser la bannière étoilée aujourd'hui. Peut-être la laisserait-il en berne, en signe de deuil pour son fils. En signe de deuil pour ses deux fils ?

Cette pensée la fit frémir. Elle lâcha le mât et alla s'appuyer contre sa voiture, scrutant les bois, anxieuse, comme si elle s'était attendue à voir surgir des démons.

Une femme d'un certain âge sortit de la roulotte voisine. Elle s'arrêta en apercevant Sara, qui lui adressa un sourire gêné.

— Je… je suis une amie de John Fiske.

— Ah, bon. Eh bien, bonjour.

— Bonjour.

La femme s'éloigna sur le chemin, en direction du pavillon.

Sara jeta un regard angoissé vers les bois, en serrant ses mains l'une contre l'autre.

— Reviens, John, par pitié, reviens.

Un quart d'heure plus tard, la voiturette apparut. John conduisait. Son père était affalé à l'arrière, apparemment endormi.

John freina devant la roulotte, souleva délicatement son père, le prit sur son épaule et le porta à l'intérieur. Il ressortit au bout de cinq minutes avec le fusil.

— Il dort, dit-il.

— Qu'est-ce que vous comptez faire avec ça ? demanda-t-elle en montrant l'arme.

— Pas question de laisser ce tromblon ici.

— Vous ne pensez tout de même pas qu'il va tuer quelqu'un ?

— Non, mais je ne veux pas qu'il se mette le canon dans la bouche et appuie sur la détente. Les armes à feu ne font pas bon ménage avec l'alcool et les mauvaises nouvelles. (Il posa le fusil sur la banquette arrière de la voiture de Sara.) Laissez-moi le volant, proposa-t-il.

— Vos habits sont dans le coffre.

Ils roulèrent vers le pavillon du propriétaire. John entra, déposa quatre billets de un dollar pour s'acquitter du péage, acheta quelques pâtisseries et deux cartons de jus d'orange.

La femme qui avait salué Sara se trouvait là elle aussi.

— J'ai vu ta petite amie, John. Drôlement mignonne.

— Hum.

— Tu repars déjà ?

— Oui.

— Je parie que ton père aurait voulu que tu restes plus longtemps.

John paya ses emplettes sans attendre qu'on lui donne un sac.

— Je prends le pari, répondit-il à la femme, déconcertée, avant de retourner à la voiture.

Chapitre 33

Samuel Rider revint à son bureau après quelques jours d'absence pour affaires. Il était tôt, Sheila n'était pas encore arrivée. Ça tombait bien, Rider avait envie d'être seul. Il décrocha son téléphone, appela Fort Jackson, dit qu'il était l'avocat de Harms et demanda à lui parler.

— Il n'est plus ici.

— Pardon ? Il a été condamné à perpétuité. Où voulez-vous qu'il soit ?

— Désolé, mais je n'ai pas le droit de donner cette information par téléphone. Si vous vous présentez en personne et que vous fassiez une demande par écrit…

Rider raccrocha et s'affaissa dans son fauteuil. Rufus était-il mort ? Avaient-ils fini par découvrir ce qu'il mijotait ? À partir du moment où Rider avait envoyé la demande à la Cour suprême, Rufus aurait dû être en sécurité.

L'avocat agrippa le bord de son bureau. Si la pétition était bien arrivée à la Cour suprême… Il ouvrit un tiroir et en sortit le récépissé blanc. L'accusé de réception aurait dû arriver à son cabinet. Sheila ! Il bondit dans le bureau de sa secrétaire. Normalement, tout accusé de réception était rangé dans le dossier approprié.

Seulement, il n'existait pas de dossier au nom de Rufus Harms. Qu'avait-elle pu faire de ce foutu bordereau ?

Comme en réponse à ses pensées, Sheila entra juste à cet instant. Elle parut surprise de le voir.

— Vous êtes bien matinal, maître Rider.

Il essaya d'avoir l'air naturel.

— Oh, j'avais une ou deux choses à régler.

Il s'écarta de son bureau, mais elle devina qu'il avait fouillé.

— Vous cherchez quelque chose ?

— Eh bien, pour tout vous dire, oui. J'ai envoyé une lettre recommandée avec accusé de réception et je viens de m'apercevoir que j'avais oublié de vous en parler. Je ne sais pas où j'avais la tête.

Elle sembla soulagée.

— Ah, maintenant je comprends. J'ai d'abord pensé que j'avais oublié d'ouvrir un dossier. Je voulais vous poser la question à votre retour.

— Vous avez le reçu, alors ? interrogea Rider en dissimulant son impatience.

Elle ouvrit un tiroir et brandit un bordereau vert.

— Cour suprême des États-Unis, dit-elle, impressionnée, en le lui tendant. Ça m'avait frappée. Nous allons travailler avec eux, ou quoi ?

— Non, Sheila, non, c'est juste une formalité pour le barreau. Nous n'avons pas besoin de Washington pour gagner notre pain quotidien.

— Oh, et voici les messages téléphoniques que j'ai notés pendant votre absence. J'ai essayé de les classer par ordre d'importance.

— Vous êtes l'efficacité personnifiée, dit-il galamment, en lui tapotant la main.

Elle sourit et commença à s'affairer dans ses papiers.

Rider retourna dans son bureau, ferma la porte et examina le bordereau. La pétition était arrivée. C'était signé. Mais alors, où était Rufus ?

L'avocat avait prévu de consacrer l'essentiel de sa matinée à une affaire concernant l'implantation d'un centre commercial sur un vaste terrain utilisé comme cimetière de voitures depuis les années 1940. L'un des interlocuteurs qu'il devait rencontrer était arrivé de Washington à bord de son avion personnel, de bonne heure le matin ; il venait de quitter l'aérodrome de Blacksburg et se dirigeait vers le cabinet de Rider. Quand il entra, quelque temps plus tard, l'avocat fit de son mieux pour se comporter comme si de rien n'était, malgré l'inquiétude qui le tenaillait. L'homme tenait à la main le *Washington Post* du jour. Pendant que Sheila lui servait une tasse de café, au secrétariat, Rider parcourut les gros titres. L'un d'eux mobilisa son attention.

— Incroyable, n'est-ce pas ? dit le visiteur en se référant à l'article qui semblait captiver Rider. Un jeune homme de grand avenir.

Rider relut le titre en remuant les lèvres silencieusement :

UN GREFFIER DE LA COUR SUPRÊME ASSASSINÉ.

— Vous le connaissiez ? demanda-t-il.

Cela ne pouvait pas être lié. C'était une simple coïncidence.

— Non, répondit l'homme, mais, s'il était greffier là-bas, il devait être un champion dans sa partie. Et ça ne l'a pas empêché de se faire tuer. Quelle époque ! Ça devient vraiment dangereux. Plus personne n'est en sécurité.

Rider l'observa un moment, puis détailla de nouveau le journal. Il y avait une photo. Michael Fiske, trente ans. Docteur de l'université de Columbia, diplômé de l'École de droit de Virginie, ancien rédacteur en chef de *Law Review*. Greffier principal du juge Thomas Murphy. Pas de suspect, pas d'indices autres qu'un portefeuille manquant. *Plus personne n'est en sécurité.*

Il serra le journal entre ses doigts, fixant des yeux la photo du mort. Ce n'était pas possible. C'était forcément une coïncidence.

Il n'y avait qu'un moyen de s'en assurer.

Rider s'excusa et disparut dans son bureau, où il appela le greffe de la Cour suprême.

— Non, monsieur, nous n'avons aucun dossier au nom de Harms, ni sur le registre ordinaire ni sur celui des IFP.

— Mais j'ai reçu un accusé de réception prouvant que la lettre vous était parvenue.

La voix anonyme répéta le même constat.

— Vous ne conservez donc pas de traces de votre courrier ? Rufus Harms est en train de pourrir au gnouf et vous, bande de bureaucrates, vous n'êtes même pas foutus de savoir où est passée sa lettre !

Il raccrocha d'un geste rageur. Quelque part entre son arrivée et son enregistrement officiel, le dossier de Rufus Harms s'était volatilisé. Et Rufus Harms par la même occasion. Rider en eut froid dans le dos.

Le fait était incontournable, c'était dans le journal : un greffier de la Cour suprême avait été assassiné. L'hypothèse d'une corrélation paraissait tirée par les cheveux, mais l'histoire de Rufus l'était aussi. Toutes les déductions étaient permises. Celle-ci, par exemple : après avoir liquidé Rufus et le greffier, ils ne s'arrêteraient pas là. S'ils avaient entre les mains la demande qu'il avait envoyée à la Cour, ils connaissaient le rôle qu'il avait joué dans l'affaire. En d'autres termes, il était le suivant sur la liste.

« Holà, du calme, se dit-il, c'est de la parano. Gardons la tête froide. » Et ce fut la tête froide qu'il y pensa. Les messages téléphoniques ! Il avait vaguement parcouru les notes de Sheila, en écartant celles qui lui avaient semblé secondaires sur le moment. Parmi elles figurait un nom.

Il fourragea sur son bureau à la recherche des bouts de papier roses que Sheila lui avait remis. Il les feuilleta vite, dans l'affolement. Et il trouva. Il eut l'impression que son visage se vidait de son sang. Un nommé Michael Fiske l'avait appelé. Deux fois.

Nom de Dieu ! Une avalanche de visions déferla devant ses yeux : sa femme, le lotissement en Floride, ses enfants, ses années de cotisation à la caisse de retraite… Il n'allait pas rester là, les bras croisés, à les attendre. Il appela Sheila par l'interphone pour lui dire qu'il ne se sentait pas bien. Il la pria de l'excuser auprès de leur visiteur et des autres clients qui devaient arriver, et de présider elle-même, du mieux qu'elle le pourrait, la réunion prévue pour ce matin.

— Je ne reviendrai pas de la journée, lui dit-il en passant en coup de vent dans le vestibule.

« J'espère être de retour avant la saint-glinglin, et pas dans un cercueil », ajouta-t-il en pensée.

— Entendu, maître Rider. Reposez-vous.

Reposez-vous ! Cette bonne blague. Il avait téléphoné chez lui avant de partir, mais sa femme ne se trouvait pas à la maison. En s'asseyant derrière le volant, il savait déjà ce qu'il allait faire. Ils avaient caressé l'idée de prendre des vacances d'automne ensemble, dans les îles, par exemple, pour profiter du soleil une dernière fois avant les grands froids. Eh bien, ils n'auraient qu'à les prolonger. Mieux valait consacrer ses économies à sa survie qu'à un projet immobilier en Floride qu'il ne verrait peut-être jamais aboutir.

Ils iraient à Roanoke, sauteraient dans le premier avion pour Washington ou Richmond et, de là, pourraient choisir n'importe quelle destination. Sa femme lui avait toujours reproché de manquer de spontanéité ; cette fois, elle serait servie. Ce bon vieux Sam Rider. Un homme si tranquille, dont la vie se limitait à travailler dur, à payer ses factures, élever ses enfants, aimer sa femme et s'offrir de temps en temps un petit plaisir. Seigneur, je suis déjà en train de rédiger ma nécrologie, se dit-il.

Il ne serait plus en mesure d'aider Rufus, mais le pauvre gars était probablement mort, de toute façon. Navré pour toi, vieux, mais tu es sûrement mieux là où tu te trouves maintenant que dans cette taule pourrie où ces salopards t'avaient collé.

Une idée soudaine faillit le pousser à faire demi-tour. Il avait laissé les photocopies du dossier dans son bureau. Devait-il y retourner ? Non, sa vie valait plus que quelques paperasses. Qu'aurait-il pu en faire dorénavant ?

Il se concentra sur le trajet. Entre son cabinet et sa maison, il ne croisa que quelques routes balayées par la bourrasque, des oiseaux et des daims, parfois un ours noir. L'isolement de la région n'avait jamais gêné Rider jusqu'à aujourd'hui. À présent, cela le terrifiait. Il gardait un fusil chez lui, pour chasser la bécasse. Il regretta de ne pas l'avoir dans le coffre.

Il négocia un virage en épingle à cheveux. De l'autre côté du parapet rouillé, un précipice de cent cinquante mètres. Il ralentit. Une boule se forma dans sa gorge. Les freins. Mes freins, bon Dieu, je n'ai plus de freins ! Il faillit hurler. Mais ses freins réagirent normalement. Sam, Sam, arrête de paniquer. Quelques tournants plus loin, il aperçut enfin sa boîte aux lettres. Une minute plus tard, sa voiture était dans le garage. Celle de sa femme y était également.

En la dépassant, il y jeta un coup d'œil machinal. Et ses pieds se figèrent sur le sol de ciment. Sa femme était affalée, la face contre le siège avant. Du sang coulait de sa tête. Ce fut le dernier souvenir de Rider. Un linge imbibé, qui dégageait une forte odeur médicinale, se plaqua sur son visage. Au même moment, il sentit qu'on lui mettait quelque chose dans la main. Il baissa les yeux : c'était un pistolet encore chaud. Son propre pistolet, celui avec lequel il s'entraînait à tirer à la cible. Celui qui avait servi à tuer sa femme. L'arme était encore brûlante, elle avait dû faire feu au moment où il était entré dans l'allée. Ils avaient dû guetter son arrivée. Il renversa la tête et, à travers les brumes qui obstruaient peu à peu sa conscience, contempla les yeux froids et limpides de Victor Tremaine. C'était lui, l'homme qui avait tué sa femme, mais c'était Rider qu'on désignerait comme coupable. Bah, quelle importance, maintenant ? Il était mort. Ses yeux venaient de se fermer pour la dernière fois.

Chapitre 34

En suivant George Washington Parkway au sud de la vieille ville d'Alexandria, John Fiske observait distraitement un type à vélo, qui apparaissait et disparaissait entre les arbres de la piste cyclable en bordure de la rivière. Il poussa Sara du coude pour la réveiller. Elle lui indiqua à quel endroit il fallait tourner. Aucun d'eux n'avait reparlé de l'affrontement avec son père pendant le trajet. Une sorte d'accord tacite.

Guidé par Sara, il s'engagea dans une autre voie arborée, puis tourna dans une allée gravillonnée descendant vers le cours d'eau. Il stoppa devant la petite maison à colombages qui se dressait, coquette et inattendue parmi un foisonnement de feuillages, de ronces et de fleurs sauvages, comme la femme d'un pasteur prenant soudain des poses égrillardes au pique-nique de la paroisse. Les colombages étaient couverts de cinquante ans de peinture blanche, les volets étaient noirs et la cheminée de brique couleur terre cuite. John regarda un écureuil courir sur le câble téléphonique, sauter sur le toit et escalader la cheminée.

Un myrte en fleurs, dont l'écorce évoquait une peau de daim, s'accrochait à un côté de la maison. De l'autre côté, c'étaient des branches de houx, aux baies rouges très décoratives sur le fond vert foncé des ramures, et au milieu une plante grimpante écarlate, qui semait des feuilles cramoisies sur le sol. Derrière, John Fiske remarqua l'escalier menant à la rivière et crut apercevoir un mât qui se balançait au loin. Sur la banquette arrière, il attrapa les vêtements propres qu'il avait pris dans son appartement, et ils sortirent de la voiture de Sara.

— C'est joli, dit-il.

La jeune femme s'étira en bâillant.

— Quand j'ai été nommée à la Cour, j'ai cherché un logement. Je pensais à une location mais, quand j'ai vu cette maison, je suis tombée sous le charme. Alors j'ai vendu la ferme de Caroline du Nord pour l'acheter.

— Ça a dû être un crève-cœur de vous séparer de la maison de votre enfance ?

— Non. Les deux raisons qui lui donnaient de l'importance à mes yeux étaient mortes. Pour le reste, ce n'était qu'un tas de poussière dont je n'aurais su quoi faire.

Elle se dirigea vers la porte d'entrée, en s'étirant toujours.

— Je vais préparer du café. (Elle consulta sa montre et gémit.) Je vais être en retard au débat oral. Je devrais téléphoner, mais je n'en ai pas le courage.

— Je suis sûr qu'ils comprendront, compte tenu des circonstances.

— Oh, ne croyez pas ça.

John hésita.

— Vous avez une carte routière quelque part ?

— Quel genre ?

— L'est des États-Unis.

— Regardez dans la boîte à gants.

Il trouva.

— Pourquoi voulez-vous une carte ? demanda-t-elle en le précédant dans la maison.

— Je pense aux mille deux cents kilomètres sur le compteur de la voiture de Mike.

— Vous voulez voir ce qu'il y a dans un rayon de mille deux cents kilomètres ?

— Non, six cents. Il faut compter le retour. Six cents dans un sens, six cents dans l'autre.

— C'était peut-être une accumulation de petits trajets, cent kilomètres par-ci, cent par-là.

John secoua la tête.

— Un cadavre dans un coffre, par une journée chaude, n'incite pas à la promenade. J'en ai vu quelques-uns dans cet état.

Pendant qu'elle s'activait dans la cuisine, John regarda par la fenêtre donnant sur la rivière. De l'endroit où il était, il voyait très bien l'embarcadère en bois imputrescible et le voilier.

— Vous faites beaucoup de bateau ?

— Noir ou au lait ?

— Noir.

Elle sortit deux tasses.

— Moins qu'avant. En Caroline du Nord, il n'y avait pas beaucoup de plans d'eau. J'allais quelquefois à la pêche avec mon père, ou me baigner dans un étang, mais c'est surtout à Stanford que j'ai appris à aimer le bateau. On ne sait pas ce que c'est que la mer tant qu'on n'a pas vu l'océan Pacifique. Tout est minuscule en comparaison.

— Je n'y suis jamais allé.

— Prévenez-moi si vous décidez d'y faire un tour. Je vous servirai de guide.

Elle chassa une mèche de cheveux qui tombait devant ses yeux et lui remplit une tasse.

— J'y penserai, dit-il d'un ton neutre.

— Je n'ai qu'une salle de bains, il faudra qu'on se douche à tour de rôle.

— Allez-y en premier. Je veux étudier cette carte.

— Si je ne suis pas redescendue dans vingt minutes, tapez sur la porte. Je me serai sans doute endormie sous la douche.

John Fiske étudiait la carte en sirotant son café. Il ne fit pas de commentaire. Sara s'arrêta sur les marches.

— John ?

— Oui.

— J'espère que vous me pardonnez pour hier soir. Quoique… (Elle cherchait ses mots.) Je ne sais pas si je mérite le pardon.

John posa sa tasse et observa Sara. Le soleil qui filtrait par la fenêtre tombait sur son visage à un angle idéal, accentuant l'éclat de ses yeux et la courbure sensuelle de ses lèvres. La baignade dans la rivière et son somme dans la voiture l'avaient ébouriffée. Son léger maquillage s'était estompé, le rimmel maculait ses paupières, et une profonde fatigue se lisait sur son corps. Cette femme avait été à l'origine d'une terrible, et peut-être catastrophique, querelle avec son père, qu'il vénérait. Et pourtant il dut faire un effort pour résister à la tentation de lui arracher ses vêtements et de la prendre ici même, sur le plancher.

— Tout le monde mérite le pardon, répondit-il enfin, avant de reporter ses yeux sur la carte.

Il passa dans une pièce voisine, que Sara utilisait apparemment comme bureau d'appoint, puisqu'il y découvrit une table de travail, un ordinateur, une imprimante et des rayonnages remplis de livres de droit. Il étala la carte sur la table. Il vérifia l'échelle, convertit les centimètres en kilomètres et se munit d'une règle, qu'il trouva dans un tiroir. En prenant Washington comme centre, il traça une courbe reliant le nord, l'ouest et le sud. Il ne s'occupa pas de l'est, car six cents kilomètres dans cette direction l'entraînaient bien au large de la côte atlantique. Il dressa la liste des États compris dans le demi-cercle, décrocha le téléphone et appela les renseignements. Une minute plus tard, il était en ligne avec l'administration pénitentiaire fédérale. Il donna le nom de Harms et le secteur géographique dans lequel il devait se trouver. Il pensait que son frère pouvait être allé interroger Harms dans sa prison. Cela expliquait son message sur le répondeur : Mike pouvait effectivement avoir eu besoin de ses conseils dans ce domaine, puisque John en savait plus long que lui sur les habitudes carcérales.

La réponse du représentant de la pénitentiaire fut une grosse désillusion.

— Vous êtes sûr ? insista John. Aucun prisonnier à ce nom ? Dans aucune des prisons fédérales du secteur que je vous ai indiqué ?

— Même au-delà. J'ai débordé de quelques centaines de kilomètres.

— Une prison d'État, alors ?

— Je peux vous donner les numéros de téléphone de chaque maison d'arrêt. Il faudra les contacter séparément. Vous savez combien il y en a, à peu près, dans cette zone ?

John Fiske fit un décompte approximatif sur la carte : plus d'une douzaine. Il nota les numéros et raccrocha.

À tout hasard, il décida de consulter à distance ses messages téléphoniques. L'un émanait d'un agent d'assurances. Une femme. Il l'appela. La compagnie avait son siège à Washington.

— J'ai été très peinée d'apprendre la mort de votre frère dans le journal, monsieur Fiske, dit-elle.

— Je ne savais pas que mon frère avait une assurance vie.

— Les bénéficiaires ne sont pas toujours au courant. En fait, la compagnie n'est pas obligée de le notifier aux ayants droit. Pour dire les choses comme elles sont, nous ne nous mettons pas en quatre pour retrouver nos créanciers.

— Alors, pourquoi m'avez-vous appelé ?
— Parce que la mort de Michael m'a bouleversée.
— Quand a-t-il souscrit cette police ?
— Il y a six mois environ.
— Il n'a ni femme ni enfants. À quoi cela pouvait-il bien lui servir ?
— Eh bien, c'est pour ça que je vous ai appelé. Il voulait que l'argent vous soit versé au cas où il lui arriverait quelque chose.
John sentit une boule dans sa gorge.
— Je ne comprends pas, dit-il en se ressaisissant. Nos parents en ont sûrement un plus grand besoin que moi.
— Il m'a dit que vous le leur donneriez probablement, mais il voulait que vous en profitiez aussi et il pensait surtout que vous sauriez mieux le gérer que vos parents.
— Je vois. Et... de quelle somme s'agit-il ?
— Un demi-million de dollars. (Elle lui lut son adresse pour s'assurer qu'elle était exacte.) Si ça peut vous intéresser, je rédige des tas de polices d'assurance, pour des tas de gens et pour des tas de raisons différentes, pas toujours des plus avouables. Mais, au cas où vous ne vous en seriez pas aperçu, votre frère vous aimait énormément. Je serais heureuse de pouvoir en dire autant du mien.

Quand John raccrocha, il n'était pas au bord des larmes, il était au bord de défoncer le mur à coups de poing.

Il se leva, rangea la liste dans sa poche et sortit. Il descendit l'escalier du jardin, foula quelques fougères et, marchant sans but, laissa ses pieds le guider jusqu'à l'embarcadère. La brise était vivifiante et le ciel très bleu, avec quelques nuages de beau temps. L'air avait perdu de son humidité. Il regarda au nord, vers les immeubles cossus de la vieille ville d'Alexandria, puis la courbe serpentine de Woodrow Wilson Bridge. Au-delà du fleuve, il discernait le rivage du Maryland, le miroir verdoyant de la Virginie. Un avion passa. Le train d'atterrissage déjà sorti, il commençait sa descente vers National Airport. Il volait si bas que John aurait presque pu atteindre la carlingue avec un caillou.

Quand le bruit s'éloigna, il monta sur la poupe du voilier. Le bateau tangua doucement sous son poids. Il s'assit au soleil et appuya sa tête contre le mât. La voile sentait bon. Il ferma les yeux. Il était vanné.

— C'est confortable ?

Il se réveilla en sursaut. Sara se tenait debout derrière lui, en tailleur noir et corsage de soie blanche. Elle portait un petit collier de perles et s'était fait un chignon. Un léger fond de teint et un rouge à lèvres clair lui redonnaient des couleurs.

Elle sourit.

— J'hésitais à vous réveiller. Vous dormiez si bien !

— Il y a longtemps que vous m'observez ? dit-il, se demandant aussitôt pourquoi il lui avait posé cette question.

— Assez longtemps. La douche est libre maintenant.

Il se leva.

— Joli bateau, dit-il.

— J'ai de la chance, il y a assez de fond près de la rive. Ça m'évite d'aller à la marina. Je vous emmènerai, si vous voulez. Il nous reste du temps, je ne le mettrai en carène qu'en hiver.

— Peut-être.

Il se dirigea vers la maison.

— John ?

Il fit volte-face. Une main posée sur le bastingage, elle contemplait son voilier, comme pour puiser de la sérénité dans son bercement calme.

— Même si ce doit être ma dernière entrevue avec lui, je veux mettre les choses au point avec votre père.

— C'est mon problème. Vous n'avez pas à faire ça.

— Si, John, insista-t-elle avec fermeté.

Trente minutes plus tard, John Fiske roulait tranquillement sur la voie privée menant à l'avenue, quand deux berlines noires surgirent devant eux, tous phares allumés. Il écrasa la pédale de frein. Sara poussa un cri.

Il bondit hors de la voiture et tomba en arrêt à la vue des revolvers pointés sur lui.

— Les mains en l'air ! aboya l'un des hommes.

John obtempéra.

Sara descendit juste à temps pour voir Perkins sortir du premier véhicule et l'agent McKenna du second.

Perkins aperçut la jeune femme.

— Rengainez vos armes, dit-il à deux hommes en civil.

— Ces hommes sont sous mon commandement, lança McKenna. Ils rengaineront quand je leur en donnerai l'ordre.

McKenna vint se planter devant John.

— Vous n'avez rien, Sara ? demanda Perkins.

— Rien du tout, je vais très bien. Qu'est-ce qui se passe ?

— Je vous ai laissé un message urgent.

— Je n'ai pas écouté mon répondeur. Qu'est-ce qui se passe, à la fin ?

McKenna repéra le fusil sur la banquette arrière. Il dégaina son propre revolver et le braqua directement sur John. Il examina son visage tuméfié.

— Cet homme vous retient-il contre votre volonté ? demanda-t-il à Sara.

— Vous voulez bien arrêter vos conneries ? maugréa John en baissant les mains.

Grave erreur : tout ce que ce geste lui rapporta fut un sale coup de poing dans l'estomac, de la part de

McKenna. Il tomba à genoux, asphyxié. Sara courut vers lui et l'aida à s'adosser contre un pneu de la voiture.

— Gardez les mains en l'air tant que la jeune dame n'a pas répondu à la question, ordonna McKenna en lui levant les bras de force. Gardez vos sales pattes en l'air !

— Mais non, il ne me retient pas contre ma volonté ! s'écria Sara. Arrêtez ça, fichez-lui la paix !

Elle repoussa McKenna. Perkins voulut s'interposer.

— Agent McKenna..., commença-t-il.

Mais le fédéral le fit taire d'un regard glacial, et reprit :

— Il a un fusil dans la voiture. Si vous voulez faire courir un risque à vos hommes, c'est votre affaire. Moi, je procède différemment.

Une troisième berline arriva. Chandler et deux policiers en uniforme en jaillirent, revolver au poing.

— Personne ne bouge ! tonna Chandler.

McKenna pivota.

— Dites à vos hommes de rengainer, Chandler. Je contrôle la situation.

— Dites à vos hommes de rengainer, McKenna, répliqua Chandler en avançant d'un air mauvais. Et plus vite que ça, si vous ne voulez pas que je demande à ces messieurs de vous arrêter sur-le-champ pour agression avec coups et blessures.

Comme McKenna ne bronchait pas, Chandler s'approcha et lui dit, nez à nez :

— Immédiatement, agent spécial Warren McKenna, ou vous serez obligé d'appeler un avocat du FBI pour vous assister pendant votre garde à vue. Vous voulez ajouter ça dans vos états de service ?

L'homme finit par flancher.

— Rangez vos armes, ordonna-t-il.

— Maintenant, disparaissez, aboya Chandler.

McKenna s'écarta lentement de John Fiske et recula à petits pas, foudroyant Chandler du regard.

L'inspecteur s'agenouilla devant John et le prit par l'épaule.

— Ça va, John ?

Celui-ci acquiesça douloureusement, les yeux rivés sur McKenna.

— Est-ce que quelqu'un va enfin nous expliquer ce qui se passe ? s'exclama Sara.

— Steven Wright a été assassiné, répondit Chandler.

Chapitre 35

La cabane se situait au cœur d'une forêt profonde, dans un coin perdu du sud-ouest de la Pennsylvanie, à la limite de la Virginie-Occidentale. Le seul accès était une bande de terre boueuse et creusée d'ornières. Josh apparut sur le seuil. Son 9 mm dépassait de sa ceinture. De l'argile rouge et des aiguilles de pin adhéraient à ses bottes. Le camion était garé sous une frondaison de noyer et dissimulé sous un filet de camouflage. Sa pire crainte était d'être repéré du ciel. Par chance, les nuits étaient encore chaudes et ils pourraient se dispenser de faire du feu, ce qui leur épargnait un gros risque, car on ne peut jamais contrôler la direction de la fumée.

Rufus se tenait assis par terre, à l'intérieur, adossé contre le mur, sa bible sur les genoux. Il buvait un soda, à côté des reliefs de son déjeuner. Il s'était changé, il portait des vêtements propres que son frère lui avait apportés.

— Tout va bien ? interrogea Rufus.

— Y a que nous et les écureuils. Comment tu te sens ?

— J'ai les jetons mais, en même temps, je suis vachement content. (Rufus hocha la tête et sourit.) C'est bon, la liberté. T'es assis là, calmos, tu bois un Coca, plus besoin de te méfier des mecs qui essaient de te faire la peau.

— Les matons ou les autres taulards ?

— D'après toi ?

— Les deux, je pense. J'ai passé un peu de temps au bloc, moi aussi, tu sais. À nous deux, je suis sûr qu'on pourrait écrire un bouquin.

— On va rester ici combien de temps ?

— Deux jours, mettons. Le temps que ça se tasse. Ensuite, cap sur le Mexique. La vie est dix fois moins chère qu'ici. J'y suis allé quelquefois après la guerre. J'ai des potes de l'armée qui crèchent là-bas. Ils nous aideront à nous poser. On se dégottera une barcasse, on ira à la pêche, on vivra sur la plage. Le pied, non ?

— Je veux. Même si on devait vivre dans un égout, je serais partant. (Il se leva.) J'ai une question pour toi.

Josh s'appuya contre le mur et se mit à découper une pomme avec son couteau de poche.

— Je t'écoute.

— Ton bahut était plein de provisions, t'avais deux fusils en plus de ce flingue. Et les sapes que tu m'as filées.

— Et alors ?

— T'avais tout ça par hasard quand t'es venu me voir ?

Josh avala une tranche de pomme.

— Faut bien que je bouffe. J'étais passé à l'épicerie. Normal.

— Ouais, c'est ça. Et t'avais rien acheté qui se garde pas, genre du lait ou des œufs, par exemple. Que des conserves.

— Je becquetais toujours dans des boîtes à l'armée. C'est devenu une habitude. Faut croire que j'aime pas cuisiner.

— Et tu trimballes toujours ces pétoires avec toi ?

— Encore une habitude de l'armée. Le Vietnam. Un syndrome, comme ils disent.

Rufus tira sur sa chemise, grande comme un couvre-lit.

— J'ai pas exactement la taille « small ». Quand tu t'es pointé à l'hosto, t'avais déjà dans l'idée de me tirer de là, hein, dis, Josh ?

Josh termina sa pomme et jeta le trognon par la fenêtre. Il s'essuya les mains sur son jean et fit face à son frère.

— Écoute, Rufus, j'ai jamais su pourquoi t'avais tué cette gosse. Mais je savais que t'avais pas ta tête quand t'as fait ça. Quand j'ai reçu cette lettre de l'armée, je me suis dit qu'il y avait du mou quelque part. J'avais pas pigé que c'était une couverture pour ce qu'ils t'avaient fait. Mais je sais un truc : de nos jours, quand un mec perd la boule et fait une saleté, on le colle chez les dingues et, quand il va mieux, on le relâche. Toi, ils t'ont laissé en taule pendant vingt-cinq balais pour un truc que t'as fait sur un coup de folie. Disons que j'ai estimé que ça suffisait. T'as purgé ta peine, t'as « payé ta dette à la société », comme ils disent. Il était temps que tu sortes et je suis venu avec la clé. Si t'avais pas voulu me suivre, je t'aurais fait changer d'avis. Que j'aie tort ou raison, je m'en tape. J'avais pris ma décision.

Les deux frères se regardèrent longuement sans parler.

— T'es un bon frère, Josh.

— Ouais, tu peux le dire.

Rufus se rassit sur le sol et ramassa sa bible, qu'il feuilleta délicatement jusqu'à ce qu'il trouve le passage recherché. Josh l'observait.

— Tu lis encore ça après tout ce temps ?

— Je la lirai toute ma vie.

— T'es libre de faire ce qui te plaît mais, si tu veux mon avis, c'est une perte de temps.

Rufus le fixa droit dans les yeux.

— La parole du Seigneur m'a permis de tenir le coup pendant toutes ces années. C'est pas une perte de temps.

Josh dodelina de la tête. Il regarda par la fenêtre, puis dévisagea Rufus. Il palpa la crosse de son revolver.

— Ça, c'est Dieu. Ça ou un schlass ou un bâton de dynamite ou un bourre-pif. Pas tes histoires de mecs qui s'entre-tuent, qui se piquent leurs femmes, qui font tous les péchés que tu peux imaginer…

— Les péchés de l'homme, pas de Dieu.

— C'est pas Dieu qui t'a sorti du trou. C'est moi.

— C'est Dieu qui t'a envoyé, Josh. Sa volonté est partout.

— Hein ? Tu veux dire que c'est Dieu qui m'a « inspiré », c'est ça ?

— Pourquoi t'es venu ?

— Je te l'ai dit, pour te sortir.

— Parce que tu m'aimes ?

— Oui, répondit Josh, un peu décontenancé.

— C'est ça, la volonté de Dieu, Josh. Tu m'aimes, tu m'aides. C'est comme ça qu'Il procède, Dieu.

Josh secoua la tête et détourna les yeux. Rufus reprit sa lecture.

Le détecteur de fréquences de Josh émit un couinement. C'était un appareil qui lui permettait de capter les messages de la police. Il l'avait posé par terre, à côté de sa radio, réglée, elle, sur une station locale de Virginie diffusant des informations régulières sur l'évasion de Rufus Harms.

— T'as entendu ton nom sur la fréquence de la police ?

Le bulletin d'informations de la veille avait parlé de lui. Les autorités militaires disaient que Harms était un détenu condamné pour meurtre et considéré comme violent par le personnel de la prison. Il s'était évadé avec l'aide de son frère, réputé violent lui aussi. Selon la formule consacrée, les deux hommes étaient armés et dangereux. Traduction : personne ne devrait s'étonner quand les forces de l'ordre les ramèneraient sous forme de cadavres.

— Un peu, répondit Rufus. Ils nous cherchent dans le Sud, comme tu pensais.

C'était justement l'heure des actualités de l'après-midi. Les deux premières nouvelles ne les concernaient pas. La troisième les intéressait indirectement. Josh monta le son. C'était une brève. Une minute, pas plus. Quand ils eurent tout entendu, Josh éteignit la radio.

— Rider et sa femme, dit-il.

— Ils ont maquillé leur coup pour faire croire qu'il l'a tuée et a retourné l'arme contre lui, ajouta Rufus en branlant la tête, incrédule. Deux hommes sont venus me voir, et maintenant ils sont morts.

Josh devina les pensées de son frère.

— Tu peux pas les ressusciter, Rufus, tu peux pas les faire revenir.

— C'est ma faute. Ils sont morts pour avoir voulu m'aider. Et la femme de Rider, elle était même pas au courant.

— T'as pas demandé à ce Fiske de radiner à la prison.

— Mais j'ai demandé à Samuel. Il serait encore en vie si je l'avais pas appelé.

— Il te le devait, Rufus. Pourquoi tu crois qu'il est venu ? Il avait des remords. Il savait qu'il en avait pas fait assez pour toi. Il essayait de se racheter.

— N'empêche qu'il est mort ! À cause de moi.

— En admettant, t'y es quand même pour rien.

— Je veux m'assurer qu'ils sont pas morts pour des nèfles. Ces enflés m'ont piqué la moitié de ma vie. Et aujourd'hui ils effacent celle des autres. Tu dis qu'on sera peinards au Mexique, moi je te dis qu'ils nous colleront toujours au cul. Vic Tremaine est un malade. Suffit de le regarder dans les yeux pour voir que ça tourne pas rond chez lui. Il essaie de me déquiller depuis vingt-cinq ans. Il doit se dire qu'il tient sa chance, maintenant. Il veut nous plomber.

— Si l'armée nous serre avant les flics, c'est sûr qu'ils vont vider leurs chargeurs sur nous, concéda Josh. (Il alluma une Pall Mall et souffla la fumée.) Mais j'ai du répondant. Ils s'en prendront plein la gueule, les mecs.

Rufus s'obstina :

— Personne ne devrait pouvoir s'en tirer après ce qu'ils ont fait.

Josh secoua la cendre de sa cigarette au-dessus du sol.

— Ah ouais ? Et qu'est-ce que tu comptes faire, au juste ? Aller voir les flics pour leur dire : « Écoutez, les gars, j'ai une histoire à vous raconter. Venez tous aider un brave petit Noir à punir les grands méchants Blancs » ? (Il cracha par terre.) Déconne pas, Rufus.

— Faut que je récupère cette lettre de l'armée.

— Où tu l'as laissée ?

— Je l'ai planquée dans ma cellule.

— Ouais, ben, on va pas y retourner. Si t'essaies, je te descends moi-même.

— Je vais pas retourner à Fort Jackson.

— Quoi, alors ?

— Samuel était avocat. Les avocats font toujours des photocopies.

Josh haussa les sourcils.

— Tu veux aller dans le bureau de Rider ?

— Il le faut.

Josh fuma sa Pall Mall jusqu'au filtre avant de répondre :

— Il le faut ! Il le faut ! T'en as de drôles, toi. L'armée des États-Unis te recherche. Et moi aussi. Si tu crois que tu vas te fondre dans la foule, tu te fous le doigt dans l'œil. Merde, à côté de toi, George Foreman passerait pour une fiote.

— Il le faut, Josh, j'ai pas le choix. Si je peux récupérer cette lettre, alors je pourrai peut-être la refiler à quelqu'un qui saura quoi en faire. La renvoyer à la Cour, peut-être.

— Pour sûr. T'as vu ce que ça a donné, la dernière fois. Les gentils juges vont accourir à ton secours, hein ?

— T'es pas obligé de me suivre, Josh. Moi, j'y vais.

— Et le Mexique ? Putain, Rufus, t'es libre. Profites-en. Si tu te mets à fouiner, ils vont encore te boucler. Ou te refroidir d'abord, s'ils peuvent. Faut se calter tant qu'on a une chance.

— Je veux être libre. Mais je veux pas qu'ils s'en tirent comme ça. Si je me taille au Mexique maintenant, je mourrai de honte, si le Seigneur me punit pas avant.

— De honte ? T'as fait vingt-cinq piges pour rien. Quand tu clapoteras, t'iras tout droit au paradis et le Barbu te fera asseoir sur ses genoux. T'as une place réservée.

— Te fatigue pas. Tu me feras pas changer d'avis.

Josh cracha encore et se tourna vers le carreau sale de la fenêtre.

— T'as complètement pété les plombs, Rufus. La prison t'a vraiment bousillé. Merde !

— Peut-être que je suis fou.

Josh le toisa.

— Où il est, son bureau, à Rider ?

— À environ trente minutes de Blacksburg. J'en sais pas plus. Il devrait pas être dur à trouver.

— Ça doit grouiller de flicaille.

— Pas sûr, s'ils croient que Samuel s'est flingué lui-même.

— Merde. (Josh donna un coup de pied dans le mur et se tourna vers son frère.) OK, on attend la nuit et on y va.

— Merci, Josh.

— Ne me remercie pas de nous envoyer tous les deux à la mort. Ce genre de remerciement, je m'en passe.

Chapitre 36

Sur la Cour suprême des États-Unis, le drapeau était en berne. Le meurtre des deux greffiers était dans tous les journaux, sur toutes les télés, sur toutes les radios. Au bureau des relations publiques de la Cour, le téléphone n'arrêtait pas de sonner. La salle de presse voisine était prise d'assaut. Les plus grandes chaînes diffusaient des commentaires en direct depuis les téléphones du rez-de-chaussée. La police de la Cour, assistée de cinquante flics de Washington, de gardes nationaux et d'agents du FBI, bouclait le périmètre.

Les couloirs privés menant aux chambres judiciaires étaient bondés de visiteurs énervés et volubiles. Les juges s'étaient barricadés dans leurs bureaux. Les audiences passaient soudain au second plan, personne n'avait la tête à ses dossiers. Une réelle panique se lisait sur les visages des jeunes greffiers, atterrés par ces assassinats.

La petite salle lambrissée du premier étage, normalement réservée aux conférences des juges, était pleine à craquer. Une grande cheminée, éteinte par cette chaude journée, occupait tout un pan de mur ; sur les autres s'alignaient des rayonnages bourrés de livres reliés contenant deux siècles de jurisprudence. Un immense lustre pendait du plafond. Ramsey se tenait assis en bout de table. Les juges Knight et Murphy occupaient leurs places habituelles.

Si Knight dissimulait mal son agitation, Murphy gardait les yeux baissés sur sa bedaine rebondie, en jouant avec une vieille montre de gousset. Étaient également présents Chandler, Perkins, Ron Klaus, Fiske et McKenna. Ces deux derniers échangeaient de temps en temps des regards peu amènes, cependant John restait maître de lui.

Steven Wright avait été trouvé dans un parc à quelques pâtés de maisons de son appartement de Capitol Hill, avec une blessure par balle dans la tête. Son portefeuille avait disparu, comme celui de Michael. Le mobile apparent était donc le vol, mais personne n'y croyait. D'après les premières constatations, Wright avait été tué entre minuit et 2 heures du matin.

En venant au Palais, Chandler avait informé Fiske des derniers développements de l'enquête. L'autopsie de Michael était terminée. On attendait toujours le rapport officiel et l'heure du décès, mais il était établi que la mort avait été causée par une unique balle dans la tête. Chandler avait identifié la succursale Wal-Mart où Michael avait fait réviser sa voiture, mais personne, au garage, n'avait pu lui fournir de renseignement utile.

À l'initiative de John, ils avaient fait un petit détour en chemin : ils étaient retournés au dépôt des voitures pour inspecter à nouveau la Honda. John voulait fouiller le vide-poches des sièges avant.

— Il avait toujours une carte routière quelque part ici, expliqua-t-il en fourrageant. Il avait une peur bleue de se perdre et étudiait toujours son itinéraire avant de prendre la route. Je ne vois pas de carte, mais regardez ce que j'ai déniché.

Quelques Post-it jaunes au fond d'un vide-poches. Il y avait des inscriptions : des numéros de routes et des directions qui, d'après l'aspect de l'encre, devaient se rapporter à d'anciens voyages.

— Pourquoi auraient-ils piqué sa carte routière ? questionna Chandler en regardant les bouts de papier.

— Parce qu'elle comportait peut-être des annotations sur son itinéraire.

— Autrement dit, sa mort aurait quelque chose à voir avec le kilométrage affiché sur le compteur.

John avait hésité un moment : fallait-il lui parler du dossier Harms ? Lui révéler cela maintenant serait ouvrir une boîte d'asticots qui risquaient de le gêner dans ses mouvements.

— Peut-être, avait-il simplement répondu.

Puis ils s'étaient rendus au Palais, où Chandler faisait actuellement le point sur la situation. Sans expliquer comment il le savait, il rapporta à l'assistance qu'un intrus s'était introduit la veille dans l'appartement de Michael Fiske.

— Nous sommes entre vos mains, inspecteur Chandler, dit Ramsey. Cela étant, mon opinion personnelle est que nous sommes en présence d'un déséquilibré qui en veut à la Cour en général et non à un dossier particulier sur lequel travaillait Michael.

— Sachez que le FBI a affecté cent agents à cette affaire, dit McKenna. Nous avons également prévu une protection de vingt-quatre heures sur vingt-quatre pour les juges.

— Et les greffiers ? intervint John Fiske. Ce sont eux qui se font tuer.

Chandler s'en mêla à son tour :

— J'ai compilé les adresses de tous les greffiers et envoyé des patrouilles dans ces secteurs. En fait, ils habitent presque tous à Capitol Hill. Tous les greffiers qui en feront la demande pourront être hébergés dans un hôtel placé sous surveillance permanente. Ils bénéficient également du conseil d'un de nos experts, qui leur a donné toutes les consignes de prudence nécessaires : se méfier des personnes suspectes, ne pas sortir seul la nuit, etc. (Il regarda autour de lui.) Au fait, où est Dellasandro ?

— Il essaie de coordonner les nouvelles mesures de sécurité, répondit Klaus. Je ne l'ai jamais vu aussi soucieux. Il en fait une affaire personnelle.

— Il y a trente-trois ans que je suis dans cette cour, et je n'aurais jamais pensé voir une chose pareille, dit tristement le juge Murphy.

— Aucun de nous, Tommy, répliqua Elizabeth Knight. (Elle se tourna vers Chandler.) Vous n'avez vraiment aucune piste ?

— N'exagérons rien. Nous avons quelques indices. Du moins en ce qui concerne la mort de Michael Fiske. Pour celle de Wright, il est encore trop tôt pour se prononcer.

— Mais vous croyez qu'elles sont liées ? demanda Ramsey.

— Il est trop tôt pour se prononcer.

— Que nous conseillez-vous ?

Chandler hocha la tête.

— De vous en tenir à votre emploi du temps habituel. Si tout ceci est l'œuvre d'un cinglé qui veut entraver la marche de la justice, vous ne feriez qu'entrer dans son jeu en interrompant vos travaux.

— Mais nous risquons d'exciter sa colère et de l'inciter à frapper encore, objecta Knight.

— C'est exact, madame le juge. Mais je suis convaincu que, quoi que puisse faire ou ne pas faire la Cour, ça ne changera rien. Si les deux affaires sont liées. (Il regarda Ramsey.) Je pense qu'il serait utile d'éplucher les dossiers sur lesquels travaillaient ces deux greffiers, ne serait-ce que par acquit de conscience. Je sais que c'est très hypothétique, mais je pourrais m'en mordre les doigts plus tard si je ne vous le demandais pas maintenant.

— Je comprends.

L'inspecteur s'adressa ensuite au juge Murphy :

— Pourriez-vous vous libérer aujourd'hui, avec vos autres greffiers, pour vous pencher sur les affaires confiées à Michael Fiske ?

— Oui.

— Et j'apprécierais beaucoup que tous les juges acceptent de se réunir afin d'essayer de déterminer quelle affaire récente pourrait avoir provoqué ce genre d'action.

— Inspecteur, dit Knight, nous traitons de nombreuses affaires susceptibles de déchaîner les passions. Nous ne saurions par où commencer.

— Bien sûr. Au fond, vous avez de la chance de ne pas avoir été confrontés plus tôt à ce type de situation.

— Peut-être. Mais, bref, puisque vous nous conseillez de nous en tenir à notre emploi du temps, je suppose que le dîner en l'honneur du juge Wilkinson est maintenu pour ce soir.

Murphy se redressa pour protester.

— Enfin, Beth, il me semble que le meurtre de deux greffiers est un motif suffisant pour le reporter. Tout de même !

— Oh, pour vous, c'est facile, Tommy. Ce n'est pas vous qui avez organisé cette réception. Moi, si. Kenneth Wilkinson a quatre-vingt-cinq ans et souffre d'un cancer du pancréas. Je pense que, dans son cas, un report serait très aléatoire. Cette soirée est très importante pour lui.

— Et pour vous aussi, n'est-ce pas, Beth ? dit Ramsey.

— Parfaitement. Voulez-vous vous lancer une fois de plus dans un débat déontologique, Harold ? Devant tous ces gens ?

— Non. Vous connaissez mes sentiments sur la question.

— En effet. Et le dîner aura bien lieu.

Cet échange fascinait John Fiske. Il crut discerner l'ombre d'un sourire sur les lèvres de Ramsey quand le vieil homme reprit :

— Fort bien, Beth. Loin de moi l'idée de vous faire changer d'avis. Déjà que je m'y refuse sur les sujets importants, vous pensez bien que je ne m'y risquerai pas pour une question de mondanités.

Chapitre 37

Tremaine posa l'hélicoptère de l'armée sur le pré. Quand la rotation de l'hélice ralentit, ils aperçurent la berline stationnée à la lisière du bois. Ils débouclèrent leurs ceintures de sécurité, descendirent et, baissant le torse en passant sous les pales, se dirigèrent vers la voiture. Rayfield s'assit devant, Tremaine derrière.

— Content que vous ayez pu venir, dit l'homme assis sur le siège du conducteur, en se tournant face à Rayfield.

— Qu'est-ce qui vous est arrivé ? demanda le militaire en voyant son visage meurtri.

L'homme avait trois contusions violacées, virant au jaune vers le milieu, l'une sous l'œil droit, les deux autres à la base du cou.

— Fiske, répondit-il.

— Fiske ? Il est mort.

— Son frère, John. Il m'a surpris dans l'appartement de Michael.

— Il vous a reconnu ?

— Je portais une cagoule.

— Qu'est-ce qu'il fabriquait dans l'appartement de son frangin ?

— La même chose que moi. Il cherchait des indices pour aider les flics.

— Et il a trouvé ?

— Il n'y avait rien à trouver. On avait déjà l'ordinateur de Fiske. (Il s'adressa à Tremaine :) Et vous avez retiré son attaché-case de la voiture avant de le tuer, exact ? (Tremaine acquiesça.) Qu'est-ce que vous en avez fait ?

— Un tas de cendres.

— Bien.

— Son frère pose un problème ? voulut savoir Rayfield.

— Possible. C'est un ancien flic. Il fouine avec une des greffières. Il aide l'inspecteur dans les enquêtes sur les meurtres.

Rayfield sursauta.

— Les meurtres ? Il y en a eu un autre ?

— Steven Wright.

— Qu'est-ce que c'est que ce bordel ? s'écria Rayfield.

— Wright a vu quelqu'un sortir du bureau de Michael Fiske. Et il a entendu quelque chose qu'il n'aurait pas dû entendre. Il était capable de l'ouvrir, alors je l'ai entraîné dehors sous un prétexte quelconque et je l'ai éliminé. On est parés de ce côté-là.

— Vous êtes timbré ? On est en plein délire ! s'emporta Rayfield.

L'homme se pencha vers Tremaine.

— Oh, Vic, dites à votre supérieur de garder son calme. Je crois que le Vietnam a émoussé vos nerfs, Frank. Vous n'êtes plus le même.

— Quatre meurtres, et vous voulez que je reste calme ? Avec Harms et son frère dans la nature ?

— Deux futurs cadavres. Les deux plus importants. Vous comprenez ça, Vic, n'est-ce pas ?

— Oui, répondit Tremaine.

L'homme posa un regard glacial sur Rayfield, qui ravala sa salive.

— Je suppose qu'on ne peut pas revenir en arrière.

— Vous commencez enfin à piger.

— Pour John Fiske et cette greffière… qu'est-ce que vous comptez faire ? Si Fiske s'est mis en tête de découvrir l'assassin de son frangin, il peut constituer un problème.

— Il constitue déjà un problème. Je les tiens en laisse, tous les deux. En attendant de prendre une décision les concernant.

— Ce qui signifie ?

— Ce qui signifie qu'on pourrait bien avoir quatre futurs cadavres au lieu de deux.

Sara était assise dans son nouveau bureau. L'ancien, celui qu'elle partageait avec Wright, avait été déclaré zone interdite par Chandler, qui avait cependant autorisé le personnel à déménager les affaires de Sara, ordinateur et dossiers, dans le nouveau local. Elle avait emporté la liste des prisons d'État que lui avait confiée John Fiske et les appelait toutes, les unes après les autres, au téléphone. Au bout d'une demi-heure, elle renonça, découragée. Aucune n'hébergeait un détenu du nom de Harms. Elle essaya de se remémorer un mot ou une phrase susceptibles de lui fournir une précision. Rien à faire. Elle n'avait eu qu'un aperçu furtif de ces documents. Elle abandonna et se leva.

Ce fut alors qu'elle vit le mémo. Dans la précipitation du déménagement, elle ne l'avait pas remarqué. C'était le mémo « Chance », celui que Wright devait finir coûte que coûte la nuit précédente. Une note y était attachée, demandant à Sara de le relire.

Elle se rassit, s'accouda au bureau et enfin posa la tête sur ses bras, à bout de nerfs. Et s'il y avait vraiment un psychopathe en liberté qui s'amusait à faire des cartons sur les greffiers ? Choisissait-il ses cibles au hasard ?

Aurait-elle pu être tuée à la place de Wright ? Elle frémit. Son sang se glaça. Calme-toi, ma petite, reprends-toi. Agis ! Elle s'arma de courage et sortit.

Une minute plus tard, elle entrait au greffe. Elle avait une question à poser à son collègue chargé de gérer les données informatiques. Elle l'avait déjà interrogé à ce sujet mais voulait en avoir le cœur net.

— Tu pourrais vérifier si on a un dossier au nom de Harms ?

Le greffier acquiesça et se mit à tapoter sur son clavier. Il secoua la tête.

— Je ne trouve rien. Il a été enregistré quand ?

— Récemment. Il y a quinze jours au plus.

— Je suis remonté six mois en arrière, et il n'y a rien. Tu ne m'as pas déjà posé la question ?

Avant que Sara ait pu répondre, une autre voix parla :

— Harms, tu dis ?

Elle regarda l'autre greffier.

— Oui, Harms, c'est bien ça.

— Bizarre…

— Pourquoi ?

— J'ai reçu un coup de fil d'un type, ce matin, à propos d'une demande à ce nom. Je lui ai dit qu'on n'avait rien.

— Harms ? Tu es sûr ? (Le greffier confirma.) Et le prénom ? dit-elle en s'efforçant de masquer son émotion.

Il réfléchit.

— Ça ne commençait pas par un *R* ? hasarda Sara.

Il fit claquer ses doigts.

— Tout juste. Rufus. Rufus Harms. Sûrement un péquenot.

— Tu sais qui était le type qui appelait ?

— Non. Il était furibard.

— Tu te souviens d'autre chose ?

Le greffier médita un moment.

— Attends… Il a employé un mot qui m'a marqué. Il a dit que le gars pourrissait au « gnouf ». Voilà, c'est ça.

La jeune femme écarquilla les yeux et, soudain, tourna les talons.

— De quoi s'agit-il, Sara ? C'est en rapport avec les meurtres ? demanda le greffier.

Elle sortit en coup de vent, sans répondre. Le greffier hésita un instant, puis regarda autour de lui pour s'assurer que personne ne l'observait. Alors il décrocha le téléphone, composa un numéro et parla à voix basse.

Sara grimpa les marches deux à deux. Il existait une énorme lacune dans la liste de Fiske. Il n'avait pas pensé aux prisons militaires. C'était le mot « gnouf » qui lui avait mis la puce à l'oreille. Les civils l'employaient rarement, mais elle savait – par ses longues conversations avec son oncle préféré, un ancien brigadier général en retraite – que c'était un terme courant dans l'argot de la troupe. Dès qu'elle fut dans son bureau, elle bondit sur son annuaire professionnel et appela le service de la Police militaire, sûre de son intuition : Rufus Harms était détenu dans une prison de l'armée des États-Unis.

Elle fut mise en communication avec le sergent-chef Dillard, le préposé de service.

— Je n'ai pas son numéro de matricule, mais je crois savoir qu'il est incarcéré dans un établissement militaire à moins de six cents kilomètres de Washington, dit-elle.

— Je ne peux pas vous donner cette information. Il y a une procédure, vous devez envoyer une demande par écrit au chef des opérations qui, à son tour, enverra votre demande au service des relations publiques. C'est eux qui décideront, en dernier recours, de donner suite ou non à votre requête.

— L'ennui, c'est que j'ai besoin de ce renseignement tout de suite.

— Vous êtes journaliste ?

— Non. Cour suprême des États-Unis.

— Oh, oh. Qu'est-ce qui me le prouve ?

Sara réfléchit.

— Cherchez le numéro de la Cour suprême dans l'annuaire. Appelez et demandez à me parler. Mon nom est Sara Evans.

Dillard semblait sceptique.

— Ce n'est pas très réglementaire.

— Je vous en prie, sergent, c'est d'une extrême importance.

Silence, puis :

— Bon. Donnez-moi quelques minutes.

Après cinq minutes interminables, Sara fut à nouveau mise en communication avec le sergent Dillard par l'intermédiaire du standard de la Cour.

— Vous savez, sergent, reprit-elle, j'ai déjà obtenu des renseignements sur des prisonniers militaires de la part de vos services sans avoir besoin de toutes ces vérifications.

— C'est possible, mais il y a des règles de sécurité. On ne transmet pas les informations à la légère.

— Je veux simplement savoir où se trouve Rufus Harms.

— Il me serait plus facile de vous répondre si vous m'interrogiez sur un autre prisonnier.

— Je ne comprends pas. Rufus Harms a quelque chose de particulier ?

— Vous n'avez pas lu les journaux ?

— Pas aujourd'hui, non. Pourquoi ?

— Ce n'est peut-être pas une grande nouvelle, mais les gens ont le droit de savoir. Pour leur sécurité…

— Savoir quoi ?

— Que Rufus Harms s'est évadé.

Dillard la mit au courant des événements en quelques phrases.

— Où était-il incarcéré ?

— À Fort Jackson.

— Où est-ce ?

Il le lui indiqua. Elle nota les coordonnées.

— Maintenant, à moi de vous poser une question, mademoiselle Evans. Pourquoi la Cour suprême s'intéresse-t-elle à Rufus Harms ?

— Il veut faire appel.

— Quel genre d'appel ?

— Désolée, sergent, je ne peux pas vous en dire plus. Moi aussi, j'ai des règles à respecter.

— D'accord. Mais, si je peux vous donner un conseil, à votre place je laisserais tomber cet appel. Les tribunaux ne jugent pas les plaintes des morts.

— Eh bien, si, figurez-vous, ça arrive. Pourquoi a-t-il été condamné, exactement ?

— Il faut consulter son livret militaire…

— Comment puis-je l'obtenir ?

— Vous êtes juriste, non ?

— Oui, mais je ne travaille pas souvent avec l'armée.

Elle l'entendit marmonner quelque chose, puis :

— Depuis qu'il est prisonnier, Rufus Harms n'est plus techniquement membre de l'armée des États-Unis. Sa condamnation a dû normalement s'accompagner d'une radiation pour mauvaise conduite et son livret militaire a dû être transmis aux annales personnelles de Saint Louis. C'est là qu'on garde les dossiers. Ce n'est pas informatisé. Comme Harms a été condamné il y a vingt-cinq ans environ, son livret doit être sur microfilm, bien que le service soit un petit peu en retard dans ce domaine. Si vous voulez obtenir le livret de Harms, il vous faudra une commission rogatoire.

Sara nota tous les renseignements.

— Merci encore, sergent, vous m'avez été très utile.

Elle avait un logiciel géographique sur son ordinateur. À l'aide de sa souris, elle releva la distance qui séparait Washington de Fort Jackson. « Presque exactement six cents kilomètres », se dit-elle.

Elle monta à la bibliothèque du troisième étage et se brancha sur Internet. Pour des raisons de sécurité évidentes, les ordinateurs des greffiers n'étaient pas reliés à l'extérieur, mais ceux de la bibliothèque étaient équipés d'un modem. Elle tapa le nom Rufus Harms et contempla les lambris sculptés de la salle en attendant que l'écran crache sa neige technologique.

Quelques minutes plus tard, elle avait devant les yeux les toutes dernières dépêches sur Rufus Harms et son frère. Elle imprima le tout. L'un des articles comportait une citation d'un rédacteur de presse de la ville natale de Harms. Elle trouva son numéro sur un annuaire Internet. Il vivait toujours dans la même bourgade, près de Mobile, en Alabama, où les deux frères avaient grandi.

Elle obtint une réponse après trois sonneries du téléphone. Elle se présenta à l'homme, George Barker, toujours rédacteur en chef du journal local.

— J'ai déjà parlé de tout ça à la presse, dit-il.

Son accent sudiste à couper au couteau évoquait pour Sara les croisades racistes, le goudron et les plumes.

— J'aimerais que vous répondiez à quelques questions, c'est tout.

— Vous travaillez pour qui ?

— Une agence de presse indépendante. Je suis à la pige.

— Mouais, qu'est-ce que vous voulez savoir au juste ?

— J'ai lu que Rufus Harms avait été condamné pour le meurtre d'une petite fille dans la base où il était en garnison. (Elle consulta les comptes rendus qu'elle venait d'imprimer.) Fort Plessy, près de Savannah, en Géorgie.

— Le meurtre d'une petite Blanche. C'est un Noir, vous savez.

— Oui, je sais, dit Sara, sans commentaire. Connaissez-vous le nom de l'avocat qui l'a représenté au procès ?

— Y a pas vraiment eu de procès. Il a plaidé coupable. J'ai couvert l'affaire, parce que Rufus était d'ici.

— Donc vous connaissez le nom de son avocat ?

— Faut que je regarde. Donnez-moi votre numéro et je vous rappellerai.

Sara lui donna le numéro de son domicile.

— Si je n'étais pas là, indiquez-le simplement sur mon répondeur. Que pouvez-vous me dire d'autre sur Rufus et son frère ?

— Bof, le seul signe particulier de Rufus était sa taille. À quatorze ans, il devait déjà approcher le mètre quatre-vingt-dix. Et pas le genre dégingandé. Il avait déjà un corps d'homme.

— Bon élève ? Mauvais ? Des problèmes avec la police ?

— Bon élève, sûrement pas. Je crois qu'il n'a jamais dépassé l'école primaire, mais il était très habile de ses mains. Il travaillait dans une petite imprimerie avec son père. Son frère aussi. Tenez, je me rappelle, une fois, la rotative de mon journal est tombée en panne. Ils ont envoyé Rufus la réparer. Il devait avoir seize ans à tout casser. Je lui ai donné le manuel de la machine, mais il n'en a pas voulu. « Les mots, c'est pas trop mon truc, m'sieur Barker », il m'a dit. Quelque chose comme ça. Je l'ai laissé faire et, moins d'une heure après, la vieille rotative tournait comme une neuve.

— Impressionnant.

— Et il a jamais eu d'ennuis avec la police. Sa mère le surveillait de près. C'est une petite ville ici, vous comprenez, on a jamais eu plus de mille âmes et ça diminue d'année en année. Je vais sur mes quatre-vingts ans, voyez, et c'est toujours moi qui dirige le canard. Y a pas plus ancien que moi ici. Les Harms vivaient dans le quartier noir, pour sûr, mais on les connaissait quand même. Je n'ai jamais invité un Noir chez moi, attention, mais ils avaient l'air de braves gens. Elle travaillait à la conserverie, comme presque tout le monde. Femme de ménage, elle était. Elle devait pas rouler sur l'or, mais elle élevait bien ses garçons.

— Et leur père ?

— Un type réglo. Il buvait pas, il faisait pas le zouave comme tant d'autres de sa race. Il travaillait dur. Trop dur. Un matin, il s'est pas réveillé. Crise cardiaque.

— Vous avez une sacrée mémoire.

— J'ai rédigé son avis mortuaire.

— Et le frère ?

— Ah, Josh, c'est une autre paire de manches. Il était ce qu'on appelle ici un mauvais Noir. Tête brûlée, arrogant, il se prenait pour quelqu'un. Attention, j'ai pas de préjugés et je ne tolère pas qu'on emploie le mot n... en ma présence mais, si je devais l'employer moi-même, je l'appliquerais à Josh Harms. Un bagarreur.

— J'avais cru comprendre que c'était un héros du Vietnam.

— Oui, c'est vrai aussi, concéda Barker. Il a été le soldat le plus décoré de la région, et de loin, faut reconnaître. Ça a surpris tout le monde, d'ailleurs. Mais, je vous l'ai dit, c'était un bagarreur. Pour ce qui est de se battre, ça, évidemment, il savait.

— Quoi d'autre ?

— Il a réussi son lycée. Il a eu son diplôme. (La voix de Barker changea.) Mais où il épatait vraiment tout le monde, c'était en sport. C'est moi qui fais tout au journal, même la rubrique sportive. Harms était l'athlète le plus formidable que j'aie jamais rencontré, blanc, noir, vert ou violet. Ce môme courait plus vite, sautait plus haut, lançait plus loin que n'importe qui. Bon, je sais qu'ils ont ça dans le sang, c'est connu, mais Josh était vraiment un phénomène. Il s'est illustré dans tous les sports imaginables. Rendez-vous compte qu'il détient encore une demi-douzaine de records régionaux. Et pourtant, ajouta-t-il fièrement, laissez-moi vous dire qu'il y a toujours eu de fameux champions en Alabama.

Sara soupira.

— Il a joué au niveau universitaire ?

— Quelques équipes de football et de basket lui ont fait des offres. Bear Bryant voulait signer avec lui, c'est pour dire. Oh, ce gars-là aurait pu devenir une vedette de la NBA ou de la NFL. Mais il a été mis sur la touche.

— De quelle manière ?

— Eh, vous savez bien. Son gouvernement lui a demandé de défendre son pays dans la guerre contre le communisme.

— En d'autres termes, il a été mobilisé et expédié au Vietnam.

— Tout juste.

— Il est revenu chez lui après ?

— Oh ! oui, sa mère vivait encore. Plus pour longtemps. Et c'est vers cette époque que les ennuis ont commencé pour Rufus. Je vais vous dire, je crois que Rufus s'est engagé à cause de Josh. Il voulait faire comme son grand frère, voyez, devenir un héros. Disons qu'il avait envie de faire quelque chose de bien, pour changer. Après la mort de son vieux, il n'y avait plus rien qui le retenait dans cette ville. Seulement, ça a mal fini. Josh est venu me trouver, d'ailleurs, histoire de voir si je pouvais faire quelque chose. Le pouvoir de la presse, vous savez. Mais, bon, qu'est-ce que vous voulez, c'est comme ça, y avait rien à faire.

— Est-ce que son acte vous a surpris ? Je veux dire : était-il violent ?

— À ma connaissance, il avait jamais fait de mal à une mouche. Un gentil géant. Quand j'ai appris qu'il avait tué la petite, j'en ai pas cru mes oreilles. Josh, ça m'aurait pas étonné, mais Rufus, jamais de la vie. Enfin, bon, les preuves étaient là.

— Josh est resté vivre en ville ?

— Ah, là, vous abordez un épisode un peu gênant de l'histoire de la région.

— Comment ça ?

— Je préfère ne pas le dire.

Sara essaya de réagir en journaliste.

— Je ne m'en servirai pas dans mon article.

— Sûr ? fit Barker, méfiant.

— Promis. Ça reste entre nous.

— À tout hasard, je vous préviens que j'ai enregistré ce que vous venez de dire. Si je lis une seule allusion à ce que je vais vous raconter dans un journal, je vous attaque en justice et votre canard devra cracher au bassinet. Je suis journaliste, je sais comment ça marche.

— Monsieur Barker, je vous promets de ne pas utiliser dans un article ce que vous allez me dire.

— C'est bon. De toute façon, l'eau a coulé sous les ponts, y a prescription. Légalement, je veux dire. Mais on est jamais trop prudent. (Il se racla la gorge.) Eh bien, la nouvelle du meurtre s'est vite répandue dans la ville, c'était inévitable. Une bande de jeunes qui avaient un peu bu ont décidé de sévir. Ils pouvaient rien faire contre Rufus, vu qu'il était sous la garde de l'armée des États-Unis, mais ils pouvaient s'en prendre aux autres Harms.

— Qu'est-ce qu'ils ont fait ?

— Ce qu'ils ont fait ? Ils ont mis le feu à la maison de Mme Harms.

— Mon Dieu ! Elle était à l'intérieur ?

— Oui. Jusqu'à ce que Josh vienne la sortir. Et ce qui s'est passé, c'est que Josh leur a couru après. Ils se sont castagnés dans les rues. J'ai tout vu de mon bureau. Oh, ils étaient bien à dix contre un, mais Josh en a envoyé la moitié à l'hôpital. Et puis l'autre moitié lui est tombée dessus. Ils l'ont tabassé. Mais méchamment. Une horreur. J'avais jamais vu une chose pareille, et j'espère que je reverrai jamais ça.

— Ça ressemble à une ratonnade. La police est intervenue ?

Barker toussota, gêné.

— C'est-à-dire… D'après la rumeur, il semblerait que deux ou trois des gars qui ont participé, enfin, qui ont mis le feu à la maison…

— … étaient de la police, acheva Sara. (Barker ne dit rien.) J'espère que Josh a porté plainte et que la ville a payé cher.

— Euh, en fait, c'est eux qui ont porté plainte. Ceux qui se sont retrouvés à l'hôpital. Josh pouvait rien prouver pour l'incendie. C'étaient que des suppositions. Et la police l'a fait inculper de rébellion contre les forces de l'ordre. C'était la parole de dix Blancs contre celle d'un Noir. Bref, il a fait un peu de prison, et à sa sortie il a plié bagage avec sa mère et tout ce que sa famille possédait, c'est-à-dire pas beaucoup. Elle est morte peu après. Je pense qu'elle a pas supporté de voir ce qui était arrivé à ses deux fils.

Sara était scandalisée. Elle dut se contenir pour ne pas crier.

— Monsieur Barker, c'est l'histoire la plus révoltante que j'aie jamais entendue. Je ne sais pas grand-chose sur votre ville, mais je sais que je ne voudrais pas que quelqu'un que j'aime y habite.

— Y a des bons côtés.

— Ah oui ? Votre façon de fêter le retour d'un soldat couvert de médailles, par exemple ?

— Je vous l'accorde, c'était pas joli joli. C'est ce que je me suis dit aussi. Quand on va donner son sang pour son pays et qu'on se fait recevoir comme ça en rentrant, on doit se demander pourquoi on s'est battu.

— Puisque vous saviez la vérité, pourquoi n'avez-vous pas utilisé le pouvoir de la presse, cette fois-ci ?

Barker poussa un soupir.

— Je suis né ici, mademoiselle Evans. C'est pas facile de bousculer les autorités en place, même si elles le méritent. Maintenant, je vous dirai pas que je suis un grand ami des Noirs, parce que je le suis pas. Et je vous mentirais en prétendant que j'ai soutenu la cause de Josh Harms parce que, franchement, c'est pas le cas.

— J'imagine que c'est en partie pour ça qu'on a inventé les tribunaux : pour empêcher des gens comme vos concitoyens de maltraiter des gens comme Josh Harms. S'il vous plaît, rappelez-moi quand vous aurez retrouvé le nom de l'avocat.

La jeune femme raccrocha. Ce qu'elle venait d'entendre l'avait tellement bouleversée qu'elle en tremblait encore. Mais combien de Noirs avait-elle connus en Caroline, hormis les mendiants qu'elle voyait au bord des routes ou les ouvriers saisonniers que son père engageait à la journée ? Elle les observait de loin, suant sous le mince tissu de leurs chemises, luisant comme l'ébène sous la morsure du soleil. Avec sa mère, elle leur apportait un casse-croûte et de la limonade. Ils marmonnaient un remerciement sans jamais croiser son regard, mangeaient et repartaient trimer dans leur nuit. L'école de Sara était exclusivement blanche, malgré toutes les requêtes auprès de la Cour suprême demandant la mixité. Ces affaires étaient les champs de bataille du vingtième siècle pour l'égalité raciale, en lieu et place des Antietam, Gettysburg et Chickamauga du siècle dernier [1] – et tout aussi vains, prétendaient certains. Aujourd'hui, à la Cour, il y avait un seul et unique juge noir, qui occupait le siège dit Thurgood

1. Batailles de la guerre de Sécession. *(N.d.T.)*

Marshall [1], et un seul greffier noir sur trente-six. La plupart des juges n'avaient jamais eu de greffier issu d'une minorité ethnique. Quel genre de message était-ce, de la part de la plus haute instance judiciaire du pays ?

En se hâtant d'aller retrouver John, Sara se demandait s'ils découvriraient la vérité. Si l'armée mettait la main sur les frères Harms avant tout le monde, la vérité risquait fort de mourir avec eux.

1. Célèbre magistrat noir, mort en 1993. *(N.d.T.)*

Chapitre 38

John Fiske attendait devant le bureau de son frère pendant que Chandler supervisait l'équipe technique de l'identité, qui œuvrait sous l'étroite surveillance du représentant de la Cour. Toutefois, avec la mort de deux greffiers, la confidentialité était passée au second plan. La priorité allait désormais à la recherche du ou des tueurs. Quand ils en auraient fini avec le cabinet de Michael, le policier et son aide bénévole iraient s'occuper de celui de Steven Wright.

John examina les deux pièces tour à tour. Une idée germait dans son esprit. Il alla consulter Chandler.

— À quel endroit exactement a-t-on retrouvé le corps de Wright ?

L'inspecteur ouvrit son calepin et se mit à le feuilleter.

— À propos, dit-il, j'ai fait sortir votre voiture de la fourrière. Elle est garée devant mon bureau, dans un joli emplacement autorisé.

— Merci. C'est sympa.

— Ne me remerciez pas trop vite. Avec l'amende, ça vous coûtera dans les deux cents dollars.

— Hein ? Je n'ai pas autant de fric sur moi. Deux cents dollars pour un stationnement interdit ?

— Eh, tout augmente. Maintenant, je peux peut-être tirer quelques ficelles, voir si je peux vous faire une fleur. Mais il faudra payer de votre personne. J'ai de petits travaux de peinture à faire chez moi... (Il se fendit d'un sourire et cessa de feuilleter ses notes.) Ah, nous y voilà. Steven Wright habitait tout près de la station de métro Eastern Market. On a retrouvé son corps dans Garfield Park. C'est entre la 2e Rue et la rue F. À un petit kilomètre du Palais.

— Il venait au boulot comment, d'habitude ?

— À pied ou en taxi, d'après les témoignages. Quelquefois en métro.

— Garfield Park est sur son chemin ?

Chandler inclina la tête en étudiant ses notes.

— Pas vraiment. Normalement, il aurait dû prendre à gauche dans la rue E pour rentrer chez lui. Il n'aurait pas continué jusqu'au parc.

— Il avait un chien ? Il l'a peut-être emmené pisser après être rentré.

— Il avait un chien, mais il n'est pas retourné chez lui. Du moins, c'est ce qu'on croit. Et, de toute façon, s'il avait voulu promener son chien, Marion Park est beaucoup plus proche de son domicile.

— Bizarre.

Chandler plissa les yeux. Il gambergeait.

— Maintenant que j'y pense, Marion Park a quelque chose que Garfield n'a pas.

— Quoi ?

— Un poste de police de l'autre côté de la rue.

— Le tueur devait le savoir.

— Le poste de police n'est pas spécialement discret. On tient à se faire voir, au contraire. La peur du gendarme, vous connaissez ?

— À première vue, il a été tué dans le parc ou déposé là après coup ?

— Il y avait du sang sur l'herbe. Pas de douilles. On n'en a pas encore trouvé, en tout cas. Le tireur a dû se servir d'un silencieux, ce qui ne cadre pas tellement avec la thèse de l'agression spontanée. Je vois mal un loubard se balader avec un silencieux. S'il a tiré avec un semi-automatique, on devrait retrouver une douille. À moins qu'il l'ait ramassée.

— La balle était restée dans le corps ?

— Ouaip. J'espère qu'on mettra la main sur un flingue qui correspond.

— Vu ce qui s'est passé dans l'appartement de Michael, vous auriez intérêt à poster quelqu'un devant chez Wright.

— Oh, ça alors, c'est une idée. Je n'y aurais jamais pensé.

— Excusez-moi. On sait à quelle heure Wright a quitté le Palais, hier soir ?

— On se renseigne. Après les heures ouvrables, il n'y a qu'une porte possible, avec un planton en permanence. Elle ferme à 2 heures du mat'. Après, il faut s'adresser à un gardien pour sortir. On peut aussi passer par le garage, mais il est également sous surveillance. De toute façon, Wright ne possédait pas de voiture, ce qui élimine cette hypothèse.

— Alors quelqu'un a dû le voir sortir.

— Mes gars interrogent les gardiens de service hier soir.

— Il y a des caméras de surveillance, ici ?

— Dans la salle d'audience, vous voulez dire ? demanda Chandler en souriant. La réponse est oui, mais pas partout, et malheureusement pas de ce côté du hall. On vérifie tout de même les bandes vidéo, à tout hasard. (Il consulta de nouveau ses notes.) À cette heure de la nuit, à part un greffier faisant des heures sup', il n'y a plus aucune activité à cet étage.

— Vous avez découvert quelque chose dans le passé de Wright ? questionna John.

— Que dalle. Pas de squelette dans ses placards. Il va falloir se creuser pour trouver un mobile.

— Son portefeuille a disparu.

— La ficelle est un peu grosse.

— Comme si on voulait nous faire croire que les deux meurtres sont liés ?

— Vous savez, opina Chandler, ça peut très bien être un cinglé qui veut régler un compte avec la Cour, en définitive.

— En fait, je crois que les deux meurtres sont effectivement liés, mais pas pour les raisons qu'on pense.

— Expliquez-vous.

— Si Mike a été tué pour une raison particulière qu'on veut nous empêcher de découvrir, le meurtre d'un autre greffier pourrait être un excellent moyen pour nous égarer sur une fausse piste, en cherchant une corrélation là où il n'y en a pas.

Chandler demeura songeur.

— Pour comprendre ce qui pousserait l'assassin de votre frère à essayer de maquiller son crime, il nous reste donc à découvrir son vrai mobile.

John hésita. Il devenait problématique de maintenir le secret autour du vol de la requête.

— Je ne sais pas, dit-il, mais j'ai peut-être une idée en ce qui concerne le meurtre de Wright.

— Ce ne serait pas seulement pour brouiller la piste ?

— Disons que sa mort faisait d'une pierre deux coups.

Sara les rejoignit à cet instant, tout excitée.

— John, je peux vous parler une minute ?

— Mademoiselle Evans ! s'exclama Chandler en souriant jusqu'aux oreilles. J'espère que votre voyage à Richmond s'est déroulé sans anicroche.

— Disons que c'était différent, répondit-elle évasivement. John, il faut vraiment que je vous parle.

— Je vous revois plus tard, Buford ?

— Ouais, et vous pourrez m'exposer votre théorie.

Comme ils s'éloignaient ensemble, le sourire de Chandler s'effaça. Il se demandait si Sara Evans n'était pas en train de lui piquer son équipier officieux.

Quelques minutes après que Sara eut quitté son bureau, le juge Knight passa la voir. Elle s'apprêtait à laisser un message quand elle aperçut le mémo « Chance » avec la note de Steven Wright. Elle s'assit sur la chaise de Sara et en lut le texte. Quand elle eut fini, un affreux remords la saisit. C'était elle qui avait exigé que Wright fasse des heures supplémentaires, toute la nuit si nécessaire. Il avait obéi, en quittant le Palais après tout le monde, et s'était fait tuer. Pour son précieux mémo. Elle n'avait jamais considéré les événements sous cet angle. Elle eut un haut-le-cœur et sortit précipitamment.

Une minute plus tard, ses greffiers la virent passer comme une flèche et s'enfermer dans son bureau. Là, elle se plongea dans ses pensées, à contempler la cheminée éteinte. C'était dans cette pièce que s'étaient élaborées ses petites stratégies, sa philosophie de l'existence. Et cela avait coûté la vie d'un jeune homme. Elle jeta au loin ses chaussures et, effondrée, se mit à pleurer.

Chapitre 39

De retour dans son bureau, Sara raconta à John ce qu'elle avait découvert. Son récit dura une bonne demi-heure. Tous deux siégeaient face à face.

— Quand Barker m'aura donné le nom de l'avocat, on commencera enfin à y voir plus clair. On pourra au moins s'appuyer sur une base solide.

— Ce serait bien.

— Vous croyez que Michael est allé voir Harms en prison ?

— Si le type ne s'était pas évadé, il suffirait de le lui demander.

Sara eut soudain une idée effrayante.

— Vous ne pensez tout de même pas que Michael est mêlé à cette évasion ?

— Mon frère n'aurait jamais prêté la main à une action illégale.

— Sans le vouloir, je veux dire.

— D'après les comptes rendus de presse, Harms s'est fait la belle *après* la découverte du corps de Mike. Mais ça m'étonnerait qu'il s'agisse d'une simple coïncidence.

— Ah ? Vous avez une idée lumineuse ?

— Je crois savoir pourquoi Steven Wright a été tué.

— Pourquoi ? Parce qu'il était au courant pour Harms ? Il savait ce que Michael avait fait ?

— Non, il a été assassiné parce qu'il a vu quelque chose qu'il n'aurait pas dû voir.

Elle rapprocha sa chaise.

— Que voulez-vous dire ?

— Le bureau de Wright – votre ancien bureau – est tout proche de celui de Mike. Wright était censé travailler toute la nuit.

— Exact. Parce que je le lui ai demandé.

— Parce que Elizabeth Knight vous a demandé de le lui demander. Nuance. On a retrouvé son corps dans un parc qui n'était pas sur son chemin. Chandler m'a dit qu'il avait été tué entre minuit et 2 heures. S'il a travaillé toute la nuit ici, que faisait-il dans ce parc ?

— Vous pensez que quelqu'un l'a entraîné là-bas pour l'assassiner ?

— Plutôt que quelqu'un est venu le chercher ici pour l'entraîner dans le parc et le tuer.

— Vous sous-entendez que le tueur était à l'intérieur du Palais ?

John acquiesça :

— Je ne dis pas qu'il travaille à la Cour, mais sans doute était-il physiquement présent ici hier soir.

— Qu'est-ce que Steven aurait pu voir ?

— Quelqu'un. Il a vu quelqu'un entrer dans le bureau de Mike. Hier, il a entendu Chandler dire à la cantonade que l'accès au bureau était interdit à tout le monde, sans exception. Or le visiteur ne savait probablement pas que Wright se trouvait dans le bureau contigu. Je présume que vous ne faites pas une annonce radio quand vous travaillez plus tard que d'habitude.

— En général, nous ne le savons nous-mêmes qu'à la dernière minute.

— Donc, quelqu'un s'introduit dans le bureau de Mike pour chercher quelque chose.

— Quoi, par exemple ?

— Je ne sais pas, des copies du document que Mike avait subtilisé, des messages téléphoniques, des notes sur son ordinateur…

— Mais c'est un risque énorme. Il y a une surveillance vingt-quatre heures sur vingt-quatre ici.

— D'accord. Seulement, si le type savait que la police devait fouiller le bureau le lendemain, il ne lui restait plus beaucoup de temps pour agir.

— Ça se tient.

— Wright entend quelque chose, ou il a tout simplement terminé son mémo, et il sort. Il tombe sur le visiteur.

— Attendez. Si je vous suis bien, vous pensez que Steven connaissait son assassin ?

John se carra sur sa chaise.

— Vous me suivez bien. Ça me semble évident, sans quoi il aurait donné l'alarme tout de suite. Et autre chose : j'ai vu Perkins fermer le bureau de Mike à clé. Or il n'y a aucune trace d'effraction. L'intrus possédait une clé.

— Alors, quelqu'un a dû voir quelque chose.

— Pas nécessairement. Si le tueur connaît bien les lieux, il devait savoir comment sortir avec Wright sans se faire repérer.

— Donc, quelqu'un dont Steven ne se méfiait pas.

— L'un des juges, par exemple ? dit-il en la regardant dans les yeux.

— Ah non, ça non, hors de question ! protesta-t-elle. Je veux bien tout envisager, mais pas ça… Et si c'était McKenna ? Ça colle. Steven lui aurait fait confiance. Un agent du FBI !

— Pourquoi McKenna ?

— Eh bien, parce que… Je ne sais pas. C'est le premier qui m'est venu à l'esprit.

— Parce qu'il ne travaille pas à la Cour et qu'il m'a envoyé un direct à l'estomac ?

La jeune femme soupira.

— Probablement, reconnut-elle.

Puis elle se rappela quelque chose et se mit à fourrager dans les paperasses qui jonchaient sa table de travail.

— Voilà, dit-elle quand elle eut trouvé. Je peux vous dire à quelle heure Steven est parti.

Elle lui montra le mémo que Wright lui avait laissé. En haut de la première page figuraient une date et une heure.

— Le traitement de texte indique automatiquement la date et l'heure sur les documents. Vu le nombre de feuillets qu'on manipule, ça nous permet de faire le tri plus facilement.

John examina la page.

— Ce texte a été imprimé à 1 heure 15, ce matin, dit-il.

— Exact. Steven a terminé son mémo, l'a déposé sur mon bureau, il est sorti…

— Et il a vu ce qu'il a vu.

Sara réfléchit.

— Pas si vite, fit-elle. Il y a un truc qui cloche. En principe, quand un greffier travaille tard, il se fait raccompagner chez lui par l'un des policiers de la Cour. Les flics sont assez sympa avec nous, je dois dire.

— Et, à 1 heure et quart, il n'y a plus de métro, exact ?

— Exact. Et puis, Steven habite tout près d'ici. Il s'est déjà fait raccompagner plus d'une fois.

— Donc, il y a de bonnes chances que ce soit quelqu'un de la Cour qui ait reconduit Wright chez lui ?

— À 1 heure et quart du matin, je dirais quatre chances sur cinq.

— Pourquoi pas un taxi ? En pleine nuit, les gardiens avaient peut-être autre chose à faire.

— Oui, bien sûr, c'est possible aussi, admit-elle, dubitative.

— Si c'est un policier qui l'a reconduit, ce ne sera pas difficile à vérifier. J'en parlerai à Chandler.

— Et maintenant ? La suite du programme ?

John haussa les épaules.

— Il nous faut le livret de Harms. L'un de mes vieux copains travaille dans les tribunaux militaires. Je vais l'appeler pour voir s'il peut accélérer la procédure. Tant qu'on ne saura pas qui est impliqué dans cette histoire, évitons de faire des vagues. On joue en sourdine, d'accord ?

Sara frissonna.

— Vous savez quoi ? dit-elle. Je commence à avoir peur de découvrir la vérité.

Chapitre 40

Sara retourna à son travail et John téléphona à son ami Phil Jansen, avocat auprès du tribunal militaire. Entre autres choses, il lui demanda de se procurer une liste des personnes en garnison à Fort Plessy à l'époque où Rufus Harms s'y trouvait.

Quand John rejoignit Chandler, il lui confia son hypothèse sur les raisons du meurtre de Wright. Le policier se montra impressionné.

— On va aussi interroger les compagnies de taxis. Il nous reste à espérer que quelqu'un aura vu ou entendu quelque chose. Bon, à part ça, est-ce que votre escapade avec Mlle Evans, la nuit dernière, vous a appris quelque chose ?

— C'est une fille bien. Un peu impulsive, mais bien. Très futée.

— Quoi d'autre ? Ramsey a laissé entendre qu'elle était proche de votre frère. Elle a une idée sur un éventuel mobile ?

— Demandez-le-lui.

— Ouais, mais, je vous le demande à vous, John. Je croyais qu'on faisait équipe. J'ai déjà assez de problèmes comme ça avec cette affaire, sans être obligé en plus de surveiller mes arrières.

— Je n'ai jamais laissé tomber un équipier, protesta John.

— Ravi de l'entendre. Alors dites-moi tout.

John détourna les yeux. Ça se corsait. Il marchait sur des œufs. Ce n'était pas en dissimulant des informations qu'il ferait avancer les choses. Mais comment tout avouer à Chandler sans nuire à Sara et sans détruire la réputation de son frère ?

— Il y a un endroit où on peut boire un café par ici ?

— À la cafétéria. C'est moi qui régale.

Quelques minutes plus tard, ils étaient installés à la cafétéria du rez-de-chaussée. La Cour était en séance et la salle était pratiquement vide.

John buvait son espresso à petites gorgées, sous le regard impatient de Chandler.

— John, ça ne peut pas être si grave. Sauf si vous m'avouez que c'est vous qui dégommez les greffiers.

— Buford, si je vous livre une information, vous avez un règlement à respecter, vous devez la transmettre à qui de droit.

— C'est vrai. Et c'est ce règlement qui vous empêche de vider votre sac ?

— D'après vous ?

— Si on en restait au stade des hypothèses ? Mon boulot consiste à réunir des faits susceptibles de mener ultérieurement à une arrestation. Maintenant, s'il ne s'agit pas d'un fait, mais d'une simple supposition – comme votre théorie sur le mobile du meurtre de Wright –, je ne suis pas obligé d'en référer à quiconque, du moins tant qu'elle n'est pas corroborée par des faits attestés.

— En somme, on pourrait parler hypothétiquement et ça restera entre vous et moi ?

— Je ne peux pas vous promettre que ça restera entre nous. Pas si ça devient un fait.

John baissa les yeux sur sa tasse. Voyant qu'il était en train de changer d'avis, Chandler tapa sur la soucoupe avec sa cuiller.

— John, notre objectif premier est de découvrir qui a tué votre frère et Wright. Je croyais que c'était ce que vous vouliez.

— C'est ce que je veux.

Chandler en doutait, tout à coup.

— Alors ? reprit-il. Quel est le problème ?

— Le problème est qu'on peut faire du mal aux gens en essayant de les aider.

— Juste votre frère ou quelqu'un d'autre ?

John comprit qu'il en avait déjà trop dit. Il décida de se jeter à l'eau.

— D'accord, Buford, discutons d'hypothèses un instant. Supposons que quelqu'un de la Cour ait détourné un document avant qu'il soit passé par les canaux officiels.

— Pourquoi et comment ?

— Le *comment* est assez facile. Le *pourquoi* ne l'est pas.

— Bon, continuez.

— Supposons que quelqu'un d'autre ait vu ce document, ait découvert qu'il n'était pas enregistré officiellement et n'en ait rien dit.

— Je présume que le *pourquoi* de cette affaire est également compliqué ?

— Peut-être pas. Supposons encore que la personne qui a détourné le document l'ait fait pour une bonne raison. Et que cette personne soit allée rendre visite à la personne de qui émanait cette lettre.

— Les six cents kilomètres sur le compteur de la Honda ?

John resta de glace.

— Ça, c'est un fait, Buford. Je ne discute pas des faits.

Chandler but une gorgée.

— Continuez.

— Imaginez que l'auteur de cette lettre soit un prisonnier.

— C'est un fait ou encore une spéculation ?

— Je n'ai pas l'intention de vous éclairer sur ce point.

— Mais j'ai l'intention de le demander. Où se trouve ce prisonnier ?

— Je l'ignore.

— Comment ça, vous « l'ignorez » ? Si c'est un prisonnier, il est dans une prison quelque part, non ?

— Pas forcément.

— Qu'est-ce que c'est que cet... (Chandler s'interrompit brusquement.) Holà, holà ! J'ai peur de comprendre. Il ne se serait pas évadé, tout de même ? (John ne répondit pas.) Malheur, ne me dites pas que votre frère s'est attendri sur la complainte d'un taulard, est allé le voir en prison, l'a aidé à se faire la malle et que le type l'a refroidi après. Par pitié, ne me dites pas ça.

— Je ne vous dis pas ça. Ce n'est pas ce qui s'est passé.

— Bon. Cette lettre... vous savez ce qu'il y avait dedans ?

Ils avaient largement dépassé le stade des hypothèses et John Fiske s'en rendait compte. Il secoua la tête.

— Je ne l'ai jamais lue.

— Alors comment savez-vous qu'elle existe ?

— Buford, je ne répondrai pas à cette question.

— John, je peux vous forcer à y répondre.

— Eh bien, vous serez obligé d'en arriver là.

— Vous savez que vous prenez un gros risque ?

— Oui. (John finit son espresso et se leva.) Je vais attraper un taxi pour aller récupérer ma voiture.

— Je vous y conduis. J'ai d'autres enquêtes en cours, même si tout le monde a l'air de ne s'intéresser qu'à celle-ci.

— Buford, je crois que ce serait mieux pour nous deux que vous ne me reconduisiez pas.

Chandler fit la moue.

— Comme vous voudrez. Votre charrette est dans le parking de derrière. Les clés sont sur le siège avant.

— Merci.

L'inspecteur regarda John Fiske sortir de la cafétéria.

— J'espère qu'elle en vaut la peine, John, dit-il à voix basse.

Chandler n'avait pas chômé, de son côté. Quand il arriva à son bureau, il trouva une pile de papiers sur la table. C'était le relevé des appels téléphoniques de Michael Fiske, à son lieu de travail et à son domicile. La routine de l'enquête. Il n'y avait plus qu'à se farcir le listing. Plusieurs appels à la famille, dont celui à son frère. Une douzaine d'autres à un numéro identifié comme celui de Sara Evans. Intéressant, se dit-il. Et si les deux frères Fiske étaient tombés amoureux de la même femme ? Quand Chandler atteignit le bas de la liste, son pouls s'accéléra. Il y avait longtemps que ça ne lui arrivait plus. Michael Fiske avait appelé Fort Jackson, en Virginie, à plusieurs reprises, la dernière fois trois jours avant la découverte de son cadavre. Chandler savait que Fort Jackson abritait une prison militaire. Et ce n'était pas tout. Il fouilla dans les avis de recherche qui encombraient son bureau. Le télex avait été envoyé à toutes les polices, avec un mandat d'arrêt national. Quand il l'avait reçu, il s'en était désintéressé.

Maintenant, c'était différent. Il examina soigneusement la photo de Rufus Harms. Il avait juste besoin d'une petite information supplémentaire, qu'il obtint en moins d'une minute. Fort Jackson se trouvait approximativement à six cents kilomètres de Washington. Harms était-il l'auteur de la lettre dont John Fiske lui avait parlé ? Et, si oui, pourquoi, selon l'« hypothèse » de Fiske, son frère l'avait-il détournée ?

Chandler consulta de nouveau la liste des communications téléphoniques. Ses yeux passèrent sur un numéro qui ne l'arrêta pas, parce que c'était celui d'un cabinet d'avocat et qu'il y en avait de nombreux autres sur le relevé. D'ailleurs, même s'il y avait prêté attention, le nom de Samuel Rider ne lui aurait rien dit. Il reposa la liste et se demanda si le moment n'était pas venu de convoquer John Fiske et Sara Evans pour les faire parler. Mais que diraient-ils ? En trente ans d'expérience, il avait adopté un précepte inaltérable : « Ne te fie à personne. »

— Allez, John, implora Sara.

Ils étaient dans le bureau de la jeune femme. La journée de travail touchait à sa fin.

— Sara, je ne connais pas le juge Wilkinson.

— Mais rendez-vous compte, si quelqu'un de la Cour a trempé dans cette histoire, c'est l'occasion rêvée pour piocher des renseignements, parce que tout le gratin y sera.

John voulut protester encore, puis se ravisa. Il se frotta le menton.

— Ça commence quand ?

— À 7 heures et demie. À part ça… vous avez pu joindre votre copain du tribunal militaire ?

— Oui. Il y a deux dossiers utiles, en fait. Le livret militaire proprement dit, qui contient non seulement les états de service de Rufus Harms, mais aussi les notes de ses supérieurs, des informations personnelles, son contrat d'engagement, sa solde et son carnet de santé.

L'autre est le rapport de la cour martiale. Il doit se trouver à Fort Jackson. La plaidoirie et les divers documents de l'avocat qui a assuré sa défense sont normalement conservés au secrétariat de l'attorney général. Mais, depuis le temps, ça s'est peut-être perdu. Jansen vérifie. Il m'enverra ce qu'il peut.

Sara rassembla ses affaires pour partir. John resta assis.

— Parlez-moi un peu des Knight, dit-il. Leur passé et tout ça.

— Pourquoi ?

— Eh bien, ce sont eux qui invitent, non ? Elle est une diva de la Cour, et lui un ténor du Sénat. C'est suffisant pour qu'on s'intéresse à eux dans notre enquête, vous ne trouvez pas ?

— Vous en savez sûrement plus que moi sur le passé de Jordan Knight. Il vient de votre ville.

John haussa les épaules.

— En effet. Jordan Knight est une grosse pointure à Richmond. Du moins, il l'était avant de se lancer dans la politique. Il s'est fait un paquet de fric.

— Et un paquet d'ennemis ?

— Non, je ne pense pas. Il a beaucoup donné pour la Virginie. Et c'est un type plutôt réservé.

— Tout le contraire de sa femme, alors.

— J'ai remarqué qu'elle ne s'embarrassait pas de diplomatie.

— Vous pouvez le dire. Ça vient avec la fonction. Les procureurs austères font des juges encore plus austères. Tout le monde savait qu'elle était pressentie pour un siège à la Cour. Comme elle n'appartient à aucun camp déterminé, c'est souvent son vote qui fait pencher la balance dans les cas litigieux, ce qui énerve prodigieusement Ramsey. C'est pour ça qu'il prend toujours des gants avec elle, quoique, parfois, il ne résiste pas à l'envie de lui tirer dans les pattes.

« C'est donc ça », se dit John en repensant à leur récent échange de politesses.

— Vous connaissez bien les autres juges ? Apparemment assez bien, en tout cas, pour refuser d'admettre qu'ils puissent commettre un meurtre.

— Je ne les connais pas bien, non. Nous avons des relations très superficielles.

— Quel est le parcours de Ramsey ?

— Il est le patron de la plus haute cour du pays et vous ne savez pas ?

— Mettez-moi au parfum.

— Il était juge assesseur avant d'être élevé au grade suprême, il y a dix ans.

— Rien d'anormal dans son histoire ?

— Il était dans l'armée. L'armée de terre ou la marine, peut-être. (John tiqua.) Non, John, n'y pensez pas. Ramsey n'est pas du genre à tuer son monde. Pour le reste, tout est dans sa bio officielle.

John semblait perplexe.

— J'aurais pensé que vous saviez tout sur les petits côtés des juges. Vous ne papotez jamais entre greffiers ?

— Les greffiers d'une même chambre ont tendance à se tenir les coudes. Mais on se réunit tous ensemble autour d'un verre le jeudi après-midi. Et, périodiquement, les greffiers d'un certain juge invitent un autre juge à déjeuner, pour faire connaissance. Autrement, les chambres sont très cloisonnées… Il n'y a guère que les mémos qui circulent de l'une à l'autre.

— Mike m'avait parlé d'un truc comme ça à ses débuts.

— Ça ne m'étonne pas. Les greffiers sont les porte-voix de leur juge. On envoie des ballons-sondes, pour essayer de jauger les positions des autres. Par exemple, Michael me demandait souvent ce que voulait Knight pour se rallier à Murphy, quand elle était minoritaire.

— Je ne comprends pas. Si Murphy avait déjà la majorité, pourquoi cherchait-il encore des voix ?

— Je vois que vous n'êtes vraiment pas dans le bain.

— Je ne suis qu'un petit avocat de la campagne.

— Très bien, monsieur le petit avocat de la campagne. Si j'avais reçu un billet de dix dollars chaque fois qu'un juge du camp majoritaire est passé dans l'opposition, je serais milliardaire. Pour que votre opinion l'emporte, il vous faut cinq voix. Mais l'opposition ne reste pas les bras croisés pendant que vous mijotez votre texte. Ça discute ferme en coulisse. On fait circuler des opinions contradictoires. C'est une lutte d'influences permanente. Du grand art, croyez-moi.

John errait toujours dans le brouillard.

— Mais, dit-il, puisque les opposants sont minoritaires, ils sont dans le camp des perdants. De quelle influence peuvent-ils disposer ?

— Mettons qu'un juge n'aime pas la façon dont l'opinion majoritaire se dessine. Il peut faire circuler un texte contradictoire virulent, qui risque de placer la Cour tout entière dans une situation gênante s'il est publié, ou même de court-circuiter la majorité. Mieux encore, et plus simple, il lui suffit de laisser entendre qu'il va rédiger un texte de ce genre pour que la majorité mette de l'eau dans son vin. Ils le font tous. Ramsey, Knight, Murphy. C'est comme ça, c'est le jeu.

— Comme une interminable campagne électorale, résuma-t-il. Toutes les mesquineries sont permises pour gratter des voix. La version légale du maquignonnage. Je te donne ça et tu me donnes ta voix.

— Et il faut savoir choisir le moment. Supposons qu'un ou plusieurs juges soient en désaccord avec un arrêt rendu cinq ans plus tôt. La Cour ne revient pas à la légère sur sa propre jurisprudence, il faut donc procéder d'une manière stratégique. Ces juges peuvent utiliser une affaire nouvelle pour préparer le terrain et aboutir finalement au renversement de la jurisprudence. Ça vaut aussi pour la sélection des affaires. Ils guettent toujours l'affaire idoine pour contredire le précédent qui ne leur plaît pas. C'est comme une partie d'échecs.

— Alors, il faut souhaiter qu'ils ne perdent pas de vue le but du jeu.

— C'est-à-dire ?

— La justice. C'est peut-être tout ce que demande Rufus Harms. La raison de son courrier. Vous croyez qu'il peut obtenir justice ici ?

Sara baissa les yeux.

— Je ne sais pas. En fait, les individus concernés par les affaires ne comptent pas vraiment. Ce qui compte, c'est la jurisprudence que leur cas permet d'établir. Tout dépend de ce qu'il demande. De l'impact que ça aura sur les autres.

— Eh bien, il s'en passe de belles ! (Il secoua la tête et la regarda droit dans les yeux.) Un endroit drôlement intéressant, cette Cour suprême.

— Alors, vous viendrez à la réception ?

— Je ne veux pas manquer ça.

Chapitre 41

Josh Harms supposait que la police quadrillerait les routes secondaires, et il avait choisi la tactique du culot : il suivait la nationale. Le soir tombait et, avec les vitres fermées, ils ne risquaient guère d'être reconnus par un policier en maraude. Toutefois, malgré ses précautions, il savait qu'ils allaient au-devant de la catastrophe.

Après toutes les épreuves que son frangin avait traversées, c'était tout de même dingue, se disait-il, que sa première pensée aille à sa réhabilitation, au risque de se faire tuer et de perdre la liberté qu'on lui avait injustement ravie. Au fond, tout en maudissant Rufus, il lui tirait son chapeau. Josh avait une vision assez simple de la vie : c'était lui contre tous. Il ne cherchait pas les ennuis, mais gare à qui le provoquait. Il avait des réactions explosives. C'était un miracle qu'il soit encore en vie.

Ouais, un type comme Rufus forçait l'admiration : il était prêt à renverser des montagnes, à faire plier les puissants qui prétendaient régir le monde à leur guise. T'as peut-être raison, frérot, songeait-il, peut-être que la vérité te rendra la liberté, après tout.

Du coin de l'œil, il aperçut quelque chose dans le rétroviseur. Il empoigna son flingue.

— Rufus ! appela-t-il. On a un problème.

Le visage de Rufus apparut dans la lucarne de la cabine.

— Qu'est-ce que c'est ?

— Baisse-toi ! Baisse-toi, merde ! (Il lorgna de nouveau la voiture de police, qui restait cadrée dans le rétroviseur.) Y a un perdreau qui nous a croisés deux fois et le voilà qui revient.

— T'as roulé trop vite ?

— Tu rigoles, je plafonne à quatre-vingt-dix.

— Un problème avec le camion ? Le feu arrière ou quelque chose ?

— Je suis pas si con. Le bahut est nickel.

— Alors quoi ?

— Écoute, Rufus, faut pas croire que le monde a changé pendant que t'étais à l'ombre. Je suis un Black dans un camion presque neuf, sur l'autoroute, la nuit. Pour un flic, y a que deux explications : soit je l'ai volé, soit je transporte de la dope. Tu risques ta peau rien qu'en allant acheter du lait, de nos jours. (Il regarda encore dans le rétroviseur.) Je le sens mal, le mec, il va nous allumer.

— Qu'est-ce qu'on fait ? Je peux pas me cacher derrière.

Les yeux rivés sur le rétro, Josh glissa son flingue sous le siège.

— Ouaip, il va nous allumer d'une seconde à l'autre, et on est foutus. Planque-toi sous cette bâche, Rufus. Vite.

Josh enfonça sa casquette de base-ball jusqu'aux oreilles. On ne voyait plus que ses tempes grisonnantes. Il se donna un air d'abruti, prognathe, la lippe saillante comme s'il n'avait plus de dents. Il sortit un paquet de chewing-gums de la boîte à gants et en cala quelques-uns sous ses joues pour les faire gonfler. Il voûta ses épaules. Puis il baissa la vitre, tendit le bras au-dehors pour faire signe au policier de s'arrêter sur le bas-côté, ralentit et se rangea au bord de la route. La voiture de police stoppa derrière le camion. Son gyrophare bleu avait quelque chose de sinistre dans la nuit.

Josh attendit sur son siège. Faut toujours les laisser venir à toi ; pas de mouvements brusques. La lampe torche du flic, braquée sur le rétroviseur, l'éblouit. C'était un de leurs trucs pour déboussoler le client, Josh connaissait la chanson. Il entendit des bottes crisser sur le gravier. Il imaginait le gars, la main sur le revolver, les yeux fixés sur la portière.

Josh s'était déjà fait arrêter trois fois sur la route. Toujours le même cirque : un coup de matraque sur le feu arrière, l'ampoule pétée, et on lui collait une amende pour conduite dans un véhicule non réglementaire. De la pure provocation, pour le faire sortir de ses gonds et avoir une raison de l'envoyer au bloc. Ça n'avait jamais marché avec lui.

Oui, m'sieur l'agent, non, m'sieur l'agent, bien sûr, m'sieur l'agent – même quand ça lui démangeait de claquer la tête du type contre la portière.

Et il avait encore de la chance : ils ne lui avaient jamais fourré de la drogue dans sa voiture pour l'agrafer comme dealer. Il avait plusieurs potes qui croupissaient actuellement en prison pour des gentillesses de ce style.

— Défends-toi, lui disait toujours Louise, son ex-femme.

— Avec quoi ? rétorquait-il. Autant me battre contre Dieu, pour ce que j'y gagnerai.

Les bruits de pas cessèrent. Josh regarda par la vitre.

L'homme le toisa. Josh remarqua qu'il était hispanique.

— Qu'est-ce qui se passe, monsieur ? demanda le flic.

Les joues pleines de chewing-gum, Josh répondit :

— La 'oute de Louzane, missié ? (Il pointa le doigt devant lui.) C'est pa' là ?

Le flic croisa les bras.

— Vous pourriez me répéter ça ?

— Louzane. Bat' Rouge.

— Baton Rouge, en Louisiane ? (Le gars se mit à rire.) Vous en êtes loin.

Josh se gratta le cou et regarda autour de lui.

— J'ai mes gosses là-bas qui z'ont pas vu leur papa depuis longtemps.

Le flic devint sérieux, tout à coup.

— Ah, bien.

— Y a un homme, y m'a dit c'est ça la 'oute.

— Eh bien, cet homme vous a mal renseigné.

— Ah. Savez où c'est, alo' ?

— Ouais, suivez-moi. Mais je ne peux pas vous conduire jusqu'au bout.

Josh observait le type d'un œil vide.

— Mes gosses, y sont sages. Y veut voir leur papa. Vous m'aidez ?

— D'accord. Voilà ce qu'on va faire. On n'est pas loin de la sortie que vous devez prendre pour retrouver la bonne route. Vous me suivez jusque-là. Ensuite, il faudra vous débrouiller seul. Arrêtez-vous en chemin pour demander à quelqu'un. Ça vous va ?

— Oui, missié, répondit Josh en touchant la visière de sa casquette.

En regagnant sa voiture, le policier regarda la cabine. Il pointa sa lampe sur la lucarne latérale et vit les piles de conserves.

— Ça vous ennuie si je jette un œil là-dedans ?

Josh ne s'affola pas. Il avança simplement sa main vers le siège où se trouvait son arme.

— Oh, non, dit-il.

Le flic monta à l'arrière et souleva le hayon vitré. Il se trouva face à un mur de boîtes. Rufus était recroquevillé derrière la pile, sous la bâche.

— Qu'est-ce que vous transportez, monsieur ?

— À manger, répondit Josh en se penchant par la vitre.

Le flic ouvrit un carton, agita une boîte de soupe, en ouvrit un autre rempli de biscuits et le replaça. Enfin il referma la porte et revint devant la fenêtre du conducteur.

— Vous avez beaucoup de provisions. La route n'est pas si longue.

— C'est mes gosses. J'y ai demandé ce qu'y veut. Y z'ont dit : à manger.

— Oh. Eh bien, c'est gentil de votre part. Très gentil.

— Z'avez des gosses ?

— Deux.

— C'est bien, ça.

— Bon voyage, monsieur.

Le policier remonta dans sa voiture.

Josh reprit la route dans son sillage.

Rufus pointa la tête par la lucarne.

— Je suais toute l'eau de mon corps, là derrière.

Josh sourit.

— Faut savoir les prendre. Si tu fais le méchant, ils te mettent les bracelets. Si t'es trop poli, ils pensent que tu les charries et t'as droit aux bracelets aussi. Mais si t'as l'air d'un vieux con, alors ils s'en tapent.

— On a quand même eu chaud, Josh.

— On a eu du pot de tomber sur un Mexicain. La famille, les gosses, pour eux c'est sacré. Tu leur sers ces salades, et ils te foutent la paix. Avec un visage pâle, ça aurait été moins coton. Si un Blanc avait fourré son nez dans la cabine, il aurait tout vidé jusqu'à ce qu'il te trouve. Un Noir aurait peut-être été plus cool, mais tu peux jamais savoir. Des fois, avec l'uniforme, ils se prennent pour des Blancs.

Rufus regarda son frère avec un air de reproche.

— Maintenant, les pires, c'est les Jaunes, continua Josh. Tu peux rien leur dire. Ils sont là, devant toi, ils écoutent pas un mot et ils font ce qu'ils ont décidé de faire. Ils pourraient tuer leur propre mère sans piper et te bourrer le cul de kung-fu juste après. Ouais, on est vraiment vernis d'être tombés sur l'agent Pedro.

Sur quoi, Josh cracha par la fenêtre.

— T'as catalogué tout le monde ? dit Rufus, mécontent.

— Et alors ? T'as quelque chose contre ?

— Peut-être.

— Eh ben, tu vis ta vie comme tu veux, laisse-moi vivre la mienne. On verra lequel de nous deux ira le plus loin. Je sais que t'en as bavé, là-bas, mais, dehors, faut pas croire que c'est un pique-nique. Je suis dans ma petite prison, moi aussi. Et pourtant personne ne m'a condamné.

— Dieu nous a tous créés, Josh. On est tous ses enfants. C'est pas bien de faire des différences comme ça. J'ai vu des tas de Blancs se faire tabasser en prison. Le mal peut prendre toutes les formes et toutes les couleurs. C'est dit dans la Bible. Faut juger les hommes sur leurs actes. Pas sur leur gueule.

— Arrête, je vais chialer. Après tout ce que Tremaine et les autres t'ont fait endurer, tu veux me faire croire que t'as pas la haine, que t'as pas envie de les buter ?

— Oui. Si j'étais comme ça, ça voudrait dire que Tremaine a tué l'amour que j'ai dans le cœur. M'a éloigné de Notre-Seigneur. S'il avait fait ça, il aurait gagné. Personne sur cette terre n'est assez fort pour me détourner de Dieu. Ni le vieux Vic, ni toi, ni personne. Je suis pas un crétin, Josh. Je sais bien que la vie n'est pas une partie de rigolade. Je sais que les Noirs ne font pas la loi. Mais c'est pas la haine qui fera avancer les choses.

— Merde. Dieu te donne le feu vert pour haïr tous les Blancs du monde.

— Tu te goures. Si je les haïssais, c'est comme si je me haïssais moi-même. J'étais comme toi avant d'aller en taule. Je haïssais tout le monde. J'avais le diable en moi, mais Dieu l'a chassé. Je peux plus haïr. C'est fini.

— C'est ton problème. Plus tôt tu le régleras, mieux ce sera.

— Quelle perspicacité, Frank ! Vous éliminez Rider et sa bourgeoise, mais vous n'avez pas fouillé son bureau ?

Rayfield serra le combiné du téléphone.

— Puisque vous êtes si malin, dites-moi ce que j'aurais dû faire. S'il m'avait surpris dans son bureau, qui sait ce qui aurait pu se passer ? Si on y va maintenant et qu'on se fait pincer, les flics nous poseront des tas de questions indiscrètes.

— Mais vous venez de me dire qu'ils prenaient cette double mort pour un meurtre suivi d'un suicide. Il n'y aura plus d'enquête, l'affaire est classée.

— C'est probable, en effet.

— Donc, vous pouvez aller faire un tour dans son bureau. Dès cette nuit.

— D'accord, si la voie est libre, ce sera fait.

— Vous avez récupéré la lettre que Harms a reçue de l'armée ?

— Pas encore…

Il s'interrompit. Tremaine venait d'entrer, en brandissant une feuille de papier.

— Attendez, dit-il.

Tremaine posa le papier sur la table devant lui. Rayfield le parcourut en blêmissant. Il regarda Tremaine, qui ne rigolait pas non plus.

— Où tu l'as trouvée ?

— Cet enfoiré a évidé un des montants du lit. Futé, reconnut-il de mauvaise grâce.

Rayfield reprit le téléphone et rapporta succinctement le contenu de la lettre.

— C'est votre œuvre, Frank ?

— Écoutez, si le type était mort en prison comme prévu, il y aurait eu une autopsie, pas vrai ? Bon. C'était le seul moyen d'assurer le coup. On était tous d'accord.

— Sauf que Harms a la vie dure. Et maintenant on est dans la mouise. Vous ne pouviez pas expurger les archives quand il en était encore temps, merde ?

— Je l'ai fait ! Sinon, ça serait ressorti pendant l'instruction, qu'est-ce que vous croyez ? Rider n'était pas un imbécile, il s'en serait servi comme argument de défense.

— Si vous avez tout effacé il y a vingt-cinq ans, pourquoi l'armée lui a-t-elle envoyé cette lettre maintenant ?

— Qui sait ? Un fouille-merde de l'administration a pu tomber sur un bout de papier à l'époque, il l'a rangé quelque part et, aujourd'hui, avec leur manie de l'informatique, ça s'est retrouvé dans l'ordinateur central. Une fois qu'une information est dans les archives officielles, on ne sait jamais quand elle peut refaire surface. Plus moyen de l'enterrer. C'est la plus grande bureaucratie du monde. On ne peut pas tout contrôler.

— C'était votre boulot de l'étouffer.

— Ne m'apprenez pas mon boulot. J'ai essayé de l'étouffer, mais je ne pouvais pas consacrer toutes mes journées, pendant un quart de siècle, à surveiller l'administration.

Soupir à l'autre bout du fil.

— Bref, on sait maintenant ce qui a rafraîchi la mémoire de Harms.

— Toute stratégie comporte des risques.

— Rider a peut-être une copie de cette lettre.

— Je ne vois pas comment Rufus Harms aurait pu avoir accès à une photocopieuse, et la lettre ne se trouvait pas dans le courrier qu'il a envoyé à la Cour, on le sait.

— Mais on ne peut pas en être sûr. Raison de plus pour aller fouiller le bureau de Rider cette nuit.

Rayfield consulta Tremaine du regard, puis répondit :

— D'accord. Cette nuit. Vite fait, bien fait.

Chapitre 42

Le sénateur Knight accueillit chaleureusement John et Sara à leur entrée dans le hall. Derrière lui, la salle était pleine. Rien que du beau linge. La fine fleur des affaires et de la politique.

— Ravi que vous ayez pu venir, John, dit Jordan Knight en lui serrant la main. Sara, vous êtes tout simplement radieuse. Comme toujours.

Il la prit dans ses bras et l'embrassa.

John la couvait des yeux. Elle avait troqué son tailleur contre une robe d'été légère, dont les couleurs pastel flattaient son bronzage, et changé de coiffure. Sans chignon, sa chevelure avait des ondulations aguicheuses.

Devinant qu'elle se sentait observée, John détourna le regard, gêné, et accepta le verre que lui offrait un serveur. Sara et le sénateur firent de même.

Jordan Knight semblait un peu embarrassé, lui aussi, mais pour une autre raison.

— Je me rends compte que le moment est mal choisi pour une sauterie mondaine, dit-il. (Il se tourna vers Sara.) Je sais que Beth pense la même chose, bien qu'elle refuse de l'admettre.

Tu parles, songea John.

Jordan désigna discrètement un vieil homme dans un fauteuil roulant.

— Kenneth Wilkinson, dit-il à voix basse, ne sera plus longtemps de ce monde, hélas. À moins que... Qui sait ? C'est un acharné, il est capable de nous enterrer tous. Il a vécu une vie longue et exemplaire. Il a été mon mentor et mon ami. Le fait de l'avoir connu m'a rendu meilleur.

— N'est-ce pas lui qui vous a présenté votre femme ? demanda Sara.

— Une dette de plus que j'ai envers lui.

John Fiske regarda Elizabeth Knight aller de convive en convive, policée, papillonnante et affectée comme le premier politicard venu. Il examina la salle sans apercevoir Ramsey ni Murphy. Avaient-ils boycotté la soirée ? Il remarqua plusieurs autres juges, apparemment mal à l'aise. On perd facilement son assurance quand on se dit qu'il y a peut-être un fou en liberté quelque part qui veut accrocher votre tête dans sa vitrine de trophées.

Il aperçut Richard Perkins au fond de la salle. Il y avait des flics en armes un peu partout. Le grand sujet de conversation de la soirée était évidemment le meurtre des deux greffiers. John épia plus attentivement Warren McKenna, qui naviguait dans la foule comme un requin en quête de chair fraîche.

— Vous formez une belle équipe, tous les deux, dit Sara.

Jordan Knight trinqua avec elle avant de répondre :

— Je le pense aussi.

— Votre femme n'a jamais été tentée par la politique ? demanda John.

— John ! dit Sara. Elle est juge à la Cour suprême. C'est une nomination à vie.

— Ce ne serait pas la première fois qu'un haut magistrat quitte la Cour pour entamer une nouvelle carrière, répliqua John sans lâcher Jordan des yeux.

— Non, en effet, John, reconnut le sénateur. Très sincèrement, nous avons souvent évoqué cette question entre nous, Beth et moi. Je n'ai pas l'intention de finir ma vie au Sénat. J'ai un ranch de trois mille hectares au Nouveau-Mexique. Je me verrais bien gentleman-farmer sur mes vieux jours.

— Et votre femme reprendrait éventuellement votre siège de sénateur de Virginie ?

— Je ne sais jamais d'avance ce que fera Beth. Elle est totalement imprévisible. C'est ce qui met du piment dans notre couple, commenta-t-il avec un sourire communicatif.

Sara parut soudain préoccupée.

— Monsieur le sénateur, puis-je téléphoner ?

— Bien sûr. Allez dans mon bureau, vous serez plus tranquille.

Elle lança un coup d'œil à John, puis s'éclipsa sans rien ajouter.

— Un sacré brin de femme, nota Jordan.

— Je partage cet avis, répondit John.

— Depuis qu'elle travaille pour Beth, j'ai appris à la connaître. J'ai même un peu, je crois, incarné la figure du père pour elle. Sara a un brillant avenir devant elle.

— Votre femme est un grand exemple pour elle, dit John en manquant s'étouffer dans son verre.

— Le meilleur, assurément. Beth ne fait rien à moitié.

La remarque laissa John songeur.

— Je sais que Mme Knight est très entreprenante, mais elle aurait peut-être intérêt à réduire son activité tant que cette affaire n'est pas résolue. S'il y a un déséquilibré dans les parages, il vaut mieux éviter de lui offrir une cible trop facile.

Jordan observa John par-dessus le bord de son verre.

— Vous croyez vraiment que les juges sont en danger ?

Non, John ne le croyait pas, mais il pouvait se tromper et il ne voulait pas que quiconque baisse la garde.

— Peu importe ce que je pense, sénateur. S'il arrivait malheur à votre femme, il serait trop tard pour s'intéresser à mon opinion.

— Je vois ce que vous voulez dire, murmura Jordan, un peu refroidi.

John remarqua qu'une file se formait pour parler au maître de maison.

— Je ne vais pas vous accaparer davantage, dit-il. Continuez à faire du bon travail !

— Merci, John.

Le sénateur reporta son attention sur les autres invités. Il pouvait se permettre de prendre son rôle d'hôte à la légère, se dit John. Inutile pour lui de faire le tour de la salle en serrant des mains, sa femme avait déjà dû entreprendre tous les convives importants.

Dans le bureau de Jordan Knight, Sara composa son numéro de téléphone personnel, pour consulter ses messages à distance. Elle avait oublié de le faire avant de venir et attendait impatiemment la réponse de George Barker, le rédacteur du journal de l'Alabama. Ses espoirs furent exaucés quand elle reconnut la voix rocailleuse – et un peu contrite, lui sembla-t-il – du vieil homme sur son répondeur.

Elle détacha une feuille d'un bloc-notes sur la table et écrivit : Samuel Rider. Ce nom était le seul renseignement que le journaliste avait pu lui fournir. Il fallait qu'elle trouve immédiatement le numéro du cabinet de Rider. Facile : sur l'un des rayonnages d'en face, elle aperçut la dernière édition du Martindale-Hubbell, l'annuaire juridique officiel, où étaient répertoriés tous les noms et adresses des avocats inscrits dans les différents barreaux américains, classés par États et régions. Elle commença par la Virginie et fit mouche. Les coordonnées de Samuel Rider étaient accompagnées d'une biographie succincte. Il avait effectivement été attaché aux tribunaux militaires au début des années 1970. C'était bien son homme.

Elle appela son cabinet. Pas de réponse. Elle appela alors les renseignements et demanda le numéro de son domicile. Liste rouge. Elle raccrocha, frustrée. Il fallait qu'elle lui parle. Elle réfléchit. Le temps pressait. Il y avait un annuaire sur le bureau. Elle chercha un certain numéro et, en quelques minutes, tout fut arrangé. Elle verrait Rider. John et elle devraient patienter encore deux heures environ avant de pouvoir tirer leur révérence mais, avec un peu de chance, ils seraient de retour le lendemain matin.

En ouvrant la porte pour sortir, elle se retrouva face à face avec Elizabeth Knight.

— Jordan m'a dit que vous étiez ici.

— J'avais un coup de fil à donner.

— Je vois.

— Je dois retourner à la réception maintenant.

— Sara, je voudrais vous parler en privé un instant.

Elizabeth Knight entra et referma la porte derrière elle. Elle portait une simple robe blanche, un maquillage extrêmement discret et un collier de saphirs très raffiné. Le blanc de sa robe n'atténuait en rien la pâleur de sa peau, qu'accentuaient encore les mèches noires de sa longue chevelure. Quand elle voulait s'en donner la peine, songea Sara, Elizabeth Knight pouvait être très séduisante. Apparemment, elle choisissait ses occasions. Dans l'immédiat, en tout cas, elle paraissait très mal à l'aise.

— Il y a un problème ? demanda Sara.

— Je déteste me mêler de la vie privée de mes greffiers, Sara, je vous assure, mais, quand elle affecte l'image de la Cour, il me semble que j'ai le devoir d'intervenir.

— J'ai peur de ne pas comprendre.

Knight rassembla ses pensées. Depuis qu'elle avait pris conscience de son rôle involontaire dans la mort de Steven Wright, elle avait les nerfs à fleur de peau. Elle avait envie de se venger sur quelqu'un, même injustement. Ce n'était pas dans son caractère mais, pour une fois, elle était contrariée par la conduite de Sara Evans, alors même qu'elle pensait le plus grand bien d'elle par ailleurs.

— Vous êtes une jeune femme très intelligente. Très intelligente et très attirante.

— Je ne comprends touj…

Knight changea de ton.

— Je parle de vos relations avec John Fiske. Richard Perkins m'a dit avoir vu John Fiske sortir de chez vous, en votre compagnie, ce matin.

— Madame Knight, avec tout le respect que je vous dois, ça ne regarde que moi.

— Si cela doit avoir un effet négatif sur la Cour, ça me regarde aussi.

— Je ne vois pas en quoi.

— Alors, je vais vous mettre les points sur les i. Vous ne pensez pas que, si l'on apprenait qu'une greffière couche avec le frère d'un de ses collègues assassiné, le lendemain même de la découverte du cadavre, la réputation de la Cour en pâtirait ?

— Je ne couche pas avec lui.

— Là n'est pas la question. Ce qui compte, c'est ce qu'on croit, c'est l'opinion publique, particulièrement dans cette ville. Si un journaliste vous avait vue sortir de chez vous avec John Fiske, imaginez les gros titres. Et même s'il s'était contenté de rapporter ce simple fait, sans broder, comment croyez-vous que les lecteurs auraient perçu la chose ? Nous n'avons pas besoin de complications supplémentaires, Sara. La situation est déjà suffisamment embarrassante.

— Je n'avais pas réfléchi à ça…

— Eh bien, il est temps d'y penser, si vous ne voulez pas vous cantonner dans une carrière médiocre.

— Je suis désolée. Je ne commettrai plus cette erreur.

Knight la fusilla du regard.

— Je vous le conseille.

Elle alla lui ouvrir la porte et, quand Sara passa devant elle, ajouta :

— Si j'étais vous, je ne ferais confiance à personne tant que l'identité du meurtrier n'est pas établie. Vous l'ignorez peut-être, mais un grand pourcentage des meurtres ont pour auteurs des membres de la famille.

Sara en fut soufflée.

— Vous n'insinuez pas…

— Je n'insinue rien, dit Knight, tranchante. J'énonce une réalité. Faites-en ce que vous voulez.

John Fiske s'ennuyait ferme. Il errait dans la salle quand il sentit tout à coup une présence derrière son épaule.

— J'ai une question à vous poser.

Il se retourna. C'était l'agent McKenna.

— McKenna, j'envisage sérieusement de porter plainte contre vous, alors lâchez-moi les baskets.

— Je ne fais que mon boulot. Et je veux savoir où vous étiez à l'heure où votre frère a été assassiné.

John finit son verre et regarda vers la baie vitrée.

— Vous oubliez un détail, dit-il.

— Lequel ?

— L'heure de la mort n'est pas encore établie.

— Vous retardez.

— Ah bon ? fit-il, surpris.

— Entre 3 et 4 heures, samedi matin. Où étiez-vous à ce moment-là ?

— Je suis suspect ?

— Quand vous serez suspect, je vous le ferai savoir.

— J'étais dans mon cabinet, à Richmond. J'ai travaillé jusqu'à 4 heures du matin environ. Maintenant, vous allez me demander si j'ai des témoins, je suppose ?

— Vous avez des témoins ?

— Non. Mais je suis allé à la laverie automatique vers 10 heures.

— Richmond n'est qu'à deux heures de route de Washington. Ça vous laissait le temps.

— Donc, d'après vous, je serais monté à Washington pour tuer mon frère de sang-froid, j'aurais déposé son corps au cœur d'un quartier mal famé en prenant toutes les précautions nécessaires pour ne pas me faire remarquer et je serais rentré à Richmond pour laver mon slip. Et le mobile ?

À peine eut-il prononcé le mot que sa gorge se serra. Il avait le mobile idéal : cinq cent mille dollars d'assurance vie. *Merde !*

— On s'occupera du mobile plus tard. Vous n'avez pas d'alibi, ce qui signifie que vous avez eu la possibilité matérielle de commettre le crime.

— Alors vous pensez que j'ai tué Wright, lui aussi ? Rappelez-vous, vous avez dit aux juges que, selon vous, les meurtres étaient liés. J'ai un alibi pour celui-là.

— Ce que je dis n'est pas parole d'Évangile.

— Génial. Vous avez la même philosophie quand vous témoignez sous serment ?

— L'expérience m'a enseigné qu'il valait mieux ne pas toujours dévoiler son jeu au cours d'une enquête, répliqua l'agent du FBI. Les meurtres peuvent être tout à fait indépendants l'un de l'autre, auquel cas votre alibi pour Wright ne vaut rien du tout.

En le regardant s'en aller, John sentit un frisson très désagréable lui parcourir la colonne vertébrale. McKenna était un imbécile, mais tout de même pas au point de lui coller le meurtre de son frère sur le dos... si ? Et pourquoi n'avait-il pas été informé des résultats de l'autopsie ? La réponse s'imposait : sa source était tarie, Chandler avait fermé les vannes.

— John ?

Il pivota. C'était Richard Perkins.

— Vous avez une minute ?

Les deux hommes s'isolèrent dans un coin. Perkins pesa longuement ses mots avant de commencer :

— Je suis huissier de la Cour suprême depuis deux ans seulement. Ce n'est pas un simple titre honorifique, loin de là, je cumule les fonctions de chef du personnel, de chef du protocole et de chef de la sécurité, mais enfin ce n'est pas trop stressant et la paie est bonne. J'ai près de deux cents employés sous ma responsabilité, depuis les coiffeurs jusqu'aux officiers de police. Je travaillais au Sénat, avant, je pensais continuer jusqu'à la retraite et puis cette occasion s'est présentée.

— Je vous félicite, dit John en se demandant pourquoi Perkins lui racontait tout ça.

— Bien que votre frère ne soit pas mort au Palais, je me sentais responsable de sa sécurité, comme de celle de tous ceux qui travaillent ici. Maintenant, avec la mort de Wright, je suis dépassé par les événements. Je ne suis pas formé pour gérer ce genre de situation. Je suis bien meilleur pour rédiger des feuilles de paie et superviser la bureaucratie que pour diriger une enquête criminelle.

— Chandler est là pour ça et il m'a l'air très calé. Sans compter que vous bénéficiez du concours du FBI.

John Fiske faillit s'étrangler en prononçant ces mots. Perkins le remarqua.

— L'agent McKenna semble avoir une dent contre vous. Vous l'aviez déjà rencontré auparavant ?

— Non.

Perkins contempla ses mains.

— Vous pensez vraiment qu'il y a un dingue quelque part avec des idées de vendetta ?

— C'est dans le domaine du possible.

— Mais pourquoi maintenant ? Et pourquoi s'en prendre aux greffiers ? Pourquoi pas aux juges ?

— Ou à d'autres membres du personnel…

— Que voulez-vous dire ?

— Vous pouvez être en danger aussi, Richard.

— Moi ? fit Perkins, ébahi.

— Vous êtes le chef de la sécurité. Si le tueur cherche à prouver qu'il est capable d'atteindre n'importe qui, il vise directement la sécurité de la Cour, donc il vous vise.

Perkins médita.

— Autrement dit, vous pensez qu'il y a bel et bien un rapport entre ces deux meurtres.

— Je veux bien croire aux coïncidences mais, à ce point-là, c'est un peu gros.

— C'est aussi ce que pense Chandler ?

— Qui sait ? Je suis sûr qu'il vous tiendra au courant.

Au moment où Perkins se retirait, Elizabeth Knight arrivait en fendant la foule, qui s'écartait spontanément sur son passage.

Une main se posa sur l'épaule de John.

— Rejoignez-moi dehors dans dix minutes.

C'était Sara. Le temps pour lui de se retourner, elle disparaissait déjà dans la cohue.

Agacé, il regarda autour de lui et s'attarda sur Elizabeth Knight. Elle avait dû oublier complètement l'existence de Kenneth Wilkinson, qui était pourtant le héros de la fête, songea-t-il. Il se trompait. Elle se dirigeait justement vers Wilkinson. Il la vit pousser le fauteuil roulant du vieux magistrat vers la terrasse déserte et éclairée, puis s'accroupir devant lui et converser en lui tenant les mains.

Désœuvré, John louvoya quelque temps entre les convives ; incapable de résister à la tentation, il sortit sur la terrasse. Elizabeth Knight se releva immédiatement en le voyant arriver.

— Excusez-moi de vous interrompre, dit-il, mais je dois partir et je voulais saluer le juge Wilkinson.

Knight s'écarta, laissant John se présenter lui-même et adresser des félicitations de circonstance à l'ancêtre pour sa longue carrière au service de l'État. Comme il regagnait la grande salle, Knight l'arrêta.

— Je suppose que vous partez avec Sara ?

— Cela pose un problème ?

— À vous de voir.

— Comment dois-je comprendre ça ?

— Sara a un merveilleux avenir devant elle. Et les grandes carrières peuvent être brisées par de petites choses.

— Madame Knight, je m'aperçois que vous avez quelque chose contre moi, mais je ne sais pas quoi.

— Je ne vous connais pas, monsieur Fiske. Si vous ressemblez un tant soit peu à votre frère, je n'ai peut-être rien contre vous.

— J'espère ne ressembler à personne. Je me méfie des comparaisons et des idées toutes faites. Elles se révèlent rarement vraies.

Knight fut un peu prise de court et se rattrapa comme elle put :

— Je ne peux pas vous donner tort sur ce point.

— Je suis ravi que nous soyons d'accord sur quelque chose.

— Mais je connais Sara et je tiens beaucoup à elle. S'il s'avère que votre conduite a un mauvais effet sur elle et, par conséquent, sur la Cour, alors oui, j'ai quelque chose contre.

— Ma seule préoccupation est de découvrir qui a tué mon frère.

Elle le sonda du regard.

— Vous êtes sûr qu'il n'y a rien d'autre ?

— Même s'il y avait autre chose, je suis un citoyen libre dans un pays libre.

John crut voir une expression amusée passer sur le visage de son interlocutrice.

Elle croisa les bras.

— Vous n'avez pas l'air intimidé de parler à un juge de la Cour suprême, monsieur Fiske.

— Si vous me connaissiez mieux, vous comprendriez.

— Peut-être devrais-je apprendre à vous connaître, en effet. Peut-être ai-je déjà commencé.

— Ça marche dans les deux sens.

Knight se rembrunit.

— La confiance en soi est une chose, monsieur Fiske, l'irrespect en est une autre.

— Ça aussi, ça marche dans les deux sens.

— Ne vous méprenez pas sur mes sentiments pour Sara. Ils sont sincères.

— Je n'en doute pas.

Elle se tourna pour partir, puis hésita.

— Votre frère était très doué. Une grande intelligence. Un juriste hors pair.

— C'était quelqu'un.

— Cela dit, je ne suis pas sûre qu'il ait été le plus brillant homme de loi de la famille.

Elle s'en alla, laissant John Fiske complètement déboussolé. Il resta planté une minute, essayant d'interpréter ses paroles. Puis il fonça vers l'ascenseur et sortit. Il chercha Sara des yeux sur le perron. Où était-elle ?

Un coup de klaxon. Elle arrivait en voiture et s'arrêta devant la porte. Il monta.

— Où allons-nous ? demanda-t-il.

— À l'aéroport.
— Qu'est-ce que vous me chantez ?
— Nous allons voir l'honorable Samuel Rider.
— Et qui est l'honorable Samuel Rider ?
— L'avocat de Rufus Harms. George Barker m'a rappelée pour me donner son nom. Son cabinet est dans les faubourgs de Blacksburg, à deux heures seulement de la prison. J'ai téléphoné. Pas de réponse. Et son numéro personnel n'est pas dans l'annuaire.
— Alors pourquoi on y va ?
— Nous avons l'adresse de son cabinet. Vu l'heure, on a peu de chances de le trouver dans son bureau. Mais ce n'est pas une grande ville. Il y aura bien quelqu'un qui saura nous dire où il habite ou, au moins, nous donner son téléphone. S'il est réellement mêlé à tout ça, comme nous le pensons, il peut être en danger. Et, s'il lui arrive quelque chose, nous risquons de ne jamais découvrir la vérité.
— Donc, vous croyez que c'est lui qui a téléphoné à la Cour ? Lui qui a rédigé la demande en recours ?
— Ça me semble une hypothèse raisonnable.

Chapitre 43

Vingt-cinq minutes plus tard, John et Sara arrivèrent à National Airport. Sara se gara dans un des parkings souterrains et ils se hâtèrent vers le terminal.

— Vous êtes sûre qu'il y a un vol et qu'on aura des places ? demanda John.

— J'ai loué un avion privé.

— Quoi ? Vous savez combien ça coûte ?

— Et vous, vous le savez ?

John eut l'air penaud.

— Euh... non, reconnut-il, je n'ai jamais pris d'avion-taxi. Mais ce n'est sûrement pas donné.

— Deux mille deux cents dollars pour un aller-retour à Blacksburg. Ça me vaudra un petit découvert sur ma carte de crédit.

— Alors je vous rembourserai.

— Vous n'êtes pas obligé.

— Je n'aime pas être en dette.

— Parfait, je suis certaine de trouver toutes sortes de moyens de vous faire rembourser, répondit-elle en souriant.

Quelques minutes plus tard, ils trottaient vers un biréacteur Falcon 2000, qui les attendait sur le tarmac. John regarda un énorme 737 se propulser sur la piste centrale et s'élever gracieusement dans les airs. On entendait partout des moteurs vrombir, et l'odeur envahissante du kérosène était nauséabonde.

En haut de la courte passerelle du Falcon, ils furent accueillis par un homme aux cheveux blancs, d'une cinquantaine d'années, sans un poil de graisse. Il se présenta comme le pilote, Chuck Herman.

— Le plan de vol est enregistré, dit Herman, mais on va devoir retarder un peu l'heure du décollage. Ils ont eu une panne d'ordinateur à la tour de contrôle, cet après-midi, et tout le monde en paie les conséquences.

— Nous sommes vraiment pressés, Chuck, déclara Sara.

S'ils arrivaient trop tard au cabinet de Rider, ils auraient beaucoup de mal à trouver quelqu'un susceptible de les aider. En outre, Sara ne pouvait se permettre d'être de nouveau en retard à son travail.

— Ne vous en faites pas, dit fièrement Chuck Herman. En soixante-dix minutes, on y est. Et, s'il le faut, je forcerai sur les gaz.

Ils montèrent tous dans la carlingue. Herman leur indiqua de confortables fauteuils.

— Excusez-moi, je n'ai pas eu le temps de contacter un steward. Vous désirez quelque chose ?

— Un verre de vin blanc, dit-elle.

— Et vous, John, je peux vous proposer quelque chose ? (John déclina l'offre.) Le frigo est plein. Servez-vous.

Dix minutes après le décollage, l'avion glissait en douceur, comme un canoë sur un lac tranquille. Sara déboucla sa ceinture. John contemplait le soleil couchant par le hublot.

— Si je nous préparais quelque chose à manger ? dit-elle. J'ai des choses intéressantes à vous raconter.

— Moi aussi.

John se détacha à son tour, s'assit à table et regarda Sara confectionner des sandwiches.

— Café ?

Il accepta.

— Mon petit doigt me dit que la nuit va être longue.

Sara acheva sa petite cuisine et remplit deux tasses de café. Elle s'assit en face de John et consulta sa montre.

— Le vol est si court que nous n'aurons pas tellement de temps devant nous. Je me suis renseignée, il n'y a pas de service de location de voitures à l'aéroport de Blacksburg. On pourrait prendre un taxi jusqu'en ville et en louer une sur place.

John mordit dans son sandwich et avala une gorgée de café.

— Je vous écoute. Qu'aviez-vous à me dire ?

— Je suis tombée sur le juge Knight.

Elle lui relata brièvement la rencontre, et John lui rapporta l'échange qu'il avait eu avec elle.

— Une femme difficile à cerner, commenta-t-il.

— Quoi d'autre ?

— McKenna m'a demandé si j'avais un alibi pour l'heure du meurtre de mon frère.

— Vous me faites marcher ?

— Je n'ai pas d'alibi, Sara.

— John, personne ne peut croire sérieusement que vous ayez tué votre frère. Et que fait-il de la mort de Steven ?

— Les deux ne sont pas nécessairement liées.

— Et le mobile ? McKenna a une théorie là-dessus, aussi ?

John reposa sa tasse. Autant la mettre au courant, se dit-il. Il pouvait toujours être utile d'avoir un avis extérieur.

— Non, mais le fait est que j'ai un excellent mobile.

Elle ne cacha pas sa surprise.

— Lequel ?

— J'ai appris aujourd'hui que Mike avait souscrit une assurance vie d'un demi-million de dollars à mon bénéfice. Ça fait un mobile de premier ordre, non ?

— Mais, puisque vous ne l'avez appris qu'aujourd'hui…

— Vous croyez vraiment que McKenna avalera ça ?

— C'est curieux.

— Qu'est-ce qui est curieux ?

— Knight m'a dit que la plupart des crimes étaient commis par des membres de la famille et m'a conseillé de ne faire confiance à personne – sous-entendu : à vous.

— À votre connaissance, elle a été dans l'armée ?

Sara faillit en rire.

— Non, pourquoi ?

— Je me demandais seulement si elle pouvait avoir quelque chose à voir avec Rufus Harms.

La jeune femme eut un petit sourire, puis devint songeuse.

— Remarquez, on pourrait se poser la question pour son mari. Le sénateur, lui, peut très bien avoir un passé militaire.

— Non, expliqua John. Il a été réformé. Je l'ai lu dans les journaux de Richmond lors de sa première campagne électorale. Je m'en souviens parce que son adversaire, qui était bardé de décorations, avait voulu monter ça en épingle en l'accusant d'être un planqué. En fait, ça s'est terminé en eau de boudin, parce que Knight avait tout de même servi la patrie en travaillant pour le contre-espionnage… Ça devient ridicule. On essaie de faire entrer des pions carrés dans des cases rondes. J'espère que Rider pourra nous aider, ajouta-t-il en soupirant.

L'homme en bleu de travail qui poussait le chariot de nettoyage dans le couloir s'arrêta devant une porte de verre dépoli sur laquelle on pouvait lire : MAÎTRE SAMUEL RIDER, AVOCAT. Il pencha la tête et regarda autour de lui en tendant l'oreille. L'immeuble n'était pas grand, il n'y avait qu'une demi-douzaine de bureaux au premier étage. À cette heure, les lieux étaient déserts.

Josh Harms frappa à la porte et attendit une réponse. Il frappa encore, un peu plus fort. Il avait laissé Rufus dans le camion, garé dans une rue latérale, pour venir reconnaître le secteur. Il avait déniché sa panoplie d'agent de nettoyage dans le placard du personnel. Il tapa une dernière fois à la porte, attendit encore une ou deux minutes, puis siffla. Vingt secondes plus tard, Rufus, qui rôdait dans l'ombre du hall, le rejoignit. Il n'était pas en bleu de travail : il n'avait trouvé aucune tenue à sa taille dans le placard.

Josh s'arma des ustensiles *ad hoc*, crocheta la serrure et, en un clin d'œil, ils se retrouvèrent de l'autre côté de la porte.

— Faut se magner. Quelqu'un peut se pointer, dit-il. Vas-y, commence à ratisser, je fais le guet.

Il avait son revolver chargé dans sa ceinture.

Rufus était déjà en train de fouiller un placard avec sa lampe torche. Josh jeta un œil dans la rue, constata que tout était calme, puis ferma les rideaux et sortit une seconde lampe torche pour se mettre à fouiller, lui aussi. Il s'intéressa immédiatement au tiroir fermé à clé. Il fit sauter le loquet, découvrit un paquet scotché sous le fond du tiroir et siffla discrètement.

— Rufus, je l'ai.

Son frère inspecta rapidement les documents sous le faisceau de sa lampe.

— Tu m'as toujours pas expliqué comment ces papelards t'aideront à sauver ta peau.

— J'y ai pas encore vraiment réfléchi, mais je préfère les avoir.

— Ouais, ben, tirons-nous avant de *nous* faire avoir.

Ils étaient encore dans le vestibule quand ils entendirent des pas. Deux personnes. Ils se regardèrent. Josh sortit son flingue et retira le cran de sûreté.

— Les poulets. Ils savent qu'on est là.

Rufus secoua la tête.

— C'est pas les poulets. Et c'est pas l'armée non plus. La baraque est déserte. Si c'étaient eux, t'entendrais gueuler des sirènes et ils auraient déjà balancé des grenades lacrymogènes. Viens par là.

Ils regagnèrent le bureau et refermèrent la porte en silence. Tout ce qu'ils pouvaient faire, c'était attendre.

Chapitre 44

Chandler faisait le tour de l'appartement de Michael. Il s'agenouilla pour examiner la marque laissée par le cric de John Fiske. Si le coup avait porté, le mystère aurait peut-être d'ores et déjà été élucidé. Il se releva en hochant la tête. Ce n'était jamais aussi facile. Les hommes de l'identité achevaient leurs relevés. Il y avait de la poussière de carbone un peu partout, comme de la poudre de perlimpinpin – ce qu'elle était d'une certaine manière. Ils avaient pris les empreintes de Michael pour les éliminer. Il faudrait qu'ils prennent aussi celles de son frère. Comme John était inscrit au barreau de Virginie, elles étaient sûrement consignées au sommier de la police de l'État. Ils auraient besoin de celles de Sara également ; elle était probablement déjà venue dans l'appartement. Dans la chambre ? D'après ce qu'il savait, ils étaient de simples amis, sans plus.

Il avait eu un entretien avec Murphy et ses greffiers. Ils avaient passé en revue toutes les affaires dont Michael s'occupait. Sans résultat pour l'instant. Les recherches auraient été trop longues, de toute façon ; c'était un travail de bénédictin et, pendant ce temps, les cadavres s'accumulaient.

Les cachotteries de John Fiske l'avaient fortement contrarié et Chandler avait effectivement, comme Fiske l'avait supposé, cessé de lui transmettre des informations. Mais il avait joué franc jeu avec les fédés et, même si le personnage lui déplaisait, communiqué tout ce qu'il savait à McKenna, y compris l'évasion de Rufus Harms et les coups de téléphone de Michael Fiske à la prison. Il lui avait même parlé du document détourné auquel Fiske avait fait allusion. McKenna l'avait remercié, mais sans pouvoir rien lui apprendre en retour.

Comme par télépathie, l'agent du FBI fit son apparition juste à ce moment-là. Une apparition sonore d'abord. L'inspecteur reconnut sa voix à la porte d'entrée, quand le nouveau venu montra sa carte pour obtenir l'accès sur le lieu du crime. « Lieu du crime »… pas au sens propre, mais c'était un peu ça tout de même.

— Vous travaillez tard, ce soir, agent McKenna.

— Vous aussi, répondit le fédéral en balayant la pièce du regard – ou plutôt en l'époussetant, miette par miette, du milieu vers les côtés.

— Le directeur du FBI vous pousse à la roue pour boucler cette affaire ?

— Comme votre patron. Au FBI, on a une prime quand on élucide un crime à temps pour les infos du soir.

McKenna se fendit d'un sourire, ce qui était exceptionnel chez lui, tellement exceptionnel que ses zygomatiques rouillés ne lui permirent d'incurver qu'une moitié de sa bouche.

Le policier se demanda si ce type faisait exprès d'exaspérer les gens ou si c'était chez lui une seconde nature. Il s'était discrètement renseigné sur le personnage. Le parcours de Warren McKenna était irréprochable. Après huit années au service Action de Washington, il avait été muté à l'antenne du FBI de Richmond. Avant cela, il avait servi quelque temps dans l'armée, et suivi une formation universitaire. Depuis sa sortie de fac, il avait toujours favorablement impressionné ses supérieurs. Dans l'évolution de sa carrière, un seul détail était curieux : il avait refusé plusieurs avancements qui l'auraient éloigné du terrain.

— Vous avez de la veine que John Fiske n'ait pas porté plainte contre vous.

La réponse de McKenna fut surprenante :

— Il devrait. À sa place, je l'aurais déjà fait.

— Je le lui dirai, faites-moi confiance.

McKenna continua de scruter la pièce avec un œil de Polaroïd, puis reporta son attention sur Chandler.

— Vous êtes quoi pour lui ? Son mentor ?

— Je ne le connaissais pas il y a encore deux jours.

— Eh bien, vous vous faites vite des amis. Ça vous ennuie si j'inspecte les lieux ?

— Ne vous gênez pas. Évitez seulement de laisser vos empreintes sur des endroits qu'on n'a pas relevés.

McKenna marcha de long en large. Il repéra la marque sur le sol.

— Fiske essayant d'assommer son agresseur putatif ?

— Exact. Mais je ne savais pas qu'il était seulement putatif.

— Il l'est tant qu'il n'est pas accrédité par un témoignage complémentaire. Du moins, c'est comme ça que je travaille.

Chandler déballa un chewing-gum et le mâcha comme pour mieux ruminer les propos de l'agent du FBI, avant de rétorquer :

— Sara Evans m'a dit avoir vu un homme sortir de l'immeuble en courant, poursuivi par Fiske. Ça ne vous suffit pas ?

— Un témoignage commode. Fiske est un petit veinard. Il devrait jouer à la loterie pendant que la chance est de son côté.

— Je ne dirais pas que la mort d'un frère est un coup de chance.

McKenna regarda la porte du cagibi, entrouverte et couverte de poudre de carbone.

— Question de point de vue.

— Qu'est-ce que vous avez contre lui ? Vous ne le connaissez même pas.

— C'est exact, inspecteur. Et vous savez quoi ? Vous non plus.

Chandler voulut protester, mais le fait était que McKenna n'avait pas tort. Ses réflexions furent interrompues par l'un de ses hommes :

— Inspecteur, on a trouvé quelque chose qui peut vous intéresser.

Chandler prit les feuilles de papier que lui tendait le technicien. McKenna s'approcha.

— On dirait une police d'assurance, observa le fédéral.

— On les a trouvées sur une étagère du cagibi. Le type ne s'en servait pas comme garde-manger mais pour le rangement. Il y a aussi des factures, des bons de garantie, des trucs comme ça.

— Une assurance vie d'un demi-million de dollars, murmura Chandler. (Il feuilleta rapidement le document, passant sur le charabia juridique pour ne s'intéresser qu'au nom.) L'assuré était Michael Fiske.

McKenna posa son index sur le bas de la dernière page. Chandler pâlit légèrement en voyant la clause indiquée.

— Et John est le bénéficiaire.

Les deux hommes se regardèrent.

— Vous voulez faire quelques pas dehors avec moi ? J'ai une théorie à vous soumettre, proposa McKenna.

Le policier hésitait.

— Ce ne sera pas long, reprit le fédéral. D'ailleurs, vous devez déjà vous douter en partie de ce que c'est.

— D'accord. Je vous donne cinq minutes.

Ils sortirent ensemble sur le trottoir devant l'immeuble. McKenna alluma une cigarette et en offrit une à Chandler. L'inspecteur lui montra son paquet de chewing-gums.

— J'ai le choix entre fumer et grossir. Or j'aime bien manger.

Ils déambulèrent dans la rue sombre. McKenna commença :

— J'ai découvert que Fiske n'avait pas d'alibi pour le meurtre de son frère.

— Ça peut être un bon point pour lui. S'il l'avait tué, il se serait démerdé pour en inventer un.

— Je ne suis pas d'accord, et ce pour deux raisons. La première est qu'il n'a jamais dû penser qu'on le mettrait sur la liste des suspects.

— Avec une assurance vie d'un demi-million de dollars ?

— Il a dû croire qu'on ne l'apprendrait jamais et qu'on suivrait une autre piste. Il lui suffisait d'attendre avant de palper son fric.

— Pas très convaincant. Votre deuxième raison ?

— L'alibi parfait n'existe pas, quand on est vraiment le coupable. Il a dû penser qu'on trouverait une faille à un moment ou à un autre. Alors, autant ne rien faire. Il n'est pas tombé de la dernière pluie, il a été flic, il est avocat. Il sait à quoi s'en tenir, question alibis. En proclamant tout de suite qu'il n'en a pas, il n'a pas à se faire de bile. Il mise sur le fait que tout le monde arrivera à la même conclusion que vous, à savoir : s'il était coupable, il aurait pris la peine de s'en fabriquer un.

McKenna aspira une longue bouffée de cigarette et contempla les rares étoiles qui scintillaient dans le ciel :

— Donc, il a le mobile et, de son propre aveu, le temps matériel. Je me suis rencardé sur lui. Il a un cabinet juridique minable à Richmond. Il défend la lie de la terre. Il n'est jamais passé par l'École de droit. C'est un avocat de troisième ordre. La trentaine, célibataire, pas de gosses, une vie de merde. Un vrai solitaire. Et il a quitté la police de Richmond pour des raisons pas très claires.

— Comment ça ?

— Une bavure. On ne sait pas trop ce qui s'est passé. Mais résultat des courses : deux morts, un civil et un policier.

Chandler parut un peu ébranlé. Il se ressaisit vite :

— Alors pourquoi serait-il venu me proposer son aide dans l'enquête ?

— Toujours pareil : une couverture. Ça lui donne un excellent argument. « Comment aurais-je pu tuer mon petit frère alors que je me démène pour retrouver son assassin ? »

— Et la mort de Wright, qu'est-ce que vous en faites ?

— Vous l'avez dit vous-même, les deux meurtres n'ont peut-être rien à voir. Si j'étais Fiske, j'aurais sauté sur l'occasion. J'aurais soutenu mordicus qu'ils sont liés. Puisqu'il a un alibi pour Wright.

Encore Sara Evans, songea Chandler.

— Tant qu'on croit que les deux vont de pair, reprit l'agent du FBI, il est hors du coup.

— Et Evans ? Elle dit avoir vu un type sortir de l'immeuble de Michael Fiske. Vous pensez qu'elle ment, elle aussi ?

McKenna s'arrêta, tira une dernière bouffée de sa cigarette, la jeta sur le trottoir où elle ricocha plusieurs fois, et regarda l'inspecteur droit dans les yeux.

— Elle aussi, répondit-il.

Le policier secoua la tête.

— Allons, McKenna !

— Je ne dis pas qu'elle est dans le coup depuis le début. Je dis qu'elle en pince peut-être pour Fiske et qu'elle lui obéit.

— Ils ne se connaissaient pas.

— Ah bon ? Vous avez vérifié ?

— Non.

— Bon. Il la persuade qu'il n'a rien à se reprocher mais que certaines personnes veulent lui faire porter le chapeau.

— Vous ne pouvez pas le blairer, hein ? Qu'est-ce qu'il vous a fait ?

Là, McKenna perdit son calme.

— Ce qu'il m'a fait ? Il a une grande gueule, voilà ce qu'il m'a fait. Il joue les petits saints, le gardien de la mémoire de son frère, seulement ils ne se parlaient plus depuis un bail. Il a passé la nuit avec Evans, chez elle, je ne sais pas dans quel lit, le lendemain de la découverte du cadavre de son frangin. Et il se promène avec un fusil. Il fourre son nez dans l'enquête, de sorte qu'il est au courant de tout ce qu'on fait. Il n'a pas d'alibi pour la nuit du meurtre et, depuis cinq minutes, on sait que la mort de son frère lui rapporte une demi-brique. Et il ne faudrait rien en déduire ? Votre flair de flic ne vous titille pas un peu les narines ?

— OK, vous marquez un point. J'ai peut-être été laxiste avec lui. Règle numéro un : ne faire confiance à personne.

— Une règle à ne pas enfreindre… si on ne veut pas risquer de le payer cher plus tard.

Il tourna les talons, laissant derrière lui un Chandler profondément perturbé.

Chapitre 45

John Fiske frappa à la porte du cabinet de Rider puis regarda à travers la vitre.

— Pas de lumière.

— Il doit être chez lui. Il faut le retrouver.

— Il est peut-être allé dîner en ville. Ou il s'est absenté : en voyage d'affaires, en vacances ou…

— Ou décédé de mort violente.

— N'en rajoutez pas.

Il essaya le bouton de la porte, qui tourna facilement. Il adressa un regard entendu à Sara et observa le couloir. La vue du chariot de nettoyage le rassura un peu.

— La femme de ménage ? questionna-t-il.

— Elle s'amuserait à passer le balai dans le noir ?

— C'est ce que je me dis aussi…

Il fouilla dans le chariot et en retira une pince-monseigneur.

— Allez vers l'escalier de secours, chuchota-t-il. Si vous entendez quelque chose, foncez dans la voiture et appelez les flics.

Elle lui prit le bras.

— J'ai une bien meilleure idée. Allons ensemble à la police, tout de suite, pour déclarer le cambriolage.

— On ne sait pas si c'est un cambriolage.

— On ne sait pas si ce n'en est pas un.

— Si on s'en va, ils pourront filer.

— Et si vous entrez et que vous vous fassiez tuer, ça nous avancera à quoi ? Vous n'êtes même pas armé, vous n'avez que cette espèce de truc.

— Une pince-monseigneur.

— Super, vous pourrez leur faire un sermon.

— Vous avez peut-être raison.

— Bien sûr qu'elle a raison, la dame. Vous auriez dû l'écouter.

John et Sara sursautèrent et firent volte-face.

Josh Harms braquait son revolver sur eux.

— La cloison est mince. Quand on a entendu la porte et tous vos chuchotements, on s'est dit que vous auriez envie d'aller voir les flics. Et on peut pas vous laisser faire ça.

John l'observa. Il était costaud, mais pas énorme. À moins qu'il ne s'agisse réellement d'un cambriolage, cet homme devait être Josh Harms. Il lorgna le flingue et étudia le visage de Josh, pour jauger sa détermination. Aurait-il le cran d'appuyer sur la détente ? Il avait tué au Vietnam, John l'avait appris dans les bulletins de presse. Mais un meurtre de sang-froid exigeait un autre genre de culot, que John ne percevait pas dans les yeux de Josh – quoiqu'un regard puisse être trompeur. Tu es avocat, John, c'est le moment d'utiliser tes talents d'orateur.

— Salut, Josh, je m'appelle John Fiske. Et voici Sara Evans, de la Cour suprême des États-Unis. Où est votre frère ?

Un homme apparut dans l'encadrement de porte, derrière lui. Au vu de ses proportions herculéennes, ce ne pouvait être que Rufus Harms. Il avait forcément tout entendu.

— Comment vous savez tout ça ? dit Rufus.

Son frère tenait toujours le couple en joue.

— Je serais ravi de vous répondre si vous nous laissiez entrer pour en discuter. Toutes les radios parlent de vous. (Il se tourna vers la jeune femme.) Après vous, Sara.

Il lui adressa un clin d'œil en douce pour la rassurer, bien qu'il fût beaucoup moins confiant qu'il ne voulait le paraître. Ils étaient confrontés à un homme condamné pour meurtre, que vingt-cinq ans d'enfer n'avaient pas transformé en enfant de chœur, et à un ancien du Vietnam que la gâchette semblait chatouiller.

Sara entra, suivie de John.

Josh et Rufus échangèrent un regard perplexe, puis suivirent les deux visiteurs dans le bureau, en refermant la porte derrière eux.

La Jeep se dirigeait vers le cabinet de Samuel Rider par des routes secondaires. Tremaine était au volant, Rayfield à côté. C'était la voiture personnelle de Tremaine. Ils n'étaient pas en service et avaient renoncé à prendre un véhicule de l'armée, pour éviter les complications. Au cas où quelqu'un les surprendrait dans le bureau de Rider, ils avaient une histoire toute prête : l'ancien avocat militaire de Rufus Harms exerçait dans la région et avait récemment rendu visite à Rufus en prison. Il était mort avec sa femme et on pouvait légitimement soupçonner les frères Harms de les avoir tués, Rider ayant fort bien pu confier à son client qu'il conservait de l'argent liquide à son domicile ou dans son cabinet.

Tremaine regarda Rayfield de travers.

— Qu'est-ce que tu as ?

— On fait une connerie. C'est nous qui prenons tous les risques.

— Tu crois que je le sais pas ?

— Si on récupère la lettre de Harms et celle de Rider, on est sortis de l'auberge. On oublie Harms.

— Tu débloques ?

— Harms a écrit cette lettre parce qu'il voulait sortir de taule, répondit Rayfield. Il a tué cette gosse, mais il ne l'a pas *assassinée*, au sens propre, on est d'accord ? Bon, maintenant, ça y est, il est sorti. À l'heure qu'il est, son frère et lui sont probablement au Mexique, en train d'attendre un avion pour l'Amérique du Sud. C'est ce que je ferais, à leur place.

— Seulement, t'es pas à leur place.

— Qu'est-ce qu'il peut faire d'autre, Vic ? Écrire une deuxième lettre à la Cour ? Pour dire quoi ? « Votre Honneur, je vous ai déjà raconté cette histoire à dormir debout que je ne peux pas prouver, mais ma lettre s'est perdue, le greffier qui s'en est chargé est mort et mon avocat aussi. Alors, je me suis évadé de prison, je suis en cavale et je veux que mon affaire passe en jugement. » Ça ne tient pas la route, Vic. Il ne fera jamais ça. Il va se tailler sans demander son reste. Il s'est *déjà* taillé.

— Possible, admit Tremaine. Mais, au cas où il serait moins futé que tu penses, je veux faire tout ce qui est en mon pouvoir pour le liquider. Et son frangin avec. J'aime pas Rufus Harms, j'ai jamais pu l'encadrer. J'ai morflé chez les Viets pendant que cet enfoiré restait planqué au pays, logé et nourri. On n'aurait jamais dû le laisser pourrir en taule.

— C'est trop tard, maintenant.

— J'ai envie de lui faire un cadeau. Une nouvelle cellule, de deux mètres vingt de long, un mètre cinquante de large et tout en sapin. Mais sans drapeau dessus. Je veux pas trop le gâter quand même.

Tremaine enfonça la pédale.

Rayfield secoua la tête et se carra sur son siège. Il regarda sa montre. Ils étaient presque arrivés.

Les frères Harms étaient debout en face de Sara et John, assis côte à côte sur un divan en cuir.

— Qu'est-ce qu'on attend pour les ligoter et se barrer en vitesse ? dit Josh à son frère.

John Fiske s'en mêla :

— Vous allez découvrir que nous sommes dans le même camp.

— Ne le prends pas mal, lui rétorqua Josh, mais je t'emmerde.

— Il a raison, fit Sara. Nous sommes ici pour vous aider.

Josh ne répondit pas.

— John Fiske ? dit Rufus. (Il scruta le visage de John, en le comparant de mémoire à celui de Michael.) Le greffier qu'ils ont tué était de votre famille ? Un frère ?

John acquiesça.

— Oui. Qui l'a tué ?

— Ne leur dis rien, Rufus, intervint Josh. On sait pas qui ils sont, ni ce qu'ils veulent.

— Nous sommes venus pour parler à Sam Rider, répondit Sara.

— Eh ben, sauf si vous êtes médium, ma belle, ça va pas être facile.

John et Sara se regardèrent.

— Il est mort ? demanda-t-elle.

— Lui et sa femme, dit Rufus. Ils ont maquillé ça en suicide.

John remarqua les documents qu'il tenait à la main.

— Ce sont les papiers que vous avez envoyés à la Cour ?

— C'est moi qui pose les questions, coupa Rufus.

— Je vous répète que nous sommes vos amis.

— Désolé, mais je fais pas ami ami si vite. De quoi vous vouliez parler avec Samuel ?

— C'est lui qui a envoyé votre demande à la Cour, n'est-ce pas ?

— C'est moi qui pose les questions !

— D'accord, d'accord. Je vais vous dire ce que nous savons et vous aviserez. Ça vous va ?

— J'écoute.

— Rider a rédigé la demande. Mon frère l'a reçue et l'a détournée. Il est venu vous voir en prison. Et on l'a retrouvé mort dans une impasse mal famée de Washington. Ils ont voulu faire croire à une agression. Maintenant, vous nous dites qu'ils ont liquidé Rider. Un autre greffier s'est fait descendre aussi. Je suppose que c'est en rapport avec la mort de mon frère, mais je ne peux pas l'affirmer. (John s'interrompit pour observer les deux hommes.) C'est tout ce que nous savons. Je pense que vous en savez beaucoup plus. Par exemple, pourquoi tout ceci est arrivé.

— Vous marchez avec les flics, pour être si bien informés ? demanda Josh.

— J'aide l'inspecteur chargé de l'enquête.

— Tu vois, Rufus, je te l'avais dit. Tirons-nous vite fait. Les keufs vont rappliquer dans deux minutes.

— Non, dit Sara. J'ai vu votre nom sur les papiers que Michael avait pris, monsieur Harms, mais c'est tout ce que j'ai vu. Je ne sais pas pourquoi vous voulez faire appel, ni ce que contenait ce document.

— Pourquoi un prisonnier fait appel à la Cour, d'après vous ? demanda Rufus.

— Pour être libéré, répondit John. (Rufus acquiesça.) Mais il faut avoir une raison sérieuse pour ça.

— J'ai la meilleure de toutes : la simple vérité.

— Dites-la-moi.

Josh entraîna son frère vers la porte.

— Rufus, je le sens pas, ce mec. Il te tient le crachoir en attendant que les flics se pointent.

— Ils ont tué son frère, Josh.

— Qu'est-ce qui te dit que c'est vraiment son frère ?

John sortit son portefeuille avec son permis de conduire.

— Ceci vous prouvera au moins que nous portons le même nom.

Rufus repoussa le portefeuille.

— J'ai pas besoin de ça. Vous avez un air de famille.

— Même s'ils sont pas avec les flics, comment ils pourraient nous aider ? reprit Josh.

Rufus se tourna vers eux.

— Puisque vous avez réponse à tout, vous pouvez répondre à ça ?

— Je travaille à la Cour suprême, monsieur Harms, dit Sara. Je connais tous les juges. Si vous avez la preuve de votre innocence, je vous promets que vous serez entendu. Sinon par la Cour suprême, au moins par une cour d'appel, croyez-moi.

— L'inspecteur sait qu'il y a du louche, ajouta John. Si vous nous dites ce qui se passe, on pourra aller le trouver et il enquêtera dans ce sens.

— Je connais la vérité, dit Rufus.

— Très bien, Rufus, mais, devant un tribunal, ça ne suffit pas, il faut des preuves.

— Qu'y avait-il dans votre lettre ? interrogea Sara.

— Rufus, ne réponds pas, merde ! cria Josh.

Rufus passa outre.

— Quelque chose que l'armée m'a envoyé.

— Vous avez tué la petite fille, Rufus ?

— Oui, dit-il en baissant les yeux. En tout cas, mes mains l'ont tuée. Le reste de moi ne savait pas ce qui se passait. Pas après ce qu'ils m'avaient fait.

— Expliquez-vous. Qui vous a fait quoi ?

— Rufus, il essaie de te feinter, dit Josh.

— Ils m'ont déréglé la tête, c'est ça qu'ils m'ont fait.

John Fiske le regarda en face.

— Vous essayez de plaider la folie passagère ? Si c'est le cas, laissez-moi vous dire tout de suite que vous n'avez aucune chance. (Il guetta sa réaction.) Il y a autre chose, n'est-ce pas ?

— Pourquoi vous dites ça ?

— Parce que mon frère a pris votre demande très au sérieux. Suffisamment pour enfreindre la loi en détournant ce document et perdre la vie en essayant de vous aider. Il n'aurait pas fait ça pour une demande de circonstances atténuantes après vingt-cinq ans. Dites-moi ce qui a coûté la vie de mon frère.

Josh plaqua une énorme pogne sur la poitrine de John et le poussa violemment contre le dossier du divan.

— Écoute-moi, petit malin : Rufus a pas demandé à ton frangin de venir foutre la merde. C'est ton frangin qui a tout fait foirer. Il a voulu vérifier l'histoire de Rufus parce que c'est un vieux bamboula enchristé pour un vieux crime. Alors, ton couplet sur le petit frère vertueux, tu peux te le garder.

— Va donc voir ailleurs si j'y suis, pauvre con, répliqua John en se dégageant.

Josh lui mit le pistolet sur la tempe.

— Tu vas bientôt être ailleurs. Chauffe-moi la place en enfer, je te rejoins plus tard, d'accord, cul-blanc ?

— Arrêtez, implora Sara. Je vous en supplie, il ne demande qu'à vous aider.

— L'aide d'un faux derche, je m'en passe.

— Nous essayons seulement d'obtenir la révision du procès de votre frère.

— Je fais les révisions moi-même. On en a marre de vos gueules enfarinées. Les prisons sont bourrées de mecs comme nous, vous êtes seulement trop radins pour en construire d'autres. On la connaît, votre justice. Toujours à l'ombre. Moi, je veux la justice au grand jour, je crains pas le soleil, je veux rester dehors.

— Commence pas à tout embrouiller, dit Rufus.

— Ah bon ? Parce que tu sais comment débrouiller les choses, toi, tout d'un coup ?

John redoutait le pire. Josh Harms n'allait pas tarder à perdre les pédales, même son frère ne semblait plus avoir prise sur lui. Que faire ? Tenter de le désarmer ? Josh devait avoir une quinzaine d'années de plus que lui, mais il avait l'air solide comme un roc. Si John ratait son coup, il risquait d'avaler son certificat de baptême avec sept dragées de 9 mm.

Un crissement de pneus sur l'asphalte leur fit tourner la tête. Rufus se posta à la fenêtre pour voir ce qui se passait. Ils purent tous lire la peur dans ses yeux.

— C'est Vic Tremaine et Rayfield, dit-il.

— Merde ! pesta Josh. Ils ont de la quincaillerie ?

— Vic a une mitraillette.

— Merde !

Bruit de bottes sur le trottoir. Dans deux minutes, peut-être moins, ils seraient ici. Josh posa un regard glacial sur John et Sara.

— Je te l'avais dit, Rufus. Ils nous ont baisés. Ils nous ont fait tchatcher pendant que l'armée cernait la baraque.

— Au cas où ça vous aurait échappé, on ne porte pas d'uniforme, dit John. Ils vous ont peut-être suivis ?

— On est pas venus de la prison. Dès qu'ils vont nous voir, ils vont envoyer la purée, ça fait pas un pli.

— Sauf si vous vous rendez.

— Tu crois au Père Noël ? lança Josh.

— C'est pas une solution, dit Rufus. Ils me laisseront jamais en vie, avec ce que je sais.

John Fiske sonda Rufus. L'homme était aux abois. Il avait reconnu avoir tué la fillette. Alors, l'affaire était close, non ? Pourquoi vouloir prendre sa défense ? Que l'armée le remette dans sa cage, et on n'en parlait plus. Mais ce n'était pas si simple. Mike avait essayé de l'aider. Il y avait une raison.

John se leva d'un bond.

Josh pointa son arme sur lui.

— Ne complique pas les choses, mec.

John ne le regarda même pas. Il gardait les yeux braqués sur son frère.

— Rufus ! Rufus ! dit-il. (Le géant sortit enfin de son inertie.) Je peux peut-être vous tirer de là, si vous faites exactement ce que je dis.

— On n'a pas besoin de toi, dit Josh.

— Dans trente secondes, ces deux types franchiront cette porte et vous n'aurez même plus le temps de faire vos prières. Vous ne pouvez pas rivaliser avec leur armement.

— Tu veux que j'essaie mon pétard sur toi, pour voir ? dit Josh.

— Rufus, faites-moi confiance. Mon frère est venu vous aider. Laissez-moi finir ce qu'il a commencé. Donnez-moi une chance, Rufus.

Une goutte de sueur perla sur le front de John. Sara était pétrifiée, obnubilée par le bruit des bottes qui se rapprochaient et la vision de la mitraillette.

Rufus finit par acquiescer lentement de la tête.

John entra en action.

— Planquez-vous dans les toilettes, tous les deux, dit-il.

Josh voulut protester, mais Rufus le poussa vers la salle de bains contiguë au bureau.

— Sara, accompagnez-les.

Elle ouvrit des yeux ronds.

— Quoi ?

— Faites ce que je vous dis. Si vous m'entendez appeler votre nom, tirez la chasse et sortez. Sinon, ne bougez pas. Vous deux, dit-il aux frères, restez derrière la porte.

— Et tu t'imagines que les petits soldats vont pas vouloir jeter un œil dans les chiottes, surtout si la porte est fermée ? jeta Josh, sarcastique.

— Je m'occupe d'eux.

— D'accord. Mais pas d'entourloupe, mec. Si tu joues au con, ma première balle t'atteindra juste ici, dit-il en visant la base du crâne de Fiske. T'entendras même pas le coup de feu. Tu seras mort avant !

John fit un signe de la tête, montrant qu'il acceptait le défi. Sara était blême, tremblante, haletante. Les bruits de bottes étaient tout près.

— John, je ne peux pas faire ça, dit-elle.

Il la saisit vigoureusement par les épaules.

— Vous le pouvez, Sara, et vous allez le faire. Tout de suite. Hop.

Docile, elle s'enferma dans le cabinet de toilette avec les frères Harms. John étudia la pièce autour de lui, en essayant de rassembler ses idées. Il repéra un porte-documents contre un mur. Il l'ouvrit. Rien dedans. Vite, il y fourra divers dossiers qu'il trouva sur le bureau de Rider. Les bottes résonnaient dans le couloir. Il s'installa devant la petite table de conférence.

Au moment où il s'asseyait, il entendit la porte du vestibule s'ouvrir. Le temps de sortir un dossier de la serviette, et c'était la porte intérieure qui s'ouvrait. Bien calé dans son fauteuil, il faisait semblant de déchiffrer des papiers et leva un regard étonné vers les intrus.

— Qu'est-ce que…

Il n'eut pas le temps d'en dire plus. La vue de la mitraillette pointée dans sa direction lui imposa le silence.

— Qui êtes-vous ? demanda Rayfield, autoritaire.

— J'allais vous poser la même question. J'ai rendez-vous avec Sam Rider. Ça va faire un quart d'heure que je poireaute et il n'a toujours pas donné signe de vie.

Rayfield avança de quelques pas.

— Vous êtes un de ses clients ?

— Oui. Je suis arrivé de Washington par un vol charter spécialement pour le voir. Il y a des semaines que le rendez-vous est fixé.

— Un peu tard pour une réunion d'affaires, non ? fit Tremaine, l'œil mauvais.

— J'ai un emploi du temps chargé. C'était la seule heure possible. (Il regarda les deux hommes sans aménité.) Et d'abord, qu'est-ce que l'armée vient faire ici avec des mitraillettes ?

Tremaine faillit s'énerver, mais Rayfield calma le jeu. D'un ton plus diplomatique, il répondit :

— Vous n'avez pas à le savoir, monsieur... monsieur ?

John ne commit pas l'erreur de leur donner son vrai nom. Si Rufus connaissait ces hommes, cela signifiait qu'ils avaient trempé dans l'affaire, auquel cas ils avaient peut-être joué un rôle dans la mort de Mike.

— Michaels, répondit-il. John Michaels. Je dirige une agence immobilière, et Rider est mon conseiller juridique.

— Eh bien, vous allez devoir en trouver un autre, commenta Rayfield.

— Je suis satisfait des services de Sam.

— Ce n'est pas la question. Il ne vous donnera pas signe de vie, parce qu'il est mort. Il s'est suicidé après avoir tué sa femme.

John se leva, catastrophé. Ce n'était pas une vedette de l'écran, mais il n'avait pas trop à se forcer pour se donner un air horrifié : pris en sandwich entre deux soldats armés et deux flingueurs planqués dans les toilettes, il n'était pas particulièrement détendu. En cas d'échec, il serait le premier sur la liste des victimes.

— Qu'est-ce que vous me racontez là ? Je lui ai parlé dernièrement. Il n'avait pas l'air déprimé.

— Ça va, ça vient, vous savez. Le fait est qu'il est mort.

John se laissa retomber dans son fauteuil et contempla avec accablement les dossiers étalés devant lui.

— Je n'arrive pas à le croire, dit-il. Je pouvais toujours attendre ! J'ai l'air de quoi, maintenant ? Personne ne m'avait rien dit ! La porte du bureau n'était pas fermée. Oh, c'est vache. (Il repoussa les paperasses, dépité, puis changea de ton.) Mais... et vous, là-dedans ? L'armée est impliquée ?

Tremaine et Rayfield hésitèrent.

— Un homme s'est évadé d'une prison militaire des environs, dit Rayfield.

— Bon Dieu, vous pensez qu'il se cache par ici ?

— On ne sait pas. Il se trouve que Rider était l'avocat du fugitif. On a pensé qu'il pouvait être venu ici pour voler de l'argent ou autre chose. C'est peut-être lui qui a tué Rider, rien n'est impossible.

— Mais vous avez dit que c'était un suicide.

— C'est ce que suppose la police. C'est pourquoi nous sommes ici. Pour vérifier, à tout hasard.

Quand John vit Tremaine se diriger vers la salle de bains, son cœur se mit à danser la samba.

— Susan, vous pouvez sortir, s'il vous plaît ? appela-t-il.

Ils entendirent tous la chasse d'eau. La porte s'entrebâilla et Sara sortit. Elle joua l'hébétude. Pour elle non plus, ce n'était pas vraiment un rôle de composition. « Elle panique totalement », se dit John.

— Que se passe-t-il, John ?

— J'ai dit à ces messieurs que nous avions rendez-vous avec Sam Rider et, vous n'allez pas me croire, il est mort.

— Mon Dieu !

— Susan est mon assistante. Messieurs, vous ne m'avez pas dit vos noms, je crois.

— En effet, répondit sèchement Tremaine.

— Ces messieurs sont des militaires, Susan. Ils cherchent un prisonnier évadé qui, d'après eux, a peut-être quelque chose à voir avec la mort de Sam.

— Oh, mon Dieu, mon Dieu... John, retournons à l'aéroport et allons-nous-en d'ici.

— C'est pas une mauvaise idée, dit Tremaine. On sera plus tranquilles pour fouiller les lieux si on vous a pas dans les jambes.

Il s'intéressa de nouveau à la porte de la salle de bains. Il tenait son arme d'une main et tendait l'autre vers la poignée.

— Je peux vous assurer que personne ne se cache là, dit Sara.

— Si ça vous ennuie pas, ma jolie, j'aime bien vérifier ce genre de choses par moi-même.

John observa Sara. Il sentit qu'elle était sur le point de craquer. Tiens bon, Sara, tiens bon.

Derrière la porte de la salle de bains obscure, Josh Harms visait directement la tête de Tremaine avec son revolver, à travers l'interstice entre le battant et le chambranle. Il estimait avoir un avantage tactique. Vic Tremaine d'abord, puis Rayfield. C'était un très léger avantage, compte tenu de son faible champ de vision, mais il ne pouvait pas rater le premier. Il avait Vic en point de mire comme un petit tank Sherman, et déjà le doigt sur la détente...

Son frère, blotti contre lui, faisait de son mieux pour loger son grand corps dans l'encoignure. Dès que Tremaine pousserait la porte, le carnaval commencerait.

John se mit à ranger les dossiers dans le porte-documents en bougonnant.

— Quelle journée, je vous jure ! D'abord, ces deux Noirs qui manquent nous renverser, et maintenant ça.

Tremaine et Rayfield réagirent au quart de tour.

— Quels deux Noirs ? demandèrent-ils d'une même voix.

— Là, tout à l'heure, quand on est entrés dans l'immeuble. Ils arrivaient comme des bolides, ils nous ont télescopés. Susan a failli rester sur le carreau.

— À quoi ils ressemblaient ? demanda Rayfield.

Tremaine oublia la salle de bains pour venir aux renseignements.

— Eh bien, ils étaient noirs, comme je vous le dis. L'un des deux devait être un ancien pilier de football américain. Une vraie armoire à glace, vous vous rappelez, Susan ? (Elle acquiesça et commença à mieux respirer.) L'autre était assez costaud aussi, un mètre quatre-vingt-dix, par là, mais beaucoup plus mince. Dans les quarante-cinq, cinquante ans, je dirais.

— Vous avez vu par où ils sont partis ? demanda Tremaine.

— Ils ont sauté dans un vieux tacot et ont filé vers le nord. Je ne m'y connais pas beaucoup en voitures, je ne saurais pas vous dire la marque, mais c'était un modèle ancien. Vert, il me semble. (Il prit un air effrayé.) Vous ne pensez pas que c'était le prisonnier évadé, dites ?

Il n'obtint pas de réponse. Tremaine et Rayfield avaient déjà disparu. Quand ils entendirent les bottes s'éloigner dans le couloir, John et Sara s'effondrèrent ensemble sur le divan et se donnèrent l'accolade.

— T'as sauvé ta peau. T'as de la tchatche.

Ils levèrent les yeux. Josh renfonçait son revolver dans son pantalon en souriant.

— Nous sommes juristes tous les deux, répondit John en serrant toujours Sara dans ses bras.

— Eh, personne n'est parfait, dit Josh.

Rufus apparut derrière son frère.

— Merci, dit-il simplement.

— J'espère que vous nous croyez, maintenant.

— Ouais, mais je vais pas accepter votre aide.

— Rufus…

— Tous ceux qui ont essayé de m'aider jusqu'ici sont morts. Sauf Josh, mais on a failli tous y passer, ce soir. Je veux pas avoir ça sur la conscience. Foncez à l'aéroport et oubliez cette histoire.

— Je ne peux pas. C'était mon frère.

— Faites ce que vous voulez, mais sans moi. (Par la fenêtre, il regarda la Jeep s'éloigner vers le nord.) Faut pas moisir ici, Josh. Ils peuvent avoir envie de revenir.

Comme les deux hommes s'apprêtaient à partir, John sortit quelque chose de sa poche.

— Tenez, Rufus, dit-il. C'est ma carte professionnelle. Il y a le téléphone de mon bureau et de mon domicile. Réfléchissez bien, Rufus. Seul, nous n'arriverez à rien. Quand vous l'aurez compris, appelez-moi.

Sara lui prit la carte des mains, griffonna quelque chose sur le verso et la lui rendit.

— C'est le numéro de chez moi et de mon portable. Vous pouvez me joindre de jour comme de nuit.

Rufus glissa la carte dans sa poche. Une minute plus tard, Sara et John étaient seuls. Épuisés, ils se dévisagèrent longuement sans rien dire. Ce fut John qui rompit le silence.

— Eh bien, il était moins une.

— John, je ne veux plus jamais, jamais revivre ça.

Elle s'éloigna en titubant.

— Où allez-vous ?

Elle ne prit pas la peine de se retourner pour répondre :

— Aux toilettes, à moins que vous ne vouliez me voir vomir ici.

Chapitre 46

Une heure après sa conversation avec Warren McKenna, Chandler remontait lentement l'allée de sa maison, un confortable pavillon de brique dans un quartier de constructions standardisées. Un endroit sûr et agréable pour élever des enfants – du moins l'était-il vingt ans plus tôt. C'était un peu moins agréable et beaucoup moins sûr aujourd'hui ; mais pouvait-on encore être en sécurité quelque part ? se demandait-il.

Autrefois, quand il voulait se détendre après le travail, il faisait quelques passes de basket avec ses gosses. Il avait fixé un panier au-dessus de la porte du garage. Depuis le temps, le filet avait pourri et Chandler avait fini par démonter l'anneau, qui commençait à rouiller. Il alla s'asseoir dans le jardin, sur un banc de cèdre blanc, sous un magnolia, devant une petite fontaine. Ah, cette fontaine... Il en avait bavé, pour l'installer. Une idée de sa femme ! Il l'avait maudite, à l'époque. Maintenant, il comprenait son insistance. Les travaux de maçonnerie avaient agi sur lui à la façon d'une catharsis. Les plans, les mesures, le choix des matériaux... C'était un peu comme un boulot de détective, un casse-tête où il fallait autant de chance que de compétence pour que toutes les pièces s'emboîtent et tiennent ensemble.

Après dix minutes de calme, il se leva et, le veston sur l'épaule, marcha vers la maison. Il regarda dans la cuisine tranquille. Elle était bien décorée, toute la maison l'était, grâce aux soins jaloux de sa femme, Juanita. L'éducation des enfants, les visites médicales, le paiement des factures, l'entretien des fleurs, la tonte de la pelouse, le désherbage, le ménage, la lessive, le repassage, la cuisine, la vaisselle, c'était elle qui s'était chargée de tout, pendant que, de son côté, il bossait dur pour faire bouillir la marmite. C'était un partenariat. Une fois que les gosses avaient été casés, elle avait repris des études, était devenue infirmière et travaillait dans le service de pédiatrie d'un hôpital local. Trente-trois ans de mariage, et toujours en pleine forme.

Chandler ne savait pas combien de temps encore il continuerait ce boulot. Il commençait à accuser le coup. L'odeur du sang, le contact des gants de caoutchouc, les petits pas, la peur de marcher sur un indice qui permettrait de coffrer un salopard et éviterait une prochaine victime. La paperasse, les avocats mielleux qui posent des questions insidieuses, magouillent dans les prétoires, les juges blasés qui proclament des verdicts comme des laborantins énonçant des résultats d'analyse sanguine. Le mutisme des accusés qui, tels des robots, vont sans la moindre émotion rejoindre leurs semblables en prison pour parfaire leur apprentissage et en ressortir maîtres en matière de criminalité.

La sonnerie du téléphone coupa court à ses idées noires.

— Allô ?

Il écouta, donna quelques instructions et raccrocha. On avait retrouvé une douille dans la ruelle où avait été découvert le corps de Michael Fiske. Apparemment, elle avait ricoché contre un mur et atterri dans un tas d'ordures derrière une poubelle. Elle était en bon état et le labo devait être en mesure de déterminer si c'était la balle qui avait tué le greffier. Ce ne serait pas difficile, pour une raison répugnante : si c'était la bonne, elle aurait des traces de sang et de tissu cérébral. Maintenant, restait à mettre la main sur l'arme du crime. Ensuite, ce serait la routine : expertise balistique et relevé d'empreintes, s'il y en avait.

Chandler passa dans le living-room, laissant son revolver derrière lui, et s'assit dans un fauteuil à la mesure de sa corpulence. La pièce était sombre, mais il n'alluma pas. Il était entouré de trop de lumières au boulot. Les néons de son bureau lui tapaient sur les nerfs ; l'éclairage cru de la salle d'autopsie, qui n'épargnait aucun détail sordide, lui retournait l'estomac et l'avait contraint plus d'une fois à inventer une excuse pour ne pas assister aux dissections aseptisées des charcutiers officiels. Et les flashes des photographes sur les lieux d'un crime ou dans les tribunaux ! Non, assez, ça suffisait comme ça. Un peu d'obscurité, ça reposait. C'était ainsi qu'il imaginait sa retraite : sombre et fraîche. Comme la fontaine dans le jardin.

Les propos de Warren McKenna l'avaient troublé, même s'il s'était efforcé de ne pas le montrer. Il ne pouvait se résoudre à l'idée que John Fiske eût tué son frère. Mais n'était-ce pas exactement ce que Fiske cherchait ?

Il y avait cependant un autre point, qu'on ne pouvait négliger : les appels téléphoniques de Michael à Fort Jackson. Et maintenant l'évasion de Rufus Harms. Existait-il une corrélation ? Fiske protégeait Sara Evans, c'était clair. Chandler hocha la tête. Il devrait dormir avec ce dilemme, parce que, pour l'instant, sa vieille cervelle tournait à vide.

Il sursauta. Deux bras lui encerclèrent le cou. Son flingue ! Où était son flingue ?

— On peine au travail ou on travaille à peine ?

Il se détendit aussitôt et leva les yeux vers Juanita. Elle avait de petites rides rieuses aux coins de la bouche. Son visage avait constamment cette même expression amusée, comme si elle était toujours sur le point de raconter une histoire drôle. Pour Chandler, c'était un rayon de soleil qui effaçait les tracas de la journée et lui remontait le moral en un clin d'œil.

— Femme, dit-il en se tenant la poitrine, si tu me refais un coup comme ça, je vais devoir me fabriquer des ailes d'ange.

Elle s'assit sur ses genoux. Elle portait une robe de chambre blanche et avait les pieds nus.

— Allons, un grand gaillard comme toi ? Et qu'est-ce qui te dit que tu auras droit à des ailes d'ange ?

Il passa un bras autour de sa taille qui, après trois maternités, n'était plus aussi fine que la nuit de leurs noces. Idem pour lui, d'ailleurs. Il n'avaient pas grandi, mais grossi ensemble, aimait-il dire. L'équilibre était essentiel dans la vie. Un gros avec une maigre, c'était la catastrophe assurée.

Personne au monde ne le connaissait mieux que Juanita. C'était peut-être ça, un mariage réussi : savoir qu'il y a quelqu'un, près de vous, qui connaît votre formule personnelle. Pour Chandler, ce quelqu'un-là était Juanita.

— Je suis peut-être un grand gaillard, dit-il en souriant, mais je suis aussi un sentimental. Et on ne sait jamais ce qui peut faire craquer un sentimental. Après avoir passé ma vie à pourchasser le crime, je pense que le bon Dieu est en train de me coudre une jolie petite paire d'ailes d'ange, taille XL, bien sûr. Puisqu'il sait tout, il doit savoir que je me suis un peu enveloppé avec l'âge.

Il lui baisa la joue, et elle caressa son crâne dégarni. Elle sentait que sa bonne humeur était forcée.

— Buford, si tu me disais ce qui te chiffonne, on pourrait peut-être en parler ? Tu dormirais mieux. Il se fait tard, tu sais. Et demain est un autre jour.

Il se dérida.

— Où sont passés mes talents de bluffeur ? Je croyais que j'étais impénétrable et que je pouvais regarder un suspect en face sans qu'il se doute de rien.

— Tu n'as jamais été bon au poker menteur. Alors, dis-moi tout.

Elle lui massa la nuque et il lui caressa les pieds.

— Tu te souviens de ce jeune gars dont je t'ai parlé ? John Fiske ? Le frère de ce greffier de la Cour suprême ?

— Je m'en souviens. Un deuxième greffier a été assassiné, c'est ça ?

— C'est ça. Eh bien, j'étais dans l'appartement de son frère, ce soir. Je cherchais des indices. Et McKenna, cet agent du FBI, s'est pointé.

— Celui qui est aussi nerveux qu'une grenade dégoupillée et que tu n'arrivais pas à cerner ?

— Lui-même.

— Eh bien… ?

— Eh bien, on est tombés sur une police d'assurance. La mort du jeune greffier rapporte un demi-million à John Fiske.

— Et après ? Ils sont de la même famille, pas vrai ? Toi aussi, tu as une assurance vie, non ? Quand tu te décideras à mourir, je serai riche, dit-elle en posant une bise sur le sommet de sa tête. Et j'espère que tu vas te dépêcher. Il serait temps de tenir toutes ces belles promesses que tu m'as faites. À moi la grosse galette, vite.

Ils rirent et se câlinèrent.

— Fiske ne m'avait jamais parlé de cette assurance. C'est pourtant un mobile classique pour un meurtre.

— Il n'était peut-être pas au courant ?

— Possible, concéda Chandler. N'empêche que McKenna m'a exposé toute une théorie selon laquelle Fiske aurait tué son frère pour la prime, aurait embringué dans sa combine une greffière qui a le béguin pour lui et serait venu me proposer son aide pour pouvoir me lancer sur une fausse piste. Il aurait même menti en prétendant avoir surpris un intrus dans l'appartement de son frère. Et je dois reconnaître que les arguments de McKenna étaient très convaincants, du moins en surface.

— Donc, John a eu accès à l'appartement de son frère ?

— Oui. Il affirme qu'un type l'a sonné et s'est enfui, peut-être en emportant des indices compromettants.

— Puisque ton John a pu entrer dans l'appartement et inventer cette histoire d'effraction, s'il savait que cette police d'assurance existait, pourquoi ne l'a-t-il pas prise ? Pour vous laisser le plaisir de la trouver vous-même et diriger les soupçons sur lui ?

Chandler la regarda en écarquillant les yeux.

— Buford, ça ne va pas ?

— Chérie, je croyais que c'était moi, le policier de la famille. Bon sang de bonsoir, comment n'y ai-je pas pensé ?

— Parce que tu es surmené et sous-estimé, voilà comment. (Elle se leva et lui tendit la main.) Mais, si tu montes maintenant, je vais te prouver qu'il y en a qui t'estiment à ta juste valeur. Viens un peu me montrer à quel point tu es sentimental, Buford.

Elle l'observa avec des paupières mi-closes, et Chandler comprit que ce n'était pas un signe de sommeil.

Il se leva, lui prit la main et ils gravirent l'escalier ensemble.

Chapitre 47

La Jeep turbinait plein pot. Tremaine épiait les passagers de toutes les voitures qu'ils dépassaient.

— Tu parles d'une déveine, maugréait Rayfield. À quelques minutes près, on leur tombait dessus.

Tremaine ne l'écoutait pas. Il gardait les yeux fixés sur la voiture qui les précédait. Quand il doubla, le plafonnier s'alluma, éclairant le conducteur et le passager, qui dépliait une carte.

Tremaine lorgna l'intérieur de la voiture, puis écrasa les freins, vira brusquement à gauche, franchit le terre-plein central dans un tressautement d'amortisseurs et s'engagea sur la voie opposée. Retour au point de départ : il fonçait vers le bureau de Rider.

— Qu'est-ce qui te prend, t'es cinglé ? s'écria Rayfield.

— Ils nous ont baladés. Le mec et la poule. Leur histoire, c'était du bidon.

— Comment tu le sais ?

— La lumière dans les chiottes.

— Eh ben, quoi, la lumière ?

— Elle était pas allumée. La salope était dans le noir. Ça m'est revenu quand j'ai vu le plafonnier de cette bagnole. Y avait pas de lumière sous la porte pendant qu'elle y était. Quand elle est sortie, elle a pas touché l'interrupteur, parce que c'était déjà éteint. Elle était pas sur le trône. Elle était debout derrière la porte, en pleine obscurité. Devine pourquoi…

Rayfield pâlit.

— Parce que Harms et son frère y étaient aussi. (Il cogita.) Le type a dit qu'il s'appelait John Michaels. John… Michael… ça pourrait être John Fiske, tu penses ?

— Et la fille était Sara Evans ? Oui, c'est ce que je pense. Appelle les autres pour les mettre au courant.

Rayfield prit le téléphone cellulaire.

— On rattrapera jamais Harms, maintenant.

— Si.

— Ah ouais ? Et comment ?

Tremaine avait trente ans d'armée derrière lui. Il avait appris à jauger la tactique du camp adverse.

— Fiske a dit qu'ils étaient partis dans une voiture. Le contraire d'une voiture, c'est un camion. Il a dit que c'était une vieille caisse. Le contraire, c'est un camion neuf. Il a dit qu'ils allaient au nord, donc on va au sud. On n'a perdu que cinq minutes. On les rattrapera.

— J'espère que tu as raison. S'ils étaient dans le bureau de Rider…

Il s'interrompit. Tremaine acheva la déduction :

— Ça signifie qu'ils ont pas pris le large. Ça signifie qu'ils sont venus chercher quelque chose chez Rider. Et ça peut pas être une bonne nouvelle pour nous. (Il indiqua le téléphone d'un signe de tête.) Appelle. On s'occupe de Harms et de son frère. Qu'ils s'occupent de Fiske et de la femme.

Vu les implications de l'affaire en haut lieu, le FBI avait offert son propre laboratoire pour l'analyse de la douille trouvée dans la ruelle. Après une étude comparative avec les tissus prélevés sur la dépouille de Michael

Fiske, il apparaissait qu'il s'agissait bien de la balle qui lui avait transpercé le cerveau. C'était du 9 mm, calibre couramment employé par les forces de l'ordre.

Fort de cette information, l'agent McKenna s'assit devant un terminal d'ordinateur, au siège du FBI, et envoya une requête prioritaire à la police d'État de Virginie. La réponse ne tarda pas. John Fiske possédait un 9 mm SIG-Sauer enregistré à son nom, reliquat de ses années de flic. McKenna sauta dans sa voiture et, deux heures plus tard, il quittait la 95 pour s'engager dans les rues sombres de Richmond. Au bout de Shockoe Slip, il se rangea dans un parking isolé près de la vieille gare.

Après dix petites minutes de trotte, il était debout dans le bureau de John Fiske. Il avait eu raison des serrures de l'immeuble et du cabinet d'avocat avec beaucoup de facilité. Il promena une lampe de poche dans la pièce. Il avait décidé de fouiller le bureau de Fiske avant son appartement. Il ne lui fallut que quelques instants pour dénicher le pistolet, une arme légère et compacte. Il le soupesa dans sa main gantée et le fourra dans sa poche.

Il continua son inspection. Le faisceau de sa lampe capta une photo encadrée sur un rayon de la bibliothèque. Il la prit. Comme la lumière électrique se reflétait trop vivement sur le verre, il l'emporta devant la fenêtre pour la regarder au clair de lune.

Les frères Fiske n'avaient rien de particulier à première vue. Michael était plus grand et plus beau que son aîné, mais il y avait dans le regard de John – ici en uniforme, ce qui laissait supposer que la photo était déjà ancienne – une intensité saisissante. McKenna connaissait ce genre de regard, il avait fait l'essentiel de sa carrière au FBI, et Fiske l'essentiel de la sienne sous cet uniforme. L'expérience de flic vous donnait ces yeux-là, ou vous les éteignait à jamais.

Il reposa la photo et s'en alla.

Deux heures de trajet de retour, et McKenna était rentré chez lui, dans un faubourg tranquille du nord de la Virginie. Assis dans son petit bureau, il buvait de la bière en fumant une cigarette. Il tenait le pistolet de Fiske. Un joli outil de travail, ce P 226. Entretenu avec soin. L'animal avait bien choisi sa pétoire. Un flic devait se fier à son arme pour survivre. Naguère encore, les policiers dégainaient rarement. Ça avait bien changé aujourd'hui.

Fiske avait tué un homme avec ce flingue, McKenna le savait. Il avait tiré un coup mortel. Une sale expérience. McKenna connaissait ça. Quelques secondes, et tout était joué. La chaleur du métal, l'odeur écœurante de la poudre. Au cinéma, une balle expédiait son homme *ad patres* comme une baguette magique. Dans la vie réelle, ce n'était pas du tout ça. Le type ne reculait pas de trois mètres sous le choc ; on le voyait tomber sur place, on le voyait pisser et chier dans son froc en s'écroulant dans la poussière. McKenna avait tué un homme, lui aussi. Un réflexe. On appuie sur la détente et adieu l'ami, le mec a les yeux qui lui sortent de la tête, il chancelle et s'effondre. Plus tard, McKenna était retourné sur le lieu de la fusillade et avait repéré deux impacts de balle sur le mur, de part et d'autre de l'endroit où il se trouvait quand l'autre l'avait visé. Le gars avait tiré le premier et l'avait raté miraculeusement – en apparence seulement, parce que McKenna avait appris par la suite qu'il était pratiquement borgne et appréciait mal les distances. L'agent du FBI ne devait sa survie qu'à la déficience oculaire du malfrat. En rentrant chez lui pour retrouver sa femme et ses gosses, Warren McKenna avait mouillé son slip.

Il reposa le pistolet et médita. Son obstination avait payé. Demain, Fiske et Sara devraient répondre à quelques questions sans complaisance. Il s'en ouvrirait d'abord à Chandler, lui exposerait les faits et laisserait l'inspecteur faire son devoir.

Il se leva et marcha de long en large. Sur les murs, il y avait des photos de lui avec des gens importants et, soigneusement disposées sur une table, les nombreuses décorations et citations que lui avaient values son courage et sa présence d'esprit. Il avait derrière lui une belle carrière au service de la loi et de l'ordre, mais tous ces honneurs ne compensaient pas la tache qui souillait son passé, une mauvaise action de jadis qu'il avait toujours traînée comme un boulet. C'était de l'histoire ancienne aujourd'hui, mais elle aveuglait encore sa mémoire. Et c'était cela, ce fantôme du passé, qui le contraignait maintenant à faire coffrer Fiske pour meurtre.

Il écrasa sa cigarette et se promena silencieusement dans la maison. Sa femme était au lit depuis longtemps. Ses deux enfants étaient grands et indépendants. Financièrement, il s'en était bien tiré, bien que les fédéraux n'aient jamais jonglé avec les dollars, à moins de renoncer à leur carte pour pantoufler dans le privé. Mais sa femme, qui travaillait dans un grand cabinet juridique de Washington, avait collectionné les billets verts. La maison était donc spacieuse, richement meublée et pratiquement vide. Il regarda à nouveau vers son bureau. Toute sa carrière était résumée sur cette table et dans ces photos. Telle une épitaphe. Il inspira profondément dans le noir. Le repentir était un boulot à temps plein, qui durait toute la vie.

L'avion se posa et se rangea sur la piste. Quelques minutes plus tard, John et Sara se dirigeaient vers le parking de National Airport.

— On s'est tapé un aller-retour en avion, on a failli se faire massacrer et on rentre bredouilles, bougonna Sara. Quelle belle idée j'ai eue !

— Vous vous trompez, dit John.

Ils montèrent en voiture.

— Ah ? Et qu'est-ce qu'on a appris au juste ? demanda-t-elle.

— Plusieurs choses. Premièrement, on a vu Rufus Harms en face. Je pense qu'il dit la vérité, quelle qu'elle soit.

— Vous ne pouvez pas en être sûr ?

— Réfléchissez, Sara, il a pris le risque de venir dans le bureau de Rider au lieu de passer la frontière. Il est venu pour récupérer la demande qu'il avait écrite. Pourquoi aurait-il fait ça s'il n'était pas convaincu de son bon droit ?

— Je ne sais pas. S'il croit tellement en cet appel, pourquoi ne l'a-t-il pas simplement récrit ?

— Parce que Rider avait envoyé le document dont il avait besoin. Vous l'avez vu vous-même dans la mallette de mon frère. Maintenant que Rider est mort, il veut un double. Il a aussi parlé d'une lettre de l'armée. Il doit penser qu'il lui faut les deux.

— Ça se défend.

— Nos deux copains de l'armée ne sont pas venus là pour chercher Rufus Harms, mais pour fouiller le bureau de Rider.

— Qu'en savez-vous ?

— Ils ne nous ont même pas demandé si on avait vu quelqu'un de suspect correspondant au signalement de Rufus. C'est moi qui ai mis ça sur le tapis. Et ils n'étaient pas en service commandé. Au milieu de la nuit, avec des mitraillettes… Non, ce n'étaient pas des policiers militaires. D'après leur âge et leur comportement, c'étaient des gradés, de haut gradés. Débarquer dans le bureau d'un civil en pleine nuit, mitraillette au poing, ce n'est pas ainsi que procède l'armée.

— Vous avez peut-être raison.

— Donc je pense que ce document contenait quelque chose qui concerne personnellement ces hommes.

— Nous ne savons même pas qui ils sont, objecta la jeune femme.

— Si. Rufus a prononcé leurs noms. L'un s'appelle Tremaine, Vic Tremaine, l'autre Rayfield. Comme ce sont des militaires, ils ont sûrement quelque chose à voir avec Fort Jackson. Rufus a dit qu'ils lui avaient fait du mal. Je suis certain qu'il voulait parler de la prison.

— John, même s'ils l'ont poussé à tuer cette petite fille, ou même s'ils lui ont ordonné de le faire pour une raison sordide, ils risquent au pire une inculpation pour homicide par délégation, au mieux pour incitation au meurtre. Et encore. Après toutes ces années ? Si Harms n'a pas d'élément plus sérieux contre eux, il n'a rien et vous le savez très bien.

— Je sais surtout que nous ignorons ce qui s'est passé exactement. Si des gens ont rendu visite à Harms dans sa cellule la nuit du meurtre, ça doit figurer sur un registre.

Sara semblait sceptique.

— Après vingt-cinq ans ?

— Et il y a aussi cette lettre de l'armée. Quel genre de lettre l'armée pourrait-elle envoyer à un ancien troufion condamné par la cour martiale ?

— Vous croyez que c'est cette lettre qui a tout déclenché ?

— Elle pouvait contenir une information dont Rufus n'avait jamais eu connaissance, bien que je ne voie pas ce que ça peut être, reconnut-il.

— Attendez un peu. Si Tremaine et Rayfield sont de Fort Jackson, pourquoi auraient-ils laissé cette lettre parvenir à Harms ? Le courrier des prisonniers n'est pas censuré ?

John réfléchit.

— Elle est peut-être passée au travers.

— Ou peut-être n'a-t-elle pas été envoyée à la prison. Josh semblait au courant de tout. Peut-être est-ce lui qui a reçu la lettre. Il l'a lue et en a parlé à son frère.

— Du coup, Rufus s'arrange pour feindre une crise cardiaque, se fait transférer à l'hôpital le plus proche et son frère l'aide à s'évader.

— Ça colle.

— Si seulement on pouvait découvrir ce qui s'est passé ce jour-là à Fort Jackson ! D'après les propos de Rufus et de Josh, il est clair que mon frère lui a rendu visite en prison.

— On pourrait s'en assurer en téléphonant ou en allant à Fort Jackson.

John rejeta cette idée.

— Si ces deux types sont de là-bas, ils auront effacé toutes les traces, peut-être même muté tous ceux qui ont vu Mike sur place. Et on ne peut pas s'en remettre à Chandler. Qu'est-ce qu'on lui dirait ? Deux militaires recherchent un fugitif évadé d'une prison de l'armée : et alors ? Quoi de plus normal ?

— En tout cas, si Rayfield et Tremaine travaillent à la prison, Michael est allé se jeter dans la gueule du loup. Je sais que vous n'étiez plus très proches, tous les deux, mais c'est tout de même curieux que Michael n'ait pas essayé de vous joindre pour vous demander de l'aide. Il serait peut-être encore en vie.

John se raidit et ferma les yeux. Il ne voulait pas en dire en plus.

En arrivant chez Sara, John alla directement au réfrigérateur pour prendre une bière.

— Vous avez des cigarettes ?

Elle haussa les sourcils.

— Je ne savais pas que vous fumiez.

— Il y a des années que j'ai arrêté. Mais j'ai besoin d'une cigarette maintenant.

— Eh bien, vous avez de la chance.

Elle tira une chaise, la cala devant le comptoir de la cuisine et monta dessus après avoir enlevé ses chaussures.

— Je cache ma réserve dans un endroit difficilement accessible pour être moins tentée. Je crois que je manque de volonté.

John la regarda se hisser sur la pointe des pieds pour atteindre le dessus du placard. Ses doigts touchaient à peine le rebord.

— Sara, laissez-moi faire, vous allez vous casser le cou.

— Je l'ai, John. Enfin presque…

Elle s'étira pour tâtonner avec la main et John se surprit à reluquer le haut de ses cuisses sous sa jupe relevée. Comme elle chancelait un peu, il posa une main sur sa taille pour la stabiliser. Elle avait une petite tache de naissance derrière la cuisse droite, un triangle rosâtre, qui semblait palpiter au rythme de ses efforts. La main de John glissa un peu vers la hanche. Il baissa les yeux. Elle avait les orteils longs et souples, elle devait marcher souvent pieds nus. Il détourna la tête.

— Ça y est, dit-elle en montrant le paquet. Des Camel, ça ira ?

— Du moment que ça se fume, ça m'est égal.

Il l'aida à descendre, prit une cigarette et lui tendit le paquet.

— Vous aussi ? dit-il. C'est vous qui avez fait tout le boulot.

Elle accepta. Il en piocha une pour elle, lui donna du feu, et Sara se servit une bière à son tour. Puis ils allèrent s'asseoir dans une vieille balancelle sur la petite terrasse afin de contempler la rivière.

— Vous avez bien choisi votre coin, commenta-t-il.

— Ça a été le coup de foudre. Je me verrais bien ici toute ma vie.

Elle ramena ses jambes sous elle, tapa sa cigarette contre la rambarde et regarda la brise emporter la cendre. La jeune femme renversa la tête en arrière et but une longue gorgée de bière.

— Vous êtes impulsive.

Elle l'observa.

— Vous ne vous fiez jamais à votre premier mouvement ?

Il ne répondit pas tout de suite.

— Rarement. Et maintenant, quels sont vos projets ? Un mari, des enfants ? Ou la carrière avant tout ?

Il tira une bouffée, elle but une autre gorgée de bière. Un ange passa. Elle suivait des yeux les phares des voitures sur Woodrow Wilson Bridge, au loin, et, tout à coup, se leva.

— Vous voulez faire du bateau ?

Il ne s'attendait pas à ça.

— Ce n'est pas un peu tard ? s'étonna-t-il.

— Pas plus tard que pour notre dernière promenade sur l'eau. J'ai le permis et les lanternes réglementaires. Juste un petit tour et on revient.

Elle s'éclipsa dans la maison sans lui laisser le temps de répondre et reparut, quelques minutes plus tard, en short, débardeur et chaussures de pont, les cheveux en chignon.

John considéra sa chemise, son pantalon de toile et ses mocassins.

— Je n'ai pas apporté mon costume de marin, dit-il.

— Aucune importance. C'est moi le marin, vous êtes le passager.

Elle avait deux bières fraîches. Ils descendirent sur le ponton. L'air était très humide et John transpira vite en aidant Sara à préparer les voiles. En se dressant sur la proue pour fixer le foc, il glissa et faillit passer pardessus bord.

— Si vous étiez tombé dans le Potomac, dit-elle en riant, on n'aurait pas eu besoin de la lune pour naviguer, vous auriez été un vrai ver luisant.

La surface de l'eau était lisse, il n'y avait pas un souffle de vent près de la berge, et Sara alluma le moteur auxiliaire pour atteindre le milieu du fleuve, où les voiles captèrent enfin une brise et gonflèrent. Ils louvoyèrent lentement pendant une heure. Le bateau comportait une lanterne, la lune était encore presque pleine et il n'y avait aucune autre embarcation en vue.

John s'occupait du foc, Sara était à la barre. Il ne se sentait pas très à l'aise à la manœuvre et, à chaque virement de bord, quand il voyait la grand-voile faseyer, il baissait la tête pour éviter la bôme, anticipant le commandement de Sara. Quand la toile reprenait le vent et redonnait de la vitesse au bateau, elle souriait.

— C'est magique, non, disait-elle avec un enthousiasme de petite fille, de maîtriser ces forces invisibles et d'en faire ce qu'on veut ?

Ils burent de la bière et fumèrent une autre cigarette, qu'ils eurent un mal fou à allumer dans la brise. Ils plaisantèrent, parlèrent de tout et de rien, en se réjouissant de pouvoir oublier un temps les événements qui les avaient réunis.

— Vous avez un beau sourire, dit Sara. Vous devriez vous en servir plus souvent.

Quand ils regagnèrent la rive, John avait une ampoule sur le pouce à force de serrer l'écoute de foc. Ils accostèrent et ferlèrent les voiles.

Sara courut à la maison et redescendit avec d'autres bières, un paquet de chips et de la sauce piquante.

— Qu'il ne soit pas dit que je ne nourris pas mes invités !

Assis sur le bateau, ils firent un sort aux canettes et grignotèrent en regardant passer les avions. Le bruit assourdissant des moteurs s'estompait en même temps que la traînée de leur sillage, comme avalé par un aspirateur géant. Il y avait de l'orage dans l'air. Le vent se levait et la température fraîchissait. Des nuages noirs s'amoncelaient et un premier éclair déchira l'horizon. Dans son débardeur, Sara frissonna. John passa un bras autour d'elle et elle se blottit contre lui.

Bientôt, quelques gouttes de pluie tombèrent. Elle se leva d'un bond et, avec l'aide de John, tendit une bâche en vinyle sur le pont.

— On ferait bien de rentrer, dit-elle.

Ils remontèrent vers la maison, lentement d'abord, puis au pas de course quand la pluie s'intensifia.

— La journée sera longue demain, dit Sara en regardant l'horloge de la cuisine et en s'épongeant les cheveux avec une serviette en papier.

— Et on a une nuit blanche à rattraper, ajouta John en bâillant.

Ils éteignirent les lumières et grimpèrent l'escalier.

Sara lui souhaita bonne nuit et alla dans sa chambre. John l'épia par l'embrasure de la porte. Elle ouvrit la fenêtre pour laisser entrer la brise. Un éclair illumina le ciel et la foudre s'abattit non loin de la maison. Le tonnerre fut assourdissant. Sacré voltage, songea John. Il passa dans l'autre chambre, au bout du couloir, se déshabilla et, assis sur son lit, en caleçon et T-shirt, écouta la pluie. La pièce était étouffante, mais il avait la flemme d'ouvrir la fenêtre. La maison était trop ancienne pour avoir une climatisation centrale et il n'y avait aucun appareil d'appoint. Sara préférait sans doute la brise pour se rafraîchir. Une horloge murale égrenait les secondes. Il compta les battements de son pouls. Son cœur s'emballait, pompait des torrents de sang.

Il enfila son pantalon et retourna dans le couloir. La chambre de Sara était éteinte, mais la porte restait ouverte. Les rideaux se soulevaient et s'abaissaient au gré des courants d'air. Elle était allongée sur son lit, simplement couverte d'un drap.

Elle le regardait la regarder. Il voyait briller ses pupilles. L'attendait-elle ? Voulait-elle qu'il entre ?

Il entra.

Son pas était un peu hésitant, comme si c'était la première fois qu'il pénétrait dans la chambre d'une femme. Elle ne prononça aucun mot, ni pour l'encourager, ni pour le décourager.

Il se coucha à côté d'elle et, immédiatement, elle se serra contre lui, comme pour l'empêcher de revenir sur sa décision, l'empêcher de fuir. Elle était nue. Son corps était chaud, sa peau soyeuse, ses seins doux et brûlants. L'air était imprégné d'odeurs de la campagne. Ses cheveux en bataille tombaient sur son visage. Ses lèvres s'entrouvrirent, ses doigts le caressèrent tendrement, partout. Ensemble, ils défirent son pantalon et le jetèrent sur le sol.

Ils s'embrassèrent, d'abord légèrement, puis avec fougue. Elle voulut soulever son T-shirt pour lui caresser la poitrine et le ventre. Il repoussa sa main et rabattit le T-shirt. La pluie martelait le toit et les carreaux. Il retira son caleçon et s'allongea sur elle.

Sara se réveilla de bonne heure. Les premiers rayons de soleil touchaient l'appui de fenêtre. L'orage avait laissé sur son passage une délicieuse vague d'air frais, et un ciel teinté de gris et de rose qui, dans une heure, ne serait qu'une seule grande étendue bleue. Elle tâta le lit à côté d'elle. La place était vide. Elle se leva sans tarder, s'enveloppa à la hâte dans un drap et alla voir dans la chambre d'amis. Personne. La salle de bains ? Personne non plus. Prise de panique, elle courut vers l'escalier et s'arrêta en haut des marches, un sourire sur les lèvres.

John se servait une tasse de café et cassait des œufs dans un bol où il versa ensuite du cheddar râpé. Une odeur d'oignons frits flottait dans l'air. Il s'était déjà douché et habillé. Il avait encore les cheveux mouillés. En se tournant pour ouvrir le frigo, il la vit.

Elle resserra ses coudes autour du drap.

— J'ai cru que tu étais parti, dit-elle.

— Je voulais te laisser dormir. La nuit a été courte.

Et merveilleuse, voulut-elle ajouter.

— Tu vas bien ? demanda-t-elle d'un ton aussi neutre que possible.

La jeune femme était incapable de deviner les pensées qui se cachaient derrière ses paroles, ses gestes, ses expressions. Surtout après leurs ébats nocturnes. Cet empressement à cuire des œufs au lieu de rester couché près d'elle, était-ce un mauvais signe ?

— Je me porte comme un charme, répondit-il avec un sourire persuasif.

Sara sourit à son tour.

— Ça sent drôlement bon, ce que tu prépares.

— Rien d'extraordinaire. Une omelette campagnarde.

— Pour moi qui me contente d'habitude de pain sec arrosé de jus de chaussette, c'est Byzance. J'ai le temps de prendre une douche ?

— Fais vite.

— Pas comme cette nuit, dit-elle avec un regard entendu.

Elle tourna les talons, le drap ouvert dans son dos.

La vue de sa nudité, avec la cambrure de son dos, le galbe de ses jambes et de ses fesses, réveilla le désir de John. Il s'assit devant la table de la cuisine. La pièce était coquette. Il était resté quelque temps sur la terrasse pour contempler le lever du soleil. L'aube semblait toujours plus pure au-dessus des eaux, comme si l'association de ces deux éléments essentiels à la vie, l'eau et le feu, avait un effet mystique sur l'observateur. En entendant le bruit de la douche, il leva les yeux. Il avait regardé Sara s'endormir. Dans les ombres de la nuit, leurs odeurs mêlées étaient comme une seconde peau. Il avait eu le sentiment que sa place était à jamais à côté d'elle, qu'ils s'appartenaient réciproquement. Mais la clarté du jour l'avait fait redescendre sur terre.

Il porta sa tasse à ses lèvres et la reposa aussitôt. S'il avait rappelé son frère tout de suite, Mike aurait encore été de ce monde. Comment éluder cette vérité-là ? Il la garderait en lui toute sa vie.

Chapitre 48

Elizabeth Knight se réveilla elle aussi à l'aube, se doucha et s'habilla vite. Jordan Knight dormait encore à poings fermés. Elle prépara le café, remplit une tasse et emporta ses notes sur la terrasse pour les feuilleter en profitant des premiers rayons du soleil. Parmi les documents dont elle aurait besoin pour le débat oral du jour se trouvait le mémo de Steven Wright – le dernier de sa main. Son sang se figea. Elle réprima difficilement ses larmes et se jura qu'il n'était pas mort en vain. Ramsey n'aurait pas gain de cause, cette fois. Knight était déterminée à créer un précédent, à faire en sorte que Barbara Chance et les femmes dans sa situation puissent désormais poursuivre l'armée et demander réparation du comportement cruel, sadique et illégal de son personnel masculin. L'immunité pour les actes de ce genre n'avait jamais été inscrite dans les textes. Sa motivation, sa volonté de battre Ramsey avaient été multipliées par mille. Elle finit son café, boucla sa mallette et prit un taxi pour la Cour suprême.

John frotta ses yeux rougis. Il essayait de chasser de son esprit les souvenirs de la nuit et ses complications. Il était assis dans une travée réservée aux membres du barreau de la Cour suprême. Il regarda Sara, qui siégeait avec les autres greffiers dans une rangée perpendiculaire au banc des juges. Elle lui sourit de loin.

Quand Perkins eut terminé son petit speech et que les juges prirent place, toute l'attention se focalisa sur eux. John Fiske observa Knight. Appuyée sur un coude, elle feuilletait quelques papiers. Il y avait en elle une espèce d'énergie contenue, très impressionnante. Une fusée luttant contre ses amarres pour s'arracher du sol. Il fixa Ramsey. L'homme était souriant, calme, sûr de lui. Si John avait été parieur, il aurait tout misé sur le côté droit du banc, sur le juge Elizabeth Knight.

On appela l'affaire « Chance contre États-Unis ».

L'avocat de Chance, un mercenaire sorti de la fac de droit de Harvard, qui s'était fait une spécialité des plaidoiries devant la Cour suprême, où il avait toujours brillé, passa d'emblée à l'attaque. Ramsey ne lui laissa pas longtemps l'offensive.

— Avez-vous jamais entendu parler de la doctrine Feres, maître Barr ? demanda-t-il, se référant à une décision de 1950 de la Cour suprême, garantissant l'immunité judiciaire aux militaires.

— Hélas, oui, répondit Barr.

— Et vous voudriez que nous renversions cinquante ans de jurisprudence ? Comment la Cour pourrait-elle se prononcer en faveur de votre cliente sans se contredire elle-même ?

Knight répondit à la place de Barr :

— La jurisprudence n'a pas empêché la Cour de rendre caduque la ségrégation à l'école. La justesse d'une cause justifie les moyens. Un précédent n'a pas force de loi.

— S'il vous plaît, répondez à ma question, maître Barr, persista Ramsey.

— Je pense que nous sommes en présence d'un cas différent.

— Vraiment ? Il n'est pas contestable que Barbara Chance et ses supérieurs masculins étaient en uniforme, dans une base du gouvernement et en service commandé quand les événements se sont produits.

— Je ne sache pas que l'humiliation sexuelle fasse partie du « service commandé ». Cela étant, l'officier incriminé a bel et bien profité de son grade supérieur pour perpétrer ce qu'il faut bien appeler un viol et…

— Et, enchaîna Knight, incapable de rester sur la réserve, la haute hiérarchie de la base ainsi que le commandement régional ont été avertis par écrit de ces événements et ont négligé de diligenter une enquête sérieuse. C'est Barbara Chance qui a appelé la police locale, laquelle a pu aboutir à la manifestation de la vérité. Cette vérité établit clairement qu'il y a eu préjudice donnant droit à réparation, eu égard aux lois régissant toutes les institutions de ce pays.

John regarda alternativement Ramsey et Knight. Tout à coup, on avait l'impression qu'il n'y avait plus neuf juges, mais seulement deux. La salle d'audience était devenue un ring de boxe, avec Ramsey dans le rôle du tenant du titre et Knight dans celui du challenger.

— Il s'agit de l'armée, maître Barr, dit Ramsey qui, bien que s'adressant à l'avocat, ne quittait pas Knight des yeux. Cette cour a stipulé que le pouvoir militaire était *sui generis*. La jurisprudence est formelle. Votre affaire est un problème de hiérarchie interne. Un subalterne face à un supérieur. Cette cour a rappelé plusieurs fois et sans équivoque que le droit commun ne s'appliquait pas à l'armée, au nom de son immunité. Telle était la loi hier, telle elle demeure aujourd'hui. Ce qui me ramène à ma première déclaration. Pour donner raison à votre cliente, nous serions dans l'obligation de contredire une longue et solide série de précédents. Voilà ce que vous nous demandez de faire.

— Comme je l'ai expliqué précédemment, le *stare decisis* n'est pas infaillible, dit Knight, contestant l'habitude de la Cour à se conformer à ses décisions antérieures.

Le match de boxe entre Knight et Ramsey continua sans relâche. Chaque fois que l'un frappait, l'autre ripostait.

Les autres juges en étaient réduits au rang de simples spectateurs.

Quand l'avocat des États-Unis, James Anderson, s'avança pour exposer ses contre-arguments, Knight ne le laissa même pas commencer une phrase.

— En quoi le fait d'autoriser une poursuite judiciaire contre l'armée pour atteinte à l'égalité des sexes interfère-t-il avec le principe de la discipline hiérarchique ? lui demanda-t-elle.

— Ladite poursuite aurait un impact négatif sur l'intégrité des relations entre supérieur et subalterne, répondit Anderson.

— Voyons si je comprends bien votre raisonnement. En autorisant les militaires à empoisonner, gazer, mutiler, tuer et violer des soldats impunément, en privant les victimes de tout recours légal, on améliore la qualité des relations entre le commandement et la troupe ? Excusez-moi, mais j'ai du mal à vous suivre.

John faillit éclater de rire. Son admiration pour Knight, en tant que juriste, était décuplée quand elle eut achevé sa déclaration. En deux phrases, elle avait ridiculisé l'armée, dont la position devenait absurde. Il épia Sara : elle buvait les paroles de sa patronne.

Anderson rougit.

— Comme l'a souligné M. le président, reprit-il, le pouvoir militaire est une entité à part. En laissant un tribunal civil intervenir dans son fonctionnement, c'est l'autorité du commandement qu'on remet en cause.

— L'armée est à part, dites-vous ?

— Parfaitement.

— Parce qu'elle nous défend et nous protège ?

— C'est cela.

— Et, par conséquent, les quatres branches de l'armée doivent être couvertes par l'immunité. Bien. Mais pourquoi ne pas étendre cette immunité à d'autres institutions tout aussi particulières ? Je pense aux pompiers, aux policiers... Ils nous protègent. Je pense à la garde présidentielle, qui protège la personnalité la plus importante du pays. Et que dire des hôpitaux ? Ils sauvent nos vies. Pourquoi ne pas accorder l'immunité aux médecins qui violeraient des infirmières ?

— Nous outrepassons les limites de cette affaire, trancha Ramsey.

— Mais toute la question est là, justement, rétorqua Knight. Quelles sont les limites ? C'est bien ce que nous essayons d'établir.

— Je crois que l'affaire « États-Unis contre Stanley »..., commença Anderson.

— Je vous remercie d'en parler, dit Knight. Laissez-moi rappeler brièvement les éléments de cette affaire.

Elle voulait être entendue sur le sujet, non seulement par ses collègues de la Cour, dont certains siégeaient déjà à l'époque où ce cas avait été jugé, mais aussi par le public. Pour Knight, l'affaire Stanley était l'un des pires dénis de justice qui aient existé et stigmatisait tous les défauts de la Cour. La conclusion du mémo de Steven Wright allait aussi dans ce sens et elle voulait enfoncer le clou pour s'assurer une majorité en temps utile.

Elle parla d'une voix vibrante et sonore.

— Stanley était sous les drapeaux dans les années 1950. Il s'était porté volontaire pour une expérimentation destinée à tester des vêtements isolants contre les gaz offensifs. Les tests eurent lieu dans le

Maryland, au Centre d'essais d'Aberdeen. Stanley avait signé, mais à aucun moment on ne lui demanda de porter une tenue spéciale ou un masque quelconque. Il eut simplement à subir de longs entretiens avec des psychologues sur des sujets personnels, au cours desquels on lui fit boire de l'eau. Ce fut tout. Une vingtaine d'années plus tard, Stanley, dont la vie était brisée – divorce, renvoi de l'armée, comportement inexplicable –, reçoit une lettre de l'administration militaire le priant de participer à un examen complémentaire avec d'autres soldats ayant absorbé du LSD en 1959, parce que l'armée désirait étudier les effets de la drogue à long terme. Sous prétexte de tester des vêtements de protection contre les gaz, l'armée lui avait donné du LSD à son insu.

Rumeurs dans le public. Les spectateurs commencèrent à échanger des commentaires indignés et, fait rarissime, Perkins dut se servir de son maillet pour ramener le calme.

John était doublement intéressé, à la fois par l'affaire en soi et par ses retombées indirectes sur le cas de Rufus Harms : avait-il, lui aussi, porté plainte contre l'armée ? Il affirmait que certains hommes lui avaient causé du tort pendant qu'il était sous l'uniforme – un tort qui avait non seulement gâché sa vie mais provoqué la mort d'une petite fille. Il voulait être réhabilité et prétendait avoir la vérité de son côté. Or, apparemment, la vérité ne suffisait pas. Tout comme le sergent Stanley, le simple soldat Rufus Harms perdrait son procès.

Knight continua, secrètement ravie de la réaction du public.

— Les psychologues étaient employés par la CIA, qui avait collaboré avec l'armée pour analyser les effets de la drogue dans les interrogatoires. Stanley, estimant à bon droit que l'armée avait détruit sa vie, a déposé une plainte, qui est finalement remontée jusqu'à la Cour suprême. (Elle marqua une pause.) Et il a perdu.

Nouveaux murmures dans l'assistance.

John scruta Sara. Elle avait les yeux rivés sur Knight. Puis il fixa Ramsey. Celui-ci était livide.

— En somme, poursuivit-elle, vous voulez que cette cour refuse à Barbara Chance et à tous les plaignants d'affaires comparables le droit constitutionnel que notre peuple chérit le plus : le droit de chacun à réclamer la justice. Car, en demandant l'impunité des coupables, c'est bien cela que vous demandez.

— Maître Anderson, intervint Ramsey, qu'est-il arrivé aux hommes qui ont commis ces agressions sexuelles ?

— L'un d'eux au moins est passé en cour martiale, a été condamné et emprisonné, répondit Anderson.

Ramsey eut un sourire triomphant.

— Je n'appelle pas cela de l'impunité, dit-il.

— Maître Anderson, j'ai sous les yeux un rapport établissant que les forfaits pour lesquels cet homme a été condamné perduraient depuis fort longtemps déjà et étaient bien connus de sa hiérarchie, laquelle n'avait jamais entrepris aucune action contre lui. En fait, c'est seulement lorsque Barbara Chance est allée trouver la police qu'une enquête militaire a été décidée. Alors, dites-moi, peut-on vraiment parler d'un juste châtiment des coupables dans ces conditions ?

— Tout dépend de votre définition de la culpabilité.

— Qui fait la police dans l'armée, maître Anderson ? Qui veille à ce que la mésaventure du sergent Stanley, pour employer un euphémisme, ne se reproduise pas ?

— L'armée fait sa police elle-même. Et elle fait du bon travail.

— L'affaire Stanley a été jugée en 1986. Depuis cette date, nous avons eu Tailhook, les incidents toujours inexpliqués pendant la guerre du Golfe, et maintenant le viol d'une femme militaire. Vous appelez ça du bon travail ?

— Toute grande organisation connaît de petits ratés.

Knight se hérissa.

— Je doute que les victimes considèrent ces crimes comme de simples petits ratés.

— Bien sûr, ce n'est pas ce que je voulais d…

— Quand j'ai proposé d'étendre l'immunité à la police, aux pompiers et aux hôpitaux, vous n'avez pas été d'accord, n'est-ce pas ?

— Non. Trop d'exceptions à la règle invalident la règle.

— Vous vous souvenez de l'explosion de la navette *Challenger*, bien sûr ? (Anderson acquiesça.) Les parents des civils à bord ont été autorisés à poursuivre le gouvernement et le constructeur de la navette. Mais, au nom de l'immunité de l'armée garantie par cette cour, les familles des victimes militaires n'ont pas eu ce droit. Vous estimez que c'est juste ?

Anderson se raccrocha au vieil argument habituel :

— Si nous autorisons des poursuites pénales contre l'armée, nous compromettons la sécurité de la patrie.

— Et c'est bien là le nœud du problème, dit Ramsey, heureux qu'Anderson ait soulevé ce point. C'est une question d'équilibre, et cette cour a déjà déterminé où se trouvait le centre de gravité.

— Exactement, monsieur le président, approuva Anderson. C'est une loi fondamentale.

— Vraiment ? fit Knight avec un demi-sourire. Je croyais que la loi fondamentale de ce pays était le droit de tout citoyen à obtenir réparation devant les tribunaux. Aucune loi ne donne l'immunité aux militaires. Le Congrès n'a jamais jamais voté cela. En fait, c'est cette cour qui a inventé cette disposition en 1950. Ça n'a rien à voir avec une loi.

— C'est cependant la jurisprudence qui fait aujourd'hui autorité, contra Ramsey.

— La jurisprudence peut changer, dit Knight, profondément irritée par la mauvaise foi de Ramsey, qui n'avait jamais eu de scrupules pour contredire un précédent quand cela l'arrangeait.

— Je vous ferai respectueusement remarquer, reprit Anderson, que l'armée est la mieux placée pour régler ses problèmes internes, juge Knight.

— Contestez-vous la compétence de cette cour, maître Anderson ?

— Bien sûr que non.

— Eh bien, c'est à cette cour de décider si le service de la patrie dans l'armée doit se traduire par une perte des droits civiques.

— Je ne formulerais pas la chose de cette façon.

— Moi si, maître Anderson. C'est uniquement une question de justice. (Elle jeta un regard à Ramsey.) Et si nous ne pouvons pas rendre la justice ici, je ne sais pas où les citoyens pourront la trouver.

En écoutant ces propos passionnés, John regarda de nouveau Sara. Se sentant observée, elle tourna le visage dans sa direction.

Il eut la nette impression qu'elle pensait la même chose que lui : même s'ils parvenaient à élucider ce mystère et à faire triompher la vérité, Rufus Harms obtiendrait-il jamais justice ?

Chapitre 49

Josh Harms finit son sandwich et fuma une cigarette en regardant son frère somnoler sur le siège avant du camion. Ils étaient garés dans un vieux chemin forestier. Ils avaient prévu de rouler toute la nuit, mais Josh, rompu de fatigue, avait finalement préféré s'arrêter plutôt que de passer le volant à son frère, qui n'avait plus conduit depuis trente ans. En outre, tant qu'ils étaient sur la route, Rufus était obligé de rester caché, pour des raisons évidentes. Ils avaient décidé de dormir tour à tour. Rufus avait fait le guet en premier. Maintenant, c'était Josh qui prenait le relais.

Ils avaient discuté en chemin de ce qu'ils allaient faire et, à sa propre surprise, Josh s'était prononcé contre le Mexique.

— Putain, faut te suivre, s'était étonné Rufus. Avant, tu jurais que par le Mexique, tu disais que tu voulais tout laisser tomber.

— Eh ben, j'ai changé. Maintenant qu'on a pris notre décision – enfin, maintenant que j'ai pris ma décision –, je me dis qu'il faut terminer ce qu'on a commencé. J'aime pas me dégonfler. Quand on a un truc à faire, on le fait.

— Josh, sans Fiske, on y passait tous les deux. On serait morts à l'heure qu'il est. Je veux pas avoir ta mort sur ma conscience.

— Faut pas te gourer, Rufus. Ça peut pas être pire que maintenant. Alors, il serait temps de se bouger le cul pour voir comment on peut améliorer les choses. En voyant ces deux mômes dans le bureau de Rider, j'ai failli les descendre direct, et j'ai jamais fait ça de toute ma vie. Fiske et cette femme, ils sont de notre côté. Peut-être qu'ils sont réglo.

— Et t'as pas de problème avec eux ?

— Hein, pourquoi, tu crois que je suis raciste ? avait répliqué Josh avec un petit sourire en coin.

— Des fois, je me demande, Josh.

— Te demande plus. Je me connais pas moi-même. Demande-toi seulement si tu veux aller au Mexique ou si tu veux continuer. T'occupe pas de moi. Si y a un mec qui sait se démerder tout seul ici, c'est moi.

L'affaire était entendue. Dès que son frère se réveillerait, ils retourneraient en Virginie pour prendre contact avec Fiske et voir ce qu'ils pouvaient faire. Si c'étaient des preuves qu'on leur demandait, eh bien, ils en trouveraient, d'une manière ou d'une autre, Josh en était convaincu. Ils avaient la vérité pour eux. Si ça comptait pour rien, alors autant se faire tuer : ils fonceraient dans le tas.

Josh promena ses regards dans la forêt. Les feuilles commençaient à changer de couleur, et les rayons de soleil qui perçaient à travers les frondaisons offraient une agréable harmonie de teintes et de textures. Il s'asseyait souvent dans les bois quand il chassait ; il repérait une souche ou un vieux rondin et y posait sa carcasse pour contempler la beauté du paysage, un émerveillement qui ne coûtait pas un rond. À son retour de l'Asie du Sud-Est, il avait évité les bois pendant quelques années. Au Vietnam, les arbres et la boue étaient souvent synonymes de mort, les Viets étant de vrais champions dans l'art de tendre des pièges. Il consulta sa montre. Dans dix minutes, ils lèveraient le camp.

Il regarda par la vitre et plissa les yeux. Un miroitement. Il retint sa respiration, cracha sa cigarette, mit le contact et démarra.

— Qu'est-ce qui te prend ? dit Rufus, réveillé en sursaut.

— Chope ton flingue et baisse la tête ! cria Josh. C'est Tremaine.

Rufus obtempéra.

Tremaine jaillit des bois et ouvrit le feu. Les premières rafales de mitraillette touchèrent l'arrière du camion. Un phare vola en éclats. Un nuage de poussière dans le sillage du camion aveugla momentanément Tremaine, qui cessa le feu et courut droit devant lui pour trouver un meilleur angle de tir.

Devinant sa manœuvre, Josh coupa à gauche et s'engagea sur le lit d'une rivière asséchée. Sans le savoir, il avait fait le meilleur choix, car Rayfield arrivait par la route, en sens inverse. La Jeep dut s'arrêter pour prendre Tremaine en charge avant de faire demi-tour.

— Putain, comment ils ont fait pour nous rattraper ? demanda Rufus.

— Pas le temps de réfléchir à ça maintenant. Ils sont là !

Josh surveillait les poursuivants dans le rétroviseur. La Jeep était bien plus maniable que le camion, elle avait été conçue pour ce genre de terrain.

— Ils vont nous crever les pneus et nous tirer comme des lapins, dit Rufus.

— Vic aurait dû commencer par viser les pneus. C'était sa deuxième erreur.

— C'était quoi, la première ?

— Laisser le soleil se refléter sur ses jumelles. C'est comme ça que je l'ai repéré.

— Pourvu qu'ils continuent à faire des erreurs.

— Compte pas trop sur la chance.

Dans la Jeep, Tremaine canardait, penché sur le côté. La mitraillette n'était pas une arme de précision ; elle pouvait déquiller tout un bataillon quand on tirait dans le tas, mais n'était pas faite pour les cibles isolées. Il arracha la bandoulière et dégaina son arme de poing.

— Rapproche-toi autant que tu peux ! aboya-t-il à un Rayfield paniqué. Si je peux leur crever un pneu, ils se paieront un arbre et nos problèmes seront finis.

Rufus regarda par la lunette arrière et vit ce que Tremaine tentait de faire. Il ouvrit la vitre de séparation de la cabine et lâcha une bastos sur la Jeep. Il n'avait pas touché une arme depuis trente ans, depuis son dernier exercice de maniement de fusil réglementaire. Quand il tira, la détonation lui perça les tympans, la fumée et l'odeur de la poudre le prirent à la gorge. La vitre arrière de la cabine éclata et la balle fusa vers la Jeep comme une guêpe de métal. Tremaine baissa la tête et la voiture fit une embardée.

— T'as touché quelque chose ? demanda Josh.

— J'crois pas, mais ça les a un peu retardés. (Sa main tremblait. Il se frotta les oreilles.) J'avais oublié que ça faisait autant de potin.

— Qu'est-ce que t'aurais dit si t'avais tiré au M-16 pendant trois ans ! Ça, ça fait du bruit. Surtout quand ça t'explose dans la gueule.

Josh coupa à droite, puis à gauche, pour éviter quelques arbres qui hérissaient le lit de la rivière. Plus loin devant, c'était un mur de pins, de chênes et de ronces. La Jeep gagnait du terrain. Josh braqua d'un coup sec dans une trouée d'arbres et de broussailles. Des branches basses labouraient la carrosserie, mais la manœuvre fut payante : les mêmes branches basses obligèrent Tremaine à se courber.

La Jeep ralentit. La voie s'élargissait un peu et Josh décida d'en tirer parti, en espérant que Rayfield commencerait à perdre le contrôle de ses nerfs.

— Tiens le volant ! cria Josh à son frère.

Rufus obtempéra en s'efforçant de maintenir le cap.

Josh sortit son revolver et observa les arbres devant eux. Le terrain était plus régulier maintenant et le camion ne tanguait pas trop. Il pointa son arme droit devant, en la tenant à deux mains, jaugea la distance et la vitesse, et choisit sa cible : une grosse branche de chêne, à une dizaine de mètres de hauteur. À vue de nez, elle faisait dans les six mètres de long pour un bon mètre de diamètre, et surplombait le chemin. C'étaient ses dimensions qui avaient dicté le choix de Josh : elle commençait à craquer sous son poids à la fourche.

Josh passa le bras par la fenêtre, le tendit parallèlement au camion, visa et commença à tirer. La première balle passa trop haut. Il rectifia la trajectoire et mitrailla la fourche, en faisant mouche à chaque coup. De sa part, ce n'était pas une prouesse. Quand il était môme, il s'était souvent amusé à tirer sur des branches avec une carabine 22, par jeu, pour effrayer les écureuils. Toutefois, il n'avait jamais essayé de le faire à partir d'un véhicule en marche et poursuivi par deux flingueurs.

Rufus gardait les yeux fixés devant lui, mais grimaçait à chaque coup de feu. Ses oreilles bourdonnaient. La lourde branche commença à ployer. Josh continua à canarder. Des copeaux d'écorce fusaient, formant un nuage de sciure semblable à la vapeur d'une vieille locomotive.

Tremaine comprit ce qu'il faisait.

— Fonce ! dit-il. Fonce !

Rayfield accéléra.

Josh ne quittait pas la branche des yeux. Il tira et tira encore, jusqu'à ce qu'elle cède. Elle resta suspendue un instant par un lambeau d'écorce, le long du tronc, et se détacha peu à peu. Josh mit les gaz, reprit le volant et passa sous l'arbre.

— Fonce, fonce ! hurlait Tremaine.

Mais Rayfield, voyant cinq cents kilos de chêne massif s'écraser à terre devant eux, freina à bloc.

— Putain de merde, pourquoi tu t'arrêtes ? dit Tremaine, prêt à le tuer.

— Si je m'étais pas arrêté, ce madrier nous aurait broyés. Ta Jeep n'a pas de toit, Vic.

Josh regarda devant lui, puis à droite, où la voie semblait plus dégagée. Il freina, fit un crochet à gauche pour se donner de la marge et tourna à droite, moteur à fond. Le camion sortit des broussailles, rebondit sur un dos-d'âne et atterrit dans une clairière. La tête de Rufus heurta le plafond dans la manœuvre.

— Aïe, merde, t'es fou ?

— Accroche-toi.

Josh enfonça l'accélérateur. Levant les yeux, Rufus aperçut la cabane que son frère avait repérée quelques secondes plus tôt.

Josh se retourna et vit ce qu'il espérait voir, c'est-à-dire rien. Mais la Jeep ne mettrait pas longtemps à franchir l'obstacle.

Il pencha la tête et regarda derrière la cabane. Il ne s'était pas trompé. Là où il y avait une cabane, il y avait généralement une route. Il contourna la bâtisse, et le cœur des deux frères se serra. Il y avait une route, certes, mais elle était barrée par une énorme barricade en acier. De part et d'autre de la route, les taillis étaient impénétrables. Josh se retourna. Ils étaient coincés. Il pouvait sauter par-dessus la barrière, mais Rufus n'avait pas un gabarit de sprinter et il n'était pas question pour lui d'abandonner son frère.

Il observa la cabane. La Jeep serait là dans une minute. Il entendait Tremaine vider son chargeur sur la branche pour la sectionner.

Une minute plus tard, en effet, la Jeep traversait la clairière. Rayfield ralentit. Il aperçut la cabane.

— Par où ils sont allés ? demanda-t-il.

Tremaine inspecta le terrain aux jumelles et aperçut la route qui serpentait à travers les bois.

— Par là-bas ! dit-il.

Rayfield redémarra. La Jeep contourna la cabane sur les chapeaux de roue… et stoppa net devant la barricade. Dans un rugissement, le camion surgit de derrière la baraque et percuta de plein fouet la Jeep, qui bascula sous le choc. Rayfield et Tremaine furent projetés à terre.

Rayfield se reçut mal dans sa chute. Sa tête heurta une souche sous un angle traître. Il ne bougea plus.

Tremaine s'abrita derrière le véhicule renversé et ouvrit le feu, forçant Josh à faire marche arrière en se baissant sous le tableau de bord. Bientôt le moteur du camion rendit l'âme. Le capot fumait. Les pneus avant étaient crevés.

Josh s'extirpa de son siège et sortit, couvert par Rufus. Il fit un roulé-boulé jusqu'à l'arrière du camion et guetta son adversaire. Il vit le bout de la mitraillette. Tremaine n'avait pas quitté son poste ; il devait être en train de recharger. Josh en fit autant et essaya d'évaluer la situation.

Son cœur turbinait. Il frotta ses yeux poissés de sueur et de poussière. Il avait souvent essuyé le feu, tant à l'étranger que sur le sol américain, mais sa dernière bataille remontait à trente ans. De toute façon, l'expérience n'y changeait rien, la peur de mourir était toujours là. Il était difficile de garder les idées claires quand quelqu'un vous tirait dessus. Dans ces cas-là, on ne réfléchissait pas, on se contentait de réagir.

Josh avait cependant un petit avantage. Ils étaient deux et Tremaine était seul. Il piqua un sprint jusqu'à la cabane.

— Rufus ! lança-t-il. Je compte jusqu'à trois !

— Vas-y ! répondit Rufus d'une voix tremblante de peur.

Trois secondes plus tard, Josh canarda Tremaine. Les balles ricochèrent sur le châssis de la Jeep. Rufus courut se poster derrière le camion, où il fut arrêté par une rafale de mitraillette qui lui barra le chemin. Une odeur de poudre et de sueurs froides flottait dans l'air.

Les deux frères se regardèrent. Comme la panique gagnait Rufus, Josh lui adressa un petit sourire.

— Hé, Vic ! cria-t-il, qu'est-ce que tu dirais de lâcher ta sulfateuse et de sortir les mains en l'air ?

Tremaine répondit par un tir nourri sur la cabane, juste au-dessus de Josh.

— OK, Vic, je t'ai compris. Faut pas t'énerver, mon pote. On est pas des sauvages, on vous enterrera, toi et Rayfield. On va pas laisser les ours et les asticots vous bouffer. C'est moche, ces bestioles qui boulottent les cadavres, hein, Vic ? T'as dû voir ça au Vietnam. Non ? Alors, c'est que tu courais trop vite dans l'autre sens, t'as pas eu le temps de regarder.

Tout en parlant, Josh faisait signe à Rufus de se tenir prêt, en indiquant le périmètre de la cabane.

Rufus acquiesça pour montrer qu'il avait compris le signe. Josh voulait qu'il fasse pleuvoir une avalanche de feu sur Tremaine afin de lui permettre de prendre le type à revers. Rufus inséra un nouveau chargeur dans son arme, comme son frère lui avait appris à le faire. Il avait du mal à respirer, le revolver lui brûlait les doigts, il craignait de ne pas avoir le cran de s'en servir, même si Tremaine lui fonçait dessus avec sa foutue mitraillette. En prison, Rufus s'était souvent battu pour survivre, mais toujours à mains nues, contre des assaillants armés de matraques ou de tuyaux de plomb. Un flingue, c'était autre chose. Un flingue tuait à distance. Seulement, s'il ne tirait pas, son frère mourrait. Et, pour une fois, il ne pouvait pas implorer Dieu. Il ne pouvait pas demander à son Seigneur de l'aider à tuer son prochain.

Courbé, rampant à moitié, Josh longea la cabane, en s'arrêtant de temps en temps pour écouter. Une ou deux fois, il osa lever la tête pour regarder par une fenêtre, espérant apercevoir le rétroviseur de la Jeep, mais il avait un mauvais angle de vue. Il était concentré. La peur le tenaillait toujours, mais l'adrénaline aiguisait tous ses sens. Il progressait en tenant son revolver droit devant lui, sachant que, si Tremaine devinait sa tactique, il contournerait la cabane dans l'autre sens. Un face-à-face serait fatal à Josh. Une mitraillette contre un pistolet, cent coups contre un, c'était l'arrêt de mort pour Josh, et pour Rufus peu après.

Il continua d'avancer. Puis il entendit la mitraillette pétarader et les balles déchirer la carrosserie du camion. Il hâta le pas. Tant que Tremaine s'acharnait sur Rufus, il prêtait le flanc à Josh, qui n'aurait qu'à débouler pour le faire taire définitivement.

Son projet tomba à l'eau. Quand il eut tourné le coin, il vit Tremaine debout devant lui, pistolet au poing. Le salopard lui visait la tête. Josh était fait. La stupeur lui fit perdre l'équilibre, ses jambes se dérobèrent sous lui et il dérapa sur le gravier. Ce fut sa chance : la balle manqua sa tête et le toucha à l'épaule. Dans sa chute, ses jambes fauchèrent celles de Tremaine et les deux hommes tombèrent ensemble, lâchant leurs pistolets.

Tremaine se releva le premier. Josh, handicapé par son épaule ensanglantée, fut plus lent. Tremaine sortit un couteau de sa ceinture. En arrière-plan, la mitraillette avait épuisé ses munitions. Josh poussa un cri.

Tremaine se jeta sur lui. Les deux lutteurs heurtèrent violemment la cabane branlante, qui vibra sur ses montants de bois. Josh parvint à parer le coup de Tremaine avec son avant-bras. La douleur terrible qui lui cisaillait l'épaule irradia dans tout le côté de son corps. Il réussit à placer un coup de savate dans le buffet de Tremaine, mais celui-ci se ressaisit vite. Josh sentit la lame déchirer sa chemise et lui écorcher le flanc. Il était à deux doigts de perdre connaissance. Dans un demi-brouillard, il vit Tremaine lever le couteau et armer son bras pour le coup de grâce. Dans une seconde, ce serait fini. Tremaine frapperait à la gorge. En tout cas, c'était ce qu'il ferait, lui, à sa place, songea-t-il en s'évanouissant.

Le couteau n'acheva jamais sa trajectoire. Une main se referma sur le poignet de Tremaine. Rufus Harms était derrière lui. Il lui claqua le bras contre la cabane jusqu'à ce qu'il lâche prise. Le couteau tomba à terre. Tremaine était costaud et superbement entraîné pour le corps-à-corps. Mais Rufus était d'une taille bien supérieure. À un contre un, peu d'hommes pouvaient rivaliser avec lui. C'était un grizzly quand il tenait quelqu'un entre ses mains. Et il tenait bien Tremaine, l'homme qui avait transformé sa vie en cauchemar.

Tremaine essaya de mettre son avant-bras en travers de la trachée-artère de Rufus, lequel changea alors de tactique, le souleva de terre et lui cogna le visage contre le mur, jusqu'au sang, puis acheva le travail en lui enfonçant la tête à travers la vitre de la fenêtre. Le verre lui laboura la figure.

Reprenant conscience, Josh poussa un cri de douleur. Rufus le regarda. Une seconde d'inattention que Tremaine mit aussitôt à profit. Le soldat n'avait pas encore eu son compte. Un coup de pied dans le genou, un coup de coude dans le foie et le géant, pris par surprise, mordit la poussière. Tremaine ramassa son couteau. Rufus n'avait plus l'ombre d'une chance.

La balle atteignit Tremaine à la nuque. Il s'effondra.

Rufus se redressa et regarda son frère. De la fumée s'échappait encore du canon du 9 mm. Josh lâcha l'arme et s'affala par terre. Rufus s'agenouilla à côté de lui.

— Josh ! Josh ?

Josh ouvrit les yeux. Il considéra le corps de Tremaine, à la fois soulagé et écœuré par ce qu'il avait fait. Même un ennemi juré était pitoyable dans la mort.

— T'as bien joué, Rufus, dit-il. Mieux que moi.

— Arrête, je serais mort si tu l'avais pas tué.

— J'allais pas le laisser te buter. J'allais pas le...

Rufus ouvrit la chemise de son frère pour examiner ses blessures. Le couteau n'avait entaillé que la chair, aucun organe vital, mais ça saignait comme vache qui pisse. La balle, c'était différent. Rufus voyait du sang couler de la bouche de son frère et ses yeux étaient vitreux. Que faire contre une hémorragie interne ? Ça pouvait le tuer. Il retira son T-shirt et en couvrit Josh, qui grelottait malgré la chaleur.

— Tiens bon, frérot.

Rufus courut vers la Jeep, trouva une trousse de soins d'urgence et revint précipitamment. Josh avait les yeux fermés et semblait ne plus respirer.

Rufus le secoua.

— Josh, Josh, déconne pas, ouvre les yeux. T'endors pas, Josh !

Josh souleva enfin les paupières. Il avait l'air lucide.

— Faut que tu te tires d'ici, Rufus. Avec tous ces coups de feu, y a des gens qui peuvent rappliquer. Barre-toi. Maintenant.

— Je me barrerai pas sans toi. Y a pas à discuter.

Il lui souleva le torse et inspecta son dos. La balle n'avait pas traversé, elle était toujours quelque part dans son corps. Il se mit à nettoyer les deux blessures.

— Rufus, dit Josh en lui agrippant le bras, tire-toi d'ici.

— Si tu restes, je reste. C'est comme ça.

— T'es cinglé.

— Bon, je suis cinglé, n'en parlons plus.

Il acheva de nettoyer les plaies, les pansa et les banda étroitement. Il souleva son frère aussi délicatement que possible, mais le mouvement déclencha une toux spasmodique chez Josh, qui cracha du sang. Rufus le porta vers le camion et l'allongea par terre.

— Merde, Rufus, ce bahut est foutu, dit Josh en levant un regard désespéré sur le camion cabossé.

— Je sais.

Rufus prit une bouteille d'eau dans la cabine, la déboucha et l'approcha des lèvres de Josh.

— Tu peux la tenir ? Il faut que tu boives.

En guise de réponse, Josh empoigna la bouteille de sa main valide et avala une gorgée.

Rufus alla examiner la Jeep renversée. Il dégagea la mitraillette que Tremaine avait coincée entre le siège et la carrosserie. Le type s'était servi de fil de fer et d'un bout de métal pour actionner le tir automatique qui lui avait permis de piéger Josh. Rufus estima la situation et essaya de redresser le véhicule en tirant sur l'armature de la capote. En vain. Il n'avait aucune prise, ses pieds ripaient sur le gravier. Il réfléchit. Il n'y avait pas trente-six solutions.

Il s'adossa contre le haut du siège du conducteur et s'accroupit. Il insinua ses doigts entre le sol et le châssis et agrippa solidement le métal. Il tira pour jauger le poids de la Jeep. Oh, malheur, ce qu'elle était lourde ! Trente ans plus tôt, le problème lui eût paru beaucoup moins insurmontable. Jeune homme, il avait soulevé l'avant d'une Buick à un bon mètre de hauteur. Mais il n'avait plus vingt ans. Il poussa sur ses jambes. La voiture bougea un peu, puis retomba. Il poussa encore, grognant et ahanant, en faisant saillir les muscles de son cou.

Josh posa sa bouteille, se hissa péniblement sur un coude et, appuyé contre le cric, regarda son frère à l'œuvre.

Rufus était déjà éreinté. Ses bras et ses jambes n'étaient plus habitués à ce genre d'exercice depuis longtemps. Il avait toujours été fort, plus fort que tout le monde, et de sa force dépendait aujourd'hui la survie de son frère. Allez ! Il réussirait bien à la soulever, cette putain de Jeep !

Il ploya sur ses jambes, ferma les yeux, les rouvrit et regarda un grand corbeau tourner lentement dans le ciel. L'oiseau noir battait des ailes dans l'azur, libre et indifférent à ce qui passait au-dessous de lui.

Le front en sueur, Rufus ferma les yeux à nouveau et fit ce qu'il faisait toujours quand il était dans un mauvais pas. Il pria. Il pria pour Josh. Il demanda à son Seigneur de lui donner la force de sauver la vie de son frère.

Il empoigna le rebord de la Jeep, et contracta ses épaules et ses cuisses. Ses bras tirèrent, ses jambes poussèrent. L'engin refusait de céder. Rufus s'obstinait. Il se sentit faiblir, elle était trop lourde pour lui, beaucoup trop lourde. Mais il savait que c'était sa dernière chance. Au moment où la Jeep semblait remporter la victoire, il poussa un cri terrible qui lui arracha des larmes. Josh le vit pleurer sous l'effort. C'était un défi impossible.

Pourtant la Jeep bougea, centimètre par centimètre. Rufus avait les jointures et les tendons en feu. Tout son corps lui envoyait des signaux d'alerte. La Jeep résistait encore, grinçait, gémissait, maudissait l'homme. Mais, arc-bouté sur la masse d'acier, il poussa une dernière fois. La Jeep avait dépassé le point de non-retour, bascula, retomba sur ses quatre roues et se stabilisa enfin sur ses amortisseurs.

Rufus s'assit dans la voiture, tremblant, anéanti par l'effort.

— Merde…, fit Josh, abasourdi par ce qu'il venait de voir.

Le cœur de Rufus battait si fort qu'il se demanda si sa victoire n'allait pas se transformer en désastre. Il mit la main sur sa poitrine et respira profondément. « Du calme, murmura-t-il, du calme. » Une minute plus tard, il se leva, alla rejoindre son frère et l'installa avec précaution sur le siège passager. Il rajusta la capote, qui était sortie de ses attaches pendant l'accident, alla récupérer ce qu'il pouvait dans le camion, y compris la bible, et rangea le tout à l'arrière de la Jeep avec leur arsenal. Il s'assit derrière le volant, puis regarda alternativement Tremaine, Rayfield et le corbeau, que d'autres charognards avaient rejoint dans le ciel. En l'espace d'une journée, ces oiseaux de malheur auraient becqueté les deux cadavres.

Rufus redescendit de voiture. Inutile de tâter le pouls de Rayfield. Ses yeux de colin froid et l'odeur provoquée par le relâchement de ses boyaux étaient suffisamment significatifs. Il traîna les deux morts dans la cabane, prononça quelques paroles simples sur leurs dépouilles et referma la porte. Un jour, il leur pardonnerait, mais pas aujourd'hui. Il remonta dans la Jeep, rassura Josh du regard et mit le contact. Le moteur partit à la seconde tentative. Comme Rufus n'était pas familiarisé avec le levier de vitesse, la boîte grinça un peu, puis la Jeep s'ébranla et les frères laissèrent derrière eux le champ de bataille improvisé.

Chapitre 50

Il était traditionnel que les juges déjeunent en privé dans la salle à manger du premier étage après un débat oral. John Fiske avait laissé Sara dans son bureau, où elle avait du travail en retard. Il avait décidé de profiter de l'occasion pour faire quelques investigations. Puisque Chandler avait coupé le robinet à informations, il fallait bien qu'il se mette au courant d'une manière ou d'une autre. L'une de ses sources possibles était le chef de la police, Leo Dellasandro.

En suivant le couloir, il réfléchit au débat auquel il venait d'assister. Bien qu'avocat, il n'avait jamais pleinement mesuré l'étendue du pouvoir qui émanait de ce bâtiment. Au fil de son histoire, la Cour suprême avait pris des positions fort impopulaires sur nombre de sujets importants. Des positions souvent courageuses et, de l'avis de John, souvent justes. Mais c'était un peu exaspérant de se dire que, si un ou deux votes avaient fait pencher la balance dans un autre sens, le pays aurait pu être très différent aujourd'hui. Un état de choses qui laissait songeur.

John pensa aussi à son frère, à tout le bien qu'il avait dû apporter à cette cour, même en qualité de simple greffier. Mike avait toujours été juste et loyal dans tout ce qu'il entreprenait. Et, quand il avait donné sa parole, on pouvait se fier à lui. Cet endroit était fait pour Mike. Si sa mort était une perte terrible pour sa famille, elle l'était aussi pour la Cour.

Le bureau de Dellasandro se situait au rez-de-chaussée. John frappa à la porte et attendit. Il frappa encore, puis ouvrit et jeta un œil à l'intérieur, dans l'antichambre où travaillait la secrétaire. Personne. Elle doit déjeuner, supposa-t-il. Il entra.

— Chef Dellasandro ?

Il voulait savoir si le visionnage des bandes de vidéo-surveillance avait donné quelque chose et si Steven Wright avait été raccompagné par un gardien.

Il alla frapper à la porte de communication.

— Chef Dellasandro, c'est John Fiske. On peut parler un instant ?

Pas de réponse. Il décida de laisser un message, mais pas sur le pupitre de la secrétaire.

Il se faufila dans le bureau de Dellasandro, prit une feuille et un stylo, et griffonna quelques mots. Il posa le billet bien en évidence et regarda autour de lui. Il y avait toutes sortes de médailles et autres distinctions sur les étagères, gages d'une carrière brillante. Sur un mur, une photo d'un Dellasandro beaucoup plus jeune, en uniforme.

John se tourna pour partir. Une veste était accrochée derrière la porte. Elle devait appartenir à Dellasandro, selon toute vraisemblance. En passant, il remarqua quelques taches sur le col. Il frotta. Du fond de teint.

Dans l'antichambre, il étudia les photos posées sur le pupitre. Il avait déjà vu la secrétaire de Dellasandro. Une grande brune, jeune, avec un visage qu'on n'oubliait pas. Une des photos la montrait avec le chef Dellasandro. Il avait un bras autour de son épaule. Tous deux souriaient à l'objectif. De nombreuses secrétaires devaient avoir la photo de leur patron, mais il y avait dans ses yeux, dans sa façon de se serrer contre lui, quelque chose qui laissait supposer une relation plus intime et, pour tout dire, moins platonique. Il se demanda si la Cour avait des règles de fraternisation spécifiques. Dellasandro avait en tout cas une excellente raison de garder ses mains et sa braguette à distance respectable de sa secrétaire… John se tourna vers une autre photo, qui figurait en bonne place dans le bureau : un portrait de groupe avec sa femme et ses enfants. Une famille heureuse. En apparence.

En sortant du bureau, il se dit que décidément, dans ce palais comme partout dans le monde, les apparences étaient trompeuses. Ce n'était qu'en grattant la surface qu'on pouvait voir apparaître la vérité.

Rufus arrêta la Jeep.

— Je vais alerter le premier flic que je vois, dit-il. T'as besoin de secours.

Josh s'assit avec peine.

— Ça va pas, non ? Si les flics te mettent la main dessus et qu'ils trouvent les deux macchabées dans la cabane, t'es cuit.

— T'as besoin d'un docteur, Josh !

— Fais pas chier. (Il prit son revolver.) On va finir ce qu'on a commencé. (Il pointa le canon sur son propre ventre.) Si tu stoppes, je me perce un gros trou juste ici.

— T'es siphonné. Qu'est-ce que tu veux que je fasse ?

Josh toussa. Du sang.

— Va trouver Fiske et cette fille. Moi, je peux plus t'aider. Eux, ils peuvent peut-être. Et commence pas à gamberger, le coup part vite, avec ces flingues.

Rufus enclencha une vitesse et reprit la route. Josh le surveilla, en gardant difficilement les yeux ouverts.

— Arrête ces conneries, dit-il.

— Quoi ?

— Je t'ai vu. J'ai vu tes lèvres bouger. Ne prie pas pour moi.

— Je parle au Seigneur quand ça me plaît.

— Ne lui parle pas de moi, c'est tout.

— Je lui demande de veiller sur toi. De te garder en vie.

— Ah ouais, c'est fou ce que ça marche, t'as qu'à me regarder. Tu perds ton temps.

— Dieu m'a donné la force de soulever cette Jeep.

— Tu l'as soulevée tout seul. J'ai pas vu d'anges descendre du ciel pour te filer un coup de main.

— Josh…

— Roule. (La douleur le fit grimacer.) J'en ai marre de parler.

Dans son bureau, Sara reçut une convocation urgente d'Elizabeth Knight. Ce fut une surprise car, d'ordinaire, le mercredi après-midi, les juges étaient en conférence pour récapituler les affaires entendues le lundi. Chaque juge avait deux secrétaires et un assistant personnel. En entrant, Sara salua Harriet, la secrétaire qui avait suivi Knight presque tout au long de sa carrière. Habituellement chaleureuse et amicale, Harriet répondit avec froideur :

— Entrez directement, mademoiselle Evans.

Sara traversa le vestibule et s'arrêta devant la porte de Knight. Elle se retourna. Harriet, qui l'observait de biais, baissa vite les yeux. Sara inspira profondément et ouvrit.

Dans le bureau il y avait, debout ou assis sur des chaises, Ramsey, l'inspecteur Chandler, Perkins et l'agent McKenna. Derrière son antique bureau, Elizabeth Knight manipulait nerveusement un coupe-papier.

— Asseyez-vous, s'il vous plaît, dit-elle d'un ton peu cordial.

Sara prit place dans un fauteuil de cuir, disposé de telle sorte qu'elle puisse être vue de tous dans la pièce. Un interrogatoire ?

— Vous vouliez me voir ? demanda-t-elle à Knight.

Ramsey fit un pas en avant.

— Nous voulions tous vous voir, et surtout vous entendre, mademoiselle Evans. Mais je vais laisser la parole à l'inspecteur Chandler.

Elle n'avait jamais vu Ramsey aussi grave. Il s'appuya contre la cheminée en la regardant fixement, en serrant et desserrant ses grandes mains.

Chandler s'assit en face d'elle, si près que leurs genoux se touchaient presque.

— J'ai quelques questions à vous poser et je veux la vérité, dit-il calmement.

Sara promena ses yeux autour d'elle et répondit en plaisantant à demi :

— Ai-je besoin d'un avocat ?

— Seulement si vous avez quelque chose à vous reprocher, Sara, dit Knight. C'est à vous de savoir si vous avez besoin d'une assistance judiciaire ou non.

Elle avala sa salive et se tourna vers Chandler.

— Que voulez-vous savoir ?

— Avez-vous déjà entendu le nom de Rufus Harms ?

Elle ferma les yeux. Oh, merde.

— Laissez-moi vous expliquer…

— Répondez par oui ou par non. Les explications viendront plus tard.

— Oui.

— Comment se fait-il que vous connaissiez ce nom ?

Elle bougea dans son fauteuil.

— J'ai lu dans le journal que c'était un prisonnier militaire évadé.

— Quand avez-vous entendu parler de lui pour la première fois ?

Elle ne répondit pas. Chandler insista :

— Vous avez posé des questions au greffe au sujet d'une demande d'appel envoyée, selon vous, par Rufus Harms. Et c'était avant son évasion, n'est-ce pas ? Que cherchiez-vous ?

— Je pensais… enfin…

— Est-ce John Fiske qui vous a forcée à le faire ? demanda sèchement Knight.

Elle avait l'air si déçue que Sara se sentit encore plus coupable.

— Non. Je l'ai fait de ma propre initiative.

— Pourquoi ? s'enquit Chandler.

Depuis sa conversation allusive avec John Fiske à la cafétéria, il avait déjà sa petite idée sur le pourquoi. Mais il voulait l'entendre de la bouche de Sara.

Elle soupira et regarda de nouveau le bataillon aligné contre elle. John, où es-tu ? Si seulement il avait pu l'aider…

— Un jour, par hasard, j'ai aperçu un document ressemblant à une réclamation avec le nom de Rufus Harms. J'ai vérifié ce nom au greffe, parce que je ne me rappelais pas l'avoir vu au sommier. Il n'était pas inscrit.

— Où avez-vous vu cette réclamation ? intervint Ramsey, devançant Chandler.

— Quelque part, répondit-elle, penaude.

— Sara, reprit Knight, il est inutile d'essayer de protéger quelqu'un. Dites-nous simplement la vérité. Ne gâchez pas votre carrière pour ça.

— Je ne me rappelle pas où je l'ai vue. Je l'ai vue, un point c'est tout. Et pendant quelques secondes à peine. J'ai lu le nom de Rufus Harms, pas ce qu'il y avait dans le document.

— Mais, si vous soupçonniez qu'il s'agissait d'un appel non répertorié, dit Perkins, pourquoi ne pas l'avoir déposé au greffe pour le faire inscrire ?

Que pouvait-elle répondre à ça ?

— Le moment n'était pas propice, et je n'ai pas eu d'autre occasion de le faire.

— Pas propice ? s'indigna Ramsey. J'ai cru comprendre que vous vous étiez récemment renseignée au greffe sur cet appel « manquant ». Il n'était toujours pas propice de le faire inscrire à ce moment-là ?

— À ce moment-là, je ne savais pas où il était.

McKenna entra en scène :

— Mademoiselle Evans, que vous nous le disiez ou non, nous finirons bien par le découvrir, de toute façon.

Elle se leva.

— Je n'aime pas votre ton et je n'apprécie pas qu'on me traite de la sorte.

— Je crois que votre intérêt est de coopérer, dit McKenna, et de cesser de protéger les frères Fiske.

— De quoi parlez-vous ?

— Nous avons des raisons de soupçonner Michael Fiske d'avoir détourné ce document à des fins personnelles et nous pensons que vous y êtes mêlée d'une manière ou d'une autre, répondit Chandler.

— S'il y a eu détournement, mademoiselle Evans, si vous en étiez informée et que vous ayez gardé le silence, c'est un manquement grave à la déontologie, avertit Ramsey.

— Vous faites tout ça parce que John Fiske vous y a forcée, n'est-ce pas ? reprit le fédéral.

— Cela peut vous sembler incroyable, agent McKenna, mais j'agis uniquement de mon propre chef, rétorqua-t-elle.

— Vous savez que Michael Fiske avait souscrit une assurance vie d'un demi-million de dollars avec son frère comme bénéficiaire ?

— Oui, il me l'a dit.

— Et vous savez aussi que Fiske n'a pas d'alibi pour l'heure de la mort de votre frère ?

— Vous perdez votre temps en essayant de lui imputer la mort de son frère. Il n'y est pour rien. Au contraire, il fait tout ce qu'il peut pour découvrir qui a tué Michael.

McKenna mit les mains dans les poches et changea de tactique :

— Diriez-vous que les frères Fiske étaient proches ?

— Qu'entendez-vous par « proches » ?

Il leva les yeux au ciel.

— Ce qu'on entend d'habitude par ce mot, tout simplement.

— Non, je ne pense pas qu'ils aient été particulièrement proches. Et alors ?

— Nous avons trouvé cette police d'assurance dans l'appartement de Michael Fiske. Dites-moi pourquoi il a signé pour une pareille somme en désignant comme bénéficiaire son frère « pas particulièrement proche ». Pourquoi pas ses parents ? D'après ce que je sais, ils ne roulent pas sur l'or.

— Je ne connais pas les raisons de Michael. Je suppose que nous ne les connaîtrons jamais.

— Peut-être que Michael Fiske n'était pas lui-même au courant…

Elle fut époustouflée.

— Que voulez-vous dire ?

— C'est très facile de souscrire une assurance vie à la place d'un autre. On ne demande pas de photo d'identité. Une infirmière vient chez vous, prend vos mesures et vous fait une prise de sang. Vous imitez quelques signatures et vous faites prélever les primes sur un compte bidon.

Elle écarquilla les yeux.

— Vous insinuez que John s'est fait passer pour son frère afin de souscrire une assurance vie à son nom ?

— Pourquoi pas ? Ça expliquerait mieux comment deux frères, qu'on savait en froid, ont pu conclure un pacte financier de cette envergure.

— On voit que vous ne connaissez pas John.

— Vous non plus, je le crains, mademoiselle Evans.

Les propos suivants de McKenna la sidérèrent :

— Saviez-vous que Michael Fiske a été tué par une balle de 9 mm ? (Il marqua une pause.) Et que John Fiske possède un calibre 9 mm enregistré à son nom ? Il a dû vous dire, j'en suis sûr, que cet appel détourné était en rapport avec la mort de son frère, non ?

Elle se tourna vers Chandler.

— Dites-moi que je rêve ?

— Rien n'est encore prouvé, répondit le policier.

Perkins hocha la tête, les bras croisés.

— Nous avons reçu un coup de téléphone du service des Opérations militaires spéciales, mademoiselle Evans. Un certain sergent Dillard. Il dit que vous l'avez appelé au sujet de Rufus Harms, en affirmant que cet homme avait envoyé une demande d'appel à la Cour suprême et que vous souhaitiez vous renseigner sur lui.

— Aucun règlement ne m'interdit de passer un coup de fil pour obtenir des éclaircissements sur une affaire, il me semble.

— Donc vous reconnaissez lui avoir téléphoné, triompha Perkins en regardant tour à tour Ramsey et Knight. Vous reconnaissez aussi avoir utilisé les moyens de la Cour pour une enquête personnelle sur un évadé. Et vous avez menti à l'armée, puisqu'il n'existe aucun appel à ce nom au greffe.

— Vos fautes s'accumulent vite, ajouta McKenna.

— Je ne reconnais rien de tout cela. J'ai agi dans le cadre de mes attributions, de façon parfaitement réglementaire.

— Mademoiselle Evans, intervint Ramsey en la toisant avec la même insistance que les avocats pendant le débat oral de la matinée, allez-vous enfin nous dire qui a eu ce document entre les mains ? Si quelqu'un de cette cour a volé un appel avant son enregistrement – ce qui me paraît impensable – et si vous savez de qui il s'agit, votre devoir est de nous le révéler.

Ils connaissaient tous la réponse à cette question ou pensaient la connaître, elle n'en doutait pas. Mais la jeune femme n'avait pas l'intention de leur apporter la moindre confirmation. Puisant dans ses dernières forces, elle se leva lentement.

— Je crois que j'ai répondu à assez de questions, monsieur le président.

Ramsey regarda Perkins, puis Elizabeth Knight. Sara crut percevoir un signe d'assentiment entre eux.

— En ce cas, Sara, je vais vous demander de me remettre votre démission. À effet immédiat, dit Knight d'une voix brisée.

Sara ne parut pas trop surprise.

— Je comprends, madame. Je suis désolée que nous en arrivions là.

— Moins désolée que moi. M. Perkins va vous raccompagner. Vous pouvez récupérer vos affaires personnelles dans votre bureau, ajouta Knight avant de détourner brusquement les yeux.

Comme Sara se dirigeait vers la porte, la voix de Ramsey tonna derrière elle :

— Mademoiselle Evans, sachez que, si vos actes nuisent à cette institution, les dispositions appropriées seront prises contre vous et toute autre personne responsable. Malheureusement, si je comprends bien la situation, le mal est déjà fait et probablement irréversible. Puisse votre mauvaise conscience vous hanter toute votre vie !

Ramsey était rouge d'indignation. Un scandale sous sa juridiction ! Dans cette institution qui avait toujours été au-dessus du scandale, au cœur d'une ville qui en était pleine ! Sa place dans l'histoire, sa carrière durement gagnée ternies par les calembredaines de quelque obscure greffière ! Sa biographie officielle réduite à une série de notes en bas de page ! Sara Evans n'aurait pu l'accabler davantage si elle avait abattu toute sa famille sous ses yeux.

Elle sortit en hâte avant d'éclater en sanglots.

Chapitre 51

John attendait Sara dans son bureau. Quand elle apparut sur le seuil, il se leva pour lui parler, mais se ravisa en remarquant Perkins derrière elle. Sara commença à emballer ses affaires, sous la surveillance de Perkins, debout à la porte.

— Sara, que s'est-il passé ?

— Ça ne vous regarde pas, monsieur Fiske, dit Perkins. Mais, puisque vous êtes là, je vais informer l'inspecteur Chandler et l'agent McKenna de votre présence. Ils ont une question à vous poser.

— C'est ça, allez-y et laissez-moi parler à Sara en privé.

— Je dois escorter Mlle Evans jusqu'à la sortie.

Sara empila toutes ses affaires dans un grand cabas et posa son sac à main par-dessus. En passant à côté de John, elle chuchota :

— Rejoins-moi au parking.

Devant la porte, Perkins lui dit :

— J'ai aussi besoin de toutes vos clés.

Elle ouvrit son sac à main, piocha les clés et les lança à Perkins.

— Je ne fais pas ça de gaieté de cœur, protesta-t-il. Le Palais est sens dessus dessous, des gens ont été tués, nous sommes cernés par une armée de médias et il y a des policiers partout. Je ne souhaitais pas que vous perdiez votre emploi.

Sara sortit sans un mot.

Dans le couloir, le groupe rencontra Chandler et McKenna.

— Il faut que je vous parle, John, dit Chandler.

John regarda Sara.

— À tout de suite, lui dit-il.

Perkins et Sara s'en allèrent.

— Vous avez quelque chose à me demander ? dit John.

— C'est exact.

— Serait-ce au sujet de l'assurance vie de mon frère ?

— Quelque chose comme ça, répondit le policier. McKenna pense que vous avez souscrit cette police vous-même à l'insu de votre frère et que vous l'avez tué.

— Vous avez trouvé l'assurance dans l'appartement de mon frère ? (Chandler acquiesça.) Alors, mon frère était manifestement au courant.

L'inspecteur interrogea des yeux McKenna. L'agent du FBI ne dit rien.

— Je ne savais pas que mon frère avait souscrit cette police. La femme de l'agence vous le dira. Je vais vous donner son nom. Elle a rencontré mon frère, si vous pensez vraiment que j'ai combiné toute cette affaire. (Le fédéral s'assombrit.) Désolé de casser votre baraque, McKenna. L'argent ira à nos parents, Mike savait que c'était ce que je ferais. À moins que vous ne pensiez que je suis de mèche avec la femme de l'agence. Pourquoi s'arrêter là ? Peut-être ai-je mis les neuf juges dans ma poche, pendant qu'on y est.

— Donc vous avez persuadé votre frère de souscrire une assurance pour aider vos parents, mais en insistant pour être le seul et unique bénéficiaire. Ça reste un mobile en béton. (McKenna se tourna vers Chandler.)

Vous vous décidez à lui poser cette question ou vous voulez que je le fasse ?

Chandler regarda John Fiske.

— Votre frère a été tué par une balle de 9 mm.

— Vraiment ?

— Vous possédez un 9 mm, n'est-ce pas ?

— Tiens, tiens, vous avez papoté avec la police d'État de Virginie ?

— Répondez à la question, dit McKenna.

— À quoi bon, si vous connaissez déjà la réponse ?

— John..., commença Chandler.

— D'accord. Oui, je possède un 9 mm. Un SIG-Sauer P 226, pour être précis, à quinze coups.

— Où est-il ?

— Dans mon cabinet, à Richmond.

— Nous aimerions l'avoir.

— Pour une expertise balistique ?

— Entre autres.

— Buford, c'est une perte de temps...

— Avons-nous votre permission pour aller le chercher dans votre cabinet ?

— Non.

— Eh bien, on va demander un mandat de perquisition, dit McKenna. C'est l'affaire d'une heure.

— Pas la peine. Je vous donnerai l'arme.

McKenna ne cacha pas sa surprise.

— Mais vous venez de dire...

— Je ne veux pas que les flics entrent dans mon bureau. Je connais la musique. Ce ne sont pas des joueurs de pipeau. Et je n'arriverais jamais à me faire rembourser la réparation de la porte. (Il s'adressa à Chandler.) Je suppose que je ne fais plus partie de l'équipe officieuse, mais dites-moi une ou deux choses : avez-vous parlé aux gardes de service la nuit où Steven Wright a été assassiné et a-t-on visionné les bandes de vidéosurveillance ?

— Je vous déconseille fortement de lui répondre, Chandler, dit McKenna.

— J'en prends acte, répondit Chandler. Mais, au nom du bon vieux temps, je vais répondre quand même. Nous avons parlé aux gardes. À moins qu'il n'y ait un menteur dans leurs rangs, aucun d'eux n'a raccompagné Wright chez lui. Quelqu'un le lui a proposé, mais Wright a refusé.

— Il était quelle heure ?

— Environ 1 heure et demie du matin. Les bandes vidéo ont été visionnées. Rien à signaler.

— Wright a donné une raison de son refus ?

— Le garde dit qu'il est simplement sorti. Il ne l'a plus revu après.

— Bon, revenons à ce pistolet, dit McKenna. Je vous accompagne dans votre bureau.

— Vous ne m'accompagnez nulle part.

— Je vous suis, si vous préférez.

— Faites ce que vous voulez, mais je veux un policier de Richmond en uniforme sur les lieux, je veux qu'il prenne le flingue sous sa garde et le fasse transférer à la brigade criminelle. Je ne veux pas que vous le touchiez.

— Je n'aime pas vos insinuations.

— Tant pis, c'est comme ça. Sinon, allez chercher votre mandat. À vous de choisir.

— D'accord, intervint Chandler. Vous voulez un flic en particulier ?

— L'agent William Hawkins. Il a ma confiance, il peut donc avoir la vôtre aussi.

John regarda dans le couloir.

— Donnez-moi une demi-heure. Il faut que je parle à quelqu'un.

Chandler posa une main sur l'épaule de John Fiske.

— OK, John, mais si la police de Richmond n'a pas votre arme dans trois heures, vous aurez un gros problème avec votre serviteur, pigé ?

John fonça au parking à la recherche de Sara.

Deux minutes plus tard, Dellasandro rejoignit Chandler et McKenna.

— J'aimerais être informé de ce qui se passe ici, dit-il d'un ton peu aimable. Deux greffiers assassinés, une troisième renvoyée pour détournement de document !

— C'est un peu long à expliquer, répondit McKenna en haussant les épaules.

— Je sens que ça va me plaire, dit Dellasandro.

— Je ne suis pas payé pour vous plaire, répliqua McKenna.

— Exact, vous êtes payé pour découvrir qui est derrière tout ça. Et vous aussi, inspecteur Chandler.

— Mais c'est ce que nous faisons, rétorqua l'inspecteur d'un ton sec.

— Ça va, ça va, fit Dellasandro avec lassitude. Perkins m'a mis au parfum. Vous pensez vraiment que Fiske a tué son frère ? Il avait un mobile, je veux bien, mais quand même ! Une demi-brique, ça paraît beaucoup, comme ça, mais de nos jours, vous savez…

— Une demi-brique, comme vous dites, c'est énorme quand vous avez un trou dans votre compte en banque, répondit McKenna. Il a le mobile, il n'a pas d'alibi et, dans quelques heures, on saura s'il a l'arme du crime.

Dellasandro n'était pas convaincu.

— Et la mort de Wright ? Ça ne colle pas.

McKenna écarta les mains.

— Si, ça peut coller, en suivant mon raisonnement. Mettons que Sara Evans se soit fait balader par Fiske. Elle accepte de l'aider. Or elle a le même bureau que Wright. Il est tout à fait imaginable que Wright ait entendu ou vu quelque chose qui lui ait mis la puce à l'oreille.

— Mais je croyais que Fiske avait un alibi pour la mort de Wright, dit Dellasandro.

— Oh ouais : Sara Evans.

— Et cette histoire de prisonnier évadé ? Les questions qu'Evans posait autour d'elle ?

Chandler fit la moue.

— Je ne prétends pas que nous ayons tout élucidé, dit-il, mais cette histoire-là est peut-être un écran de fumée.

— Pas « peut-être », dit McKenna, j'en suis sûr. S'il y avait vraiment quelque chose là-dessous, ils en auraient parlé à quelqu'un. Evans n'a même pas pu nous dire ce qu'il y avait dans la lettre. Supposons que Michael Fiske ait piqué un document. Et alors ? John Fiske le dégomme pour le fric et se sert ensuite de ce prétexte pour embobiner Evans et tout le monde.

— En tout cas, je ne baisse pas la garde tant que nous n'avons pas de certitude, dit Dellasandro. Les gens de cette maison sont sous ma responsabilité et on en a déjà perdu deux. (Il regarda McKenna.) J'espère que vous savez ce que vous faites avec Fiske.

— Je sais parfaitement ce que je fais.

John retrouva Sara sur le parking. Il ne fallut pas longtemps à la jeune femme pour lui expliquer ce qui s'était passé.

— Sara, c'est ma faute, dit-il. Chandler m'a coincé l'autre jour, il m'a fait parler à demi-mot. C'est à cause de moi que tu as perdu ton boulot.

Sara déposa son sac dans le coffre de sa voiture.

— Je suis une grande fille. Je suis responsable de mes actes.

— Je pourrais peut-être aller expliquer la situation à Ramsey et Knight.

— Expliquer quoi ? Tout ce dont ils m'accusent, je l'ai fait. (Elle referma le coffre.) Je suppose qu'ils t'ont parlé de ton arme ?

John acquiesça.

— McKenna me gratifie d'une escorte armée jusqu'à mon cabinet pour que je la leur remette... Qu'est-ce que tu vas faire maintenant ?

— Je ne sais pas. Mais j'ai beaucoup de temps libre, désormais. Je vais essayer d'en savoir plus sur Tremaine et Rayfield.

— Tu es sûre que tu veux continuer ?

— Comme ça, au moins, je n'aurai pas bousillé ma carrière pour rien. Et toi ?

— Je n'ai pas le choix.

Il consulta sa montre.

— Si je passais chez toi ce soir vers 19 heures ?

— Je devrais être en mesure de nous préparer un dîner. Je vais nous acheter une bonne bouteille et, qui sait, je pourrais même être assez ambitieuse pour faire le ménage. On fêtera mon dernier jour à la Cour suprême. On pourra même faire un petit tour en bateau. (Elle lui prit le bras.) Et finir comme l'autre nuit ?

— Je peux laisser tomber Richmond et rester avec toi. Je sais ce que tu dois ressentir.

— Mais Chandler et McKenna ?

— Je ne suis pas obligé de faire ce qu'ils veulent.

— Si tu n'y vas pas, McKenna va probablement réclamer la chaise électrique. D'ailleurs, pour tout te dire, je me sens très bien.

— Tu es sûre ?

— Certaine, John, mais merci quand même. (Elle lui caressa la joue.) Tu seras avec moi cette nuit.

Après le départ de John, Sara se rappela qu'elle avait laissé son sac à main, avec la clé de sa voiture, dans le cabas. Elle rouvrit le coffre et, en soulevant le cabas, vit la photo qu'elle avait rangée sur le dessus. Elle l'avait prise dans le bureau de Michael avant la perquisition de la police. Tout à coup, elle se dit qu'elle avait quelque chose de très important à faire. Elle monta dans sa voiture et sortit du garage.

Elle venait d'être virée de la Cour suprême et pourtant, bizarrement, elle n'avait pas envie de pleurer, encore moins de se mettre la tête dans une cuisinière à gaz. Elle avait envie de faire un brin de conduite. Jusqu'à Richmond. Elle avait quelqu'un à voir là-bas. Alors pourquoi pas aujourd'hui ?

En passant devant la colonnade de son ancien lieu de travail, une grande vague de soulagement monta en elle. Ce fut si soudain qu'elle en perdit le souffle. Elle se ressaisit peu à peu et accéléra dans Independence Avenue, sans se retourner.

Chapitre 52

John Fiske gagna en hâte le cabinet d'Elizabeth Knight et, étonnamment, fut autorisé à entrer. Knight était assise derrière son bureau. Ramsey était encore là, affalé dans un fauteuil. Il se leva quand John entra.

John n'y alla pas par quatre chemins :

— Je veux que vous sachiez que tout ce que Sara a fait ou n'a pas fait avait pour seul but de protéger mon frère. Et tout ce qu'elle essaie de faire maintenant, c'est de m'aider à découvrir qui l'a tué.

— Ne pensez-vous pas que le meilleur moyen de le découvrir est tout simplement de vous regarder dans la glace ? lâcha Ramsey.

John pâlit.

— Vous êtes à côté de la plaque, monsieur.

— Ah bon ? Les autorités ne semblent pas de cet avis. Si vous êtes un assassin, j'espère que vous passerez le reste de vos jours en prison. Quant à votre frère, j'ai bien peur qu'il ne mérite plus la moindre considération.

— Mon frère a fait ce qu'il croyait être juste.

— Je trouve cette remarque tout bonnement risible.

— Harold…, commença Knight.

Il l'interrompit d'un geste de la main.

— Et vous, monsieur Fiske, reprit-il, je veux que vous sortiez immédiatement de ce bureau et de ce palais, sinon je vous fais arrêter pour effraction.

John les regarda tous deux. La colère qui le submergeait était le contrecoup des trois jours d'enfer qu'il venait de vivre. Il avait l'impression déraisonnable que tout ce qui lui arrivait était la faute de Harold Ramsey.

— En entrant dans ce palais, j'ai vu une jolie petite inscription sur le fronton : « La justice est la même pour tous. » Moi, je trouve ça tout bonnement risible.

Ramsey semblait prêt à lui sauter à la gorge.

— Comment osez-vous ?

— J'ai un client qui attend d'être exécuté en ce moment même. Si j'ai jamais l'« honneur » de plaider devant vous, pouvez-vous m'affirmer que la vie de cet homme aura une quelconque importance à vos yeux ? Ou vous servirez-vous de lui et de moi pour renverser un précédent qui vous a déplu dix ans plus tôt ?

— Espèce de…

— Pouvez-vous me l'affirmer ? cria John. Parce que, sinon, je ne sais pas ce que vous êtes, mais je sais que vous n'êtes pas un juge.

Ramsey était blême.

— Qui êtes-vous pour parler ainsi ? Le système…

John se tapa la poitrine.

— Je suis le système. Moi et les gens que je représente. Pas vous. Pas ce tribunal.

— Mesurez-vous seulement la portée des cas que nous traitons ici ?

— Quand avez-vous, pour la dernière fois, « traité » le cas d'une femme battue ? ou d'un enfant molesté ? Avez-vous jamais vu un homme mourir sur la chaise électrique ? Vous trônez et vous ne voyez jamais une personne réelle. Vous n'entendez jamais de témoins en direct, vous n'écoutez qu'une poignée d'avocats de luxe qui vous lancent des textes de loi. Vous n'avez aucune idée des visages, des cœurs brisés, de la douleur qui se cachent derrière ces paperasses. Pour vous, c'est un jeu intellectuel. Un jeu ! Rien de plus. Si vous pensez que les grands problèmes sont si difficiles, essayez donc de « traiter » les petits !

— Je crois que vous devriez partir, dit Knight, presque suppliante. Tout de suite.

John foudroya Ramsey du regard, puis se calma et se tourna vers Knight.

— C'est un excellent conseil, madame. Je crois que je vais le suivre.

Il prit la porte.

— Monsieur Fiske ! appela Ramsey. J'ai quelques bons amis au barreau de Virginie. Je pense qu'ils méritent d'être informés de la situation. Je veillerai à ce que les mesures appropriées soient prises à votre encontre, par exemple une suspension et une radiation du barreau.

— Présumé coupable jusqu'à preuve du contraire ? C'est ça, votre conception du système judiciaire ?

— Je suis convaincu que la preuve de votre culpabilité n'est plus qu'une question de temps.

John voulut contre-attaquer, mais Knight avait déjà la main sur le téléphone.

— John, je préférerais que vous sortiez sans y être forcé par les gardes.

Quand John Fiske eut déguerpi, Ramsey hocha la tête.

— Aucun doute, cet homme est un psychopathe.

Knight regardait droit devant elle.

— Beth, reprit-il, sachez que je suis disposé à vous céder l'un de mes greffiers tant que vous n'aurez pas trouvé de remplaçant pour Sara.

Elle l'observa. L'offre était sympathique. En apparence. En réalité, c'était peut-être pour lui une occasion d'infiltrer un espion dans son camp.

— Je m'en sortirai très bien, ne vous inquiétez pas. Nous n'aurons qu'à retrousser nos manches.

— Vous m'avez donné du fil à retordre au débat oral, aujourd'hui. C'était très bien, mais je ne voudrais pas que vous preniez ces choses trop à cœur. Le public n'a pas besoin d'assister à nos prises de bec.

— Comment pourrais-je ne pas les prendre à cœur, Harold ? Dites-moi comment.

Ses yeux étaient enflés, sa voix soudain éraillée.

— Il le faut, dit-il. Une affaire ne m'a jamais empêché de dormir. Même avec une peine de mort à la clé. Nous ne décrétons pas la culpabilité ou l'innocence. Nous interprétons des mots. C'est ainsi que vous devez envisager le problème. Sinon, vous craquerez.

— Mieux vaut craquer que tenir, peut-être, si c'est pour me complaire dans une carrière qui ne s'adresserait qu'à mon intellect. Je veux sentir la douleur. Tout le monde est comme ça. Pourquoi ferions-nous exception ? Bon sang, ces affaires devraient nous briser le cœur !

Ramsey hocha tristement la tête.

— Alors, vous ne tiendrez pas le coup, j'en ai peur. Or vous le devez, si vous voulez faire la différence ici.

— Nous verrons bien. Je peux vous surprendre. Pas plus tard qu'aujourd'hui.

— Vous n'avez aucune chance de renverser « Stanley ». Mais j'admire votre ténacité, même si c'est en pure perte.

— Les voix n'ont pas encore été comptées, que je sache.

Ramsey sourit.

— Bien sûr, bien sûr. Simple formalité. (Il mit les mains dans les poches et se campa devant elle.) Et, à titre indicatif, je suis au courant de votre projet de réexaminer la question du droit des pauvres…

— Harold, nous venons de perdre notre troisième greffier. Un troisième être humain. Une femme pour qui j'ai beaucoup d'affection. Tout part à vau-l'eau. Je n'ai pas envie de parler de la Cour maintenant. Je n'en aurai peut-être plus jamais envie, en fait.

— Beth, nous devons continuer. Il y a une crise, c'est vrai, mais nous persévérerons.

— Harold, je vous en prie.

Ramsey n'en démordit pas.

— Les affaires continuent. Nous…

Knight se leva.

— Sortez.

— Je vous demande pardon ?

— Sortez de mon bureau.

— Beth…

— Sortez ! Sortez !

Ramsey disparut sans un mot de plus. Knight hésita une minute, puis quitta précipitamment la pièce.

Après son affrontement avec Ramsey, John Fiske descendit dans le parking souterrain de la Cour et monta directement dans sa voiture. Il était vanné. Quel bilan ! Il avait fait virer Sara, on voulait l'agrafer pour le meurtre de son frère et il venait de s'engueuler avec le président de la Cour suprême des États-Unis. Le tout en moins d'une heure. C'était ce qu'on pouvait appeler une sale journée. Il n'avait aucune envie d'aller à Richmond pour voir McKenna mettre la touche finale à la destruction de sa vie.

Il se frotta les yeux avec un gémissement et sursauta en entendant taper à la fenêtre. C'était Elizabeth Knight. Il baissa la vitre.

— Je voudrais vous parler.

Il se redonna une contenance.

— À quel sujet ?

— Nous pouvons rouler un peu ? Je ne veux pas courir le risque de vous parler dans mon bureau. Je n'avais jamais vu Harold dans cet état.

John crut déceler l'ombre d'un sourire sur ses lèvres.

— Vous voulez qu'on roule dans ma voiture ? dit-il.

— Pourquoi, elle a un défaut ?

Il lorgna sa robe de prix.

— Eh bien, l'intérieur est fait de rouille recouverte d'un vernis de chagrin.

— J'ai grandi dans un ranch du Texas. Quand ma famille nous emmenait dans les quelques baraquements qui constituaient la ville voisine, j'étais accrochée à l'arrière d'une charrette avec mes six frères et sœurs, et j'adorais ça. En outre, il faut vraiment que je vous parle.

John acquiesça et Knight se glissa sur le siège passager.

— Où on va ? demanda-t-il en sortant du parking.

— Prenez à gauche au feu. J'espère que vous n'avez pas d'affaire urgente. Je suis très impolie, j'aurais dû commencer par vous le demander.

Il pensa à McKenna qui l'attendait.

— Rien d'important.

Après le tournant, Knight se mit à parler.

— Vous avez eu tort de nous tenir ces grands discours, vous savez.

— C'est pour me dire ça que vous êtes venue ?

— Je suis venue vous dire que je me faisais beaucoup de mauvais sang pour Sara.

— Bienvenue au club. Elle a d'abord essayé d'aider mon frère, ensuite moi. Elle doit bénir le jour où elle a rencontré les frères Fiske.

— Le jour où elle a rencontré l'un des deux, oui.

— Qu'est-ce que ça signifie ?

— Sara avait de l'amitié et du respect pour Michael. Mais elle ne l'aimait pas, bien que, très franchement, je croie qu'il était amoureux d'elle. Son cœur est pris ailleurs.

— Sans blague ? C'est elle qui vous l'a dit ?

— John, je ne crois pas beaucoup aux différences entre les sexes, mais je ne peux pas ignorer certaines réalités de base. Je doute que mes huit collègues masculins s'en soient aperçus, mais il est clair pour moi que Sara Evans est très amoureuse de vous.

— Intuition féminine ?

— Quelque chose comme ça. Et j'ai deux filles. (Elle remarqua l'étonnement de John Fiske.) Mon premier mari est mort. Mes filles sont grandes et indépendantes. (Elle posa les mains sur ses genoux et regarda par la vitre.) Mais ce n'est pas de cela que je voulais vous parler. Tournez à droite, juste là.

— Bon, quel est votre ordre du jour ? Vous autres semblez toujours avoir un programme bien défini.

— Vous trouvez que nous avons tort ?

— Disons que, quand je vois les jeux auxquels vous jouez, j'ai du mal à vous donner raison.

— Je peux comprendre ce point de vue.

— Je ne suis pas en situation de vous critiquer mais, pour moi, vous n'êtes pas des juges, vous êtes des notaires. Et l'acte notarié dépend de celui qui saura faire pression sur les autres pour obtenir cinq voix. Quel rapport avec les droits d'un plaignant et d'un accusé ?

Ils roulèrent en silence quelque temps.

— J'ai commencé comme procureur, reprit Knight. Ensuite, je suis devenue juge local. Et je peux vous dire que vous vous trompez. On pourrait en débattre pendant des journées entières, mais le fait est qu'il y a un système établi et qu'il faut s'en accommoder. Si cela suppose de se plier à ses règles, quitte à les tordre de temps en temps, eh bien, allons-y. C'est peut-être une philosophie simpliste pour une situation complexe, mais quelquefois il faut savoir écouter ses tripes. Vous comprenez ce que je veux dire ?

Il acquiesça.

— J'ai des tripes, moi aussi. Et je me fie à mon intuition.

— Qu'est-ce que votre intuition vous dit au sujet de la mort de Michael et de Steven ? C'est sérieux, cette histoire d'appel manquant ? Si oui, j'aimerais vraiment être au courant.

— Pourquoi me le demander à moi ?

— Parce que vous semblez en savoir plus long que les autres. C'est la raison pour laquelle je voulais vous parler en privé.

— Ça vous arrangerait bien que j'aie tué mon frère et que je me serve de cet appel pour faire diversion, non ? Comme ça, personne n'aurait les mains sales à la Cour.

— Je n'ai pas dit ça.

— C'est à peu près ce que vous avez dit à Sara pendant votre réception.

— Je ne sais pas pourquoi je l'ai fait. Peut-être pour l'éloigner de vous.

— Je n'ai pas tué mon frère.

— Je vous crois. Donc, cet appel manquant peut avoir une importance ?

— Oui. Mon frère a été tué car il savait ce qu'il y avait dedans. Je pense que Wright a été tué parce qu'il travaillait tard et a vu quelqu'un sortir du bureau de mon frère.

Elle pâlit.

— Vous croyez que Steven a été tué par quelqu'un de la Cour ? (John acquiesça.) Vous pouvez le prouver ?

— J'espère.

— C'est impossible, John ! Pourquoi ?

— Il y a un type qui a passé la moitié de sa vie en prison et qui aimerait bien avoir la réponse à ça.

— L'inspecteur Chandler est au courant ?

— En partie. Mais l'agent McKenna a réussi à le persuader que j'étais un sale type.

— Je ne suis pas certaine que l'inspecteur Chandler le croie.

— On verra.

Il la déposa derrière le Palais.

— Si vos soupçons sont fondés, dit-elle, et que quelqu'un de la Cour soit mêlé à ceci… (Elle hésita, comme si elle n'osait pas achever sa phrase.) Vous vous rendez compte de l'impact que ça aurait sur la réputation de la Cour ?

— Je n'ai pas beaucoup de certitudes dans la vie, mais j'en ai au moins une. La réputation de la Cour ne vaut pas la mort d'un innocent en prison.

Chapitre 53

Rufus regarda anxieusement son frère, qui venait d'être pris d'une quinte de toux. Josh essaya de se redresser pour mieux respirer. Ses entrailles étaient dans un sale état, il le sentait. À tout moment, un organe vital pouvait le lâcher. Il tenait toujours son pistolet contre son flanc. Mais, vu son état, il ne semblait pas avoir besoin d'une balle supplémentaire pour mettre fin à ses jours.

C'était une chance pour eux que Tremaine et Rayfield ne soient pas venus dans un véhicule militaire, bien que la Jeep civile ne fût pas non plus des plus discrètes : le télescopage avec le camion lui avait embouti une aile et son aspect branlant pouvait attirer l'attention sur eux. Heureusement qu'elle avait une capote ; ça leur permettait au moins de ne pas être reconnus de l'extérieur.

Rufus ne savait pas où il allait et Josh, qui oscillait entre conscience et inconscience, ne lui était pas d'un grand secours. Rufus ouvrit la boîte à gants et sortit une carte routière. Puis il tira de sa poche le bristol avec les noms et les numéros. Tout ce qu'il avait à faire à présent, c'était trouver un téléphone.

John Fiske arriva devant son cabinet avec McKenna.

— Ne perdons pas de temps, dit le fédéral.

— On attend la police, répliqua John avec fermeté.

Au même moment, une voiture de police s'arrêtait le long du trottoir. L'agent Hawkins en descendit.

— Qu'est-ce que c'est que cette embrouille, John ? demanda Hawkins, perplexe.

John montra le fédéral du doigt.

— M. McKenna, du FBI, pense que j'ai tué Mike. Il est ici pour prendre mon pistolet afin de procéder à une expertise balistique.

Hawkins regarda McKenna d'un œil mauvais.

— C'est la plus belle connerie que j'aie jamais entendue.

— Je vous remercie, dit McKenna, c'est un point de vue intéressant. Agent Hawkins, c'est ça ?

— C'est ça, fit Hawkins sans se dérider.

— Eh bien, agent Hawkins, vous êtes autorisé par M. Fiske à rechercher dans son cabinet un pistolet 9 mm enregistré à son nom. (Il se tourna vers John.) Je suppose que vous êtes toujours consentant. (John ne répondit pas.) Maintenant, agent Hawkins, si ça vous pose un problème, on peut aller en discuter ensemble avec votre patron. Après tout, vous ne tenez peut-être pas à prolonger votre carrière dans la police.

Voyant que Hawkins regimbait, John le prit par la manche et lui dit :

— Finissons-en, Billy.

Ils entrèrent dans l'immeuble.

— Tu as moins de bleus sur la figure, on dirait, commenta John.

— Ouais, ça s'arrange, merci, dit Hawkins en souriant.

— Que s'est-il passé ? demanda McKenna.

— Un mec avec un penchant pour la drogue, qui voulait pas se laisser arrêter, répondit Hawkins en faisant la gueule.

Il y avait un tas de lettres et de paquets devant son cabinet. John les ramassa, déverrouilla la porte et précéda les deux autres à l'intérieur. Il alla directement à son bureau, déposa le courrier et ouvrit le tiroir du haut. Il parut surpris, fourragea, puis regarda les deux hommes.

— Il était là, dans ce tiroir. J'en suis sûr, je l'ai vu le jour où tu es venu m'annoncer la mort de Mike, Billy.

McKenna croisa les bras et toisa John.

— Quelqu'un d'autre a-t-il accès à votre cabinet ? Femme de ménage, secrétaire, livreur, laveur de carreaux ?

— Non, personne. Personne n'a la clé, à part le proprio.

— T'es resté absent, quoi, deux jours, pas plus ? dit Hawkins.

— C'est ça.

McKenna inspecta la porte.

— Il n'y a aucune trace d'effraction.

— Ça prouve rien, objecta Hawkins. Un mec qui sait ce qu'il fait peut crocheter cette serrure les doigts dans le nez.

— Qui savait que vous aviez ce pistolet ici ? demanda McKenna.

— Personne.

— Un de vos clients a pu le prendre pour braquer une banque ?

— Je ne reçois pas mes clients dans mon cabinet, McKenna. Quand ils m'appellent, ils sont généralement déjà en prison.

— Eh bien, il semblerait que votre cas s'aggrave. Votre frère a été tué avec une balle de 9 mm. Vous avez un 9 mm SIG enregistré à votre nom et vous reconnaissez qu'il était encore en votre possession il y a quelques jours. Cette arme s'est tout à coup volatilisée, vous n'avez pas d'alibi et la mort de votre frère vous a enrichi d'un demi-million.

Hawkins haussa les sourcils.

— Mike avait souscrit une assurance vie, lui expliqua John. C'était pour maman et papa.

— Ça, c'est votre théorie, rectifia McKenna.

— Si vous pensez avoir assez d'éléments pour m'inculper, allez-y. Sinon, foutez le camp.

McKenna ne se démonta pas.

— Je crois que l'agent Hawkins a votre autorisation pour fouiller votre cabinet. La fouille ne se limite pas à un seul tiroir. Alors, copain ou pas, j'entends qu'il fasse son devoir jusqu'au bout.

John s'inclina.

— Vas-y, Billy. Je vais boire un verre au café du coin. Tu veux quelque chose ?

Hawkins secoua la tête.

— Moi, je boirais bien un petit jus, dit McKenna en suivant John. Ça nous donnera l'occasion de bavarder un peu.

Sara s'arrêta dans l'allée. Elle inspira profondément. La Buick était là. Quand elle descendit de voiture, l'odeur de l'herbe coupée la réconforta. Ça lui rappelait son enfance, les terrains de football du lycée, les étés en Caroline. À peine eut-elle frappé que la porte s'ouvrit. Elle sursauta. Ed Fiske avait dû la voir arriver. Avant qu'il ne lui claque la porte au nez, elle brandit la photo.

C'était un portrait de groupe. Il y avait Ed Fiske, Gladys et leurs deux fils. Tous souriaient jusqu'aux oreilles.

— Michael l'avait dans son bureau, expliqua-t-elle. Je voulais vous la donner.

— Pourquoi ça ?

Il avait toujours un ton glacial mais, au moins, il ne lui criait pas d'insultes.

— Parce qu'il m'a semblé que c'était la meilleure chose à faire.

Il prit la photo.

— J'ai rien à vous dire, fit-il.

— Moi, j'ai beaucoup à vous dire. J'ai fait une promesse à quelqu'un, et j'aime tenir mes promesses.

— À qui ? À Johnny ? Eh ben, vous pouvez lui dire que ça sert à rien de vous envoyer réparer les pots cassés.

— Il ne sait pas que je suis venue. Il ne voulait pas que je m'en mêle.

— Alors, pourquoi vous êtes ici ?

— À cause de cette promesse. Ce que vous avez vu l'autre nuit n'était pas la faute de John. C'était la mienne.

— Il faut être deux pour danser le tango, vous m'ôterez pas ça de l'idée.

— Je peux entrer ?

— Je vois pas pourquoi.

— J'aimerais vraiment vous parler de vos fils. Je pense que vous devez savoir certaines choses. Ça vous permettra d'y voir plus clair. Ce ne sera pas très long et je vous promets de ne plus vous ennuyer après ça. S'il vous plaît.

Ed hésita et finit par s'écarter pour lui céder le passage. Il referma bruyamment la porte derrière eux.

Le living-room était à peu près dans l'état où elle l'avait vu la première fois, c'est-à-dire impeccablement rangé. L'homme aimait l'ordre. Elle imagina le garage plein d'outils soigneusement alignés. Ed lui indiqua le divan. Elle s'assit, pendant qu'il plaçait la photo entre les autres dans la salle à manger.

— Vous voulez boire quelque chose ? demanda-t-il à contrecœur.

— Seulement si vous m'accompagnez.

Il s'installa sur une chaise en face d'elle.

— J'ai pas soif, dit-il.

En l'observant plus attentivement, elle lui reconnaissait un certain air de famille avec ses deux fils. Michael, toutefois, tenait plus de sa mère que John. Ed voulut allumer une cigarette, puis renonça.

— Vous pouvez fumer, vous savez. Vous êtes chez vous.

Ed rangea le paquet et le briquet dans sa poche.

— Gladys ne voulait pas que je fume dans la maison, seulement dehors. Les vieilles habitudes sont tenaces.

Il croisa les bras et attendit qu'elle prenne la parole.

— J'étais une amie très proche de Michael.

— Vous devez avoir une drôle d'idée de l'amitié, après ce que j'ai vu l'autre nuit, dit Ed en s'échauffant.

— Le fait est, monsieur Fiske…

— Appelez-moi Ed, j'aime pas les salamalecs.

— D'accord, Ed, le fait est que nous étions de bons amis. Enfin, c'est ainsi que je voyais la chose. Michael en voulait plus.

— Qu'est-ce que vous voulez dire ?

Sara déglutit et rougit légèrement.

— Il m'a demandée en mariage.

Ed parut choqué.

— Il m'en avait jamais parlé.

— C'est normal. Je… (elle hésita, craignant sa réaction)… j'ai refusé.

Elle se redressa, mal à l'aise, pendant que le vieux digérait la nouvelle.

— Ah bon ? Bah, je suppose que vous ne l'aimiez pas.

— En effet. Du moins, pas de cette manière-là. C'est difficile à expliquer. Il était parfait. C'était peut-être ça qui m'effrayait, au fond, l'idée de passer ma vie avec un homme aussi exigeant. Et il était tellement captivé par son métier... Même si je l'avais aimé, je ne sais pas s'il y aurait eu de la place pour moi dans sa vie.

Ed baissa les yeux.

— Ça a pas été facile d'élever ces deux garçons. Johnny était bon dans presque tout, mais Mike... Mike était plus que ça, il réussissait tout ce qu'il voulait. Je m'en rendais pas bien compte à l'époque, je passais le plus clair de mon temps au garage. J'étais tellement fier de Mike ! Ça se voyait trop. Beaucoup trop. Je m'aperçois mieux de mon erreur, avec le recul. Mike m'a dit que Johnny ne voulait plus le voir, et sans lui dire pourquoi. Johnny n'est pas très communicatif. C'est dur de le faire parler.

Sara regarda, derrière lui, un cardinal voleter et se poser sur une branche du saule pleureur.

— Je sais, dit-elle. J'ai passé pas mal de temps avec lui ces derniers jours. Voyez-vous, j'ai toujours pensé que, le jour où je rencontrerais l'homme avec qui je voudrais passer ma vie, je le reconnaîtrais au premier coup d'œil. C'est idiot, n'est-ce pas ?

Un vague sourire passa sur le visage du vieux.

— La première fois que j'ai vu Gladys, elle était serveuse dans le petit restaurant en face du garage où je travaillais. J'y suis allé un jour avec des potes et, dès que je l'ai vue, je n'ai plus entendu un seul mot de ce qu'ils me disaient. Y avait plus qu'elle et moi au monde. De retour au boulot, j'ai failli bousiller un moteur Diesel Cummins. J'avais plus ma tête à moi.

Sara sourit.

— Connaissant l'obstination de John et de Michael, je ne pense pas que vous en soyez resté là.

Il sourit aussi.

— Je suis allé prendre mon breakfast, mon déjeuner et mon dîner dans ce resto pendant six mois. On a commencé à sortir ensemble. Puis j'ai eu le courage de la demander en mariage. Je l'aurais fait dès le premier jour, si j'avais pas eu peur qu'elle me prenne pour un cinglé. (Il se tut un instant.) Ah, on peut dire qu'on a eu une belle vie, tous les deux. (Il observa Sara.) C'est ce qui s'est passé quand vous avez vu John ? (Elle acquiesça.) Mike le savait ?

— Je crois qu'il s'en est douté. Quand j'ai finalement rencontré John, je lui ai demandé pourquoi ils ne s'entendaient pas, tous les deux. Je pensais que ça pouvait être une des raisons mais, en fait, ils étaient déjà en froid avant cela. Ce que vous avez vu cette nuit-là sur le bateau, c'était… une tentative de séduction de ma part. Votre fils venait de vivre une journée d'enfer et je n'ai pensé qu'à moi. (Elle le regarda en face.) Il m'a repoussée.

Elle repensa à la nuit précédente, aux tendresses qu'ils avaient échangées, dans son lit et plus tard. Puis au lendemain. Elle croyait avoir tout compris, tout savoir de lui. Un sentiment agréable. Maintenant, elle se disait qu'elle ne savait rien de l'homme et de ses sentiments. Elle eut un rire gêné et prit un mouchoir de papier pour s'essuyer les yeux.

— Ce fut une expérience assez humiliante, reprit-elle. C'est tout ce que j'étais venue vous dire. Si vous voulez haïr quelqu'un, haïssez-moi. Mais pas votre fils.

Ed contempla le tapis et se leva.

— Je viens de tondre la pelouse. J'ai envie d'un thé glacé. Pas vous ?

Surprise, elle accepta.

Quelques minutes plus tard, Ed revint avec des verres remplis de glace et une théière.

— J'ai beaucoup réfléchi à cette nuit-là, dit-il en versant le thé. Je ne me souviens pas de tout. J'avais une méchante gueule de bois le lendemain. J'aurais jamais dû taper Johnny. Pas dans le ventre.

— Il est solide.

— C'est pas ce que je veux dire. (Il avala une gorgée et se rassit en se mordant la lèvre.) Il vous a déjà expliqué pourquoi il avait quitté la police ?

— Il m'a dit qu'il avait arrêté un jeune pour détention de drogue, que le gosse lui avait fait pitié et qu'il avait décidé d'aider les types comme lui.

Ed acquiesça.

— Mouais, sauf qu'il l'a pas exactement arrêté. Le gars est mort dans l'opération. Idem pour le policier qui était venu en renfort.

Sara faillit renverser son thé.

— Quoi ?

Ed était un peu ennuyé d'avoir abordé ce sujet, mais il continua.

— Johnny n'a jamais aimé en parler, mais j'ai appris l'histoire par un des agents qui sont arrivés sur les lieux après coup. Johnny avait arrêté la voiture pour une raison quelconque. Elle avait été volée, je crois. Bref, il a appelé du renfort et fait sortir les deux gars de la bagnole. Il a trouvé la drogue et c'est à ce moment-là que son collègue s'est pointé. Ils allaient commencer à les fouiller et voilà qu'un des gars s'écroule, comme s'il faisait une crise de quelque chose. Johnny essaie de l'aider. Son collègue aurait dû ouvrir l'œil, mais il n'a pas fait gaffe, l'autre a sorti un revolver et l'a tué. Johnny a réussi à dégainer, il a tiré, mais le gosse a eu le temps de lui mettre deux balles dans la peau… Ils sont tombés tous les deux, face à face. Son copain leur avait fait du cinéma. Sa crise, c'était du bidon. Il a sauté dans la voiture et filé. Ils l'ont rattrapé un peu plus tard. Johnny et l'autre type étaient affalés à cinquante centimètres de distance. Ils pissaient le sang.

— Mon Dieu !

— Johnny a enfoncé un doigt dans une de ses blessures. Ça a un peu arrêté le sang. Et puis – ça, je l'ai appris de sa bouche pendant qu'il délirait à l'hôpital – le gars a dit un truc à Johnny. J'ai jamais pu savoir quoi exactement, mais, quand ils les ont retrouvés, Johnny avait passé un bras autour de lui. Il avait dû se traîner jusqu'à lui. Le gosse était mort. Certains flics ont trouvé ça un peu louche, ça leur plaisait pas. Mais, bon, ils ont enquêté et Johnny a été blanchi. C'était la faute de l'autre flic. Johnny a failli mourir pendant son transport à l'hôpital. Il y est resté des semaines. Les pruneaux du môme lui avaient lacéré les tripes.

Sara revit tout à coup Fiske rabattant son T-shirt avant de faire l'amour.

— Il a une cicatrice ?

— Pourquoi vous demandez ça ?

— Pour rien. À cause d'une chose qu'il a dite.

Ed acquiesça lentement.

— Du ventre jusqu'au cou.

« Trop vieux pour faire trempette », songea Sara.

— Je suppose qu'ils auraient pu lui faire de la chirurgie plastique, mais Johnny en avait marre des hôpitaux. D'ailleurs, je crois qu'il s'est dit que, s'ils pouvaient pas le réparer en dedans, à quoi bon se faire bichonner l'extérieur ?

Sara s'affola.

— Que voulez-vous dire ? Il est complètement guéri, n'est-ce pas ?

Ed secoua tristement la tête.

— Les balles l'ont salement amoché, elles ont ricoché à l'intérieur. Ils l'ont recousu, mais presque tous les organes ont été touchés. Ils pourraient peut-être le retaper plus correctement si Johnny acceptait de passer quelques années à l'hôpital pour des greffes, des trucs comme ça. Mais il veut rien entendre. Les toubibs l'ont prévenu que ça allait s'aggraver avec le temps. Comme un genre de diabète, voyez, qui vous ronge les organes petit à petit. Ils ont dit que ces balles lui coûteraient vingt ans de sa vie, peut-être plus. Et qu'y avait rien à faire. À l'époque, il s'en fichait. Il était vivant, ça lui suffisait. Mais je sais que ça lui trotte encore dans la tête. Il fait des haltères, il court comme un fou, il se maintient en forme. Extérieurement seulement. Quand il a quitté la police, il a même pas voulu d'indemnités, alors qu'il y avait droit, et pas qu'un peu. Il est devenu avocat, il bosse comme un dingue pour des clopinettes et il nous donne le plus gros de ce qu'il gagne, à sa maman et à moi. J'ai pas de retraite et les factures médicales de Gladys représentent une jolie ardoise. On a dû hypothéquer cette maison, après avoir passé trente ans à la payer. Mais quand on n'a pas le choix…

Sara jeta un œil vers la table où était exposée la médaille de John Fiske. Un bout de métal pour prix de toutes ces souffrances.

— Si je vous raconte tout ça, c'est pour vous faire comprendre que Johnny n'a pas vraiment les mêmes espérances que vous ou moi dans la vie. Jamais marié, pas de gosses. Tout va trop vite pour lui. Il pense qu'il aura de la veine s'il atteint cinquante ans. Il me l'a dit lui-même. (Ed baissa les yeux, la gorge serrée.) J'aurais jamais pensé survivre à Mike. Dieu veuille que je survive pas à mon autre garçon.

Sara retrouva sa voix.

— Je vous remercie de m'avoir dit cela. Je me rends compte que ce n'était pas facile pour vous. Vous me connaissez à peine.

— Ça dépend. Des fois, en dix minutes on arrive à connaître une personne mieux que quelqu'un qu'on fréquente depuis toujours.

Sara se leva pour partir.

— Merci de m'avoir accordé votre temps. Et John a vraiment besoin d'avoir de vos nouvelles.

Il acquiesça gravement.

— Je l'appellerai.

Au moment où elle tournait le bouton de la porte, Ed lui dit :

— Vous aimez toujours mon fils ?

Elle sortit sans répondre.

Dans le petit troquet en face de son bureau, John Fiske commanda un café au bar et alla s'asseoir en terrasse. McKenna fit de même. Au début, John choisit d'ignorer complètement l'agent du FBI et regarda les passants en buvant son café. Le soleil projetait l'ombre des deux hommes sur les briques derrière eux et John, ébloui, mit ses lunettes noires. McKenna mâchonnait silencieusement des biscuits secs en faisant tourner son gobelet de plastique entre ses doigts.

— Comment va votre estomac ? Je regrette de vous avoir frappé.

— La seule chose que vous regrettiez, c'est de ne pas avoir frappé plus fort.

— Non, parole. J'ai pris peur en voyant le fusil.

— Ben voyons ! Vous pensiez que j'allais pouvoir ouvrir la porte de la bagnole, sortir le fusil, me retourner et épauler avant que vous ayez eu le temps de m'ajuster à une distance de… quoi, dix centimètres ?

— Pour votre information, j'avais lu vos états de service. Vous étiez un bon flic. En tout cas, jusqu'à votre démission.

— Qu'est-ce que ça sous-entend ?

— Rien, sinon que votre dernière prestation a soulevé quelques questions. Vous voulez m'en dire plus ?

John retira ses lunettes pour mieux le regarder.

— Je préférerais encore que vous me tiriez une balle dans la tête.

McKenna s'adossa contre le mur et alluma une cigarette.

— Vous savez, si vous tenez tant à prouver votre innocence, vous devriez commencer par être un peu plus coopératif.

— Vous êtes persuadé que j'ai tué mon frère, McKenna. Alors, à quoi bon ?

— J'ai travaillé sur pas mal d'enquêtes dans ma carrière. Une fois sur deux, ma première hypothèse s'est révélée fausse. Il ne faut jamais dire « jamais », c'est ma devise.

— Mais c'est que vous avez l'air presque sincère, dites donc !

McKenna adopta un ton plus amical.

— John, ça fait un certain temps que je suis dans la partie. Les enquêtes ficelées d'avance, ça n'existe pratiquement pas. Il y a des failles dans celle-ci, et je ne les ignore pas.

Il s'interrompit et reprit, l'air de rien :

— Alors, pourquoi votre frère s'intéressait tellement à Rufus Harms ? Et qu'est-ce qu'il y avait dans cette lettre ?

John remit ses lunettes.

— Tiens, je croyais que c'était moi qui avais tué mon frère. Faudrait savoir.

— Ce n'est qu'une de mes théories. J'essaie de la vérifier en cherchant votre 9 mm mystérieusement disparu. En attendant, j'étudie une autre possibilité : Rufus Harms. Votre frère a pris le document et il semble qu'il soit allé voir ce type en prison.

— C'est Chandler qui vous a dit ça ?

— J'ai de nombreuses sources d'information. Evans et vous avez fouillé dans le passé de Harms. Il s'est évadé d'une prison de Virginie et, comme par hasard, vous venez de louer un avion pour vous rendre dans la région. Pourquoi ne pas m'affranchir ? Où êtes-vous allé et pourquoi ?

John était soufflé. McKenna les avait mis sous surveillance. Ce n'était pas tellement étonnant, en fait, mais il n'avait pas envisagé cette possibilité.

— Puisque vous savez tout, pourquoi me poser la question ?

— Vous possédez peut-être des renseignements qui peuvent m'aider à élucider cette affaire.

— Avant Chandler ?

— Quand il y a un tueur en liberté, peu importe qui l'arrête le premier.

En apparence, c'était le simple bon sens. Mais John savait que cela ne se passait pas ainsi, en réalité. C'était très important d'être le premier. Au FBI comme à la police, on était noté. Il se leva.

— Allons rejoindre Billy. À l'heure qu'il est, il a dû trouver les deux cadavres que j'ai planqués dans mon placard.

Hawkins finissait son inspection quand ils arrivèrent.

— Rien, dit-il en réponse à McKenna. Vous pouvez chercher vous-même si vous voulez, ajouta-t-il par défi.

— Pas la peine, je vous fais confiance, dit McKenna.

John fixait Hawkins des yeux.

— Qu'est-ce que c'est que ça, Billy ? demanda-t-il en pointant le doigt sur son col.

— Ça, quoi ?

John lui frotta le col et montra son index.

Hawkins rougit un peu.

— Oh, hum, une idée de Bonnie pour masquer les bleus. C'est pour ça que j'ai meilleure mine. Je m'étais jamais fait cogner aussi dur de toute ma vie. Je veux dire : je suis costaud, mais le mec était balèze aussi.

— Moi, je lui aurais vidé mon chargeur dans le bide, dit McKenna.

John n'en crut pas ses oreilles. Il en resta bouche bée.

— J'ai été tenté de le faire, reconnut Hawkins. Enfin, pour en revenir à ces bleus, l'idée de Bonnie est pas mauvaise, mais le problème, c'est la chaleur : quand on se met à transpirer, ça tache les fringues. Je sais pas comment font les femmes.

— Tu veux dire que c'est…

— Ouais, du fond de teint.

Malgré le choc que lui causa cette révélation, John afficha un calme apparent, tout en frottant son épaule encore endolorie.

McKenna le regardait fixement.

Juste à ce moment-là, le téléphone sonna. John décrocha. C'était l'hospice de sa mère.

— J'ai appris la mort de Michael dans le journal, dit l'infirmière. Je suis catastrophée, John.

La femme travaillait à l'hospice depuis de longues années et John Fiske la connaissait bien.

— Merci, Anne. Écoutez, je n'ai pas beaucoup le temps, là, maintenant…

— L'autre jour encore, il était ici et… oh, c'est affreux, je n'arrive pas à le croire.

John se raidit.

— Ici ? Vous voulez dire à l'hospice ?

— Oui. Pas plus tard que la semaine dernière. Jeudi… non, vendredi.

Le jour de sa disparition.

— Je m'en souviens parce que, d'habitude, il venait le samedi.

John se gratta la tête, désorienté.

— Attendez, attendez, qu'est-ce que vous me racontez là ? Michael ne venait jamais voir maman.

— Bien sûr que si. Pas aussi souvent que vous, mais tout de même.

— Vous ne me l'aviez jamais dit.

— Ah non ? Autant vous l'avouer maintenant, Michael ne voulait pas que vous le sachiez.

— Mais pourquoi, bon sang ? J'en ai marre des gens qui me cachent des choses sur mon frère !

— Je suis désolée, John, mais il m'avait demandé de ne pas vous le dire et j'ai respecté son désir. C'est tout. Mais maintenant qu'il nous a quittés… je ne pensais pas que ça vous fâcherait de l'apprendre.

— Il a vu maman vendredi ? Il vous a parlé ?

— Non, pas vraiment. Il m'a paru un peu nerveux. Comme si… comme s'il avait peur de quelque chose. Il est arrivé très tôt et il n'est resté qu'une demi-heure environ.

— Alors il lui a parlé, à elle ?

— Il l'a vue. Je n'irai pas jusqu'à dire qu'ils se sont « parlé »… Avec Gladys, c'est un peu délicat. Quand pensez-vous venir la voir ? Elle ne peut pas être au courant pour Michael, bien sûr, mais… je ne sais pas, elle semble déprimée par quelque chose.

Cette femme avait l'air de croire que les liens maternels étaient plus forts que la maladie, même la maladie d'Alzheimer.

— Je suis très pris en ce moment…

John s'interrompit brusquement. Ce serait un miracle si sa mère pouvait se souvenir de sa conversation avec Michael, se souvenir d'un détail susceptible de les aider. Mais on ne savait jamais.

— J'arrive tout de suite.

Il raccrocha, attrapa son porte-documents et y fourra son courrier.

— Votre frère a rendu visite à sa mère le jour de sa disparition ? demanda McKenna. Alors, elle est peut-être en mesure de nous apprendre quelque chose.

— McKenna, ma mère est atteinte de l'Alzheimer. Elle croit que John Kennedy est toujours Président.

— Bon, mais quelqu'un du service, une infirmière peut-être ?

John griffonna une adresse et un numéro de téléphone au verso d'une de ses cartes.

— Laissez ma mère en dehors de ça.

— Vous allez pourtant la voir, n'est-ce pas ? Vous avez une raison ?

— C'est ma mère.

John disparut derrière la porte.

Hawkins regarda McKenna.

— Vous avez l'intention de prendre racine ? Parce que je veux fermer à clé. J'ai pas envie que quelqu'un d'autre vienne piquer des trucs.

Il y avait dans l'intonation de Hawkins quelque chose qui fit tiquer McKenna. Le type ne pouvait pas se douter qu'il avait subtilisé le flingue, si ? Il avait des scrupules. Mais ces scrupules-là n'étaient rien en comparaison du poids bien plus lourd qui pesait sur sa conscience.

Chapitre 54

Sara avait freiné à un feu rouge, en allant chez John Fiske, quand elle le vit traverser le carrefour en direction de l'ouest. Elle n'eut pas le temps de klaxonner. Elle voulut lui faire des appels de phares, mais il avait l'air si tendu qu'elle se contenta de tourner à droite pour le suivre.

Trente minutes plus tard, elle vit sa voiture s'engager dans le parking d'un établissement hospitalier du West End. Elle y était déjà venue avec Michael, pour rendre visite à sa mère. Elle se gara derrière un cèdre et regarda John entrer dans l'hospice.

Il alla trouver Anne, qui s'excusa encore et le conduisit dans le salon des visiteurs, où Gladys était sagement assise en pyjama et pantoufles. Quand John apparut, elle leva les yeux et joignit les mains.

Il prit place en face d'elle. Gladys lui caressa tendrement le visage en souriant. Elle avait les yeux grands ouverts, mais sur un monde irréel.

— Comment va mon Mike ? Comment va le bébé de sa maman ?

Il lui prit les mains.

— Je vais bien. Papa va bien aussi. Ça t'a fait plaisir que je vienne te voir, l'autre jour, hein ?

— Ça me fait toujours plaisir.

Elle regarda derrière lui et sourit. Elle faisait souvent cela. C'était difficile de retenir son attention. Elle retombait en enfance, la boucle était bouclée.

Elle lui caressa de nouveau la joue.

— Ton papa était ici.

— Quand ?

Elle hocha la tête.

— L'an dernier. Il avait une permission. Son bateau a coulé. Les Japonais l'ont eu.

— Aïe, c'est vrai ? Il va bien, j'espère ?

Elle se mit à rire.

— Oh oui, il pète le feu. (Elle se pencha et murmura sur un ton de conspirateur.) Mike, mon petit, tu peux garder un secret ?

— Bien sûr, m'man.

Elle regarda autour d'elle, rougissante.

— Je suis de nouveau enceinte.

John soupira. C'était nouveau, ça.

— Vraiment ? dit-il. Tu le sais depuis quand ?

— Allons, mon chéri, ne t'inquiète pas, va, maman a assez d'amour pour vous tous.

Elle lui pinça la joue et lui baisa le front. Il serra sa main en se forçant à sourire.

— On a eu une conversation intéressante, l'autre jour, hein ? reprit-il.

Elle acquiesça distraitement. C'était de la folie, il le savait mais, puisqu'il était là, pourquoi ne pas tenter le coup ? Il insista :

— J'ai fait un long trajet. Tu te rappelles où je suis allé ?

— Tu es allé à l'école, Mike, comme tous les jours. Ton papa t'a emmené sur son bateau. (Elle fronça les sourcils.) Sois prudent, surtout. Il y a des combats terribles, tu sais. Ton papa est en train de se battre, en ce moment. (Elle leva le poing.) Vas-y, Eddie, tu les auras !

— Je serai prudent, maman.

La regarder, c'était comme regarder un portrait qui jaunissait au soleil. À la longue, les couleurs finiraient par s'effacer et il ne resterait plus qu'un souvenir de son image. Ainsi va la vie.

— Il faut que je me sauve, dit-il. Je… je vais être en retard à l'école.

— Comme elle est jolie ! s'exclama Gladys en faisant signe à quelqu'un derrière lui. Hello, ma belle !

John se retourna et se figea en voyant Sara debout à quelques mètres.

— Je suis enceinte, ma chérie, lui dit Gladys.

— Félicitations, fut tout ce que Sara trouva à répondre.

John fonça vers la sortie à grands pas, avec Sara sur ses talons. Il ouvrit la porte si brusquement que le battant heurta le mur.

— John, veux-tu bien m'écouter une minute ? supplia-t-elle.

Il se retourna.

— Comme oses-tu venir m'espionner ?

— Je n'espionnais pas.

— Alors, mêle-toi de tes oignons, dit-il en montant dans sa voiture.

Elle se glissa à côté de lui.

— Sors de ma voiture.

— Je ne bougerai pas tant que nous n'aurons pas parlé.

— Des clous !

— Si tu veux que je descende, jette-moi dehors.

— Quelle emmerdeuse ! cria-t-il en ressortant.

Elle le suivit.

— Emmerdeur toi-même. John Fiske, vas-tu enfin me parler, oui ou non ?

— Nous n'avons rien à nous dire.
— Nous avons *tout* à nous dire.
Il pointa un doigt accusateur.
— Pourquoi tu me fais ça, Sara ?
— Parce que tu m'inquiètes.
— J'ai pas besoin de ton aide.
— Je pense que si. J'en suis même sûre.
Ils se regardèrent longuement.
— On ne peut pas aller quelque part pour en parler ? Je t'en prie !
Elle contourna lentement la voiture et lui prit le bras.
— Si la nuit dernière compte à moitié autant pour toi que pour moi, dit-elle, nous devrions être au moins capables de parler.
Elle attendit, presque certaine qu'il allait sauter dans sa voiture et disparaître de sa vie.
Il hésita, puis baissa la tête et s'appuya contre la carrosserie avec lassitude. Sara chercha sa main et l'étreignit. Il observa une voiture, un peu plus loin, garée le long de la route, avec deux hommes à l'intérieur.
— Je crois que les fédés nous filent le train, dit-il.
Il semblait s'y résigner. Peut-être parce que McKenna n'était pas à bord.
— Tant mieux, je me sentirai en sécurité, répondit-elle sans le quitter des yeux.
Elle s'aperçut enfin qu'elle ne l'avait pas perdu, du moins pour l'instant.
Ils montèrent dans leurs voitures respectives et Sara suivit John jusqu'à un petit centre commercial, à un kilomètre environ, où ils s'assirent à une terrasse et burent de la limonade dans la chaleur de fin d'après-midi.
— Je comprends que tu en veuilles à ton frère, mais ce n'est pas sa faute, dit Sara.

— Rien n'était jamais la faute de Mike, répliqua-t-il amèrement.

— Ta mère ne sait pas ce qu'elle dit. Elle aurait tout aussi bien pu appeler Michael par ton nom.

— Ouais, c'est ça. Elle choisit de ne pas se souvenir de moi.

— Peut-être qu'elle t'appelle ainsi parce que tu lui rends visite beaucoup plus souvent que Mike et que c'est sa façon de réagir.

— Tu ne me feras pas avaler ça.

— Très bien, si tu veux absolument être jaloux de ton frère même après sa mort, continue comme ça.

John lui jeta un regard glacial. Elle s'attendit à le voir exploser, mais il répondit simplement :

— Oui, je suis, ou j'étais, si tu préfères, jaloux de mon frère. Qui ne l'aurait pas été ?

— Ce n'est pas une raison pour te conduire comme tu le fais.

— Possible, concéda-t-il, à bout d'arguments. (Il détourna les yeux.) La première fois que je suis allé voir maman et qu'elle m'a appelé Mike, j'ai cru que c'était provisoire, tu vois, qu'elle avait eu une mauvaise journée. Mais au bout de deux mois… Eh bien, j'en ai eu marre et c'est alors que j'ai coupé les ponts avec Mike. Pour de bon. Tous les petits trucs qui me gênaient chez lui, même les plus dérisoires, ont pris des proportions énormes. Je ne voyais plus en lui qu'un salopard sans cœur. Il m'avait pris ma mère.

— John, le jour où nous sommes venus te voir au tribunal, j'ai accompagné Mike à l'hospice.

Il se raidit.

— Quoi ?

— Ta mère ne lui a même pas parlé. Il lui a apporté un cadeau, elle ne l'a pas voulu. Il m'a dit qu'elle était toujours comme ça. Il supposait que c'était parce qu'elle t'aimait trop, qu'elle n'avait plus de place pour lui.

— Tu mens.
— Non. C'est la vérité.
— Tu mens !
— Demande aux gens qui travaillent là-bas. Ils le savent.

Quelques minutes s'écoulèrent en silence. John avait la tête baissée. Quand il leva les yeux, il dit :
— Je n'avais jamais pensé qu'il avait perdu sa mère, lui aussi.
— Tu en es bien sûr ?

Il serra les poings.
— Qu'est-ce que tu veux dire ? s'écria-t-il d'une voix tremblante.
— Qu'est-ce qui t'empêchait de parler à ton frère ? Michael m'a dit que c'était toi qui avais coupé les ponts, comme tu viens de le reconnaître toi-même. Mais je n'arrive pas à croire que tu n'aies jamais su comment elle le traitait.

Il y avait une telle souffrance dans le visage de John qu'elle en frémit.
— Je ne voulais pas m'en soucier, dit-il. (Elle lui saisit l'épaule.) Je crois que je me suis servi de tout ça comme d'un prétexte pour bannir mon frère de ma vie. Et puis, il y a autre chose… Mike m'a téléphoné, juste avant d'aller à la prison. Je ne l'ai pas rappelé. En tout cas, pas tout de suite. Quand je m'y suis décidé, c'était trop tard… Je l'ai tué.
— Tu ne peux pas te reprocher ça. (Voyant que ce genre de propos rassurant était sans effet, elle changea de tactique.) Si tu veux te reprocher quelque chose, ne te trompe pas de remords. Tu as injustement chassé ton frère de ton existence. Ça, c'est vrai, ça, tu peux le regretter. Maintenant, il est mort. Il faudra que tu vives toute ta vie avec ces regrets-là, John.
— Tu crois que je ne le sais pas ?

Puisqu'il s'était confié à elle, Sara estima qu'elle lui devait la pareille.

— J'ai vu ton père aujourd'hui. (Elle arrêta aussitôt ses protestations.) Je te l'avais promis. Je lui ai expliqué ce qui s'était réellement passé.

— Et tu t'imagines qu'il t'a crue ! fit-il, sceptique.

— Je lui ai dit la vérité. Il va t'appeler.

— Merci, mais j'aurais préféré que tu restes en dehors de ça.

— Il a comblé certaines lacunes pour moi.

— Quoi, par exemple ? demanda-t-il sèchement.

— Par exemple, la raison pour laquelle tu as quitté la police.

— Sara, tu n'avais pas besoin de savoir ça !

— Oh, si. Et pour une excellente raison.

— Laquelle ?

— Tu t'en doutes bien !

Ils se turent. John regardait la table en jouant négligemment avec sa paille. Enfin, il croisa les bras.

— Alors, mon père t'a tout raconté ?

— Au sujet des coups de feu, oui, répondit-elle prudemment.

— Donc, tu sais que je ne serai probablement plus dans un excellent état de fraîcheur à soixante ans. Je n'atteindrai peut-être même pas la cinquantaine.

— Je crois que rien n'est joué d'avance.

— Et si c'était le cas ? Si j'étais déjà condamné ?

— Pour moi, ça ne changerait rien.

— Mais pour moi, ça changerait tout, Sara, dit-il en se penchant vers elle.

— Alors, tu renonces à la vie ?

— Je mène ma vie comme je l'entends.

— Bon, si tu le dis…

— Ça ne marcherait jamais, tu sais, rétorqua-t-il.

— Donc, tu y as pensé ?

— Oui, j'y ai pensé. Pas toi ? Comment sais-tu que ce n'est pas une passade, un coup de tête comme quand tu as acheté ta maison ?

— Je connais mes sentiments.

— Les sentiments peuvent changer, objecta-t-il.

— Et c'est tellement plus facile de s'avouer vaincu que d'essayer de résister !

— Quand je veux quelque chose, je me bats pour l'obtenir.

Il ne savait pas pourquoi il disait ça, mais il comprit qu'il l'avait blessée.

— Je vois, reprit-elle. Et je suppose que je compte pour rien dans ta décision.

— Sara, ce n'est pas ça, je… Écoute, mon père ne t'a pas tout dit, parce qu'il ne sait pas tout.

— Il m'a dit que tu avais failli mourir, que les deux autres étaient morts, le policier et le type qui t'a tiré dessus. Je peux comprendre que ça ait changé ta manière de vivre, ton attitude face à l'existence. Je pense que c'est très noble, en fait, si c'est le mot juste.

— Tu n'y es pas du tout. Tu veux vraiment savoir pourquoi j'ai cette attitude ?

Elle sentait qu'il s'adoucissait.

— Oui, dit-elle.

— Parce que j'ai peur. C'est la peur qui dicte mes actes. Quand j'étais flic, c'était toujours « nous contre eux ». Mon meilleur copain était mon flingue.

Il s'interrompit pour observer les gens qui commandaient des rafraîchissements. Ils étaient insouciants, heureux, poursuivaient des buts tangibles dans la vie ; ils étaient tout ce qu'il n'était pas, ne pouvait pas être.

— Je passais mon temps à arrêter les mêmes types. J'avais à peine rédigé mon rapport qu'ils étaient déjà libérés. Et ils t'auraient descendue comme ils auraient écrasé un cafard, sans état d'âme. Parce que, pour eux aussi, c'était « nous contre eux ». Ils ne faisaient pas le détail. Jeunes, Noirs, toujours le même refrain, attrape-moi si tu peux. Les flics arrivent ? Tue-les si tu peux. Et sans réfléchir. Simple réflexe. Comme une drogue.

— Tout le monde n'est pas comme ça. Il n'y a pas que des gens comme eux sur terre.

— Je sais. Je sais que la plupart des gens, noirs, blancs ou ce que tu veux, mènent des existences relativement normales. Je veux le croire. Seulement, en tant que flic, je n'ai pas vu ces gens-là. Les navires sans avaries ne croisaient pas devant mon port.

— C'est cette bavure qui t'a fait reconsidérer les choses ?

Il ne répondit pas tout de suite.

— Bavure… est-ce que c'était une bavure ? dit-il enfin. Je me rappelle m'être agenouillé devant le type. J'ai entendu le coup de feu et le cri de mon équipier. J'ai dégainé en me retournant. Je ne sais pas comment j'ai réussi à tirer, mais je l'ai touché en pleine poitrine. On s'est écroulés tous les deux ensemble. Il a perdu son flingue, j'avais toujours le mien. Je le visais. Il n'était même pas à cinquante centimètres de moi. Chaque fois qu'il respirait, le sang giclait comme un geyser rouge du trou que je lui avais fait… avec un bruit de ventouse qui me hante encore dans mes rêves. Ses yeux commençaient à se voiler, mais on ne peut jamais être sûr. Tout ce que je savais, c'était qu'il venait de tuer mon équipier et m'avait tiré dessus. J'avais l'impression de me dissoudre de l'intérieur. (Il poussa un long soupir.) J'attendais qu'il meure, Sara.

Ce souvenir le tenaillait encore. Il ne pouvait pas oublier qu'il avait failli finir dans un cercueil, oublié au fond d'un cimetière comme tant d'autres flics anonymes.

— Ton père m'a dit qu'on t'avait retrouvé avec un bras autour de lui.

— Je pensais qu'il essayait de me prendre mon flingue. J'avais un doigt sur la détente, un autre enfoncé dans le trou de mes boyaux. Mais il ne bougeait même pas la main. Il marmonnait. Je n'arrivais pas à comprendre ce qu'il disait, au début, mais il répétait sans arrêt la même chose…

— Que disait-il ? demanda-t-elle doucement.

John soupira encore, comme s'il s'attendait à voir du sang jaillir de ses vieilles blessures, de ses organes lacérés qui criaient grâce.

— Il voulait que je l'achève…

En réponse à la question muette de Sara, il ajouta :

— Je ne pouvais pas. C'était sans importance, remarque, il a cessé de parler quelques secondes après.

Sara se redressa lentement, incapable de dire quelque chose.

— En fait, je crois qu'il avait peur que je meure. (Il hocha la tête. Les mots lui coûtaient.) Il n'avait que dix-neuf ans. J'étais déjà un vieux à côté de lui. Il s'appelait Darnell. Darnell Jackson. Sa mère était une droguée. Quand il avait huit ou neuf ans, elle le prostituait pour payer ses doses. Ça te paraît horrible ?

— Bien sûr que ça me paraît horrible !

— Pour moi, c'était la routine. Je voyais ça tout le temps. J'étais immunisé. Du moins, je le pensais. (Il humecta ses lèvres sèches.) Je pensais qu'il n'y avait plus de place pour la compassion en moi. Mais, après Darnell, j'ai su qu'il y en avait encore. (Il eut un demi-sourire.) J'appelle ça mon épiphanie en gilet pare-balles. Deux bastos dans le corps, un môme en train de crever devant moi, qui voulait que je l'achève. On imagine difficilement qu'un événement unique puisse avoir assez de force pour remettre en question tout ce en quoi on croyait. Pourtant, c'est ce qui m'est arrivé, ce soir-là… Désormais, je n'envisage l'avenir que dans le contexte Darnell Jackson. C'est ma version de l'holocauste nucléaire, mais un holocauste au ralenti. Voilà la terreur qui guide mes actes.

— Je pense que tu es un homme sincère et que tu fais beaucoup de bien autour de toi.

Il secoua la tête, les yeux brillants.

— Je ne suis pas un riche et élégant avocat blanc en croisade pour sauver tous les petits Enis du monde. Et il a fallu qu'un gosse perdu me troue les tripes pour que je prenne vaguement conscience du problème. Tout le monde s'en fout, je t'assure.

— Tu ne peux pas être cynique à ce point.

Il la regarda longuement avant de répondre :

— En vérité, je suis le cynique le plus optimiste que tu aies jamais rencontré.

Chapitre 55

— Tu as fait ce que tu devais faire, Beth. Même si c'est dur. Mais j'ai tout de même du mal à croire ça de Sara.

Jordan Knight hocha la tête. Ils étaient à l'arrière de sa limousine de fonction, qui se faufilait cahin-caha dans les embouteillages en direction de leur appartement du Watergate.

— Peut-être a-t-elle simplement craqué, continua-t-il. La pression est énorme.

— Je sais, dit Elizabeth.

— C'est tellement bizarre ! Un greffier vole un recours en appel. Sara est au courant mais ne dit rien. Le greffier est assassiné. Puis le frère du greffier est soupçonné. John Fiske n'a pourtant pas une tête d'assassin.

— Non.

Sa conversation avec Fiske avait renforcé ses craintes.

Jordan Knight tapota la main de sa femme.

— Je me suis renseigné sur Chandler et McKenna. Ils sont solides. McKenna a une excellente réputation au FBI. Si quelqu'un peut élucider cette affaire, je crois que ce sont ces deux-là.

— Je trouve Warren McKenna grossier, pour ne pas dire odieux.

— Ma foi, dans son genre de boulot, il est parfois obligé de l'être.

— Ce n'est pas tout. Je ne le crois pas sincère. Il a l'air de prendre l'enquête très au sérieux, mais… (elle chercha ses mots) … on dirait qu'il fait semblant, qu'il joue la comédie.

— Allons bon !

— Je sais que ça paraît aberrant, mais c'est mon impression.

Le sénateur se gratta pensivement le menton.

— J'ai toujours dit que l'intuition d'une femme avait plus de valeur que la logique d'un homme. Je crois que nous jouons tous un peu la comédie dans cette ville. Et ça devient lassant.

— Je sens que tu vas me parler du ranch au Nouveau-Mexique.

— J'ai une douzaine d'années de plus que toi, Beth. Chaque jour qui passe est un peu plus précieux.

— Mais nous sommes ensemble.

— Être ensemble à Washington, ce n'est pas pareil. Nous sommes si occupés, tous les deux !

— J'ai été nommée à vie à la Cour suprême, Jordan.

— Je veux simplement que tu n'aies pas de regrets. Et j'aimerais ne pas en avoir non plus.

Ils se turent et regardèrent par la vitre. La limousine suivait Virginia Avenue.

— Tu as eu une prise de bec avec Ramsey aujourd'hui ? Tu penses avoir une chance ?

— Jordan, tu sais que je n'aime pas parler de ces choses.

— Voilà bien ce que je déteste dans cette ville, et dans nos fonctions ! Les affaires du gouvernement ne doivent pas interférer dans les liens du mariage.

— Drôle de langage pour un homme politique.

Jordan rit de bon cœur.

— Ah, justement ! En tant qu'homme politique, il faut bien que je proteste de temps en temps, non ? (Il lui prit la main.) Je te félicite d'avoir maintenu le dîner en l'honneur de Kenneth. Je sais que certains t'en ont voulu.

Elizabeth haussa les épaules.

— Harold profite de tous les prétextes, même les plus infimes, pour me mettre des bâtons dans les roues. Mais j'ai la peau dure.

Elle l'embrassa sur la joue et il lui caressa tendrement les cheveux :

— On ne s'en est tout de même pas mal sortis, toi et moi, non ? Notre vie n'est pas si ratée ?

— Notre vie est magnifique.

Elle l'embrassa encore.

— Voici ce que je décrète, reprit-il en passant un bras protecteur autour de sa femme. On annule tous nos rendez-vous pour ce soir, on dîne en amoureux, on regarde un film et on parle. Ça ne nous arrive plus tellement, depuis quelque temps.

— J'ai peur de ne pas être de bonne compagnie.

Jordan la serra contre lui.

— Tu es toujours de bonne compagnie, Beth. Toujours.

Lorsque les Knight arrivèrent à leur appartement, Mary, la gouvernante, tendit un message téléphonique à Elizabeth. Quand elle lut le nom sur le papier, une curieuse expression passa sur son visage.

Jordan, lui, se frottait les mains. Il regarda la gouvernante.

— J'espère que vous avez prévu un bon petit dîner, Mary, dit-il.

— Votre plat préféré. Du tendron de bœuf.

— J'ai dans l'idée que nous allons traîner à table. Ce soir, c'est repos complet pour madame et moi. Pas d'interruptions. (Il se tourna vers sa femme.) Un problème ? demanda-t-il en voyant le message.

— Non. Les affaires de la Cour. Ça ne finit jamais.

— À qui le dis-tu ! Bon, je vais prendre une douche bien chaude. (Il s'éloigna dans le couloir.) Si tu veux me rejoindre, tu es la bienvenue ! lança-t-il par-dessus son épaule.

Mary s'éclipsa dans la cuisine, avec un sourire au coin des lèvres. Elizabeth en profita pour filer dans le bureau et composer le numéro de téléphone noté sur le message.

— Vous m'avez demandé de vous rappeler, dit-elle à l'appareil.

— Il faut que nous parlions, juge Knight. Tout de suite, si possible.

— À quel sujet ?

— Ce que j'ai à vous dire vous causera un choc. Vous êtes bien assise ?

Sans savoir pourquoi, Elizabeth Knight eut l'impression que son interlocuteur prenait plaisir à dramatiser la situation.

— Assez de mystères, dit-elle. Vous semblez aimer le suspense, mais je n'ai pas le temps de jouer les espions.

— Eh bien, en ce cas, accrochez-vous.

— Venez-en au fait, je vous prie.

— Écoutez attentivement.

Ce qu'elle fit.

Vingt minutes plus tard, elle laissa tomber le téléphone, sortit précipitamment et faillit renverser Mary, qui traversait le couloir. Elle alla s'asperger d'eau dans son cabinet de toilette, s'agrippa au lavabo, se redonna une contenance, ouvrit la porte et se dirigea vers le palier d'un pas plus calme.

Au passage, elle entendit Jordan fredonner sous la douche. Elle regarda sa montre, prit l'ascenseur et attendit dans le hall du rez-de-chaussée.

Le temps semblait s'éterniser. En fait, dix minutes à peine s'étaient écoulées depuis sa conversation téléphonique quand, enfin, un homme qu'elle ne reconnut pas mais qui, lui, la connaissait manifestement de vue entra et lui remit quelque chose. Elle inspecta rapidement l'objet ; lorsqu'elle releva les yeux, l'homme avait déjà disparu. Elle rangea ce qu'il lui avait donné dans sa poche et remonta dans son appartement.

— Où est Jordan ? demanda-t-elle à Mary.

— Je crois qu'il est dans sa chambre. Il s'habille. Vous allez bien, madame ?

— Oui, oui, je... j'avais un peu mal au cœur, mais c'est passé. Je suis allée me dégourdir les jambes et prendre un peu l'air en bas, en faisant du lèche-vitrines. Vous seriez gentille de nous préparer des cocktails et de les servir sur la terrasse.

— Il commence à pleuvoir.

— Il y a l'auvent. Et je me sens claustrophobe tout à coup. J'ai besoin d'air. Il a fait très chaud ces jours-ci, la pluie nous rafraîchira. C'est ce qu'il me faut : de la fraîcheur, dit-elle tristement. Préparez le cocktail préféré de Jordan, voulez-vous ?

— Martini-vodka avec une rondelle d'orange. Bien, madame.

— Et pour le dîner, Mary... s'il vous plaît, faites en sorte qu'il soit vraiment réussi.

— Bien sûr, madame.

Mary se rendit vers le bar, la mine perplexe.

Elizabeth serra ses mains l'une contre l'autre pour contenir la panique qui montait en elle. Il fallait qu'elle cesse d'y penser. Si elle voulait surmonter cette épreuve, elle devait se contenter de réagir, sans penser. Par pitié, mon Dieu, aidez-moi, pria-t-elle.

Chapitre 56

John Fiske, maussade, regarda les nuages noirs par la vitre de la voiture. Sara et lui avaient fait la moitié du chemin jusqu'à Washington pratiquement sans dire un mot.

La pluie commençait à tomber. Sara mit les essuie-glaces.

— John, dit-elle en fronçant les sourcils, nous avons beaucoup d'informations nouvelles à récapituler. On pourrait mettre à profit l'heure qui vient pour essayer d'y voir plus clair.

— En effet. Tu as un stylo et du papier quelque part ?

— Tu n'as pas ça dans ta serviette ?

Il déboucla sa ceinture de sécurité, attrapa sa serviette sur la banquette arrière et l'ouvrit. Il glissa la main sous la pile de courrier et buta contre un paquet épais.

— Mince ! dit-il.

— Quoi ?

— Je crois que c'est le livret militaire de Harms.

John le décacheta et se mit à lire. Dix minutes plus tard, il expliqua :

— C'est en deux parties. Ses états de service, des fragments du compte rendu de la cour martiale et la nomenclature du personnel présent à Fort Plessy quand Harms y était en garnison.

Il sortit une section marquée DOSSIER MÉDICAL. Il l'examina et tomba en arrêt.

— Devine un peu pourquoi Rufus Harms était indiscipliné, refusait d'obéir et s'attirait toujours des ennuis.

— Il était dyslexique, répondit Sara du tac au tac.

— Ça alors, comment tu le sais ?

— Deux ou trois choses. J'ai à peine vu son écriture, mais les lettres étaient mal formées et il y avait des fautes incroyables. C'est un signe de dyslexie. Ce n'est pas concluant, bien sûr, mais tu te souviens de ce que m'a dit George Barker au sujet des talents de réparateur de Rufus ? Il m'a dit que Rufus n'avait pas voulu lire le manuel de la rotative, que les mots n'étaient pas « son truc ». Eh bien, ça m'a rappelé une copine d'école, qui utilisait toujours la même expression. Elle était dyslexique, justement, les mots écrits étaient un vrai casse-tête pour elle. C'est comme si tu étais dans une bulle et que tu n'arrives pas à communiquer avec le monde extérieur – quoique, d'après ce qu'on a vu l'autre nuit, Rufus semble avoir bien surmonté son handicap.

— S'il a pu survivre en prison pendant toutes ces années au milieu de types qui essayaient de le tuer, c'est qu'il a une volonté de fer. (John reprit sa lecture.) Apparemment, sa dyslexie a été diagnostiquée après le meurtre. Probablement pendant l'instruction. C'est peut-être Rider qui s'en est aperçu. Pour préparer une défense, on a besoin de la coopération du client.

— La dyslexie n'est pas une défense dans un procès pour meurtre.

— Non, mais il avait un autre argument.

— Lequel ? demanda Sara, tout excitée. Lequel ?

— D'abord, une question : Leo Dellasandro… est-ce qu'il a une liaison avec sa secrétaire ?

— Pourquoi tu me demandes ça ?

— Il avait du fond de teint sur le col de sa veste.

— Ça venait peut-être de sa femme, suggéra Sara.

— Peut-être, mais je ne pense pas.

— Ça m'étonnerait qu'il ait une liaison, sa secrétaire vient de se marier.

— Je m'en doutais.

— Alors pourquoi le demander ?

— Pour ne rien négliger. Et je ne pense pas non plus que ça vienne de sa femme. Je crois plutôt que c'est lui-même qui met du fond de teint.

— Allons donc, un chef de police qui se farde ! Tu plaisantes ?

— Pour maquiller les blessures que je lui ai faites dans l'appartement de mon frère...

— Hein ?

— Je n'ai pas revu Dellasandro depuis ce soir-là. Il n'assistait pas à la réunion après le meurtre de Wright. J'étais souvent avec Chandler, et Dellasandro n'est jamais venu demander des nouvelles de l'enquête. Du moins jamais en ma présence. Je crois qu'il m'évitait. Il avait peut-être peur que je le reconnaisse.

— Attends. Qu'est-ce que Dellasandro serait allé faire dans l'appartement de ton frère ?

En réponse, John brandit une liasse de feuillets.

— La liste du personnel en garnison à Fort Plessy. C'est classé par ordre alphabétique. (Il commença par la fin.) Sergent Victor Tremaine. (Il tourna la page.) Capitaine Frank Rayfield. (Il tourna encore une page.) Deuxième classe Rufus Harms...

Il remonta vers le début de la liste, entoura un nom au stylo et dit, triomphant :

— Caporal Leo Dellasandro.

— Quoi ? Alors ce seraient Rayfield, Tremaine et Dellasandro qui seraient venus trouver Rufus dans son cachot cette nuit-là ?

— Je crois.

— Comment as-tu su que Dellasandro était dans l'armée ?

— J'ai vu une photo de lui dans son bureau. Beaucoup plus jeune, en uniforme. Un uniforme *militaire*. Je crois qu'ils sont allés tous les trois donner une leçon à Rufus Harms. Je pense qu'on va découvrir qu'ils ont tous trois combattu au Vietnam, et pas Rufus. Il était indiscipliné, n'obéissait jamais aux ordres.

— Mais qu'est-ce qu'ils lui ont fait ?

— Je crois que…

Le téléphone portable sonna. Sara décrocha. Elle écouta et pâlit.

— Oui, dit-elle, j'accepte la communication. Allô ? Quoi ? D'accord, calmez-vous. Il est à côté de moi. (Elle passa l'appareil à John.) Rufus Harms. Et il n'a pas l'air bien.

Il prit le téléphone.

— Rufus, où êtes-vous ?

Rufus se trouvait dans la Jeep, garée à côté d'un téléphone public. Il avait une main sur le combiné, l'autre sur Josh, qui oscillait entre conscience et inconscience mais tenait toujours son revolver contre son flanc.

— Richmond, répondit-il. À deux minutes de l'adresse que vous m'avez donnée. Josh a salement morflé. J'ai besoin d'un toubib, et en vitesse.

— D'accord, dites-moi ce qui s'est passé.

— Rayfield et Tremaine nous ont serrés.

— Où sont-ils maintenant ?

— Morts. Et mon frangin va pas tarder à les rejoindre. Vous avez dit que vous m'aiderez. Eh ben, c'est maintenant.

John lorgna dans le rétroviseur. Une berline noire les suivait toujours. Il réfléchit vite.

— OK, je vous retrouve à mon cabinet dans deux heures.

— Josh tiendra pas deux heures. Il a pris du plomb.

— On va s'occuper de lui tout de suite, Rufus. Ce n'est pas Josh que je veux voir, c'est vous.

— Qu'est-ce que vous racontez ?

— Je vais appeler un copain à moi, qui est flic. Il enverra une ambulance. Ils le prendront en charge. Il y a un CHU à quelques minutes de mon cabinet.

— Pas la police !

John s'impatienta.

— Vous voulez que Josh meure ? (Silence au bout du fil.) Décrivez-moi la voiture et dites-moi exactement où vous êtes. (Rufus répondit point par point.) Mon ami sera là dans un instant. Laissez Josh dans la voiture. Dès que vous aurez raccroché, allez dans l'immeuble de mon cabinet. C'est ouvert. Il y a un escalier sur votre gauche. Descendez par là. En bas, à droite, vous verrez une porte marquée « Fournitures ». Elle n'est pas fermée. Cachez-vous là-dedans et attendez. Je fais aussi vite que je peux. Avant, prenez le portefeuille de votre frère, je ne veux pas qu'il ait de papiers d'identité sur lui. S'ils savent que c'est Josh, ils vont vous chercher dans les parages, y compris dans mon cabinet. Or, si la police quadrille le secteur, mon plan est foutu.

— Et si quelqu'un me voit ? Si quelqu'un me reconnaît ?

— On n'a pas le choix, Rufus.

— Je vous fais confiance. Aidez mon frère. S'il vous plaît, ne le laissez pas tomber.

— Rufus, je vous fais confiance aussi. Ne me laissez pas tomber non plus.

Quand Rufus raccrocha, il regarda Josh. Il glissa un revolver sous sa chemise et toucha son frère, qu'il croyait complètement évanoui. Il tapota du doigt sur son épaule. Josh ouvrit les yeux.

— Josh…

— J'ai entendu, répondit-il d'une voix faiblarde.

— Il veut que je prenne ton portefeuille, pour qu'ils sachent pas qui t'es.

— Dans ma poche arrière. (Rufus l'extirpa.) Maintenant, tire-toi.

Rufus hésita.

— Je peux rester avec toi. On attend ensemble.

— Pas la peine. (Josh cracha encore un peu de sang.) Les toubibs vont me recoudre. J'ai déjà eu des blessures plus graves.

Josh tendit une main tremblante, toucha le visage de son frère et essuya l'humidité de ses yeux.

— Je reste avec toi, Josh.

— Si tu restes, on aura fait tout ça pour rien.

— Je peux pas te laisser tout seul. Pas comme ça. Pas après toutes ces années perdues.

Josh se redressa en grimaçant de douleur.

— Je serai pas tout seul. Donne-la-moi.

— Te donner quoi ?

— La Bible.

Sans détacher ses yeux de son frère, Rufus tâtonna derrière le siège et lui passa le livre. En échange, Josh retira le revolver qu'il gardait braqué contre ses côtes. Rufus l'interrogea du regard.

— Donnant donnant, dit Josh.

Rufus crut voir un petit sourire incurver les lèvres de son frère avant qu'il ne ferme les yeux. Josh respirait péniblement mais avec régularité et tenait le livre si fermement que la tranche se gondolait.

Rufus descendit de la Jeep, regarda une dernière fois derrière lui et laissa son frère.

John Fiske put enfin joindre Hawkins chez lui.

— Ne me demande ni pourquoi ni comment, Billy. Je ne peux pas te dire qui c'est. Pour l'instant, c'est

Monsieur X. Il n'a pas de papiers. Conduis la Jeep à l'hosto, c'est tout.

John raccrocha.

— John, comment faire pour parler à Rufus avec le FBI qui nous suit ? dit Sara.

— J'y vais seul. Tu ne viens pas.

— Eh, minute, je…

— Sara…

— Je veux connaître le fin mot de l'histoire, protesta-t-elle.

— Crois-moi, tu le connaîtras. Il faut que tu passes un coup de fil pour moi, à mon copain du tribunal militaire.

— À quel sujet ? Et tu ne m'as toujours pas donné ton hypothèse sur ce qui s'était passé dans ce cachot, il y a vingt-cinq ans.

Il posa une main sur son épaule.

— « États-Unis contre Stanley. » Un soldat innocent et le LSD, dit-il. (Elle ouvrit des yeux ronds.) Mais en pire, ajouta-t-il.

Après un bref arrêt chez Sara, ils se dirigèrent vers National Airport et se garèrent dans le parking. La pluie s'intensifiait. John s'emmitoufla dans un imperméable, enfonça un chapeau sur sa tête et ouvrit un parapluie pour abriter Sara. Ils se rendirent d'abord au terminal général, puis devant le hall d'embarquement, où ils montèrent dans une voiture aux vitres teintées. Quelques minutes plus tard, la voiture démarra.

Derrière eux, les deux agents du FBI suivaient toujours. L'un d'eux informait déjà ses supérieurs de l'évolution de la situation. Puis il alla au comptoir des réservations pour savoir quelle était la destination du vol de John et Sara, pendant que son collègue filait la voiture, qu'il vit s'arrêter devant le Falcon 2000.

Dans la voiture, John et le chauffeur, le copilote de Chuck Herman, changèrent de place. Le chauffeur enfila l'imper et le chapeau, afin de se faire passer pour Fiske. De loin, la méprise était totale. Leur plan était simple : Sara resterait dans l'avion une heure durant, pendant qu'elle essaierait de contacter Phil Jansen, l'ami de John qui travaillait au tribunal militaire. Ensuite, elle repartirait. Ils savaient que le FBI l'interrogerait sur la disparition de John, mais elle ne pourrait pas être inquiétée, puisqu'elle n'aurait commis aucun délit et n'était même pas censée savoir qu'on la suivait.

L'agent du FBI aperçut un homme mince, aux cheveux blancs, qui descendait la passerelle du Falcon pour accueillir Sara et un type en imperméable, qu'il prit pour Fiske. Le groupe monta dans l'avion. La voiture s'en alla, passa devant le fédéral, qui ne quittait pas l'avion des yeux, et s'engagea sur la bretelle de sortie de l'aéroport.

Au volant, John poussa un profond soupir en tournant dans George Washington Parkway. Dix minutes plus tard, il roulait sur l'Interstate 95, en direction de Richmond. Il y avait beaucoup de circulation ; il lui fallut presque trois heures pour atteindre son immeuble. Il avait pu joindre Billy Hawkins entre-temps. Josh Harms était en chirurgie à l'hôpital. Les médecins étaient pessimistes, lui avait dit Hawkins.

John se gara et, deux précautions valant mieux qu'une, entra par la porte de service. Il descendit au sous-sol. Pourvu que Rufus soit là, se dit-il. Il frappa à la porte.

— Rufus ? chuchota-t-il. C'est John Fiske.

Rufus entrouvrit avec méfiance.

— Sortons d'ici, dit John.

— Comment va mon frère ? demanda Rufus en lui saisissant le bras.

— Il est en chirurgie. Vous n'avez plus qu'à prier pour lui.

— Je fais que ça.

Ils sortirent par-derrière et gagnèrent rapidement la voiture de John.

— Où on va ? dit Rufus.

— Vous voulez me parler de la lettre de l'armée ?

— Qu'est-ce que vous voulez savoir ?

— C'était une convocation pour un suivi d'examen dans l'expérimentation de la phénocyclidine, n'est-ce pas ?

— Phéno-quoi ?

— La PCP, vous savez bien.

— Comment vous êtes au courant ?

— Il est arrivé la même chose à un autre gars de l'armée, nommé Stanley, qui avait participé à un programme expérimental. Ils ont testé le LSD sur lui.

— J'ai jamais été dans leur programme PCP à la con, ils peuvent dire ce qu'ils veulent.

Il sortit la lettre et la tendit à John, qui mit un moment à la lire.

— Racontez-moi tout, Rufus.

Harms essaya de s'asseoir plus confortablement. Il était si grand que ses genoux touchaient le tableau de bord ; sa tête frôlait le plafond.

— Ils sont venus pour me rentrer dans le lard. Tremaine et Rayfield.

— Et Dellasandro ? Le caporal Leo Dellasandro ?

— Ouais, lui aussi. Ils ont jamais pu digérer que je sois resté peinard au pays, même si c'était au trou.

— Ils ne savaient pas que vous étiez dyslexique ?

— Vous avez l'air drôlement informé !

— Continuez.

— C'était pas la première fois qu'ils me cherchaient, ces mecs. J'avais déjà dégusté, avec eux. Un soir, Tremaine s'est fait coffrer pour une cuite, il s'est retrouvé au gnouf avec moi. Il s'est pas gêné pour me dire ce qu'il pensait des types comme moi. Je crois qu'ils ont préparé leur coup ensemble. Ils se sont pointés, une nuit. Leo avait un flingue. Ils m'ont foutu par terre. Y en a un qui m'a mis les mains sur les yeux, puis ils m'ont fait une piqûre. Quand j'ai pu ouvrir les yeux, j'ai vu l'aiguille qui sortait de mon bras. Ils se marraient, ils attendaient que je crève. C'était leur idée, j'entendais ce qu'ils disaient. Ils voulaient que je crève d'overdose, qu'ils disaient.

— Comment avez-vous fait pour vous évader s'ils vous avaient drogué ?

— J'ai eu l'impression de gonfler de partout, comme si mon corps avait doublé. Je me rappelle, quand je me suis levé, c'était comme si la pièce était trop petite pour moi. Je les ai dégommés comme des marionnettes, je sentais plus ma force. Ils avaient laissé la porte ouverte. Le garde de service a rappliqué aussi sec pour voir ce qui se passait. Je l'ai balancé contre le mur et je me suis taillé en courant.

Il respirait par saccades, serrait et desserrait ses grosses mains en revivant ces instants.

— Et vous êtes tombé sur Ruth Ann Mosley ?

— Elle était venue voir son frère, dit Rufus en tapant du poing sur le tableau de bord. Si seulement le bon Dieu m'avait fait mourir avant que je rencontre cette petite fille ! Pourquoi il fallait que ce soit une enfant ? Pourquoi ?

Des larmes ruisselèrent sur ses joues.

— Ce n'était pas votre faute, Rufus. La PCP peut vous faire faire n'importe quoi. Ce n'était pas votre faute.

En réponse, Rufus leva les mains et gémit.

— C'est ces mains-là qui l'ont fait. C'est peut-être à cause de ce qu'ils m'ont enfilé dans le corps, n'empêche que c'est moi qui ai tué cette jolie petite fille. On peut rien changer à ça, hein, dites ? Hein, dites ?

Rufus braqua un regard affolé sur John, puis ferma les yeux et s'affaissa, anéanti.

John s'efforça de garder son calme.

— Et vous ne vous êtes souvenu de rien jusqu'à cette lettre ?

Rufus sortit peu à peu de son abattement.

— De rien. Quand je repensais à cette nuit, je me voyais assis en train de lire la bible de ma mère et, tout de suite après, à côté de cette petite fille morte. C'est tout.

Il essuya ses larmes d'un revers de manche.

— La PCP agit aussi sur la mémoire. Elle peut tout effacer. Pour refouler le choc, probablement.

— Des fois, je me demande si cette saloperie est pas restée dans mes veines.

— Mais vous avez plaidé coupable quand même ?

— Y avait des tas de témoins. Samuel Rider a dit que, si j'acceptais pas l'arrangement, je serais condamné et exécuté. Est-ce que j'avais le choix ?

John médita un instant, puis répondit calmement :

— Je crois que j'aurais fait la même chose.

— Mais, quand j'ai eu leur lettre, c'est comme si une lumière s'était allumée dans ma tête. Ça s'est éclairé d'un seul coup et tout m'est revenu. Dans les moindres détails.

— Alors, vous avez écrit cette lettre pour la Cour et demandé à Rider de l'envoyer pour vous ?

Rufus acquiesça.

— Et puis, votre frère est venu me voir. Il m'a dit qu'il croyait à la justice, qu'il voulait m'aider si je disais la vérité. C'était un type bien.

— Oui, dit John d'une voix rauque.

— Seulement, il avait apporté la lettre avec lui. Rayfield et Vic pouvaient pas le laisser partir. Pas question. Je suis devenu fou quand je l'ai su. Ils m'ont emmené à l'infirmerie, ils ont essayé de me tuer. Puis je suis allé à l'hôpital et Josh m'a sorti de là.

— Vous avez dit que Tremaine et Rayfield étaient morts.

Rufus confirma. Il inspira profondément, regarda la pluie tomber sur l'horizon obscurci de Richmond et se tourna vers John.

— Maintenant, vous en savez autant que moi. Alors, qu'est-ce qu'on fait ?

— Bonne question, fut tout ce que John trouva à répondre.

Chapitre 57

— C'est la première fois qu'on me paie pour ne pas voler, dit Chuck Herman, tout sourires, en passant à côté de Sara dans l'avion.

— Nous sommes à Washington, Chuck, répondit-elle. On paie bien les fermiers pour ne pas cultiver leurs champs !

Elle décrocha le téléphone pour la dixième fois et composa le numéro du domicile de Phil Jansen. À son bureau, on lui avait dit que Jansen s'était absenté pour la journée. Heureusement que John avait pensé à lui donner aussi son numéro personnel. Soulagement : Jansen répondit enfin. Elle se présenta rapidement et expliqua quels étaient ses liens avec John Fiske.

— Je n'ai pas beaucoup de temps, monsieur Jansen, alors j'irai droit au but. Dans le passé, l'armée a-t-elle testé la PCP ?

Jansen parut méfiant.

— Pourquoi me demandez-vous cela au juste, mademoiselle Evans ?

— John pense que Rufus Harms a été drogué à son insu pendant qu'il était aux arrêts à Fort Plessy, il y a vingt-cinq ans. Il pense que la PCP lui a fait perdre la raison et tuer une petite fille. Il est en prison depuis la date du crime.

Sara lui rapporta tout ce que John et elle avaient déduit, ainsi que ce qu'ils avaient appris de la bouche de Rufus au cabinet de Rider.

— Rufus Harms a reçu dernièrement une lettre de l'armée lui demandant de se prêter à un examen complémentaire pour déterminer les effets à long terme de la PCP, continua-t-elle. C'est ce qui s'est passé avec le sergent James Stanley, n'est-ce pas ? L'armée lui a envoyé une lettre. Sans quoi il n'aurait jamais su qu'on lui avait fait prendre du LSD. Eh bien, nous croyons que certains militaires ont administré de force de la PCP à Rufus Harms, mais pas dans le cadre d'un programme expérimental. Ils ont voulu se servir de la drogue pour le tuer. Seulement, il s'est évadé et a commis un meurtre.

— Attendez, fit Jansen. Si Harms ne participait pas à ce programme, pourquoi l'armée lui aurait-elle envoyé une lettre en ce sens ?

— Nous pensons que ceux qui ont donné la PCP à Harms l'ont inscrit dans le programme à son insu.

— Et pourquoi auraient-ils fait ça ?

— S'il avait succombé à la dose et qu'il y ait eu une autopsie, on aurait probablement retrouvé des traces de la drogue dans son sang, non ?

— Oui, en effet. Donc, ils l'auraient inscrit pour maquiller le meurtre. Le médecin légiste aurait attribué la mort à un effet secondaire imprévu de la drogue. C'est incroyable !

— Comme vous dites. Donc, ce programme a existé ?

— Oui, reconnut Jansen. C'est de notoriété publique, aujourd'hui. Le secret défense a été levé. C'était une expérimentation menée conjointement par l'armée et la CIA. Elles voulaient voir si la PCP permettait de « fabriquer » des supersoldats. Si Harms était inscrit dans le programme, il a dû effectivement recevoir récemment une convocation pour un contre-examen. (Il hésita.) Qu'est-ce que vous et John allez faire maintenant ?

— Si seulement je le savais !

Sara remercia Jansen et raccrocha.

Elle attendit encore quelque temps, puis descendit de l'avion et traversa le tarmac en direction du terminal. Elle fut immédiatement interceptée par les deux agents du FBI.

— Où est Fiske ?

— John Fiske ? dit-elle innocemment.

— Allons, mademoiselle Evans !

— Il est parti tout à l'heure.

Les fédéraux tombèrent des nues.

— Parti ? Comment ?

— En voiture, je crois. Maintenant, si vous voulez bien m'excuser…

Elle sourit en voyant les deux hommes courir vers l'avion. Ils n'avaient aucune charge contre elle et ne pouvaient la retenir. Elle en profita pour sauter dans la navette et récupérer sa voiture au garage. Au sortir de l'aéroport, elle mit le cap au sud.

Pendant un arrêt dans une station-service, une idée lui traversa l'esprit. Sans couper le moteur, elle ouvrit la serviette de John et sortit les documents qu'il avait reçus de Saint Louis. Elle pensait que John les avait peut-être examinés un peu vite et espérait trouver une copie de la lettre de l'armée à Rufus Harms dans le rapport officiel – même si son livret militaire était clos depuis le jugement de la cour martiale. Ça valait la peine d'y jeter un œil.

Au bout d'une demi-heure, elle renonça. Rien. Elle commença à ranger les documents et, ce faisant, feuilleta négligemment la liste du personnel de Fort Plessy. Victor Tremaine… Frank Rayfield… Quand elle vit le nom de Rufus Harms, son cœur se serra. Tant d'années perdues !

Elle continua de tourner les pages… et se figea.

Le nom qu'elle avait sous les yeux la pétrifiait. Elle secoua la tête pour se ressaisir, si fort qu'elle se cogna contre la vitre. Le choc la réveilla tout à fait. Elle jeta le dossier sur le plancher et démarra sur les chapeaux de roue, faisant crisser ses pneus sur le macadam mouillé. Sur le tapis de sol où avait atterri la liste du personnel, le nom de Warren McKenna semblait la défier. Elle fonça sans se retourner, et sans remarquer la voiture qui la suivait depuis l'aéroport.

Chapitre 58

Harold Ramsey se renversa en arrière dans son fauteuil. Il avait le visage grave.

— Je n'aurais jamais imaginé qu'une chose pareille puisse arriver ici.

McKenna et Chandler étaient assis dans son bureau. McKenna regardait fixement le président. Leurs yeux se croisèrent, puis le fédéral baissa les paupières et se tourna vers Chandler.

— C'est-à-dire que… nous n'avons pas la preuve formelle que Michael Fiske ait réellement volé un recours en appel, s'il s'agissait bien de ça, dit Chandler.

Ramsey secoua la tête.

— Peut-on encore en douter après notre entretien avec Sara Evans ?

Entretien ? pensa Chandler. Inquisition, plutôt.

— Ce n'est encore qu'une spéculation. Et, selon moi, il est trop tôt pour divulguer l'information.

— Je suis d'accord, approuva McKenna. Ça pourrait compliquer l'enquête.

— Je croyais que vous étiez persuadés que John Fiske était derrière tout ça, dit Ramsey. Si vous changez d'avis maintenant, il me semble que nous ne sommes guère plus avancés qu'avant-hier.

— Les meurtres ne s'élucident pas tout seuls, objecta McKenna. Celui-ci est un peu plus complexe que la moyenne, et je n'ai jamais dit que j'avais changé d'avis. Le pistolet de Fiske a disparu de son cabinet. Ça ne me surprend pas. Vous verrez, les pièces du puzzle vont se mettre en place.

Ramsey ne parut pas convaincu.

— Pourquoi se précipiter ? dit Chandler. D'ailleurs, si les choses tournent comme nous l'espérons, il ne sera peut-être jamais nécessaire d'informer le public.

— Je ne vois pas comment ce serait possible, dit Ramsey. Mais enfin, au point où nous en sommes, la situation ne peut pas être pire et je ne risque rien à suivre votre conseil. Pour le moment. Qu'en est-il de Fiske et d'Evans ? Où sont-ils ?

— Nous les faisons surveiller, répondit McKenna.

— Donc, vous savez où ils sont actuellement ?

McKenna garda un visage de pierre. Il ne voulait pas avouer que les deux fugitifs avaient échappé à la vigilance du FBI. On venait juste de lui annoncer la nouvelle.

— Oui, répondit-il.

— Où sont-ils ? demanda Ramsey.

— J'ai peur de ne pas pouvoir vous communiquer cette information, monsieur le président. Je ne demande qu'à vous être agréable, mais je suis obligé de garder le secret sur ce point pour l'instant.

Ramsey ne cacha pas son agacement.

— Agent McKenna, protesta-t-il, vous avez promis de tenir la Cour informée des progrès de cette enquête.

— En effet. C'est pourquoi je suis ici maintenant.

— La Cour possède sa propre force de police. Dellasandro et Ron Klaus travaillent en ce moment même à résoudre cette affaire. Nous menons nos propres investigations et j'exige la transparence au nom de l'intérêt général. Alors je vous prie de répondre à ma question. Où sont-ils ?

— Je comprends votre position, mais je vous répète que je ne peux pas divulguer cette information. Le FBI a ses méthodes.

Ramsey haussa les sourcils.

— En ce cas, je vais m'adresser à quelqu'un du FBI. Je n'aime pas passer par-dessus la tête des gens, agent McKenna, mais la situation est très particulière.

— Je tiens les noms et les numéros de mes supérieurs à votre disposition, à commencer par celui du directeur en personne. Vous pouvez les appeler, monsieur le président.

— C'est tout ce que vous avez à me dire ? En somme, vous n'avez aucun élément important à m'apprendre ?

McKenna se leva.

— Nous faisons tout notre possible pour démêler le fond de cette affaire. Et j'ai la conviction que, avec un peu de chance, nous y parviendrons.

Ramsey se leva aussi, impérieux.

— Un conseil, agent McKenna. Ne laissez rien au hasard. Quand on compte sur la chance, on le regrette généralement toute sa vie.

Sara tourna la clé dans la serrure de sa maison et entra en hâte. Dans sa voiture, elle avait essayé de téléphoner à John. Il n'était ni à son cabinet ni à son domicile. Elle avait aussi appelé Ed Fiske. En vain : il n'avait aucune nouvelle de son fils. Elle lança son sac à main sur la table de la cuisine et monta se changer. Elle retira ses vêtements mouillés pour enfiler un jean et un T-shirt. Proche de la panique, elle ne savait plus que faire. Si Dellasandro était dans le coup, leurs affaires étaient mal engagées. Il était renseigné sur toutes les évolutions de l'enquête. Mais si McKenna y était mêlé aussi, c'était la catastrophe. C'était pratiquement lui qui la dirigeait, cette enquête. Et on voyait le résultat : sa démission forcée de la Cour, l'implication de John et toutes ces manigances pour le faire accuser du meurtre de son frère. Un tissu de mensonges tellement bien ficelé que ça tenait la route.

Elle essaya le bureau de Chandler. Elle voulait savoir avec certitude si l'agent McKenna avait bien été en garnison à Fort Plessy ou s'il s'agissait d'une simple homonymie. Elle n'y croyait pas – deux McKenna, ça faisait trop de coïncidences – mais elle ne voulait rien négliger. Hélas, Chandler n'était pas là. Qui pouvait lui donner cette information ? Jansen ? Possible, mais ça lui prendrait du temps. Alors qui ?

Il y avait bien quelqu'un… Elle composa le numéro. Après trois sonneries, une femme répondit. C'était la gouvernante.

— Il est là ? C'est Sara Evans.

Une minute plus tard, Jordan Knight prit la communication.

— Sara ?

— Je sais que l'heure est mal choisie, monsieur le sénateur.

— J'ai appris ce qui s'était passé aujourd'hui, dit-il avec froideur.

— J'imagine ce que vous devez penser et je suis sûre que je ne pourrai pas vous faire changer d'avis.

— Je le crois, en effet. Cela dit, si ça peut vous rassurer, sachez que Beth est très mal à l'aise. Elle était l'une de vos plus ferventes alliées.

— J'en suis très touchée.

Elle prit son courage à deux mains. Chaque seconde comptait, maintenant.

— J'ai besoin d'un service…

— Tiens donc, fit Jordan, perplexe.

— Une information sur quelqu'un…

— Sara, vous me gênez beaucoup.

— Sénateur, je vous jure que je ne vous demanderai plus rien, mais j'ai vraiment besoin de cette information et, avec toutes vos relations, vous êtes la seule personne à qui je puisse m'adresser. S'il vous plaît. En souvenir d'autrefois.

Jordan hésita un instant.

— Je ne suis pas à mon bureau. Pour ne rien vous cacher, je dînais en amoureux avec Beth.

— Mais vous pouvez appeler votre bureau, ou même le FBI.

— Le FBI ?

— Un simple coup de fil, c'est tout ce que je vous demande. Je ne bouge pas de chez moi. Vous n'aurez même pas besoin de me rappeler vous-même, vous n'aurez qu'à donner mon numéro à la personne qui pourra me renseigner. Vous n'entendrez plus jamais parler de moi ensuite.

Jordan finit par céder.

— Bon, que voulez-vous savoir ?

— C'est au sujet de l'agent McKenna.

— Eh bien ?

— Je veux savoir s'il a été dans l'armée. Plus précisément à Fort Plessy dans les années 1970.

— Qu'est-ce que ça signifie ?

— Sénateur, ce serait trop long à expliquer.

Il soupira.

— C'est bon. Je vais voir ce que je peux faire. Je vais demander à quelqu'un de mon bureau de se renseigner et de vous rappeler. Vous serez chez vous ?

— Oui.

— Sara, j'espère que vous savez ce que vous faites.

— Oui, sénateur, même si vous en doutez.

— Puisque vous le dites, répondit-il sans conviction.

Quand il regagna la salle à manger, environ un quart d'heure plus tard, Elizabeth était intriguée.

— Sara ? Qu'est-ce qu'elle te voulait ?

— Très bizarre. Ce type du FBI, tu vois qui, celui que tu trouvais louche.

Elle tiqua.

— Warren McKenna ?

— Elle voulait savoir s'il avait été dans l'armée.

Elizabeth Knight laissa tomber sa fourchette.

— Et… pourquoi voulait-elle savoir ça ?

— Je l'ignore. Elle ne me l'a pas dit.

Jordan la regarda, intrigué. Il la voyait soudain très tendue.

— Qu'est-ce tu as, tout à coup ? dit-il. Tu vas bien ?

— Oui, ce n'est rien. Je… j'ai eu une journée difficile, c'est tout.

— Je sais, ma chérie, je sais, dit-il d'un ton apaisant. (Il regarda son assiette froide.) J'ai l'impression que notre souper fin vient de passer par la fenêtre.

— Qu'est-ce que tu lui as dit ?

— Hein ? Oh, je lui ai dit que je vérifierais. Et que je demanderais à quelqu'un de la rappeler. C'est ce que je viens de faire. J'ai téléphoné à mon bureau. Je pense qu'ils vont trouver ça sur l'ordinateur.

— Où est Sara ?

— Chez elle. Elle attend la réponse.

Elizabeth changea de couleur. Elle se leva.

— Beth, qu'est-ce que tu as ?

— Mal à la tête. J'ai besoin d'une aspirine.

— Je vais t'en chercher.

— Non, laisse. Finis ton dîner. Ensuite, nous pourrons peut-être enfin nous détendre.

Un Jordan Knight très soucieux regarda sa femme disparaître dans le couloir. Elizabeth avala en effet deux aspirines, car elle avait réellement mal à la tête. Puis elle s'éclipsa dans sa chambre et décrocha le téléphone.

— Allô ? répondit la voix.

— Sara Evans vient d'appeler. Elle a posé une question à Jordan.

— Quelle question ?

— Elle voulait savoir si vous aviez été dans l'armée.

Warren McKenna desserra sa cravate et but une gorgée d'eau dans le verre qui était sur son bureau. Il venait de rentrer de sa réunion avec Ramsey.

— Et qu'est-ce qu'il lui a répondu ?

— Qu'il vérifierait et lui ferait parvenir la réponse.

Elizabeth avait du mal à réprimer ses larmes.

— Où est-elle ?

— Elle a dit à Jordan qu'elle était chez elle.

— Et John Fiske ?

— Je ne sais pas. Elle n'a pas dû le lui dire.

McKenna prit son veston.

— Merci, juge Knight. Ce renseignement sera peut-être plus efficace qu'un de vos verdicts.

Elizabeth reposa lentement le combiné sur sa fourche, puis décrocha de nouveau. Elle ne pouvait pas en rester là. Elle appela les renseignements et obtint le numéro qu'elle cherchait.

— Je voudrais parler à l'inspecteur Chandler, s'il vous plaît. Dites-lui que c'est de la part d'Elizabeth Knight et que c'est urgent.

Chandler prit la communication.

— Que puis-je pour vous, madame le juge ?

— Inspecteur, ne me demandez pas comment je le sais, mais il faut que vous alliez chez Sara Evans. Je pense qu'elle court un grand danger. Faites vite, je vous en conjure.

Chandler ne se perdit pas en vaines questions. Il sortit en trombe de son bureau, sans même prendre le temps de raccrocher.

Elizabeth reposa le combiné pour la deuxième fois, toujours aussi lentement. Elle avait cru que rien ne pourrait être plus épuisant pour elle que son travail à la Cour, mais là… là, elle touchait le fond. Quelle que soit la manière dont tournent les choses, elle sentait déjà que sa vie serait brisée. Pour elle, il n'existait plus d'issue. Ironie du sort, songeait-elle : elle avait consacré sa vie à la justice, et c'était la justice qui allait la détruire.

Une silhouette vêtue de noir, un passe-montagne sur la figure. L'homme avait filé Sara jusqu'à Richmond, puis jusqu'à Washington avec John Fiske, derrière les agents du FBI. Il était très content qu'elle ait lâché les fédéraux ; ça lui simplifierait grandement le boulot. En se baissant, il se faufila jusqu'à la voiture et ouvrit la portière conducteur. Le plafonnier s'alluma automatiquement. Vite, il tourna le variateur pour l'éteindre. Il épia les fenêtres de la maison et vit passer Sara derrière une vitre. Il sortit une lampe de poche et promena le faisceau à l'intérieur de la voiture. Il aperçut les papiers sur le plancher, remarqua le nom encerclé, rassembla les documents et les fourra dans son sac. Puis il tira un pistolet de son holster et y adapta un silencieux. Il ne voyait plus Sara, mais il savait qu'elle était là. Seule. Il éteignit sa lampe de poche et se dirigea vers la maison.

Sara faisait les cent pas dans la cuisine. Elle regardait constamment sa montre en attendant l'appel du bureau de Jordan Knight. À bout de nerfs, elle sortit sur la terrasse et regarda un avion trouer un écheveau de nuages noirs. Puis elle contempla son voilier, qui ballottait doucement le long du ponton garni de pneus pour absorber les chocs de la coque en fibre de verre contre le bois. Elle sourit en songeant à la nuit précédente mais son sourire s'effaça vite au souvenir de sa discussion avec John au sortir de l'hospice. Elle appuya ses pieds nus sur le plancher moite et huma les senteurs reposantes de son environnement rustique.

Elle rentra, monta et s'arrêta sur le seuil de sa chambre. Le lit était encore défait. Elle s'assit sur le matelas et tira un coin du drap, qui lui rappela leur nuit d'amour… et ce geste de John pour rabattre son T-shirt. La cicatrice allait du nombril au cou, lui avait dit Ed. Comme si cela pouvait avoir une importance pour elle ! Pourtant, John semblait penser que oui.

Un autre avion passa dans le ciel, puis ce fut à nouveau le silence… Un silence si complet qu'elle entendit distinctement la porte de la maison s'ouvrir. Elle se leva d'un bond et courut sur le palier.

— John ?

Pas de réponse. Quand la lumière d'en bas s'éteignit, un frisson de peur lui parcourut le dos. Elle s'enferma dans sa chambre et mit le verrou. Le sang battait dans ses tempes. Haletante, elle chercha désespérément une arme. Elle ne pouvait pas fuir. Impossible de sauter par la fenêtre à guillotine : l'ouverture était trop étroite et, même si elle parvenait à s'y glisser, il n'y avait en bas qu'un sol en ciment pour recevoir sa chute. Une fracture des deux jambes n'était pas la solution.

Son angoisse se transforma en panique quand elle entendit les pas se rapprocher. Elle se maudit de ne pas avoir de téléphone dans sa chambre. Elle retint son souffle en voyant la poignée de la porte tourner lentement, puis se bloquer. Le loquet tenait encore, mais pour combien de temps ? Il était vieux. La porte aussi.

Un grand coup fit vibrer le battant. Elle recula en laissant échapper un petit cri. Une arme, vite, une arme, quelque chose, n'importe quoi… Son lit était à baldaquin. Il n'y avait pas de baldaquin proprement dit, elle n'avait jamais pris la peine d'installer du tissu, mais le lit avait quatre colonnes terminées par un ornement en forme de pomme de pin. Elle en dévissa un. Il était en bois massif et pesait une bonne livre.

Elle s'approcha de la porte et arma son bras. Un second coup contre le battant tordit le loquet. Le chambranle se fissura près des gonds. Elle tendit la main et retira silencieusement le verrou. N'offrant plus de résistance, la porte céda au coup suivant, l'homme fut emporté par son élan et s'affala sur le tapis. Elle frappa dans le mouvement. La pomme de pin mordit dans la chair.

Pendant que l'intrus gémissait en se frottant l'épaule, elle fila dans le couloir.

Elle savait que Rayfield et Tremaine étaient morts. L'homme qu'elle venait de frapper était donc soit Dellasandro, soit – et cette pensée la glaça – Warren McKenna. Elle dévala l'escalier quatre à quatre, attrapa au passage sa clé de contact sur la table, ouvrit la porte à la volée pour foncer vers sa voiture et poussa un cri de terreur.

Un deuxième homme se tenait devant elle, immobile, l'œil fixe. Comme elle reculait, Leo Dellasandro pointa un revolver sur elle. Derrière Sara, l'homme en noir descendait l'escalier, revolver au poing lui aussi. Dellasandro referma la porte. Elle regarda l'autre type, qui ne pouvait être que McKenna. Et pourtant non : il était loin d'avoir la carrure de l'agent du FBI.

Le passe-montagne tomba et Richard Perkins la toisa, en souriant de sa stupéfaction. Il retira quelques papiers de son sac.

— Vous avez dû survoler un peu vite la liste du personnel de Fort Plessy, dit-il. Mon nom semble vous avoir échappé, Sara. C'est trop bête.

Elle le foudroya du regard.

— L'huissier de la Cour suprême et le chef de sa police complices d'un crime odieux.

— C'est Harms qui a tué cette petite fille, pas moi, dit Dellasandro.

— Vous croyez ça, Leo ? Vous l'avez tuée aussi sûrement que si vous aviez eu les mains autour de son cou. Vous, et non Rufus.

— Ce salopard, fit Dellasandro avec une affreuse expression du visage. Si on m'avait écouté, c'est du plomb qu'on lui aurait injecté, et pas leur drogue à la gomme. Il faisait honte à l'uniforme.

— Il était dyslexique. Il n'exécutait pas les ordres parce qu'il ne les comprenait pas, imbécile ! Vous avez détruit sa vie et celle de cette petite fille pour rien.

Dellasandro ricana bêtement.

— Je ne vois pas la chose comme ça, dit-il. Pas du tout. Il a eu ce qu'il méritait.

— Comment va votre bosse, Leo ? John vous a bien amoché, hein ? Il sait tout, évidemment.

— Nous lui rendrons une petite visite aussi.

— « Nous » ? Vous voulez dire avec Vic Tremaine et Frank Rayfield ?

— Tout juste, ma poule.

— Vos copains sont morts. (Le sourire de Dellasandro se figea.) Ils ont essayé de liquider Rufus et son frère mais, comme la dernière fois, ils n'ont pas réussi à finir le travail, dit-elle, provocante.

— Bah, j'espère avoir l'occasion de le finir pour eux.

Sara le regarda de haut en bas et secoua la tête avec dégoût.

— Dites-moi une chose, Leo. Comment une vermine de votre espèce a-t-elle pu devenir chef de police ?

Il la gifla violemment et l'aurait frappée encore si Perkins ne s'était interposé.

— On n'a pas le temps, Leo.

Il agrippa Sara par l'épaule et ce fut à ce moment-là que le téléphone sonna.

Perkins regarda Dellasandro.

— Fiske ? (Il se tourna vers Sara.) Fiske est avec Harms, hein ? C'est pour ça que vous vous êtes séparés ?

Elle ne répondit pas. Le téléphone sonnait toujours. Perkins lui colla son revolver sous le menton, le doigt sur la détente.

— Je te pose la question pour la dernière fois. Est-ce que Fiske est avec Rufus Harms ? Dans deux secondes, ta petite tête va exploser, je le jure devant Dieu. Réponds !

— Oui, oui, il est avec lui, dit-elle d'une voix étranglée par le canon contre sa trachée-artère.

Il l'entraîna vers le téléphone.

— Décroche. Si c'est Fiske, donne-lui rendez-vous quelque part. Près d'ici, dans un endroit sûr. Raconte-lui que tu as découvert quelque chose. Mais gaffe : si tu dis quoi que ce soit pour l'avertir, tu es morte. Obéis ou crève.

Sara voyait maintenant que le Perkins aux manières mielleuses qu'elle avait connu était en fait le plus dangereux des deux hommes. Elle décrocha lentement le téléphone. Perkins écoutait, le revolver sur sa tempe. Elle inspira pour tenter de se calmer.

— Allô ?

— Sara ?

C'était John Fiske.

— J'ai essayé de te joindre partout, dit-elle.

— Je sais. Je viens d'écouter mes messages. Je suis avec Rufus.

Perkins tenait toujours le revolver contre sa tempe, sans perdre un mot de la communication.

— Où es-tu ? demanda-t-elle.

— Dans une aire de repos, à mi-chemin de Washington.

— Qu'est-ce que tu comptes faire ?

— Le moment est venu d'aller trouver Chandler. J'en ai parlé avec Rufus.

Perkins fit un signe négatif.

— Je ne pense pas que ce soit une très bonne idée, John.

— Pourquoi ?

— Je… j'ai découvert certaines choses que tu dois savoir d'abord. Avant d'aller voir Chandler.

— Raconte.

— Je ne peux pas te le dire maintenant. Mon téléphone est peut-être sur écoute.

— Allons, Sara !

— Je te propose un truc. Donne-moi le numéro de ta cabine téléphonique et je te rappellerai de ma voiture. (Elle regarda Perkins.) On pourra se fixer rendez-vous quelque part. Ensuite, on ira voir Chandler. Le FBI a l'immatriculation de la voiture que tu conduis, il faudra que tu t'en débarrasses de toute manière.

Il lui donna le numéro, qu'elle griffonna sur un bloc-notes.

— Tu es sûre de ne pas pouvoir me dire de quoi il s'agit au téléphone ?

— J'ai parlé à ton ami du tribunal militaire…

Elle pria en silence pour que John Fiske réagisse bien à ce qu'elle allait lui dire. Un faux pas et elle était morte. Elle devait lui faire confiance.

— Darnell Jackson m'a tout expliqué au sujet des tests de la PCP.

John haussa les sourcils et regarda Rufus, assis dans l'obscurité de l'aire de repos. *Darnell Jackson*. Il répondit vite :

— Darnell ne m'a jamais laissé tomber.

Sara poussa un soupir.

— Je te rappelle dans cinq minutes.

Elle raccrocha et se tourna vers les deux hommes.
Perkins eut un mauvais sourire.
— Bien joué, Sara. À présent, allons retrouver tes amis.

Chapitre 59

Quand Sara l'eut rappelé pour lui indiquer un lieu de rendez-vous, John passa un autre coup de fil. Les nouvelles n'étaient pas bonnes. Pas bonnes du tout. En rejoignant Harms dans la voiture, il lui dit :

— Il a Sara.

— Qui « il » ?

— Votre vieux copain Dellasandro. C'est le dernier qui reste.

— Comment ça, le dernier ?

— Rayfield et Tremaine sont morts. Reste Dellasandro. Sara me l'a fait comprendre sans qu'il s'en dou… (Il s'interrompit net devant la mine perplexe de Rufus.) Attendez, ils étaient combien dans la prison, cette nuit-là ?

— Cinq.

John s'effondra.

— Merde, je croyais qu'il n'y avait que ces trois-là. Qui sont les deux autres ?

— Perkins. Dick Perkins.

John en eut presque un haut-le-cœur.

— Nom de Dieu… Richard Perkins est l'huissier de la Cour suprême !

— Je sais pas ce qu'il est devenu, je l'ai pas revu depuis. Et heureusement. C'était le pire du lot, avec

Tremaine. Il m'a pas loupé, avec sa matraque, le salaud. C'est lui qui m'a fait la piqûre de PCP.

— Et le cinquième homme ?

— Je le connaissais pas. Je l'avais jamais vu.

— Eh bien, moi, je crois savoir qui c'est.

Sara ne lui avait pas dit qu'elle avait vu le nom de Warren McKenna sur la liste du personnel de Fort Plessy, mais il avait fait la déduction lui-même. Tout se tenait. C'était pour ça que l'agent du FBI voulait l'épingler à tout prix. Il démarra.

— Où on va ?

— Sara vient de me rappeler. Elle... ils veulent qu'on aille les retrouver quelque part du côté de George Washington Parkway. J'ai essayé de prévenir Chandler, mais il n'était pas là. Je lui ai laissé un message pour lui dire où on serait. J'espère seulement qu'il l'aura à temps.

— Et on y va quand même ?

— Sinon ils tueront Sara. Si vous voulez rester hors du coup, vous n'êtes pas obligé de me suivre.

En guise de réponse, Rufus sortit un revolver de sa poche et le lui tendit.

— Vous savez vous servir de ce machin ?

John prit le flingue et s'assura qu'il était chargé.

— Je crois que je pourrai me débrouiller, dit-il.

Il était minuit passé, et la route était déserte. Çà et là, on rencontrait des coins aménagés pour des pique-niques, où les gens venaient faire un barbecue et flâner en famille dans la journée. Pour l'heure, l'endroit était sombre, isolé, sinistre. John passa en revue les panneaux de sortie jusqu'à celui qu'il cherchait. Il aperçut en même temps la voiture de Sara, sur le parking vide. L'aire de pique-nique était bordée de grands arbres. En arrière-plan, on distinguait la coulée sombre du Potomac.

Rufus, recroquevillé sur la banquette, les yeux à hauteur du bord de la vitre, scruta la demi-obscurité.

— Y a quelqu'un dans la bagnole, dit-il. Je vois pas si c'est un homme ou une femme.

John plissa les yeux et acquiesça. Ils avaient improvisé un plan en cours de route. Maintenant qu'ils avaient repéré les lieux, ils pouvaient le mettre à exécution. Il continua jusqu'à un virage qui les fit disparaître du champ de vision de la voiture de Sara. Là, il s'arrêta. La portière arrière s'ouvrit, Rufus descendit en catimini et s'enfonça à couvert des arbres.

John entra dans le parking et se gara à quelque distance de la voiture de Sara. Il fut soulagé de la voir sur le siège du conducteur. Il empoigna son revolver et sortit lentement.

— Sara ? appela-t-il par-dessus le toit de son véhicule.

Elle le regarda et hocha la tête avec un sourire crispé, qui s'évapora quand l'homme à côté d'elle se leva et pointa un pistolet sur sa tête. Ils sortirent ensemble. Dellasandro lui enserrait le cou d'un bras et, de l'autre, tenait le canon de son arme contre sa tempe.

— Par ici, Fiske, dit-il.

John feignit la surprise.

— Où est Harms ? demanda Dellasandro.

John se frotta ostensiblement la joue.

— Il a eu un état d'âme. Il ne voulait pas aller chez les flics. Il m'a cogné et il s'est barré.

— En vous laissant la voiture ? Ça m'étonnerait. Répondez-moi la vérité ou votre copine se fait plomber la cervelle.

— C'est la vérité. Il n'a pas pris la voiture parce qu'il ne sait même plus conduire après toutes ces années de prison.

Dellasandro gambergea.

— Venez par ici. Les mains en l'air, bien haut.

John glissa son revolver à l'arrière de sa ceinture et leva les mains. Il contourna lentement sa voiture et marcha vers eux. En approchant, il remarqua une ecchymose sur la joue de Sara.

— Tu vas bien, Sara ?

Elle acquiesça.

— Je suis désolée, John.

— Ça va, ça va, fermez-la, aboya Dellasandro. À quel endroit exactement Harms s'est fait la malle ?

— Quand on a quitté l'autoroute. On est venus par la 1.

— C'était vraiment idiot de sa part de se tailler en pleine nature. Il n'ira pas loin.

— Eh, comme on dit, chat échaudé…

— Pourquoi ai-je l'impression que vous me prenez pour un gogo ?

— Peut-être parce que vous avez toujours été un gros con.

Dellasandro braqua son arme sur John.

— Ça va être un vrai plaisir de te buter.

— Plutôt difficile de se débarrasser de deux cadavres.

Dellasandro indiqua le fleuve du coin de l'œil.

— Pas quand Dame Nature offre ses services.

— Et vous croyez que Chandler ne soupçonnera rien ?

— Y a rien de suspect. Les flics pensent que t'as tué ton frère pour toucher l'assurance. La fille s'est fait virer à cause de toi et de ton crétin de frère. Toute sa carrière foutue. Vous vous donnez rendez-vous ici, ça tourne à l'aigre, tu la descends et tu te flingues. Ou l'inverse, peu importe. Ils trouvent sa bagnole et, dans quelques jours ou quelques semaines, on repêche vos corps ou ce qu'il en reste dans le Potomac. Affaire classée.

— Ah, y a pas à dire, c'est futé. Tellement futé même que tu n'as pas pu trouver ça tout seul. Où sont tes potes ?

— De qui tu parles ?

— Les deux autres mecs dans la prison cette nuit-là.

— L'un d'eux est Perkins, dit Sara. Il est ici aussi.

— Ta gueule ! cria Dellasandro.

— Pour celui-là, je savais déjà. Et je crois avoir deviné qui est l'autre.

— Garde tes théories pour les poissons. Allons-y.

Ils se dirigèrent vers la rive. John se retourna vers Dellasandro.

— Pas de blague, Fiske. Je peux t'abattre à cinquante mètres, alors à deux pas je risque pas de te rater. Et si ton gorille est planqué quelque part derrière les arbres, eh bien, qu'il vienne, j'ai une balle pour lui aussi.

Le moral de John baissa d'un cran.

Soudain, un coup de feu souleva une motte de terre juste à droite de la jambe de Dellasandro. Il poussa un cri et pointa son arme de ce côté.

John le frappa au ventre, puis à la tête. Avant que Dellasandro n'ait pu récupérer, Rufus surgit de derrière un arbre et le percuta avec la force d'un char d'assaut. L'homme roula jusqu'à la rive et tomba à l'eau. John sortit son revolver. Rufus allait fondre sur Dellasandro quand d'autres balles sifflèrent à leurs oreilles. Ils se couchèrent tous.

John protégea Sara sous son bras.

— Vous voyez quelque chose, Rufus ?

— Ouais, mais ça va pas vous plaire. Je crois que les tirs viennent de deux endroits différents.

— Super, ses deux copains sont ici. Merde ! (John serra son pistolet.) Rufus, voici ce qu'on va faire. On tire deux coups chacun pour les faire réagir, histoire de voir d'où vient le feu. Ensuite, je vous couvre et vous emmenez Sara. Vous sautez dans sa bagnole et vous

vous barrez. Il faut que quelqu'un prévienne Chandler, ajouta-t-il avant que Sara ait pu protester.

— Je reste, dit Rufus. C'est moi qui ai le plus gros compte à régler avec ces salauds.

— Je pense que vous payez depuis assez longtemps. (John pointa son revolver.) Vous tirez à gauche et vous ouvrez l'œil. Un, deux, trois, maintenant !

Sara se boucha les oreilles. Quelques secondes plus tard, les autres ripostèrent.

John et Rufus repérèrent les étincelles.

— Y en a un qui vise n'importe comment, dit John. On l'a peut-être touché. Bon, je vais tirer dans les deux directions. Tenez-vous prêt, mais ne tirez pas. Je vais me déporter d'une dizaine de mètres sur la droite. J'attirerai le feu vers moi. Comptez jusqu'à vingt et, quand vous entendrez les premières notes de samba, foncez.

John s'écarta, mais Sara le retint par la main. Elle ne pouvait se résigner à le laisser partir.

Il chercha des mots rassurants, voire bravaches, pour lui montrer qu'il n'avait pas peur – alors qu'il était malade de trouille.

— Je sais ce que je fais, Sara. Et je me dis que cinquante ans d'espérance de vie, c'est mieux que rien du tout.

Elle le regarda s'éloigner en rampant, persuadée qu'elle le voyait vivant pour la dernière fois.

Une minute plus tard, la pétarade commença. Rufus entraîna Sara vers la voiture, en la portant presque dans ses bras. Il ouvrit la portière, poussa Sara à l'intérieur et monta derrière elle.

John pénétra à pas de loup dans les broussailles. Ça sentait le métal chaud et la poudre. L'odeur de la peur. Il avait compté les balles qu'il avait tirées, mais ignorait que son chargeur n'était pas plein au départ. Il n'avait plus de munitions. Il sourit en entendant la voiture démarrer. L'autre bruit, derrière lui, il ne l'entendit pas – ou trop tard.

Dellasandro, dégoulinant d'eau sale, pointait son flingue sur lui. Il avait la bouche sèche, il ne pouvait plus parler. Il ne pouvait plus respirer non plus : par une sorte de réflexe, ses poumons avaient décidé de cesser leur fonction avant d'y être contraints par une balle. Car cette balle-là serait la bonne. Les deux premières, celles de Darnell Jackson, n'avaient pas fait leur office, parce que Darnell n'avait pas eu le temps de l'ajuster. Dellasandro n'aurait pas ce problème, il mettrait dans le mille à coup sûr. John regarda vers la rivière. Après une semaine de marinade dans cette flotte, même son père ne pourrait pas l'identifier. Il regarda Dellasandro : sa dernière image avant la mort.

Le coup partit.

Assourdi et hébété, John vit Leo Dellasandro piquer du nez et s'effondrer, inerte.

Il leva les yeux, et ce qu'il vit alors lui fit regretter que Dellasandro n'ait pas eu le temps d'appuyer sur la détente. L'homme qui avait tiré était son vieux copain Warren McKenna, là, devant lui. Pourquoi n'était-ce pas Chandler ? Pourquoi la chance n'aurait-elle pas pu être de son côté, pour une fois ?

Il aperçut le pistolet de Dellasandro, qui avait atterri tout près de lui.

— N'essayez pas, Fiske ! dit McKenna.

— Fumier !

— Je crois que vous devriez plutôt me remercier.

— Pourquoi ? Pour avoir refroidi ton complice avant de me descendre ?

McKenna sortit un autre pistolet de sa poche.

— Voilà votre arme. Je viens de la retrouver.

— Sympa. Mais ne t'en fais pas, ordure, un jour, tu paieras.

McKenna considéra Dellasandro.

— En fait, je viens d'effacer une partie de mon ardoise.

Ce que fit alors McKenna stupéfia John.

Il retourna le pistolet et le lui passa, la crosse devant.

— Maintenant, du calme, ne me tirez pas dessus. (Il lui tendit la main pour l'aider à se relever.) Chandler est en route. J'ai pu le joindre chez Evans. Je suis arrivé là-bas quand Perkins et Dellasandro emmenaient la fille. Je me suis douté qu'ils essaieraient de se servir d'elle pour vous coincer. J'ai suivi. Vous aviez besoin d'un renfort, c'était moi. Et je suis un peu meilleur que votre dernier équipier. Moi, je ne baisse jamais la garde.

John était ébahi. Sans voix.

— Perkins a mis les voiles. C'était le deuxième tireur. J'ai essayé de le toucher, mais il était trop loin. C'est moi qui ai tiré le premier coup de feu pour détourner l'attention de Leo. Je me doutais que Rufus était caché quelque part.

— Je croyais que vous étiez l'un des types dans la prison de Fort Plessy.

— J'en étais.

— Alors, qu'est-ce que vous essayez de faire ? Vous avez des remords ? Si c'est le cas, vous êtes bien le seul des cinq.

— Je n'étais pas un des cinq.

— Mais vous venez de dire que vous étiez dans la prison.

— Il y avait six hommes, cette nuit-là.

John perdait le nord.

— Je ne pige pas…

— J'étais le garde de service, John. Il m'a fallu vingt-cinq ans pour comprendre ce qui s'était passé. Sans vous et Sara, je serais resté dans le brouillard. Je crois que j'ai eu l'idée de la PCP juste après vous. Je n'étais même pas au courant de ces essais de drogue à

Fort Plessy, remarquez, je suppose qu'ils ne le criaient pas sur les toits.

— Même si quelqu'un l'avait su, je pense que tout le monde se foutait de ce qui arrivait à Rufus.

— Non, pas moi, dit McKenna en baissant les yeux. J'ai seulement manqué de couilles pour faire quelque chose avant qu'il soit trop tard. J'aurais pu tout empêcher. (Il soupira, accablé encore par son passé.) Mais j'ai pas levé le petit doigt.

John l'observa un instant, toujours sous le choc de cette dernière révélation.

— Vous n'avez peut-être rien fait alors, mais vous faites beaucoup maintenant.

— Avec vingt-cinq ans de retard.

— Rufus sera libéré, au moins ? C'est tout ce qu'il demande.

— Rufus est déjà libre, John. Personne ne le remettra en taule. S'ils essaient, ils devront me passer sur le corps. Et je vous jure qu'ils n'y arriveront pas.

John regarda vers la route.

— Et Perkins ?

McKenna sourit.

— Je sais exactement où il se dirige. On peut appeler Sara dans sa voiture pour la mettre au courant. Dès que Chandler sera là, on y va.

— Où ?

— Perkins est parti rejoindre la cinquième personne présente au mitard, cette fameuse nuit.

— Qui c'est ?

— Vous le saurez. Bientôt, vous saurez tout.

Chapitre 60

Quand la femme ouvrit la porte, Perkins se rua dans le vestibule.

— Où est-il ?

— Dans son bureau.

Il déboula dans le couloir et entra sans frapper. L'homme le regarda, tranquille et digne.

Perkins referma derrière lui.

— C'est la panade complète. J'en sors, dit-il.

Jordan Knight s'adossa dans son fauteuil et hocha la tête.

— Si vous fuyez, vous avouez votre culpabilité.

— Ils savent déjà que je suis coupable. J'ai enlevé Sara Evans. Leo doit manger les pissenlits par la racine, à l'heure qu'il est.

— Vous l'avez suivie depuis qu'elle a quitté la Cour. Quand je vous ai contacté, j'espérais que l'affaire serait promptement réglée. Mais tout n'est pas fichu, c'est sa parole contre la vôtre.

— Pourquoi inventerait-elle une histoire pareille ?

Jordan se frotta le menton.

— Réfléchissez. Elle s'est fait renvoyer aujourd'hui. C'est vous qui l'avez escortée jusqu'à la sortie. Elle vous a lancé toutes sortes d'accusations à la figure… je ne sais pas, vous pouvez trouver quantité de prétextes pour vous justifier.

— Rufus Harms est toujours dans la nature. Je l'ai vu.

Jordan se rembrunit.

— Ah ! Le célèbre M. Harms.

— Il a tué Frank et Vic.

— Deux soucis en moins, alors.

— Vous ne manquez pas d'air ! C'est vous qui leur avez dit de tuer Michael Fiske. C'est vous qui avez tout déclenché.

Jordan restait songeur.

— Je n'ai toujours pas compris comment Rufus Harms avait réussi à m'identifier dans cette lettre. Vous, il vous connaissait, mais moi, je n'étais même pas dans l'armée.

— Il ne vous a pas identifié.

La couleuvre lui resta sur l'estomac. Knight finit par la digérer, puis une lueur d'espoir passa dans ses yeux.

— J'ai parlé à Tremaine, expliqua Perkins. Rayfield vous a menti. Votre nom n'apparaissait pas dans la lettre. Il n'y avait que nous quatre.

— Donc, je suis le seul inconnu.

Jordan se leva et regarda Perkins. Cela signifiait qu'il avait encore une porte de sortie. Il ne restait qu'une personne, une seule, à effacer du tableau et ce cauchemar serait fini. Rien que d'y penser, il en avait des fourmillements dans les doigts.

— Qui sait pour combien de temps ? dit Perkins. Et tout ça pour quoi ? Pour votre saleté de PCP. Regardez où ça nous a menés, votre connerie.

— C'est vous qui avez fait la piqûre, Richard.

— Oh, descendez de vos grands chevaux, ce n'est plus le moment de faire le malin. C'était votre idée, monsieur CIA.

— Naturellement… j'étais là pour diriger les tests. À force de vous entendre râler contre Harms, j'ai voulu vous rendre service. (Il considéra Perkins avec un calme exaspérant.) Je suis très antidrogue aujourd'hui, bien sûr.

— Sans blague, des scrupules ? Et pourquoi pas anti-meurtre aussi ? Ça ne vous titille pas la conscience, ça, sénateur ?

— Je n'ai jamais tué personne.

— Ah non ? Et cette petite fille ? Vous l'avez oubliée ?

— Rufus Harms a avoué le crime. À ma connaissance, le procès n'a pas été révisé.

— Eh bien, ça ne va pas tarder si on ne réagit pas.

— Vous êtes certain de vouloir fuir ?

— Je ne vais pas attendre, les bras croisés, que le couperet tombe.

— Je suppose que vous aurez besoin d'argent ?

Perkins acquiesça :

— Je n'ai pas de bas de laine pour mes vieux jours comme Vic et Frank. Et j'ai la mauvaise habitude de vivre au-dessus de mes moyens.

Jordan prit une petite clé dans sa poche et ouvrit un tiroir de son bureau.

— J'ai un peu d'argent liquide ici. Pour le reste, il faudra que je vous fasse un chèque. Je peux vous donner cinquante mille dollars, pour commencer.

— Ça me va. Pour commencer.

Jordan sortit un revolver du tiroir et le pointa sur Perkins.

— Qu'est-ce que ça veut dire ?

— Vous avez fait irruption chez moi, dans un état de démence, vous m'avez révélé les crimes odieux que vous avez commis, y compris l'enlèvement de Sara Evans, pour je ne sais quelle raison. Vous m'avez menacé. J'ai réussi à me saisir de mon arme et je vous ai tué.

— Vous déraillez. Personne ne vous croira.

— Oh, si, Richard, dit Jordan en appuyant sur la détente.

Perkins s'effondra sur le sol. Entendant un cri dans le vestibule, le sénateur fouilla rapidement le corps, trouva un revolver, le plaça dans la main du mort et tira une balle dans le mur.

— Tout va bien ! cria-t-il en se relevant. Je suis sauf !

Il alla ouvrir la porte et se retrouva nez à nez avec Rufus Harms. Derrière le colosse, il y avait Chandler, McKenna, Fiske et Sara.

Jordan s'adressa directement à Chandler :

— Richard Perkins est entré comme un fou et m'a menacé. Il était armé. Par chance, j'ai mieux tiré que lui.

McKenna s'avança.

— Vous ne devez pas vous souvenir de moi, sénateur, n'est-ce pas ? Je veux dire en dehors de mes fonctions au FBI. (Jordan le détailla ; ce visage n'évoquait rien pour lui.) Perkins et Dellasandro ne se souvenaient pas de moi non plus. L'eau a coulé sous les ponts et nous avons tous beaucoup changé. D'ailleurs, tout le monde était saoul, cette nuit-là. Tout le monde sauf vous.

— Je ne vois pas du tout de quoi vous parlez.

— J'étais le planton de service, la nuit où vous êtes venu voir Rufus avec vos amis à Fort Plessy. C'était la première et la dernière fois que je montais la garde devant la prison. C'est sûrement pour ça que personne ne se souvenait de moi.

Jordan Knight sourcilla.

— Suis-je censé comprendre de quoi il s'agit ?

— Je vous ai laissé entrer parce que j'étais un bleu et qu'un capitaine m'en donnait l'ordre. Puis Rufus est sorti de sa cellule comme un bolide, il m'a renversé et la vie de chacun de nous a été changée pour toujours. Pendant vingt-cinq ans, je me suis demandé ce qui s'était réellement passé. Je me suis tenu à carreau parce que j'avais les jetons. Rayfield était un gradé. Il a arrangé le coup pour que je ne sois pas inquiété, mais il m'a bien fait comprendre que j'avais intérêt à la boucler. Je ne savais pas ce qui s'était passé, de toute façon. Quand j'ai eu le courage de dire quelque chose, c'était trop tard, Rufus était en prison. J'ai vécu avec ce remords pendant toutes ces années. Je me suis écrasé. (Il se tourna vers Harms.) Je suis désolé, Rufus. J'ai été lâche. Ça ne changera probablement rien pour vous, mais je n'ai jamais pu me regarder froidement dans la glace depuis.

Jordan s'éclaircit la gorge.

— Très touchant, agent McKenna. Cependant, si vous croyez m'avoir vu dans cette prison à ce moment-là, vous vous trompez.

— Les archives de la CIA révéleront que vous étiez à Fort Plessy pour diriger les essais de PCP sur les soldats de la base.

— Si vous pouvez obtenir ces archives, tant mieux pour vous. Admettons que j'aie été là-bas : et après ? J'étais dans les services secrets. Je ne l'ai jamais caché, mes électeurs le savent.

— Je ne suis pas sûr que vos électeurs sachent que vous avez administré de la PCP aux soldats, dit Chandler en s'échauffant.

— Même si c'est le cas – bien que je ne reconnaisse pas les faits –, je suis blanc comme neige, le programme était parfaitement légal, ainsi que ma femme pourra vous le certifier.

« États-Unis contre Stanley ? » dit Sara avec amertume.

Jordan gardait les yeux fixés sur McKenna.

— Drôle de coïncidence, tout de même. Vous prétendez avoir été présent dans cette prison et, comme par hasard, vous voilà mêlé à l'enquête.

— Ça n'a rien d'une coïncidence, fut la réponse surprenante de McKenna. Après l'armée, j'ai terminé mes études et je suis allé au centre de formation du FBI. Mais je ne vous ai jamais perdus de vue. Aucun de vous. Quand Rayfield et Tremaine ont été affectés à la garde de Rufus, j'ai trouvé ça suspect, mais je ne pouvais rien en conclure. Perkins et Dellasandro vous ont suivi. Vous leur avez toujours trouvé des situations dans vos différentes affaires. Je me suis fait muter à l'antenne FBI de Richmond pour vous avoir à l'œil. Quand vous vous êtes lancé dans la politique, ils vous ont encore suivi. Dès votre installation à Washington, vous avez réussi à faire engager Dellasandro et Perkins au Sénat. Alors, je me suis fait muter à Washington. Quand vous avez été élu à la commission juridique du Sénat, il y a quelques années, vous leur avez trouvé une jolie situation à la Cour suprême. Vous êtes vraiment un bon copain. Ça devait faire partie de votre pacte. Rayfield et Tremaine surveillent Rufus. Vous vous occupez de Perkins et de Leo. Je parie que, si on épluche leurs comptes en banque, on trouvera de beaux petits placements sur un fonds de retraite… Quand j'ai eu vent du meurtre de Michael Fiske, j'ai sauté sur l'occasion, parce qu'il travaillait à la Cour. Quand j'ai découvert que le nom de Rufus était mêlé à l'affaire, je me suis dit que toutes ces années de traque allaient peut-être enfin payer. Maintenant, la vérité est sortie du puits.

— Une spéculation absurde, vous voulez dire, contra Jordan Knight. De l'acharnement : vous venez d'avouer vous-même que vous aviez une rancune personnelle contre moi. De telles accusations, dans mon domicile privé, sont un scandale, surtout après qu'un déséquilibré a tenté de m'assassiner et m'a forcé à le tuer. À l'exception de l'inspecteur Chandler, qui doit procéder aux constatations d'usage sur cet acte de légitime défense, j'exige que vous sortiez tous de chez moi.

McKenna tira un téléphone portable de sa poche, dit quelques mots et écouta la réponse.

— Je vous mets en état d'arrestation, sénateur Jordan. Je suis sûr que l'inspecteur Chandler va en faire autant.

— Sortez d'ici. Immédiatement !

— Je vais vous lire vos droits.

— Je vous ferai virer du FBI. Dès demain matin, vous êtes à la rue. Vous n'avez aucune preuve de quoi que ce soit.

— Mais si, vos propres paroles constituent mon chef d'accusation.

Sous les regards de tous, McKenna s'accroupit à côté du meuble de bureau, tâtonna un instant et extirpa un micro.

— Vos déclarations ont été reçues 5 sur 5 dans la camionnette de surveillance garée juste en bas. (Il regarda John Fiske.) C'est Knight qui a dit à Rayfield de tuer votre frère.

Jordan étouffait de rage.

— Ceci est illégal. Il n'y a pas un juge dans cette ville qui ait pu vous donner un mandat pour ces écoutes. C'est vous qui irez en taule, pas moi.

— Nous n'avions pas besoin de mandat. Nous avions l'accord de la personne.

— Qu'est-ce que c'est que ces âneries ? J'exige que vous me remettiez ces bandes immédiatement. Votre coup monté ne tient pas. Vous êtes vraiment un imbécile si vous pensez que quelqu'un croira que vous avez eu mon accord.

— Pas le tien, Jordan. Le mien.

Le visage du sénateur vira au jaunâtre quand il vit sa femme entrer dans la pièce. Elle n'eut pas un regard pour le corps de Perkins. Elle ne voyait que son mari.

— Le tien ? fit-il.

— J'habite ici aussi, Jordan. J'ai donné mon accord.

— Au nom du ciel, pourquoi ?

Elizabeth toucha la manche de Rufus Harms.

— Pour cet homme, Jordan. Cet homme était la seule raison assez forte pour m'amener à agir ainsi.

— Pour lui ? C'est un tueur d'enfant.

— Inutile, Jordan. Je connais la vérité. Et je te maudis pour ce que tu as fait.

— Qu'est-ce que j'ai fait ? Je n'ai rien fait d'autre que servir mon pays. (Il montra Rufus du doigt.) Cet homme ne s'est jamais foulé pour personne, lui. C'est un salaud qui méritait de mourir.

Avec une promptitude étonnante pour son poids et son immense carcasse, Rufus se jeta à la gorge du sénateur, qui se retrouva plaqué contre le mur.

— Fumier ! cria Rufus en serrant ses grosses mains autour de son cou.

Jordan Knight était violet. McKenna et Chandler dégainèrent, mais aucun ne put se résoudre à tirer. Impuissants, ils essayèrent de saisir Rufus, mais autant vouloir déplacer une montagne.

— Jordan ! s'exclama Elizabeth.

— Rufus, arrêtez ! cria Sara.

Jordan commençait à tourner de l'œil.

John s'interposa.

— Rufus ! Rufus ? (Il inspira et lâcha le morceau.) Josh n'a pas survécu.

Rufus desserra instantanément son étreinte et regarda John en écarquillant les yeux.

— Il est mort, Rufus. Nous avons tous deux perdu nos frères.

John tremblait. Sara posa une main sur son épaule.

— Si vous le tuez, poursuivit-il, vous retournerez en prison et Josh sera mort pour rien. (Des larmes coulèrent sur les joues du colosse.) Vous ne pouvez pas faire ça, Rufus. Vous ne pouvez pas.

Les deux hommes meurtris par un même deuil se regardèrent, puis Rufus lâcha prise et un Jordan Knight au bord de l'asphyxie s'avachit sur le tapis.

Le sénateur n'eut pas un regard pour sa femme en sortant, menottes aux poignets, sous la conduite de McKenna. Une heure plus tard, l'équipe de l'identité avait fini son travail et le corps de Perkins fut évacué. Chandler, Rufus, Sara et John restèrent. Elizabeth Knight était dans sa chambre.

— Dites-moi un peu, Buford, que saviez-vous au juste ? demanda John.

— Deux ou trois choses. McKenna me tenait au courant. Au début, il vous croyait vraiment mouillé, me semble-t-il. En tout cas, il ne vous aimait pas, dit Chandler en souriant. Quand il a su que l'affaire avait quelque chose à voir avec Rufus, son opinion a changé. Mais je n'étais pas trop d'accord avec sa machination pour vous coller le meurtre sur le dos. C'est aussi lui qui a poussé à la roue pour faire virer Sara.

— Pourquoi ? demanda l'intéressée.

— Vous vous approchiez trop de la vérité, tous les deux. Vous étiez donc en danger. Il savait que les types impliqués étaient capables de tout. Seulement, il n'avait pas de preuves et il voulait qu'ils pensent que vous étiez les suspects principaux. Chaque fois que Perkins ou Dellasandro étaient près de nous, il laissait clairement entendre que, pour lui, l'histoire de l'appel de Rufus était bidon et que le tueur était John. Il a volé votre arme et s'est arrangé pour que Perkins et Dellasandro sachent qu'elle manquait. Il espérait que, tant qu'ils vous croiraient dans son collimateur, ils ne se sentiraient pas inquiétés et vous foutraient la paix. C'était pour votre sécurité, à tous les deux.

— Eh bien, on peut dire que, sur ce dernier point en tout cas, il s'est planté, commenta Sara en frémissant.

— Il ne pensait pas que vous échapperiez à son équipe de surveillance. Dès lors qu'il avait obtenu l'accord du juge Knight pour le micro, il n'avait plus qu'à tendre le piège. Comme il lui avait déjà dit qu'il avait connu son mari à Fort Plessy, elle a su que le sénateur mentait en prétendant avoir dû téléphoner à son bureau pour obtenir cette information.

— En somme, le juge Knight m'a probablement sauvé la vie, dit Sara.

Chandler acquiesça.

— Quand les choses ont commencé à tourner mal, McKenna savait que Perkins courrait demander de l'aide à Jordan Knight. Tout s'est déroulé comme il l'imaginait, à une exception près : on n'avait pas prévu que le sénateur tuerait Perkins. Mais je vous avouerai que ça ne m'empêchera pas de dormir.

Il se tourna vers Rufus en disant :

— Je vais devoir vous placer en garde à vue, mais ce ne sera pas long.

— Je veux voir mon frère.

— Je peux arranger ça.

— Je vous accompagne, Rufus, dit John.

En se dirigeant vers la porte, ils croisèrent Elizabeth Knight dans le couloir.

— Vous avez été très courageuse, madame, déclara Chandler. Je sais que ça a dû être très pénible pour vous.

Elizabeth tendit la main à Rufus Harms.

— Après ce que vous avez souffert, monsieur Harms, les mots n'ont pas de valeur, mais sachez que je suis profondément désolée.

Il accepta sa poignée de main.

— Ils ont beaucoup de valeur, madame. Pour moi et pour mon frère.

Elizabeth Knight les raccompagna sur le palier et leur dit adieu avec gravité.

Ils montèrent dans l'ascenseur.

Sara hésita.

— Je vous rejoins plus tard, dit-elle aux trois hommes.

Elle retourna précipitamment à l'appartement. Mary ouvrit la porte.

— Où est le juge Knight ?

— Elle est allée dans sa chambre. Pourquoi…

Sara entra en coup de vent et courut dans la chambre. Elizabeth Knight était assise sur son lit. Elle leva les yeux vers son ancienne greffière. Elle serrait un poing. Il y avait un flacon à pilules vide à côté d'elle.

Sara s'approcha lentement d'elle, lui prit la main, ouvrit son poing et les pilules tombèrent.

— Elizabeth, ce n'est pas une façon de régler le problème.

— Vous appelez ça un problème ? Ma vie vient de s'en aller par cette porte, avec des menottes.

— Jordan Knight vient de s'en aller par cette porte. Le juge Elizabeth Knight est assise ici, à côté de moi. Ce même juge Knight qui dirigera la Cour suprême au siècle prochain.

— Sara…, murmura-t-elle, les joues mouillées de larmes.

— C'est une nomination à vie. Et vous avez une longue vie devant vous. J'aimerais vous aider dans votre travail, votre important travail. Si vous voulez encore de moi.

Sara la prit dans ses bras.

— Je ne sais pas si je pourrai… survivre à ça.

— Si, vous pourrez, j'en suis certaine. Et vous ne serez pas seule, je vous le promets.

Elizabeth s'accrocha à l'épaule de la jeune femme.

— Vous voulez bien rester avec moi cette nuit, Sara ?

— Je resterai aussi longtemps que vous voudrez.

Chapitre 61

En vertu de ses décorations, l'Étoile d'argent, le Cœur pourpre et la Valeur militaire, Josh Harms avait le droit d'être enterré avec les « honneurs modifiés » – la plus haute distinction accordée à un soldat du contingent – au cimetière national d'Arlington. Toutefois, le représentant de l'armée chargé de régler les formalités essaya de dissuader Rufus.

— Il a été blessé, il a sauvé de nombreux gars de sa compagnie et il a récolté une boîte pleine de médailles, répondit Rufus. Il en avait plus que vous, ajouta-t-il en reluquant les décorations du type en uniforme.

Le militaire fit la moue.

— Ses états de service ne sont pas blanc bleu non plus. Il avait un problème avec l'autorité. D'après ce que j'ai lu, il n'avait aucun respect pour l'institution qu'il représentait.

— Donc vous pensez que ce serait un manque de respect pour vos généraux et vos gradés de l'enterrer là ?

— Le cimetière commence à manquer de place. Ce serait un beau geste de laisser les concessions restantes aux soldats qui étaient vraiment fiers de leur uniforme, c'est tout ce que je dis.

— Même s'il y a droit ?

— Je ne conteste pas ça. Mais j'ai du mal à croire qu'il aurait lui-même souhaité être enterré là.

— Il risque de passer l'éternité à dire à ces officiers morts ce qu'il pense d'eux, c'est ça ?

— Quelque chose comme ça. Donc, nous sommes d'accord ? Vous l'enterrerez ailleurs ?

Rufus le regarda dans le blanc des yeux.

— Ma décision est prise.

Ainsi, par un clair et frais matin d'octobre, l'ancien sergent Joshua Harms fut inhumé au cimetière national d'Arlington. Il y avait une telle profusion de croix blanches que, sous un certain angle de vue, le gazon semblait couvert d'une neige d'automne. Quand la garde d'honneur eut tiré la salve et que le clairon eut retenti, le cercueil fut mis en terre. Rufus et l'un des fils de Josh reçurent le drapeau plié en trois des mains d'un officier austère et solennel, sous les regards de John, Sara, McKenna et Chandler.

Plus tard, en se recueillant sur la tombe de son frère, Rufus eut une pensée pour tous les corps enterrés là au nom de la guerre, tous les hommes et toutes les femmes que la sentence des armes avait condamnés à ce dernier séjour. Pour tous ces morts qui, comme Rufus, faisaient remonter leur histoire au livre de la Genèse et au-delà, c'était le prix à payer pour la faute d'un homme nommé Caïn, qui avait un jour inventé la guerre en frappant son frère Abel.

Après sa prière, après sa conversation avec son Seigneur et son frère, Rufus passa un bras autour du neveu qu'il voyait aujourd'hui pour la première fois. Son cœur était triste, mais son âme était joyeuse, car il savait que son frère avait émigré dans un monde meilleur. Tant que Rufus vivrait, Josh Harms ne serait pas oublié. Et quand Rufus à son tour rejoindrait son Seigneur, il pourrait à nouveau embrasser son frère.

Chapitre 62

Deux jours plus tard, Michael Fiske fut enterré dans un cimetière privé des environs de Richmond. Tous les juges de la Cour suprême assistaient aux obsèques. Ed Fiske, attifé d'un vieux costume et soigneusement peigné, debout à côté de son fils aîné, reçut, mal à l'aise, les condoléances de ces sommités juridiques et de l'élite politique et sociale de Virginie.

Harold Ramsey consola le père et se tourna vers le fils.

— Je vous sais gré de tout ce que vous avez fait, John. Et je mesure le sacrifice de votre frère.

— Son dernier, répliqua John sans aménité.

Ramsey acquiesça.

— Je respecte aussi vos opinions et j'espère que vous respectez les miennes.

John lui serra la main.

— Je suppose qu'il faut de tout pour faire un monde.

En regardant Ramsey, John songeait à l'avenir de Rufus. Il l'avait encouragé à engager des poursuites tous azimuts, y compris contre l'armée et Jordan Knight. Il n'y avait pas prescription et les agissements de Jordan et des autres pour couvrir leur tentative de meurtre avaient enfreint de nombreuses lois.

Mais Rufus avait refusé de suivre le conseil de John.

— À part Knight, ils ont tous été déjà condamnés au châtiment suprême, avait-il dit. Et Knight devra porter sa croix jusqu'à la fin de ses jours. Ça me suffit. J'ai pas envie de m'embringuer dans des histoires de tribunaux et tout ça. Je veux vivre en homme libre, rattraper le temps perdu avec les enfants de Josh et aller voir la tombe de ma mère. C'est tout.

John avait essayé de le faire changer d'avis, puis s'était rendu compte que Rufus avait raison. D'ailleurs, au nom de la jurisprudence établie par la Cour suprême, on ne pouvait pas poursuivre l'armée – à moins qu'Elizabeth Knight ne réussisse finalement à utiliser l'affaire Barbara Chance pour offrir aux militaires les mêmes droits fondamentaux qu'à tous les citoyens du pays. Pour cela, il faudrait qu'elle triomphe de Ramsey. Ce ne serait pas chose facile mais, à la réflexion, Elizabeth Knight était, d'entre tous les juges, le mieux à même d'y parvenir. John aurait aimé être une petite souris dans la salle des délibérations de la Cour suprême pendant les années à venir.

Mais il restait deux choses que John – aidé de Phil Jansen, son ami avocat auprès du tribunal militaire – avait juré d'obtenir pour Rufus : sa réhabilitation dans les archives de l'armée et une pension militaire complète avec dommages et intérêts. Après ce que Rufus Harms avait enduré, il n'était pas question qu'il trime pour gagner sa croûte.

Il en était là de ses méditations quand Sara vint le rejoindre avec Elizabeth Knight. Elle avait été réintégrée dans sa qualité de greffière. La Cour reprenait peu à peu son fonctionnement normal – si tant est qu'on pût parler de normalité avec Elizabeth Knight et Ramsey sous le même toit.

— Je me sens profondément responsable de tout cela, dit Elizabeth.

John savait qu'elle était en instance de divorce. Le gouvernement, en particulier le ministère de la Défense, voulait éviter les vagues. On commençait à tirer des ficelles, en haut lieu à Washington. Cela signifiait que Jordan Knight n'irait peut-être pas en prison. Malgré l'accord d'Elizabeth Knight, la légalité des écoutes avait déjà été remise en question par les très habiles avocats du sénateur. McKenna avait toujours eu conscience des risques que comportait son choix tactique, ainsi qu'il l'avait avoué à John en privé, mais ce micro espion était le seul stratagème qu'il avait pu imaginer pour impliquer Jordan Knight. Malheureusement, sans cet enregistrement, McKenna et Chandler n'avaient strictement rien pour l'inculper. À l'idée que Jordan pouvait s'en tirer sans être inquiété, John avait envie de lui rendre une visite nocturne avec son 9 mm. Mais l'homme avait déjà souffert et n'avait pas fini de payer : il avait dû démissionner de son siège de sénateur et renoncer à la femme qu'il aimait. Certes, il y avait toujours son ranch au Nouveau-Mexique, mais ce serait pour lui une prison de trois mille hectares.

— Si je peux faire quoi que ce soit pour vous..., déclara Elizabeth Knight.

— Et réciproquement, dit John.

Trente minutes après le départ du dernier visiteur, on retira les chaises et le tapis vert sous les yeux de John, de son père et de Sara. Le caveau fut refermé. On jeta de la terre sur la pierre tombale. John parla à son père et à Sara pendant quelques minutes, puis leur dit qu'il les retrouverait plus tard à la maison. Il les regarda s'éloigner.

Les fossoyeurs étaient repartis et il se croyait seul. Mais quelqu'un restait agenouillé devant la tombe, les yeux fermés, une bible serrée dans la main : Rufus Harms.

John s'approcha de lui et posa une main sur son épaule.

— Vous allez bien, Rufus ? Je ne savais pas que vous étiez encore là.

Rufus, les paupières closes, ne répondit pas. Ses lèvres remuaient en silence.

— Qu'est-ce que vous faites ?

Il leva enfin les yeux vers John et dit :

— Je prie.

— Ah.

— Et vous ?

— Quoi, moi ?

— Vous avez déjà fini de prier pour votre frère ?

— Rufus, je ne suis pas allé à la messe depuis le lycée.

Rufus le tira par la manche pour le forcer à s'agenouiller.

— C'est le moment de vous reprendre en main.

Soudain pâle, John contempla la sépulture.

— Arrêtez, Rufus, ce n'est pas drôle.

— Pourquoi ça serait drôle ? Dites au revoir à votre frère et parlez à votre Seigneur.

— Je ne me rappelle aucune prière.

— Alors, priez pas. Parlez avec des mots simples.

— Qu'est-ce que je suis censé raconter ?

Rufus ne répondit pas. Il avait déjà refermé les yeux.

John regarda autour de lui pour s'assurer que personne ne l'observait, puis, mal à l'aise, joignit les mains. Gêné, il les laissa vite retomber le long de son corps. Il résistait encore ; bientôt ses yeux semblèrent se fermer d'eux-mêmes. Malgré l'humidité du sol qui traversait le tissu de son pantalon, il resta immobile. Sans la présence réconfortante de Rufus à côté de lui, il n'aurait pas tenu dans cette position.

Il se concentra sur tout ce qui s'était passé. Il pensa à sa mère et à son père. Grâce à l'argent de l'assurance,

Gladys avait pu se rendre dans un salon de beauté pour la première fois depuis des années et s'offrir de nouveaux habits pour s'admirer dans la glace. Pour elle, il était toujours Mike, mais au moins se souvenait-elle de l'un d'eux. Ed Fiske roulerait bientôt dans un pick-up Ford tout neuf et pourrait racheter l'hypothèque de la maison. Il projetait un voyage avec son fils, l'année suivante, pour aller pêcher dans les Ozarks. Du bon temps en perspective.

Avec un sourire, John pensa à Sara. Les choses ne seraient pas simples avec elle, mais ça valait la peine de tenter sa chance. Cinquante, soixante, soixante-dix ans peut-être ? Pourquoi ne pas s'accorder le bénéfice du doute ? Il avait une vie à vivre. Une vie potentiellement satisfaisante. Surtout si Sara en faisait partie. Il renversa la tête en arrière et huma l'air. On brûlait des feuilles quelque part.

Au loin, un enfant cria. Puis ce fut à nouveau le silence de la mort. Plus sûr de lui à présent, il s'accroupit. Le sol était froid, mais presque accueillant.

Enfin, avec difficulté, il pensa à son frère. Il oublia ses griefs passés pour regarder la réalité en face. La vérité. Un petit frère qu'il avait laissé tomber. Il se rappela combien il avait été fier de cet être exceptionnel, comment il avait partagé cette fierté avec son père et sa mère. Avec l'âge, Mike Fiske était devenu un homme bien, malgré ses petits défauts, comme eux tous. Un frère qui, par ses actes, avait montré qu'il respectait John Fiske. Qu'il l'aimait. À travers les six pieds de terre sous les couronnes de fleurs, à l'intérieur du cercueil de bronze, John voyait clairement le visage de son frère, le costume sombre dans lequel il avait été enseveli, ses cheveux coiffés sur le côté, ses mains croisées sur la poitrine, ses yeux clos. Tranquille. Paisible. Anéanti bien trop tôt. Un esprit exceptionnel retranché du monde avant d'avoir donné sa pleine mesure.

Peu à peu, il se mit à trembler. Le vide que John Fiske avait imposé dans leurs relations n'était rien en comparaison de la béance qui s'ouvrait à présent devant lui. Il avait l'impression que Billy Hawkins venait juste de franchir la porte pour lui annoncer que Mike, l'*alter ego* de son enfance, était mort. Mais ce n'étaient plus les mêmes épreuves qui l'attendaient : il n'aurait plus à identifier le corps, il n'aurait plus à partager un faux chagrin avec son père, plus à entendre sa mère l'appeler par le nom d'un autre, plus à risquer sa vie pour découvrir les assassins de son frère. La tâche qui lui restait était la plus dure de toutes.

Il ressentit une brûlure dans sa poitrine. Ce n'était pas la douleur de sa vieille cicatrice qui se réveillait. Cette douleur-ci ne risquait pas de le tuer, ce n'était pas une blessure par balle, c'était infiniment pis. Ce qu'il avait récemment découvert sur son frère lui faisait prendre conscience de l'injustice de sa conduite. C'était peut-être par ignorance qu'il lui avait fermé sa porte, mais l'ignorance n'est pas une excuse : s'il avait été moins têtu, s'il avait accepté d'ouvrir les yeux quand il en était encore temps, il aurait su tout cela du vivant de Mike. Maintenant, Mike était mort, et John se prosternait sur sa tombe. Mike ne reviendrait pas. Il l'avait perdu. Il devait lui dire adieu et ne pouvait s'y résoudre. Il ne voulait plus le quitter, il voulait le revoir. Il avait tant de choses à partager avec lui, tant d'amour à lui donner !

S'il ne se relevait pas tout de suite, son cœur allait éclater.

— Ô mon Dieu, dit-il en poussant un soupir vers le ciel.

Mais son corps refusait de se lever. Il pesait des tonnes. Un flot de larmes inonda son visage, si chaudes et abondantes qu'il crut saigner du nez. Il s'affaissa. Il allait s'effondrer sur le sol quand une main puissante le saisit et le redressa. John se sentit tout à coup léger et fragile. À travers le rideau des larmes, il vit Rufus.

L'homme soutenait John, une main sous son bras, mais la tête tournée vers le ciel, les yeux toujours fermés et les lèvres toujours en mouvement. Il continuait sa prière.

En cet instant, John Fiske envia Rufus Harms, un homme qui, lui aussi, avait perdu son frère, un homme qui n'avait réellement plus rien et qui pourtant, en un sens, était le plus riche du monde. Comment pouvait-on avoir une telle foi ? Comment pouvait-on être à ce point imperméable au doute et croire avec une telle force d'âme ?

En contemplant le visage calme de son nouvel ami, John songea que ce devait être rassurant de pouvoir se dire avec certitude que l'être aimé était dans un monde meilleur, dans l'éternelle et indéfectible étreinte de l'infiniment bon. Pouvoir se dire cela au moment précis où on en avait besoin… Combien de fois dans une vie ce moment-là se produisait-il ? La mort comme une joie. La mort comme un commencement, qui rendait la vie à la fois dérisoire et plus précieuse.

John détourna les yeux et regarda la tombe. L'image d'une main blême sous un drap blanc lui revint, puis s'en alla comme un oiseau cherchant de la nourriture. Il planta ses genoux en terre, ferma les paupières, inclina la tête, joignit les mains et trouva la paix intérieure. Avec son frère en dessous de lui, et il ne savait quoi au-dessus.

COLLECTION « THRILLERS » CHEZ POCKET

BALDACCI DAVID
Une femme sous influence
Une triche si parfaite

BANK IAIN
Un homme de glace

BATAILLE THIERRY
BRUNO JEAN
L'empreinte du serpent

BECKETT SIMON
Le rêve de l'antiquaire

BROWN ROSELLEN
Les quatre vérités

BRUNO ANTHONY
Seven

CLANCY TOM
PIECZENIK STEVE
Op-Center 1
Op-Center 2 : Image virtuelle
Op-Center 3 : Jeux de pouvoir
Op-Center 4 : Actes de guerre
Op-Center 5 : Rapport de force

COLLINS LARRY
Les aigles noirs
Dédale

COOK ROBIN
Mutation

CRICITON MICHAEL
Congo
Extrême urgence
Harcèlement
L'homme terminal
Jurassic Park
Le monde perdu
Soleil levant
La variété Andromède
Un train d'or pour la Crimée
Sphère
Turbulences

CUZ SMITH MARTIN
Parc Gorki
L'étoile Polaire

DEMILLE NELSON
Le déshonneur d'Ann Campbell
Retour de l'enfer
Le voisin
L'île des fléaux

DEMILLE NELSON, BLOCK THOMAS
Mayday Mayday

DIBDIN MICHAEL
Cosi fan tutti

DRESDEN THOMAS
Ne te retourne pas
Un rire dans la nuit

DUNANT SARAH
Transgression

DURAND LOUP
Daddy
Le grand silence
Le jaguar

EASTERMAN DANIEL
Le nom de la bête
Le testament de Judas
La nuit de l'apocalypse
Le jugement final
La nuit du 7e jour
K
Incarnation

EVANS PENELOPE
La locataire
Voyage au cœur des ténèbres

FIELDING JOY
Ne pleure plus

FOLSON ALLAN
Jour de confession

FULLERTON JOHN
La cage aux singes

GALLAGHER STEPHEN
Mort sur catalogue

GALLOIS SOPHIE
Genius

Grant Michael
Ascenseur pour un tueur

Grippando James
Le pardon
L'informateur

Grisham John
La firme
L'affaire Pélican
Non coupable
Le couloir de la mort
Le client
L'idéaliste
L'associé

Guerrini Remo
Écran noir

Hall James
Tueurs de jungle

Hamsher August
Tueurs-nés

Harrisson Colin
Manhattan nocturne

Harris Robert
Fatherland
Enigma

Harris Thomas
Black Sunday

Harris Colin
Corruptions

Harris Eric
10 juin 1999

Hartov Steven
La fièvre du Ramadan

Hiaasen Carl
Pêche en eaux troubles

Higson Charles
Le secret du bonheur

Hoag Tami
Meurtre au carnaval

Jaham Marie-Reine de
Le Libanais

Iris Johansen
Bien après minuit

Katzenbach John
Juste cause

Kellerman Jonathan
Double miroir
Terreurs nocturnes
La valse du diable
Le nid de l'araignée

Kelman Judith
Un dernier baiser
Entre les mailles du filet

Keneally Jerry
Le chef d'orchestre

King Charles
Mama's boy

King Laurie
Un talent mortel
Le jeu du fou

Koontz Dean R.
Prison de glace

La Galite John
Mon nom est Kate Crow

Lapierre & Collins
Le cinquième cavalier

Lashner William
Les prévaricateurs
Veritas

Lescroat John T.
Justices sauvages
Faute de preuves

Levin Ira
Sliver

Ludlum Robert
Le duel des gémeaux
L'illusion Scorpio
Le manuscrit Chancellor
La route d'Omaha
Les veilleurs de l'apocalypse
L'agenda Icare
L'échange Rhinemann
La conspiration Trevayne

Le secret Halidon
La vengeance dans la peau

MARGOLIN PHILIP
La rose noire
Dernière chance
Les heures noires
Piège funéraire

MELTZER Brad
Délit d'innocence

MITCHELL K.
Blown away

MONTÉCINO MARCEL
Crosskiller

MOORE ROBIN
Moscow Connection

MOORE SUSANNA
À vif

OSBORNE RICHARD
Basic Instinct

PALMER MICHAEL
Mesure d'urgence

PATTERSON JAMES
Et tombent les filles
Jack et Jill
Au chat et à la souris

PEARSON RYNE DOUGLAS
Code Mercury

PERRY THOMAS
Une fille de rêve

PRESTON DOUGLAS,
CHILD LINCOLN
Cauchemar génétique

PRICHARD HUNTER JESSIE
L'assassin habite à la maison

REICHS KATHY
Déjà dead

RUSSO ENZO
Tous sans exception

SANDFORD JOHN
La proie de l'ombre
La proie de la nuit
La proie de l'esprit

SMITH MICHELL
La cité de pierre

SOUSSAN ANDRÉ
Octobre II

STEIN HARRY
Victoire in extremis

SUMMERS JUDITH
Crime et ravissement

THERRY ALAIN
L'étrange destin du docteur Tillac

TINE ROBERT
Bodyguard

VAN LUSTBADER ERIC
Le ninja

WEAVER MICHAEL
Obsession mortelle
La part du mensonge

WILLOCKS TIM
L'odeur de la haine

COLLECTION « NOIR »
CHEZ POCKET

Bernard Alliot
Eaux troubles

William Bayer
Hors champ
Punis-moi par des baisers
Voir Jérusalem et mourir

Robert Bloch
Autopsie d'un kidnapping
L'éventreur
L'incendiaire
La nuit de l'éventreur
Un serpent au paradis

James M. Cain
La femme jalouse
La femme du magicien

Camilleri Andrea
La forme de l'eau

Christopher Carter
Un assassin modèle
Le dernier crime d'Agatha Christie

Raymond Chandler
Nouvelles (2 tomes)

Robin Cook
Mutation

Martin Cruz Smith
Blues pour un tsigane
Requiem pour un tsigane

Mildred Davis
La chambre du haut
La voix au téléphone

Nelson Demille
Retour de l'enfer

Mark Frost
La liste des sept

Loren D. Eastleman
Le pro

Arthur Conan Doyle
Les aventures de Sherlock Holmes
Le chien des Baskerville
La vallée de la peur

Evanovich Janet
Deux fois n'est pas coutume
La Prime

Fyfield Frances
Ombres chinoises
Sommeil de mort
Un cas de conscience
Le fantôme de la plage

Brian Garfield
Poursuite

Elisabeth George
Enquête dans le brouillard
Cérémonies barbares
Le lieu du crime
Une douce vengeance
Pour solde de tout compte
Mal d'enfant
Un goût de cendres
Le visage de l'ennemi
Le meurtre de la falaise

Giovanni José
La mort du poisson rouge

Sue Grafton
“ A ” comme Alibi
“ B ” comme Brûlée
“ C ” comme Cadavre
“ D ” comme Dérapage
“ E ” comme Explosif
“ F ” comme Fugitif
“ G ” comme Gibier
“ H ” comme Homicide
“ I ” comme Innocent
“ J ” comme Jugement
“ K ” comme Killer
“ L ” comme Lequel ?
“ M ” comme Machination
“ N ” comme Nausée

Martha Grimes
L'auberge de Jérusalem
Le vilain petit canard
Le crime de Mayfair
Les cloches de Whitechapel
L'énigme de Rackmoor
La jetée sous la lune
Le mystère de Tarn House
L'affaire de Salisbury
La nuit des chasseurs
Les mots qui tuent

Patricia Highsmith
L'art du suspense

Alfred Hitchcock
Histoires terrifiantes
Histoires épouvantables
Histoires abominables
Histoires à lire toutes portes closes
Histoires à lire toutes lumières allumées
Histoires à ne pas fermer l'œil de la nuit
Histoires à déconseiller aux grands nerveux
Histoires préférées du maître ès crimes
Histoires qui font mouche
Histoires sidérantes
Histoires à claquer des dents
Histoires qui riment avec crime
Histoires à donner le frisson
Histoires à lire avec précaution
Histoires drôlement inquiétantes
Histoires percutantes
Histoires à faire froid dans le dos
Histoires à donner des sueurs froides
Histoires à vous glacer le sang
Histoires à suspense
Histoires à frémir debout
Histoires à vous faire dresser les cheveux sur la tête
Histoires renversantes
Histoires qui font tilt
Histoires à faire pâlir la nuit
Histoires noires pour nuits blanches
Histoires à vous mettre K.-O.
Histoires diaboliques
Histoires fascinantes
Histoires qui virent au noir
Histoires à vous couper le souffle
Histoires à faire peur
Histoires ténébreuses
Histoires à lire et à pâlir
Histoires ciblées
Histoires à rendre tout chose
Histoires en rouge et noir

William Irish
Concerto pour l'étrangleur
Une étude en noir
Lady Fantôme
Nouvelles (2 tomes)
Rendez-vous en noir

Charles King
Mama's boy

Dick Lochte
Temps de chien

Ed McBain
Downtown
Escamotage
Poison

Carol O'Connell
Meurtres à Gramercy Park
L'homme qui mentait aux femmes
L'assassin n'aime pas la critique
Les larmes de l'ange

Jefferson Parker
Un été d'enfer

David M. Pierce
La neige étend son blanc manteau
Rentre tes blancs moutons
Le petit oiseau va sortir
Sous le soleil de Mexico

Jack Richtie
L'île du tigre

Laurence Sanders
L'homme au divan noir

John Sandford
La proie de l'ombre
La proie de la nuit

La proie de l'esprit

Sandra Scoppettone

Tout ce qui est à toi...

Lisa See

La mort scarabée

Georges Simenon

L'affaire Saint-Fiacre
L'amie de Madame Maigret
L'âne rouge
Les anneaux de Bicêtre
Au bout du rouleau
Au rendez-vous des Terre-Neuvas
Les autres
Betty
La boule noire
La chambre bleue
Le charretier de la providence
Le chat
Chez les Flamands
Le chien jaune
Les complices
Le coup de lune
Un crime en Hollande
Le crime impuni
La danseuse du Gai-Moulin
Le destin de Malou
L'écluse n° 1
En cas de malheur
Les fantômes du chapelier
Les fiançailles de Monsieur Hire
Le fond de la bouteille
Le fou de Bergerac
La fuite de Monsieur Monde
Les gens d'en face
La guinguette à deux sous
Le haut mal
L'homme au petit chien
L'homme de Londres
Liberty Bar
Maigret
Maigret et les braves gens
Maigret au Picratt's
Maigret s'amuse
Maigret et le voleur paresseux
Maigret et la grande perche
Maigret et le corps sans tête
La maison du canal
Marie qui louche
Mémoires intimes
Monsieur Gallet décédé
La mort d'Auguste
La mort de Belle
La nuit du carrefour
L'ombre chinoise
Le passager clandestin
Le passager du Polarlys
Pedigree
Le petit saint
Le pendu de Saint-Phollien
Pietr-le-Letton
Le port des brumes
La porte
Le président
Le relais d'Alsace
La rue aux trois poussins
Strip-tease
Tante Jeanne
Les témoins
La tête d'un homme
Le train
Les treize coupables
Les treize énigmes
Les treize mystères
Un nouveau dans la ville
Une confidence de Maigret
Une vie comme neuve
Le veuf
La vieille

Rosamond Smith

Œil-de-serpent

Dorothy Uhnak

Victimes

Andrew Vachss

Blue Belle
Hard Candy

Jack Vance

Charmants voisins
Lily street
Méchante fille
Un plat qui se mange froid

Minette Walters

Chambre froide
Cuisine sanglante

La muselière
Lumière noire
Résonances...
Lame de fond

Marianne Wesson

Habeas corpus

David Wiltse

Terreur noire
Terreur blanche

Helen Zahavi

Dirty week-end

Le livre noir du crime

Bonnes vacances
Histoires de crimes parfaits
Histoires d'agresseurs
Histoires d'arnaqueurs
Mômes, sweet mômes
Place d'Italie
Le Salon du Livre

Imprimé en France sur Presse Offset par

BRODARD & TAUPIN

GROUPE CPI

5780 – La Flèche (Sarthe), le 17-01-2001
Dépôt légal : février 2001

POCKET – 12, avenue d'Italie - 75627 Paris cedex 13
Tél. : 01.44.16.05.00